赵郡六宰相故事：河北省非物质文化遗产项目之一

竹林墨客 著

沈阳出版发行集团

沈阳出版社

图书在版编目（CIP）数据

赵郡六宰相故事：河北省非物质文化遗产项目之一 /
竹林墨客著 . -- 沈阳：沈阳出版社，2022.11
ISBN 978-7-5716-2833-8

Ⅰ . ①赵… Ⅱ . ①竹… Ⅲ . ①传记文学 – 作品集 – 中
国 – 当代 Ⅳ . ① I25

中国版本图书馆 CIP 数据核字 (2022) 第 212090 号

出版发行：沈阳出版发行集团 ｜ 沈阳出版社
　　　　　（地址：沈阳市沈河区南翰林路 10 号　邮编：110011）
网　　　址：http://www.sycbs.com
印　　　刷：三河市华晨印务有限公司
幅面尺寸：170mm × 240mm
印　　　张：24.5
字　　　数：400 千字
出版时间：2022 年 11 月第 1 版
印刷时间：2023 年 3 月第 1 次印刷
责任编辑：周　阳
封面设计：优盛文化
版式设计：优盛文化
责任校对：李　赫
责任监印：杨　旭

书　　　号：ISBN 978-7-5716-2833-8
定　　　价：98.00 元

联系电话：024-24112447
E － ｍ a i l：sy24112447@163.com

序言

　　2014年5月，我还在央视，去洛阳参加有关唐文化的会议。会议上，主持人介绍洛阳八景之一的平泉朝游，是由唐朝名相李德裕的别墅平泉山庄衍生而来，并讲述了他的山居梦等诸多故事。他的才干和功绩令人叹服，作为石家庄人的我，对李德裕这位老乡产生了浓厚的兴趣。

　　回京后我开始对李德裕展开深入研究，查资料时发现早在2013年《赞皇六宰相传说》已经被纳入河北省非物质文化遗产名录。石家庄赞皇一村居然出了六位大唐宰相，这宝贵的文化遗产让人兴奋。

　　2015年我从北京回石家庄任职，担任今日头条河北运营总监。在一次采访中，我有机会第一次前往赞皇许亭村，探寻六宰相的故事。许亭村六宰相资料陈列馆中关于六宰相的资料碎片化，摘取为主。彼时图书市场中没有关于六宰相的专著。

　　2018年2月，我去成都直奔新繁东湖公园，其又名唐李卫公东湖。该公园由名相李德裕于公元832年任西川节度使时开凿，是我国现有保存较为完好且有遗迹可考的唐代古典人文园林，距今已经有1200多年的历史。更令人欣慰的是，怀李堂描绘了李德裕的一生，并将其分为鸿鹄少年、门荫入仕、峥嵘浙西、西川雄略、宦海沉浮几个单元。这是迄今为止，我看到的关于李德裕生平介绍最详细的展馆，没有之一。

　　2019年1月，我又来到了海南海口，这里是李德裕最后的生活地。海口五公祠第一位纪念的人就是李德裕。一个大唐宰相连续五贬到崖州司户，难以想象李德裕如何栉风沐雨，带着全家几十口艰难过活。抵达崖州后发妻病亡，他本人也生病许久，缺食少药……那份心境，作为游客是无法体会的。

而后，我又遍寻文献资料，数年过去，文化市场中依然未发现关于六宰相的专著，仅在史志中可零散探寻到他们的踪迹，其中记载李德裕的书籍最多。作为六宰相的故乡人，我暗下决心，既然无人写六宰相故事，就由我来写，弥补并打破六宰相无专著的空白和尴尬。

2020年，赞皇作为六宰相的家乡，建成了德裕古镇，但关于六宰相的理论基础和文化传播力等软实力急需深挖，六宰相的文化品牌需要提高和树立，更需要官方认可和大力宣扬。

我找出这几年搜集的资料，开始动笔写六宰相的故事。真正动笔时才发现，想系统地写六宰相故事绝非易事，除了李吉甫、李德裕父子名气较大、史料较多，其余四位宰相的记载大多已沉寂于浩如烟海的史书中。各种资料的搜集、整理难度远远比想象中的大，但是开弓没有回头箭，动笔后就没有停下来的理由。

作为六宰相的家乡人，我们有责任和使命传承六宰相文化。《赵郡六宰相故事》中，六宰相的任期从武则天时期到唐宣宗时期，历经十四朝，从第一位宰相李峤于公元698年拜相，到最后一位宰相李珏于公元841年罢相，时间跨度长达143年。

书中我全面细致地梳理了六宰相的生平经历：李峤是武则天的御用文人；李吉甫和李德裕是父子宰相；同朝为相的三人中李德裕是李党党魁，李固言和李珏都是牛党中人；李绛有着魏徵般的风骨，以谏言拜相。

要讲述六宰相故事，我们必须了解赵郡李氏。当时的唐朝真正是"长安天子赵郡相""天下一家李"的局面。赵郡李氏，是中国魏晋至隋唐时期的著名大族，是顶级门阀五姓七望之一。赵郡李氏又分为东祖、西祖、南祖三大支系。他们对唐朝历史进程中的许多重大事件有着举足轻重的影响，这种影响是全面的和延续的，在民族、政治、军事、外交、文学、教育等多方面都有着深远的影响力，这种影响力延续至今。其族人活跃于赵郡诸县，如平棘（赵县）、高邑、柏人、元氏、赞皇、栾城、临城等地。在唐朝历史上赵郡李氏曾出了十七位宰相，其中石家庄赞皇就出了六位，这在历史上实属罕见。

我从六宰相为官、为人、为文、为事等多角度进行讲述和挖掘，让过去六宰相晦涩、干瘪的形象丰满起来。我还结合了学界优秀研究成果以及《全唐文》《旧唐书》《新唐书》《唐会要》等历史文献中收录的六宰相的公文、为相时的圣旨（制书及诏书）、散文诗词等个人作品，有血有肉地展现了六宰相立体的形象。在讲述六宰相故事时，我除了细致全面地梳理出各位宰相的人生脉络，还添加了史书中的记载作为依据，在此基础上创造性地解读人物之间、人物家族之间的关系，使故事更加可读和新颖。这样的阐述方式在保证原创性的基础上，使这本著作增加了文化内涵和历史内涵。

行文上，我们用现代白话语言有效、立体地描绘出一个个活生生的人物，比如李德裕和李珏李固言的争斗时，我们高度还原了事件，其中涉及加封李德裕的制书、皇帝一方的动态、宦官集团的动作、对手李宗闵等人的反应、李德裕如何应对等，我们以历史故事的形式进行讲述，让人物鲜活起来。

作为非物质文化遗产的六宰相故事本身具有丰富的文化价值，为我省我市文化建设和发展提供了宝贵资源。让六宰相的故事和精神，更好地得到传承传播，是我们的责任。

从 2014 年搜寻资料、2019 年动笔至今，我反复修改打磨，通过六宰相的故事展现了赵郡、燕赵文化在唐时期起到至关重要的作用。本书以其深厚的历史性、丰富的文化性、现实的可读性，可以作为石家庄优秀的城市文化名片，提升我们的城市形象和文化影响力，践行让文化遗产活起来的理念。

竹林墨客写于北京

2022 年 9 月

目 录

第五位宰相　状元宰相李固言

第六位宰相　财经宰相李珏

壹

第一位宰相　文雄宰相李峤

（一）赵郡李峤

和所有帝王将相的故事一样，李峤的故事也从神迹开始。

据传，李峤有"龟息贵寿"的故事。

李峤有兄弟五人，都不到 30 岁就纷纷去世了。李母十分担心李峤早殇，便请相士袁天罡看相。

袁天罡看后，认为李峤也活不过 30 岁。李母大惧，请袁天罡看卧相。当夜，袁天罡与李峤同榻而睡，发现李峤睡觉没有喘息声，用手一试，鼻中已经断气。他吃惊不已，察看良久才发现李峤是用耳朵呼吸。

次日，袁天罡对李母说："你放心吧，你儿子睡觉用的是龟息，定能大贵长寿，只是不富而已。"后来预言一一应验。

故事中有袁天罡的名字，想必是编故事的人为了增加神秘色彩，突出李峤异于常人，映衬李母绝非一个农家老妇人的形象。这些齐东野语似的故事，算是塑造一个人物的侧面形象。

正面的故事应该是从这一年开始，公元 665 年，唐高宗麟德二年，一个年轻人前往京城长安赶考，他这一去改变了自己，改变了赞皇，改变了家族赵郡李氏，也改变了大唐帝国。他叫李峤，与他同行的还有同乡好友——来自栾城的苏味道。这一年李峤 20 岁，苏味道 17 岁。彼时整个京城长安沉浸在喜悦当中，皇后生了一位公主，她就是大名鼎鼎的太平公主。

李峤（645—714），字巨山，赵郡赞皇（今石家庄赞皇县）人。

公元 665 年，李峤中进士及第，多年后他曾做中书省的中书令，为大唐遴选人才。大唐朝廷举行科举制选拔人才，当时的工作程序如下：中书省—门下省—尚书省—礼部。

中书省负责政令草拟，门下省是政令审核，尚书省是政务执行，礼部具体操办。这一套三省分工的制度也使相权一分为三，这就削弱了相权，加强了皇权，是中国古代政治制度方面的重大创造。三省的长官职权相当于宰相，谓"同平章事"。

唐代科举考试的方法主要有五种，即口试、帖经、墨义、策问、杂文。考试科目为文科和武科。文科又因考试方式及时间上的不同，分为每年定期举行的常科和临时下诏举行的制科。常科主要是秀才、明经、进士三科。

李峤从赵郡赞皇来到京城长安，并非无依无靠，他的舅舅张锡就在长安为官，张锡的叔叔张文瓘也在长安，此时官职相当于部级干部。张锡出身中原士族清河张氏，父辈如文禧、文琮、文瓘，三兄弟住在一处，位列三品以上，所以房宅门前列戟以示尊贵，又称三戟张家。

清河张氏一族在唐朝拜相有清晰记载的有两位，即张文瓘和张锡。更有意思的是李峤比他舅舅张锡还早一步拜相，韦后临朝时期李峤已经成为呼风唤雨的重臣。为什么张锡这辈人升官速度不及李峤呢？

因为李峤聪慧，在武周朝李峤文笔堪称天下第一，他 20 岁就高中进士。大唐有句俗语："三十老明经，五十少进士。"可见考取进士的难度，就连 50 岁考上进士的都少之又少，而李峤是 20 岁中进士，可见其聪明才智。他写过一首诗《风》，入选小学一年级的语文教材："解落三秋叶，能开二月花。过江千尺浪，入竹万竿斜。"全篇没有一个"风"字，却生动地展现了风的动态。还有一首诗也入选了教材就是《中秋月》：圆魄上寒空，皆言四海同。安知千里外，不有雨兼风？

还有一个重要原因，就是门第出身。

从北魏后期到隋唐时期，士族阶级已经形成成熟的门荫机制，赵郡辖境相当于今河北赵县、元氏、高邑、内丘、栾城、赞皇等地，赵郡李氏世代居住于此。赵郡李氏，是中国魏晋至隋唐时期的著名大族，出自赵将武安君李牧，是广武君李左车的后代。西晋时期，左车十七世孙司农丞李楷定居于赵国平棘县南（今石家庄市赵县西南、高邑县东北），后世分东祖、西祖、南祖三大支系。

南北朝时讲究士族门第，赵郡李氏史载人物尤多，各盛家风，世言高华，为北朝官宦中最显赫的士族。隋唐时代更是身份制的社会，世家大族在社会上享有崇高的威望和地位。在所有辉煌的世家大族中有五姓最为尊贵，其中李氏与崔氏各有两个郡望，即陇西李氏、赵郡李氏、博陵崔氏、清河崔氏、范阳卢氏、荥阳郑氏、太原王氏，所以称之为五姓七望。

唐朝开国皇帝李渊一支出身于陇西李氏，也有一种说法说，陇西李氏出身赵郡李氏，直接证据就是李渊祖籍尧山（今邢台隆尧）。而李峤就出身于赵郡李氏。唐代一朝，赵郡李氏为相者17人，是所有豪门士族之最，在我中华煌煌历史中也尤为难得，而石家庄赞皇县大唐王朝拜相者就有6人。

兴起河北的门阀大族赵郡李氏，在唐朝一共出了十七位宰相，他们分别是南祖房有李游道（武周朝）、李藩（宪宗朝）、李固言（文宗朝）、李日知（武周朝）、李敬玄（高宗朝）、李绅（宪宗朝）、李元素（武周朝）。东祖房有李绛（宪宗朝）、李峤（武周朝、中宗朝）、李珏（文宗朝）。西祖房有李怀远（中宗朝）、李吉甫（宪宗朝）、李德裕（文宗朝、武宗朝）。辽东房李泌（肃宗朝）。江夏房有李鄘（宪宗朝）、李磎（昭宗朝）。汉中房有李安期（高宗朝）。

在赵郡李氏赞皇的家族墓地中，随着考古的深入，陆续挖掘出了许多北朝风格文物，其中较为引人注目的就是赞皇西高墓出土的北朝人面镇墓兽（图1-1）。

图 1-1　赞皇西高墓出土的北朝人面镇墓兽

那一夜的长安冬天下大雪，我们想象一下，李峤是如何走进位高权重的大人们视野中的。

长安大雪，东都洛阳也是大雪，东西二京乃至整个唐朝都沉浸在喜悦之中，皇帝与皇后拥有了他们唯一的公主——太平公主。李峤在房内温书，舅舅张锡焦急赶来请李峤去行卷。他准备好了礼物、马匹等物。

张锡又叮嘱一遍："工部阎尚书。"将他的诗文策论递了过去。

李峤接过来，问："舅父，是监造大明宫的阎立本？"

唐代时期盛行行卷制度，所谓行卷就是士子将诗文和策论等文章呈送给社会上、政坛或是文坛中有影响力的人物，让其点评并推荐给主司大人。这是一种名誉加持。如果某位大人收了诗文，没有请士子见面或是推荐给主司，士子就要一遍又一遍地呈送，这叫温卷。

纵使李峤是门阀望族，也必须遵守官场规则和朝廷传统。

李峤骑马来到阎府，门口递交策论的人排起长龙，他不情愿地排着队。这时，人们只听得马挂銮铃和嘈杂的马蹄声，一行马队渐渐近了。

人群中有一位世家子弟，轻声说："来求画的，骑突厥战马的这位将军就是司戎太常伯、永安郡公姜恪，刚晋升同东西台三品。"

"宰相？"

"宰相！"

唐朝初年，唐太宗以中书省、门下省、尚书省三省综理政务，共议国政。中书令、侍中、尚书仆射分别为三省长官，并为宰相。以其他官员参与政务的，加同中书门下三品名义（中书令、侍中为三品官）；资历不及三品者加同中书门下平章事，这些都是事实上的宰相。唐太宗时期名为同中书门下三品，唐高宗李治时改为同东西台三品。

三年后，阎立本擢升右相，姜恪为左相，官场评论：左相宣威沙漠，右相驰誉丹青。这是后话。

雪花依然飘着，为长安的天空增添了诗意。众学子跺脚搓手，李峤望着雪景兴致高昂，他从矢立中拿出毛笔，在一棵大树的树身上，洋洋洒洒写下一首诗："瑞雪惊千里，同云暗九霄。地疑明月夜，山似白云朝。逐舞花光动，临歌扇影飘。大周天阙路，今日海神朝。"落款："赵郡李峤书"。

阎府内，阎立本和姜恪一阵寒暄，品茶观雪，近人用托盘将一封封策略呈上。阎立本推茶站起，他拿起策论，定睛一看：赵郡李氏，赞皇李峤。

二位大人争先跑到府门。虽然是跑，但是姜恪的跑和阎立本的跑不一样，姜恪看重赵郡李氏四字，阎立本作为文臣才子，看重李峤二字——他早就得知了李峤的才学。

众人对着树身的诗词评头论足，阎姜二位也走到了大树前，情不自禁地吟诵起来。我想那一年，李峤的故事在长安由此展来，我们的故事讲述也开始了。

大唐麟德二年，即公元665年，春闱，赞皇才子李峤高中进士。天下读书人最期盼的一刻就是金榜题名，天下读书人追求的终极成就就是拜相，辅佐帝王，匡扶天下。他踌躇满志地望了望凤阙龙楼，眸子闪着耀眼的光芒。

李峤中进士的时间，是我根据《新唐书》记载推算出来，《新唐书·卷一百二十三·列传第四十八·李萧卢韦赵和》记载："十五通《五经》，薛元超称之。二十擢进士第，始调安定尉。举制策甲科，迁长安。时畿尉名文章者，骆宾王、刘光业，峤最少，与等夷。"李峤是公元645年出生，20岁中进士，自然是公元665年。

但我又详查资料，据《唐代进士录》①20页记载，李峤是麟德元年（公元664年）中进士。该书20页记录："李峤，据孟二冬《登科记考补

① 陶易.唐代进士录[M].合肥：安徽大学出版社，2010：20.

正》考证此年三位进士为李峤、支敬伦和张弘道。"①

无论登第是在前一年还是后一年，都足以说明李峤是极为聪明的人。

这一夜，20岁的李峤一定在想：大唐我来了，长安我来了，我赵郡李峤来了！他抬头看着璀璨的星空，丝绸般的夜空点缀着闪亮的星星，不，那不是星星，是赵郡李氏人杰的名字，战国始祖武安君李牧、跟随唐高祖李渊起兵的李思行、唐太宗李世民十八学士的李守素等等，历代朝廷天子如潮水般轮替，哪一朝少得了赵郡李氏的人杰辅佐？更可慰的是赵郡李氏的人才如劲草，一茬又一茬，就在这眼下的长安城早已济济一堂。

《隋唐佳话》记载，唐高宗朝另一位宰相薛元超言："平生有三恨，始不以进士擢第，娶五姓女，不得兼修国史。"在同时代中一个人的遗憾，是另一个人的标配，这就是时代的力量。薛元超的三恨，李峤一一实现，他以进士及第，他出身豪门巨族赵郡李氏，世代与其家族通婚的门阀家族前三名分别是博陵崔氏、清河崔氏和北魏皇室。他位居中书令等要职时，兼修国史。

李峤的聪颖早见端倪，他在家乡赞皇读书时就曾"梦得双笔"：他梦到一个仙人送给他两支笔，从此他学业大进，终成一代文雄，后来人们就用"梦得双笔"比喻文才出众的人。

李峤与李贺、王勃和骆宾王并称唐朝少年四大天才。

（二）弓鸣苍隼落

李峤进士及第后，初任安定县尉，又授长安县尉，又任三原县尉，可以看出这是一颗冉冉升起的政治新星，他的首次任职起点就很高，一直围绕着京城长安展开，职位都是县尉，相当于县公安局局长。他的文采远近闻名，在这个时期他与刘光业、骆宾王常常以诗会友。

李吉甫的《元和郡县图志·卷一关内道·京兆府》中有关于"三原

---

① 徐松.登科记考补正[M].孟二冬,补正.北京：北京燕山出版社,2003：61.

县"的记载："以其地西有孟侯原，南曰丰原，北曰白鹿原，故名。"李峤调任三原县尉，这里与长安距离较近，政治上也很重要，因为唐高祖李渊的献陵就在此。

李峤的父亲李镇恶的最高官职是襄城令。襄城即许昌市襄城县，也就是说李峤的官职起点和父亲官职的终点一样，可见李峤的文采的确出众，又有赵郡李氏家族荣光加持。

李峤和苏味道并称"苏李"，两个人都是有非常有才华的年轻人，两人都是 20 岁进士及第，两个人又先后拜相，这在石家庄文化历史上也是一段佳话。陈冠明出专著《苏味道李峤年谱》①将二人的生平梳理出来，不得不说这也是两人之间一种难得的缘分。

这一年，17 岁的苏味道在长安吃了李峤的闻喜宴后，就回了家乡。不急，少年，三年后再到长安，必定是一举功成天下名。在从长安回赵郡的驿道上，少年苏味道青衫薄。来时两人结伴，归时人单影只，好在他还年轻。挚友李峤留在长安，他的心情应该是复杂的，也是开心的，他的心境，想必正如他后世子孙苏东坡的诗句："回首向来萧瑟处，归去，也无风雨也无晴。"

李峤初仕一直在长安周围辗转，职位都不高。他在安定县尉、长安县尉、三原县（今咸阳市三原县）尉等县级职位上勤勤恳恳工作了十余年。他的履历再次变动是在公元 678 年，中间有 13 年在县尉职位上。

李峤在三原县登荆山，曾作《楚望赋》黯然地说："……余少历艰虞，晚就推择，扬子《甘泉》之岁，潘生《秋兴》之年，曾无侍从之荣，顾有池笼之叹……"全篇道出了诗人登山临水，想到自己 30 多岁碌碌无为而心伤，有求无应，有才无施。

李峤在基层的 13 年，有慷慨，有愤懑，也有不满。他在《与雍州崔录事司马录事书》中说："峤学术芜浅，才艺寡薄，弓冶遗业，独事斯文，而衣冠后进，多惭接武。顷以三馀暇景，四时风月，斗酒娱乐，嘤鸣感召。"又在《上雍州高长史书》中说："顾尝希仕尺寸，徇禄培外，僮仆之与邻，趋走之为役，婆娑尘垢之下，蹉跎藩篱之际。"

李峤在这个时期与友人通信时，多发感叹命运不济、良辰虚度的话语。这时的李峤 32 岁，从他的文中我们不难看出他久居地方的消沉

① 陈冠明.苏味道李峤年谱[M].北京：中央文献出版社，2000：89.

心情。

李峤在给雍州高长史的信件中，表达了希望受到引荐的想法，又夸赞吹嘘了高长史，文辞华丽无比，这篇文章还入选了《唐文粹》①，成为自荐体书信的范本。

公元 678 年李峤的仕途出现转折，他来到英王府李显的府中，担任属官，他的许多诗文都是这一阶段完成的，他的才华引起了皇帝李治的注意。

李峤建功立业的机会出现在公元 679 年，大唐高宗调露元年，34 岁的李峤已经做到监察御史。此时，岭南獠族一声炮响，岩州（今广西壮族自治区玉林一带）和邕州（今广西壮族自治区南宁一带）的獠族叛乱，李峤作为李治亲封的监军一同前往。这一次李峤任监军，这是唐朝遵隋朝旧制以御史任监军。大唐王朝出兵前期以御史任监军，后期以宦官为监军。

《新唐书·卷一百二十三·列传第四十八·李萧卢韦赵和》记载："授监察御史。高宗击邕、岩二州叛獠，诏监其军，峤入洞喻降之，由是罢兵。"这从侧面说明，李峤赢得了皇帝李治的信任。

李峤抵达岩州前线，认真思考了敌我态势。他知道这一次獠族叛乱和武德四年（公元 621 年）十一月叛乱不同，他也不是卫国公李靖那样杰出的武将。58 年前，李靖面对獠人可杀可砍，可谈可拢；如今，他这位赞皇才子熟读史书，他懂得攻心为上。打是军事，谈是政治，他决定以身犯险，亲赴獠洞，招降獠族首领。一介书生，剑胆琴心，李峤实属好男儿，他不顾南蛮险恶地势，瘴气毒烟，成功劝降獠人。

李峤军功已成，獠人归降后，他在回去路上，做了一首《军师凯旋自邕州顺流舟中》。这位诗人心情颇佳，口吐莲花，轻松吟唱："弓鸣苍隼落，剑动白猿悲。芳树吟羌管，幽篁入楚词。全军多胜策，无战在明时。寄谢山东妙，长缨徒自欺。"他又在《安辑岭表事平罢归》中吟唱："衣裳会百蛮，琛赆委重关。不学金刀使，空持宝剑还。"李峤壮志凌云，以口舌为兵剑，代替十万大军，文武全才，俨然是大唐冉冉升起的新贵。

① 《唐文粹》是宋代姚铉（967—1020）所著的唐代诗文选本。100 卷，收文 1104 篇，收诗 961 首。

公元 680 年，李峤胜利归来，朝廷的气氛越来越不对，唐高宗李治因病休养，天后武则天堂而皇之临朝听政，俨然是一副皇帝派头。她大权在握，野心膨胀，开始试探朝野人心的反应。她开始为称帝作进一步试探，她秉持了帝王的"顺我者昌、逆我者亡"的原则，开始屠戮李氏宗室和朝廷上的反对派官僚。

公元 683 年，唐高宗李治驾崩。

李峤的儿时玩伴苏味道于公元 668 年进士及第，高调入仕咸阳尉。他被礼部侍郎、出身河东裴氏的裴行俭看重，自公元 679 年开始随军征讨突厥等。在征讨突厥的战事中，苏味道被引荐为管记，行书令及表启之事。

石家庄栾城区苏邱村中至今有这位大唐宰相苏味道的石像（图1-2）。

图 1-2　苏味道石像（立于苏邱村）

公元 684 年武则天废中宗李显，徐敬业在扬州起兵，骆宾王作为幕府艺文令，书写《为徐敬业讨武曌檄》，十一月徐敬业兵败被杀，李峤的文友骆宾王失踪，人们传言骆宾王被天后杀掉了。作为好友，李峤愿意相信，骆宾王是做了一名隐士，隐遁山林，吟风弄月去了。

公元 685 年，即垂拱元年五月十七日，武则天完全掌握了朝廷大权，她为广延人才，下诏令内外九品以上官及百姓有才者自举，以求进用。

在这几年乱哄哄的朝局中，李峤职位没变，一直是监察御史，这就是最大的幸福了。他看到朝廷的自荐表，写了一篇自叙表，内容如下。

臣峤言：奉今月十七日口敕，令臣等各自述行能进者。臣以蒙鄙，遭逢休历，陛下降非常之遇，垂不次之思届，擢处崇班，超登近侍。上感皇明识遇之厚，下忧忝冒负乘之责，常愿肝脑涂地……及其屏私昵，忘比周，内无术数之机，外绝朋附之党，一心奉主，介然孤立……陛下弃短收长，循名责实，使得效其薄伎，申其末用，则臣之浅术，可得而言。臣曾涉经典，笃好文史，渐六艺之腴润，驰百家之闾阖。至若操觚秉牍，纪事属辞，虽窃比老、彭，诚未拟于先哲；而上追班、马，敢自强于后进……

从这篇表中，我们不难看出，41岁的李峤依然想在政治上有所作为。这一年李峤升迁到御史。更需要注意的是李峤的才气，他对自己的才华自信到了自负的程度，比如："臣曾涉经典，笃好文史，渐六艺之腴润，驰百家之闾阖。至若操觚秉牍，纪事属辞，虽窃比老、彭，诚未拟于先哲；而上追班、马，敢自强于后进。"他自比老聃彭祖，又与班固和司马相如比肩，这是何等自信、何等气魄、何等才能，他甚至将自己的文章功业与武则天的千秋功业联系在一起。

公元686年，狄仁杰回长安入朝为官。

公元688年，武则天的称帝步伐加紧，表面的反对派被一一铲除。这一年，她给了自己一个夸张无比的尊号——圣母神圣。四个字带两个圣字，这个尊号显然是让唐睿宗李旦听的。这一年九月，琅琊王李冲、越王李贞兵败被杀，武则天掐指一算，是时候铲除李姓诸王了，便授意周兴等酷吏审讯，开始了另一轮的残酷血洗，逼迫韩王李元嘉、鲁王李灵夔、黄国公李撰、东莞郡公李融、常乐公主等勋贵自杀。同时，他们的亲信家臣也一一被杀。

这一年年底，武则天在洛阳营建的明堂落成，称"万象神宫"。薛怀义在内营造大佛，接着武承嗣等人争献祥瑞宝石，据《资治通鉴·卷二百四·唐纪二十》记载，明堂共三层，底层为四方形，四面各施一色，分别代表春、夏、秋、冬四季（图1-3）。中层十二面，效法一天中十二个时辰。顶层为圆形，攒尖顶立一丈高鎏金铁凤，四周环绕九龙雕塑。中间有周长十五米左右的巨型木柱，上下通贯，故此又名为万象神宫。明堂是史上体量最大之木构建筑，高88.88米，占地一万两千平方米，是唐代建筑技术之巅峰巨作。其建筑技术和施工技术惊世骇俗，百姓入内参观、中外使臣参观及赐宴群臣时，所见者无不被其震撼。

图1-3　明堂复原效果图

公元688年4月，武三思一伙人炮制了"洛水瑞石"事件。石头上写："圣母临人，永昌帝业。"这说明武则天开始为登基做舆论工作，天有祥瑞是神仙旨意，是许多皇帝爱玩儿的把戏。李峤作为大唐才子，又是凤阁舍人，书写《为百寮贺瑞石表》祝贺，这也成了他的污点，被清流人士攻击这是为朝廷唱赞歌。该表节选如下：

臣某等言：臣闻高明博临，无远不应；正直潜感，虽幽必通。伏惟皇太后陛下庆发曾沙，业隆大宝……于洛水中得瑞石一枚，上有紫脉成文曰"圣母临人，永昌帝业"八字。臣等抃窥灵迹，骇瞩珍图，俯仰殊观，相趋动色……

公元688年12月，武则天拜洛受图，李峤等人随行，他又写《献奉和拜洛应制》："七萃銮舆动，千年瑞检开。文如龟负出，图似凤衔来。殷荐三神享，明禋万国陪。周旗黄鸟集，汉幄紫云回。日暮钩陈转，清歌上帝台。"

李峤也替右相韦待价代写一篇《为韦右相贺拜洛表》，此时韦待价正在统兵征讨吐蕃。文学家陈子昂也写了《为程处弼应拜洛表》，另一位石家庄栾城宰相苏味道写《奉和受图温洛应制》。

武则天封禅后，宰相薛元超也上《封禅书》，大诗人王勃也曾写《乾元殿颂》《九成宫颂》等文章，刘允济写《明堂赋》等等。可只有李峤写了贺表赞歌，广为非议，让士林中人讥讽，这也成为人们诋毁他最直接的力证。评论任何一个人离不开时代背景和具体环境，否则得出的都是极为不负责任的结论。在武则天掌权初期的高压统治下，不顺从者，谁得以善终？何况李峤就是以文采受到武则天的赏识，其工作职能就是充当御用文人。

公元690年大戏登场，一部《大云经》记载天女降临人间，武则天授意全国佛寺为老百姓解读此经书，暗指自己就是弥勒佛转世，旋即，她"顺从"神祇和民意登皇帝位，成为中国历史上唯一的女皇。

李峤作《皇帝上礼抚事述怀》："配极辉光远，承天顾托隆。负图济多难，脱屦归成功。圣道昭永锡，邕言让在躬。还推万方重，咸仰四门聪。恭己忘自逸，因人体至公。垂旒沧海晏，解网法星空。云散天五色，春还日再中。称觞合缨弁，率舞应丝桐。凯乐深居镐，传歌盛饮丰。小臣滥簪笔，无以颂唐风。"

此时有关朝堂大事的行文和锦绣文章，大多数出自凤阁舍人李峤之手。

（三）嫉恶如仇救狄仁杰

一个文人完成一件大事就能名垂青史，比如同时代的王勃，一篇《滕王阁序》就足以彪炳史册。可朝廷每逢大事都是李峤书写，这说明李峤的文采的确可以称霸海内。

祖先祭奠一直是封建社会的重要仪式，有着重要的政治意义，当政者总想抬高祖先来垂范后世，武则天也不例外。从武则天临朝开始，其就有意立七庙。这件事遭到了大臣反对，直到公元690年武则天登基后，她又将立七庙的事情提上日程。

什么是立七庙呢？中国古代宗庙制度，简称庙制，是指儒家为给已故祖先建立灵魂依归所设立的次序和祭祀制度。庙制规定："天子立七庙、诸侯立五庙、大夫立三庙、士立一庙、庶人无庙。以此区分阶级贵贱。

武则天当了天子，可以光明正大地立七庙：奉周文王为始祖，平王少子武为睿祖，其余五庙分祀武则天五代以内祖先。她把洛阳七庙改成太庙，把长安太庙改成享德庙祭奠三代帝王，这直接昭告天下，大唐政权轮替了，已经让渡到了大周朝廷。

这样一件庙堂大事，当然离不开李峤的大手笔。皇帝下令，李峤上表《代百寮请立周七庙表》。

那些年，李峤一定被长安洛阳两京一系列意想不到的操作，惹得眼花缭乱，心惊肉跳。有战功的李峤，文采十分出众，这让武则天印象深刻，这一年，他被封为给事中，相当于武则天的机要秘书。

一次，武则天问狄仁杰："满朝文武，谁可以当宰相？"

狄仁杰说："如果论有文采的人，李峤、苏味道就可以。如果要找出类拔萃的奇才，只有荆州长史张柬之。"

名相狄仁杰口中这三人前后拜相，赵郡两位人杰的文采也得到了如狄仁杰这样朝廷大员的认可。记住这一刻，这是武则天一朝最有权柄的宰相——狄仁杰开始下大棋了，这一节日后再表。

公元692年，即长寿元年，武则天的利刃出鞘，这把利刃就是酷吏来俊臣，他诬陷狄仁杰、李嗣真等犯谋反大罪，有关人等悉数入狱。狄仁杰"好汉不吃眼前亏"，一边对于"莫须有"的罪名一一认下，一边将冤屈写了下来传递给儿子狄光远，让狄光远为父伸冤。

武则天再见狄仁杰问："你无罪，为何认罪？"

狄仁杰泰然自若地回答："不认罪，我早死在狱中了。"

武则天质问来俊臣等，来俊臣一一否认屈打成招、动刑逼供的事。武则天再派李峤、大理寺少卿张德裕、侍御史刘宪一同复核此案。

李峤查出狄仁杰的冤屈，会同张刘二人商议，想为狄仁杰等申冤。张德裕和刘宪二人了解皇帝心意，李峤却曰："知其枉不申，是谓见义不为者。"他上疏皇帝，为狄仁杰等人申冤，因此忤逆武则天的旨意，被外放为润州司马，润州是今镇江。李峤从中央官员一下被贬到地方州官。此时，李峤47岁。

李峤懵了，他一直恪守从书中学的圣人贤哲的做人标准：君子以身报国，他只身一人亲赴獠洞；君子仗义执言，他为狄仁杰等伸张正义。可大堂上正襟危坐的人大多污秽不堪，或是同流合污。他犹豫了，怀疑了，在内心开始否认儒家君子的信条。他作为文人士大夫的价值观被击碎，秉持着的世家大族子弟的骄傲被渐渐藏起，这一切内心蜕变都是被来俊臣那把屠刀和《罗织经》吓倒了，也是被领导武则天的好恶偏见打醒了。

一辆牛车驮着李峤，行走在长安通往润州的路上。想起来了，他想起来了，前不久，李游道与袁智弘、王璿、崔神基、李元素等人遭到酷吏王弘义诬陷，被流放岭南。五人中有两位出身我赵郡李氏，李游道位居宰相也未能幸免。一人之上万人之下的权力神话，原来是个笑话，那一人才是最核心的所在。

我赵郡李氏青年才俊，手中三寸狼毫写得出锦绣文章，胸有藏有百万兵，难道要一个个要为奸佞所害？不，要改变，改变……他陷入了沉思。

这一年成为了李峤人生的分水岭。

一年后，公元 693 年，李峤调任长安朝堂，他的华彩文章太优美，太有影响力。让武则天尤为欣赏，所以才有了史书记载："朝廷每有大手笔，皆特令（李）峤为之。"长安旧交故友发现李峤变了，他依然有勇气痛陈朝廷利弊，劝谏皇帝，进言方式变得圆滑，脸上不露锋芒，不再嫉恶如仇。

午夜惊梦，李峤痴呆呆地坐在陋室，他已经连续做噩梦几日了，他内心极度紧张，担心稍有不慎就大祸临头，他陷入了极度恐慌中，内心极度缺乏安全感。李峤虽身出豪族，自幼丧父，唯有努力，奋发读书，15 岁就精通《五经》，20 岁高中进士，纵使做到机要大臣，也会随时面临被贬的境地。小时候他的安全感是读书，在官场安全感是文采，如今单靠文章是不够的。

李峤心想，就连幼时玩伴苏味道，自从娶了裴行俭之女后，仕途也是顺风顺水。自己比苏味道早三年进士及第，如今品阶差不多，都是凤阁舍人。武则天女人当国，于是将中枢机关也改成符合女人的喜好。凤阁就是中书省，凤阁舍人也叫中书舍人，这个职位相当于内阁或皇帝的机要秘书，可以参与国家政事，起草诏书。这一时期李峤画像（图1-4）。

图1-4 李峤画像

李峤纵有神童之名，也担心被另一个神童超越。如果是一般神童，没有家族荣光，有家族荣光的比不过赵郡李氏。可偏偏赵郡李氏就盛产神童，比如李百药等人。他想到逐渐式微的东祖房，父亲早逝，其他祖房支脉兴盛，他必须义无反顾，必须披荆斩棘，朝着终极目标行进，那是天下读书人的终极目标，文臣的最高荣誉：宰相！

李峤来回踱着步，推窗引风，他看着廊下的牡丹花，花蕊中露水如仙露，一滴滴仿佛从天上而来。他若有所思，执笔写道："夜警千年鹤，朝零七月风。愿凝仙掌内，长奉未央宫。"他低头又轻吟了一遍："长奉未央宫。"

公元695年4月，天枢建成。天枢，是武则天的纪功柱，寓意天下中枢，由四夷酋长筹资百万亿建于神都洛阳，全称大周万国颂德天枢。武则天大宴夷夏群僚。朝士献诗者不可胜纪。

李峤制书冠绝当时，这成为其文采代表作之一。《奉和天枢成宴夷夏群僚应制》："辙迹光西崦，勋庸纪北燕。何如万方会，颂德九门前。灼灼临黄道，迢迢入紫烟。仙盘正下露，高柱欲承天。山类丛云起，珠疑大火悬。声流尘作劫，业固海成田。帝泽倾尧酒，宸歌掩舜弦。欣逢下生日，还睹上皇年。"

李峤没有被朝廷的大事忘记小民的大事，民为本。他针对逃亡户向朝廷上表《请令御史检校户口表》，这封制书被记录在《全唐文》卷二四六中。

《旧唐书·卷八十八·列传第三十八·韦嗣立传》："天下户口，亡逃过半。"《中国民政思想史》①第六章第九节李峤撰《论加强户口管理与减少人口隐漏》记载，李峤认为赋役繁重，针对户口改革：①严密管理，对于隐报不报，奖励给检举人一定奖励。给予不报者一定期限，不是直接处罚。②流民愿意返乡，减少赋税，重建家园，没有路费官府赈济。愿意留在当地，主动帮助上报户口。安抚民生解决民政。

（四）凌云之笔

公元696年，武则天为封禅嵩山做足了准备，她亲自书写《大周升中述志碑》。在这场浩大的封禅活动中，另一个灵魂人物就是李峤，他作为武则天的御用文人，书写了《大周降禅碑》与皇帝的碑文并立在嵩山之巅，这是千载难逢的荣光，与皇帝并驾齐驱，武则天撰写的《大周升中述志碑》在东南，李峤撰写的《大周降禅碑》在西南。可惜大周升中述志碑已失，李峤撰写的碑文保存了下来。

李峤遇见此等大事，也是怀着极高的热情和激情参与其中，他在这篇雄文中自谦地说："臣峤谬忝司牧，躬陪错事，末光幸煦，长倾捧日之心；仟石徒攀，终愧凌云之笔。"

一千多年后的我们，透过李峤的凌云之笔，来欣赏这篇雄文的节选。

《大周降禅碑》："愚臣观象铜衡，紬文金版，变化莫神于开辟，崇高莫大于富贵。……若迺元通不测之智，神用无方之业，超因越果，名流于贝叶之书；应物随缘，迹满于莲花之会："秘恍忽于言象，征希微于识篆。亦犹宝应慈物，推心坐雄帝之朝；吉祥哀时，屈已登女皇之位："此之谓神力……"

如此隆重的仪式中，可见武则天对李峤的看重，这一片碑文也可谓李峤的巅峰之作，另一篇雄文则是《攀龙台碑》又称《大周无上孝明高皇帝碑》。被誉为天下第一碑，据《永乐大典》卷五二〇三记载：碑高5丈、宽9尺、厚3寸，共6700个字，是碑文中的长篇巨著，此碑详细记

---

① 孟昭华，谢志武，傅阳.中国民政思想史[M].北京：中国社会出版社，2000：326.

载了武士彠一生经历，对武则天也是极具夸耀和褒奖。

李峤的凌云笔书写了武则天朝廷一件又一件的大事，见证了历史也见证了天下要事。他也没有忘记百姓小事，次年，他上奏《论巡察风俗疏》，痛陈得失，御史巡查天下造成的弊端和程序上的烦琐。

（五）第一次拜相

公元 698 年，圣历元年，细心的读者可能发现了，武则天又又又换年号了，没错，圣历元年是武则天换的第十四个年号，这还是据不完全统计。历史上使用年号最多的皇帝，就是武则天和李治夫妻，据《新唐书》记载武则天用了十七个年号，李治用了十四个年号。

这一年，赞皇才子李峤也如愿，荣登相位，从 20 岁考中进士，53 岁第一次拜相，赵郡李峤奋斗了 33 年，离他上次被贬出京已经过去 6 年了。

公元 699 年，武则天派张昌宗兄弟主编《三教珠英》，诏学士四十七人参与修撰，全书一千三百卷，目录十三卷，诸珠英学士首位即李峤，可见当时他已是文坛领袖的地位。

这也成为清流攻击李峤的原因，放在同时代同背景，换做我们是李峤，会拒绝吗？能拒绝吗？一朝的人王地主让你修本专业的文献，职责所在，你也能拒绝吗？参与修撰的还有唐开元名相张说，而对他的历史评价，后世修史书者们就宽容多了，对李峤的参与就微词颇多。《新唐书·卷一百二十三·列传第四十八·李萧卢韦赵和》记载："峤富才思，有所属缀，人多传讽。武后时，汜水获瑞石，峤为御史，上《皇符》一篇，为世讥薄……"同样是称颂武则天，崔融境遇也好多了，可见历史是带有某种偏见的。

李峤才思巨富，以文雄著称，本专业，本职责，分内事，他没有理由拒绝，所以他的行为就有了瑕疵，为后人，史书所诟病。李峤的诗作在中唐时期随遣唐使东渡至日本，《日本国见在书目》著录《李峤百廿咏》一卷。今存最早钞本为日本嵯峨天皇亲笔所钞本，凡二十一首，在日本已被定为国宝。

除此之外，能证明李峤是当时独一无二的文坛领袖，直接证据就是他替达官贵人比如宗楚客、李元素、姚璹等，还有武氏家族比如武承嗣、武攸宁等代写表章。

公元 700 年，久视元年，注意朝廷的年号又换了。幸亏百姓不参加科举考试，如果参加考试，年号写错了，文章再好也不会及第，可能还会入狱。李峤任鸾台侍郎，同平章事，兼修国史。注意，有另一位宰相薛元超毕生三恨之一，文人修国史，这是不朽功业。与文长存的典范，是装点盛朝的美差。

这一年，李峤的舅舅张锡拜相，他比李峤拜相晚了两年。据我考证，张锡的生辰约公元 637 年，逝世时间约是公元 711 年，这一论点结合《全唐书》《旧唐书》《唐张锡墓志考释》①。换句话说，张锡比李峤大 8 到 10 岁，辈分如此。封建社会讲究长序有别，外甥舅舅不能同时拜相，李峤改任成均祭酒，类似明清的国子监祭酒。相当于中央党校校长兼任教育部部长。

李峤舅舅张锡当了八个月宰相，就因为选官时贪污受贿，被武则天定为斩首。临行刑前特赦，张锡改流配。

《张锡传》和《李峤传》记载都相对平缓，《苏味道传》记载得相对详细。张锡受贿事件中，史料中我们已知有两位大员牵扯其中，就是苏味道和郑杲，二人同为天官侍郎。下狱后，张锡从容不迫，苏味道席地而坐，很少进食。史书将这一细节也记录下来，武则天听闻他们在狱中表现，将张锡改流配循州（今广东惠州东）。苏味道复召为天官侍郎。这是广泛流传的版本。

关于张锡受贿这件事，我认为不大可能，张锡以门荫入仕，好不容易爬到宰相位置，外甥李峤贵为宰相，为了他入相做出巨大让步，他怎么可能为了银子贪污呢？这是疑点一。

清河张氏也是河北门阀大族，他的父亲张文琮，叔叔张文瓘都曾为相，如此门阀士族，应该不缺钱，这是疑点二。

张锡贪污受贿，受牵连大臣苏味道等，一个人受贿把整个选官班子都端掉也不太可能，这是疑点三。再回过头看武则天的表现，她将张锡

① 张洁．唐张锡墓志考释 [J]．洛阳师范学院学报，2009，28（4）：5-8．

等人下狱，复召苏味道，张锡行刑前特赦，又流配。处罚方式这有点过于繁琐了，前后矛盾，要么太狠要么太轻。我们也挖出一条记载应该最接近真相的一种说法是：公元701年3月，张锡参与拥立庐陵王李显为太子，遭到武则天等人的记恨，以贪污罪论，流配循州。各种版本前后不一，《新唐书》《旧唐书》《资治通鉴》和张锡墓志对此也是各执一词，有待新的证据被挖出。

这一年，武则天莅临汝南温镇泉，并在此设行宫、宴群臣。武后仿效王羲之兰亭修禊引以为曲水流觞的故事，命群臣围大池而坐，置酒杯浮于池中。酒杯顺水漂荡，流至谁跟前，谁就得一饮而尽，并赋诗一首以庆升平。这就是著名的流杯亭侍宴诗，群臣做应制诗，李峤作序，殷仲容书。

公元701年9月，李重润被武则天杖毙。李重润是唐高宗李治嫡孙，是唐中宗李显嫡长子，母亲是韦皇后。他一出生就被立为皇太孙，十分受爷爷李治的宠爱。有人传言李重润与其妹永泰郡主李仙蕙、妹夫魏王武延基等私下议论张易之兄弟以美色出入内宫。这个闲话传到了武则天耳朵，她大怒，于九月初三日，将三人杖杀，也有说是中宗李显逼迫他们自杀，为了在武则天面前打消自己的嫌疑。李重润死时年仅19岁。

武则天又追赠其为懿德太子，并命李峤为皇太孙李重润撰写哀文。《谢撰懿德太子哀册文降敕褒扬表》：

臣某言：昨奉敕，令臣撰懿德太子哀册文。臣术异怀蛟，艺非吞鸟，四科函文，多谢于文学；七子登筵，有惭于词赋。恭闻圣旨，辄奏庸音，岂足以褒叙重离，激扬三善，宣睿慈之恻怆，述天顾之绸缪？曲降丝纶，猥垂剪拂。谕之以云间日下，方之以陆海潘江。饰嫫母之容，加其粉泽；莹碱砆之质，发其光彩。虽宋玉大言，见褒于楚国；公孙下策，蒙赏于汉朝；无以比此揄扬，方斯恩渥。钦戴紫绶，伏铭元造，仰高天而发悸，顾短札而成羞。无任惭荷战惧之诚，谨诣阁奉表陈谢以闻。

这个时期还有一个关于李峤宰相安贫的故事，李峤虽官至宰相，但家中一直清贫，卧室床上用的是粗绸帐子。武则天认为有损大国体面，便赏赐他宫中御用的绣罗帐。当夜，李峤睡在绣罗帐中，结果通宵难以安睡，觉得身体好像生病一般，极不自在。次日，他对皇帝说："臣年轻时，曾有相士对我说过，不应奢华。如今用这么好的帐子，所以睡不安稳。"

武则天无奈，只得任由他用旧的粗绸帐子，李峤的失眠就治好了。

（六）神龙有悔

公元 703 年，长安三年，李峤第二次拜相，时年 58 岁。次年，李峤可能有些厌倦了，主动请辞。《旧唐书·卷九十四·列传第四十四·李峤传》记载："峤后固辞烦剧，复拜成均祭酒，同平章事故。"他看着后院的枣树，想起了故乡赵郡赞皇家中的大枣树，想起了槐河，这个季节凋落的枣花随槐河水流着，自己何尝不是这洛阳大朝中凋谢的枣花，起伏万分不由人。

公元 704 年底，武则天接受李峤辞职宰相，任地官尚书。在这里我们解释一下，武则天称帝后，将中央三省六部等做了更名，门下省改鸾台，中书省改凤阁，尚书省改文昌台，天地春夏秋冬对应吏户礼兵刑工六部。地官尚书就是户部尚书。这个时期的李峤对官宦仕途有了厌倦，他请辞宰相，担任地官尚书，又请辞地官尚书一职。

我国"八五"国家重点出版工程《传世藏书》，由季羡林担任总编，《传世藏书·全唐文·卷二四四》中记载李峤锦绣文章将近十篇，有李峤《让同平章事表》《为李景谌让天官尚书表》《让地官尚书表》《为道士冯道力让封官表》《为欧阳通让夏官尚书表》等，我严查了一下，收录的都是表，均为让表。有的是为自己写，有的是为他人写。简单理解就是李峤给皇帝朝廷写的奏章，因为文采华丽，语境优美被一一收录。《让地官尚书表》：

臣某言：伏奉制旨，以臣为地官尚书。无涯之恩，忽降霄极，非据之惕，坐惊魂宇，臣某诚惶诚恐顿首顿首死罪死罪。臣少无奇志，长乏异能，短步非疾于骅骝，飞自同于燕雀。逢圣神之再造，属天地之兼容，郑璞齐竽，窃混声价；秦冠汉绶，叨践名级。步鸳池之清切，陟鸾渚之便蕃，出入五台，周旋三阁，行膺负玺之任，遂服专车之宠。万机损益，蔽于庸陋之心；百揆谟猷，滞于膏肓之疾。爰发皇揆，特留宸眷，假优闲之秩，虽入杏坛；参翊亮之谋，尚和梅鼎。徒延舟楫之举，况微股肱之效，挈瓶之智，患在于空虚；瞰室之灾，惧深于盈满。方陈骸骨之情，遽荷云霄之命，负乘之责，前谤未除；忝越之讥，后恩仍及。还振蜉蝣之羽，欲参龙凤之行，赤绂妨贤，物知不可；素食得位，臣亦胡颜。况八座枢机，五曹要剧，上仪七星之象，旁理万邦之教，自非元凯之明允忠肃，陈韩之敦朴淳深，将何以厘正版图，抚安邦国？臣之浅狭，诚则贪叨，朝有典章，敢叨（疑）非望？伏乞回乾坤之曲泽，收雨露之殊私，广访讦谟，详求械朴，更引食场之彦，俾临均土之司，则受任得才，无惬振鹭之美；官方有序，不失贯鱼之次。无任惭悚之至，谨诣朝堂奉表陈请以闻。臣所让人，别状封进，臣某诚惶诚恐顿首顿首。谨言。

冯道力是唐玄宗李隆基倚重的道士，欧阳通乃是欧阳询之子，曾任宰相。李景谌也当过宰相，我查遍《新唐书》《旧唐书》宰相传，没有李景谌的传，后查实他当了十天的宰相被罢黜，以后史书再无记载。他有一篇文章传世，还是李峤当的枪手。无论是幸进新贵还是当朝宰臣都请李峤代笔写表，可见李峤之才华，得到勋贵大员的高度认可，不负"文宗词雄"称号。

公元704年，武则天已经是八十岁了，次年就去世了。我们很难揣度此时她的心境，有一点可以肯定，她想获得内心的平静。这一年，她计划在白司马坂造佛像。

李峤认为劳民伤财，又说老百姓生活太难了。他坚持上疏《谏白司马坂大像疏》反对，他说："造像的钱现积储到十七万缗，若将此钱救济穷人，一家给一千文，就可解决十七万户百姓的饥寒之苦，功德不可计了。"

武则天没有接纳，坚持造了佛像。

《谏建白马坂大像疏》：臣以法王慈敏，菩萨护持，唯拟饶益众生，非要营修土木。伏闻造像税非户口钱出，僧尼不得州县祇承，必是不能济办，终须科率，岂免劳扰？天下编户，贫弱者众，亦有佣力客作，以济糇粮；亦有卖舍帖田，以供王役。造像钱见有一十七万余贯，若将散施，广济贫穷，人与一千，济得一十七万余户。拯饥寒之弊，省劳役之勤，顺诸佛慈悲之心，沾圣君亭育之意；人神胥悦，功德无穷。

也是这一年，李峤再次上书，请求雪免周兴等酷吏所劾破家者，基本上就是为来俊臣周兴等人冤杀的官员和后代平反，这是一件大好事。这条史料记录在《旧唐书·卷九十一·列传第四十一·桓彦范传》内："时又内史李峤等奏称：'往属革命之时，人多逆节，鞫讯决断，刑狱至严，刻薄之吏，恣行酷法。其周兴、丘勣、来俊臣所劾破家者，并请雪免。'"武则天应允。

李峤和唐休璟等人针对弊政上书《请辍近侍典大州疏》，建议皇帝减少重内官轻外职的作风。

如今，石家庄赞皇县营造唐相园纪念李峤的历史贡献（图1-5）。

图1-5　石家庄赞皇唐相园　李峤石像

公元704年9月，一代名相姚崇得罪张易之被贬灵武，出任灵武行军大总管。临行前，身患重病的武则天召见他，问询谁可担任宰相。姚崇推荐了张柬之，并曰："张柬之深厚有谋，能断大事，并且人已经很老了，陛下一定赶紧使用。"不久，10月下旬，武则天下诏："擢升秋官侍郎（即刑部侍郎）张柬之为同凤阁鸾台平章事。"

公元 705 年，神龙元年，武则天时年 81 岁，她更换了王朝最后一个年号：神龙。她的身体每况愈下，希望改元冲喜，喜没有冲来，悲接踵而至。

神龙元年正月，张柬之发动了神龙政变，杀死张易之张昌宗兄弟，逼武则天退位，迎李显继位，时为唐中宗。唐中宗就是网络段子六味帝皇丸的那位皇帝，因为他自己是皇帝，父亲是皇帝，母亲是皇帝，弟弟是皇帝，儿子是皇帝，侄子是皇帝。

也有一种观点是武则天罢免魏元忠和李峤是引发神龙政变的内部诱因，朝廷派系力量失去平衡。这一观点来自《李隆基大传》。

我们回过头来看发动神龙政变的团队，领头人张柬之，先有狄仁杰的推荐，后有姚崇的再次推荐。张柬之八十岁高龄位列宰相，并发动政变，也就是说他接任同平章事后，满打满算两个多月就将政变计划落实，并实施，且成功。

张柬之当上宰相之后，立刻组织班底，将四位同盟召集起来，组成了一个阵营。他们分别是：崔玄暐（wěi）、敬晖、桓彦范、袁恕己等人，加上张柬之，这个政变团队的核心四人都是狄仁杰推荐给武则天。唯独袁恕己是相王李旦的门人。此时，狄仁杰逝世五年了。这盘棋也该见输赢了吧！哦，对了，名相姚崇也是狄仁杰推荐给武则天的。这段历史拼凑不全，你可以充分发挥想象力。

我们倒推一下张柬之发动政变的难度，需要克服的困难。拿下宫闱羽林军，也就是武则天的禁卫军。羽林军又分为左右羽林军两部分，他们起源北衙禁军，这是李渊晋阳起兵的班底，他们的目的明确，保卫皇帝和皇宫。与之对应的是南衙禁军，归尚书省兵部调度，折冲天下府兵和拱卫京城长安。北衙禁军实行的父死子继，兄终弟及。羽林军属于皇帝的私人武装，任命选调都是皇帝一人说了算，就连左右羽林军大将军各自麾下的左右羽林将军，也是皇帝直接任命。

按照常理，张柬之一次搞定禁军这六个人，禁军整个领导班子，这是不可能完成的任务。可张柬之居然完成了，这难道是李渊、李世民、李治三代帝王的庇佑吗？

当然不是，这不得不说另一个关键人物相王李旦，李旦门人袁恕己统率着南衙禁军，捕获韦承庆、崔神庆等张氏党羽，因功被拜为太尉、同凤阁鸾台三品，以宰相身份参与国政，并加号安国相王。这段史料在《资治通鉴·卷二百七·唐纪二十三》。李旦对于政变应该是知情，他只是担心落下违背母亲的不孝之名，刻意回避了。

姚崇从灵武回朝，张柬之和桓彦范一见便说："事济矣。"可见他们的准备十分充分，该吹风的人都吹风了。姚崇有人望，又是兵部老领导。此外，尚有羽林军将领赵承恩、司刑详事冀仲甫、检校司农少卿翟世言等人，也皆参与政变。这段记录在《资治通鉴·卷二百七·唐纪二十三》中。

张柬之一通操作，率先搞定羽林军右大将军李多祚，张柬之当即与他拈香起誓不求同年同日生，但求同年同月同日死。他马不停蹄地将敬晖和李湛塞进禁军，分别担任左羽林军将军，让桓彦范和杨元琰担任右羽林军将军。综上所述，这次政变起到决定作用的人应该就是张柬之和李旦。

政变发生，一代女皇武则天虽已衰老，看见张柬之等众人杀气腾腾闯进宫殿，力士的刀上沾满鲜血，她看见这阵势居然没慌，环顾四周，望着身穿甲胄的李湛问道："你怎么也在里面？我待你们父子（李湛父李义府）不薄呀。"

李湛一看女皇的架势和余威尚在，羞愧不已，转身溜了。

武则天又看看崔玄暐问："你也是朕亲自提拔，你怎么也在这里？"

崔玄暐胆子大一些，不卑不亢，顶了一句："我就是这样报答陛下对我的大恩大德。"

武则天一看众人准备充分，没有做无谓的牺牲和抵抗，交出印信，让位了。她心中应该闪过一个人，掠过一句话，狄仁杰说："论文采，李峤、苏味道就可，出类拔萃的人是张柬之。"她想如果不批准李峤请辞的奏表，会有今日一幕吗？狄怀英，看看你推荐的"良臣"们吧。

历史是冰冷的，它不允许如果。武则天退位后，唐中宗李显继位，这一年的年底，武则天在上阳宫仙居殿病逝。

一代女皇武则天就此谢幕，盛朝盛年你是圣主，衰世暮年你是武妪。她的功过任人评说吧，乾陵无字碑在晚霞的映照下，像极了武媚娘的姣好容颜，光洁如玉。

公元705年，唐中宗复辟后，李峤也在极度悲喜中度过，他被贬豫州刺史，人未动身又贬通州刺史。

几个月后，李峤被诏回长安，出任吏部侍郎，封赞皇县男。这是有史料记载，李峤第一次封爵位，不久，官职又升吏部尚书，封赞皇县公。

从朝廷对于李峤的处分来看，李峤与二张兄弟裹挟并不深，史书记载以文折节二张门下的文人士大夫：房融，苏味道，李峤等人。可是神龙政变时，崔神庆和韦承庆，房融（爱好佛法，参与翻译楞严经）等人被羁押下狱。崔神庆流放钦州，并死于钦州。房融流放钦州，病死于高州。韦承庆流放岭表。苏味道贬官眉州刺史。李峤贬官通州刺史。这两位赵郡老乡只是被贬官，尤其李峤几个月后重新回到朝廷任职。注意时间节点，李峤是当年唐中宗当朝就回，而韦承庆是韦后掌权以后回京。以上人等除了崔神庆都曾位居宰相。苏味道猝死于眉州，次子苏份留眉州，这是苏洵苏东坡一支苏氏骨血由来。

苏味道的后世子孙十分优秀，李峤的儿子也不错。关于"李峤无儿"还有一段典故。根据唐李浚笔记小说《松窗杂录》记载，"唐中宗李显曾召见宰相苏瑰和李峤的儿子，亲切地问询他们："你们想想自己读过的书，说一说可以对朕讲的。"

苏瑰之子苏颋说："木从绳则正，后从谏则圣。"意思是，木头依照墨线就直，国君听从劝谏就圣明。

李峤的儿子李某（名字失载）则道："斩朝涉之胫，剖贤人之心。"意思是，斩断早晨过河人的小腿，挖出贤人的心。

唐中宗认为李某学识远不如苏颋，叹道："苏瑰有子，李峤无儿。"

李峤儿子所说出自《尚书·泰誓下》："自绝于天，结怨于民。斩朝涉之胫，剖贤人之心。"

李某的本意与苏颋一样，都是在规劝皇帝。他是提醒君王，不要有"斩胫""剖心"一类的暴君之行，以致"自绝于天，结怨于民"。可惜唐中宗未解其意。

刘声木在《苌楚斋随笔》中便曾评论："二子所言，皆不为无见，未易定其优劣。瑰子之言是规也，峤子之言是谏也，颇合规谏二字之理。峤子直谏于祸乱未萌之先，其远识应在瑰子之上。"

李峤在唐中宗李显为王时就是属官，可见二人早就彼此熟知。李显还曾与群臣联句，名为《十月诞辰内殿宴群臣效柏梁体联句》：

润色鸿业寄贤才，（李显）

叨居右弼愧盐梅。（李峤）

运筹帷幄荷时来，（宗楚客）

…………

后面还有几位大臣的诗句，诗句偏长，就不一一呈现了。

（七）赵国公

公元 706 年，即神龙二年，李峤 61 岁，这是他三度拜相。这个时候的大唐朝廷动荡不安，武则天下葬乾陵，唐中宗李显软弱昏庸，上台后开始重用韦后，韦后结交武三思等武氏人，两股势力开始联合。

张柬之五人，一时风光无二，他们冒着被灭门抄家的危险匡扶李唐江山，有拥立之功就该荣华富贵，位极人臣。他们率先授封郡王，张柬之封汉阳郡王、敬晖被封平阳郡王、桓彦范封扶阳郡王、袁恕己封南阳郡王、崔玄暐封博陵郡王。

唐中宗沉浸山水诗词，大权在韦后等人手中，武三思将屠刀高高举起，对发生神龙政变的人开始残酷的血洗，崔玄暐 69 岁发配古州，途中病死。张柬之发配泷州，忧愁愤懑而死，时年 82 岁。这两位死去的人尚属幸运，你没看错，他们死了就是幸运。因为他们没有遇见周利贞，另外三人就没有那么好运。五人陆续被赶出京城，武三思的鹰犬周利贞也上路了。

周利贞抵达岭南，张柬之已死。顿感扫兴的他在贵州（现在广西壮族自治区贵港市）遇到桓彦范，他命人将桓彦范用绳索捆绑，在砍伐的竹桩上拖着走，肉被竹桩刮去，露出骨头。周利贞把他折磨得心满意足了，而后用棍棒打死，残忍至极。

周利贞像一只杀红眼的狼，又马不停蹄地截住敬晖，将他凌迟处死。周利贞数了数手指头，嗯，还有一个就能回京了，他挥动马鞭，追到环洲。素闻袁恕己喜欢吞食金箔，他就搞了一个残忍的以彼之道还之彼身的招数，他命人给袁恕己强灌野葛藤汁，腹内痛苦难受，倒在地下，以手抓土，指甲磨尽，鲜血淋漓，而后用竹板打死，残忍又胜一步。

至此，参与神龙政变被加封的五王陆续死去，那一年的长安夏天，一定格外寒冷，帮助李氏匡扶天下的人，先后被折磨致死。

我们前面分析过神龙政变五王的情况，四人是狄仁杰推荐，袁恕己是相王李旦的人，他们却把革命果实让给了唐中宗李显，那一刻，他们悲惨的结局就注定了。也就是说张柬之等人中没有一个是继位者李显的人。而即便有李显的人，他们结局也差不多，这源于李显的昏庸和无能，纵观他的一生被母亲武则天吓破了胆，幽禁十几年，出生在百姓家可能最好，平平淡淡过一生。

李显在这样变态的政治环境中长大，没有淬炼他成为政治家，倒是成了懦弱之人，他在湖北房陵受苦时只有韦后和安乐公主李裹儿陪伴，所以，他掌权后对于这两位亲人有求必应，无求也必送。母女弄权也是题中应有之意，李显估计想不到，就是这种无限制的骄纵，日后，让母女二人联手要了他的命。

武三思就精准抓住了李显的这个补偿心理，诬陷张柬之等人说韦后宫闱淫乱之事，李显下旨降职发配五人，武三思假传圣旨用周利贞将他们斩草除根。他恨透了发动神龙政变的人们，他们推翻了大周的武氏政权。

武三思又将目光落在了王同皎身上，神龙政变时太子李显吓得上不去马，是驸马都尉，他的女婿王同皎将其抱上马，关键时刻，这位女婿给了岳父李显力量和信心。

王同皎发现匡扶李氏王朝的革命成果，被武三思和韦后等人窃取，武三思等人专权跋扈，王同皎计划趁着武则天出殡之时，用弓弩手射死武三思等人。事情不密，被人告发。告发的人就是著名诗人宋之问和其弟宋之逊。

王同皎不愧铁铮铮的汉子，参与神武政变，他没有怕。抱李显上马也没有怕，刺杀武三思也没有怕。唐中宗李显下诏以谋反罪处死王同皎都亭驿前，这一刻，王同皎恐怕是害怕的，原来人心可以如此冰冷。他神色不变，从容赴死。长安黎民纷纷议论："宋之问等人的绯衫（五品朝服的颜色）是同皎的血染红的。"

一块石头从天而降，吧嗒一下，不偏不倚砸中李峤等人。王同皎谋反一案，唐中宗李显责令御史台与宰相杨再思，吏部尚书李峤，刑部尚书韦巨源等人审理，王同皎案中张仲之当堂痛斥武三思罪行，并说出武三思与韦后通奸等宫闱秘事。

《旧唐书·卷九十·列传第四十·杨再思传》记录了这一细节："时武三思将诬杀王同皎，再思与吏部尚书李峤、刑部尚书韦巨源并受制考按其狱，竟不能发明其枉，致同皎至死，众冤之。"言外之意是杨再思、李峤等人居然没有发现王同皎的冤情。

《旧唐书·卷一百八十六·列传第一百三十六·姚绍之传》记载："初，绍之将直尽其事。诏宰相李峤等对问。诸相惧三思威权，但僶俛佯不问。仲之、延庆言曰：'宰相中有附会三思者。'峤与承嘉耳言，复说诱绍之，其事乃变。"这也再清楚不过，姚绍之就是依附武三思的酷吏，他转过头问李峤等人，李峤等人都是历经几朝的老臣，畏惧武三思权势，这些聪明人便开始装糊涂，假装睡觉，不敢听韦后宫闱密事。

有些观点将这个板子打在李峤、韦巨源、杨再思等主审官身上确实有点冤枉，他们就是顺水推舟，这些人知道武三思鹰犬的厉害，也知道唐中宗李显孱弱惧内，一切权柄都是韦后和武三思把持。他们不是刚入官场的读书人，也不是嫉恶如仇的侠士，初入中央机枢李峤也曾仗义执言，为狄仁杰申冤，没有领会武则天的意图，结果是李峤被贬。朝廷事哪能轻易分辨对错善恶呢？

中国古代历史最厉害的就是刀笔吏了，他们掌握话语权，将板子打在了这几个人身上。这种思维惯性就是文化属性问题，也是沉积千百年凌弱的思维逻辑。这些人不知道王同皎冤枉吗？武三思不知道王同皎冤枉吗？皇帝李显不知道王同皎冤枉吗？但是，这些软弱的读书人不敢攻讦强势人物武三思，更不能说皇帝李显有一点错误，百姓心中的愤懑不满需要发泄，刀笔吏的笔尖一转，审理人李峤等人就得背上恶名。这些人一贯地不看矛盾核心，就得找人替罪羊，来宣泄百姓的怒火。

王同皎被斩首的奏报传到宫内。当夜，李显应该是难过的吧？他或许会想起，那个抱着他上马的男人，自己的女婿王同皎。下令处死他时，李显在心里做过权衡，最终，他倾向了韦后，那个陪他受尽苦头的女人。可见，患难之交加患难夫妻是多么弥足珍贵。

唐中宗继位后，李峤从政中心一直在吏部，吏部就是选官。他奏请增加大量增置员外官，即现在的临时工，合同工。导致了铨选制度混乱，李峤自陈铨选制度得失，也就是说给皇帝做了检讨书，也写了辞职书。李显柔弱的一面又变现了出来，他看李峤认错及时，条陈清晰，又让李峤官复原职，继续担任吏部尚书。

公元707年，神龙三年，也称景龙元年。韦后，安乐公主和武三思等人气焰越发嚣张，他们打算废除太子李重俊，立安乐公主为皇太女。李重俊也不是软柿子发动兵变，史称景龙政变，诛杀武三思武崇训等人，李重俊率领李多祚等人搜寻韦后、安乐公主、上官婉儿等人时，唐中宗李显和韦后等人登玄武门避乱，李峤则与杨再思、苏瑰、宗楚客、纪处讷拥兵二千人，屯于太极殿前，闭门自守。这几个人中，宗楚客（宗的孙女是李白的最后一任妻子）是韦后武三思坚实的支持者，在情势昏暗不明的关键时刻迟疑了，李峤杨再思等老官吏，没人敢说一句坚定的话，一句话稍有不慎就会祸及满门。

景龙政变，前半部分很成功，诛杀武三思父子等犬牙，后半部分截杀韦后等没有成功，李多祚想率右羽林军兵登上玄武楼，被士兵阻挡，这部分士兵是左羽林军将军刘仁景部。这时，皇帝李显站在玄武门振臂高呼李多祚等部下，曰："汝等是我爪牙，何故作逆？若能归顺，斩多祚等，与汝富贵。"

李多祚没把羽林军的思想工作做扎实，李重俊想必起事匆忙，给予条件可能没有颠覆性诱惑，千骑王欢喜率先倒戈，诛杀李多祚及李承况、独孤讳之、沙咤忠义于玄武门前，其余同党遂溃散。景龙政变失败，李重俊逃往终南山，最终被随从斩下首级。

公元708年—709年期间，李峤进封赵国公，这是他第三次封爵，也是最后一次。李峤兼任修文馆大学士，监修国史。免去中书令，任兵部尚书，同中书门下三品。第三次拜相，李峤担任相职最久的一次，在那混乱的朝局中屹立不倒，也的确难得，可是身为宰相最重要是造福黎民，安抚百姓，稳定朝局，使外藩臣服。从武则天一朝开始宰相像走马灯一样，来来往往，政策很难得到延续，苦的还是平民百姓。

（八）李峤的挽歌

李峤作为重臣，奉制诗文也必不可少。他参加武则天的奉旨作文许多是长篇累牍的长文。而唐中宗更喜欢诗词，前文介绍过，中宗李显在王府时，李峤就任其从官，二人关系十分不错。

公元708年7月，中宗御两仪殿赋诗，李峤等六人合作，李峤作《奉和七夕两仪殿会宴应制》。9月，中宗游慈恩寺塔，中宗、上官婉儿、李峤等八人有诗，李峤居首，名《奉和九月九日登慈恩寺浮图应制》。10月，中宗游三会寺，李峤等六人献诗，李峤诗《奉和幸三会寺应制》。11月，十五日中宗诞辰，皇帝与李峤，宗楚客等人联诗，仍旧是皇帝开头，李峤首接。12月，中宗游荐福寺等地，李峤等十人作诗，李峤作《奉和幸大荐福寺应制（寺即中宗旧宅）》。

公元709年，正月人日（即初七），中宗游清晖阁，李峤等六人作诗，诗为《奉和人日清晖阁宴群臣遇雪应制》等。2月，中宗游太平公主南庄，李峤等六人作诗，诗为《奉和初春幸太平公主南庄应制》。7月，中宗幸望春宫，作诗欢送朔方总管张仁亶赴军，李峤作《奉和幸望春宫送朔方总管张仁愿》。8月，中宗游安乐公主西庄，李峤等十五人作诗，中宗作序，诗名未查询到。9月，中宗游临渭亭，李峤等二十二人作诗，名为《游禁苑陪幸临渭亭遇雪应制》。11月，中宗诞辰，长宁公主满月，李峤两人作诗，名为《中宗降诞日长宁公主满月侍宴应制》。12月，中宗游温泉宫，李峤等作诗，李峤作《奉和骊山高顶寓目应制》，又游白鹿观，李峤作《幸白鹿观应制》。

公元710年正月七日，中宗设宴大明宫，赐彩缕人胜，李峤等人作诗，诗为《人日侍宴大明宫恩赐彩缕人胜应制》。2月，中宗至始平（咸阳户县西），送金城公主和藩，李峤，张说等十七人作诗，诗为《奉和送金城公主适西蕃应制》。本月二十一日，中宗在桃花园宴请张仁愿，李峤张说六人作诗，诗为《侍宴桃花园咏桃花应制》。3月上巳节，张说等人作诗，无李峤。本月二十七日，特进李峤入都祔庙，徐彦伯作诗

《送特进李峤入都祔庙》送行。4月，中宗游长宁公主庄，李峤等六人作诗，诗为《侍宴长宁公主东庄应制》。

就中宗李显的密集活动来看，参加最多的三个人分别是李峤、苏颋、张说三人。历史评价对后两者较为宽容，对李峤却颇有微词。实事求是地说，李峤的奉制诗也从侧面反映了，他在朝廷和文坛的地位，对诗作诗通常是首位。

公元710年，景龙四年，韦后和安乐公主权力膨胀，纵使唐中宗李显游山玩水，不问政事，他也成了绊脚石，她们母女合谋毒死李显。韦后秘不发丧，当夜召集李峤、宗楚客、纪处讷、苏瑰宰相大臣等十九人进宫密商。韦后一介女流，比软弱的李显心思缜密，擅于权谋，她又调集各府兵，总共五万人驻扎长安城。统领大军的将领没有外人，全部姓韦。

韦后命太平公主和上官婉儿起草遗诏，让李重茂继位，韦后临朝理政，相王李旦辅政。宗楚客建议削去李旦辅政之权，众人中只有苏瑰反对，李峤等人附和。最终李旦被免去辅政大权。

此时的相王李旦一定非常苦闷，他和哥哥中宗都是母亲的木偶，分别被幽禁多年。霸道母亲的屠刀已然将他们完全驯服了，俨然成了惊弓之鸟。母亲去世，哥哥掌权，没多久哥哥也被毒死。他内心一定惴惴不安。

李峤这一年65岁，他老谋深算，耳明眼亮，他可能察觉相王阵营蕴含着巨大的力量，对此有所忌惮。李峤对韦后说了一句话，正是这句话，让他的晚年颠沛流离，客死异乡。李峤建议相王李旦诸子李成器、李隆基等人离开京城长安。

时年六月，韦后一党遭遇灭顶之灾，临淄王李隆基联合太平公主发动唐隆政变，武将有陈玄礼、李仙凫、葛福顺等人参与，他们接连诛杀了韦后、安乐公主、武延秀等宗室权贵。

相王李旦继位，为唐睿宗，这回掌权他也十分苦闷，有一道和唐高祖李渊一模一样的难题。太子之位到底是给嫡长子李成器，还是手握重权的临淄王李隆基？李氏王朝莫非又要经历玄武门之变？他举棋不定时，关键时刻，识大体的李成器主动让贤，李隆基如愿成为太子。他们兄弟五人与父亲李旦一起被幽禁七年，在一起相依为命，感情十分要好。

　　元代画家《五王醉归图》就是记录李隆基五兄弟的故事，李隆基登基后，特意建立了花萼相辉楼，这都是其兄弟感情甚笃的见证，这在冷酷的皇家是一抹温暖的亮色。

　　我们前面说过，神龙政变时就有相王的影子，这一次他儿子更是光明正大发动政变。他上台后处死了宰相宗楚客、纪处讷等人，韦后亲信党羽悉数被斩。李峤被贬为怀州刺史，可见李峤在韦后之乱里挟并不深，他就像一个有影响力的笔杆子，在哪个阵营都能接受，哪个阵营对他都不十分放心。接着李峤致仕，彻底下岗了。从 20 岁进京赶考，到致仕，他已经离开家乡赞皇许亭村 45 年了，他也该回故乡了，为父母扫墓，为儿时好友苏味道扫墓，再为自己选择一处坟茔。此时李峤的心境，或许正如他写的一句诗一样："别后青山外，相望白云中。"

　　赵郡李氏赞皇西高北朝墓群Ⅰ区的 4 座北朝墓葬，该书中附录收录了 5 篇西高北朝墓群的研究文章，汇编了目前所见的北朝赵郡李氏墓志。赞皇西高北朝墓群规模较大、排列有序、纪年清晰、遗物丰富，对研究北朝大族的墓葬制度具有重要意义（图 1-6）。

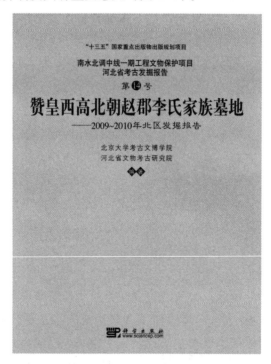

图 1-6　赵郡李氏北朝墓葬群著作封面图

记住这个年份，公元 710 年，石家庄赞皇人第一位宰相李峤去职。直到公元 807 年，97 年后，有第二位石家庄人会成为大唐王朝的宰相，会是谁呢？咱们日后详表。

说回李峤，唐高宗李治欣赏其魄力，武则天看重其才华，唐中宗李显赞赏其为政能力，年轻天子李隆基对他没有那么宽容。

唐睿宗李旦登基后，率先为神龙政变的张柬之等人平反，享受生前待遇，张柬之赐谥文贞，赐子门荫官职。崔玄暐赐谥文献，配享中宗庙廷。桓彦范赐谥忠烈，享受中宗庙廷。袁恕己赐贞烈，敬晖赐谥肃愍。

我们大胆假设，当初，张柬之等人拥立李旦为帝，可能几人就不会惨死，就没有追封等事宜。可是冰冷的历史容不得假设。这一点也暗合了李旦参与了张柬之等人发动的神龙政变。

公元 712 年，李旦当了一年多皇上，让位李隆基，尊称太上皇。开元之治开始酝酿。这位蕴含着巨大力量的人，在一次又一次的残酷政治斗争中胜出，在一次次非人苦难下咬牙挺过，他已淬炼成了政治强人。这一年，李隆基 27 岁，他登基那一刻，或许会想起自己的母亲，也会想起幽禁时的自己。他 8 岁那年，大年初二，他母亲德妃窦氏和李成器母亲皇嗣妃刘氏，被武则天召进宫中处死，最后连尸首都未找到。他父亲李旦抱着他，连问一声都不敢，父子六人相拥哭得撕心裂肺。19 年过去了，李隆基不用在惊恐中度过，他登基后用雷霆手段率先赐死政变同盟太平公主，掌握至高无上的帝权，不允许任何人瓜分革命果实，大唐的鼎盛之势即将来临。

李隆基为何敢悍然发动唐隆政变呢？我分析是家族路径依赖，这是李氏王朝的登龙术和杀手锏。

唐代玄武门这个地方十分邪门儿，一共发生了四次政变，而且都成功了。公元 705 年张柬之发动的神龙政变；公元 707 年李重俊发动的景龙政变；公元 710 年李隆基发动的唐隆政变；再加上公元 626 年李世民发动的玄武门之变。除了张柬之的革命果实被韦后、武三思窃取，李重俊没有诛杀韦后，招致杀身大祸。除了李重俊的景龙政变，其余三次政变都是成功的。纵观李唐王朝，玄武门都是历任皇帝和掌权者挥之不去的阴影。后来，玄武门改成神武门，玄武楼改为制胜楼。

从唐皇宫禁苑示意图（图 1-7），我们可以看出玄武门的关键所在，玄武门一带地区是禁卫军司令部驻地，有坚固的防御工事和雄厚的兵力。如此一来，玄武门的重要性就十分明确：政治敌对势力一旦攻占玄武门，就能控制皇宫内苑，进一步控制内苑中的皇帝。

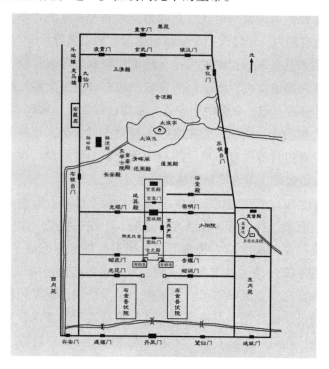

图 1-7　唐皇宫禁苑示意图

公元 712 年，先天元年，李隆基在皇宫发现李峤对韦后的奏本："相王诸子不宜留京。"李隆基拿着奏表到朝堂讨论。这时候显示出好朋友的重要性，关键时刻得有人为你说话。

中书令张说曰："峤虽不识逆顺，然为当时之谋则忠矣桀犬吠其主，不可追究其罪。"上然之。李隆基觉得张说说得有道理，但心中忧愤难平，九月下旨，让李峤离开长安，随子李畅虔州赴任。

李隆基愤愤不平，针对李峤瞻望自保的行为，写了一篇散文《斥李峤制》，这篇文章也被收录在《传世藏书中》第一百六十八页。

《斥李峤制》："事君之节，危而不变，为臣则忠，贰乃无赦。特进赵国公李峤，往缘宗韦弑逆。朕恭行戡定，揖让之际，天命有归。峤有窥觎，不知顺逆，状陈诡计，朕亲览焉。以其早负辞学，累居台辅，忍而不言，特掩其恶。今忠邪既辨，具物惟新，赏罚傥乖，下人安劝？虽经赦令，犹宜放斥。矜其老疾，俾遂馀生。宜听随子虔州刺史畅赴任。"

李峤的好友张说，他们都曾在二张门前吟诗，又在武三思廊下唱词。这或许是时运，或许是命运，也许是没有选好阵营。

李峤为武三思写的挽歌，让他的处境更是尴尬和惹人嫌："事往昏朝雾，人亡折夜星。忠贤良可惜，图画入丹青。"

如今，斗转星移，世事变迁，张说身居显位，李峤卷铺盖滚出长安。

李峤老了，时年已经68岁，也应该离开政治旋涡，安享晚年了。

张说曾写《五君咏·李赵公峤》，这首诗收录在《全唐诗》卷八十六："李公实神敏，才华乃天授。睦亲何用心，处贵不忘旧。故事遵台阁，新诗冠宇宙。在人忠所奉，恶我诚将宥。南浦去莫归，嗟嗟蔑孙秀。"可以看出二人关系十分和睦，张说对李峤的才华也是佩服不已。

公元714年，开元二年，御史郭元振旧事重提，已致仕养老的李峤，被贬为滁州别驾，又改庐州别驾（相当于合肥军政副长官），病逝于任所，享年70岁。归葬赞皇许亭村。他幼时离家，像一匹不知道疲倦的骏马，直到死去才又回家乡。

李峤以文采文章齐名，与好友苏味道并称苏李。又与苏味道、杜审言、崔融合称"文章四友"，晚年成为"文章宿老"。文章宿老即擅长文章的大师，这个称呼多记录和赞扬李峤。《全唐诗》中收藏了李峤208首诗词，可见一代文雄的影响力。

李隆基晚年再次想起李峤，他登上勤政楼，梨园弟子吟唱："山川满目泪沾衣，富贵荣华能几时？不见只今汾水上，唯有年年秋雁飞。"

李隆基问："谁的诗？"

答曰："赵郡赞皇李峤写的《汾阴行》。"李隆基听得百感交集，不禁潸然泪下，连连赞叹道："李峤真才子也。"

安史之乱，李隆基从长安逃到四川的路上，路过白卫岭，回望支离破碎的江山，烽烟不断的长安，又想起这四句诗，再次感叹李峤的才华。

《汾阴行》

君不见昔日西京全盛时，汾阴后土亲祭祠。

斋宫宿寝设储供，撞钟鸣鼓树羽旃。汉家五叶才且雄，宾延万灵朝九戎。

柏梁赋诗高宴罢，诏书法驾幸河东。河东太守亲扫除，奉迎至尊导銮舆。

五营夹道列容卫，三河纵观空里闾。回旌驻跸降灵场，焚香奠醑邀百祥。

金鼎发色正焜煌，灵祇炜烨摅景光。埋玉陈牲礼神毕，举麾上马乘舆出。

彼汾之曲嘉可游，木兰为楫桂为舟。櫂歌微吟彩鹢浮，箫鼓哀鸣白云秋。

欢娱宴洽赐群后，家家复除户牛酒。声明动天乐无有，千秋万岁南山寿。

自从天子向秦关，玉辇金车不复还。珠帘羽扇长寂寞，鼎湖龙髯安可攀。

千龄人事一朝空，四海为家此路穷。豪雄意气今何在，坛场宫馆尽蒿蓬。

路逢故老长叹息，世事回环不可测。昔时青楼对歌舞，今日黄埃聚荆棘。

山川满目泪沾衣，富贵荣华能几时？不见只今汾水上，唯有年年秋雁飞。

安史之乱时，石家庄土门关也发生了惨烈的战斗，古代土门关即太行八陉之第五陉井陉的东口，地处"东西之咽喉，往来之冲要"，历来为兵家必争之地。

安禄山也深知土门关之重要，派义子李钦凑率兵七千在此镇守。

颜真卿之兄颜杲卿任常山（正定）太守，他设计将李钦凑斩杀，生擒了叛将高邈、何千年，并派出长子颜泉明将李钦凑首级连同两名叛将一同押往长安。

后来，叛军史思明部攻陷常山，颜杲卿及其少子季明被捕，并先后遇害，颜氏一门被害30余口。两年后，颜真卿命人到河北寻访季明的首骨携归，援笔作文之际，悲愤交加，情不自禁，一气呵成此稿，这就是《祭侄稿》的创作背景的故事。文稿中说的土门，即石家庄土门关（图1-8）。

图 1-8　石家庄土门关旧址

　　据不完全统计武则天在位 15 年共任命宰相 78 人，（也有说 73 位宰相）其中 69 人可以从历史文献中查清由来。这 69 人中竟然有 19 人被杀，至少 22 人被流贬，也有一种说法杀了 14 人。李峤能在武周一朝两度拜相，并且全身而退实属不易。纵观武周一朝在位最久的宰相狄仁杰，最有涵养忍耐的娄师德，最有文采的李峤，最模棱两可的宰相苏味道等等，某种程度这些都是幸运的人。

　　李峤有四子一女，子李畅相州刺史，李裕海州刺史，李楘濮州刺史，李懿华阴太守，女儿在唐中宗祭祀南郊担任斋娘，负责为亚献韦皇后"执笾豆"。

　　李峤还有诗人的浪漫，关于七夕的诗篇就有两篇，在宫内奉上说作《奉和七夕两仪殿会宴应制》："灵匹三秋会，仙期七夕过。查来人泛海，桥渡鹊填河。帝缕升银阁，天机罢玉梭。谁言七襄袷，重入五弦歌。"还有一篇是《同赋山居七夕》："明月青山夜，高天白露秋。花庭开粉席，云岫敞针楼。石类支机影，池似泛槎流。暂惊河女鹊，终狎野人鸥。"

　　李峤的文学成就，是六宰相中最高的人。李峤为初唐政坛、文坛领袖。历仕高宗、武后、中宗、睿宗、玄宗五朝，他任武后、中宗二朝宰相，官至中书令，封赵国公。睿宗时以特进致仕。他写文章善于隶事用典，讲求骈偶，辞采华美，堪称大手笔。诗文所涉及的品类十分庞杂，以咏物最佳。

开元名相张说赞其文"如良金美玉"，《旧唐书》则称其文学为"一代之雄"。李峤曾作《杂咏诗》一百二十首，分为乾象、坤仪、居处、文物、武器、音乐、玉帛、服玩、芳草、嘉树、灵禽、祥兽十二大类，各以一字为题，又称《单题诗》，一诗咏一物，如《日》《月》等，句句用典，是诗歌的类书形式。这组《杂咏诗》在天宝六载（747年）已有张庭芳为之作注，后流传至日本，在平安时代成为日本贵族及士族阶层重要的幼学读物。

李峤所文涉及更广，赋、诗、疏、奏、表、制书等形式，表和制书都是公文写作的范畴，这方面《全唐文》也记录了李峤一百多篇文章，这就十分珍贵。李峤著有文集五十卷、《军谋前鉴》十卷。其文集已散佚，明代时仅辑录三卷。

黄门侍郎崔泰之哭特进李峤诗曰："台阁神仙地，衣冠君子乡。"

武周时的宰相韦承庆评价李峤："赵郡李峤，时秀朝英，文宗学府。"

唐代书法家徐浩评价："中书令李公，当代词宗。"

还有六宰相中作为后辈的李德裕，也曾评价李峤："昔太宗有臣曰师古，曰文本，高宗有臣曰峤，曰融；玄宗有臣曰说，曰璟；代过有臣曰衮；至於宪祖则有臣祢庙曰忠公，并禀太白以传精神，纳非烟而敷藻思。才可以浅深魏丙，道可以升降伊皋。"

李峤的做人和功绩任由人说，诗词文章又是闻者齐夸，李峤的事迹和文章值得我们石家庄人铭记、传颂。

《全唐诗》辑录其诗五卷（卷57至卷61），共有诗作209首，其中有"杂咏诗"120首。

李峤的诗词

诗词名字：《风》《中秋夜》《书》《奉和初春幸太平公主南庄应制》《龙》《海》《汾阴行》《中秋月二首》《侍宴长宁公主东庄应制》《剑》《马》《桥》《松》《雪》《江》《竹》《同赋山居七夕》《荷》《雾》《牛》《梅》《桂》《兰》《云》《日》《山》《又送别》《鹤》《月》《送崔主簿赴沧州》《河》《雨》《天官崔侍郎夫人吴氏挽歌》《菊》《凤》《羊》《送骆奉礼从军》《笔》《露》《纸》《史》《琵琶》《莺》《燕》《舞》《赋》《柳》《饯骆四二首》《云》《宝剑篇》《野》《田》《萍》《瑟》《瓜》《桃》《李》《奉和幸长安故城未央宫应制》《楚望赋》《银》《墨》《门》《旌》《石》《和杜学士江南初霁羁怀》《甘露殿侍宴应制》《闰九月九日幸总持寺登浮图应制》《清明日龙门游泛》《晚景怅然简二三子》《奉和春日游苑喜雨应制》《星》《弓》《市》《宅》《楼》《屏》《萱》《槐》《鉴》《送司马先生》《桂Ⅱ》《饯薛大夫护边》《夏晚九成宫呈同僚》《兔》《枭》《象》《熊》《鹿》《太平公主山亭侍宴应制（景龙三年八月十三）》《梨》《乌》《雉》《刘侍读见和山邸十篇重申此赠》《晚秋喜雨》《和杜学士旅次淮口阻风》《倡妇行》《王屋山第之侧杂构小亭，暇日与群公同游》《奉和杜员外扈从教阅》《军师凯旋自邕州顺流舟中》《烟》《送李邕》《扇》《藤》《茅》《旗》《床》《绫》《素》《布》《舟》《井》《诗》《戈》《鼓》《箭》《弹》《珠》《和杜侍御太清台宿直旦有怀》《游禁苑陪幸临渭亭遇雪应制》《道》《洛》《城》《奉和送金城公主适西蕃应制》《立春日侍宴内殿出剪彩花应制》《奉教追赴九成宫途中口号》《秋山望月酬李骑曹》《扈从还洛呈侍从群官》《奉使筑朔方六州城率尔而作》《早发古竹馆》《安辑岭表事平罢归》《鹧鸪》《寒食清明日早赴王门率成》《春日游苑喜雨应诏》《二月奉教作》《三月奉教作》《四月奉教作》《五月奉教作》《六月奉教作》《八月奉教作》《九月奉教作》《十月奉教作》《十一月奉教作》《十二月奉教作》《和周记室从驾晓发合璧宫》《奉和骊山高顶寓目应制》《奉和七夕两仪殿会宴应制》《和同府李祭酒休沐田居》《杂曲歌辞·东飞伯劳歌》《杂曲歌辞·桃花行》《奉和人日清晖阁宴群臣遇雪应制》《中宗降诞日长宁公主满月侍宴应制》《原》《幸白鹿观应制》《酬和杜五弟晴朝独坐见赠》《和麴典设扈从东郊忆弟使往安西冬至日恨不得同申拜庆》《马武骑挽歌二首》《武三思挽歌》《玉》《金》《筝》《箫》《笙》《歌》《弩》《刀》《琴》《经》《池》《橄》《砚》《车》《钱》《锦》《罗》《席》《帷》《帘》《被》《菱》《桐》《烛》《酒》《河》《人日侍宴大明宫恩赐彩缕人胜应制》《送光禄刘主簿之洛》《田假限疾不获还庄载想田园兼思亲友率成短韵用写长怀赠杜幽素》《奉和圣制幸韦嗣立山庄应制》《游苑遇雪应制》《上清晖阁遇雪》《石淙》《雀》《麟》《鹊》《银》《凤》《春日侍宴幸芙蓉园应制》等

《全唐文》辑录其文八卷（卷 242 至卷 249），共有制诰、表文、奏疏、碑志等各类文章 158 篇。

李峤书写的制书
• 《授于惟谦给事中制》
• 《授刘如玉崔融等右史制》
• 《授杨泚通事舍人制》
• 《授豆卢钦望秋官尚书制》
• 《授武攸宁冬官尚书制》
• 《授唐奉一兵部侍郎制》
• 《授崔元暐库部员外郎制》
• 《授崔升等侍御史制》
• 《授冯嘉宾左台监察御史制》
• 《授武重规司属卿制》
• 《授豆卢钦望太府卿制》
• 《授宋元爽司膳少卿制》
• 《授张沛司膳少卿制》
• 《授杜景佺司刑少卿制》
• 《授徐有功司刑少卿制》
• 《授张昌宗麟台监制》
• 《授王方应麟台监修国史制》
• 《授敬晖营缮少监制》
• 《授皇甫文俏营缮少监制》
• 《授崔融著作郎制》
• 《授崔挹成均司业制》
• 《授乌薄利左金吾卫大将军制》
• 《授武懿宗武重规左右金吾卫大将军制》
• 《授王方庆左庶子制》
• 《授十复业太子中允制》
• 《授寿春郡王成器太子左赞善大夫制》
• 《授成善威甘州刺史卜处冲龙州刺史制》
• 《授坊州刺史豆卢志静等官制》

李峤书写的制书
• 《授张元福胜州都督府长史制》
• 《授陈遂凉州都督府长史制》
• 《授杜从则雍州司马制》
• 《授吉义福等鄮州都督府司马制》
• 《授郑仙客长安县令制》
• 《授元素履临江县令制》
• 《授李承嘉太原县令制》
• 《授赵崇嗣南由县令陈义全潼关令制》
• 《授高昌首领子曲元福蒲类县主簿制》
• 《封右武威卫将军沙叱忠义郱国公制》
• 《封乌薄利归义县开国子制》
• 《封刘晋彭城县开国男制》
• 《授沙叱忠义右金吾卫将军骆务整左武威卫将军制》
• 《授宣城县令储孝任等加阶制》
• 《授右卫亲府中郎将裴思谅等加阶制》
• 《授通州刺史于光远等加阶制》

李峤书写的表
• 《代百寮请立周七庙表》
• 《为朝集使等上尊号表》
• 《为杭州崔使君贺加尊号表》
• 《为百寮贺雪表》
• 《为武攸暨贺雪表》
• 《为纳言姚璹等贺雪表》
• 《为百寮贺日抱戴庆云见表》
• 《为百寮贺庆云见表》
• 《为纳言姚璹等贺瑞桃表》
• 《为百寮贺瑞笋表》

李峤书写的表
• 《为纳言姚璹等贺瑞石龟表》
• 《为纳言姚璹等贺瑞石表》
• 《为百寮贺瑞石表》
• 《贺天尊瑞石及雨表》
• 《贺麟迹表》
• 《为纳言姚璹等贺破契丹表》
• 《为雍州父老贺銮驾停幸洛邑表》
• 《为何舍人贺御书杂文表》
• 《为韦右相贺拜洛表》
• 《为秋官员外郎李敬仁贺圣躬新牙更生表》
• 《为武承嗣等贺贼平后新殿成上礼食表》
• 《为百寮贺恩制表》
• 《为武承嗣让知政事第二表》
• 《为王及善让内史第二表》
• 《为王方庆让凤阁侍郎表》
• 《为杨执柔让同凤阁鸾台平章事表》
• 《让知政事表》
• 《让鸾台侍郎表》
• 《为张令让麟台监封国公表》
• 《为第二舅让江州刺史表》
• 《为武嗣宗让陕州刺史表》
• 《为窦孝谌让润州刺史表》
• 《为李景谌让天官尚书表》
• 《让地官尚书表》
• 《为欧阳通让夏官尚书表》
• 《为杨执柔让夏官尚书表》
• 《为欧阳通让司礼卿第二表》
• 《为武重规让司礼卿表》
• 《为崔神基让司宾卿表》

李峤书写的表
• 《为宗楚客让营缮大监第三表》
• 《为王遗恕让殿中少监表》
• 《为第十舅让殿中监兼仗内闲厩表》
• 《让麟台少监表》
• 《让成均祭酒表》
• 《自内史再让成均祭酒表》
• 《为武攸暨让官封表》
• 《为武攸暨让兼知司礼寺事表》
• 《为武嗣宗让千牛将军表》
• 《为武攸宜让扬州都督府长史表》
• 《为道士冯道力让官表》
• 《代公主让起新宅表》
• 《为公主辞家人畜产官给料表》
• 《为裴驸马让官与父表》
• 《为朝集使绛州刺史孔祯等进大酺诗表》
• 《为凤阁侍郎王主庆进书法表》
• 《为凤阁侍郎王方庆进南齐临轩图表》
• 《为杭州刺史崔元将献绿毛龟表》
• 《为司农卿宗晋卿进赤精山鹊表》
• 《为凤阁李侍郎进瑞牛蒙赐马表》
• 《为凤阁侍郎李元素进冬椹表》
• 《为绛州刺史孔祯等上献食表》
• 《为纳言姚璹等上礼食表》
• 《为武攸暨上礼食表》
• 《为武攸宁辞夺礼表》
• 《百官请不从灵驾表》
• 《请车贺还洛表》
• 《为王及善请致仕表》
• 《为皇太子请加相王封邑表》

李峤书写的表
•《为太平公主请住山陵转一切经表》
•《为魏国北寺西寺请迎寺额表》
•《为独孤氏请陪昭陵合葬母表》
•《为某官等请预陪告庙献捷表》
•《为汴州司马唐授衣请预斋会表》
•《为百寮请加王慈征等罪罚表》
•《请令御史检校户口表》
•《为左丞宗楚客谢知政事表》
•《谢加授通议大夫表》
•《谢赐优诏矜全表》
•《为武承嗣谢男授官表》
•《为王华畅谢兄授官表》
•《谢撰懿德太子哀册文降敕褒扬表》
•《谢撰攀龙台碑蒙赐物表》
•《为纳言姚璹等谢敕赐飞白书表》
•《谢加赐防阁品子课及全禄表》
•《为第五舅谢加赐防阁品子课及全禄表》
•《为御史大夫娄师德谢赐杂彩表》
•《为武攸暨谢赐锦表》
•《谢端午赐物表》
•《谢端午赐衣表》
•《谢腊日赐腊脂口脂表》
•《谢许致仕表》
•《为水潦灾异陈情表》
•《自叙表》
•《为第十舅让殿中监兼仗内闲厩表》
•《为杭州刺史崔元将献绿毛龟表》

李峤写的状、碑、序、疏、书等
• 《楚望赋》
• 《上应天神龙皇帝册文》
• 《懿德太子哀册文》
• 《论巡察风俗疏》
• 《请减员外官疏》
• 《请辍近侍典大州疏》
• 《谏建白马阪大像疏》
• 《谢谴让状》
• 《上中宗书》
• 《上雍州高长史书》
• 《与雍州崔录事司马录事书》
• 《与夏县崔少府书》
• 《上巡察覆囚使历城张明府书》
• 《答李清河书》
• 《上高长史述和诗启》
• 《神龙历序》
• 《大周降禅碑》
• 《宣州大云寺碑》
• 《洛州昭觉寺释迦牟尼佛金铜瑞像碑》
• 《攀龙台碑》
• 《大周故纳言博昌县开国男韦府君夫人琅耶郡君王墓志铭》（李峤与韦承庆合作）
• 流杯亭侍宴诗序

李峤儿子李畅墓志

从李峤之子李畅的墓志铭《唐正议大夫使持节相州诸军事守相州刺史上柱国赞皇县开国子李公（畅）墓志铭并序》（图 1-9）来看，他曾担任相州刺史，薨于东都宣风里第，春秋五十有二，卒于开元十八年七月九日，即公元 730 年，墓志铭藏洛阳。

图 1-9 《唐正议大夫使持节相州诸军事守相州刺史上柱国赞皇县开国子李公（畅）墓
志铭并序》

第二位宰相 地理学家宰相李吉甫

（一）科举的诱惑

李峤在开元二年致仕后，石家庄人离开宰魁位置已经数年了。大唐天下也进入了唐玄宗朝，这一朝有没有赞皇人拜相？谁是我们寻找的第二位宰相呢？

唐玄宗李隆基是大唐由盛转衰的分界线，追根溯源最主要原因皆是他任用李林甫和杨国忠这般奸佞小人，皇帝像一个婴儿信赖母亲般信赖安禄山，安史之乱爆发，引发了一系列的多米诺骨牌效应，将盛唐摔得粉碎。

某年，在赵郡赞皇通往河南的路上，一个年轻男子搀扶着母亲，随着逃难的人群慢慢走着，向着东都洛阳的方向。那一年应该是公元744年，天宝三载，天宝是唐玄宗李隆基的第三个年号，他发动政变，初登大宝，又经历开元盛世，天下已经是烈火烹油的繁华难盛。这是统治阶级的上层，下层则是艰难度日，尤其是节度使治下，他们的征税劳役越加繁重，扩充兵力，增加岁入，野心勃勃地望着长安，而安禄山则望着长乐宫里的那把龙椅。

农业社会的小农经济，加上儒家迁腐文化愚孝、愚忠、愚节的思想禁锢，让人极难逃得出土地和家族的桎梏，在封建社会制度下和儒家思想体系下双重枷锁发力，人们逃离土地和家族，将无从安身。所以人人将家族土地等看得格外重要。这成群结队的人流走着，他们宁可丢掉土地也要离开家乡。如果是一群人这无关痛痒。要是一群群人，持续远离土地，这对大唐，对皇帝将是一个危险的信号。更危险的是决策层的骄奢淫逸，熟视无睹。这一年为什么叫天宝三载，而不是玄宗之前用的天宝三年呢？

因为皇帝李隆基，觉得自己的功业直逼尧舜，年只是简单的纪年，而载是可以永驻历史的存在。志得意满的皇帝开始用载代替年，标榜自己的功业，也是这一年，他将杨玉环名正言顺地接到了兴庆宫。

人群中，有个年轻人叫李栖筠，时年 25 岁，赵郡赞皇人，他和这群流民最大的不同是他有方向。他的族亲李华一直写信鼓励李栖筠参加科举才是正途。

李华，赵郡赞皇人，公元 735 年进士，公元 743 年又登博学宏词科，授秘书省校书郎，公元 752 年任监察御史。

据民间传说，赵郡李氏的人离开时，会在家乡栽种了一棵槐树，表达对家乡的眷恋。如今许亭村活着的唐槐就一棵了（图 2-1）。

图 2-1　赞皇许亭村的千年唐槐

李栖筠自幼丧父，与母亲一起来投亲，他们没有直扑长安，堂而皇之地去拜谒李华。他经过邢台、邯郸、安阳，选择了河南汲县这个地方寄居，即现在河南省卫辉市。他选择的居住地是经过深思熟虑，不能去长安，也不能去李华母亲居住地临漳县，李华家眷居住在山阳，即现在河南焦作市，他只能选择汲县，这个离各方都不近不远的地方，静心读书，遍访名士。这个用心的选择，让他保留了读书人的最后一丝尊严。

李栖筠的窘境可以从他的一首诗窥探。他进京赶考囊中羞涩，向衙门申请补贴。主官是叫宋甄的一位官吏，始终对他不理不睬，李栖筠写了这首诗诉说处境后，这位底层官员才给了些许补贴。

《投宋大夫》："十处投人九处违，家乡万里又空归。严霜昨夜侵人骨，谁念高堂未授衣。"

天宝七载，公元748年，李栖筠29岁，高中进士，同科状元是杨誉，进士及第的还有平棘人（石家庄市赵县）李嘉祐。据权德舆《唐御史大夫赠司徒赞皇文献公李栖筠文集序》记载，李栖筠初授冠氏县主簿，后任安西节度使封常清行军司马等。

朝堂上的气氛也越来越诡异，天宝皇帝李隆基给安禄山的加官晋爵到了无以复加的地步。他加封安禄山为了东平郡王，大唐开国以来，活着被封为东平郡王的只有一个李世民的孙子李续。安禄山是第二个，这样的爵位给了臣子，仿佛是一种信号。纵观整个唐朝加封此郡王称号还有一个，100多年后，篡了唐朝的朱温。

安禄山是胡人，没有受过儒家那套忠君的教育。果然安禄山反了，安史之乱爆发。李隆基被尊为太上皇，唐肃宗李亨在灵武继位，调安西军入关平叛，李栖筠亲自挑选精兵七千，统军回朝，被擢升为殿中侍御史，他又升任工部侍郎、常州刺史，赞皇县开国子、苏州刺史等职位。他在长安安了家，居住在安邑坊，他褪去苦难，成为士大夫，让他没有辱没赵郡李氏家族的门风、家风、学风。让李栖筠光宗耀祖，名垂青史的另一个原因，是他的次子——李吉甫。

公元758年，乾元元年，另一个纪年是至德三载。这一年，对于李栖筠来说是重要的一年，此时他是河南令。这时的河南是安史之乱后的主战场，郑国公李光弼慕李栖筠才华，邀请他出任行军司马兼粮料使。这一年，他的次子李吉甫出生。这个婴儿就是赵郡六宰相的第二位宰相，元和名相李吉甫。

　　如果是太平年间，长安人家赶上升官发财和添丁之喜，这可谓双喜临门。如果在战争年代，这就是负担。时代的动荡搅乱着人的方向。这时的唐朝藩镇作乱，打碎盛世，蹂躏家乡，颠沛流离，李吉甫就出生在这个时期，亲尝战争之苦，藩镇之恶，这成就了他的性格烙印，一生的使命似乎就是剪除藩镇。

　　据《大唐传载》记载："李西台文献公，避暑于青龙寺，梦戴白神人云：'昔君氏相宣王致中兴，尹男亦佐中兴，君宜以吉甫名之。'"周代的尹吉甫辅佐周宣王实现中兴大业，李栖筠希望儿子能像尹吉甫一样的功业，特取名吉甫。李吉甫的政治作为名副其实，他对元和中兴厥功至伟。

　　公元776年，唐大历十一年，李栖筠离世，他位列御史，离宰相大位仅一步之遥。可是这一步难于上青天，李栖筠书生心性，与宰相元载不睦，落了一个郁积成疾，郁郁而终。他是一个好人，标准的知识分子，却没有成为铁腕政治家。不急不急，赵郡李氏西祖房李栖筠后继有人，这一支将在唐王朝扮演极为重要的角色。

　　常衮在《授李栖筠浙西观察使制》敕："……银青光禄大夫常州刺史充本州团练守捉使上柱国赞皇县开国子李栖筠，资朴厚之性，秉礼义之宗，其学博而精，其文简而当。明以辨政，居宫可纪，秩更三署，名重一时。抗黄扉之论驳，举冬卿之典制，自守毗陵，尤精藩职。初翦横江之盗，犹多击柝之虞，言抚伤残，克施惠训。清静少欲，以临其人，礼让之风，行于东国。考其绩用，实最方州，震泽之北，三吴之会，有盐进铜井，有豪门大贾。利之所聚，奸之所生，资于大才，济我难理。加以中宪，雄兹按部，慎乃教令，薄其征徭。无倚法作威，无割下附上，勉副朝寄，以绥一方……"

　　从制书可以看出李栖筠政声不错，记录了一件又一件的事情，也可以看出李栖筠学问也不错。陈寅恪在《唐代政治史述论稿》中评价，赵郡李氏为北朝数百年来的显著士族，可代表唐代士大夫主要的派别，是以经术礼法为家学门风的山东旧族。

　　唐代宗即位，常州大旱，常州刺史李栖筠引渠灌溉，被朝廷封赏银青光禄大夫，册封爵位赞皇县子，赐一子为官，常州百姓立碑纪念。这一条记录在《新唐书·卷一百四十六·列传第七十一·二李传》，这一子为长子李老彭。士林中人称为李栖筠为赞皇公，李西台。西台便是御史台的别称。

李栖筠这个人也富有传奇色彩，我们简单介绍一下他的人生经历，天宝七载即公元748年李栖筠科举入仕，初授冠氏县主簿，与太守宗室子弟李岘关系要好，称为布衣之交。李栖筠赴任安西都护府，担任大将封常清幕府，担任节度判官，与同在幕府中的边塞诗人岑参成为好友，岑参有《使院中新栽柏树子呈李十五栖筠》《敬酬李判官使院即事见呈》《碛西头送李判官入京》等诗。诗中的"李判官"是李栖筠，有酬赠之作。安史之乱爆发，唐肃宗在灵武登基，李栖筠带领安西七千精兵回朝，获得朝廷重视。

权德兴在《唐御史大夫赠司徒赞皇文献公李栖筠文集序》①称赞李栖筠为：赞皇文献公，以文行正直，祗事代宗，中行山立，乃协於极。初未弱冠，隐於汲郡共城山下，营道抗志，不苟合於时……

苏轼在《三槐堂铭》②中说：……世有以晋公比李栖筠者，其雄才直气，真不相上下。而栖筠之子吉甫，其孙德裕，功名富贵，略与王氏等……

也是这一年，李吉甫埋葬父亲后，开始丁忧。丁忧制度是封建社会的大事，历朝历代开言必说孝，尤其士人必须遵循三年之丧的行为规范，不然要接受道德审判，更与仕途命运息息相关。

（二）太常博士

李吉甫（758—814），字弘宪，赵郡赞皇（今石家庄赞皇县）人。唐朝时期政治家、思想家、地理学家、文学家、经济学家。御史大夫李栖筠之子，大唐名相、太尉李德裕的父亲。

据《旧唐书》《新唐书》史书记载李吉甫入仕，不是写少年好学，就

---

① 周绍良. 全唐文新编：第3部：第1册[M]. 2000：5841.
② 陈振鹏，章培恒主编. 古文鉴赏辞典（下）[M].1 版. 上海：上海辞书出版社，2014：1361.

是写东宫仓曹参军，要么直接写 27 岁为太常博士。我认真推算了一下，李吉甫应该是三年丁忧期满后，以门荫入仕。

这一年是公元 779 年，唐代宗大历十四年，这一年，唐代宗去世，唐德宗李适继位。李吉甫 21 岁，他的第一个职位是左司御率府仓曹参军。这个官职是两个词，前面的全称是太子左司御率府，这是从属衙门机构，后面的仓曹参军是实际职能。左司御率府也就是掌握东宫仪仗、兵仗等工作，主官才是正四品上。这个太子就是唐顺宗李诵。

唐朝的门荫制度极为完善，门荫制度是指皇亲、国戚、功臣勋贵和五品以上高级官员凭借自己的特殊身份，特殊地位可以让子孙后代获得优先入仕或取得入仕资格的制度，是唐代官员选拔制度的重要组成部分。门荫制度是封建等级制度的产物，从维护统治阶级的既得利益出发，使大量的官僚子弟进身于统治集团内部，具有强烈的寄生性和排他性。

唐代为有门荫资格的皇亲国戚和官宦子弟开设的学校共有四所，门下省的弘文馆和设于东宫的崇文馆，这两所是高级贵族学校。另外两所是国子监国子学和国子监太学，这两所高级干部子弟学校。规则简单明了，父辈祖辈是何官职就入相应的学校读书待选，如果赶上你的父亲是商人，那么对不起，只能和李白一样游历天下，结交豪侠，一边窥探龙阙楼阁，一边说着功名利禄转眼就是空的酸话。

在唐朝门荫制度生命力极为顽强，众所周知科举制度是隋文帝杨坚创立，可是到了唐朝科举制度渐渐成型，成系统。偏偏又是在唐朝出现了三次反科举制度的思潮，第一次发生在唐代宗宝应二年（公元 763 年），反科举集团主要有礼部侍郎杨绾、京兆尹兼御史大夫严武、尚书左丞贾至和给事中李栖筠、李异等人。

第二次发生在唐文宗时期，唐文宗李昂是科举制度的倡导者和支持者，还曾亲自为科举考试命题。宰相郑覃出身世家大族荥阳郑氏，他却是科举制度的反对者。郑覃就是以门荫入仕，郑氏家族在唐朝九人为相。郑覃本人以"进士浮薄"为理由多次要求废止科举，文宗未采纳。他和李德裕还是好朋友。郑宰相说的进士浮薄的意思就是小门小户出身当官的人，有点穷人乍富感觉，一点也不踏实。

第三次是门荫与科举之争，发生在唐武宗时。宰相李德裕，即李栖筠的孙子，名相李吉甫的儿子为首。李吉甫李德裕父了本身就是以门荫入仕。他主张废除新科进士中举后的一系列庆贺活动。批评进士考试方式"不根艺实",主张"选官须公卿子弟为之",因为公卿子弟"少习其业,目熟朝廷事,台阁之仪不教而自成,寒士纵有出人之才,固不能闲习也"。这句话的意思简单来说,官二代对于官场的明规则和潜规则,管事管人上一清二楚,这是受到家学家长的环境影响。而寒门士子即便是大才,也没有世家子弟得天独厚的条件。李德裕反对科举取士的观点与前两次不一样,他反对部分进士中举后轻薄癫饮,认为选出来的人大多是只会清谈的清流浮夸之人。他创造性地提出,取士和选官要分开。

李德裕曾对唐武宗说:"臣无名第(不是进士科出身),不合言进士之非。然臣祖(李栖筠)天宝末,以仕进无他途,勉强随计,一举登第。自后不于私家置《文选》,盖恶其祖尚浮华,不根艺实。"德裕这几句话尽管反映了门阀巨族赵郡李氏,认为进士科"祖尚浮华",持有反感的态度,也说明了当时士人包括世家大族子弟在内,必须通过科举以求仕进的事实。

注意,唐朝发生了三次反对科举制度行为,李栖筠和李德裕祖孙都参与其中,李德裕是从为政方向发表意见,可以理解,他本身就是官宦子弟,以门荫入仕。李栖筠可是苦哈哈的穷学生,还记得,他赶考前给底层官员宋大夫写的诗词吗?他以科举入仕,成为了科举制度的受益者后,一旦掌握权力就想将这条平民子弟入仕的道路堵住。

人心和人性的改变,果然是在人掌握权力后。说回李吉甫,我认真查阅了史料,他父亲李栖筠是御史大夫,官职是从三品。他入职左司御率府后担任的官职仓曹参军,恰恰就是从七品下,这完全符合门荫制度和唐代官僚体质的规定条款。

据《新唐书·卷四十五·志第三十五·选举志下》记载,子凭父贵(甚至是祖父、曾祖)的具体规定是:"凡用荫,一品子,正七品上;二品子,正七品下;三品子,从七品上;从三品子,从七品下;正四品子,正八品上;从四品子,正八品下;正五品子……"

《新唐书》《旧唐书》两本唐朝史料的书籍,记载李吉甫初入仕途都不甚详细。比如《新唐书·卷一百四十六·列传第七十一·二李传》:"李吉甫字弘宪,以荫补左司御率府仓曹参军,贞元初,为太常博士。"古人修史严谨到古板的程度,只写了寥寥数语。我们推演一下,李吉甫的丁忧期满是公元 779 年，这一年朝廷发生了三件大事，唐代宗李豫驾崩，唐德宗李适继位，唐顺宗李诵册封太子。朝廷一定忙得不可开交，朝廷怎么会在李吉甫等官宦子弟入仕的小事浪费精力。

我们顺延一年，因为李诵诏书册封太子是年底举行，正式加冠是次年正月。这一证据参考《唐顺宗实录·卷一》："大历十四年封为宣王，建中元年立为皇太子。"我们有理由推算李吉甫是公元 780 年入仕。那么到贞元初即公元 785 年，中间有五年的时间李吉甫没有详细记载。两种可能性，第一，李吉甫一直在太子幕府参赞。第二，史料丢失无从查证，就把主要职位和节点记录一下。

唐德宗李适继位的第三年，发生了一件大事：奉天之难。他的父亲唐代宗李豫是宦官李辅国拥立，他知道宦官干政的弊病，继位之初，他禁止宦官干政，改革税法，颇具一番新气象。但是，他高估了自己，低估了藩镇势力，于公元 781 年发动削藩战争，直接导致了奉天之难。

奉天之难，又名"二帝四王之乱"，包括四镇之乱和泾原兵变。是唐德宗时期一场由于中央政府削藩而引发的叛乱，唐德宗被迫逃往奉天（今陕西省乾县）。奉天之难是中晚唐藩镇跋扈、唐朝中央权威受挑战的标志事件之一。

叛军攻破长安，对长安进行了抄家式的掠夺，这是京城长安第三次被攻破，第一次是安史之乱，第二次是吐蕃进犯，这是第三次。李吉甫等人的档案也有可能是在这一次浩劫中被付之一炬。

如果按照李吉甫初入仕的职位，他应该是跟随太子李诵，阻挡叛军，掩护唐德宗顺利逃到奉天。

奉天之难后，唐德宗在李泌和李晟等将领的帮助下，再次回到长安，已经是公元 784 年，这时的李适像一只惊弓之鸟，看谁都像是猎手。尤其是对军队将领和相臣不信任，对宦官的态度则来了一个一百八十度的大转弯儿，信赖宦官。

唐德宗的父亲，唐代宗李豫是宦官拥立，他的爷爷唐肃宗李亨开启了以宦官为监军的臭棋，让太监李辅国直接掌握兵权。他则更胜一筹，将禁军将领的位置也给了宦官。《资治通鉴·卷二百三十五·唐纪五十一》："六月，乙丑，以监句当左神策窦文场、监句当右神策霍仙鸣皆为护军中尉，监左神威军使张尚进、监右神威军使焦希望皆为中护军。"这几位都是宦官，李适还专门为他们打造了监军印。

从唐肃宗开始将监军之权交给宦官，到唐德宗将禁军权力交给宦官。宦官干政，诛戮大臣时有发生，甚至杀掉皇帝，宦官干政是唐中后期的李氏王朝挥之不去的梦魇。

如果李适这个皇帝的危害大，在位时间短，还能及时转舵。偏偏他是唐朝皇帝中在位时间较长的，他在位 26 年，第一名唐玄宗李隆基在位 44 年，第二名唐高宗李治在位 34 年，李适是第三位。除了这个之外，唐德宗李适还有一个第一，他是唐王朝历史上唯一一个下罪己诏的皇帝，这个建议是在名相陆贽的建议下，也是由陆贽写下的著名制诰《奉天改元大赦制》，这份罪己诏的真挚情感感动军兵黎民，一定程度上挽救了当时的局势。

综上所述，李吉甫的履历极有可能丢失，我推测这一大段时间他作为底层吏员，躲在河南或是跟着朝廷队伍在奉天也有可能。公元 784 年唐德宗回到长安，李吉甫的生平记载开始详细，也恰恰是从公元 785 年任太常博士开始。

所以，对于李吉甫的从政之路，我倾向于他一直在太常寺任职，左司御率府或许只是报了到，又在兵荒马乱的场景，与太子一党没有更深的交集。从一件事中可以看出。

永贞革新，又称二王八司马事件，是在永贞年间，官僚士大夫以打击宦官势力、革除政治积弊为主要目的的改革。改革主张加强中央集权，反对藩镇割据、反对宦官专权，持续时间 100 多天。最后改革因为宦官俱文珍等人发动政变，幽禁唐顺宗、拥立太子李纯，而以失败告终。

永贞革新的核心人物是王叔文，王叔文是庶族知识分子，他联合了一群文人士子围绕在唐顺宗身边。《新唐书·卷一百八十一·列传第九十三》记载：顺宗立，不能听政，深居施帷坐……大抵叔文因伾，伾因忠言，忠言因昭容，更相依仗。伾主传受，叔文主裁可，乃授之中书，执谊作诏文施行焉。时景俭居亲丧，温使吐蕃，惟质、泰、谏、准、毕、宗元、禹锡等倡誉之……

唐顺宗为太子时，即有变革新政之志。他最宠王伾，与王叔文尤为志同道合。同时，刘禹锡、柳宗元、程异、凌准、韩泰、韩晔、陈谏以及陆质、吕温、李景俭等，也都与二王相交，最终形成一个以"二王刘柳"为核心的革新派。

注意，上面名字没有李吉甫，如果李吉甫在左司御率府五年之久的话，以他的聪明才智和熟读国典一定会在其中。永贞革新失败后，这群人政治上备受冷落，直接诞生了两个大诗人柳宗元和刘禹锡，二人虽然在政治上不能出将入相，靠诗篇却也文学上名垂青史。

从唐宪宗李纯对李吉甫的信任程度，直接反应出，李吉甫并非唐顺宗幕府之人。以唐宪宗对顺宗幕府人员的绝情处置，李吉甫在政治上能让他放心，显然他与唐顺宗李诵一派交往不深，或者说没有交往。

所以，我的观点是，李吉甫初入仕，左司御率府挂名而已，史书空白的四五年间，任职的衙门就是太常寺。太常寺，唐制九寺之一，掌握宗庙祭祀奏乐的衙门。李吉甫工作几年后，27岁为太常博士。

还有一件事能从侧面作为例证，《新唐书·卷一百四十六·列传第七十一·二李传》记载："昭德皇后崩，从天宝以后中宫虚，恤礼废缺。吉甫草具其仪，德宗称善。"史书的意思从天宝以后没有几个正牌子皇后，所以皇后驾崩的礼仪也无典可依。我查了一下，唐昭德王皇后崩于公元786年，昭德皇后就是德宗的皇后，顺宗之母，奉天之难时她携带传国玉玺跟着唐德宗，可谓患难夫妻。

这时候李吉甫掌握典故，草拟了一个处置办法，德宗很满意。这是一件小事，也能看出李吉甫对礼仪典故十分熟悉，对太常寺衙门职责了然于胸。

《唐会要·卷三》记载更为详细："唐德宗皇后王氏既上谥曰昭德，帝止令就陵所建祠殿奉安神主。是时太常博士李吉甫议曰：'国朝故事，昭成、肃明、元献三后并置别庙，若奉安于陵所，典礼无文。今元献皇后庙在太社西，请修为昭德别庙。'从之。"

公元785年，即唐贞元初年，至公元792年，即唐贞元八年。这七年时间里，李吉甫一直在京城长安任职，他职位也是从太常博士、屯田员外郎、驾部员外郎等，后者两个职位按照唐朝官职都是从六品上，这时候青年才俊李吉甫就是熬资格。

在唐朝官场中，一个政治新星的闪耀程度，张口可以将家族荣光推至北魏时期，在士族林立的长安官场，都是人套人，亲套着亲，关系盘根错节。李吉甫虽说出身门阀望族的赵郡李氏，他父李栖筠亡后他失去了最有力的支持，兄长李老彭想必混得也是一般。混迹长安的人精们都深谙人走茶凉的道理。

《旧唐书·卷一百四十八·列传第九十八·李吉甫传》中还有一句重要的话："宰臣李泌，窦参推重其才，接遇颇厚。"李吉甫的才华受到了宰相李泌和窦参的赏识。这是一句极为重要的话，古人修史十分严谨，惜字如金，加上这句和实际履历无关的话，想来很有必要，言外之意吉甫有贵人扶持。

李泌，唐朝神童，号称山中宰相，布衣宰相，他也出身赵郡李氏，不同的是他为辽东房人。历仕四朝，参与平定安史之乱等功业，就连唐玄宗李隆基都对他大加赞赏，宰相张九龄与其有49岁的差距，称呼其为小友。

另一位宰相窦参，出身河南窦氏家族，他的曾祖父窦诞也是唐朝宰相，并且迎娶了唐高祖李渊的女儿襄阳公主，也是勋贵之后。

更有意思的是，这两位宰相入仕途径和李吉甫一样，窦参以门荫入仕，李泌以当时太子李亨从官入仕。所以，物以类聚人以群分，十分有道理，也可以说朋友圈的重要性。

唐朝的内部矛盾依旧是藩镇割据和宦官干政，李吉甫在长安为官想必知道其中利弊，人微言轻不能改变什么，这是他为官的第一阶段，正在蓄积力量的时刻。

（三）特殊的公元 805 年

公元 792 年，唐贞元八年，李吉甫开始了为官的第二个阶段，从京城长安外放到明州（今浙江省鄞州区）长史，长史相当于秘书长或是刺史的副手，官制属于正六品下，外放这一步李吉甫升了一级。李吉甫在长安为官，为什么会外放呢？这涉及到两个人的梁子，也有关于李吉甫的一个典故——置怨结欢。

这一年，窦参被罢相，陆贽为相，而李吉甫与窦参多有交往。陆贽执政时，怀疑李吉甫结交朋党，将他贬为明州长史。后来陆贽遭到裴延龄的构陷排挤，被贬谪忠州。裴延龄欲加害陆贽，便起用李吉甫为忠州刺史，陆贽的兄弟门人等为此担忧不已。

李吉甫却不记前仇，以宰相礼节对待陆贽，与他相处甚欢。陆贽起初感到羞愧恐惧，后来逐渐与李吉甫结为至交。时人都对李吉甫的器量敬重不已，但李吉甫也因此得罪裴延龄，直接结果就是六年未得升迁。这一细则被记录在《新唐书·卷一百四十六·列传第七十一·二李传》和《资治通鉴·卷二百三十六·唐纪五十二》。

陆贽就是前文提到，为唐德宗写罪己诏的人，他比李吉甫大4岁，自此二人成为相知相交的挚友。

公元792年至公元805年，这13年间，李吉甫的为官之地都在地方。他的履职地方分别是明州长史（今浙江鄞州），后起复为忠州刺史（今重庆忠县），历任柳州（郴州）刺史、饶州刺史等职。

这一段地方经历，李吉甫最多的时间留在忠州，一个原因就是有病。公元801年，李吉甫因病罢免忠州刺史，仍留在忠州养病。同年，妻子携带李德裕兄弟到忠州照顾李吉甫。这一年，皇帝下圣旨李吉甫改任郴州刺史。

李吉甫在《柳州谢上表》说的十分清楚：

臣某言："伏奉诏书，授任柳州刺史，以今月二十五日至所部上讫。臣某诚惶诚恐，顿首顿首。臣前岁以疾停官，去年蒙恩除替，便欲裂裳裹足，趋赴京师，以旧疾所婴，弥年未愈。逮及今夏，始就归途。襄州节度使于頔，与臣早岁同官，见臣当暑在道，恳留就馆，寻假职名，意欲厚臣，非臣本愿。伏惟陛下光被之德，道已洽于区中；忧济之勤，心每遍于天下。常以万邦共理，必藉于循良；一物不遗，尚延于愚薇。假臣宠渥，重领方州。驽骀复效于驰驱，枯朽更同于华秀。臣某诚欢诚喜，顿首顿首。臣闻潢污易竭，徒有朝宗之愿；犬马无识，犹知恋主之诚。揣分则然，惟天所鉴。况臣昔因左官，一纪于外。子牟驰心于魏阙，汲黯注意于汉庭。岂伊非夫，独无斯恋。去就者荣辱之主，朝廷者仕进之源。臣子之宜，忠贞所志。臣虽心同犬马，而分比潢污。幸蹑康衢，意悲往塞。臣之此诚，口不能谕，意欲自达，文非尽言。此臣所以自咎自伤，恨乖志愿。犹冀苦心励节，上奉诏条；惠寡安贫，下除人瘼。恭宣皇化，少答鸿私。不胜感戴欢欣之极。谨遣衔前军事虞候王国清奉表陈谢以闻。

这里做个说明，古人书信往来有时常把郴州读作柳州。柳宗元在《区寄传奇》中书写时也把郴州误读作柳州。公元 801 年李吉甫郴州上任，写谢表时是柳州谢上表，公元 803 年李吉甫等北上到侍郎坦石刻就写成了郴州刺史。

李吉甫任饶州刺史，即现在江西省鄱阳县时发生了这样一件事。在他之前有四任州牧，先后猝死在州城，弄得人心惶惶，州署官寝无人敢住，说饶州郡城出了妖怪。他到任后，要来钥匙，叫人除掉荆榛杂草，稍事整理清扫后，便安然地住下。

鄱阳吏民提心吊胆，然而三年时间里，他居然毫发无损，那些忧心忡忡的人，都说他福大命大，妖怪不敢近身于他。李吉甫在鄱阳的时间较长一些，在他任上还有一件事值得一说，有位叫饶娥的民女，父亲酒醉后溺死江上，饶娥为了寻找父亲，不幸也被水溺死。这事传到了李吉甫耳里，他当即上奏此事，唐德宗钦赐"天下至孝"匾额，恩准由官府出资修建饶娥庙。

李吉甫又请文学大家柳宗元写了篇《饶娥碑》，此碑对后人的影响很大。从这件事中也可以看出，李吉甫主政地方，重视教化百姓。

李吉甫在地方的十余年，想必也有心情低落，踌躇满志却无从下手的无力感。所以才有了吉甫问卜的轶事。《太平广记·卷七十二·道术二》：

贞元中，有袁隐居者，家于湘楚间，善《阴阳占诀歌》一百二十章。时故相国李公吉甫，自尚书郎谪官东南。一日，隐居来谒公。公久闻其名，即延与语。公命算己之禄仕，隐居曰："公之禄真将相也！公之寿九十三矣。"李公曰："吾之先未尝有及七十者，吾何敢望九十三乎？"隐居曰："运算举数，乃九十三耳。"其后李公果相宪宗皇帝，节制淮南，再入相而薨，年五十六，时元和九年十月三日也。校其年月日，亦符九十三之数，岂非悬解之妙乎？

李吉甫问官运运数，袁隐居道："您可以做到将相，寿数为九十三。"李吉甫道："我的先辈中从没有能活到七十的，我也不敢奢望能活到九十三。"袁隐居道："按照占算出来的命数，就是九十三。"后来，李吉甫果然出将入相，两居宰辅，节度淮南。他在五十六岁时去世，当时是元和九年十月三日，恰好符合九十三之数。

公元 805 年，李吉甫从江西回长安的路上一定是感慨万千，他离开长安十三年了，这十三年的地方政务经验，为他将来拜相打下了坚实的政治基础，也为他撰写地理学巨篇《元和郡县图志》，完成了准备工作。公元 806 年，李吉甫返回长安的第二年，开始动笔撰写此书。

公元 805 年，李吉甫 47 岁，从他公元 780 年入仕算起，他在官场已经 25 年了。唐朝天下依然深陷在藩镇割据和宦官干政的乱局中。

李吉甫返回长安的时间是八月或是九月，这个依据《旧唐书·卷一百四十八·列传第九十八·李吉甫传》记载："宪宗嗣位，征拜考功郎中、知制诰。既至阙下，旋召入翰林为学士，转中书舍人，赐紫。四月，唐宪宗李纯封为皇太子。七月二十八日代理监国之任。八月四日，李纯得到顺宗李诵传位。八月九日，正式即位于宣政殿。"

公元 805 年，这一年我认为是中晚唐最乱糟糟的一年。乱的来源就是唐顺宗李诵。李诵的父亲唐德宗是正月驾崩，李诵的儿子李纯是八月登基，中间的时间就是李诵当皇帝的时间，满打满算八个月。他当了 25 年的太子，对于这一刻应该是期待许久才是，可是他的身体不争气。

一国储君在老皇帝驾崩后才发挥最大的作用，所以，在封建社会一个皇子被加封太子之时起，他和皇帝的关系就微妙起来，仿佛是朝局上的跷跷板，不能高不能低，要时刻掌握平衡，在这种高压气氛下，生活一天就是折磨。何况李诵生活了 25 年之久。

公元 804 年，贞元二十年九月，李诵中风，失去语言能力。次年，他登基继位。开始重用藩邸旧人，他为太子的班底要员全部提升，将他们昔日在官邸商讨的政治主张全盘端出，这就是永贞革新的团队。

主导永贞革新的核心人员就是二王刘柳，二王就是王叔文王伾，刘柳就是刘禹锡和柳宗元。二王是唐顺宗李诵的东宫侍读，刘禹锡则是太子校书，隶属左春坊，左春坊则是詹事府内部机构之一，同属东宫。

公元 803 年柳宗元调回长安，任监察御史里行。加之柳宗元与刘禹锡同科，对政局的批评和政治主张与二王等人不谋而合。这些高级知识分子等到了千载难逢的机会，李诵继位，他们就开始了轰轰烈烈的改革。

永贞革新的主张，可以分为反对宦官干政，反对藩镇割据，反对朋党之争（主要指贵族世家子弟和科举寒门子弟之争），以前两条为核心。

改革具体内容是罢宫市五坊使，唐德宗以来，宫内宦官经常借为皇宫采办物品为名，在街市上以买物为名，公开抢掠，称为宫市。

白居易的《卖炭翁》诗就是对宫市的控诉。早在唐顺宗李诵做太子时，就想对他爹唐德宗李适建议取消宫市，当时王叔文害怕德宗怀疑太子收买人心，而危及太子的地位，所以劝阻了李诵。永贞年间，他们跃跃欲试，上来第一条政令就是将宫市制度取消，这第一枪就射向了宦官。

除了宫市之外，宦官还有五坊，即雕坊、鹘坊、鹞坊、鹰坊、狗坊，一些宦官，也常以捕贡奉鸟雀为名，对百姓进行盘剥讹诈。随之五坊使也被取消。这两项弊政被取消，老百姓自然是皆大欢喜，可是别忘记宦官可是一群人，也是离皇权、皇帝、皇宫最近的一批人，这些人在皇宫的时间比李诵还久，何况由于李诵他爹他爷的纵容，有些宦官早就权势熏天。

第二条政令是取消进奉。朝廷节度使通过进奉钱物，讨好皇帝，有的每月进贡一次，称为月进，有的每日进奉一次，称为日进。后来，州府官员，刺史幕僚也纷纷效仿，这些官员会自己拿钱孝敬皇上吗？当然不会，最后的钱财依然得盘剥老百姓的民脂民膏。

第三条政令是打击贪官。王叔文口含天宪，手握权柄，先后处理了浙西观察使李锜、京兆尹李实等大员。

第四条政令是打击宦官。如果说取消宫市是断了宦官的财路，那么王叔文接下来干的就是要宦官的命。他想从太监手中收回禁军的兵权，改派朝廷老将。

第五条政令是打击藩镇，削弱藩镇手中的地盘，对于藩镇节度使的拉拢强硬回绝。

第六条政令是裁撤冗员，将宫女三百人、乐坊六百多人遣散回家。

这几条政策可以说，每一条都是好政策，好措施，每一条都能为老百姓减轻负担。可是翻开中国古代历史书，有哪一条政策因为出发点好，就能得以实施？哪一条政策在实施之前，不是以老百姓天下为利的名义颁布？

打击藩镇，连皇帝都摔了跟头，下了罪己诏。王叔文等一介书生，哪有这样的权谋心智，王叔文可能是一个好人，但不是一个成熟的政治家。但从这几条政策来看，我们可以看出，王叔文一党几乎得罪了朝廷的所有当权派。他还是太心急了，一下子将所有人得罪了，他们的下场也不难想象了。

打击宦官，别忘记王叔文这些人进宫办事，开门传令哪一道不是由宦官经手，他们只要进去皇宫就有无数双眼睛盯着他们。没有雷霆手段，空有一腔热血也无济于事呀。

永贞革新时，当时的三位宰相，高郢无所作为，贾耽、郑珣瑜称疾不起，以表示与革新派不合作。这些官场老油子，绝非没有目标，没有理想，只是他们知道朝廷每一件事的顺利实施，不是必须符合老百姓的利益，而是必须符合当权者各方的利益。王叔文、柳宗元等人毕竟年轻，也或许是理想主义者。最终，永贞革新以失败告终。

宦官俱文珍率先向王叔文发难，削去翰林学士之职，到翰林院办公限制时间。而后王叔文母亲去世，形势开始急转直下。各地节度使，如荆南节度使裴均、河东节度使严绶等向皇帝和太子攻击革新派，令王叔文柳宗元他们雪上加霜的是内部的分裂——韦执谊开始不听王叔文的调遣。

宦官俱文珍磨刀霍霍，发起最后的猛攻，他逼迫唐顺宗李诵下诏禅位于太子李纯。俱文珍推荐了与自己志同道合的袁滋，杜黄裳为宰相。杜黄裳还有一层身份是革新派韦执谊的岳父，他是反对革新的人，属于保守派。

各位读者，看出问题了吗？最大的获益者唐宪宗李纯在禅让事件中，完全是人工道具，这一年李纯27岁，加之他后来表现得年轻有为、老练成熟，这次事件中他的行为不符合他的性格。这件事全部是宦官俱文珍等人所为，这就有点不符合常理：没有与太子李纯商议，取得首肯，哪怕默认，这不太可能。

俱文珍可以控制禁军，可以控制宫闱之内，绝对无法控制朝局，此时的李纯身为太子，早有监国之名。从逻辑上来讲，李纯想必是参与了对病中父亲的逼宫，玩了一出禅让的戏码。他们老李家的英明皇帝李世民也干过一样的事情。路径依赖使人着迷。

还有一件事，值得注意，元和十四年，群臣商议给唐宪宗上尊号，宰相皇甫镈建议给皇上上尊号加上"孝德"。

宰相崔群认为"睿圣"二字包含了孝德的意思，提出不同意见。不料，唐宪宗大怒，将崔群发配湖南。商议一个尊号，并非决议，将一个宰相赶出长安。皇帝为何对孝德二字如此在意？有没有可能不孝的儿子最怕别人说不孝呢？还有一点，皇甫镈是唐宪宗李纯的宠臣，总给皇帝献药丸、长生不老药的人。所以，他们极有可能是计议过，崔群不解其意，触了霉头。这件事算是对我推理的一种佐证。

说回公元805年，唐宪宗李纯继位后，马上召回李吉甫委任授为考功郎中、知制诰，成为起草诏书的人，进入翰林院，成为中书舍人。李吉甫从地方官一跃成为皇帝的机要秘书。就冲这一份信任，李吉甫被唐顺宗李诵方面势力的裹挟，想必不深。

紧接着，九月，唐宪宗李纯下诏，将永贞革新派王叔文、王伾贬逐。王伾被贬为开州司马，不久后病死；王叔文被贬为渝州司户，次年赐死。也有一种说法是宦官俱文珍杀死。贬刘禹锡为连州刺史，柳宗元为邵州刺史，韩泰为抚州刺史，韩晔为池州刺史。

十一月七日，贬韦执谊为崖州司马。朝议谓刘、柳等人贬太轻。

十一月十四日，再贬刘禹锡为朗州司马，柳宗元为永州司马，韩泰为虔州司马，韩晔为饶州司马；又贬程异为郴州司马，凌准为连州司马，陈谏为台州司马。唐制司马均为闲置官员。这就是二王八司马事件。

次年，唐顺宗李诵驾崩，属于唐宪宗李纯的时代来了。

公元805年，还有一件事，日本的最澄和尚返回日本，将中国天台山茶籽带到日本，播种在京都比睿山麓，中国茶叶文化传入日本。当时虽处中晚唐时期，我国的茶文化兴盛，就连大宦官俱文珍都有写《饮茶十德》："以茶散郁气；以茶驱睡气；以茶养生气；以茶除病气；以茶利礼仁；以茶表敬意；以茶尝滋味；以茶养身体；以茶可行道；以茶可雅志。"

也是这一年，唐代文学家柳宗元写了一篇哲学著作《天对》。《天对》是柳宗元为回答屈原在《天问》中所提出的问题而写的作品。作品中表现了鲜明的无神论和反对天命的思想。有力地抨击了韩愈、李翱等人宣扬的儒家天道观。韩愈与俱文珍交好，柳宗元此举也有可能是为革新派增加理论指导，总之，为唐朝留下了一篇哲学巨著。

《天对》《天问》都是难得好文，感兴趣的读者，可以品读。我国第一个火星探测器取名天问一号，就是取自屈原的文章题目。

（四）智平西川藩镇

公元 806 年，即元和元年，李吉甫 48 岁开始参赞机枢，国家大事可以开口了，返京时他获赐紫衣。按照唐制三品以上官服为紫衣，佩戴金鱼袋。经过纷乱的去年，新旧政权交替后，朝局逐渐稳下来。

这一年李吉甫顺利返京加官晋爵，除了皇帝李纯的认可，还有一个重要原因，宰相郑余庆的推荐。郑余庆和李吉甫同在郴州为官，郑余庆为刺史，李吉甫为别驾。郑余庆返回京城，执掌相权后，就推荐了李吉甫为中书舍人。足见二人关系甚笃，也见李吉甫的才智能力。郑余庆回京后，李吉甫接任他，成为郴州刺史。

郴州侍郎坦位于湖南省永兴县便江镇湘洲村侍郎组便江北岸。因韩愈谪潮时曾于此泊舟而得名。侍郎坦石刻发现许多的唐朝石刻群，有着重要的历史价值。

唐朝石刻中就有李吉甫的石刻内容（图 2-2）："清河路体仁朝议大夫，前守郴州刺史李吉甫，贞元十九年，岁次癸未，禾拾月戊寅朔贰拾四日辛丑，蒙恩除替，归赴（京）阙。长男绅、次男（德裕）绒从行，乡贡进士罗造。"

图 2-2　唐李吉甫 在郴州侍郎坦石刻

唐贞元十九年，就是公元 803 年，李吉甫曾返京城长安。

这一年发生了一件事，中书省主书滑涣一个七品小吏，嚣张跋扈，原因竟是他有靠山，这个靠山就是宦官刘光琦，刘掌管枢密使，是和俱文珍一样的人物。滑涣经常将中书省会议机要和官员变化，以及对刘光琦不好的风评，及时禀告。更夸张的是按照朝廷制度，皇帝的诏令经过宦官传达给中书省，由中书舍人起草诏令，公布天下。这两个小子狼狈为奸，有时候诏令传出去，宰相们谁也不知情，让中书省的宰相十分被动。李吉甫刚返京一年，滑涣这种人物自然不把其放在眼里。

中书省大员大多投鼠忌器，他们不怕滑涣这种小人，畏惧的是刘光琦大太监，刘掌管枢密使，势头正劲，更可虑的是朝臣分不清这些旨意是不是皇上的授意，说不好的事不如不说。就连宰相杜佑、郑絪等人面对滑涣都低声下气，用友善的态度对待滑涣。

郑余庆忍无可忍，当面斥责滑涣，不久便被罢去相位。郑余庆任凤翔尹看到韩愈关于保护陈仓石鼓的奏疏，朝廷迟迟未回复，他一直上奏，朝廷终于下旨将陈仓石鼓放置当地文庙，郑余庆在保护石鼓的过程中发挥了重要作用。

滑涣更是有恃无恐了，各级官员对滑涣都争相贿赂。这个时候体现出勇气的重要，李吉甫不信邪，就将滑涣和刘光琦的事情禀告唐宪宗李纯。

皇帝下令调查，将滑涣抄家，这一抄家竟然抄出数千万钱财，成了当时的小官大贪。滑涣从小吏一下让世人知晓。经过此事，朝廷皇帝，权宦大臣，没有人再敢轻视李吉甫。

藩镇割据是中晚唐时朝廷的大患，唐宪宗李纯作为年富力强的年轻皇帝，也想找机会剪除藩镇，他不能像爷爷德宗李适那样对藩镇态度轻率，惹出一个奉天之难。此时的朝廷岁入，经过唐德宗的积累，李纯认为可以适当对藩镇亮出强硬的态度。自宪宗即位后，藩镇大战进入了第二阶段：讨伐。

不久就来了一个倒霉蛋，西川节度使刘辟。刘辟原来属于上一任西川节度使韦皋幕府的实权人物，韦皋死后，刘辟瞅准机会，他不经朝廷同意就自立。唐宪宗李纯即位不久，他认为时机还不成熟，只好暂时采取安抚手段，任命刘辟为节度副使，代理节度使事。对于节度使的名义始终没赐予，但西川实权实际就在刘辟手中。

韦皋是一位颇有建树的人，他在川期间阻止了蛮夷对东南的进犯，他大修了乐山大佛，还有一件事就是他和才女薛涛的爱情故事。薛涛的那首情深意切的《十离诗》就是写给韦皋。韦皋死时，薛涛二十五岁，没有了依靠，她才离开了韦府。

刘辟的老板韦皋经营西川多年，临死前都奏请朝廷，希望获得三川节度使的名义。皇帝不准。刘辟这小子痴心妄想，居然请皇帝册封三川节度使。当然，也有一种可能是韦皋时日不多，刘辟操纵指示。剑南西剑南东川及山南西道三镇合称"三川"。唐宪宗态度坚决，又是拒绝。

刘辟欺负皇帝年轻，认为他会重蹈唐德宗的覆辙，会再来一个奉天之难。刘辟悍然用兵，围困东川节度使李康。

刘辟起兵反叛的消息传到长安，朝廷群臣认为川地易守难攻，不易讨伐。宰相杜黄裳态度坚决，唐宪宗也主张征讨，他又私下询问了李吉甫的意见。李吉甫也赞成征讨，杜黄裳又推荐了名将高崇文，唐宪宗照准，高崇文为先军，李元奕为后军，与山南西道节度使严砺一起剿灭刘辟。

这一条史料记录在《资治通鉴·卷二百三十七·唐纪五十三》：

刘辟既得旄节，志益骄，求兼领三川，上不许。辟遂发兵围东川节度使李康于梓州，欲以同幕卢文若为东川节度使。推官莆田林蕴力谏辟举兵，辟怒，械系于狱，引出，将斩之，阴戒行刑者使不杀，但数砺刃于其颈，欲使屈服而赦之。蕴叱之曰："竖子，当斩即斩，我颈岂汝砥石邪！"辟顾左右曰："真忠烈之士也！"乃黜为唐昌尉。上欲讨辟而重于用兵，公卿议者亦以为蜀险固难取，杜黄裳独曰："辟狂戆书生，取之如拾芥耳！臣知神策军使高崇文勇略可用，愿陛下专以军事委之，勿置监军，辟必可擒。"上从之。翰林学士李吉甫亦劝上讨蜀，上由是器之。戊子，命左神策行营节度使高崇文将步骑五千为前军，神策京西行营兵马使李元奕将步骑二千为次军，与山南西道节度使严砺同讨辟。时宿将名位素重者甚众，皆自谓当征蜀之选，及诏用崇文，皆大惊。"

高崇文久攻不破鹿头关（在今四川德阳），李吉甫对皇帝奏道："汉晋南朝五次伐蜀，四次都是沿江而上。江淮地区的宣州（治今安徽宣城）、洪州（治今江西南昌）、蕲州（治今湖北蕲春）、鄂州（治今湖北鄂州），强弓劲弩，号称天下精兵。陛下可让江淮军直捣三峡腹心，叛军必会分散兵力，前去救援。而且高崇文担心江淮军率先建功，也会增强斗志。"

西川平定后，李吉甫又建议皇帝让高崇文、严砺分别节度西川（治今四川成都）、东川（治今四川三台），使两川相互制衡。《新唐书·卷一百四十六·列传第七十一·二李传》：

> 高崇文围鹿头未下，严砺请出并州兵，与崇文趋果、阆，以攻渝、合，吉甫以为非是，因言："汉伐公孙述，晋伐李势，宋伐谯纵，梁伐刘季连、萧纪，凡五攻蜀，繇江道者四。且宣、洪、蕲、鄂强弩，号天下精兵，争险地兵家所长，请起其兵捣三峡之虚，则贼势必分，首尾不救，崇文惧舟师成功，人有斗志矣。"帝从之。砺复请大臣为节度，吉甫谏曰："崇文功且成，而又命帅，不复尽力矣。"因请以西川授崇文，而属砺东川，益资、简六州，使两川得以相制。

李吉甫暗中参与谋划，请求广泛征召江淮的军队，由三峡一路进入，以分散蜀地叛军的兵力，效果很好，局势基本稳定。几件事办得滴水不漏，从此皇上非常亲近信赖他。

《新唐书·卷一百四十六·列传第七十一·二李传》记载："……刘辟平吉甫谋居多……"

李吉甫三代，尤精藩事，父李栖筠协助唐肃宗平安史之乱，李吉甫在剿灭刘辟等藩镇也是出谋划策，子李德裕更是收幽州，平泽潞等藩镇。这一门可谓忠烈。

（五）竭心膂以振皇纲

公元807年，元和二年，杜黄裳以七十岁高龄罢相，出任河中府（山西永济），担任检校司空、同平章事、河中尹、河中晋绛慈隰节度使，加封邠国公。杜黄裳的离去，李吉甫的机会就来了。由于前面几次办事十分合皇上的心意。李吉甫第一次为相，这一年李吉甫49岁，他在官场已经奋斗了29年，终于接手相位。

接着，唐宪宗李纯下制书。

制书是中国古代帝王诏令文书的文种名称之一。可以简单理解成制书就是皇帝说的话。所谓"天子之言曰制，书则载其言"，唐代的制书，分制书和慰劳制书两种。制书的用途也不仅用以颁布制度、政策，还常用以颁布重大政令，如施行大赏罚、宣布大赦等。

唐宋制书用于任免高级官爵的最多，由侍从官翰林学士起草，通称内制。起首书"门下"二字，意先给门下省看；正文前段开头用四六对偶句四句一联，概述新授何种官职，称为"制头"或"破题"，接叙授官的原因；中段开头是被授予者的前任官衔和姓名，接叙其任职表现，加以表扬，然后说明授予新官职的意义。《授李吉甫中书侍郎同平章事制》：

门下：昔周宣王思宏文武之道，则以申甫代天工；汉宣帝思继祖宗之风，则以邴魏执邦柄。是以克绍前烈，俱称中兴。朕以眇身，托於人上，亦思所以缵列圣之绪，致太阶之平，怀柔四夷，亲附百姓，将成莫大之业，遂获非常之才，授之钧衡，俾作身楫。银青光禄大夫行中书舍人翰林学士上柱国李吉甫，符彩外发，清明内融，体仁而温，抱义而峻。识洞精赜，知皇王致理之由；学该古今，穷天人相与之际。自擢於纶阁，列在禁闱，鼓三变之文，润色王度；总五才之用，参赞庙谟。化俗思迈於成康，致君愿及於尧舜。当注意之所向，每罄心而必陈。深中不回，独立无惧，经纶常见其道远，激切多至於涕零。王纲以张，蜀寇斯殄，左右密勿，实由嘉言。降神而生，辅朕为理，调三光以序六气，遂物情而熙帝猷。是为中枢，司我大本，命尔俞往，其惟勖哉。於戏！宰相之任，安危所系，百辟为宪，万邦所瞻。与其明察以为公，不若严重而有制；与其将顺於甚美，不若匡救於纤违。审泾渭以序人伦，谨绳墨以正天下，交泰之运，其若斯乎。敬听朕言，以践乃职。可守中书侍郎同中书门下平章事，散官勋如故，主者施行。

皇帝说的真诚恳切，按照官场制度或是礼仪，得率先辞掉，再接受。李吉甫不知是为人谦虚还是做作，居然写了两张让表。

表是古代文体奏章的一种，用于较重大的事件。是中国古代向帝王上书陈情言事的一种特殊文体，也是封建社会下臣对皇帝有所陈述、请求、建议时用的一种文体。

我们来一起欣赏李吉甫为相的两篇让表中的第一篇。《让平章事表》：

臣某言：臣久处繁机，切思退免。伏奉诏旨，未允深衷；仰戴天慈，如置冰谷。臣某中谢。臣窃惟至敬，岂敢烦文？再以恳诚，上陈睿览。伏以陛下初临宝图，获侍丹宸。一心捧日，见四海之大明；八秸代天，睹群生之茂育。恭承睿算，实罄愚衷，虽微寸功，岂敢纤负！倘陛下存簪履之旧，念葵藿之诚，终全深恩，退蒙厚礼；则是陛下既假之以位，又宠之以名，至德深仁，光昭千古。况臣年齿虽长，筋力幸全，犹得申获战之功，展死绥之分。倘蒙粗使，足可酬恩。至於左右便繁，朝夕机务，则心忧智竭，力所不任。以此至诚，期於允遂。然以时不再得，感王道之方平；福不重来，念君恩之已极。进退惶恋，罔知所安。谨奉表陈乞云云。

《第二表》：

臣某言："臣昨八日再表自陈，九日於延英奏对。公事既毕，辄言私情。陛下语臣以兢惧之由，谕臣以进退之义。今奉批答，令断表章。无涯恩渥，木石知感。况陛下俯鉴诚恳，知非饰词。鉴以止足之心，特申分列之外。敢不上遵明令，退抑微衷，恪居官次，更饫仁恩。顾伯玉之未果，徒惭圣私；秉安石之偷安，犹期他日。衔恩之分，万殒犹轻。不任感戴惶悚之至。谨再奉表以闻。"

从第二个奏表来看，此时的李吉甫俨然是朝廷重臣，皇帝常召其于延英殿奏对。

君臣二人制书奏表一来二去，李吉甫就走马上任，正式成为唐帝国的宰相。他实现了父亲李栖筠的夙愿，实现了赵郡李氏的家族荣光。

自从公元710年李峤去职相位，公元807年李吉甫接受相位，时间已经过去了九十七年，石家庄赞皇人再一次站在了唐朝的相位上。

元和年间还有一段佳话，就是赵郡李氏的三位杰出人物，在元和一朝同时拜相，时称李氏三相。赵郡李氏有东南西三祖房，三房各有一人被拜为宰相。南祖房是李藩，东祖房是李绛，而西祖房则是李吉甫。巧合的是，三人在各自房支中都排行第三。这一则佳话记录在《唐语林·卷四·企羡》。

三人在元和一朝多有交际，尤其是李吉甫和李绛同朝拜相，政见多有不和，咱们日后详细述说。

还有，一则民间传说需要加以说明。人说李吉甫是三代为相，甚至出现在了周公灵签上。李吉甫三代为相，上上签："门庭清吉梦祯祥，积善于门大吉昌。讼理婚成蚕又熟，病逢良药得安康。"四句浅释："家风清廉，梦也吉祥，积善人家，必有余庆；讼有理，婚可成，衣无缺，纵有疾病，得遇良药，可保安康。"

严格来讲，我认为李吉甫三代为相有些牵强，李栖筠是御史大夫，离相位一步之遥，李吉甫是元和朝宰相，李德裕是太和朝与会昌朝两度拜相。李栖筠呢，却不是宰相职位。

相比三代为相的民间传说，我更愿意说李吉甫是三世丝纶。丝纶就是掌握圣旨的人，中书省代皇上草拟诏书，掌丝纶者。李栖筠的确曾多次给皇帝参赞机枢，草拟昭告。却从未实授相位，宰相传也无此人记载。

《礼记·缁衣》："王言如丝，其出如纶。"孔颖达疏："王言初出，微细如丝，及其出行於外，言更渐大，如似纶也。"后因称帝王诏书为"丝纶"。所以说李吉甫是三世丝纶更为贴切。

李吉甫初任宰相，就获得了惟在进贤的美名。这里面有一段交往。唐宪宗任命李吉甫为宰相。李吉甫感动得掉眼泪，他对中书舍人裴垍道："吉甫飘泊江淮十五年，穷困失意，如今竟被拜为宰相。我只能报答朝廷恩德，只有引进贤明之士，但我对朝廷后进少有接触。您善于识别人才，希望您能向我讲出您的意见。"裴垍也没谦让，想必人关系融洽。裴垍当即开列了三十多人的名单。李吉甫在数月内，将这些人均加以任用。时人都认为他用人得当，惟在进贤。这一则故事记录在《资治通鉴·卷二百三十七·唐纪五十三》。

后来，裴垍也荣升宰相，还推荐了另一个赞皇人李绛为宰相。

唐朝中后期，任何一位皇帝坐在朝堂望去，天下分为三股势力；藩镇派，各藩镇有独立的兵权、财权、行政权等。藩镇派中最强者依然是河北的河朔三镇。这是心腹之患。自安史之乱后藩镇势力过于强大，朝廷的策略也是无奈之举，美其名曰是以藩镇制藩镇。

还有疥癣之疾：朝廷上还有文官派和宦官派。文官派，以出身门阀士族的文官为主，河北望族赵郡李氏素有"李半朝"，清河崔氏、博陵崔氏也有"崔半朝"的称号，门阀士族阶级掌握着天下的人才晋升、复苏经济、民生舆论，是一股不可忽视的力量。为了防止世家大族尾大不掉，唐高宗李治下旨禁止五姓七望内部通婚，就事实来看，那一道圣旨成了废纸。

宦官派，以皇宫里的太监为主，以依附于他们的徒子徒孙为辅。他们掌握着皇宫护卫和京城卫戍职责的神策军。从唐肃宗李亨开始太监掌握了监军之权和兵权，为宦官做大做强提供了必备条件。唐穆宗后绝大多数的皇帝成了宦官手中的泥人，想怎么捏全凭手感。他们喝着茶打着牌决定了哪个李氏子孙可以被立为皇帝，不高兴或废或杀。

皇帝十分清楚，太监就是依附在皇权的寄生虫，只是这些寄生虫强大了，即便有反噬的能力，也不能一下子将天下打碎。至于文官派是匡扶天下的助手们，更不会有分庭抗礼的大不逆的想法。剩下的核心矛盾只剩下藩镇。

自唐宪宗李纯登基后，他采取了和前几任帝王不同的方式，他采取了直接武力削藩的举措。比如对西川的刘辟等。事实证明，这也是最直接最有效的削藩方式，只是成本过高。由于唐朝朝廷没有强大的军事力量，只能依靠藩镇去消灭藩镇，被当枪使的藩镇，为了保存实力和地盘，并不肯出死力作战。还有一个原因，两税法制定的上供、留使、留州的赋税三分制，让唐朝国库的财政大为缩水，根本无法承担削藩的巨大军费开支。所以历次武力削藩，效果都不是最理想。简单一句话要么没兵，要么没钱。

在封建社会里皇帝一着急，就是宰辅大臣的失职。李吉甫老于世故，在淮南十几年，对下层利弊了如指掌，对藩镇的傲慢不法也是知之甚深。他向皇帝建议采取双管齐下的方式，除了武力削藩，朝廷再采取一种相对温和的削藩方式——用刺史分割瓦解藩镇势力。

可以说在剿灭藩镇的大战中，每个关键节点李吉甫的计策都影响着皇帝颁布的政策，他对藩镇势力进行精准打击。比如西川刘辟被剿灭后，高崇文任西川节度使，严砺任东川节度使。从这一点我们可以看出朝廷对盘踞节度使的政策，但凡收一地就会重新任命节度使，或是周围节度使的任命上安插其他朝廷大臣，对藩镇势力进行震慑、分化、瓦解。这一点李吉甫功不可没。

这一政策几乎成了宪宗朝对藩镇的定制，李吉甫的第二招就是以刺史分割瓦解藩镇势力。

李吉甫这一招又打在了蛇的七寸上，实际就是将藩镇节度使的军事权和行政权剥离。朝廷将刺史等行政官员的任命权握在手中。

自从安史之乱以来，藩镇之乱一直持续到五代十国，藩镇中最强者就是河朔三镇，他们分别是卢龙（今河北涿州，北京一带）节度使、成德（今石家庄正定）节度使、魏博（今河北大名）节度使三个藩镇。他们享受世袭特权，财政独立，唐朝朝廷对他们无力弹压，只能采取姑息怀柔的政策。

唐朝时的河北已经高度开发，当时"河北贡篚微税，半乎九州"，"冀州产健马，下者日驰二百里，所以兵常当天下"。河北的土地为藩镇将领营造了得天独厚的机会，河北英豪桀骜不驯，河北战马撕破长空，与大唐朝廷分庭抗礼。

自李唐以三千隋马和两千突厥马起兵以来，到安史之乱引发的藩镇割据的危机，我发现了一个有趣现象，大唐王朝最强劲的对手始终来自河北。唐初有宋金刚、窦建德、刘黑闼等，尤其是刘黑闼大败李神通、打败罗艺联军、击走徐世绩、生擒薛万均兄弟、斩杀李道玄、擒斩罗士信，等等。李世民昭陵六骏中的名驹拳毛䯄受伤九箭，也是在征讨刘黑闼战役中所伤，可见当时战况的惨烈，再到困扰大唐中后期的河朔三镇，最强的军事力量也来自河北。

更有意思的现象是，六宰相任职时间跨度143年间，尤其是安史之乱后，从第二个宰相李吉甫算起，最大的矛盾就是河朔三镇。三镇的河北英豪剑指长安，在长安朝廷辅助朝廷的是另一批河北精英，如赵郡李氏的宰相能臣们、清河崔氏、范阳卢氏等的世家子弟。

唐中期之前，河北地区一直是山东士族的聚集地，各门阀士族如赵郡李氏、清河崔氏、博陵崔氏、范阳卢氏、清河张氏等家族都出现了向长安、洛阳两京迁移的趋势。这些大族脱离原籍，迁移两京的原动力是科举制度的吸引力，还有就是战乱频仍。

李吉甫拜相后对家乡赵郡李氏子侄的教育尤为看重，建立平泉书院，旁边的湖也渐渐被人称为平泉湖（图2-3），以示家乡人对李吉甫父子的怀念。

图 2-3　赞皇平泉湖

河北地区的士族声望有逐渐减弱的趋势，他们就有目标和计划分散南移。于是军人集团趁机取而代之，成为了河朔地区强力的社会势力。大唐大历十四年，即公元 779 年，魏博节度使田承嗣去世。田承嗣临终时，看到儿子孱弱，便让侄子田悦袭任节度使。不久，朝廷任命田悦为魏博节度留后，随即升任检校工部尚书。从这一刻起，开了藩镇世袭先例。也为河朔三镇留下了极坏的影响，果然，有些藩镇都要效仿河朔三镇希望得到世袭特权，朝廷和藩镇的战争就开始了。

关于藩镇割据和大唐朝廷的关系，宋代人尹源也有另一个论断："弱唐者，诸侯也；既弱而久不亡者，诸侯维之也。唐之弱，以河北之强也；唐之亡，以河北之弱也。"这段话的意思，晚唐时期，唐朝皇权衰弱因为藩镇林立，坚持那么久没有灭亡就是藩镇在维持，是藩镇替皇帝四处征伐，维护一方治安，因此唐朝是离不开藩镇。

从安史之乱后，河朔三镇遵从朝廷命令就出现过一次，就是唐宪宗李纯这一朝。李纯驾崩，河朔三镇再次发动叛乱，不尊王令，这些人依旧过起开门节度，关门天子的逍遥日子，另一次河朔再听命朝廷，就是武宗朝德裕征讨泽潞，下文再表。

元和二年，李吉甫入相后，鉴于藩镇节度使贪婪恣肆，向皇帝建议让节度使属下各郡刺史独自为政。《旧唐书·卷一百四十八·列传第九十八·李吉甫传》有记载："二年春，杜黄裳出镇，擢吉甫为中书侍郎、平章事。吉甫性聪敏，详练物务，自员外郎出官，留滞江淮十五余年，备详问里疾苦。及是为相，患方镇贪恣，乃上言使属郡刺史得自为政。又建言：'州刺史不得擅见本道使，罢诸道岁终巡句以绝苛敛，命有司举材堪县令者，军国大事以宝书易墨诏。'由是帝愈倚信。"

后面这句话的意思，李吉甫又建议，藩镇应禁止州刺史擅自谒见本道节度使，禁止节度使以岁末巡检为名向管内州县苛敛赋役。实际就是断绝了他们密谋串联的明面机会，也不得让他们以杂税的名义向老百姓摊牌。老百姓是见不到皇帝，县太爷口中的政策是自己的政策，还是皇帝的政策，老百姓也无法分辨，只能将怨气发到朝廷。唐宪宗李纯听完，对李吉甫愈加倚重。

唐宪宗年富力强，身边有李吉甫、李绛、李藩、杜黄裳、裴垍、武元衡等能臣尽心辅佐。这才出现了大唐天下的元和中兴。

（六）吉甫授封赞皇县侯

元和二年，公元 807 年，李吉甫因功绩加官晋爵，授封赞皇县侯，这一年李吉甫 49 岁。相比李峤晋爵的年龄，他简直是顺风顺水。公元 705 年李峤 60 岁时加封赞皇县公，63 岁再进封赵国公。

说起李吉甫的这一次功绩，要从一个小人物说起——崔善贞。贞元十七年，即公元 801 年，崔善贞是一介布衣跑到长安状告镇海节度使李锜，唐德宗对李锜信任有加，因为李锜的违法所得也为唐德宗贡献了"月进"和诸多奇宝，属于典型的利益输送了。民间说法谁会得罪财神爷，皇帝都不敢。

李锜怒不可遏，一个小老百姓去京城告状，这种上访的"刁民"得狠狠收拾他。李锜命人先挖坑于道旁，待崔善贞至，连人带枷锁一起推入坑中，将他活埋。这就是贞元十七年著名的案件《李锜坑杀崔善贞案》，《中华法案大辞典》"案件分析"是这样记载："崔善贞上书所言，皆为当时之弊，并无对上不恭、指斥乘舆之处，没有触犯刑律。而德宗因为他言及违法赋敛之事，便把他交由被告处置，李锜则不经正当的司法程序，即处无罪者以极刑，且手段残酷。此案显示出安史之乱后，大唐王朝法治的进一步败坏。"

李锜是唐朝宗室，淄川王李孝同的五世孙，他是李渊堂弟李神通这一脉。《资治通鉴·卷二百三十七·唐纪五十三·李锜叛乱》记载了一种观点，西川藩镇平定后，李锜想试探新皇帝的态度，唐宪宗毕竟不是唐德宗，给点钱就过去了。唐宪宗年轻有为，是要做事的人。他就主动要求进京是怎么回事呢？原来，朝廷对于信任的藩镇可以免除节度使进京。

李吉甫看透了李锜的小算盘，对李锜长期不法有所了解。李锜暗地里招兵买马，拣选精于箭术的人为一屯，称为"挽硬随身"，又以外族为一将，称为"蕃落健儿"。这些人都成了李锜的心腹，甚至唤李锜作"假父"。所有招数都是向安史之乱前安禄山豢养死士的招数来的，安禄山也有特种部队"曳落河"。《新唐书·卷一百四十六·列传第七十一·二李传》记载：

> 又度李锜必反，劝帝召之，使者三往，以病解，而多持金啗权贵，至为锜游说者。吉甫曰："锜，庸材，而所蓄乃亡命群盗，非有斗志，讨之必克。"帝意决。复言："昔徐州乱，尝败吴兵，江南畏之。若起其众为先锋，可以绝徐后患。韩弘在汴州，多惮其威，诚诏弘子弟率兵为掎角，则贼不战而溃。"从之。诏下，锜众闻徐、梁兵兴，果斩锜降。以功封赞皇县侯。

李吉甫建议皇帝召李锜进京，宪宗应允，李锜就不痛快了。他本意是试探，这下弄巧成拙了。他开始做工作，派使者带金银进长安游说大臣，后来又以病为借口。皇帝说岁暮可入京，又加封李锜尚书左仆射。实际就是夺他的兵权。皇帝越催，李锜越六神无主，暗地就是拖延。

皇帝又征询武元衡的意见，武元衡曰："陛下初即政，锜求朝得朝，求止得止，可否在锜，将何以令四海？"于是"上以为然，下诏征之。锜诈穷，遂谋反"。

李吉甫和武元衡两个宰相的洞见一样，老谋深算的李锜遇见对手了，剩下就是图穷匕首见。从李吉甫参赞刘辟叛乱，可以看出他对藩镇了如指掌。从他对李锜等叛乱时的处置，也可以看到他政治上的成熟和老辣。对于藩镇的态度就是坚决打击和剿灭。

这个过程中，唐宪宗李纯君臣猜出李锜图谋不轨，他任命御史大夫李元素为浙西节度使，李锜的官职升上去，李元素到浙西上任，李锜没有一点余地了。

李元素我需要说明，他也出身赵郡李氏，辽东襄平人（今辽宁省辽阳市）人。他和李泌一样都来自辽东房。各位读者需要留心注意。这个人我们可以叫小李元素，因为还有一个大李元素，是武周时候的宰相，他出身赵郡李氏南祖房，他在武则天一朝为相，拜同平章事比李峤还早。他们这支从赵郡迁居到了安徽亳州。是由李元素的祖先李善权定居亳州谯县开始，李元素为第七代，李善权是第一代，他位居谯郡太守而后子孙定居安徽。

李元素有个哥哥叫李敬玄，李敬玄的曾孙有一个叫李绅，后来到唐武宗一朝也做到了宰相，与李德裕同朝为宰相。唐朝经济学家李巽，是赵郡赞皇人，他是李德裕族兄，入为兵部侍郎、度支盐铁使，迁兵吏二部尚书，元和四年去世，时年七十一岁，追赠左仆射。赵郡李氏可谓人才济济。

我们说回李锜，小李元素已经在赴任的路上了，李锜也必须做出要入京的假象，他任命镇海军判官王澹来总理事务。这下长安去不了，李元素在路上，润州有王澹也回不去，关键军中兄弟们反应王澹干得还挺好。

李锜进退维谷了，心里不是滋味。这小子心一横，起兵之前策划了一场兵变，得有人用血祭旗，他假以亲兵之手杀了王澹并且剁成了肉块，一群士兵把王澹当生鱼片一样给吃了。

紧接着，李锜一边上书唐宪宗，说润州兵变，另一方面他派心腹将领去苏、常、胡、杭等五地杀掉刺史，掌握军政大权。给个藩镇派刺史，安插钉子也是李吉甫当初的计谋，显然，这个计谋产生了作用。

李锜的亲兵一到反被早有准备的刺史杀掉，起兵失败。唯独苏州刺史李素兵败被擒，叛军把他压到船上开往润州（今镇江），船没到地方，李锜的叛乱就失败了。一切如李吉甫预料，他建议皇帝派徐州军和汴州军南下平叛，南下的消息传出去后，李锜正让人攻打宣州（今宣城市），攻打宣州的三位将领，张子良、李奉仙、田少卿带三千将士攻城。听到朝廷大军南下的消息，又是江南藩镇比较畏惧的徐州军汴州军。这三人料想李锜必败，就联合牙将裴行立一起倒戈，李锜身边人打不过倒戈这些人，就顺势把李锜绑了。

裴行立，绛州稷山（今山西绛州）人。他是李锜的外甥，他都倒戈了，李锜那边的叛军也就不战自溃了。

李锜兵败的消息传到京城，群臣在紫宸殿向唐宪宗道贺。宪宗闷闷不乐说："是因为朕做得不够好，才致使天下屡屡有违反法纪的人，这是让朕羞愧的事，有什么可祝贺的！"

十一月，李锜全家被解送到长安，唐宪宗驾临兴安门，当面质问他。李锜答道："臣原先不想谋反，是张子良等人教臣谋反。"

唐宪宗机智过人，马上反驳："你既然是元帅，子良等谋反，为何不先杀了他们，然后入朝？"

李锜答不出来。许多人以李锜是宗室为理由求情。

唐宪宗不允，下令将李锜同其子李师回一起腰斩。

李吉甫料敌如神，成就功业，再加封赞皇县侯。

李锜兵败后，还有一段故事，两个年轻的小妾被唐宪宗收入宫中，她们分别是杜秋娘和郑氏。这一年郑氏22岁，后来生下唐宣宗李忱和安平公主。在元和初年李锜计划谋反之时，有善面相之人对李锜说，郑氏将来必当生下天子，李锜大喜，将郑氏纳为侍妾。后来李锜被杀，郑氏以叛臣眷属的身份被没入宫廷，充为唐宪宗宠冠六宫郭贵妃的宫女，这位郭贵妃就是汾阳郡王郭子仪的孙女，醉打金枝的男主角就是她爸郭暧，被打的升平公主就是她妈。

郑氏受宪宗临幸，生下宪宗第十三子李忱，后李忱被封为光王，郑氏亦成为光王太妃，儿子登基后，她被称为郑皇太后，唐懿宗在位，她是太皇太后，郑氏死后谥号：孝明皇后。这是一位长寿的女人，活了80岁。算卦人口中的天子，郑氏为宪宗所生。李锜泉下有知，就是跪着想也想不到剧情会如此反转。

另一位杜秋娘入宫时，只有16岁。她也和宪宗发生了千转百回的爱情故事。她懂文墨，成为了唐宪宗的机要秘书，杜秋娘以女人的柔情和宽容弥补了宪宗年轻气盛、性情浮躁的缺点，有些国事常与之商议。她受到唐宪宗宠幸。元和十五年（820年）唐穆宗即位，任命她为儿子李凑的傅姆。后来李凑被废去漳王之位，杜秋娘赐归故乡。

杜牧经过金陵时，看见她又穷又老的景况，作了《杜秋娘诗》，其序简述了杜秋娘的身世：

杜秋，金陵女也。年十五，为李锜妾。后锜叛灭，籍之入宫，有宠于景陵。穆宗即位，命秋为皇子傅姆。皇子壮，封漳王。郑注用事，诬丞相欲去己者，指王为根。王被罪废削，秋因赐归故乡。予过金陵，感其穷且老，为之赋诗。京江水清滑，生女白如脂。其间杜秋者，不劳朱粉施……

杜牧同情杜秋娘身世，作诗诉说，也有一说感叹自身不得志的抒怀。杜秋娘和郑氏同身世，遭遇却截然不同。杜牧对女人的遭遇十分敏感，多年后也曾做《张好好诗并序》。

相传，杜秋娘在李锜幕府，常和李锜对唱《金缕衣》，关于这首词最早史料并说明这首七绝是谁所作，但后世多归入杜秋娘的作品。

《金缕衣》："劝君莫惜金缕衣，劝君惜取少年时。花开堪折直须折，莫待无花空折枝。"

（七）牛李党争的源头

唐朝自德宗年间以来，对藩镇一直采取姑息的态度。很多节度使都是终身任职，拥兵自重，形成尾大不掉的态势。李吉甫针对这一弊病，有针对性地加以改革。他在拜相后的一年多时间内，共调换了三十六个藩镇的节帅，使得节度使难以长期有效地控制某个藩镇，把这块铁板渐渐撬了起来。

史料短短一句话，可以看出李吉甫为相一年调换三十六藩镇，是何等大手笔。自安史之乱一来，有谁敢向藩镇频繁亮硬刀子，递软刀子？李吉甫相公，不愧元和名相。

唐中后期，唐宪宗李纯应该是最有作为的皇帝，他初登大宝迅速稳住朝局阵脚，荐拔良臣，对不服管的藩镇用兵，接着就开贤良方正科。一套组合拳打下来，将朝局政策打得焕然一新。

公元 808 年 4 月，元和三年四月，唐宪宗举办一场贤良方正科，为朝廷提拔和储备干部，策试贤良方正直言极谏举人。贤良方正对策是汉文帝时推选的一种举荐官吏后备人员的制度，唐宋沿用，设贤良方正科。

这场选拔人才礼部员外郎韦贯之和户部侍郎杨于陵、左司郎中郑敬、都官郎中李益为考策官。翰林学士裴垍、王涯、白居易等为复试官。

这场策论中伊阙尉牛僧孺、陆浑尉皇甫湜、前进士李宗闵三人批评时政，韦贯之选他们为上等。他们几个人的策文只有牛僧孺和皇甫湜两篇留世，名字为《对贤良方正直言极谏策》，具体详细有牛僧孺和李德裕政治斗争展开，涉及到李德裕时我们详细介绍。

以牛僧孺三位士子为核心的策文公之于众，矛头直指宰相李吉甫。也有学者认为牛僧孺等三人策文中看是针对大宦官突吐承璀，是宰相之责只是表面，实际是说宦官干政。

突吐承璀，闽人，唐朝宪宗时宦官。初在太子李纯东宫中充当小太监，后以黄门的身份入直东宫、为掖廷局博士。唐宪宗即位，为内常侍，知内侍省事，深得宠信。

皇甫湜策文《对贤良方正直言极谏策》言："陛下备众官以序贤俊，而乏才之叹未辍于终食者，由在上者迁之太亟，在下者刻之太深故也……才能如积，抑郁在下，一朝阙辅相之职、卿大夫之官不得，则曰岳不降神、时之乏人。于是循环，其所已用者递迁。居上者不知格限，无闻声绩，或一时超拜，或再岁四迁，以是为适当然耳。是仕进之门常阖，而天子之官、天子之权，当途者五六人迭居持之而已……以宰相之公忠，夫岂不欲人之足用乎？今宰相之进见亦有数，侍从之臣，皆失其职……股肱不得而接，何疾如之：爪牙不足以卫，其危甚矣……诚能复周之旧典，去汉之末祸，还谏官、史官、侍臣之职，使之左右前后，日延宰辅，与论义理……则政不足平，刑不足措人不足和，财不足丰。"

从策文中可以看出青年才俊对国家大事懈怠的忧心，也可以看出皇甫湜的愤怒，言辞激烈。以上文字让任何人看，说这不是针对宰相李吉甫，而是针对宫内宦官，估计没人相信。

这三个人牛僧孺进士出身，地主阶级。皇甫湜也是进士出身，是韩愈的学生，一起倡导过古文运动。李宗闵也是进士及第，宗室子弟，宗室郑惠王李元懿后代。这一年，牛僧孺年龄是29岁，皇甫湜31岁，李宗闵25岁。当朝宰相李吉甫50岁，皇帝李纯30岁。想象一下，一个20多岁刚考入公务员，就对部级干部说，你工作计划这个不行，你这个施政问题出现在这里。这个部级干部会不会说这是一帮狂徒？又或许猜想他们难道是对立面指导的少壮派？

《旧唐书·卷一百七十四·列传第一百二十四·李德裕传》记载：元和三年李宗闵、牛僧孺、皇甫湜登制科，时李德裕之父吉甫为宰相，三人对策，言甚经直而无所避，吉甫怒，"泣诉于上前"。

史书所说，这三人言语策文的确没有规避，这时李吉甫流着泪给皇上诉苦陈情。李吉甫拿出了一个理由，韦贯之和杨于陵覆策的翰林学士裴垍、王涯有利害冲突，复审官王涯是皇甫湜的舅舅，宪宗大怒。

因李吉甫弹劾，裴垍、王涯、杨于陵和韦贯之都被贬，皇上亲自下令免除了裴垍和王涯翰林学士的职务，将裴垍降级为户部侍郎；王涯则去就任都官员外郎。唯独白居易幸免。以牛僧孺等三人为核心的书生，有职的回原衙门，没有职的待选。年轻人好不容易等到机会，因李吉甫上奏，失去了上位机会，谁能不恨。

我查了一下，这一次科场案中，这里面涉及的裴垍、王涯、韦贯之、牛僧孺、李宗闵等先后拜相。这就导致了牛李党争的引线开启，只是牛僧孺等人掌握权势时，李吉甫已死，他们把官场政见不合，往日宿怨发泄到了其子李德裕身上。

在这场利益斗争中，表面看是李吉甫胜利，其实名誉有损，士林学子和官场中人不免说他没有雅量。更可虑是皇帝李纯会如何看待李吉甫？接着受损的是裴垍、王涯、杨于陵和韦贯之等人，这些人纷纷被贬官。

李吉甫才华能力出众，辅佐朝廷，一定有机会重获帝心。在唐朝官员能升能降本来就是平常事，韦贯之等人也有机会升官。

唯独牛僧孺三个书生，铆足了劲写策文，刚看到机会就被打回原形。他们愤愤不平也是情理之中，一旦他们掌握权力后能不挟嫌报复吗？历史给了答案，牛李党争倾轧四十年，几回颠覆朝廷。

我们接着分析，三个儒生的策文几乎把看到朝廷大局的问题，一一摆出。既然核心矛头指向宦官，为什么宦官集团在整件事中没有损兵折将，甚至连抛头露面都没有。

在唐朝官场掀起狂澜的科举案中，豪门士族和寒门进士的官僚体系中，他们的矛盾冲突被宦官集团利用了。

唐朝选人任官制度分为三大类：科举制，门荫制，流外入流。科举制是针对普通的地主阶层及底层的百姓；门荫制是针对高级官僚阶层；流外入流是针对小吏及一些技能型人才。三者取士各有侧重点，高级官僚阶层在自身利益没有受到损失时，也渐渐通过科举制进入仕途，随着科举制特别是进士制的崛起，科举包括明经、进士、制科、博学宏词和书判拔萃以及其他，唐玄宗后门荫比例就开始下降。这让牛僧孺等人的群体是进一步扩大。

陈寅恪在《唐代政治史述论稿》中列举的大量史料可以看出，这场斗争，乃是统治阶级内部重门第礼法的旧士族阶层，同由进士科第出身的中小地主阶层之间争权夺利的斗争。在宦官擅权，左右着皇位的废立及政局国策的中晚唐时期，由于"外朝士大夫党派乃内廷阉寺党派之应声虫，或附属品"，从而更加剧了这两种对立的政治势力之间的排挤和倾轧，使得这一时期的政局变幻，出人意料。

唯一全身而退的白居易也写了《论制科人状》，讲清楚原委。需要注意的是白居易是官宦子弟出身，却隶属牛党，他的从弟白敏中是牛党战斗力最强的打手。虽然他和李党中元稹，李绅关系密切，但与李党魁首李德裕关系不睦。

《论制科人状》

近日内外官除改及制科人等事宜。

右，臣伏见内外官近日除改，人心甚警，远近之情，不无忧惧，喧喧道路，异口同音。皆云制举人牛僧孺等三人以直言时事，恩奖登科，被落第人怨谤加诬，惑乱中外，谓为诳妄，斥而逐之，故并出为关外官；杨于陵以考策敢收直言者，故出为广府节度；韦贯之同所坐，故出为果州刺史；裴垍以覆策又不退直言者，故免内职除户部侍郎；王涯同所坐，出为虢州司马；卢坦以数举事为人所恶，因其弹奏小误，得以为名，故黜为左庶子；王播同之，亦停知杂。

臣伏以裴垍、王涯、卢坦、韦贯之等，皆公忠正直，内外咸知，所宜授以要权，致之近地。故比来众情私相谓曰："此数人者，皆人之望也。若数人进，则必君子之道长；若数人退，则必小人之道行。欲卜时事之否臧，在数人之进退也。"则数人者，自陛下嗣位以来，并蒙奖用，或任之耳目，或委以腹心，天下人情，日望致理。今忽一旦悉疏弃之，或降于散班，或斥于远郡，设令有过，犹可优容，况且无瑕，岂宜黜退？所以前月以来，上自朝廷，下至衢路，众心汹汹，惊惧不安，直道者疚心，直言者杜口。不审陛下得知之否？凡此除改，传者纷然，皆云裴垍等不能委曲顺时，或以正直忤物，为人之所媒孽，本非圣意罪之。不审陛下得闻之否？臣未知此说虚实，但献所闻。所闻皆虚，陛下得不明辩之乎？所闻皆实，陛下得不深虑之乎？虚之与实，皆恐陛下要知，臣若不言，谁当言者？臣今言出身戮，亦所甘心，何者？臣之命至轻，朝廷之事至大故也。

臣又闻君圣则臣忠，上明则下直。故尧之圣也，天下已太平矣，尚求诽谤，以广聪明；汉文之明也，海内已理矣，贾谊犹比之倒悬，可为痛哭。二君皆容纳之，所以得称圣明也。今陛下明下诏令，征求直言，反以为罪，此臣所以未喻也。陛下视今日之理，何如尧与汉文之时乎？若以为及之，则诽谤、痛哭，尚合容而纳之，况征之直言，索之极谏乎？若以为未及，则僧孺等之言，固宜然也，陛下纵未能推而行之，又何忍罪而斥之乎？此臣所以为陛下流涕而痛惜也。德宗皇帝初即位年，亦征天下直言极谏之士，亲自临试，问以天旱。穆质对以两汉故事，三公当免，卜式著议，宏羊可烹。此皆指言当时在权位而有恩宠者。德宗深嘉之，自第四等拔为第三等，自巂尉擢为左补阙，书之国史，以示子孙。今僧孺等对策之中，切直指陈之言，亦未过于穆质，而遽斥之，臣恐非嗣祖宗承耿光之道也。书诸史策，后嗣何观焉？陛下得不再三省之乎？

臣昨在院与裴垍、王涯等覆策之时，日奉宣令臣等精意考覆。臣上不敢负恩，下不忍负心，唯秉至公，以为取舍，虽有仇怨不敢弃之，虽有亲故不敢避之，唯求直言以副圣意。故皇甫湜甫虽是王涯外甥，以其言直合取，涯亦不敢以私嫌自避，当时有状，具以陈奏。不意群心嗷嗷，构成祸端。圣心以此察之，则或可悟矣。傥陛下察臣肝胆，知臣精诚，以臣此言可以听采，则乞俯回圣览，特示宽恩，僧孺等准往例与官，裴垍等依旧职奖用，使内外人意，欢然再安。若以臣此言理非允当，以臣覆策事涉乖宜，则臣等见在四人，亦宜各加黜责，岂可六人同事，唯罪两人？虽圣造优容，且过朝夕，在臣民惧惕，岂可苟安，敢不自陈，以待罪戾？臣今职为学士，官是拾遗，日草诏书，月请练纸，臣若默默，惜身不言，岂惟上孤圣恩，实亦下负人道。所以密缄手疏，潜吐血诚，苟合天心，虽死无恨。无任忧惧激切之至。

白居易《论制科人状》透露了两个重要内容：其一，诸学士坚持秉公覆策，以举人"言直合收"，即维持了考策官对皇甫湜等人所定的等第；其二，皇甫湜为王涯外甥这一事实，王涯已然具状陈奏。而后又云"不意群小，构成祸端"，此即王涯等人被逐出院事。

这件事后，来回在翰林院和内廷上传下达的人，就是翰林使吕如金，翰林使为内诸司使之一，与作为北司之首的神策中尉、枢密使存在着统属关系。吐突承璀和刘光琦嗅到牛僧孺策文中的杀机，于是，在王涯、白居易、李吉甫奏疏后，也加以利用了王涯和皇甫湜的亲属关系。

还有一个证据，《旧唐书·卷十四·本纪第十四·宪宗上》："乙丑，贬翰林学士王涯虢州司马，时涯甥皇甫湜与牛僧孺、李宗闵并登贤良方正科第三等，策语太切，权幸恶之，故涯坐亲累贬之。"

这个权幸的意思是有权势而得到帝王宠爱的奸佞之人。此权幸就应该是吐突承璀和刘光琦之流，如果权幸形容李吉甫，就应该是策文中屡次提到宰相云云。后面，讲到裴均谋求宰相之位，结交权幸，我们也会详细说道。

宦官集团获胜，官僚集团分崩离析，随着牛李党争以后的裂痕越来越大。以唐宪宗李纯的心性是可能会采取平衡战术。比如元和六年，李绛拜相。就是宪宗刻意为之，李吉甫官声日隆，他就希望取得朝局上的平衡。这件事中，他也采取了同样的策略。

次年成德军节度使王士真死后，三军推选王承宗为节度使。皇帝李纯居然派大太监吐突承璀率军征讨，许多大臣如宰相裴垍，翰林学士李绛，白居易等坚决反对。离奇的是李纯一一驳回，更离奇的是吐突承璀兵败，没有受到一点责难，更更离奇的是吐突承璀依然得宠不衰。可见李纯对此人喜爱，以及对宦官集团的倚重。这就验证了一句话，得有人说你行，说你行的人也得行，哪管你行不行。

在中国古代历史上，只有在北魏时期皇帝元子攸手刃权臣尔朱荣，这是第一次也是唯一的一次。如果一个皇帝摆弄朝局和用人时，时刻想着平衡，以宦官治外官，以外官治藩镇，以藩镇治藩镇，我们可以说他有心计策略，但这只是术，而非道。从大局上来说，这本身就是帝权以及国家衰落式微的表现。

唐中后期就是如此，宦官几乎控制着皇帝。宦官不露面，利用科举事件，让官僚集团豪门和寒门两败俱伤，宦官一方坐收渔利。

关于皇甫湜和裴度还有一段故事，裴度平定淮西后，修福先寺，想请白居易作碑文，皇甫湜在其幕府任郎中，听了勃然大怒说："近舍湜而远取居易，请从此辞！"

裴度则有宰相风范，请他作文，皇甫湜酒后提笔一气呵成三千字，还因为酬金少冲裴度发怒，最终，裴度赠送了车马丝绸，还有九千匹绢，被称为："碑文三千，一字值三绢"。这就是《福先寺碑文》的故事。

（八）山雨欲来风满楼

公元 808 年，元和三年，是李吉甫人生的第一个滑铁卢，让他的局面十分被动。这一年发生了三件事，除了科场案，还有两件裴均结交宦官诬陷事和窦群等人污蔑案。

我们先说企图浑水摸鱼的裴均。

《旧唐书·卷一百四十八·列传第九十八·李吉甫传》记载了这件事："……三年秋，裴均为仆射、判度支，交结权幸，欲求宰相。先是，制策试直言极谏科，其中有讥刺时政，忤犯权幸者，因此均党扬言皆执政教指，冀以摇动吉甫，赖谏官李约、独孤郁、李正辞、萧俛密疏陈奏，帝意乃解。"

这件事主要是说裴均结交权幸，想谋取宰相之位，又指使党羽举报科场案中策文是李吉甫指使。从这里我们不免看出自相矛盾的地方，也是牛李党争玄机所在。李吉甫认为牛僧孺等攻击政治把自己捎上了。

裴均认为是李吉甫指使的牛僧孺攻击朝廷，矛头指向权幸。这李吉甫可真是两边不讨好，两边势力都得罪了。

这里需要介绍裴均的背景。裴均，绛州闻喜人（今山西闻喜县），出自河东裴氏定著五房之一的中眷裴氏。史书记载裴均奉侍权贵，为唐德宗宦官窦文场养子。关于永贞革新时，裴均参与宦官俱文珍、刘光琦、西川节度使韦皋等人的逼宫集团,迫使唐顺宗禅让予太子李纯,史称永贞内禅。大家是不是看出了端倪,裴均这个唐朝有名的奸臣之一,在宦官扶持下才当上的宰相,相当于是宦官集团势力的代言人,一直想取李吉甫而代之。

我们前文说过,李吉甫弹劾小吏滑涣,滑涣后面的人也是大太监刘光琦。滑涣和裴均背后都是宦官集团。自从俱文珍刘光琦拥立唐宪宗后,吐突承璀刘光琦等宦官都是炙手可热的人物,这就是宪宗朝的权幸们。

从科场案牛僧孺等人的策文开始,到裴均指示人参奏李吉甫,这就是一系列的阴谋,目的就是挤掉李吉甫的相位。让听话的裴均上位。

刘光琦要把这口恶气出了。唐宪宗李纯对局势晦暗不明,或是默许放任。从他对李吉甫的态度来看,应该是前者,李纯议事时从不直呼李吉甫的名字,而是喊其官称李宰相或是李安邑。因李吉甫在长安居安邑里,人们常称呼为安邑李丞相。

《资治通鉴·卷二百三十七·唐纪五十三》还记录了一件事,从侧面可以看出裴均的人品。唐宪宗李纯元和三年,即公元808年,"以荆南节度使裴均为右仆射。均素附宦官得贵显,为仆射,自矜大。尝入朝,逾位而立;中丞卢坦揖而退之,均不从。坦曰:'昔姚南仲为仆射,位在此。'均曰:'南仲何人?'坦曰:'是守正不交权幸者。'坦寻改右庶子。"

裴均与权幸太监的交往,可见人尽皆知,何况他还是太监窦文场的干儿子。

裴均指示人诬告后,幸亏有谏官独孤郁等人上奏实情,唐宪宗才怒气全消。

独孤郁是谁呢?岳父是权德舆。权德舆又是谁呢?他有三个贡举门生,分别是牛僧孺、李宗闵、杨嗣复。

杨嗣复又是谁呢?他加入牛党,他的父亲叫杨於陵,在科举案担任覆考官的杨於陵。杨於陵的岳父叫韩滉,是唐德宗朝的宰相,也就是说杨嗣复,他父亲杨於陵,他姥爷韩滉先后为相。这就是唐朝门阀政治,官场上都是人连人,亲套亲,打一人伤一片。

这一年,李吉甫想必过得胆战心惊,裴均想当宰相,李吉甫是宰相,那么第一步就是搞掉李吉甫的宰相之位,宦官集团利用了学子们的策论,引发出了科举案扫掉李吉甫,让裴均取而代之。让文官集团的士族派和

第二位宰相 地理学家宰相李吉甫

进士们形成对立，宦官好渔翁得利。

至于小人裴均呢，则是毫发未损，在太监干爹的护佑下，当了宰相，还加官晋爵封了郇国公。可见唐中后期，太监们的权势之大。

李吉甫余惊未消，又来一件事。

《新唐书·卷一百四十六·列传第七十一·二李传》记载："吉甫本善窦群、羊士谔、吕温，荐群为御史中丞。群即奏士谔侍御史，温知杂事。吉甫恨不先白，持之，久不决，群等衔之。俄而吉甫病，医者夜宿其第，群捕医者，劾吉甫交通术士。帝大骇，讯之无状，群等皆贬。而吉甫亦固乞免，因荐裴垍自代，乃以检校兵部尚书、兼中书侍郎、同中书门下平章事，为淮南节度使。帝为御通化门祖道，赐御饵禁方。"

这件事后，李吉甫就知道盯着相位的人太多了，这一年接二连三的打击，他就主动辞去相位，推荐裴垍为相，皇帝应允。

介绍一下搅动风波的三个人，李吉甫本来很喜欢他们三个人，窦群和羊士谔皆是李吉甫推荐升迁的人，窦群担任了御史中丞也是他力荐。

吕温则是永贞革新王叔文阵营的旧人，他没有受到贬黜就是因为他在吐蕃，躲过一劫。窦群任中丞后，推荐羊士谔为御史，吕温为知杂事。这样的措置安排，就是窦群在御史台中拉起自己的阵营，自己任一把手，羊士谔任二把手，吕温是三把手。

窦群以为这样安排给恩主李吉甫一说就准，谁知李吉甫责备他没有提前报告。正经读书人会低头认错，向恩主老师解释就过去了。殊不知，窦群是睚眦必报的小人，他们心怀不满伺机报复李吉甫。

史书记载窦群的狠。《旧唐书·卷一百五十五·列传第一百五·窦群传》记载："群性狠戾，颇复恩雠，临事不顾生死。是时征入，云欲大用，人皆惧骇，闻其卒方安。"

史书除了说窦群狠毒，遇事不顾生死，还有一件事，可以看出此人行事极端心狠，他母亲去世，他咬下一节手指放到母亲的棺椁中。

元和三年八月，李吉甫生病了，"吉甫尝召术士陈登宿于安邑里第。望日，群令吏捕登考劾，伪构吉甫阴事，密以上闻。帝召登面讯之，立辩其伪。宪宗怒，将诛群等，吉甫救之，出为湖南观察使。"这是一种史料记载，我们从《窦群传》和《吕温传》的记载，再来看这件事。羊士谔没有传，可见他的官职不高。

《新唐书·卷一百七十五·列传第一百·窦刘二张杨熊柏》记载："武元衡、李吉甫皆所厚善，故召拜吏部郎中。元衡辅政，荐群代为中丞。群引吕温、羊士谔为御史，吉甫以二人躁险，持不下。群忮很（狠），反怨吉甫。吉甫节度淮南，群谓失恩，因挤之。陈登者，善术，夜过吉甫家，群即捕登掠考，上言吉甫阴事。宪宗面覆登；得其情，大怒，将诛群，吉甫为救解，乃免，出为湖南观察使。"

《新唐书·卷一百六十·列传第八十五·徐吕孟刘杨潘崔韦》记载："温藻翰精富，一时流辈推尚。性险躁，谲诡而好利，与窦群、羊士谔相昵。群为御史中丞，荐温知杂事，士谔为御史，宰相李吉甫持之，久不报，温等怨。时吉甫为宦侍所抑，温乘其间谋逐之。会吉甫病，夜召术士宿于第，即捕士掠讯，且奏吉甫阴事。宪宗骇异，既诘辩，皆妄言，将悉诛群等，吉甫苦救乃免，于是贬温均州刺史，士谔资州。议者不厌，再贬为道州。"

各个人物角度记录一致，可见这件事盖棺定论了。窦群三人诬告，冤枉李吉甫，唐宪宗命他们对质，立刻看到了真伪，要诛杀诬陷者窦群三人，又是李吉甫将他们救下来。而后，窦群被贬黜为湖南观察使，吕温被贬黜道州刺史，羊士谔被贬到资阳刺史。

因羊士谔无传，包括《宋书》《明书》记载，都是如此记录他："后以与窦群、吕温等诬论宰执，出为资州刺史。"

羊士谔留诗不多，其中有三首以上是写给窦群本人吹捧拍马屁的，我们下面欣赏一首。

《酬吏部窦郎中直夜见寄》："解巾侍云陛，三命早为郎。复以雕龙彩，旋归振鹭行。玉书期养素，金印已怀黄。兹夕南宫咏，遐情愧不忘。"

可怜吉甫，推荐的都是这帮小人，不懂得感恩，反而恩将仇报。为官的基础本领便是识人，这个阶段吉甫识人本领较差。

李吉甫主动请辞相位，并推荐裴垍接任相位。同年九月，李吉甫出镇淮南（今江苏扬州），授检校兵部尚书、中书侍郎、同平章事、淮南节度使。唐宪宗亲自在通化门为他钱行，赐御饵禁方。

李吉甫推荐裴垍接位，可见二人关系并未受到科场案的影响，想必他们久在官场，对于其中原委了然于胸，知道是学子气盛，又被宦官集团利用了。

唐宪宗李纯考虑到李吉甫的病情，他在忠州就因病去职，这又请人看病留宿医生，此时李吉甫的身体并不好，于是，皇帝惦记着吉甫病体赐了秘方。

通化门是长安外郭城东面偏北门，它西对皇城延喜门、安福门及郭城西面偏北的开远门，南距春明门两千余米。从长安到东都洛阳只有南北两条官道，通化门就是南路的起点，因此许多百姓都在通化门外的长乐坡送别亲友，离通化门七里左右的地方有一个驿站，这就是著名的长乐驿。

据我详查，唐宪宗在位有记载的在通化门送行有两次，第一次是送李吉甫淮南上任，第二次是送裴度剿灭藩镇。

（九）相天子致太平

公元808年9月，李吉甫离京后，镇淮南三年。

《新唐书·卷一百四十六·列传第七十一·二李传》记载："居三岁，奏蠲逋租数百万，筑富人、固本二塘，溉田且万顷。漕渠庳下不能居水，乃筑堤阏以防不足，泄有馀，名曰平津堰。吉甫虽居外，每朝廷得失辄以闻。"此事在《重修扬州府》志中也有记载（图2-4）。

《江南通志·卷六十五·水利治绩·扬州府》记载："元和三年，淮南节度使李吉甫筑平津堰的，富人塘，溉田数千顷。"

江苏省高邮有"七陂（塘）"：茅塘、盘塘、柘塘、裴公塘、麻塘、富人塘和固本塘。隆庆《高邮州志》记载："堤塘溉田甚多，皆（唐）李云甫所筑。""旱则蓄水以溉田，潦则受西山暴流以杀其势。"这些陂塘虽小，能起到灌溉的作用，这也说明陂塘之间有农田和村庄。这些陂塘还可以起到削减洪峰和蓄洪、滞洪的作用。

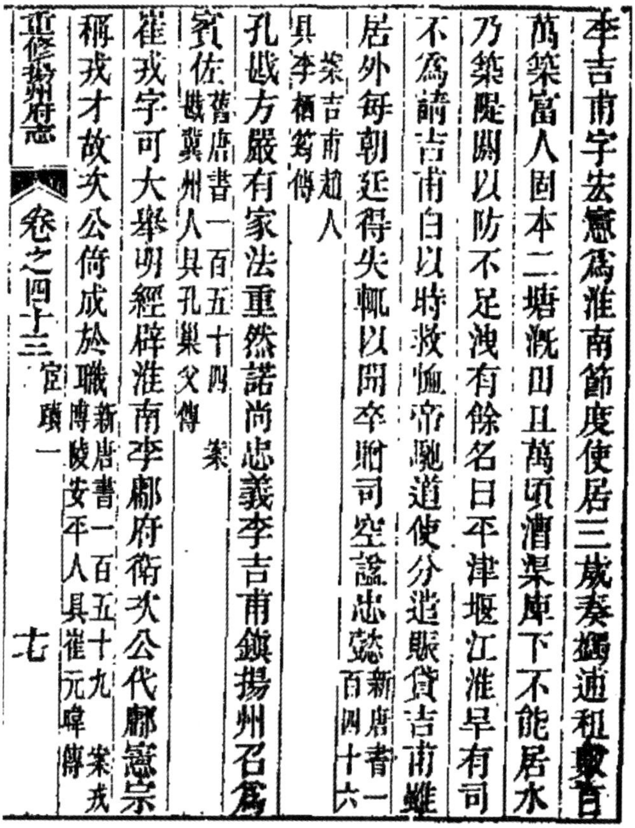

李吉甫字宏憲爲淮南節度使居三歲奏蠲逋租數百
萬築富人固本二塘溉田且萬頃漕渠庳下不能居水
乃築隄閼以防不足洩有餘名曰平津堰江淮旱有司
不爲請吉甫自以時救恤帝馳遣使分道賑貸吉甫雖
居外每朝廷得失輒以聞卒贈司空謚忠懿新唐書一百四十六案吉甫趙人具李栖筠傳
孔戡方嚴有家法重然諾尚忠義李吉甫鎮揚州召爲
賓佐舊唐書一百五十四案戡冀州人具孔巢父傳
崔戎字可大舉明經辟淮南李鄘府衛次公代鄘憲宗
稱戎才故次公倚成於職新唐書一百五十九案戎博陵安平人具崔元暐傳

重修揚州府志　卷之四十三　宦蹟一　七

图 2-4　清嘉庆版重《修扬州府志》对李吉甫的记载

查阅史料时，我发现李吉甫父子三代人对治河情有独钟，其父李栖筠曾在陕西关中地区时，治理白渠和郑渠。李吉甫抵达淮南后也在治河，李德裕抵达四川也曾疏通新繁东湖，表面治河是水利工程，实际是国计民生。是老百姓种田吃饭的头等大事。

如今，高邮平津堰遗址现为世界遗产、全国重点文物保护单位。平津堰遗址 2014 年被列为世界遗产，是中国第 46 个世界遗产的京杭大运河重要组成部分，该石堰也是淮扬运河段所发现的惟一一个古堰。平津堰遗址即大运河高邮镇国寺塔对岸故道西堤，原是大唐元和年间宰相、淮南节度使李吉甫为调节运河水位所建的水利设施，今尚存明代条石砌成的一段近百米的古石堰。

李吉甫考虑漕渠庳下，不能居水，乃筑堤，名曰“平津堰”。李吉甫一千两百年前筑造的堤坝，如今没有了灌溉作用，却屹立在高邮湖畔，发挥着无以复加的文化作用。

在淮南三年，李吉甫境内曾发生瘟疫，他也是迅速控制住蔓延的疫情。访名医，慰问老百姓。

李吉甫在扬州时，和柳宗元还有一段交往。永贞革新失败后，柳宗元被发配永州，几乎断送了政治生命。

吕温和柳宗元是好朋友，也有说是表亲。吕温诬告李吉甫后，贬黜道州，又改衡州。从这里可以看出古人的品格，政见不合，文风相同。

六月，李吉甫接见吕温，让其将手札捎给柳宗元勉励安慰。李吉甫没有记恨他，也没有忘记柳宗元这些永贞革新的反对派。

这道手札记录了柳宗元收到李吉甫慰问的激动心情，他立刻给李吉甫回信。《谢李吉甫相公示手札启》：

宗元启："六月二十九日，衡州刺史吕温道过永州，辱示相公手札，省录狂瞽，收抚羁缧，沐以含宏之仁，忘其进越之罪。感深益惧，喜极增悲，五情交战，不知所措。宗元性质庸塞，行能无取，著书每成于废疾，进德且乏其馨香。常愿操彗医门，掬溜兰室，良辰不与，夙志多违。昨者踊跃残魂，奋扬蓄念，激以死灰之气，陈其敝帚之词，致之烟霄，分绝流眄。今则垂露在手，清风入怀，华衮滥褒于赭衣，龙门俯收于坎井。藻镜洞开，而秋毫在照；文律傍畅，而寒谷生辉。化幽郁之志，若窥清明；换就危之心，如承抚荐。非常之幸，岂独此生？伏以淮海剧九天之遥，潇湘参百越之俗。倾心积念，长悬星汉之上；流形委骨，永沦魑魅之群。何以报恩？唯当结草。无任喜惧感恋之至。"

而后，柳宗元将所著"杂文十首上献"给淮南节度使李吉甫，并作此启。《上扬州李吉甫相公献所著文启》：

宗元启："始阁下为尚书郎，荐宠下辈，士之显于门阀者以十数，而某尚幼，不得与于厮役。及阁下遭谗妒，在外十馀年，又不得效薄伎于前，以希一字之褒贬。公道之行也，阁下乃始为赞书训辞，擅文雅于朝，以宗天下。而某又以此时去表著之位，受放逐之罚，荐仍囚锢，视日请命。进退违背，思欲一日伏在（一作于）门下而不可得，常恐抱斯志以没，卒无以知于门下，冥冥长怀，魂魄幽愤，故敢及其能言，贡书编文，冒昧严威，以毕其志，伏惟览观焉。幸甚幸甚。"

阁下相天子，致太平，用之郊报，则天神降、地祇出；用之经邦，则百货殖、万物成；用之文教，则经术兴行；用之武事，则暴乱剪灭。依倚而冒荣者尽去，幽隐而怀道者毕出，然后中分主忧，以临东诸侯，而天下无患。盛德大业，光明如此，而又有周公接下之道，斯宗元所以废锢滨（一作摈）死，而犹欲致其志焉。阁下倘以一言而扬举之，则毕命荒裔，固不恨矣。谨以杂文十首上献。缪因而干丞相，大罪也。宁为有闻而死，不为无闻而生。去就乖野，不胜大惧。谨启。

这个时期，柳宗元密集地写信给朝廷大员，同门好友，目的就是离开永州，期待朝廷对他能启复重用。

唐宪宗身边人，可不想重用这个永贞旧人，朝廷重臣可不想犯张柬之等人心慈手软的政治错误。后来，柳宗元两次返京，均无果。永贞年间的一场政治豪赌，成了柳宗元生命的底色。从此，他开始醉心诗文。

李吉甫在淮南时期，一直关心这些永贞革新的人，除了柳宗元，他还关心刘禹锡等人，他珍惜人才，这些人不是没有才华，是对朝廷政局不甚了解，都是理想主义者的想当然。朝局可不是请客吃饭，是需要革命和被革命的。

刘禹锡写给了李吉甫一封信札。《上淮南李相公启》：

某启：某向以昧于周身，措足危地。骇机一发，浮谤如川。巧言奇中，别白无路。祝网之日，漏恩者三。咋舌兢魂，分终裔壤。岂意天未剿绝，仁人登庸。施一阳于剥极之际，拔众溺于坎深之下。南箕播物，不胜昌言。危心杀翮，繄是自保。阴施之德已然，乃闻受恩同人，盟以死答。私感窃抃，积于穷年。化权礼绝，孤志莫展。今幸伍中牵复，司存宇下。伏虑因是记其姓名，谨献诗二篇，敢闻左右。古之所以导下情而通比兴者，必文其言以表之。虽谣俚音，可俪《风》什。伏惟降意详择，斯大幸也。谨因杨子程留后行，谨奉启不宣。谨启。

这个时期，刘禹锡还写了一首诗，给李吉甫和在成都的武元衡，这两位朝廷大员。

《奉和淮南李相公早秋即事，寄成都武相公》："八柱共承天，东西别隐然。远夷争慕化，真相故临边。并进夔龙位，仍齐龟鹤年。同心舟已济，造膝璧常联。对领专征寄，遥持造物权。斗牛添气色，井络静氛烟。献可通三略，分甘出万钱。汉南趋节制，赵北赐山川。玉帐观渝舞，虹旌猎楚田。步嫌双绶重，梦入九城偏。秋雨离情动，新诗乐府传。聆音还窈扴，不觉抚么弦。"

从李吉甫与柳宗元等人的交往上，可以看出他有宰相气度，对于宗元等人的关心是爱才的举动。元和朝刘禹锡再次回到长安，也是李吉甫的鼎力相助。他被贬期间曾给李吉甫上书《上淮南李相公启》，给李绛上书《上中书李相公启》。

李吉甫元和三年九月离京，元和六年正月再授相位，晋爵赵国公。这三年里他在淮南兴修水利，主抓生产，为百姓减免赋税，又精心写书。我们回过头，再看看这三年朝堂的大事记。

公元 809 年 3 月，河朔三镇成德节度使王士真死，其子副大使王承宗自为留后。河北三镇，相承各置副大使，以嫡长子为主，父没则代领军务，从事实上加固了世袭制，逐渐成定制。

翰林学士李绛、白居易奏请，下诏蠲（juān 捐，减免）租税，出宫人，绝进奉，禁掠卖（掠良人卖为奴婢）。从这里可以看出大唐财政的危机重重，老百姓的儿女面对被掠夺卖身成奴的危险。

王承宗向朝堂献出二州，朝廷迟迟没有奖赏说法。魏博节度使田季安挑唆，王承宗扣押了德州刺史薛昌朝，唐宪宗李纯派太监吐突承璀用兵河北，这一仗，打到次年七月才结束，最终左神策大将军郦定进战死，二十万人无功而返。李绛一再坚持惩罚吐突承璀，唐宪宗不得已降职为军器使。

通过这件事，我们可以看出宦官集团的猖獗，藩镇的强大，朝廷国库渐空，常年战乱，烽烟四起，老百姓的生活异常艰难。

元和五年，公元 810 年，宰相裴垍中风，无好转。唐宪宗撤掉他的宰相之职，第一个想到接任相位的人，就是李吉甫。当初，李吉甫推荐裴垍为相，就是因为他能很好地执行既定的施政政策。皇帝第一时间想到李吉甫，除了信任，也需要将政策延续。李吉甫和裴垍来了一个官场二人转，这段时期掌握宰相大权的就是二人。

元和六年正月，公元 811 年，《旧唐书·卷一百四十八·列传第九十八·李吉甫传》记载："五年冬，裴垍病免。明年正月，授吉甫金紫光禄大夫、中书侍郎、平章事、集贤殿大学士、监修国史、上柱国、赵国公。及再入相，请减省职员并诸色出身胥吏等，及量定中外官俸料，时以为当。又请归普润军于泾原。"

从史料记载，我们可以看出朝廷和皇帝的迫切，这一次，直接将宰相之权、军功表彰、晋爵位、兵权、修书之事等全给了李吉甫。

我们从皇帝李纯给李吉甫的制书更能看出，皇帝对李吉甫给予厚望。

《授李吉甫中书侍郎平章事制》："辅弼之重，邦家所属。寄深垣翰，则外抚诸侯；望切股肱，则入熙庶绩。迭居其任，厥惟旧章。前淮南节度副大使知节度事管内支度营田观察处置等使金紫光禄大夫检校兵部尚书兼中书侍郎同中书门下平章事扬州大都督府长史上柱国赵国公食邑三千户李吉甫，宏经远之才，研极深之虑。脱落细故，洞开中怀，文稽典蕣，学升堂室。洎司我密命，言屡表於独明；参予衮职，道每彰於孤直。贡共诚节，竭以公忠，坠典载张，彝伦攸叙。辅予不逮，怀之岂忘。襄以江淮大都，吴楚雄镇，岁属艰食，人多愁声，是假全才，用康疲俗，下流水利，不惮劳心。故蠲以长塘，潴其天泽，变舄卤为稻粱之壤，致蒸黎有衣食之源。吏守成规，人无迁志。庶富之教，既宣於封内；辅相之宜，俾及於天下。顾兹重务，属於良臣，去其外职之繁，专以中枢之任。至於别馆良史之褒贬，内殿集贤之清秘，爰举旧典，式洽新恩。无旷厥官，往践乃位。可中书侍郎平章事兼集贤殿大学士兼修国史，散官勋封如故。"

李吉甫多在地方，对于下层民生利弊了然于胸，尤其是他正在书写《元和国计簿》。

《元和国计簿》是唐朝的一部统计分析国家财政经济的报告书。安史之乱后，唐王朝财政状况日趋恶化。一方面土地兼并愈演愈烈，土豪、富商、官僚、寺院僧侣等恣行侵渔国家财源；另一方面藩镇军阀拥兵割据、截留赋税，致使国家财政日渐窘困，动摇着李唐王朝的统治根基。《元和国计簿》就是在这种背景下编纂的。该书共10卷，分三大部分。由李吉甫和部分史官撰写。

李吉甫回到朝廷办的第一件事就是奏请裁撤冗员，为国家节省开支。下面我们看看当时李吉甫的这一封奏疏。

《请汰冗吏疏》："方今置吏不精，流品庞杂。存无事之官，食至重之税。故生人日困，冗食日滋。又国家自天宝以来，宿兵常八十馀万。其去为商贩，度为佛老，杂入科役者，率十五以上。天下常以劳苦之人三，奉坐侍衣食之人七。而内外官仰俸廪者，无虑万员，有职局重出，名异事杂者甚众。故财日寡而受禄多，官有限而调无数，九流安得不杂。万务安得不烦？汉初制郡，不过六十，而文景化几三王。则郡少不必政紊，郡多不必事治。今列州三百，县千四百，以邑设州，以乡分县，费广制轻，非致化之本。愿诏有司博议，州县有可并并之，岁时入仕有可停停之。则吏寡易求，官少易治。国家之制，官一品，俸三千，职田禄米，大抵不过千石。大历时，权臣月俸至九千缗者，州刺史无大小皆千缗。宰相常衮始为裁限，至李泌量间剧稍增之，使相通济。然有名在职废，俸存额去，间剧之间，厚薄异类。亦请一切商定。"

简单来说三个人种地，供奉着七个人不劳作的人吃饭，除了军队之多，官员之多，寺院僧侣等阶层固化，国家财政已经举步维艰，应该率先从裁员开始节省开支。

唐宪宗李纯知其中利害，将奏疏送给给事中段平仲、中书舍人韦贯之、兵部侍郎许孟容、户部侍郎李绛参阅，大家也点头称善，政策得以蠲减，凡省冗官八百员，吏千四百员。

这是吏治，事关财政。李吉甫奏请普润军归泾源，加强对长安的防卫是军事，对吐蕃的袭击提早防范。

唐中后期的宦官干政是体制上，某种程度来说皇帝就是宦官集团的代言人，朝臣等其他利益团体触犯宦官集团的利益一定会受到惩处。其中原因就是藩镇割据导致外部安全环境丧失，皇权没有屏障，加之唐朝后来的皇帝认为太监是奴才，可以随意杀伐。比如唐宪宗对吐突承璀的态度，耿直宰相李绛，就一再要求严惩，损兵折将的吐突承璀。唐宪宗说："此家奴耳，向以其驱使之久，故假以恩私；若有违犯，朕去之轻如一毛耳！"

唐宪宗估计到死都不会想到，他才是那根鸿毛。后来唐宪宗被梁守谦和王守澄两个宦官杀死，他们还顺手杀死了吐突承璀和澧王李恽等。

依照形势的发展主仆反噬了，唐朝中后期被宦官直接杀死的皇帝就三位，唐顺宗李诵、唐宪宗李纯、唐敬宗李湛，还有间接幽禁而死的唐文宗李昂。可以说安史之乱后，每一位皇帝的上台背后都有一股宦官势力支持，一位新皇帝登基也是宦官集团内部的权力洗牌。一切的根源就是唐肃宗李亨将监军之权赐予太监，尤其是唐德宗这个糊涂蛋将禁军之权（兵权）给了太监，而后成为定制。李氏子孙成为宦官手中的玩偶也是题中应有之意。

一位宦官可以失势，宦官集团则不会。谁向宦官集团发难，他们就会直接向皇上发难，甚至换掉或是杀掉皇上。

在这样严峻的背景下，李吉甫作为宰相，将诸王女儿的婚配权争取回来也实属不易。《新唐书·卷一百四十六·列传第七十一·二李传》记载："十宅诸王既不出阁，诸女嫁不时，而选尚皆猥中人，厚为财谢乃得遣。吉甫奏：'自古尚主必慎择其人。江左悉取名士，独近世不然。'帝乃下诏皆封县主，令有司取门阀者配焉。"

李吉甫将宗室女人的婚配权从太监手里夺回，又从世家门阀子弟中选择良人，进行婚配，有效地扼制宦官插足宗室内部的权力。吉甫为公主选择杜家男儿就是最好的例子。

（十）元和名相

历朝历代一个政权的官员们，只能上不能下，这官场风气一定不正，淤塞了上下通道，政治就没有活力。纵观唐朝，我们可以看到一个现象，当宰相可以出任地方，也可以回到中央机枢任职，没有只升不降的官员。除此之外，还有一点，就是给朝廷大员提意见。没有下层官员敢给中层官员提意见，那么，一品二品大员更不敢给朝廷提意见。便会呈现出虚假繁荣，虚假和气。

唐宪宗在位，直接严词提出意见的人就是李绛，赵郡六宰相中的第三位。还有李吉甫，也曾给李纯劝谏。

《资治通鉴·卷一百九十二·唐纪八》："上问魏徵曰：'人主何为而明，何为而暗？'对曰：'兼听则明，偏信则暗。'"唐朝初期，另一位净臣宰相魏徵是石家庄晋州人，河北名士有劝谏传统，不顾个人安慰，匡扶朝政利弊。他的千古名篇《谏太宗十疏》更成为历代谏官和统治者的严以律己自警的准则。

史书清楚记载了，李吉甫劝谏唐宪宗的几件事，外藩管理、藩镇军政、税收岁入、宗室礼法等。

有意思的是李吉甫屡次劝诫唐宪宗，其中一次是事关私事。

杜秋娘在唐宪宗身边，是一个多重身份的女性，既是红颜爱妃、玩伴知己，又是机要秘书，她几乎占据了宪宗的整个身心，使宪宗对其他佳丽无以复顾。

宰相李吉甫曾好意劝唐宪宗可再选天下美女充实后宫，我查了一下唐宪宗的子嗣，可谓人才兴旺。唐宪宗李纯儿子二十个，女儿十八个之多。这个子嗣在唐朝仅次于李渊、李隆基，他和代宗李豫子嗣一样多，连性别也一致。

李吉甫的劝诫可能有另一层意思，就是国家行政办公场所秋娘在多有不便，只能以充盈后宫为借口。他说："天下已平，陛下宜为乐。"这时，唐宪宗三十多岁，正是壮年，谦虚地说"我有一秋妃足矣！"

唐宪宗这句话显然是假话，和秋娘一起入宫的郑贵人已经于公元810年为皇帝诞下一子，反观秋娘，天天围绕皇帝身边，没有为皇帝生下一儿半女，皇帝驾崩后，她的苦楚生活也就开始了。

《新唐书·卷一百四十六·列传第七十一·二李传》记载："张愔既得徐州，帝又欲以濠、泗二州还其军，吉甫曰：'泗负淮，饷道所会，濠有涡口之险，前日授建封，几失形势。今愔乃两廊壮士所立，虽有善意，未能制其众。又使得淮、涡，厄东南走集，忧未艾也。'乃止。"

这件事就是唐宪宗李纯想把濠州、泗州交还给徐州节度使张愔管辖。李吉甫知其利弊，知道藩镇之乱的核心就是父子兄弟有序传承。这才让藩镇成为铁板一块，不能因为皇帝这一刻信任张愔就给他地盘，殊不知，他尝到了权力的滋味，又远在徐州，手下骄兵悍将都是子一辈父一辈跟着张家父子的人，朝廷有个风吹草动，这些人可能就会自立为王，到时候的形势谁能及时控制，毕竟，中外历史哪个部将不喜欢拥立之功呢。

李吉甫头脑冷静，一阵分析，及时谏道："泗州背倚淮河，濠州则有涡口险要，此前交给张建封，让朝廷处于被动。如今张愔是被徐州军士拥立，虽对朝廷有善意，但他恐怕掌控不了部下的骄兵悍将。若再让他据有淮河、涡口，让他扼制东南要冲，朝廷将来恐有大忧。"唐宪宗遂作罢。

张建封就是张愔的父亲，上一任节度使，张愔又深得徐州幕府将官拥护。后来，唐宪宗将张愔调至长安，没有离开徐州，人就生病死了。

朝廷将濠州泗州交到了下一任武安节度使王绍手中。

说到张愔，我们不得不提名伎关盼盼。关盼盼是一位能歌善舞、精通管弦、工诗擅词的才女。她还是张愔的爱妾，她写诗三百首，名《燕子楼集》，可惜已失传。

白居易在张府饮宴，看见了关盼盼，写下了两句诗："醉娇胜不得，风袅牡丹花。"张愔病死后，关盼盼独守徐州燕子楼十余年，终身不嫁，也传出了一段爱情的佳话。

唐朝杨玉环、武则天都曾改嫁，贞观朝的韦贵妃也是后来改嫁给李世民，她与前夫孕有一子。这位韦贵妃的墓志也讲其身世，介绍得一清二楚。其墓碑就珍藏在陕西省昭陵碑林。

《新唐书·卷八十三·列传第八·诸帝公主》记载，唐代中前期的公主们，改嫁的有二十九人之多，其中五个人改嫁了三次。如著名的高密公主、太平公主、安乐公主等。在唐朝统治者的鼓励下，在上流社会的引导下，妇女们这种改嫁、再婚的习气已经变得非常普遍，不会受到道德的谴责和人言的攻击。

关盼盼这样的才女，追逐者众多，在婚恋风气开放的唐朝做到不改嫁，可见关盼盼和张愔爱情忠贞。

《旧唐书·卷一百四十八·列传第九十八·李吉甫传》还记载了另一件关乎国计民生的事："京城诸僧有以庄碾免税者，吉甫奏曰：'钱米所征，素有定额，宽缁徒有余之力，配贫下无告之民，必不可许。'宪宗乃止。"

唐朝统治阶层出于政治考虑对佛教寺院给予了大量支持，不仅给予诸多特权，在经济上亦给予支持。贞观初年曾颁布一道诏令，令"精修守戒僧侣给衣食、住所"，一僧之费五丁难抵，供养僧尼之费数额巨大。久而久之，这笔费用对国家的经济财政造成了巨大负担。还有，朝廷官府并没有颁行专门对僧侣进行税役的律令，寺院被置于免纳税役的灰暗地带，滋生了不受管制的金钱往来。因而使得贵族富人能逃税避役者，所以对寺院趋之若鹜。他们出于逃税和避免劳动服役而进入寺院管辖之下，这一度严重影响到唐朝的财政制度、劳动人口以及兵源问题，这都是一等一关于社稷基石的大事。

后来，寺庙僧人的做法越来越出格，根据《两京新记》的记载，唐朝的二十二个政府机构都有经营高利贷的权限，这些贷款的利率甚至达到了120%。唐朝默许寺院僧侣经营高利贷，这就垄断了官府金融和民间金融两大块业务，这就为会昌革新对寺庙特权改革埋下了伏笔。

在京城长安和东都洛阳，许多寺院侵占田地和水碾，侵夺百姓的利益，官府无可奈何。因为寺院的背后就有监管部门官吏的影子，僧侣这个群体已然形成了强大的社会能量和经济势力。由于僧侣们强大的经济实力，从事商业活动就顺理成章。

中国最早的民间金融，就是僧侣以寺院的质库形式开创。交易场景就是在各寺庙的厨房，也叫"香积厨"，久而久之，"香积厨"就成了寺庙在民间放高利贷的总称。但是按照对比来说，"香积厨"的利息是最低的，也是民间最受欢迎的借贷途径。这是由寺庙、贵族、富人组成的借贷体系。

法国人伯希和写的《伯希和敦煌石窟笔记》，也记录了敦煌净土寺僧侣的年度结账报告，寺院的三分之一收入来自于高利贷。

李吉甫看到了寺庙势力对民财的侵蚀和掠夺，他们不仅偷税避税还做起高利贷生意。于是，他建议皇帝取消京城长安寺庙的免税特权，可是对于偌大的唐帝国来说，寺庙何止四百八十寺呢。李吉甫的建议取消他们的免税这一项，对于其他的特权并未进行革命性的革除。

自安史之乱后，藩镇兴兵，常年战乱，帝国的财政出现了空前的危机，本该属于朝廷和官僚的收入，纷纷流入寺庙，到了武宗朝寺庙特权阶层已经形成对皇权的全面挑战。

《新唐书·卷一百四十六·列传第七十一·二李传》："吐蕃遣使请寻盟，吉甫议：'德宗初，未得南诏，故与吐蕃盟。自异牟寻归国，吐蕃不敢犯塞，诚许盟，则南诏怨望，边隙日生。'帝辞其使。"

李吉甫说南诏归国，吐蕃不敢犯塞。吐蕃磨刀霍霍刀尖指向唐朝，安史之乱后唐朝的威仪扫地。吐蕃等外部势力看到了唐帝国的虚实，马上开始了"趁你病，要你命"的策略。他不断扰边，龟兹、于阗四镇十八州陷落，吐蕃势力得以东进。

吐蕃和唐帝国一东一西，他们南边共同接壤的国家，就是西南霸主南诏。南诏虽小却强，实力不能小觑，他面对两个强大的对手，只有反复横跳。

异牟寻，是南诏有作为的国王。吐蕃进逼川蜀，剑南道成为战场，在剑南西川节度使韦皋安抚政策下，组成联军夹攻吐蕃，得铁桥等十六城，最终南诏归顺唐朝。

李吉甫口中的"异牟寻归国"就是这一节，他果然是政治老手，对于吐蕃的请求，一眼看穿。

公元802年，这一年是韦皋的高光时刻，也是大唐的高光时刻。自安史之乱后这是第一次唐军大的胜利，击破吐蕃联军十六万，斩杀万余人，俘虏六千余。次年，吐蕃不甘失败，韦皋诱敌深入，又斩杀万余人。自此后，吐蕃开始衰败，韦皋破吐蕃的赫赫武功，在维州之战中展现了唐军末世的辉煌之作，那一场被前人后世称赞的大战，依稀可见盛唐武功的丝缕荣光，而后烟消云散。

这时候，吐蕃请求联盟，有离间之意，也有打不下去的实力。战争打不下来的利益，谈判更不可能得到。李吉甫分析得也很有道理，刚和南诏联军击败吐蕃，朝廷就与吐蕃联盟，南诏必定不满。这不是有点累傻小子的意思嘛，刚卸磨就杀驴。

唐宪宗听了吉甫的分析深以为然，就拒绝了吐蕃联盟请求。面对吐蕃，唐朝军将都如李吉甫一样强硬吗？非也，我们从另一个侧面来看当时将领们的表现，安西陷落后的第二年，将领们饮宴时津津有味地看胡姬跳舞，这让白居易痛心疾首，他写下了诗词《西凉伎》："……自从天宝兵戈起，犬戎日夜吞西鄙。凉州陷来四十年，河陇侵将七千里。平时安西万里疆，今日边防在凤翔。缘边空屯十万卒，饱食温衣闲过日。遗民肠断在凉州，将卒相看无意收……"

十年后，唐穆宗上台，唐朝与吐蕃于长庆会盟，一百多年间，双方会盟八次，此次会盟是第八次，也是最后一次。

《新唐书·卷一百四十六·列传第七十一·二李传》："德宗时，义阳、义章二公主薨，诏起祠堂于墓百二十楹，费数万计。会永昌公主薨，有司以请，帝命减义阳之半。吉甫曰：'德宗对义阳公主只是出于一时的恩惠，不可为法。昔汉章帝欲起邑屋于亲陵，东平王苍以为不可。故非礼之举，人君所慎。请裁置墓户，以充守奉。'帝曰：'吾固疑其冗，减之，今果然。然不欲取编民，以官户奉坟而已。'吉甫再拜谢。帝曰：'事不安者第言之，无谓朕不能行也。'"

这是另一件事，永昌公主是唐宪宗最宠爱的女儿，她下嫁于季友，河南人，为司空于頔第三子。永昌公主于公元812年薨。

翻阅史料，发现一件趣事，就是记录于頔为儿子季友配选永昌公主的事。

西魏八柱国之一于谨的后人、山南东道节度使于頔为儿子于季友请求婚配公主，遭到了出身五姓之一赵郡李氏，翰林学士李绛的强烈反对，李绛给的理由是："頔，虏族，季友，庶孽，不足以辱帝女，宜更择高门美才。"

李绛简直太不客气了，给皇帝的反对意见，一下子把这两家君臣全给骂了。他是看不起于頔家族，又觉得皇帝女儿可以选择高门。言外之意：你陇西李氏并不算高门。

李绛也是赞皇六宰相之一。他是有名的耿直宰相，有一种"宪宗朝小钢炮"的既视感，怼天怼地怼皇帝。李绛的这个评价，让我们看到当时山东士族眼中的关陇贵族和隋朝贵族，依旧是不够资格和他们煊赫名门相提并论。我们也可以从侧面看出赵郡李氏的显赫，传统四姓望族没有祈求公主下嫁而光大门楣的需求，他们都有固定的门阀家族来婚配。所以，赵郡李氏等大门阀士族对尚主并不感冒。

就目前的墓志资料来看，六宰相的联姻情况均有记载，唯独李珏和李固言资料极少。赵郡李氏家族的固定姻亲家族为：清河崔氏、清河张氏、北魏皇室、北齐皇室、范阳卢氏等。情况如下，李峤的父亲娶清河张氏，即张锡姐姐。李吉甫之兄李老彭娶范阳卢氏，李老彭之女嫁给博陵崔氏。吉甫长子德修之子李从质娶清河张氏。李绛长子李璆娶范阳卢氏，次子李项两娶妻皆是范阳卢氏。李德裕则是两个平民女士，妻子刘致柔，妾徐盼。李德裕之子李烨娶荥阳郑氏郑珍。

李吉甫没有直接反对，而是引经据典，说起汉朝不符合礼法的丧葬制度，唐宪宗点头称善，又说了一句暖心的话："只要有你看着不合适的就直接对我说，不要以为我不能施行。"可见君臣关系，李吉甫深得帝心。下面，我们欣赏一下李吉甫当时的奏疏。

《请罢永昌公主祠堂疏》："伏以永昌公主稚年夭枉，举代同悲。况于圣情，固所钟念。然陛下犹减制造之半，示折中之规。昭俭训人，实越今古。臣以祠堂之设，礼典无文。盖德宗皇帝恩出一时，事因习俗。

当时人间，不无窃议。昔汉章帝时，欲为光武原陵、明帝显节陵各起邑屋，东平王苍上疏言其不可。东平王即光武之爱子，明帝之爱弟。贤王之心，岂惜费于父兄哉？诚以非礼之事，人君所当慎也。今者依义阳公主欲起祠堂，臣恐不如量置墓户，以充守奉。"

给皇帝奏请建议按照旧制的人 就是当时的京兆尹元义方，元义方也是李吉甫推荐出任，史书记载了他一件事："元和六年（811年）四月，宰相李吉甫当国，迁京兆尹、立戟官。门口立戟违规，随从户部侍郎判度支卢坦罚俸一月，收夺所请门戟。七年正月，迁郴州刺史、郴坊丹延观察使，一切辨治，然苛刻，人多怨之。"

唐朝庙社、宫殿、府州、高官私第等门前陈列的戟。数目各有定制，用来表示威仪。说白了，就是元义方有些虚荣，导致了僭越，让朝廷收回了门戟。

公元812年，元和七年，自从唐宪宗李纯登基以来，他做了几件影响朝局和唐疆域格局的大事，比如剪除藩镇刘辟等，内用李吉甫，杜黄裳等贤相，节省朝廷用度，对藩镇势力形成很大的压制，对吐蕃的隐患解除。

这一年，李纯34岁，他自比功绩超越父亲和祖父，玩心也正盛，有一段时间热衷打猎。没有朝臣触皇上的霉头，李吉甫就明白上奏。

如果李吉甫是牛党说的小人，他会在朝堂上给皇帝书写奏表吗？他完全可以私下给皇帝提意见，不用行文的方式。奏表是经过衙门之手，会留档存世。

我们来看李吉甫针对宪宗热衷游猎的奏表内容。

《谏畋猎表》："陛下轸念黎元，亲问禾黍；察闾里之疾苦，知稼穑之艰难。此则圣主忧勤，天下幸甚。但以弧矢前驱，鹰犬在后，田野纵观，见车从之盛，以为万乘校猎，传说必多。谏诤之臣，义当守职，既有闻见，理合上陈。拱默则怀尸素之惭，献言又惧触鳞之祸。果决以谏，实谓守官。正当嘉尚，非足致诘。夫蒐狩之制，古今不废。必在三驱有节，无驰骋之危，戒衔橛之变，既不殄物，又不数行，则礼经所高，固非有害。然逐兔呼鹰，指顾之乐，忘危履险，易以溺人。故老氏譬以发狂，昔贤以为至诫。陛下每与臣等讨论古昔，追踪尧舜，固当常俗之末务，咏圣祖之格言。愿以徇物为心，克己为虑。则升平可致，圣祚无疆；

群臣异议，不禁自息。"

元和七年七月，唐宪宗驾临延英殿，对李吉甫说："我最近田猎、游玩都停止了，只喜欢读书。昨天在《代宗实录》中，看到当时的纲纪没有振兴，朝廷出了很多乱子，也得到一些教训。看到你先父的事迹，实在值得嘉许赞叹。"

李吉甫走下台阶跪下说："先父为代宗办事，尽心尽节，迫于机运丧失，没有等到圣明的时代，我的赤诚之心，常常追恨。陛下喜欢读文史书籍，见闻一天天更新，见臣的先父忠于前朝的事迹记载于实录上，今天特地赐给褒扬，先父即使在九泉之下，也像见到了明亮的太阳一般。"接着便伏身在地流下泪来，皇上对他进行了劝慰。

紧接着，朝廷对李吉甫先父李栖筠进行了褒奖，并允许李吉甫一子门荫入官。这一封制书出自翰林学士白居易之手。这子即是德修。

《赠李吉甫先父官并与一子官制》敕："某官李吉甫，出入将相，迄今七载，而能修庶职，叙彝伦，毗予一人，以底於道，夙夜不怠，厥功茂焉。夫忠於君者，教本於亲；宠其身者，赏延於嗣。於是乎有饰终之命，有任子之恩，所以感人心而劝臣节也。惟兹旧典，可举而行。"

需要注意的是，朝廷制书明确说李吉甫出入将相七载，从唐宪宗继位吉甫第一次入相，到以同平章事镇淮南，再到回到中央机枢。时间恰恰整七年，可是李吉甫两次担任宰相，共计三年七个月，可制书写七载。也就说明在皇帝和朝廷心中李吉甫一直是宰相，只是以宰相名义治理地方。

最直接的证明就是两书记录，《新唐书·卷一百四十六·列传第七十一·二李传》记载："……江淮旱，浙东、西尤甚，有司不为请，吉甫白以时救恤，帝惊，驰遣使分道赈贷。吉甫虽居外，每朝廷得失辄以闻……"《旧唐书·卷一百四十八·列传第九十八·李吉甫传》记载："在扬州，每有朝廷得失，军国利害，皆密疏论列。"

（十一）宪宗朝版《长安十二时辰》

故事还要从元和七年讲起，河朔三镇中的魏博节度使田季安死。我们先从相关史料中来看这件事。

《资治通鉴·卷二百三十八·唐纪五十四》："八月，戊戌，魏博节度使田季安薨。夫人元氏召诸将立怀谏为副大使，知军务，时年十一。辛亥，以左龙武大将军薛平为郑滑节度使，欲为控制魏博。上与宰相议魏博事，李吉甫请兴兵讨之，李绛以为魏博不必用兵，当自归朝廷。吉甫盛陈不可不用兵之状，……上正色厉声曰：'朕志已决，谁能惑也！'绛乃拜贺曰：'此社稷之福也。'……李吉甫为相，多修旧怨，上颇知之，故擢绛为相。吉甫善逢迎上意，而绛鲠直，数争论于上前；上多直绛而从其言，由是二人有隙。"

电影《刺客聂隐娘》，就是由聂隐娘和田季安的故事展开。

在收魏博的过程中，唐宪宗倾向了李绛的策略，事实上在这场战役中李绛的确厥功至伟，料敌如神。是以高明的政治手腕完成对魏博藩镇的收复。这一节，李绛的分析鞭辟入里，宛若"曹刿论战"，涉及到李绛的故事时详细讲述。

《新唐书·卷一百四十六·列传第七十一·二李传》记载的则是另一个细节："田季安疾甚，吉甫请任薛平为义成节度使，以重兵控邢、洺，因图上河北险要所在，帝张于浴堂门壁，每议河北事，必指吉甫曰：'朕日按图，信如卿料矣。'"

唐宪宗将李吉甫绘制的河北险要图挂在朝廷，李吉甫力谏出兵征讨。皇帝最终倾向了李绛的对策，事态的确如李绛所料，朝廷不出兵，魏博内部是少主而武将众多，处于群龙无首的状态。他们自己会先乱，如果朝廷出兵他们会拧成一股绳。

魏博不战自归，这也是自从田承嗣掌握魏博地盘后，首次短暂地服管朝廷。安禄山造反被镇压后，安史降将们自统其兵、自有其地、自领其民，赋税不送朝廷、声教不通河北，骄兵悍将从此不可遏制，河朔三镇最难对付，他们同气连枝，互为犄角。素有长安天子，魏博牙将之说。

《资治通鉴·卷二百三十八·唐纪五十四》中，还有一个细节记载："李吉甫为相，多修旧怨，上颇知之，故擢绛为相。吉甫善逢迎上意，而绛鲠直，数争论于上前；上多直绛而从其言，由是二人有隙。"

从这里可以看出史料记载有误，田季安是元和七年去世，在这件事唐宪宗看到了李绛的能力，擢升李绛为相，而《旧唐书》则说元和六年李绛为相。这细节有冲突，而一致的说法是后半句，就是李吉甫为相多年，官声日隆，门生故交遍布朝野。总之，唐宪宗李纯认为朝局正在失去某种平衡，于是，提升了耿直的李绛为相。二人又同出赵郡赞皇，同属赵郡李氏。

元和八年十月，公元 813 年，唐宪宗李纯驾临延英殿，问道："时政记都记些什么事？"

宰相李吉甫，监修国史，率先回答说："这是宰相记下天子的事情，再交给史官做的实录。古代左史记言论，现在的起居舍人也这样；右史记事实，现在的起居郎也这样。高宗永徽年间，宰相姚王寿监修国史，考虑到皇上贴近说的话有时起居官会听不见，便请求奏对让皇上的仪仗下随手记下，再交给史官，这就是现在的时政记。"

唐宪宗又问："有时候不修史，是为什么呢？"

李吉甫回答说："当面接受的恩诏，还来不及施行，总要视为机密，因此不能够写下来交给史官；当中又有些谋划建议出自臣下之口，又不能自己写下来交给史官；待到已经施行，诏书敕令都已经记得很清楚，本来就是史官所记下来的内容，也就用不着再写出来交给他们了。再说我看当时的时政记，是姚王寿在长寿年间所修，等姚王寿去职事情就停了下来；贾耽、齐抗在贞元间再修，等贾耽、齐抗去职，事情又弃置了。这样看来关系到时局、政令教化，不虚夸好的，不隐瞒坏的，这才叫作良史！"

唐宪宗称善。

李吉甫监修国史，还有一件小事，这一年，韩愈认为自己才学高深，却屡次遭贬斥，写了《进学解》自喻。李吉甫看后，认为韩愈有史学方面的才识，调任他为比部郎中（刑部官员，掌管核算事务）、史馆修撰，修撰《顺宗实录》。

同年，又发生了一件事，可见李吉甫的军事才能和对时局的把握。

《旧唐书·卷一百四十八·列传第九十八·李吉甫传》："是月，回纥部落南过碛，取西城柳谷路讨吐蕃。西城防御使周怀义表至，朝廷大恐，以为回纥声言讨吐蕃，意是入寇。吉甫奏曰：'回纥入寇，且当渐绝和事，不应便来犯边，但须设备，不足为虑。'因请自夏州至天德，复置废馆一十一所，以通缓急。又请发夏州骑士五百人，营于经略故城，应援驿使，兼护党项。六胡州在灵武部中，开元时废之，置宥州以处降户，寓治经略军，居中以制戎虏，北援天德，南接夏州。至德、宝应间，废宥州，以军遥隶灵武，道里旷远，故党项孤弱，虏数扰之。吉甫始奏复宥州，乃治经略军，以隶绥银道，取鄜城神策屯兵九千实之。以江淮甲三十万给太原、泽潞军，增太原马千匹。由是戎备完辑。"

回纥一般指回鹘，回纥取"迅捷如鹘然"的意思。回纥是铁勒诸部的一支，在隋唐年间也逐渐强大起来。安史之乱爆发后，始作俑者唐玄宗躲到四川了，烂摊子得收拾呀，他的儿子唐肃宗灵武继位，郭子仪出山分析了敌我局势，其中有一条就是向回纥借兵。

唐肃宗急于收复两京，与回纥盟约也是屈辱：一旦夺回京都长安，土地、士庶都归唐朝，金帛、子女都归回纥。

《旧唐书·卷一百九十五·列传第一百四十五·回纥传》评价回纥对唐朝的伤害，曰："肃宗诱回纥以复京畿，代宗诱回纥以平河朔，戡难中兴之功，大即大矣，然生灵之膏血已干，不能供其求取；朝廷之法令并弛，无以抑其凭陵。忍耻和亲，姑息不暇。……比昔诸戎，于国之功最大，为民之害亦深。"

收复洛阳后，回纥军制造了白马寺惨案，《旧唐书·卷一百九十五·列传第一百四十五·回纥传》记载："初，回纥至东京，以贼平，恣行残忍，士女俱之，皆登圣善寺及白马寺二阁以避之。回纥纵火焚二阁，伤死者万计，累旬火焰不止。"

回纥军横行霸道外，回纥商人腰杆子也硬了，也要超国民待遇。回纥商人在长安"殖资产，开第舍，市肆美利皆归之"，甚至与唐朝女人通婚，娶妻生子。西域各胡商们一看，有机可乘，他们纷纷假扮回纥人，巧用回纥势力侨居长安，居赀殖产。

唐朝为了获胜，唐肃宗对回纥的横行不法，睁一只眼闭一只，甚至将最宠爱的女儿宁国公主嫁给回纥汗王。宁国公主先后嫁给郑巽、薛康衡，又先后守寡，她嫁给回纥之前，大义凛然地说："国家事重，死且无恨。"巧合的是，宁国公主嫁过去不久，葛勒汗王也死了，回纥势力纷纷让公主殉葬。宁国公主不肯，最后按照回纥习俗以劙面习俗，即拿刀划破脸，血流满面，以示祭奠，这才免于殉葬。公主回到长安，贞元初去世。

回纥汗国后期，内乱不断，统治者互相攻杀，且饥疫连年，羊马死者被地，大雪为灾。

在如此背景下，皇帝对回纥警觉也在所难免。李吉甫对外族势力回纥、吐蕃等情况十分了解，他建议皇帝防范即可，接着，他做出了多道部署，恢复自夏州至天德军之间的十一所驿站，以便传递边境军情，又征调夏州精骑五百人驻屯经略故城，以接应驿使，同时护卫党项部落。等于将信息渠道打通，安抚附近部落。

李吉甫又建议朝廷复置宥州，进一步防御回鹘。唐宪宗遂在经略故城重新设置宥州，并征调鄜城九千神策军前往驻守。李吉甫又征调江淮地区的三十万件兵器与千余匹战马，补充给太原、泽潞两军，以加强唐朝北部边防。这又是一条极为准确的部署，将神策军驻扎，又从原来江淮治下征调了三十万铠甲，补给太原两军。

针对回纥势力部署完毕，又一件事猝不及防，将难事摆在了李吉甫的案头。

《旧唐书·卷一百四十八·列传第九十八·李吉甫传》："淮西节度使吴少阳卒，其子元济请袭父位。吉甫以为淮西内地，不同河朔，且四境无党援，国家常宿数十万兵以为守御，宜因时而取之。颇叶上旨，始为经度淮西之谋。元和九年冬，暴病卒，年五十七。宪宗伤悼久之，遣中使临吊；常赠之外，内出绢五百匹以恤其家，再赠司空。有司谥曰敬宪；及会议，度支郎中张仲方驳之，以为太优。宪宗怒，贬仲方，赐吉甫谥曰忠懿。"

淮西节度使的继任问题上，没有一次顺利和平，都伴随着暗杀和杀戮。这就暴露出藩镇集团势力内部的矛盾，公元762年，宝应元年李忠臣成为淮西节度使后开始不听朝廷命令，这厮辜负了他的名字。

李忠臣被族侄李希烈驱逐，李希烈又被陈仙奇所杀，陈仙奇又被吴少城所杀，吴少城病死，其子任淮西留后，吴少阳杀吴少城儿子，自任淮西节度使，吴少阳死。这一年就到了公元814年，即元和九年。

吴少阳死后，其子吴元济秘不发丧，伪造奏表，奏请自己为淮西留后，为成为节度使铺路。这雕虫小技被主战派的领袖李吉甫一眼识破，吉甫给皇帝奏表说淮西处于内地，与河朔三镇不一样。周围没有其他藩镇势力作为支援力量，不能效仿河朔三镇父死子继的传统。

李吉甫再请征讨淮西。唐宪宗赞成，请他策划征讨淮西之事。

吴元济手握重兵，朝廷没有答应他的要求，他就暗地勾结河朔三镇，公然与朝廷对抗。朝堂上文臣集团分裂，分主战派和主和派，那些好不容易博得功名的寒门进士们，不想失去朝廷待遇和官职，就力主维持现状。

李吉甫的细心和仁德体现在这里，他想到几年前宪宗为了彰显仁德而将程异召回，李吉甫趁此用兵的机会，建议将刘禹锡等人一并召回，让他们报效国家，将功赎罪，也彰显了皇帝的大度。

唐宪宗考虑再三，听取了这个建议。令人遗憾的是不久后李吉甫暴死。

大家看过《长安十二时辰》剧情讲述的是唐玄宗李隆基一朝的恐怖事件。如果我们写唐宪宗版《长安十二时辰》，剧情该如何发展呢？

我想故事应该是这样：唐元和九年，藩镇割据，气焰嚣张。主张镇压的宰相李吉甫出征淮西镇征讨，淮西节度使吴元济不能坐以待毙，他联合成德（今正定）节度使王承宗，淄青（山东益都）节度使李师道一番密议……十月李吉甫暴毙。元和十年六月，李吉甫继任者武元衡成为宰相，在靖安坊下被刺客割下首级。与此同时，主战派刑部侍郎裴度在通化门外遭遇刺杀。可见刺客之嚣张，在长安都城内刺杀宰相重臣。宪宗大怒，三日后任命受伤的裴度任同平章事，继续征讨淮西等藩镇。

淮西之战李吉甫策划，武元衡执行，二者皆死，继任者裴度最终剿灭淮西。从这里可以看出，这三位宰相都是主战派，另外一点是唐宪宗李纯心思缜密，颇有主见，屡次遭到朝堂反对声，他都力排众议坚持剿灭，没有像他祖父唐德宗那样，被藩镇势力打了一下，就一生缩头。

李吉甫的"暴病""暴"在哪里，历史没有记载，如果按照医学角度分析可能是脑出血、心梗之类疾病，如果按照阴谋之说也可能是藩镇使坏。总之，李吉甫五十七岁薨逝，和他父亲李栖筠离世年龄一样。

史书还记载了关于李吉甫谥号的事情，《旧唐书》只记载张仲方反对，宪宗大怒，寥寥数句。我翻阅了相关的史料，将这件事的故事线捋了出来。

吉甫死，太常寺定了谥号：恭懿。宪宗不满意。太常博士尉迟汾又请：敬宪。这个称呼非同小可了，宪字不能随便用。按谥法，行善可记曰宪，在约纯思曰宪，圣能法天曰宪，圣善周达曰宪，创制垂法曰宪，刑政四方曰宪，文武可法曰宪，聪明法天曰宪，表正万邦曰宪，懿行可纪曰宪，仪范永昭曰宪，表正万邦曰宪，博闻多能曰宪，赏善罚恶曰宪。

果然，度支郎中张仲方的反应最为激烈，他长篇大论写了奏表《驳赠司徒李吉甫谥议》：

古者，易名请谥，礼之典也。处大位者，取其巨节，蔑诸细行，垂范当代，昭示后人，然后书之，垂于不朽。善善恶恶，不可以诬，故称一字，则至明矣；定褒贬是非之宜，泯同异纷纶之论。赠司徒吉甫，禀气生材，乘时佐治，博涉多艺，含章炳文。燮赞阴阳，经纬邦国。惜乎通敏资性，便媚取容。故载践枢衡，叠致台衮，大权在己，沈谋罕成，好恶徇情，轻诺寡信。谄泪在脸，遇便则流；巧言如簧，应机必发。夫人臣之翼戴元后者，端恪致治，孜孜夙夜，绢熙庶绩，平章百揆。兵者凶器，不可从我始；及乎伐罪，则料敌以成功。至使内有害辅臣之盗，外有怀毒虿之孽。师徒暴野，戎马生郊。皇上旰衣宵食，公卿大夫且惭且耻。农人不得在亩，缲妇不得在桑。耗敛赋之常赀，散帑廪之中积；征边徼之备，竭运挽之劳。僵尸血流，骨骼成岳，酷毒之痛，号诉无辜，剿绝群生，迄今四载。祸胎之兆，实始其谋；遗君父之忧，而岂谓之先觉者乎？夫论大功者，不可以妄取，不可以枉致。为资画者体理，不显不竞，而岂妨令美？当削平西蜀，乃言语侍从之臣；擒翦东吴，则訏谟廊庙之辅。较其功则有异，言其力则不伦。何舍其所重而录其所轻，收其所小而略其所大？且奢靡是嗜，而曰爱人以俭；受授无守，而曰慎才以补。斥谏诤之士于外，岂不近之蔽聪乎？举忠烈之庙于内，岂不近之昵爱也？焉有蔽聪昵爱，家范无制，而能垂法作程，宪章百度乎？谨按谥法，敬以直内，内而不肃，何以刑于外？宪者，法也。《戴记》曰："宪章文武。"又曰："发虑宪。"义以为敬恪终始，载考历位，未尝效一法官，议一小狱。及居重位，以安和平易宽柔自处。考其名，与其行不类；研其事，与其道不侔。一定之辞，惟精惟审，异日详制，贻诸史官。请俟蔡寇将平，天下无事，然后都堂聚议，谥亦未迟。"

总而言之，一句话，李吉甫的功劳没那么大，用敬宪过于美化。我查了一下张仲方的出生和履历。窦群吕温等人诬告李吉甫他也参与其中。更为重要的是张仲方是吕温贡举门生，受此影响出任金州刺史。

唐宪宗大怒，怒斥了张仲方，贬为复州司马。

张仲方经过这两件事又被贬黜，他和老李家的仇口就深了。后来，他成了牛党中人也是顺理成章的事情。

最后，朝廷给李吉甫定的谥号是：忠懿。追赠司空。李吉甫的完整官讳应该是：大唐授金紫光禄大夫、中书侍郎、平章事、集贤殿大学士、监修国史、上柱国、赵国公、司空李吉甫。

武元衡作《祭李吉甫文》以慰好友在天之灵。他在此文中给予李吉甫政绩功业高度评价，如"洎濯缨清汉，鸣佩天墀，出入三朝，徘徊二纪，论思禁掖，润色王猷。属元圣御极之初，昊天降休之日，公内参密命，外正戎机，竭心膂以振皇纲，励精诚以辅元化"。

李吉甫离世，李德裕时年 27 岁，进入官场 7 年有余，碍于李吉甫执政，他一直在地方藩镇效力。

（十二）公文写作和元和郡县图志

近些年，史学界开始从公文写作的角度关注李吉甫，《全唐文》中记载李吉甫的文字分三类；一是庆贺表，二是写让表，三是劝谏表。

吉甫属于表的行文方式有六篇：《贺赦表》《忠州刺史谢上表》《谏田猎表》《饶州刺史谢上表》《柳州刺史谢上表》《让同平章事表》《第二表》。

奏书一篇《请录用令狐通奏》，奏表内容："臣伏见代宗朝滑州节度使令狐彰临终上表，悉以土地兵甲籍上朝廷，遣诸子随表归阙。今有次子通在。臣每感彰同进河朔诸镇，付子传孙，无不熏灼数代；唯彰忠义感激，奉国忘家，遣子入朝，以土地归于先帝。贞元中，长子建坐事死于施州，幼子运亦无罪流于归州，欲使忠义之人，何所激劝？今通幸存，得遇明圣，伏乞陛下召之与语，如堪用，望垂奖录。”

疏三篇：《请罢永昌公主祠堂疏》《对素服救日蚀仪疏》《请汰冗吏疏》。

议：《右龙武统军张伯议谥议》。

册：《睿圣文武皇帝册文》。

《全唐文》记录李吉甫文章二十一篇，其中十八篇是公文，可见他对于政事的思考和行文方面的才华。

《全唐文新编》中，我又发现了李吉甫的其他奏章，如《元和九年九月奏》《元和二年七月奏》《请修天德旧城奏》《请置飞狐钱坊奏》《旧制经略不隶灵武奏》《请涪陵仍属黔府奏》。无一例外，全是公文。

除此之外，吉甫文学方面的成就，有一篇碑铭《杭州径山寺大觉禅师碑铭（并序）》，还有一篇墓志《裴旷墓志铭并盖》。

《四库全书》之六艺以及《金石录》都曾记载，贞元十四年正月“李吉甫撰储伯阳行书”，“李吉甫撰碑石莹润，号曰玉石碑。”《东观余论》也有说唐韦鷃十马后有元和李丞相吉甫题字真佳迹也，“李吉甫神女祠诗贞元十四年正书”，并撰有《唐茶山诗述碑阴记》。

湖州梳理关于墨妙亭碑文时也发现有唐代名相朝议大夫、明州长史员外置同正员李吉甫所撰、徐璹所书的《袁高茶山诗述》。

张彦远所著《历代名画记译注》，由日本人冈村繁译，由 2002 年上海古籍出版社出版，第 153 页记录李吉甫藏书用章皆是郡望家乡“赞皇”二字，可见其对家乡的感情和热爱，他父李栖筠别称也是“赞皇”二字。

张彦远，他的高祖张嘉贞在唐玄宗时做宰相，曾祖张延赏在德宗时做宰相，祖父张弘靖在宪宗时做宰相，他的记录有根据可采信。

我查到古籍还记录了李吉甫一篇文章，《编次郑钦悦辨大同古铭论》，有人评价说这是小说，我认为作为小说它缺乏故事性，这就是一个异闻范畴的小记而已，《全唐文》记录下来，一定有其根据和道理。

李吉甫留存诗词有四篇，其中两篇是写给好友武元衡。他们在游玩时所作的合诗。

武元衡作《甲午岁相国李公有北园寄赠之作，吟玩历时》：“机事劳西掖，幽怀寄北园。鹤巢深更静，蝉噪断犹喧。仙酝百花馥，艳歌双袖翻。碧云诗变雅，皇泽叶流根。未报雕龙赠，俄伤泪剑痕。佳城关白日，哀挽向青门。礼命公台重，烟霜陇树繁。天高不可问，空使辅星昏。"

李吉甫合诗《夏夜北园即事寄门下武相公》："结构非华宇，登临似古原。僻殊萧相宅，芜胜邵平园。避暑依南庑，追凉在北轩。烟霞霄外静，草露月中繁。鹊绕惊还止，虫吟思不喧。怀君欲有赠，宿昔贵忘言。"

还有一首《九日小园独谣赠门下武相公》也是李吉甫写给武元衡的："小园休沐暇，暂与故山期。树杪悬丹枣，苔阴落紫梨。舞丛新菊遍，绕格古藤垂。受露红兰晚，迎霜白薤肥。上公留凤沼，冠剑侍清祠。应念端居者，长惭补衮诗。"

其余两篇分别是《癸巳岁吉甫圜丘摄事合于中书后阁宿斋常负忝愧移止于集贤院会门下相公以七言垂寄亦有所酬短章绝韵不足抒意因叙所怀奉寄相公兼呈集贤院诸学士》："淮海同三入，枢衡过六年。庙斋兢永夕，书府会群仙。粉壁连霜曙，冰池对月圆。岁时忧里换，钟漏静中传。蓬发颜空老，松心契独全。赠言因傅说，垂训在三篇。"

《怀伊川赋》："龙门南岳尽伊原，草树人烟目所存。正是北州梨枣熟，梦魂秋日到郊园。"

李吉甫呕心沥血的著作《元和郡县图志》，以"贞观十道"划分全国书写，即关内道、河南道、河东道、河北道、山南道、陇右道、淮南道、江南道、剑南道、岭南道。称他为地理学家，是因为其著作在地理学方面有着巨大贡献。官方记载它写于 806 年—820 年，可是作者李吉甫是公元 814 年去世，可见后世人整理简单将其归于元和一朝。这刚好是元和一朝的时间。如果按照 806 年书写，白居易的《长恨歌》也是写于 806 年，即元和元年。

李吉甫写完这本巨著，还给皇帝上了此书的序。《上元和郡县图志序》（图 2-5）：

臣闻王者建州域，物土疆，观次於星躔，察法於地理。考中国山河之象，求二仪险阻之情。天汉萌而两界分，南官正而五均叙。自黄帝之方制万国，夏禹之分别九州。辨方经野，因人纬俗，其揆一矣。及秦皇并六国，则罢侯而置守；汉武讨百蛮，则穷兵而黩武。虽裂为郡县者，远过於殷周，而教令之所行，咸怀之所服，亦不越於三代。失天地作限之意，非皇王尚德之仁。夸志役心，久而后悔。由此观之，则圣人疆理之制，固不在荒远矣。

吾国家肇自贞观，至於开元，兼夏商之职贡，掩秦汉之文轨；梯航累乎九译，厥置通乎万里。然后分疆以辨之，置吏以康之。任所有而差贡赋，因所宜而制名物。守其要害，险其走集。经理之道，冠乎百王。巍巍乎无得而称矣！《易》曰："天险不可升，地险山川邱陵，王公设险以守其国。险之时用大矣哉！"然则圣人虽设险，而未尝恃险。施於有备之内，措於立德之中。其用常存，其机不显。弛张开阖，因变制权。所以财成二仪，统理万物。故汉祖入关，诸将争走金帛之府，惟萧何收秦图书。高祖所以知山川厄塞，户口虚实。厥后受命汜水，定都洛阳，留侯演委辂之谋，田肯贺入关之策。事关兴替，理切安危。举斯而言，断可识矣。

伏惟睿圣文武皇帝陛下握枢秉圣，承祧立极，祖尧舜之道，宪文武之程。皇王之遐踪，行之必至；祖宗之耿光，寝而复耀。天宝之季，王途暂艰。由是坠纲解而不纽，强侯傲而未肃。逮至兴运，尽为驱除。故蜀有阻隘之夫，吴有凭江之卒。虽完保聚、缮甲兵，莫不手足裂而异处。封疆一乎四海，故廊卫风偃，朔塞砥平，东西南北，无思不服。

臣吉甫当元圣抚运之初，从内庭视草之列，寻备衮职，久尘台阶，每自循省，赧然收汗。谟明弼谐，诚浅智之不及；簿书期会，亦散材之不工。久而伏思，方得所效。以为成当今之务，树将来之势，则莫若版图地理之为切也。所以前上《元和国计簿》，审户口之丰耗；续撰《元和郡县图志》，辨州域之疆理。时获省阅，或裨聪明。岂欲希辛侯之规模，庶乎尽朱赣之条奏。况古今言地理者凡数

图2-5　清朝版　元和郡县图志序

千家，尚古远者或搜古而略今，采谣俗者多传疑而失实。饰州邦而叙人物，因邱墓而徵鬼神，流於异端，莫切根要。至於邱壤山川，攻守利害，本於地理者，皆略而不书，将何以佐明王扼天下之吭，制群生之命？收地保势胜之利，示形束壤制之端，此微臣之所以精研，圣后之所宜周览也。谨上《元和郡县图志》，起京兆府，尽陇右道，凡四十七镇，成四十卷，每镇皆图在篇首，冠於叙事之前，并目录两卷，总四十二卷。臣学非博闻，识愧经远，驰骛虽久，漏略犹多。轻渎宸严，退增战越。谨上。

清代《四库全书总目提要》评价它："舆地图经，隋唐志所著录者，率散佚无存；其传于今者，惟此书为最古，其体例亦为最善，后来虽递相损益，无能出其范围。"它位列《四库全书》地理类"总志"之首。

《元和郡县图志》继承和发展了汉魏以来地理志、图记、图经的优良体例传统，对各项地理内容作了详细记载，又在府州下增加府境、州境、八到、贡赋等项内容，这是以往地理志、地理总志所没有的，这是这位元和名相李吉甫的独创，这个创新为后来的地理志、地理总志所效法。

李吉甫在该书序言说："古今言地理者，凡数十家。尚古远者或搜古而略今，采谣俗者多传疑而失实，饰州邦而叙人物，因丘墓而征鬼神，流于异端，莫切根要。至于丘壤山川，攻守利害，本于地理者，皆略而不书，将何以佐明王扼天下之吭，制群生之命，收地保势胜之利，示形束壤制之端？"请注意，这一部大著作的完成，最重要的目的正是为帮助皇帝方便了解全国形势，达到"扼天下之吭，制群生之命"战略构想。

李吉甫搜集资料之巨，体现一种务实精神。如铜鼓山这种小地方，不是认真查访，相信很难被记录在史籍中。

铜鼓山今天属于重庆荣昌区，毗邻四川的隆昌县、安岳县和泸县，方圆数十里，峰峦起伏古树参天，危岩峭壁，历来以"胜境雄疆锁钥地，危岩峻岭金汤门"著称，很显然有军事要塞的功能。正因为李吉甫当时就把这一要地记录在书中，后代诸多县志都留有铜鼓山的身影。

《元和郡县图志》对全国各郡县的记载，大体将变迁沿革、山川物产进行了简要的梳理和汇总。有的地方追溯到夏商周时期，但多数地理是对南北朝以来的变化记录特别清楚，有的还做了说明和考证，如在"万年"县下注明："细柳营在县东北三十里，相传周亚夫屯军处。今按亚夫所屯，在咸阳县西南二十里，言在此非也。"又在"长安"县下说："细柳原在县西南三十三里，别是一细柳，非亚夫屯军之所。"在"长安"县下还有关于秦阿房宫、汉长乐宫、汉未央宫及秦始皇陵等遗址的记载。

由于客观条件的局限，李吉甫到过该地或能够获得资料的地方，如巴蜀、关中长安、中州洛阳，西北关陇灵州、江南两淮和华北各镇相对比较详细。尤其是在《元和郡县志》卷第十七记载赵郡所辖平棘县时说道："赵郡李氏旧宅在县西南二十里，即后汉、魏以来山东旧族也，亦谓之三巷李家云。东祖居巷之东，南祖居巷之南，西祖居巷之西，亦曰三祖巷也。三祖巷李氏亦有地，属高邑县。"这是李吉甫对于家乡赵郡旧宅的描写。

《元和郡县图志》对宋代乐史的《太平寰宇记》，元、明、清各代《一统志》都有很大影响。因此，该书如今流传版本已经散失了不少（有几卷基本散失，有两卷不完整），历来学者和专业人士都会称赞《元和郡县图志》是开中华历史上总地志的先河，有着很大的历史贡献。

《元和郡县图志》以当时的郡、县为体系，按更高一级的十道四十七方镇编次。记述户口、沿革、贡赋、物产、山川、水利等。所述十道各方镇所辖郡、县的情况相当详细。原书 40 卷，加目录 2 卷，总共 42 卷，今存 34 卷。由于图已流失，宋代陈振孙在《直斋书录解题》中将其改称为《元和郡县志》。

李吉甫一生勤奋好学，著述很多，据《旧唐书》《新唐书》记载，有《元和郡县图志》（42 卷）、《十道图》、《古今地名》（3 卷）、《元和国计簿》（10 卷），《元和百司举要》、《六代略》（30 卷）等，可惜大多散失，仅《元和郡县图志》流传至今。这部体例严谨、内容丰富的地理总志，对后世总志的编纂影响很大。

《元和郡县图志》是中国现存最早的一部全国地理总志，是研究唐代历史地理极为重要的文献。该书如同一份唐代十分详尽的交通地图和说明书，记录了山川、泽陂、物产、矿产、古迹等内容。其中，"贡赋"自从《禹贡》开创以来，地志类书详加记述的以《元和郡县图志》为首。贡品多为土特产、药材和著名手工业品，且记载了开元、元和两种贡品；赋品则是绢、棉、布、麻之类。《元和郡县图志》具有鲜明的特色，其编写出于强烈的现实关怀，内容翔实，体例完备，对后世产生了深远的影响。它不仅是唐代地理名著，而且是我国现存最早又较完整的地理总志，被誉为我国古代地理总志的典范，更能看出一代贤相忠贞为国的良苦用心。为了大唐天下，他做到了死而后已，淮西未平，身遭不测。

《元和国计簿》是李吉甫主导的另一部巨篇名著，这是我国历史上的第一部财计会计著作，也是一部对国家财政经济的分析报告书。

刘昫，《旧唐书》署名作者之一，他对李吉甫的评价是："吉甫初为相，颇洽时情，及淮南再征，中外延望风采。秉政之后，视听时有所蔽，人心疑惮之。时负公望者虑为吉甫所忌，多避匿。宪宗潜知其事，未周岁，遂擢用李绛，大与绛不协；而绛性刚评，讦于上前，互有争论，人多直绛。然性畏慎，虽其不悦者，亦无所伤。服物食味，必极珍美，而不殖财产，京师一宅之外，无他第墅，公论以此重之。二李秉钧，信为名臣。甫柔而党，藩俊而纯。"

三苏之一的苏辙的评价："玄宗初用姚崇、宋璟、卢怀慎、苏颋，后用张说、源乾曜、张九龄；宪宗初用杜黄裳、李吉甫、裴垍、裴度、李绛，后用韦贯之、崔群。虽未足以方驾房杜，然皆一时名臣也。故开元、元和之初，其治庶几于贞观。"

明末思想家王夫之："李吉甫之始执政也，以推荐贤才致天下之誉，上国计簿，以人主知财用之难而思节省，尤大臣之要术也。"

孙星衍，清朝藏书大家，说："唐宰相之善读书者，吉甫为第一人矣。"

为了写赵郡六宰相，我查询浩如烟海的资料、史料、材料、论文等，唯恐遗漏。写完李吉甫，我还想说点什么，作为家乡后辈的一点敬意，如此出类拔萃的人物值得我们去宣扬，让他成为石家庄的文化符号。千言万语，汇成一句话吧，李吉甫不愧是元和名相。

根据《唐故赵郡李氏女墓志铭》（图2-8）的记载，咸通年间李吉甫再被追赠为太师，表明唐朝廷对李吉甫的贡献再次的认可。

李吉甫
•《全唐文》中记录李吉甫的文章，分为册文、贺赦表和谢表、疏、志、议等文体。
•《睿智文武皇帝册文》
•《贺赦表》六首
•《让平章事表》

李吉甫
• 《第二表》
• 《忠州刺史谢上表》
• 《柳州刺史谢上表》
• 《饶州刺史谢上表》
• 《谏畋猎表》
• 《修元献皇后斋奏》
• 《请录用令狐通奏》
• 《请汰冗吏疏》
• 《请罢永昌公主祠堂疏》
• 《对素服救日蚀仪疏》
• 《右龙武统军张伯仪谥议》
• 《元和郡县图志》
• 《元和郡县图志序》
• 《编次郑钦悦辨大同古铭记》
• 《杭州径山寺大觉禅师碑铭》

李吉甫诗四首
• 《九日小园独谣赠门下武相公》
• 《癸巳岁吉甫圜丘摄事合于中书后阁宿斋常负忝愧移止于集贤院会门下相公以七言垂寄亦有所酬短章绝韵不足抒意因叙所怀奉寄相公兼呈集贤院诸学士》
• 《怀伊川赋》
• 《夏夜北园即事寄门下武相公》

李吉甫家族墓志

《故妓人清河张氏墓志》（图 2-6），该墓志为吉甫之孙、德修之子李从质为爱人撰写，以李家门第，从质娶一位妓人，可以看出女人的美，也看到他的决心。

图 2-6 《故妓人清河张氏墓志》

《唐故潞州涉县主簿李氏墓志铭》（图2-7），该墓志为从质之子李同，殁于履信里之私第。唐咸通八年，即公元867年8月24日葬于金谷乡张村，出土于河南省洛阳市张岭南地。

图2-7　《唐故潞州涉县主簿李氏墓志铭》

《唐故赵郡李氏女墓志铭》（图 2-8），该墓志中的李小娘子是从质和张氏之女，病逝于履信里之私第，其墓志铭由李尚夷撰。唐咸通十二年，即公元 871 年 12 月 19 日，葬于洛阳北邙西金谷乡张村里大茔，由河南洛阳出土。

图 2-8　《唐故赵郡李氏女墓志铭》

《唐故博陵崔君夫人李氏墓志铭并序》（图 2-9），该墓志为李老彭（吉甫之兄）次女，李德裕撰写，于会昌五年，即公元 845 年 9 月 25 日葬洛阳。

图 2-9 《唐故博陵崔君夫人李氏墓志铭并序》

叁

第三位宰相　谏臣宰相李绛

（一）“龙虎榜”中的龙

从公元 618 年李渊迫使隋恭帝禅让起始，到公元 907 年唐哀帝被朱温鸩酒毒死结束，大唐王朝国祚 289 年，哪位臣子谏奏皇帝次数最多？想必大家一定还会说是魏徵。

魏徵是唐朝谏臣楷模，这一点无可厚非，就连唐昭陵陪葬陵中紧邻李世民墓穴的大臣墓不是房玄龄，也不是长孙无忌等人，而是魏徵。石家庄晋州人也在晋州建立魏徵公园来缅怀这位大唐名相（图 3–1）。

图 3–1　石家庄晋州魏徵公园大门

　　唐王朝中谏奏皇帝最多的臣子，不是石家庄晋州宰相魏徵，而是石家庄赞皇宰相李绛。李绛和李吉甫同朝拜相，元和六年，李吉甫权倾朝野，唐宪宗李纯防止李吉甫势力做大，朝局权力失衡，擢升李绛为相，用一个耿直的赞皇大臣牵制另一个会办事的赞皇大臣。皇帝的思路是对的。李绛的确没有给任何人面子，包括皇帝。

　　赵郡六宰相第三位宰相是李绛，李绛（764—830），字深之，赵郡赞皇人。唐朝中期政治家、宰相、诗人，有名的谏臣。

　　《旧唐书》《新唐书》对李绛进士及第前的资料几乎没有。李绛公元764年出生，公元792年高中进士，这28年里没有李绛的记载，让我们对李绛前期故事的挖掘陷入困境，我苦思冥想，换了一种思路，在浩如烟云的史料中来探寻李绛的故事。

　　《全唐文补遗》①第六辑录载的李暨撰大中三年（公元849年）二月十一日《唐故太中大夫使持节衢州刺史上柱国赞皇县开国子食邑五百户李公（项）墓志铭》较为详细，志云："公讳项，字温，其先赵郡人也。八代祖希骞，仕后魏为黄门侍郎。七代祖仲卿，仕后周为阁内谘议 。六代祖文正，仕隋为洺州平恩县令 。五代祖晋客，唐初为司农少卿。高祖贞，开元年中为京兆府士曹参军。曾祖岗，某年中为谯郡永城县令，赠吏部侍郎。祖元善，贞元初为襄州录事参军，累赠司空。父讳绛，在宪宗时为宰相。"两《唐书》李绛本传所载与《李项墓志》基本一致。

　　我们从李绛之子李项墓志不难得知，李绛的父亲是李元善，这与《旧唐书·卷一百六十四·列传第一百十四·李绛传》描写一致。史书提到李元善就是一笔带过："父元善，任襄州录事参军。"那我们顺着李元善的思路，继续完善李绛的童年经历。

　　李元善所任的官职是襄州录事参军，属于监察地方的官员。唐代中央监察制度，包括御史台、谏官和封驳官三个部分。唐代地方监察制度，包括巡察使的监督和录事参军的监督两部分。简而言之，李元善就是襄州，即现在湖北襄阳一带的监督官员。

　　纵观李绛一生，他的性格底色就是谏官诤臣的底色，这想必和父亲李元善息息相关。李元善为地方谏官，李绛后成为唐帝国宰相，又是史书有名的谏臣，可见赵郡李氏家学渊博。

①　吴钢.全唐文补遗：第6辑[M].西安：三秦出版社，1999.

我顺着李元善任职地方的思路，探寻李绛的一点一滴，终于在一本《刘宾客嘉话录》查到了一点记载。这本书的作者是唐韦绚撰。韦绚为唐顺宗朝及唐宪宗初宰相韦执谊之子。

这本书记载了这样一件事儿："李丞相绛，先人为襄州督邮，方赴翠求乡荐。时樊司徒泽为节度使，张常侍正甫为判官主乡荐。张公知丞相有前途，启司徒曰：'攀人中悉不如李某秀才，请只送一人，请众人之资以奉之。'欣然允诺。又荐丞相弟为同舍郎。不十年而李公登庸，感司空之恩，以司空之子宗易为朝官。人问宗易之文于丞相，丞相戏而答曰：'盖代。'时人因以'盖代'为口实，相见论文，必曰：'莫是李三盖代否？'丞相之为户部侍郎也，常侍为本司郎中，因会，把酒请侍郎唱歌。李终不唱而哂之，满席大噱。"

翻译成白话文，李绛因其父李元善任襄州录事参军，遂在襄州取解。判官张正甫为考官，一来与其父是同僚，二来也赏识李绛的才干，对其前程十分看好，便对襄阳节度使樊泽说："举人中悉不如李某秀才，请只送一人，请众人之资以奉之。"这实属非常之举，樊泽欣然允诺。此年襄州只解送一人，李绛自然就是解头，并且获得了丰厚的资助，可谓名利双收。他们又举荐丞相弟弟为同舍郎，李绛弟弟为李经，我查史书有记载的只有李经。"同舍郎"的意思是同居一舍的郎官，后亦泛指僚友，也就是说让李经和哥哥李绛一起学习，准备科举。

李绛后登唐贞元八年（公元792年）"龙虎榜"，宪宗朝官至宰相，投桃报李，日后他对樊泽之子照顾有加。樊泽此子为樊宗易，樊泽另有一子就是唐散文家、和韩愈关系很好的樊宗师。

这件事从侧面看出李元善的人缘不错，也说出了李绛兄弟离开赞皇来到襄阳，与父亲一起生活准备科举。

公元792年李绛高中进士，这一年他28岁，由此推算，李绛不算天赋异禀的聪明人，属于学习非常刻苦的学生。次年，公元793年李绛又中博学宏词科，注意，这和唐宪宗主持的贤良方正科有所不同，宏词科就是考验其文采，贤良方正科是检测对朝政的洞察。

唐代吏部主持的博学宏词科，主要考试诗、赋和议论等，与进士科测试诗、赋、策论的内容和评判标准十分类似，所以，能中此科及第者几乎均为进士科出身。博学宏词科考官主要由吏部官员主导，皇帝临时选任尚书省其他五部侍郎、郎中、员外郎与吏部侍郎等同考，考官多为进士及第者。唐代宏词科设置之初是吏部为了解决"格限未至"的才能之士迁转问题，后来变为及第进士赖以解决释褐问题的最重要科目。唐后期宏词科考试为"士林华选"，从及第进士中优中选优，能中此科就要重点培养，以备将相之任。

"释褐"指新进士必在太学行释褐礼，脱去布衣而换穿官服，因此"释褐"被用来比喻做官或进士的及第授官。

这一年朝廷拟定赋的名字为"太清宫观紫极舞赋""颜子不贰过论"两个题目，李绛书写了《太清宫观紫极舞赋》，这篇洋洋洒洒的赋，描写了太清宫观紫极舞之盛况：

开元中，赐海内以正朔，示天下以礼乐。舞紫极于宫庭，缋元元于云幄。乃树以旌旗，设以宫悬。由中出以表静，用上荐于告虔。盛德之容，昭之于行缀；至和之节，奉之以周旋。激乎流音之下，存乎大乐之先。八佾以敷，肃然舞于清庙；九奏之作，杳若享乎钧天。如是则文始不得盛于汉日，大章未可比于尧年。振万古而独出，岂百王之相沿。洎乎秉翟而叙，候乐以举。协黄钟，歌大吕。乍阳开于箫管，忽阴闭于敔。淹速以度，正直是与。若中止而离立，复徐动而进旅。和之感物，应鸟兽以跄跄；礼以成文，垂衣裳之楚楚。由是俾有司夙夜在公，候吉日鼓钟于宫。方将万舞，爰节八风。于以易其俗，于以告厥功。因乎所自，制在其中。申敬也，其恭翼翼；宣滞也，其乐融融。齐无声于合莫，感有情而统同。则其业之所肄，习之则利。作兹新乐，著为故事。享当其时，舞于此地。退而成列，周庙之干戚以陈；折而复旋，鲁宫之羽龠斯备。美乎！冠之象以峨峨，舞其容以偌偌。合九变之节，动四气之和。散元风以条畅，洽皇化之宏多。是时也，天地泰，人神会。舞有容，歌无外。故曰作乐以象德，有功而可大。

诗人张复元，也高中了进士和宏词科，他写的赋也是《太清宫观紫极舞赋》，李绛他们二人的赋同时被北宋四大部书之一《文苑英华》收录。

贞元八年，这场贡举可谓"龙虎榜"，在宋人所编《韩子年谱》中保存了进士全榜，排名分先后："贾棱、陈羽、欧阳詹、李博、李观、冯宿、王涯、张季友、齐孝若、刘遵古、许季同、侯继、穆赞（穆赏？）、韩愈、李绛、温商、庚承宣、员结、胡谅、崔群、邢册、裴光辅、万珰。"

这一榜出了三个宰相，分别是李绛、王涯和崔群。主持这一榜的人是宰相陆贽，这一榜网罗人才众多，人称龙虎榜。李绛是首先拜相者，是这一榜的"龙"。韩愈做官未到相位，文学影响力极大，可以称为"虎"。

《新唐书·卷二百三·列传第一百二十八·欧阳詹传》这样记载："举进士，与韩愈、李观、李绛、崔群、王涯、冯宿、庚承宣联第，皆天下选。时称龙虎榜。"

公元793年李绛和韩愈等人高中进士，喜上加喜，日后加官晋爵，算是脱离苦海。同年发生了一件大事，对老百姓影响甚大——茶税正式开征。茶税自唐德宗开征，经过宋朝的进一步发展，元、明、清三代一直沿袭下来。新中国成立后，旧茶税制度废除，茶叶成为货物税。1984年10月，工商税分解为产品税、增值税、营业税和盐税以后，茶叶仍属产品税中的一个征税范围。

（二）李绛是忠臣

李绛29岁，在长安终于有了工作。他换了官服，褪去布衣。所授职位就是秘书省的校书郎。相当于皇家图书馆的编辑，整理翻译图书。秘书省是唐代文化事务管理机构，掌经籍图书，兼修国史。秘书省设校书郎10人，官品为正九品上。唐朝一共有五个部门设立校书郎，秘书省最为重要。其余衙门分别是弘文馆、集贤院、崇文馆、司经局。

李绛成为校书郎，他的心情无从得知，不知是否会像孟郊诗句："春风得意马蹄疾，一日看尽长安花。"几年后，白居易和元稹及第后，也进入秘书省成为校书郎。白居易当即写了一首诗："幸逢太平代，天子好文儒。小人难大用，典校在秘书。俸钱万六千，月给亦有余。遂使少年心，日日常晏如。"

李绛留诗一共四篇，两篇是与文人雅士的合诗，另外两篇是应付场面所作。依李绛善谏的秉性来说，他更务实，着眼国家大事，没有将诗词歌赋放在茶余饭后的娱乐中。

用一个人的晋升轨迹反观另一个人，对比就能发现问题。李绛的本族同辈李吉甫门荫入仕，27岁成为太常博士，在丧葬典礼亲自给皇帝呈送建议，又在朝廷大佬的护佑下顺利外放明州。这一年，李绛在父亲好人缘的帮助下，由低级官吏帮助，又靠自身才华进士及第。巧合的是李吉甫留诗也是四首，大多也是应人附庸风雅所作。他们这一代的赵郡李氏子弟更务实，更愿意投身到国家大事中去。

李绛在秘书省熬资格，混脸熟，他做满了一任三年的校书郎。公元793年入仕，届满校书郎应该是公元796年，李绛实补渭南县尉，成为有点实权的县官，这个地方距离长安也就五六十公里左右。

贞元末年，即公元805年，李绛任监察御史，正式回到长安做官。大家注意，如果从公元796年到渭南县任职开始，到公元805年回京升官，按此推算李绛中间有九年时间在渭南县。

李绛勤勤恳恳在地方九年，特别巧合的是，李吉甫也于公元805年从地方返回长安，职位是中书舍人。当然，除了门荫外李吉甫还比李绛长六岁。

李绛职位是监察御史，唐御史台下设为三院：台院、殿院、察院。监察御史属察院，掌管监察百官、巡视郡县、纠正刑狱、肃整朝仪等事务，品秩不高而权限广。

《新唐书·卷三十八·志第三十八·百官三》："监察御史十五人，正八品下。掌分察百僚，巡按州县，狱讼、军戎、祭祀、营作、太府出纳皆莅焉；知朝堂左右厢及百司纲目。"

元和二年，公元807年，唐宪宗李纯稳住了朝廷局面，李绛的官职也得到了提升，这一次是翰林学士。这说明李绛成为朝廷的重点培养对象。唐初翰林学士常以名儒学士起草诏令而无名号。直到唐玄宗时期，翰林学士逐渐发展成为皇帝心腹，常常能升为宰相。玄宗朝的张说、张九龄均先是成为翰林学士，而后成为宰相的例子。

翰林学士的特殊性，源于唐朝官制，内朝由皇帝领导，外朝由宰相领导，而翰林学士就是皇帝的班子成员，这些人是可以随时见到皇帝，他们背后的翰林院是教授治理天下的学问，而四书五经等儒学是让全天下读书人学习的学问。其中学问天壤之别。

不久，李绛又改授尚书主客员外郎。尚书省的礼部下面有主客司，主客司掌诸蕃朝谨之事。主客司的主官就是主客郎中，从五品上，副手就是主客员外郎。李绛的官职就是从六品上，佐长官郎中掌司事。也是这一年，他本村本族的李吉甫手握重权，口含天宪正式拜相。

我研究赵郡李氏以来，发现这个家族极为注重教育，在赞皇石臼山（图3-2）有学宫，培养了许多人才。

图 3-2　石臼山风光

元和三年，公元808年，李绛平调吏部司勋员外郎，掌校定勋绩及授予勋官告身等事。

这一年还发生了一件事，李绛初露峥嵘，和宦官集团的梁子也结下了。大太监吐突承璀要整修安国寺。他倚仗权势，擅自立了一个《圣政碑》，并请求翰林院为其撰写碑文。

李绛身为翰林学士，知制诰，听到消息后，立即向唐宪宗上奏，直斥功德碑的弊端："陛下布维新之政，划积习之弊，行前王所不能行，革历代所不能革，四海延颈，日望德音。今忽自立圣政碑，示天下以不广，彰满假之渐，招矜炫之讥。"翻译一下，大意就是："陛下治国很有成就，有目共睹，却要立功德碑，自我炫耀，难道是想招来天下的讥笑吗？圣德、皇猷岂是能用一块碑几行字所能概括的，如果真要立碑，反而有损形象。高祖、太宗创开元、贞观盛世，也未立碑，难道陛下的功德还能超过先祖吗？尧、舜、禹、汤、文、武，皆无立碑之事，历史上只有秦始皇游泰山立过碑，为百王所笑，万代所讥，史称为失道亡国之主，岂能追秦皇暴虐不经之事，而自损圣德？何况此碑在安国寺内，碑文本应记载与寺院有关的内容，如记载陛下的功德，实在是不伦不类。请陛下特令罢修。"

唐宪宗心有不悦，也不好发作，说了一句："李绛是忠臣。"旋即，下令命人把碑拽倒。

吐突承璀当时侍奉左右，他还没有碰见过不怕死，触他眉头的人，这下真来了一个硬钉子。这要是让李绛得逞，以后怎么扬武扬威。他为难地说："碑体积太大，恐怕拽不动，慢慢拆吧。"他就想拖延，将李绛的奏议渐渐淡忘。

唐宪宗正在气头上，厉声呵斥道："拽不倒就多用几头牛拽！"吓得吐突承璀再也不敢吱声，只好动用了一百多头牛，把费尽心机立起来的碑拽倒了。

（三）正气可以肃群伦

元和四年，公元 809 年，河朔三镇之一的成德节度使（治所石家庄正定）王士真去世，其子王承宗按照河朔三镇旧制顺利袭位。唐宪宗一边准备派人接任，如若王氏不从则派兵征讨，以革除河朔三镇世袭的弊端。

李绛以翰林学士名义劝诫皇帝，认为不应对成德镇用兵，建议先解决相对孤立的淮西镇。他了解盘踞在家乡赵郡的三镇，这些人都是父父子子，兄弟表亲，一时半会儿很难剿灭。

关于朝廷剿灭王承宗，李吉甫篇多有介绍，不赘言。有一个细节需要说明，为了阻止唐宪宗讨伐成德镇，李绛四次上书阻止，陈说其中利害，还非常有技巧，说理解皇帝急于收复藩镇的心理，但时机不佳。

唐宪宗先是安抚王承宗，封了许多官职，又派京兆尹裴武去慰问，目的就是让王承宗接受朝廷的命令。让事情陡生变化的开端，是魏博节度使田季安，从太监哪里早知道了皇帝的旨意和朝廷的态度，率先向王承宗送信。

这时，在真定府的裴武受到了王承宗的热情接待，他上书说了王承宗听命朝廷云云。

这封奏疏到了长安，唐宪宗李纯让大家议论一下，裴武奏疏和接下的事情发展。

李绛上书《辨裴武疏》：

右，裴武甚谙练时事，往陷在河中李怀光贼中，事迹可称，今所衔命，不合绝有乖错。大抵贼多变诈，难得实情。以臣愚虑思度，王承宗恐国家必有征讨，请割德、棣两州，且得安全，尚有四州之地，亦足保其富贵，求安之计，必是此心。然邻道魏博、东平、范阳，与王承宗势同事等，恐他时亦为朝廷所割。必是为邻道所构，兼以利害鼓动，不得守其初心，此必然之理也。伏望且寻访之。裴武所上表，只得上承宗初时意，便且奏来，后必恐邻境胁制诱动，遂有后变，计裴武不敢不尽其心。今陛下择裴武使凶逆悖乱之邦，一不如意，便有贬责，臣恐今后奉使贼中，无复得诚实。其后奉使者皆以武为诚，依阿可否之间，必曰"其言及表章则如此，之深心则臣不可保，不可显言是非，陈列事状"。若朝廷不得实状，别处置或有乖错，非国家所利也。若受贼中财赂，言语不实，则须重责，以惩奸欺。又言先于裴垍宅宿。且裴武久为朝官，甚谙制度，裴垍身为宰相，特授恩私，必无未见而便宿宰相家，固无此理，昧劣如此，两人犹不敢至是，况皆是详练时事之人。计必无此事，必有构伤裴垍、裴武，陛下不可不深察也。"

唐宪宗以为表现顺从的王承宗会乖乖就范，谁知变中有变，田季安一边挑唆，王承宗大怒扣押薛昌朝，拒不奉诏。加上唐宪宗剿灭藩镇的心切，一时勃然大怒，就委派大太监吐突承璀领二十万大军开赴成德。

这里解释一下，我们多次说过唐中晚期宦官干政的话题。为什么太监群体会迅速成为唐朝皇帝的帮手呢？原因还是安史之乱后，由于安禄山等人反叛，许多地方不战而降，从唐肃宗李亨开始，统治者对领兵大将大臣不信任，对于这些人始终心存芥蒂。对于家奴出身的太监们却信任有加，于是，太监群体登上了历史舞台。

吐突承璀大败而归，唐宪宗居然对此大败保持沉默。这时李绛铮臣的一面显露无遗，他没有畏惧皇帝的权威，没有害怕宦官集团的权势，执意让皇帝惩罚吐突承璀。

唐宪宗无可奈何，将吐突承璀降职处理。这件事情后，唐宪宗多次询问李绛朝政，李绛尽心匡正，对皇帝和朝廷多有协助。

元和五年，公元810年，李绛司勋郎中，掌校定勋绩及授予勋官告身等事，官职是从五品上。从本司副手成为一把手，李绛升任司勋郎中后，还有几个字——"知制诰"。

知制诰，翰林学士加知制诰者起草诏令，其余仅备顾问。唐玄宗开元时期，以他官掌诏、敕、策、命者称为兼知制诰，知制诰遂成为差遣职名，凡加此号者，即有撰作诏敕之责。于是中书舍人的诏令起草权逐渐为他官知制诰者所夺。玄宗时以翰林学士专掌内制，即由皇帝直接授意，下达如任免宰相、号令征伐以及其他重要诏令，因用白麻纸书写，亦称"白麻"，或称"内命""内旨"。此外，还经常委派其他官员去知制诰，代替中书舍人草拟一般官员的任免及其他制诏，是为外制，因制诏用黄麻纸书写，亦称"黄麻"。

简单来说，起草诏诰这件事分为了两块内容，内制就是翰林学士加知制诰，这叫翰林制诰。中书舍人等外官起草的诏书叫中书制诰，也叫外制。白居易分别做过这两个职位，所以他的文集中也分为：中书制诰和翰林制诰。

从这里可以看出，李绛与元稹白居易的官场上升途径，高度重叠。这就是他们后来成为挚友的原因之一，白居易被贬，被诬，李绛多次站出来为他直言。可以说李绛白居易们的上升渠道就是进士们的必经之路，从校书郎、县尉、各员外郎、郎中、翰林学士等。这就是从科员到副处级干部的底层路径。

《旧唐书·卷一百六十四·列传第一百一十四·李绛传》记录："绛皆不离内职，孜孜以匡谏为己任。前后朝臣裴武、柳公绰、白居易等，或为奸人所排陷，特加贬黜；绛每以密疏申论，皆获宽宥。"

李绛还给皇帝上书，写了一篇锦绣文章。《论谏臣》：

陛下此言，似非圣意，恐有邪佞之人，以误天心。且自古圣王，未尝不纳谏则昌，拒谏则亡。故夏禹拜昌言，汉武延直谏，所以光于史策也。史传备载历代帝王置敢谏之鼓，立司过之史，木铎徇路，以采风谣之词，商旅谤市，以详得失之政。故成汤圣德格于皇天，而称改过不吝，颜回希圣四科之首，而美不二过，则知虽至圣贤，不免有过，所贵能改，不至顺非。若无谏诤，何以知过？故《书》云"汝无面从"，又曰"从谏如流"。昔太宗以圣武削平天下，奄宅万国，而惧臣下不谏，诱之使言，至于李大亮、孙伏伽之俦，皆以上疏谏事，并蒙褒奖，魏徵、王珪，事大小皆献直言，谏诤切直，用裨圣德，故太宗振英声于万古，王、魏流芳名于千载。未闻尧舜禹汤文武之君泊我太宗，窒谏路以自拥蔽，不闻其过。唯失道之君，恶闻己过，夏桀、殷纣、周幽、秦王，以拒谏诤饰非，反道败德，直言者谓之诽谤，正谏者谓之妖邪，忠臣结舌，端士养迹，故不知己过，遂至亡国。向者四君招谏使言，闻过辄改，易覆车之辙，启忠臣之心，则当政化益光，宗社永固，殷汤、周武安得有鸣条、牧野之战，戎人、汉祖安得有骊山、轵道之师？且今补阙、拾遗，天后所置，使在左右，司察得失，昔施之于女主，今黜之于圣时，《国史》之中，何以示后？微臣切为陛下惜之。

夫臣下贡言于至尊如天，臣卑如地，加以日月之照，雷霆之威，小臣昼度夜思，将有上谏，本欲陈谏十事，至时已除五六，逮于缄封上进，又削其半，其得上达者，十无二三。何哉？启忤意之言，干不测之祸，顾身无利，相时避祸者也。自非圣主知直言有益于己，正谏有裨于时，温言容纳，奖励劝导，忠臣抱义不顾其身，怀忠不避其祸。苟有致君济时之益，不识触忌冒讳之诛。何哉？尽节之臣，竭忠之士，顾食君之禄，推事君之道而致然也。其君上纳忠如是之急也，臣下上谏如是之难也，所以明主须宥其过，恂恂纳谏，切言者赏之使必进，极谏者褒之使必行，然后圣德明光，大化宣畅。今黜责谏臣，使直士杜口，非社稷之利，朝廷之福也。陛下询于微臣，不敢不陈愚疑。

这个时候我们不难发现，李绛具备了谏臣的风骨和胆识，数次帮助裴武、白居易等人在皇帝面前谏言。

元和六年，公元811年，这一年在李绛的升官履历上，是诡异的一年。这一年李绛先被革去翰林学士之职，接着又擢升同平章事，正式拜相。《旧唐书》对此作了解释。

《旧唐书·卷一百六十四·列传第一百一十四·李绛传》："六年，犹以中人之故，罢学士，守户部侍郎，判本司事。尝因次对，宪宗曰：'户部比有进献，至卿独无，何也？'绛曰：'将户部钱献入内藏，是用物以结私恩。'上耸然，益嘉其直。吐突承璀恩宠莫二，是岁，将用绛为宰相；前一日，出承璀为淮南监军。翌日，降制，以绛为中书侍郎、同中书门下平章事。同列李吉甫便僻，善逢迎上意；绛梗直，多所规谏，故与吉甫不协。时议者以吉甫通于承璀，故绛尤恶之。绛性刚讦，每与吉甫争论，人多直绛。宪宗察绛忠正自立，故绛论奏，多所允从。"

以上史料短短几句话，信息量和故事特别多。这里先解释了李绛为何被革职的理由，"以中人之故"，就是指宦官。这个人应该就是权宦吐突承璀，一为皇上立功德碑，二为战败被贬，此二事中皆是李绛仗义执言，李绛早成了这群权宦的眼中钉，肉中刺。太监们不喜欢李绛出任翰林学士，李绛调任户部，接着唐宪宗问了李绛掌管的户部进羡之事。

李绛也写了一封奏疏，名为《对宪宗问进羡馀疏》："守土之官，厚敛于人，以市私恩，天下犹共非之。况户部所掌，皆陛下府库之物，给纳有籍，安得羡馀？若自左藏输之内藏，以为进奉，是犹东库移之西库，臣不敢踵此弊也。"

简单来说，唐宪宗想学爷爷唐德宗弄小金库，正直的李绛直接驳斥了，说他有职责看护财产，又说"哪会轻易有多余之财"。这是第三件事。

这件事的细节是，唐宪宗询问李绛说："按照常规，户部侍郎都要进献额定税收，唯独你不肯进献，这是为什么呢？"

李绛答复说："守卫国土的中央官员，向百姓征收繁重的赋税来换取公家的恩德，天下的人们尚且共同责难他们，何况户部掌管着，都是陛下府库中的物品，收入与交纳都有账簿记载，怎样会有额定的盈余！假如将财物从左藏转运到内库中去，以此作为进献的供物，这就好像将财物从东边的库房搬动到西边的库房，我可不敢因袭这一弊端。"

唐宪宗更信任和欣赏李绛了。

第四件事，吐突承璀被外放淮南，李绛升官，唐宪宗分别措置了两个身边人，防止他们总是看彼此不顺眼。一个贴心奴才会办事，一个有直臣美名，都不能轻易抛弃。

至于吐突承璀为何外放？他打了那么大一个败仗，皇帝都爱护有加，这为什么外放呢？我认为其中有变。详查发现，原来，吐突承璀因另一个宦官刘希光受贿被牵连，宪宗让他外任淮南监军。

我单独查了刘希光，在唐史中没有查到这个人。我换了一个角度专查这个案件，从《资治通鉴》找到了这个人的记载。果然找到了刘希光的案件，几本史书一对就详细还原了这件事。

《刘希光受财请托案》①：唐宪宗元和六年十一月，羽林大将军孙璹贿赂弓箭库使宦官刘希光钱二万贯，请他为自己求节度使之职。事被发觉，唐宪宗赐刘希光死，事情还牵连到当时最有权势、最为宪宗宠信的宦官知内侍省事吐突承璀，宪宗将其出之为淮南监军。唐律规定："受人钱财而为人请求某事者，若为一般官吏，比'坐赃'加二等治罪，最高可处流二千五百里之刑；若为统管之官，或官品虽不高但其势位重要者，则比照'监临主守受财枉法'治罪，所受财折绢一尺杖一百，满一匹徒一年，十五匹合绞。案中刘希光受财为人曲法求官，所受钱财远远超过折绢十五匹之数，依律当处死刑。故宪宗赐其死刑。对大宦官吐突承璀从轻发落。

新、旧《唐书》及《宋书》都是以法案法律的角度记录了这件事，我认为唐朝对法律法规十分重视，比如前文我们提到的《李锜反叛案》《李锜坑杀崔善贞案》等都以法律记录在案。

第五件事，李绛以中书侍郎升为同平章事，这里可以看出唐宪宗的私心，他对权柄在握的李吉甫有所忌惮，李吉甫出身"五姓七望"门阀，又是勋贵之后，门生故友一大堆，这些条件凑在一起难免不让皇帝警觉。

李绛的人际关系就相对简单，没有发展朋党的条件，于是，他就用出身赵郡李氏的直臣李绛来牵制有勇有谋的李吉甫。

李纯写了一篇制书，收录在《全唐文》中。

《授李绛中书侍郎同平章事制》："门下：司重柄者，允属于长才，熙大猷者，固资于端士。朕缵承鸿绪，抚有万邦，夙夜祗勤，惧远于道。故每注意宰辅，劳怀梦想，诚以得失之效，邦家所系，畴若金论，简予深衷，必惟其人，是举成命。朝议郎守尚书户部侍郎骁骑尉赐紫金鱼袋李绛，质秀圭玉，文含彩章。抱器挺生，居贞特立，有史鱼秉直之操，励山甫匪懈之诚。忠孝两全，学识兼茂，清标可以范雅俗，正气可以肃群伦。顷自周行，俾参密命，动由于义，知无不为。寒寒怀匡济之心，孜孜陈远大之略，言无隐避，居则静专。贯于初终，其道一致，地卿之

① 郭成伟，肖金泉.中华法案大辞典[M].北京：中国国际广播出版社，1992：331.

贰，爰委典司，理财先示于简廉，利物每惩于聚敛。经通立制，器用弥光，台阁之间，郁有公望。是宜权衡百度，宰理庶工，允副具瞻，掌我枢密。於戏！予欲驱人俗以跻富寿，感人心而致和平。尔尚修明宪章，宣布德泽，必宽大其志，无察为公。恒其道以秉彝，裕其体以临下。各任以职，无忘陈平之言；苟便于人，勿惮萧何之请。敬兹宠擢，其懋戒哉！可朝议大夫守中书侍郎同中书门下平章事，勋赐如故，主者施行。"

李绛47岁正式拜相，从进士及第到拜相，李绛用了19年的时间。他和第二位赞皇宰相李吉甫同朝拜相，李吉甫则是49岁拜相，从门荫入仕，李吉甫奋斗了29年才拜相。从这一点看出，玄宗后，官员门阀出身升迁未必比进士出身有优势。

（四）进谏的真宰相也

白居易任左拾遗时，频繁上书言事，并写大量的反映社会现实的诗歌，希望以此补察时政，乃至于当面指出皇帝的错误。白居易上书言事多获接纳，被接纳了胆子就大了，曾令唐宪宗感到不快而向李绛抱怨道："白居易小臣不逊，须令出院。"

李绛认为白居易一片忠心，劝谏宪宗广开言路。皇上心结解开，待白居易如初。

前面介绍校书郎我们写了一笔，元稹和白居易堪称大唐双璧，二人意气相投，同拜校书郎，同任翰林学士，同样喜欢提意见，同样被贬斥。白居易一生写了2806篇诗文，其中有900多篇与元稹的通信诗文，合16卷。其实，李绛的履历和二人也是高度重合，却走出一条不一样的路。他以进士被朝廷取士，却未用文赋来侍帝王。

元和七年，公元812年1月，元义方党附宦官吐突承璀，争取京兆尹的美差，李吉甫身为宰相，顺水推舟。李绛光明磊落没有李吉甫考虑那么多，任用官员上就是不徇私情，李绛讨厌元义方的品性和为人，将其调任廊坊观察使。

元义方进宫向皇帝谢恩并告刁状说："李绛蒙蔽圣听，作威作福，任命他同年有私交的许季同为京兆府少尹，把我贬到廊坊。"

元和六年，许季同不同意加赋也得罪了元义方，二人的梁子早就结下，这会儿说出真是一箭双雕。

唐宪宗说："我知道李绛不会这样做。明天我问问他。"

元义方惶恐退出皇宫。次日，皇帝责问李绛说："人们会对自己同年的人徇私情吗？"

李绛回答说："同年？那是九州四海的人碰巧同一年考进士，有的还是录取以后才认识的，有什么私情呢？陛下不嫌弃我愚昧，让我担任宰相之职。宰相的职责就在于量才授职。如果一个人真有才能，虽然是自己的兄弟子侄，也要任用，何况同年登科的进士呢？为了避嫌就放弃人才，那是为自身利益考虑，不是一心为公！"

唐宪宗拍手说："说得好！我知道你一定不会徇私情。"接着，就是催元义方快去廊坊赴任。

李绛又把吐突承璀得罪了一次，也把李吉甫的面子驳了。对于有些说李绛和李吉甫交恶，我不同意这个观点。二人政见不同是有的，交恶就有点严重了。二人微妙的关系有点像，同村同族的人出来闯天下，一个是穷小子，另一个成了富二代，价值观理念不同是有的，彼此看对方是眼中钉，那就言过其实了。

《剑桥中国隋唐史》里提供过一种观点，宪宗朝最有作为的三个宰相，分别是武元衡、李吉甫、李绛。也提到了李吉甫和李绛的矛盾，他们也赞成只是处理方式不同，比如他们都支持对藩镇的剿灭。李吉甫的征讨方法更激烈直接，李绛的智取方式更平缓温和。

又一日，李吉甫和李绛再次发生争论，这次争论还以奏疏的形式留存历史。

这件事依然要从，大太监吐突承璀率领神策禁军讨伐成德节度使王承宗说起，参与讨伐的还有昭义节度使卢从史，卢从史性情贪婪在营中赌博为乐，以珠宝钱财结交吐突承璀，二人关系不错。

唐宪宗听说后，采取宰相裴垍之谋，令吐突承璀秘密逮捕卢从史，吐突承璀于是约卢从史赌博，暗中埋伏壮士，生擒卢从史，立即押送长安。昭义军队听说节度使被擒，兵士们纷纷列阵出营，但大将乌重胤素来忠于朝廷，大声喝止乱军，大家才不敢动。

卢从史抵达长安后，李吉甫对皇帝说：另一位宰相郑絪曾将朝廷机密泄露给卢从史。皇帝大怒，想驱逐郑。李绛又来仗义执言。李吉甫又说李绛和郑絪关系密切才为其开脱。

李绛受不了了，善谏（图3-3）性格又上来了，直接上了一本奏疏。《辨李吉甫密奏疏》："伏以臣与郑，先后悬殊，不相往来。臣约其事体，必无此理。郑絪甚读书，颇识事体，得称佳士，素有英名，虽不知其才术如何，至于君臣大义，不合不知去就。若身居宰相，参陛下密谋，便敢泄之于奸臣，虽术同犬彘，性如枭獍，亦不至此。况絪颇知古今，洞识名节。事出万端，情有难测。莫不同列有不便之势，专权有忌前之心，造为此辞，冀其去位，若不过陈危事，安得激怒上心？伏望陛下深赐详熟，无令人言陛下惑于谗佞也。"

至于这件事真伪无从察知，李绛这道奏疏的确存在于《全唐文》。也被《传世藏书·集库·总集·全唐文》收藏在第4498页。

图3-3　李绛善谏

这件事，还有一个版本。昭义节度使卢从史有不轨之举，擅自领兵东进。唐宪宗闻听，传诏要他返回昭义安分守己，卢从史拖了好久才执行。初闻卢从史擅自东进时，唐宪宗召宰相郑絪商议，决定让卢从史率先返回上党，然后召他入京朝见，但这事儿居然让卢从史知道了。李吉甫密奏，说是郑将消息泄露给了卢从史。李绛实奏。

列举多事，只能说明李绛和李吉甫的秉政理念不同，与领导相处的艺术也不一样。

三月，唐宪宗驾临延英殿。李吉甫劝说："天下已经太平，陛下应该享乐了。"李绛则不看皇帝脸色，侃侃而谈："汉文帝时期兵器木钝无锋，家富人安，贾谊还觉得是置火于积薪之上，不能说是太平。现在朝廷法令不能制约黄河南、北五十多个州。吐蕃、回鹘靠近泾州和陇州，边疆的烽火多次报警。加上水灾旱灾时常发生，仓库空虚，这正是陛下要夜以继日、辛勤操劳之时，怎么能说太平了，可以立即享乐呢？"

李吉甫听了，悻悻不快。

唐宪宗高兴地说："你说的正合朕意。"二人退出，宪宗对左右侍从说："吉甫专为悦媚，如李绛，真宰相也。"

一日，李吉甫又进言："人臣不应该固执地一味进谏。惹得皇帝不高兴。"

李绛反对："人臣当犯颜苦口，指陈得失，若陷君于恶，岂得为忠？"

唐宪宗夸李绛说得好，李吉甫回去后气得"卧不视事，长吁而已"。

李吉甫对唐宪宗说："奖赏和惩罚是人君的两大特权，但陛下即位以来，赏多罚少，希望从此以后能加重刑罚。"

唐宪宗问李绛的意见，李绛如实说："帝王应推崇仁德，而不是推崇刑罚，怎能丢开周成王、汉武帝这样的榜样不学，反而效法秦始皇父子呢？"

宪宗说："对。"不久，于頔进宫回答宪宗的问题，他也劝皇帝用严厉的刑法。又过了几天，宪宗对宰相们说："于頔是个大奸臣，劝朕用严刑峻法，爱卿们知道他的用意吗？"众人回答说不知道。

宪宗说："这是要让朕失去人心啊。"

李吉甫惊慌失色，退朝后低着头，一整天不说话、不谈笑。

唐宪宗说："朕年纪很小的时候，随侍在德宗皇帝身边，见到事情有得失的时候，当时的宰相也没有再三上奏德宗的人，他们都贪恋俸禄、苟且偷安。你们应该以此为戒，事情有不对的地方，应当极力陈说不停，不要害怕朕谴责、发怒就立即停止了。"

李绛许久不劝谏，宪宗就责问他说："难道朕不能接受劝谏了吗？你为什么不劝谏了？"

有一次，唐宪宗领着一群人去打猎，走到半路，突然将马拉住，太监问缘故。

宪宗说："还是算了吧，这件事让李绛知道了，他一定会来劝谏。"他调转马头回了皇宫。

这个时期，李绛针对朝廷事劝谏和奏疏极多，甚至对于武则天的用人也发表了自己的观点，他说："后命官猥多，而开元中名臣多出其选。"

简单来说，李绛君子之风，信奉道德约束；李吉甫干臣之能，以历法管束。其中高低诸君自有论断。李绛擅于提意见，提出问题；李吉甫注重解决实际问题。李绛总是提意见，到了执行层面许多人没有愿意配合他，最后都是李吉甫来统筹完成。李绛从言语上做谏臣，是一名合格言官，对朝政和皇帝查漏补缺；李吉甫得和稀泥，不能得罪各方势力，顺顺利利把事情推进，将国家事务置于现实中。国家事务是长期战略，不能意气用事，也不能停留在口惠层面。他们经常为细节发生争执争辩，但在大政方针上基本没有冲突，实际工作上也是相得益彰。

（五）运筹帷幄赢魏博

藩镇之乱后，天下藩镇最强者是河朔三镇，三镇最强者就是魏博。魏博节度使驻扎在魏州，即今天河北大名府。

安史之乱后唐朝廷赢弱，唐宪宗敢征讨各个藩镇的主要原因，是有钱了，自唐德宗开始征收茶税等税收稳定，有武将裴度等人厉兵秣马，有贤臣李吉甫李绛等宰相辅佐。唐宪宗有这么一群能臣干臣辅佐，才开创了元和中兴。

网络上有些人说唐朝藩镇割据和汉代诸侯王割据相似，我以为有本质区别。汉代王侯的权力来源于汉朝中央上层，而唐朝则恰恰相反。安史之乱后，民不聊生，没有谁不愿意吃一碗太平饭。所以藩镇割据中的节度使，是由下向上的推选。节度使只是下层军兵推选的代表而已，河北世家大族看到了长安科举的诱惑力，加上实际战乱情况，他们已经陆续迁徙，比如李栖筠家族等人，比如李元善让李绛到襄阳考取功名等情况。

下层军兵和平民成为了节度使的拥护者，老百姓都愿意在相对安全环境中生活。比如武宗时会昌法难，河北三镇有大量寺庙得以存活。根本原因就是三镇没有遵从朝廷命令。在藩镇安稳的环境下，普通军民又成为了受益者，至此，节度使死，他们只需重新推选新的代理人即可。治理和受治理的两大系统是相对稳定。

藩镇之亡实际是自然消亡，五代十国只是藩镇格局的升级版。追问藩镇割据之祸开端即安史之乱，此乱祸首唐玄宗李隆基，还有他儿子唐肃宗李亨。李清照在《浯溪中兴颂诗和张文潜》诗也表达了同样的观点。那么，我们不仅要问一句，唐时期的藩镇问题，真的无解吗？也并非如此，李绛真知灼见，就看到了河朔藩镇的薄弱环节。

公元812年，即元和七年八月，魏博节度使田季安死，按照河朔三镇惯例，其子田怀谏为副大使，知军务。可问题出在田怀谏的年龄上，他才11岁，不能掌握魏博幕府事务。

唐宪宗看到机会，与众宰相商议魏博事宜，他想以左龙武大将军薛平为郑滑节度使，逐渐控制魏博。薛平就是薛仁贵的曾孙，郑滑节度使控制范围在今河南省北部，毗邻魏博的地盘。

李吉甫作为主战派代表，这次一如既往，请求起兵讨伐田怀谏。唐宪宗也主张征讨，趁魏博新旧更替，尚在丧仪中动手。

李绛不同意，他认为魏博藩镇和其他藩镇不同，李绛说了很长很长劝谏的话，我总结了几条。他如抽丝剥茧般，分析道：第一，河北骄横的藩镇如魏博，都分出一部分兵力，隶属各个将领，不让兵力专门由一人掌握，这是担心掌握兵权的将领权力与职任过重，便会趁机图谋取而代之。藩镇幕府的担心和长安朝廷的担心是一样。

第二，藩镇治理中故意让各将领势均力敌，不能相互节制。藩镇奖赏优厚，刑罚严厉。朝廷贸然出兵，没有一个牙将会打破僵局，率先回应。

第三，田怀谏年幼不能主事，幕府中大权必然要有一个归向，这个人会对待各将领有厚有薄，不能均衡，必定要在内部产生怨恨，不肯服从主帅的命令，这就使势力和兵力分散。这也正是魏博节度使滋生祸乱的缘由。到那时，田氏不被举家屠杀，也会全家人成为俘虏和囚徒，还用朝廷的兵马征讨吗？他们内乱，没有一股力量可以让他们臣服，自然会归顺朝廷。

第四，现在，我就希望陛下屯兵不动，蓄养声威，严令各道挑选并操练人马，以待日后的敕令。静等魏博藩镇生变。

唐宪宗认为李绛言之凿凿，说得切中要害，点头称善。

魏博的局势的确如李绛预料的一样，开始向坏的方面发展。魏博幕府少主田怀谏年幼，权力转移到了家奴蒋士则手中。

《资治通鉴·卷二百三十八·唐纪五十四》记载：军政皆决于家僮蒋士则。蒋士则是田怀谏其母元氏家奴出身，初掌大权，开始以个人喜好调动牙将，惹得骄兵悍将都有意见。朝廷也迟迟没有委派田怀谏的奏疏，魏博从内部开始乱起来。

魏博衙内兵马使田兴出门，数千士兵就跪下请求田兴出来主持大局，这戏码好熟悉，唐朝版本的"黄袍加身"。从侧面验证河朔三镇就是中下层的军人势力拥护的产物。

田兴是聪明人，他自知依靠自己的势力稳不住魏博局势，只能借朝廷正统名义，田兴又把蒋士则等叛逆杀掉，将田怀谏迁移到外地居住。

魏博监军将发生的事情报告给了朝廷，唐宪宗心领神会，马上委派田兴为魏博节度使。

针对魏博的局势李绛料事如神。田怀谏年幼、蒋士则跋扈、田兴知礼谦逊、藩镇将士有下克上传统等复杂情况都被李绛计算在内，这俨然是唐朝诸葛亮。

李绛又进一步奏请："魏博五十年没有得到皇帝的德化，现在田兴率领魏、博、贝、卫、澶、相六州土地前来归顺，挖空了河朔地区的中心，倾覆了反叛作乱的巢穴，如果没有超过他们所希望的重赏，便无法抚慰士卒之心，并使四周相邻各道受到劝勉，感到羡慕。请陛下拨发内库钱一百五十万缗，赐给魏博。"

唐宪宗身边宦官不满地说："给予的赏赐太多，若以后再有此例，将拿什么给他们呢？"

唐宪宗点着头，看向李绛。

李绛又说："田兴不肯贪图专擅一地的好处，不顾四周相邻各道的祸患，归顺本朝，陛下怎么能够珍惜微小的费用，反而丢掉重大的谋划，不肯用这点钱财去收取一道的人心呢！钱财使用光了会重新得到的，而时机失去就不能够再追回。假如朝廷遣十五万兵马去攻取魏博六州，经过整整一年才战胜敌军，到时费用会是一百五十万缗吗？"

唐宪宗高兴地同意了。

十一月六日，宪宗派遣知制诰裴度前去安抚魏博，带去钱一百五十万缗，奖赏军中将士，对六州百姓免除一年的赋税徭役。将士们得到赏赐，发出了雷鸣般的欢呼声。

在协助朝廷收复魏博的过程中，李绛他敏锐地发现了藩镇的弱点，那就是传承系统的不稳定，从开始发动叛乱的安禄山和史思明皆由其子杀害开始，每任节度使在传位问题上都充满不稳定性和外部环境的挑战。

唐宪宗用李绛收魏博，用李吉甫征讨淮西等藩镇，吓得王承宗也来归降。但在即将剪除藩镇之祸时，宪宗开始服丹药，性情暴躁，常迁怒责罚宦官，反被宦官们杀掉。失去了这次机会，藩镇之乱延续到了宋朝前夕。

我们屡次介绍河北三镇的情况，它有足够的生命力能与朝廷分庭抗礼，"听调不听宣"是有足够的资本和底气。这个底气就来自底层人民的拥护。唐朝以全国之力对付河北三镇竟然是无法彻底收复，其中缘由值得深思。

打仗打的是什么？打的是钱山，是米山面山。这是第一要素。

唐朝皇帝们拥有全天下的财力、物力、人力。为什么就无法打不到河朔三镇呢？原因很简单：贪污和盘剥。

让我们看唐朝官员们是如何折腾岁入的，杜亚是唐德宗时期的淮南节度使，他喜欢龙舟，在府内展开竞渡、采莲、龙舟、锦缆、绣帆之戏，费金数千万，致府库空。

于頔是唐德宗时期的为襄州刺史，他喜欢点山灯，一上油二千石，致府库空。

李昌夔为荆南节度使，打猎大修服饰。其妻独孤氏亦出女队二千人，皆著乾红紫绣袄子锦鞍鞯，致府库空。

杜亚继任淮南节度使，前一任陈少游征税极重，淮南百姓翘首企盼杜亚到任，可想陈少游的税赋有多重。即便杜亚划龙舟导致府库空虚，每天在幕府空谈，他的风评居然比陈少游还好。

《旧唐书·卷一百四十六·列传第九十六·杜亚传》记载："……时承陈少游征税繁重，奢侈僭滥之后，又新遭王绍乱兵剽掠；淮南之人，望亚之至，革划旧弊，冀以康宁。亚自以材当公辅之选，而联出外职，志颇不适，政事多委参佐，招引宾客，谈论而已……"

简而言之，唐朝已非盛唐，中晚期的财政可以说捉襟见肘，这个庞大帝国的贵族、阉党、官僚等阶层的日常花销，一复一日，并未减少。

我们反观河朔三镇，据《旧唐书·卷一百四十一·列传第九十一·田弘正传》记载："弘正孝友慈惠，骨肉之恩甚厚。兄弟子侄在两都者数十人，竞为崇饰，日费约二十万……河北将卒心不平之，故不能尽变其俗，竟以此致乱。"

唐官僚杜亚等人数万，耗资数千万之巨，居然没有得到任何处分，朝廷没有问责，州内独掌大权，他们只有给老百姓不停地加税加税加税。反观，河朔藩镇的节度使田弘正因给子侄们二十万，最终导致兵士哗变，将士们屠杀田氏家族三百多口。这是底层军民血一般的监督力量。

在河朔三镇的体系中最高的节度使，武将、地方刺史这几方起到了相互牵制的作用，让河北的财富留在河北，让老百姓的日子少了盘剥和榨取，所以河朔三镇是获得了中下层军民的拥护和支持，也杜绝了文法吏的贪墨和盘剥。

为了让大家对唐朝的钱有个概念，我们援引《长安未远："唐代京畿的乡村社会"》①书籍的记载，在唐德宗时代京城长安周边一户拥有四十一亩土地的五口农民之家，一年种的粮食和纺织的布匹加起来不足六千钱。

据李吉甫撰写的《元和郡县志》②及其他资料，可以大概推算出当时魏博户数为74 498户，兵约70 000人，比例约为1.1∶1。成德户63 604户，兵50 000人，比例约为1.3∶1，卢龙镇亦应有兵50 000至

---

① 徐畅. 长安未远：唐代京畿的乡村社会 [M]. 北京：生活·读书·新知三联书店，2021.

② 李吉甫. 元和郡县图志 [M]. 贺次君，点校. 北京：中华书局，1983：447.

70 000 左右。

《论唐代河朔三镇的长期割据》估算三镇总兵二十多万,一旦联合抗击朝廷,势不可挡。在财政方面,三镇都是"户版不籍于天府,税赋不入于朝廷",河朔三镇的节度使多数都比较重视生产,以此收取赋税,例如:"张仲武为幽州节度使,以边塞既宁,尤勤抚育,每春则劝农,及夏,亲行县以较其民之稼穑见芳不去者必挞之,见滋长如云者必坐于木阴,赐酒茗以厚之。"

同样的土地和环境,为何藩镇养兵和朝廷养兵区别和成本如此悬殊呢?我们以魏博为例,田承嗣以一州之地养十万兵,而朝廷若想养十万兵必须是十州地,因为唐官僚系统自上而下的各级官员都想捞一笔,包括皇帝唐德宗本人,重税加码、层层盘剥,这就是唐盛世破碎后老百姓们艰苦的生活环境。

(六)李绛加封高邑县男

公元813年,李绛49岁授封高邑县男,这是他第一次受封晋爵。李吉甫第一次加封赞皇县侯,也是49岁。李峤第一次授封赞皇县公是60岁。以县名义的爵位排次分别是县公、县侯、县伯、县子、县男。

后来,李峤最高爵位加封赵国公,时年63岁。李吉甫的最高爵位也是赵国公,时年53岁。李绛的爵位与其他两位赞皇宰相不同,李绛率先封爵比较小,只封了县男,63岁封魏国公,64岁又加封赵郡公。这里说明一下,皆因三人出身赵郡,所以均封赵国公。唐朝赵郡所辖县分别为平棘(现赵县)、高邑、柏人(今隆尧)、元氏、赞皇、栾城、临城等地,朝廷封爵的通常做法是先封家乡县侯,如有其他情况,封临近县名义。赞皇县名因为境内赞皇山(图3-4)得名。

图3-4　赞皇山风光

李绛凭借军功封爵，还有一件事，解了朝廷之忧，李绛在北方屯垦戍边，李绛4年内开垦农田4800顷，收获谷物4000万斛，节省了大量的财政开支。这也是他能赢得唐宪宗恩宠的原因之一。

李绛封爵后，也算步入贵族行列，子孙后代可以降级世袭。这件事对唐朝廷，对贵族集团微乎其微，但是对于家族却是大于天。而后他以足疾请求免职，朝廷允许。

公元813年李绛封爵，足疾被免，公元814年前后罢免知政事，授礼部尚书。

我从几个角度细查了李绛足疾这件事，足疾想必是有，但不至于成为裁撤宰相的理由。可它偏偏成为了被免的说辞，这里面就有文章。后来结合李绛效力军中，想必足疾并不严重。

我们来看看朝廷当时的那封制书。

《除李绛平章事制》："门下：昔在尧舜，聪明文思，尚赖良臣，实相以济。况朕眇，不逮先王，是用急疾於求贤，寘之於左右，俾承弼纳诲，以匡不逮。言虽逆耳，必求诸道，事苟利人，咸可其奏，兹足以宣股肱之力，成天下之务。历选多士，爰得良辅，乃降厥命，其听之哉。某官李绛，斋庄严重，内明外直，进退举措，有大臣体。自参内职，每备顾问，忠谠之操，终然不渝。及坟官，专领财赋，未逾周月，亦有成绩。历试多可，人望攸归，俾登中枢，无易绛者。於戏！尔以文学入仕，以正直奉上，才赡大用，职亦屡迁，十年之间，位至丞相。何以报国，在乎匪躬，钦哉懋哉，无忝朕命。"

这首制书非唐宪宗李纯书写，而是白居易代写。

有的史书记载多了几个字："与权贵有隙，足疾被罢免。"

这个权贵是谁呢？以我对李绛和中晚唐历史的研究，有一点浅见，这个权贵应该是宦官集团和皇甫镈。为什么会怀疑宦官集团呢？因为恰恰是李绛罢相后，唐宪宗第一时间让受宠大太监吐突承璀回到了长安，任左军中尉，这个职位就是神策军的指挥官。

对皇甫镈的怀疑是，他虽然是朝臣，但是服务皇帝的属性和宦官一样，他得宠的原因两条：贪财和献秘方。别小看这些事，这就表明皇甫镈和唐宪宗是可以说私事，和一本正经的朝臣说国家大事是不同。这样的人代表着皇帝的意志。耿直的李绛自然不屑与这种宵小为伍，皇甫镈得势时对李绛也是不停打压。

以上两条汇总，有一件事可以证明，唐宪宗不再喜欢耿直的李绛了，也不再需要他的劝谏了。魏徵劝谏一万条，李世民一条不采用，他们也成不了千古君臣。唐宪宗和李绛也是这样彼此成全，成就美名的关系。这个时期的唐宪宗连续平定了几个藩镇，志得意满，生活开始骄奢淫逸。

更为巧合的是李绛罢相的时机，是公元814年，这一年元月李吉甫也曾上表辞去相位，皇帝不准。二月李绛足疾被免去相位。可见唐宪宗对两位宰相的用处是截然不同。耐人寻味的是，这一年还发生了一件大事，权倾朝野的宰相李吉甫暴死。

李绛当初拜相就是唐宪宗遏制强势的李吉甫的考虑，李吉甫暴死，李绛被罢相，名义是足疾，加上李绛和权贵的新仇旧恨，唐宪宗立即同意。这是我的新观点，我认为对于李绛拜相和罢相就是唐宪宗平衡朝局的方式，这也可以说是我对这段历史的大胆推测，至于真相如何，以后不断有新史料重见天日就会真相大白。

李绛罢相后，授礼部尚书。这封制书是由皇帝李纯亲自书写。

《李绛守礼部尚书制》："辅相之任，所贵乎纳忠；进退之宜，实重於中礼。其有以劳奉国，以疾固辞。聿怀谦让之风，是与优崇之典。朝议大夫守中书侍郎同中书门下平章事上柱国高邑县开国男食邑三百户赐紫金鱼袋李绛，端庄秉彝，亮直循道，抱凌寒之劲节，标肃物之贞规。尝以懿文，参於内署，亦以公望，贰於地卿。竭其器能，茂著宦业，洎居衮职，左右朕躬。远虑必陈，谠言无隐，竭致君之志，宏济俗之方。确角真心，郁有休问，而步履婴疹，趋待为难。披诚上闻，稽首求免，乃眷毗倚，久之未从。星霜屡迁，衷恳弥激。宗伯秩礼，时惟大寮，宜从喉舌之班，用辍盐梅之寄，庶因清简，俾遂颐真，膺兹宠章，敬服尔命。可守礼部尚书，散官封赐如故。"

《旧唐书·卷一百六十四·列传第一百一十四·李绛传》："十年，检校户部尚书，出为华州刺史。未几，入为兵部尚书。丁母忧。十四年，检校吏部尚书，出为河中观察使。河中旧为节制，皇甫镈恶绛，只以观察命之。"

元和十年，即公元815年，李绛成为代理户部尚书，检校和如今代理意思接近。从这个细节可以看出，唐宪宗对李绛的恩宠不再，李绛是当过宰相的人，做户部尚书还是代理，接着担任华州刺史，华州就是今渭南市。不久又任兵部尚书，母亲去世丁忧三年。

元和十四年，公元819年，李绛丁忧结束朝廷启复，任检校吏部尚书，至此，除了刑部尚书，工部尚书，李绛做过了四部的尚书。不久改任命为河中节度使，得罪宠臣皇甫镈，降级改授河中观察使。

从李绛罢相的元和后期开始，他的官宦生涯就开始浮浮沉沉，每一年官职都有变化，有升有降，以降为主。这位谏臣的政治生涯高峰过去了，接下来就是退潮。

元和十五年，公元820年，皇甫镈获罪，获罪理由就是勾结方士给皇帝献秘方，唐宪宗性情大变，被太监陈弘志和王守澄杀死。朝廷上没有盯着李绛的对立面了，李绛又重新掌管兵部。

李绛是名臣也是名医，他掌管兵部期间，发明了许多药方，他还曾为卢坦、李吉甫、武元衡等当代名人治疗疾病，有医学专著《兵部手集方》，唐代官吏薛弘庆在李绛手集方基础上，汇编了《薛弘庆兵部手集方》。

也是这一年，在另一名太监梁守歉拥立下，25岁太子李恒继位，这就是唐穆宗。李绛又被委任御使大夫，李恒热衷打猎，李绛在延英殿劝谏，劝谏是一样的劝谏，皇帝不同了，唐穆宗李恒未采纳。这一年李绛56岁，他自感无趣，主动请求辞职，皇帝不准，又改兵部尚书。

唐穆宗为李绛下了一封制书：《授李绛吏部尚书萧俛兵部尚书制》。

制书中言："绛、俛皆本朝先后之名相也，而吏司为剧。俛固以疾辞，兵务差闲，绛处之馀裕。各令总理，庶谓得宜。"

唐穆宗一朝，长庆元年，即公元821年开始，到唐敬宗宝历元年，公元825年截止。四年里李绛的官职时常发生变化，他任礼部尚书、同年，加授检校尚书右仆射，判东都（洛阳）尚书省事，充任东都留守。又改任兖州刺史、兖海节度观察等使，仍任检校尚书右仆射。次年，再任东都留守。长庆四年于洛阳被加授为检校司空。这段时间他大部分在洛阳和兖州度过，李绛像浮萍一样，飘来飘去。

唐穆宗年纪轻轻沉迷酒色，声色犬马，五年不到就掏空身体，一命呜呼。接着唐敬宗继位，李绛入朝任尚书右仆射，这个职位相当于尚书省的副尚书，是虚职，兼任兵部尚书制。

这封制书是有李绛好友元稹代写。《授李绛检校右仆射兼兵部尚书制》：

敕：中大夫守御史大夫赐紫金鱼袋李绛：昔先皇帝诲予小子曰："尧时有神羊在廷，屈轶指佞，汝知之乎？夫邪正在人，焉有异物。朕有臣李绛，犹汉臣之汲黯也。我百岁后，尔其用之，为神羊屈轶，斯可矣。"予小子铭镂弄训，夙夜求思。是用致理之初，（阙）付授邦宪，且欲吾丞相以降，皆卑下之，以示优遇。朕亦常命安其步武，无为屑屑之仪。而绛屡以疾辞，不宁其职。又焉敢以劳倦之故，烦先帝旧臣？昔晋仆射何季元病足求免，犹命坐家视事，张子儒拜大司马，仍令兼录尚书，则卧理不独专于郡符，端右可以旁绥戎政，由古道也。尔其处议持平，勉居喉舌，慎所观德，为人司南。可检校尚书右仆射兼兵部尚书，散官、勋封如故。

唐敬宗李湛继位，时年16岁，爱玩之心，比他早逝的父皇唐穆宗更甚，热爱蹴鞠和打夜狐。朝廷大权仍掌握在太监王守澄手中，他勾结宰相李逢吉，把持朝局，权倾天下。

为了使荒唐的爱玩儿皇帝上朝理政，在地方上任职的李德裕进献《丹扆箴》一篇劝谏。唐敬宗命令翰林学士韦处厚起草了一道诏书表扬了李德裕，对于玩儿依然我行我素。

公元826年，即宝历二年，昭义节度使刘悟死，每一个手握重权的节度使去世都伴随着一场乱局，或是兵祸或是幕府内乱。刘悟的死去也不例外，他临终前奏请朝廷，加封儿子刘从谏世袭节度使。此时，李绛是尚书右仆射，秘密上奏。尽快委派一名手握重权的大臣出任节度使，马不停蹄地去赴任。可是唐敬宗毕竟不是唐宪宗，朝廷上奸相李逢吉也不是李吉甫。大太监王守澄和李逢吉已经收到了刘从谏的贿赂，自然帮其说话。

唐敬宗也驳回了李绛的奏折。就这件事来讲，实事求是地说，唐敬宗的驳斥也无不道理，此时，刘从谏实际掌握了昭义军，如果听从了李绛的建议，委托了心腹大臣，而刘从谏又是一个狡猾的家伙，彼此一定会矛盾激化，生出乱局一定是朝廷来弹压，可是让安于享乐的皇帝去打仗，简直天方夜谭。也间接说明，李绛对朝政正在失去影响力，风骨硬挺的谏臣垂垂老矣。

接下来，一件事就佐证了当时李绛的尴尬处境。有一次，李绛和御史中丞王璠相遇，王璠没有避让李绛的车驾。按照品阶李绛高，但王璠仗着有王守澄和李逢吉的势力举止傲慢。他没有想过李绛还做过御史大夫，御史台的主官。

李绛据本上奏，这是朝廷礼仪，也是为官的规则。各级官员统统不避让，以后官员如何相处。就这么一件小事，唐敬宗把本章发到了中书，门下让诸官详议。群臣果然支持李绛，前面我们说过，李逢吉当宰相也是靠王守澄，王璠也是走王守澄的门路，这是一路小人，自然向着朋党内的自己人。李逢吉甚至没给李绛说话的机会，直接免去了李绛的尚书右仆射职位，改了一个太子少师，赶到洛阳坐冷板凳去了。

《旧唐书·卷一百六十九·列传第一百一十九·王璠传》记载："……绛上疏论之曰：'左、右仆射，师长庶僚，开元中名之丞相。其后虽去三事机务，犹总百司之权。表状之中，不署其姓。尚书已下，每月合衙。上日百僚列班，宰相居上，中丞御史列位于廷。礼仪之崇，中外特异。所以自武德、贞观已来，圣君贤臣，布政除弊，不革此礼，谓为合宜。苟有不安，寻亦合废。近年缘有才不当位，恩加特拜者，遂从权便，不用旧仪。酌于群情，事实未当。今或有仆射初除，就中丞院门相看，即与欲参何殊。或中丞新授，亦无见仆射处。及参贺处，或仆射先至，中丞后来，宪度乖宜，尊卑倒置。倘人才忝位，自合别授贤良；若朝命守官，岂得有亏法制？伏望下百僚详定事体，使永可遵行。'敕旨令两省详议。两省奏日：'元和中，伊慎忝居师长之位，太常博士韦谦削去旧仪。今李绛所论，于礼甚当。'逢吉素恶绛之直，天子虽许行旧仪，中书竟无处分，乃罢璠中丞，迁工部侍郎。寻罢绛仆射，以太子少师分司东都。其弄权怙宠如此……"

这一年，唐敬宗李湛又是"打夜狐"回来，兴致颇高，他毕竟是 17岁的年轻人，和太监刘克明等人喝酒，这一群二十八个人都是伴随皇帝玩耍的人。大殿灯灭，李湛正在更衣，他宠信的太监刘克明，他喜欢的击球军将（顾名思义就是陪着皇帝打球的专门设了官职）苏佐明……这帮太监联手杀死了李湛，除了唐朝末代皇帝唐哀宗，唐敬宗是唐朝最短命的皇帝，年仅 17 岁。

刘克明欲立唐宪宗另一个儿子李悟为帝，想成立宦官新势力集团。两天后，掌握神策军军权的大太监王守澄、梁守歉等人，动作极快，杀死了刘克明和李悟等挑战者，拥立了李昂为帝，史称唐文宗。

唐文宗继位，李绛被任命太常卿，这是一个管理宗室祭祀的主官，属于六部九卿之位之一。一年后李绛又加封魏国公，以检校司空衔出任兴元尹。"兴元尹"是两个词，"兴元"即陕西汉中的旧名，"尹"就是太守的意思。后又任山南西道节度使，累封为赵郡公。

李绛 64 岁加封赵郡公，他的爵位均比李吉甫，李峤低一级，后者二人累封皆是赵国公。公爵仅次于宗室王爵，在唐朝加封国公、郡公已经是士林人的最高爵位。

（七）死于兵乱阴谋

写到这里，我们总结一下李绛一生的故事，宪宗朝是他的高光时刻，宪宗驾崩后，他的劝谏新皇帝不再采纳。就连太监门人如王璠都开始欺负他。后来，李绛的官场生涯就开始在长安和洛阳各地穿梭，像一个没有思想的箭，帝王和权宦想用他就拉回来，嫌弃他就一箭射出去。如此风骨的文人，如此耿直的谏臣会就此悄然无声地死去吗？

不，英雄可以战死，不能老去。

《旧唐书·卷一百六十四·列传第一百一十四·李绛传》："（大和）三年冬，南蛮寇西蜀，诏征赴援。绛于本道募兵千人赴蜀；及中路，蛮军已退，所募皆还。"

公元 829 年，大和三年冬天，李绛奉诏进四川平叛。那为什么由李绛领兵呢？此募兵为兴元府兵士，由李绛牵头募兵。从唐玄宗时，唐初执行的府兵制已经名存实亡了，玄宗时开始执行募兵制。

李绛就是死于这次西征，这个案子的全名就是"杨叔元激士卒作乱案"。

大和四年二月十日，即公元 830 年，蛮兵退去，唐营按照兵制惯例遣散募兵，这次因为皇帝让兴元府太守李绛募兵，所以再遣返时加了一句根据诏令遣返。命令一下，李绛照常办事，被遣散的兵士拿着微薄的粮饷，心生怨气。一向与李绛不和的监军使太监杨叔元，煽风点火挑拨离间，说是李绛扣押了多余的粮饷，激怒了本就心有不满的兵士们。可以说，是他公然煽动了这一场兵乱。

兵士们砸了兵器库，拿上兵器就向府衙杀来，李绛和幕僚正在会宴，闻听兵变立刻登上城墙。士兵作乱只要开始了第一步，事态的发展就不可控。所以，兵士们也杀红了眼。李绛身边的衙将王景延力战乱兵，最终力竭战死。身边将校请李绛缒城出逃。"缒城"就是由城上缘索而下，"天鹅下蛋"式。

李绛断然拒绝了，他不走，赵存约也不走。他们和观察通判薛齐等人一同被乱兵所杀。挑起事端的太监杨叔元坏透了，恶人先告状，上奏说李绛收取军士们被赏赐的钱物。

《新唐书·卷一百五十二·列传第七十七·张姜武李宋》还记录了一个李绛登城逃命的细节："四年，南蛮寇蜀道，诏绛募兵千人往赴，不半道，蛮已去，兵还。监军使杨叔元者，素疾绛，遣人迎说军曰：将收募直而还为民。士皆怒，乃噪而入，劫库兵。绛方宴，不设备，遂握节登陴。或言缒城可以免，绛不从，遂遇害，年六十七。谥曰贞。"

乱兵攻入府衙，李绛慌乱中只拿了符节，这个朝廷统御四方，安抚黎民的象征。

李绛遇害消息传来，三省长官率先为李绛鸣冤，可是这些长官不掌握实情。朝廷也陷入了短暂的缄默，一代谏臣被太监害死，居然没有一个谏臣来直奏。大唐呀大唐，何谈荣光矣？

不久，一个人站了出来，谏议大夫孔敏行，孔子的三十九代孙。他站了出来揭露了太监杨叔元，接着是谏官崔戎等人，唐文宗这才了解兵变真相，立即追封李绛为司徒，谥号"贞"。并赐其家属布帛三千段，米粟二百石。

我们来欣赏一下，皇帝给李绛赠司徒时的制书。

《赠李绛司徒制》："朝有正人，时称令德，入参庙算，出总师干。方当宠任之臣，横罹不幸之酷，殄瘁兴叹，搢绅所同。故山南西道节度管内观察处置等使银青光禄大夫检校司空兼兴元尹御史大夫上柱国赵郡开国公食邑二千户李绛，神授聪明，天赋清直。抱仁义以希前哲，立标准以程后来。抑扬时情，坐致台辅，佐我烈祖，格于皇天。仗钺宣风，联居乐土，乘轩鸣玉，尝极清班。先声而物议皆归，不约而群情自许，汉中名部，俾遂便安。而变起不图，祸生无兆，奸良之恸，闻计增伤。是极哀荣，用优典礼，三公正秩，品数甚崇，式表异恩，以摅沈痛。可赠司徒，仍令所司择日，备礼册命。赙布帛三千段，米粟二百石。"

接下来，就是为李绛报仇了。

朝廷加封尚书右丞温造奉命出任山南西道节度使，接替李绛生前职位。温造上任第一件事就是定计将作乱军士一网打尽。唐文宗评价温造用了四个字——"气豪嫉恶"。温造赴镇详细了解了兴元军叛乱的情况，奏请皇帝，唐文宗许以便宜从事，授其手诏四通，并命神策行营将董重质、河中都将温德彝、邠阳都将刘士和等，均听命于温造。

李绛等幕僚被害一案，是由杨叔元唆使，听命带头煽动者是教练使丘铸和丘鉴。

温造冒着风险赶赴兴元，运用计谋围杀了发动叛乱的教练使丘铸及参加叛乱的官健千人，温造亲自动手，叛军亲砍李绛者并斩为一百断，挑头闹事者斩三断，剩下所有人斩首。他又取一百首级祭奠李绛，取三十首级祭奠王景延、赵存约等幕僚，其余全部投尸于江。

温造这一通操作下来，尤其是人头落地，血流当场，使在座的监军杨叔元吓破了胆，抱着温造的靴子请求饶命，请求把自己交给皇帝发落。结果，一声叹息，堂堂大唐天朝，只是将太监杨叔元流配康州（广东德庆）。世人遗憾兴元兵乱，主谋杨叔元逃脱，也遗恨温造没杀杨叔元。

温造，因剿灭此功加检校礼部尚书。

唐文宗下圣旨奖赏平乱兵的温造等人，制书名字为《诛兴元乱兵后加恩将吏敕》："乃者蛮寇入犯蜀川，令兴元召募一千人，随事防遏。云蛮既退，赏设放归，事理之间，亦为得所。奸臣犯纪，戕害元戎，遂择新帅，委之穷竟，果副朕意，尽诛群凶。八百馀人，一时枭斩，并诸叛将，同日诛夷。省状念功，嗟赏何极。其卫志忠已下将吏等，委温造节级分付讫闻奏。王景延等，以李绛遇害时，皆能轻身徇节，奋不顾生，宜委中书门下即与褒赠。其王景延仍与一子官，兼委温造优恤家事，务令得所。宣示中外，咸使知闻。"

至此，这件由宦官挑唆的兵乱处理完毕，李绛的葬礼开始了，白居易面对既是好友，又是对自己疼爱有加的老上级的离世，痛苦不已，他情真意切地撰写《祭李司徒文》："维太和四年岁次戊戌七月癸酉朔十九日辛卯，中大夫守太子宾客分司东都上柱国赐紫金鱼袋白居易、内从表弟朝请大夫守少府监上柱国李翱，谨以清酌庶羞之奠，敬祭于故相国兴元节度赠司徒李公。惟公之生，树名制节，忠贞谅直，天下所仰。惟公之殁，遭罹祸乱，冤愤痛酷，天下所知。虽千万其言，终不能尽。故兹奠次，但写私诚。居易应进士时，以鄙劣之文，蒙公称奖；在翰林日，以拙直之道，蒙公扶持。公虽徇公，愚则受赐。或中或外，或合或离，契阔绸缪，三十馀载。至今豆觞之会，轩苤之游，多奉光尘，最承欢惠。眷遇既深于常等，痛愤实倍于众情，永诀奈何，长恸而已！翱情兼中外，分辱眷知，绵以岁时，积成交旧，敢申膘，庶鉴微衷。呜呼哀哉！伏惟尚飨。"

刘禹锡写《祭兴元李司空文》，又替裴度撰写《代裴相祭李司空文》等。

这一刻，李绛在天之灵想必也瞑目了。不必再看这个由宦官主导的破败朝局。从此，长安朝堂和长安巷尾回转着，李绛在《和裴相国答张秘书赠马诗》中的诗句："伏枥莫令空度岁。"一代谏臣，耿直宰相，六朝老臣充分吐露了对朝廷、对黎民百姓的心声，撒手归去。

（八）文学影响

刘禹锡在《唐故相国李公集纪》曾说，李绛生前有诗文四百多篇，集二十卷。李绛文集在很多唐宋目录书中都有著录，但在历史流传过程中，都已亡佚失传，我们很遗憾看不到这位"真宰相"的更多诗文。

刘禹锡为李绛文集作序，评价其为文："肇自从试有司，至于宰天下，词赋、诏诰、封章、启事、歌诗、赠饯、金石、扬功，凡四百余篇，勒成二十卷。上所以知君臣启沃之际，下所以备风雅诗声之义。洪钟骇听，瑶瑟清骨。其在翰苑，及登台庭，极言大事，诚贯理直，感通神祇。龙鳞收怒，天日回照。古所谓一言兴邦者，信哉！今考其文，至论事疏，感人肺肝，毛发皆耸。"

明清以来，学者们开始了李绛文集的收集整理。我们今天见到的有一个明抄本，四个清抄本，五个总集本。这些传本大多仅存六卷，收文六十二篇，部分传本有《补遗》一卷。据我查，明本《李深之文集》收录最多，另一个是《全唐文》，有文《对宪宗得贤兴化问》《对宪宗论朋党》《论谏臣》《延英论兵制》《延英论边事》；赋、疏《太清宫观紫极舞赋》《请崇国学疏》《奉命进录历代事宜疏》《陈时务疏》《论任贤疏》《论任贤第二疏》《请授乌重允河阳节度使疏》《辨李吉甫密奏疏》《辨裴武疏》《论刘从谏求为留后疏》《论仆射中丞

图3-5 《李相国论事集》

相见仪制疏》《论不召对疏》《请立储疏》《请放宫女疏》《论量放旱损百姓租税疏》《论中尉不宜统兵出征疏》《请散内库拯黎庶疏》《论户部阙官斛斗疏》《对宪宗问进羡馀疏》等。

另一个是《李相国论事集》（图3-5），这本书的由来较为曲折。李绛死后，论事文稿到了他外甥，后来的宰相夏侯孜手中。夏侯孜又将文稿交给了史官蒋偕，蒋把文字加以编辑和整理，才有了《李相国论事集》。

有一种观点说，攻击李吉甫和李德裕父子的许多负面信息，出自《李相国论事集》，言外之意，蒋偕借编辑李绛文集的机会，借李绛之口攻击李吉甫和李德裕父子。

根据就是蒋偕和其父蒋乂与李吉甫父子不睦，才有了这夹带私货攻击他人的动机。我查询了蒋乂的生平，前期他与李吉甫并无嫌隙，蒋的官职还是李吉甫推荐。后来在《旧唐书·卷一百四十九·列传第九十九·蒋乂传》找到了蛛丝马迹，据《蒋乂传》记载："本名武，因宪宗召对，奏曰：'陛下已诛群寇，偃武修文，臣名乂义未允，请改名乂。'上忻然从之。时帝方用兵两河，乂亦因此讽谕耳。"

翻译过来大意是，蒋乂被皇帝召见奏对了一次，就改名乂，意为安定治理。他认为已经平定，可以安定修文。从这里我们不难看出，他也是反对对藩镇用兵，与强硬派李吉甫坚决剿灭藩镇的政见不同。

皇帝用兵两河，蒋还讽刺。后来，蒋乂儿子蒋偕人微言轻，只顾修文，为李绛编辑书籍借此攻击李吉甫，似乎也合乎情理。

越来越多的学者认识到，李吉甫和李绛只是政见不同，并不矛盾。《清流文化和唐帝国》[①]作者陆扬在106页说："平心而论，李绛和李吉甫虽然有政见的分歧，却没有什么证据显示这种分歧曾导致两个人关系恶化。这和数十年生活在党争影响下产生的蒋系等人的描述并不相符。"

晚唐时期，牛李党争倾轧，许多无聊文人攻击彼此和彼此阵营的人也是题中应有之意。至于，种种观点是真是假，各位看官自己忖度。

李绛的诗词留下四首：《和裴相国答张秘书赠马诗》《花下醉中联句》《省试恩赐耆老布帛》《杏园联句》。

联句就是文人雅士，聚会雅集时的风雅游戏而已。

---

① 陆扬.清流文化和唐帝国[M]北京：北京大学出版社，2016：106.

《花下醉中联句》："共醉风光地，花飞落酒杯。（李绛）残春犹可赏，晚景莫相催。（刘禹锡）酒幸年年有，花应岁岁开。（白居易）且当金韵掷，莫遣玉山颓。（李绛）高会弥堪惜，良时不易陪。（庾承宣）谁能拉花住，争换得春回。（刘禹锡）我辈寻常有，佳人早晚来。（杨嗣复）寄言三相府，欲散且裴回。（白居易）"

《杏园联句》："杏园千树欲随风，一醉同人此暂同。（崔群）老态忽忘丝管里，衰颜宜解酒杯中。（李绛）曲江日暮残红在，翰苑年深旧事空。（白居易）二十四年流落者，故人相引到花丛。（刘禹锡）"

《和裴相国答张秘书赠马诗》："高才名价欲凌云，上驷光华远赠君。念旧露垂丞相简，感知星动客卿文。纵横逸气宁称力，驰骋长途定出群。伏枥莫令空度岁，黄金结束取功勋。"

《省试恩赐耆老布帛》："涣汗中天发，殊私海外存。衰颜逢圣代，华发受皇恩。烛物明尧日，垂衣辟禹门。惜时悲落景，赐帛慰余魂。厚泽沾翔泳，微生保子孙。盛明今尚齿，欢奉九衢樽。"

李绛平生好医，在闲暇时曾编集《兵部手集方》三卷，可惜早已亡佚。李绛的影响力主要集中在劝谏上。在传统二十四忠里面就有一忠是李绛劝谏。

李绛就任华州刺史，即今渭南市，就对环境保护提出了独到见解，禁止捕猎鸟兽。这种超前意识在古代官员中少之又少，保护了辖区内的自然环境。

《新唐书·卷一百五十二·列传第七十七·张姜武李宋》赞其"绛伟仪质，以直道进退，望冠一时"，是一位巨德大臣。他为人为政都是以圣人之道严于律己，他做到了，赵郡六宰相中李绛的耿直性格为他博得美名，人的评价也是首屈一指。

唐穆宗李恒在《授李绛吏部尚书萧俛兵部尚书制》中说："绛、俛皆本朝先后之名相也，而吏司为剧。俛固以疾辞，兵务差闲，绛处之馀裕。各令总理，庶谓得宜"

唐朝的文学家李肇，担任过翰林学士和中书舍人，他评价宪宗朝宰相时候，这样说："宪宗朝，则有杜邠公（杜黄裳）之器量，郑少保之清俭，郑武阳之精粹，李安邑（李吉甫）之智计，裴中书（裴垍）之秉持，李仆射（李绛）之强贞，韦河南之坚正，裴晋公（裴度）之宏达，亦各行其志也。"

宋朝大文豪苏辙评价："玄宗初用姚崇、宋璟、卢怀慎、苏颋，后用张说、源乾曜、张九龄；宪宗初用杜黄裳、李吉甫、裴垍、裴度、李绛，后用韦贯之、崔群。虽未足以方驾房、杜，然皆一时名臣也。故开元、元和之初，其治庶几于贞观。开元之初，天下始脱中、睿之乱。玄宗励精政事，姚崇、宋璟弥缝其阙，而损其过，庶几贞观之治矣。"

历朝历代对李绛的评价还有许多，我选择了一个帝王和两个文豪的评价，可见李绛作为史上有名谏臣的影响力。

还有《资治通鉴·卷二百三十九·唐纪五十五》详细记述了李绛之奏疏。相比之下，《资治通鉴》的作者司马光的整理比唐朝蒋氏的原稿更加充分，可见司马光作为政治家、史学家对于大唐谏臣李绛之议的重视和推崇。

成语故事中有李绛善谏这一条目，言："李绛直谏，以尽忠忱，屡触帝怒，卒启君心。"成语故事中流传着李绛善谏的故事，也算是对这位谏臣的一点慰藉吧。

石家庄大唐六宰相的第三位宰相谢幕了，李绛是于公元814年辞去相位，18年后的第四位宰相，将是六宰相之首，也是大唐宰相的楷模，更是被梁启超评价为与管仲、商鞅、诸葛亮、王安石、张居正并列，并称"中国历史上的六大政治家"。

敬请期待。

《全唐文》中记录李绛的文章
• 《太清宫观紫极舞赋》
• 对宪宗得贤兴化问
• 对宪宗论朋党
• 论谏臣
• 延英论兵制
• 延英论边事
• 请崇国学疏
• 奉命进录历代事宜疏
• 陈时务疏
• 论任贤疏

《全唐文》中记录李绛的文章
• 论任贤第二疏
• 请授乌重允河阳节度使疏
• 辨李吉甫密奏疏
• 辨裴武疏
• 论刘从谏求为留后疏
• 论仆射中丞相见仪制疏
• 论不召对疏
• 请立储疏
• 请放宫女疏
• 论量放旱损百姓租税疏
• 论中尉不宜统兵出征疏
• 请散内库拯黎庶疏
• 论户部阙官斛斗疏
• 对宪宗问进羡馀疏
• 论安国寺不合立圣德碑状
• 论泽潞事宜状
• 《论河北三镇及淮西事宜状》
• 论镇州事宜状
• 请以李锜财产代浙西百姓租税状
• 谢密赐宣劳状
• 学士谢状
• 谢宣慰状
• 论裴均进银器状
• 论卢从史请用兵事状
• 论张茂昭事状
• 论简勘杨凭家产状
• 论德音事状
• 贺德音状
• 论许遂振进奉请驿递送至上都状

赵郡六宰相故事：河北省非物质文化遗产项目之一

《全唐文》中记录李绛的文章
• 论延州事宜状
• 论易定事宜状
• 兵部尚书王绍神道碑
• 论王锷加平章事
• 更多文章见《李相国论事集》

李绛诗词
•《和裴相国答张秘书赠马诗》
•《花下醉中联句》
•《省试恩赐耆老布帛》
•《杏园联句》

李绛家族成员部分墓志

《唐故谯郡永城县令赵郡李府君墓志》（图 3-6），该墓志为李绛祖父李岗墓志，李岗于元和十二年，即公元 817 年 6 月 24 日葬。该墓志在河南洛阳出土，开封博物馆藏。

图 3-6 《唐故谯郡永城县令赵郡李府君墓志》

《唐故河南府司录参军赵郡李府君墓志铭并序》（图3-7），该墓志为李绛长子李瑏，唐会昌元年，即公元841年11月24日葬。洛阳出土，崔璪撰。

图 3-7 《唐故河南府司录参军赵郡李府君墓志铭并序》

《唐故太中大夫使持节衢州刺史上柱国赞皇县开国子食邑五百户李公（顼）墓志铭》（图3-8），该墓志为李绛之子李顼，于唐大中三年，即公元849年2月11日，洛阳出土，如今河南洛阳古代艺术馆藏。

图3-8　《唐故太中大夫使持节衢州刺史上柱国赞皇县开国子食邑五百户李公（顼）墓志铭》

肆

第四位宰相　政治家宰相李德裕

（一）阀阅贵族子弟李德裕

接下来，我们要讲的故事，是六宰相中的第四位，他是六宰相中成就最高，对中国历史起上有至关重要作用的人，他也是大唐宰相中成就最高的　位。

《剑桥中国隋唐史》[①]里学者评价他："他善于掌握细节；会斟酌别人的长处和短处而量才加以使用；能够协调大规模的政府行动，并且向皇帝提交设想复杂的建议，在文宗之后的武宗一朝，经过在剑南西川节度使等官职上多方历练的李德裕，权倾一时。李德裕不仅是中晚唐著名的政治家，也是一个文学名家，在幕府内运筹帷幄的同时，仍有着诸多文人的爱好。"

梁启超对他的评价：他与管仲、商鞅、诸葛亮、王安石、张居正并列，成为封建时代六大政治家之一。

李商隐在给《会昌一品集》作序时曾评价他："誉他之为，万古良相，一代之高士。"

《旧唐书·卷一百七十四·列传第一百二十四·李德裕传》对他的评价："语文章，则严、马扶轮；论政事，则萧、曹避席。"

唐武宗政绩和能力乏善可陈，依旧有会昌中兴，就是用对了一个人。

---

① 崔瑞德.剑桥中国隋唐史[M].中国社会科学院历史研究所西方汉学研究课题组，译.北京：中国社会科学出版社，1990：641-690.

苏州沧浪亭内五百名贤像（图4-1），在他画像上写："卫公佐唐，经纶满腹，明伦敷教，南人受福。"一千多年过去了，当地人依然歌颂他的功德，这样的功绩不止一处。历朝历代对他的评价甚高。

图4-1　沧浪亭内李德裕像

他就是御史大夫李栖筠之孙，元和名相李吉甫次子，千古名相李德裕。

　　六相中的第三位宰相李绛是公元 813 年被免除宰相，李德裕是公元 833 年拜相，赞皇人离开相位二十年，又有大才荣登相位。这一登就是名副其实的千古名相。

　　李德裕（787 年—850 年 1 月），字文饶，小字台郎，赵郡赞皇（今石家庄市赞皇县）人。他出生于公元 787 年，即贞元三年，此时的李吉甫是靠门荫入仕的年轻人。我们说过，贞元八年之前，李吉甫一直在京城为官。随着李吉甫外放地方，李德裕也跟随父亲。

　　宋代小说《北梦琐言·卷一》说了一个典故：李德裕语惭武相。《北梦琐言·卷一》："太尉李德裕幼神俊，宪宗赏之，坐于膝上，父吉甫每以敏辩夸于同列。武相元衡召之，谓曰：'吾子在家所嗜何书？'意欲探其志也。德裕不应。翌日，元衡具告吉甫，因戏曰：'公诚涉大痴耳。'吉甫归以责之，德裕曰：'武公身为帝弼，不问理国调阴阳，而问所嗜书。书者，成均礼部之职也。其言不当，所以不应。'吉甫复告，元衡大惭，由是振名。"

　　我们仔细推敲一下，先分析第一个坐于宪宗膝上，李德裕从出生到五岁在长安生活，而后断断续续跟随李吉甫在地方。如果是这个阶段坐在宪宗膝上，几乎不可能。一年龄，宪宗只比德裕大九岁，这个时期宪宗也是一个孩子。二时机，李吉甫得到宪宗的恩宠是为相后，李吉甫第一次拜相是公元 807 年，李德裕 20 岁；第二次拜相是公元 811 年，李德裕 24 岁。让一个二十多岁的大小伙子坐在皇帝膝盖上，更不可能。

　　第二个故事，武元衡惭愧，武元衡拜相是公元 808 年，这时李吉甫离开了长安。这个事件几率大些，也可能不是发生在武元衡为相时，宋人添油加醋地演绎了一下。武元衡和李吉甫关系甚笃，带儿子德裕出去会宴雅集实属正常。

　　我们循着宋人小说故事的思路，不难发现，宋人要表达的就是德裕的神俊聪颖和天赋异禀。

　　《旧唐书·卷一百七十四·列传第一百二十四·李德裕传》记载："贞元中，以父谴蛮方，随侍左右，不求仕进。"

　　李吉甫篇，我们曾介绍公元 792 年—公元 805 年，这 13 年间，李吉甫一直外放。在忠州时吉甫病，夫人携子探望照顾。从这个角度分析，德裕最多在长安待到 8 岁左右，因为李吉甫外放忠州时间是公元 795 年，再回到长安时德裕18岁，正是一个风度翩翩的少年，在李吉甫家学引导下，学问甚好。

公元805年，李德裕随父回京，秀衣迎风，胯下良驹蓄势待发。这时的李德裕18岁。他随父亲在地方十年有余，没有被长安的花花世界迷惑，他依然喜欢读书，胸怀大志。

据《旧唐书·卷一百七十四·列传第一百二十四·李德裕传》记载："德裕幼有壮志，苦心力学，尤精《西汉书》《左氏春秋》。耻与诸生同乡赋，不喜科试。元和初，以父再秉国钧，避嫌不仕台省，累辟诸府从事。"

这条史料透露三个消息，李德裕爱读书，爱读什么书。他对朝廷科举考试取士的做法有微词。

比如五代时王仁裕著作《开元天宝遗事·颠饮》记载："长安进士郑愚、刘参、郭保衡、王冲、张道隐等十数辈，不拘礼节，旁若无人。每春时，选妖妓三五人，乘小狭车，诣名园曲沼，藉草裸形，去其巾帽，叫笑喧呼，自谓之颠饮。"这群进士脱了衣服在一起颠饮，做出荒诞不经的风流韵事。

再有就是李吉甫元和初第一次拜相，李德裕到地方幕府历练。

关于李德裕入仕的准确时间，史书只草草交代，荫补校书郎，到诸府从事，避嫌台省。

台省是指南北朝以来，尚书台已多改称尚书省，并逐渐形成中书、门下、尚书三省分权的制度，中央机构的简称。也就是说李德裕有机会到中央机构工作实习，因为李吉甫为相才安排到地方诸府。

这个问题我们要一分为二看，首先是李吉甫，他为何如此小心？唐王朝执行着门阀政治和世袭制度，比如张锡拜相，作为外甥的李峤离开相位，并没有离开朝廷机枢。

李吉甫要避嫌，李德裕就得到幕府参赞，这个契机是李吉甫第二次为相。时间就是元和六年后，公元811年，李德裕24岁。

二就是李德裕一方，他没有科举，只能门荫。他有没有才华担任校书郎？

那么德裕的文采到底如何呢？在江苏省下邳县古邳镇留侯张良祠，有他书写的《圯上图赞》，时间为元和五年三月，即公元810年。这个时机恰恰是李吉甫出镇淮南的时间，直接证明李德裕跟随父亲在淮南。

《圯上图赞》："夫天所以清者，其气理也，故能四时变化，万物粲然，倦则阴阳为灾，光景不耀，而况于人乎？人亦肖圆方之形，禀清浊之气，存神索智，极物穷情，则倚伏之先见，其如视矣。子房潜心于神而达之，见其图状，如得其奥，则有女子之粹美，婴儿之专和。粹所以含至精，专所以研至赜。散万金之资，柔毅也；狙万乘之仇，仁勇也；学礼仓君，履方也；变名圯上，避世也。若乃五日为期，三往增敬，则尾生之信违道矣；退不离国，心不忘君，则鸱夷之遁非忠矣。合时变以蝉蜕，望仙路以鸿冥，优游于绮皓之门，仿佛乎赤松之际，岂不善始终哉？黄石者，其天地之蕴，神明之玺欤？不然，则无以觉悟子房，辅翼天汉。嗟乎！丧乱既定，韬匮而葆祠之，生也奉符，殁而同穴，有以见子房之神交不渝矣。"

从这篇文章可以看到李德裕的才华，也间接证明此时李德裕并未入仕。我们再说入仕的概念，这就是你担任政府职务开始算起。

以李德裕的家学才华和门第来说，他像是勤勤恳恳苦巴巴熬资格的人吗？显然不是，所以，我的观点是李德裕在朝廷入仕是公元811年后，他从小在李吉甫幕府对政治耳濡目染，尤其出镇淮南后特意将李德裕带在身边，也说明他的职能可能就是父亲的秘书。也表明了李吉甫对德裕政治方面的培养。

证据就是，李德裕曾撰写《平泉山居诫子孙记》："经始平泉，追先志也。吾随侍先太师忠懿公（父李吉甫），在外十四年，上会稽，探禹穴，历楚泽，登巫山，游沅湘，望衡峤。"

公元811年后，李德裕门荫入仕，担任校书郎，又避嫌到诸府行事。史书记载只言片语，无考。至少可以证明公元814年10月前，李德裕的主要工作在基层幕府内。

为什么呢？因为李吉甫是公元814年10月暴死。李德裕的履历也恰恰是从公元816年开始详细起来。据我观点，时间应该是公元817年，公元814年10月李吉甫暴死，从这开始李德裕要为父丁忧守制，三年后，启复到张弘靖幕府。

时间来到公元817年了，李德裕进入张弘靖幕府担任掌书记。掌书记也类似机要秘书，政务方向主要是民政。而后他又担任大理评事，主要判案。又任殿中侍御史，品阶是正八品下。

我们需要着重说一下殿中侍御史这个职位，《旧唐书·卷四十四·志第卷二十四·职官三》："殿中侍御史六人。从七品下，掌殿廷供奉之仪式。凡冬至、元正大朝会，则具服升殿。若郊祀、巡幸，则于卤簿中纠察非违，具服从于旌门，视文物有所亏阙，则纠之。凡两京城内，则分知左右巡，各察其所巡之内有不法之事。"

李德裕祖父李栖筠担任殿中侍御史，年龄是 37 岁。安史之乱爆发，李栖筠统军回朝，被擢升为殿中侍御史。而李德裕担任此职时 31 岁。

唐宪宗被太监陈弘志等人杀死后，又将另一个太监吐突承璀和他要拥立的皇次子李恽杀死，迅速拥立李恒登基。这里我们介绍一下这件事的背景。

公元 809 年，即元和四年，翰林学士李绛建议唐宪宗立太子固国本，皇长子李宁册封太子。三年后李宁病逝，谥号惠昭太子。

争位的变数由此开始，大太监吐突承璀建议唐宪宗按照次序立皇次子李恽，唐宪宗也倾向这个儿子。压力来自朝野各地，都纷纷建议立皇三子李恒为太子。即后来唐穆宗，他的母亲是郭贵妃，郭子仪的孙女，舅舅是司农卿郭钊。

郭子仪平定安史之乱后加封尚父，中国历史上加封尚父的著名人物有三位，周朝姜子牙和秦朝吕不韦，唐朝郭子仪。可见郭家在朝野拥有极大的政治影响力，是唐代著名的外戚家族。

吐突承璀一直在做唐宪宗的工作，希望立李恽。皇太子李恒就忐忑不安起来，他曾经问计于舅舅郭钊怎么办。

郭钊嘱咐他："殿下为太子，当旦夕视膳，何外虑乎？"言外之意你就好好照顾皇帝早晚饮食，其他不用考虑。说明外部条件准备妥当。

唐宪宗迫于形势，册封李恒为太子后，母以子贵，群臣也上奏册封郭氏为皇后。自唐玄宗后活着被立为皇后的人，只有唐肃宗的张皇后，唐宪宗折中了一下册封郭氏为贵妃，郭贵妃一跃成为宫中最尊贵的女人。她眼看唐宪宗一直拒绝册封皇后，开始广结党羽，也是这个时候大太监王守澄和梁守歉开始向郭家势力靠拢。

剩下的事情就顺理成章了，唐宪宗被杀，潜在继位人李恽被杀，反对派吐突承璀也被杀，所有反对派遭到了严酷的镇压，李恒登基即唐穆宗。因为避皇帝讳，这一年，恒州（今河北省正定县）改为镇州。

唐宪宗始终不允郭氏的皇后位置，也有原因。就是武则天临朝的做法让李氏王朝统治者留下了巨大的心理阴影。郭氏强势，郭氏家族门生故吏遍布朝野。夫妻二人算是各怀心腹事，从后来郭家外戚干政这一点，也恰恰证明了唐宪宗的担心，但他肯定没想到被太监所弑。

公元820年，唐穆宗继位，李德裕被召至翰林院，任翰林学士。这一年李德裕33岁。李吉甫为翰林学士时47岁，李绛被授翰林学士时43岁。可见李德裕的运气很好，也具备聪明才智。

（二）爱茶的翰林才俊

李德裕进入翰林院后，结识了两个好朋友；元稹和李绅。他们三人号称翰林三俊，三人常在一起以文会友，以茶会友。

李绅也出自赵郡李氏，区别他是南祖房，这一支后来到了安徽亳州谯县，李绅生于湖州乌程县（今浙江省湖州市），六岁丧父后，随母到无锡。《悯农》就是他的作品，他也是无锡历史上第一位宰相，任翰林学士时48岁。

元稹，年少成名，仕途多为不顺。他41岁任翰林学士。他们在一起谈文吃茶，关于李德裕爱茶的故事有许多记载，他也曾写有关茶的诗词。

晚唐诗人皮日休写的《题惠小泉》："丞相长思煮茗时，郡侯催发只忧迟。吴关去国三千里，莫笑杨妃爱荔枝。"

这首诗词就是讽刺李德裕用千里之外的惠山泉水烹茶，诗人有立场攻击之嫌，毕竟皮日休后来加入了黄巢造反的队伍，对当局者奢靡做出讽刺挖苦也可以理解。从侧面反映出李德裕爱茶爱到了极致。

唐代丁用晦《芝田录·李德裕》中记载："唐李卫公德裕，喜惠山泉，取以烹茗。自常州到京，置驿骑传送，号曰水递。"宋代唐庚《斗茶记》也曾记录李德裕千里取水的故事。

以上史书记载的是这个故事，李德裕从大和七年二月至次年十月在京为相期间取水的事，他在淮南任节度使时特别喜欢喝惠山泉水，在长安为相后喝不到了，就派专人用坛子从无锡惠山取水，装封一路驿递到长安。有一天，一个云游道人求见李德裕，建议说饮惠山泉不必惠山去取，称他已为李德裕通了一条水脉，这条水脉在长安昊天观后面的一眼井，这眼井与惠山泉相通，汲之烹茗，味道无异。

李德裕听了觉得道人诳他，但又耐不住心中的好奇，心想一试便知真假，遂派人去取惠山泉水和昊天观井水各一罐。一品果然无异，就取消了劳民伤财的水递。

五代南唐尉迟偓在著作《中朝故事》记述了李德裕精辨长江水的故事，因嗜好江南之水。一日，趁朋友到京口（今镇江市）公干便请朋友帮忙取一壶金山附近的南零水，友人在京口办完事情便欲浮江而上，回长安上船后开怀畅饮，贪杯而醉把李德裕取水之事忘记了。这时船至建业（南京），醉梦惊醒方想起取水一事，他舀江水一壶交差。

李德裕拿到友人取来的水，即刻烹茶品茗呷了一口，顿露惊讶之色，叹道："这味道怎么差了那么多，倒像是建业石头城下的水。"友人听后向李德裕吐露真相，一再谢罪。

不仅李德裕爱茶，他的家族有爱茶的传统。他的祖父李栖筠曾任常州刺史，与茶圣陆羽有过交往，且在陆羽的建议下将义兴阳羡茶上贡给皇帝，从此阳羡茶成为贡茶。他的父亲李吉甫在明州长史曾撰写《唐茶山诗述碑阴记》。李德裕在平泉山庄喜欢饮茶，在山庄种植茶叶。

公元 770 年，即唐代宗大历五年，毗陵（今常州）太守、御史大夫李栖筠在阳羡（今江苏宜兴，与长兴为邻）督造贡茶，适逢一山僧献上长城顾渚山产茶叶。正在阳羡考察的陆羽尝后认为此茶"茶香甘冽，冠于他境，可荐于上"。

经李栖筠准许，始进万两，从此，顾渚山茶被列为贡茶。后来，陆羽在评价浙西贡茶时，称："浙西以湖州为上，常州次之；湖州生长兴县顾渚山中，常州生义兴县君山悬脚岭北峰下。"

因为陆羽品定后一批文人士大夫的推崇，山茶身价百倍，成了当时稀世珍品，茶文化大兴。朝廷在湖州长兴顾渚山设立贡茶院。此前，唐朝廷用茶绝大多数为蜀茶，从这时开始茶叶种植地向我国东南展开。

因建议李栖筠进贡紫笋茶导致贡茶制度设立，致湖州常州人民深受其害，唐朝廷官吏对茶的索取与利用，完全违背他对茶的认识与理解，严重背离他在《茶经》中倡导的"精行俭德"精神。于是，陆羽愤然撰写《毁茶论》，抨击贡茶制，官吏索茶无度，各级官吏不顾人民疾苦。

在贡茶制度中李栖筠和陆羽都起到了推动作用。大唐茶文化源远流长，影响深远，也是这件事导致种茶人生活在水深火热中。这真是成也萧何败也萧何。

说回李德裕，我们来欣赏两首他写的咏茶诗词。

《忆平泉杂咏·忆茗芽》："谷中春日暖，渐忆掇茶英。欲及清明火，能销醉客酲。松花飘鼎泛，兰气入瓯轻。饮罢闲无事，扪萝溪上行。"

另一首是《故人寄茶》："剑外九华英，缄题下玉京。开时微月上，碾处乱泉声。半夜邀僧至，孤吟对竹烹。碧流霞脚碎，香泛乳花轻。六腑睡神去，数朝诗思清。其馀不敢费，留伴读书行。"

那么，德裕爱喝什么茶呢？安徽天柱山流传着一个德裕婉拒香茗的故事。

李德裕喜欢茶到了茶痴的地步，他任宰相期间，有个官员被派到安徽任舒州牧。临别会见时，李德裕对这位官员说："天柱峰茶可惠三角。"

官员听了自认为懂了宰相的意思。他到任后，立刻给李德裕送来几十斤天柱峰茶，李德裕如数退了回去。

次年，那位仁兄"用意精求，获数角"，再次送来。李德裕看后收下，并说："此茶可以消酒食毒。"立刻命人烹一瓯茶，放一块肉泡在里面，用银盒密封放置。第二天早上，打开银盒，里面的肉已经化为水。

李德裕回忆早春时节，品尝天柱峰茶的情景。他拜相，送礼者不计其数，有人题诗说："陇右诸侯供语鸟，日南太守送名花。"他懂得物力维艰的道理，不喜欢送礼。

李德裕到地方当官，决意不参加宴会，并规定了当地官员也不许参加夜宴。李德裕品完茶，常常梦中作诗，比如《述梦诗四十韵》中的佳句："水国逾千里，风帆过万艘"。

天柱山和李家颇有渊源，公元 829 年，即宝历二年，德裕兄长李德修任舒州刺史，曾与十二位朋友游天柱山，并在石牛古洞留下了石刻（图 4-2）。

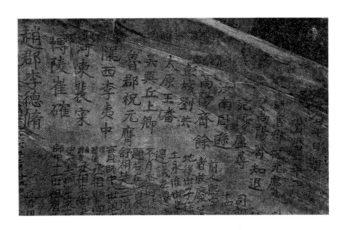

图 4-2　李德修与友人石刻

　　唐穆宗当太子时就深知李吉甫的才学和才能，所以对其子德裕更是器重有加，这时期的朝廷诏制典册皆出李德裕之手。这段史料记录在《旧唐书·卷一百七十四·列传第一百二十四·李德裕传》中："帝在东宫，素闻吉甫之名，既见德裕，尤重之。禁中书诏大手笔，多诏德裕草之。是月，召对思政殿，赐金紫之服。逾月，改屯田员外郎。"

　　这时李德裕进入翰林院后，想必是志得意满，对未来一片美好的憧憬。从史料记载可以看出新皇帝和朝廷对他是恩宠备至。这里记录了一件事或是多件事，皇帝召李德裕来思政殿奏对，获赐紫衣和金鱼袋。

　　我试图从浩瀚的史料中找到这次奏对的内容，很遗憾没有找到。功夫不负有心人，我找到了这一年李德裕做的一首诗词。

　　我们可以从写的《长安秋夜》诗文窥探他的心迹。全诗展现了李德裕从政生活的一个碎片记忆，展现了一个政治家的怀抱、气度和风采。

　　《长安秋夜》："内宫传诏问戎机，载笔金銮夜始归。万户千门皆寂寂，月中清露点朝衣。"

　　在翰林院李德裕还有一个好朋友就是沈传师，有一次他们看见花开，沈传师作《和李德裕观玉蕊花见怀之作》，多年后，李德裕镇润州登招隐山，想起往事，合诗一首《招隐山观玉蕊树戏书即事奉寄江西沈大夫阁老》，而后李德裕又分别作《忆金门旧游奉寄江西沈大夫》《忆平泉山居，赠沈吏部一首》送沈传师。目前发现，沈传师是李德裕写诗最多的人。

　　不久后，李德裕又任屯田员外郎。

公元 821 年，即长庆元年，李德裕官职又有变化：升考功郎中，知制诰。这源于一封制书。唐朝天下日暮西山，亡国的毛病一个接着一个，除了宦官干政，藩镇自立，现在又有外戚干政。以唐穆宗舅舅郭钊为首的群体成为了外戚干政的代表，郭家自从郭子仪开始多于皇室发生姻亲，郭钊两子仲词娶穆宗女饶阳公主为妻，仲恭娶唐穆宗女金堂公主为妻。

李德裕针对外戚干政，上了一封奏书为《驸马不许至要官私第状》。下面我们来看一下这封奏书的内容。

《驸马不许至要官私第状》："臣伏见国朝故事，驸马缘是亲密，并不合与朝廷要官往来。元宗开元中，禁止尤切。臣访闻近日驸马公至宰相及要官私第。此辈无他才伎可以延接，惟是漏泄禁密，交通中外，群情所知，以为甚弊。其朝官素是杂流，则不妨来往，若职在清列，岂可知闻？伏望宣示宰相，其驸马诸亲，自今已后，有公事任至中书见宰相，此外更不得至宰相及台省要官宅。"

这就一句话，玄宗曾禁止的事，现在又开始了。驸马到宰相私邸拜谒，这不符合规矩，以后有公务到中书省拜谒宰相。

唐穆宗认可，就升了李德裕的官职。接下来，发生了一件大事，就是长庆元年科举案。如果说牛僧孺等人在宪宗朝贤良方正科，埋下了牛李党争的引线，真正开始爆发就是长庆元年的科举案。

（三）长庆元年科举案

关于这场科举案，我翻阅了《旧唐书》《新唐书》之《钱徽传》《李宗闵传》《杨汝士传》等，以及《资治通鉴》《册府元龟》《唐会要》《登科纪考》《群书考索》等史料，其中《李德裕传》《李绅传》《元稹传》均未提及。以上史料中《旧唐书·卷一百六十八·列传第一百一十八·钱徽传》所记最为详尽。我从以上所有史料中探寻和高度还原这个案件。

这个案情不复杂，牵扯的人物和朝局争斗却十分复杂，像藤蔓交织的葡萄架。这个案件，李德裕的两位好友李绅、元稹也被搅了进去。此时李德裕外放地方，这也没有妨碍政敌攻击他，议论是他授意李绅等人挑起矛盾。牛李两党的新仇旧怨纷纷交织在一起，彼此开始针锋相对。我们首先看到案情。这一则案件记录在《中华法案大辞典》[①]中。

　　唐穆宗长庆元年春，右补阙杨汝士与礼部侍郎钱徽掌当年贡举。西川节度使段文昌、翰林学士李绅各以书信嘱请钱徽取与他们有关系的举子为进士。唐律禁止向官吏请托，规定："凡以私事向人请托者，笞五十；官吏应许者，与之同罪。若所请之事已办理者，双方各杖一百。若请托者为监临势要，杖一百。钱徽为官公正，知其违法而不为。三月，考试完毕，进士榜出，段文昌、李绅所嘱请的举子皆落选："及第者中有宰相等高官之子弟。于是段文昌言于穆宗道："今岁礼部贡举很不公平，所取进士皆公卿子弟，无真才实学，全凭请托得中。"穆宗以此事问翰林诸学士，李德裕、元稹因与李宗闵有私怨，李绅则因向钱徽请托不成，皆称："诚如段文昌所言。"穆宗怒，命中书舍人王起等复试本届进士。四月，诏黜退公卿子弟十人的进士资格。按唐律："凡贡举非其人（指非有真才实学，只靠请托、徇私等关系而被取中）及应贡举而不举者（指有才学德行，而州县不贡，主考官不取），主事者将受处罚；若一人为不当举而举或当举不举者，主事官员徒一年，若有二人徒一年半，罪止徒三年。于是穆宗诏贬钱徽为江州史，李宗闵为剑州刺史，杨汝上为开江县令。有人劝钱徽奏呈段文昌、李绅的请托信，这样穆宗必悟此事真情，可洗刷冤情。钱徽说："奏人私信，非君子所为。"乃取二人信焚之。自此案发生后，李德裕、李宗闵及各分朋党，耳相倾轧达四十年之久。

　　这是史料定案的记载，我查阅了相关史料，再做一个细节上的补充。事情起自一个叫杨浑的贡生，他请托到了宰相段文昌处，段给当时的主考官之一的钱徽写了信。李绅推荐的周汉宾也有请托信，可二人请托的贡生无一人中榜。中榜者大多是世家子弟或当权者的亲戚。

　　段文昌愤愤不平，离京前就将此事告诉了唐穆宗："今岁礼部殊不公，所取进士皆子弟，无艺，以关节得之。"

　　唐穆宗立即召见了翰林学士李绅、承旨学士元稹等人。一问果然有猫腻。皇帝委派中书舍人王起和主客郎中，知制诰白居易在子亭举行复试，题目是唐穆宗亲自出的"鸟散余落花"。举子中只有孔温业一人合格。白居易又出一题："孤竹管赋"。这道题目出自《周礼》中的"孤竹

① 郭成伟，肖金泉 . 中华法案大辞典 [M]. 北京：中国国际广播出版社，1992：339.

之管，云和之琴瑟。"这次过关者只有孔温业、赵存业和窦洵直三人。

这一次春闱，录取的 14 个人中滥竽充数者居然有 11 人。唐穆宗勃然大怒，朝廷的抡才大典居然成了权贵的交易所，他对于朝廷内的朋党也看出了端倪。而后对主考官钱徽等做出了处理意见。

《资治通鉴·卷二百四十一·唐纪五十七》记载："夏四月丁丑诏黜朗等十人，贬徽江州刺史宗闵剑州刺史汝士开江令。"

而后皇上又下制书，说了举子的问题。

《处分贤良方正等科举人制》："朕自郊上元，御端门，发大号，与天下更始。思得贤隽，标明四科，令群公卿士，暨守土之臣，详延下位，周于草泽，成列待问，副予虚求。昧爽临轩，俾究其论，正辞良术，精义宏谋，绎之旬时，深见忠益。言刘其楚，列而第之。贤良方正能直言极谏第三等人庞严、第三等人吕术、第四等人韦曙、姚中立、李躔、第四次等人崔嘏、崔龟从、任畹、第五上等人韦正贯、崔智白、陈元锡；博通坟典达于教化第四等人李思元；详明政术可以理人第四人等人崔郢；军谋宏远堪任将帅第三等人吴思；第五等人李商卿：咸以懿学茂识，扬于明廷。况当短晷之辰，颇著论思之美，粲然高论，深沃朕心。永言藏器之规，岂忘絷驹之义，宠之命秩，允答嘉猷。其第三等人、第三次等人，委中书门下优与处分。其第四等人、第四次等人、第五上等人，中书门下即与处分。"

主考官钱徽因祸得福，离开了朝廷，贬到江州当刺史了。他的自保之道就是段文昌和李绅的请托信，他没有和盘托出，更没有拿出两封请托信。

李宗闵、杨汝士火上浇油，曾劝钱徽交出段文昌等人的信件，将风波扩大。徽曰："不然。苟无愧心，得丧一致，修身慎行，安可以私书相证耶？"分析原因，钱徽认为多一事不如少一事，朝廷对他的处罚并不严厉，他承担下这场风波即可。再者，他和杨汝士录取那些人的确存在问题，他不想让事件继续发酵。虽然动机和过程不一样，结果都一样。钱徽凭借此安稳度过了官场生活。

接着，介绍科举案中两个主考官杨汝士和钱徽的社会关系。

杨汝士位居中书舍人，他还有一个身份——白居易的大舅子，他还和李宗闵、牛僧孺关系甚笃。

钱徽的父亲是钱起，钱起是"大历十大才子"之首，他做到了尚书郎和翰林学士。唐书法家怀素是钱起的侄子，或外甥。钱徽得济是因曾在樊泽处当幕僚，樊泽是谁还记得吗？樊泽就是襄阳主官，推荐李绛的人。

唐德宗时期，钱徽贞元初年进士及第，被派遣到湖北谷城县当谋士。县令王郢豪爽好客，挥金如土，喜欢结交三教九流，经常用公钱请客送礼，案发被革职查办。观察使樊泽负责处理此案，发现涉案的人众多，只有钱徽一文不取，清清白白，于是把他带到幕府，任掌书记。

背景介绍完毕，各位看明白了吗？主考官是一方势力，覆考官是一方势力，揭发者是一方势力，获利者是另一方利益集团。

揭发者段文昌和李绅，前面介绍过不赘言。此时的李绅和李德裕交好，而后受到贬黜，李德裕掌权加以重用。有了这个缘故，牛党人添油加醋说他们如何如何勾结。

宰相段文昌，我查了段文昌在新旧《唐书》中的记载等史料，发现此人为人机敏，善于结交，他在西川时特意去忠州拜谒李吉甫，李吉甫拜相，提拔了段文昌。后来他又成了另一个宰相武元衡的女婿。这个人在西川幕府最早追随韦皋，和节度副使刘辟亲近。朝廷派高崇文攻击刘辟，段文昌和高崇文还打得火热，短时间内于几个对立面关系和睦，足见此人八面玲珑。

我们再来看看，那十几个滥竽充数的人，这些获益者都是谁。举子中苏巢是李宗闵的女婿，裴㢧是宰相裴度之子，此时的裴度正领兵在外平叛。郑朗是郑覃的弟弟，郑覃是后来的宰相，李党的中坚力量。还有主考官杨汝士的季弟杨殷士。

钱徽拒绝段文昌和李绅推荐，取士二人就是苏巢和杨殷士二人。《新唐书·卷一百七十七·列传第一百二·钱徽传》记载："徽不能如二人请，自取杨殷士、苏巢。巢者李宗闵婿，殷士者汝士之弟，皆与徽厚。"

再来看看覆考官白居易和王起，主考的有白居易的大舅子，考试有白居易的小舅子，他虽然和两党都有交际，但白家整体是倾向牛党，白居易从弟白敏中就是牛党的主力打手。他获得李德裕的信任后，后来对李德裕给了致命一击。这下文再表。并且白居易分别是宪宗朝贤良方正科和穆宗朝长庆科举两科的复试官，李德裕对其没有好感，想必这也是缘故之一。

王起布衣出身，在唐朝有当代仲尼的美称，他曾是李吉甫的掌书记，与李德裕两人关系亲厚。同在翰林时二人曾一起唱诗，这对李德裕不多见，足见二人关系要好。

李德裕《雨中自秘书省访王三侍御知早入朝便入集贤侍御任集贤校书及升柏台又与秘阁相对同院张学士亦余特厚故以诗赠之》，就是与王起的对诗。李德裕尚未入仕，王起在李吉甫幕府时，二人就曾一起到淮南郊游。

诸君请看，事情就是这么简单，复杂的是人，搅和的这些人这些事，能没有矛盾嘛。

于是，覆考完毕，王起和白居易调查后给皇帝上了一封奏书。

《论重考试进士事宜状》："右，臣等伏料，自欲重试进士以来，论奏者甚众。伏计烦黩圣听之外，必以为或亲或故，同为党庇。臣今非不知，但以避嫌事小，隐情责深，所以冒犯天威，不敢不奏，伏希圣鉴试详臣言。伏以陛下虑今年及第进士之中，子弟得者侥幸，平人落者受屈，故令重试重考，乃至公至平，凡是平人，孰不庆幸？况臣等才识浅劣，谬蒙选充考官，自受命以来，夙夜惶惧，实忧愚昧，不副天心，敢不尽力竭诚，苦考得失，其间瑕病，纤毫不容，犹期再三，知臣恳尽。然臣等别有愚见，上裨圣聪，反覆思量，辄敢密奏。伏惟礼部试进士，例许用书策，兼得通宵。得通宵则思虑必周，用书策则文字不错。昨重试之日，书策不容一字，给烛只许两条，迫促惊忙，幸皆成就。若比礼部所试，事校不同。虽诗赋之间，皆有瑕病，在与夺之际，或可称量。倘陛下垂仁察之心，降特达之命，明示瑕病，以表无私，特全身名，以存大体，如此则进士等知非而愧耻，其父兄等感激而戴恩，至於有司，敢不惩革？臣等皆蒙宠擢，又忝职司，实愿裨补圣明，敢不罄竭肝胆？谨具奏闻，伏待圣裁，谨奏。"

可以看出两个信息一开始的考试过松，重考又过严。王起和白居易有和稀泥的想法，几方都不想得罪很深，皇帝一方也要有个交代。

也有一种观点，几方你来我往地缠斗时，元稹也起到了推动作用，王起和白居易就是元稹推荐为覆考官的。元稹是承旨学士，比李绅等人地位要高，唐穆宗也很喜欢元稹的诗词，日后拜相证实了皇帝对元稹的欣赏。还有一种角度就是王起，这位寒门出身的宰相，他对落榜学子持同情态度，与当权者提拔子弟有意见。

《旧唐书·卷一百六十四·列传第一百一十四·王起传》记载："贡举猥滥，势门子弟，交相酬酢；寒门俊造，十弃六七。及元稹、李绅在翰林，深怒其事，故有覆试之科。及起考贡士，奏当司所选进士，据所考杂文，先送中书，令宰臣阅视可否。"

王起、元稹皆是寒门贵子，他们出于公心很讨厌当权人在科举中徇私舞弊，让十年寒窗的读书人失去机会。元稹在《戒励风俗德音》书中将矛头直接指向造成种种弊端根源是朝廷庙堂的朋党。《旧唐书·卷一百六十八·列传第一百一十八·钱徽传》也曾云："制出，朋比之徒如挞于市，咸睢眦于绅、稹。"

皇帝颁发了一封制书，由元稹起草，一针见血指出了朋党的问题。

《戒励风俗德音》："朕闻昔者卿大夫相与让于朝，士庶人相与让于列，周成王刑措不用，汉文帝耻言人过，真理古也，朕甚慕焉。中代以还，争端斯起，掩抑其言则专蔽，诱掖其说则欺诬，自非责实循名，不能彰善瘅恶。故孝宣必有告讦及下，光武不以诡辞遽行，《语》称讪上之非，律有匿名之禁，皆所以防三至之毁，重两造之明。是以爵人于朝则皆劝，刑人于市则皆惧，罪有归而赏当事也。末俗偷巧，内荏外刚，卿大夫无进思尽忠之诚，多退有后言之谤；士庶人无切磋琢磨之益，多销铄浸润之谮；进则诙言谄笑以相求，退则群居杂处以相议；留中不出之请，盖发其阴私，公论不容之词，实生于朋党。擢一官则曰恩皆自我，黜一职则曰事出他门。比周之迹已彰，尚矜介特，由径之踪尽露，自谓贞方；居省寺者，不能以勤恪莅官，而曰务从简易，提纪纲者不能以准绳检下，而曰密奏风闻；献章疏者更相是非，备顾问者互有憎爱。苟非秦镜照胆，尧羊触邪，时君听之，安可不惑？参断一谬，俗化益讹，祸发齿牙，言生枝叶，率是道也，朕甚悯焉。我国家贞观、开元，同符三代，风俗归厚，礼让偕行。兵兴已来，人散久矣。始欲导之以德，不欲驱之以刑，然而信有未孚，理有未至，曾无耻格，益用雕刑，小则综核之权，见侵于下辈，大则机枢之重旁挠于薄徒。尚念因而化之，亦既去其尤者，而宰臣等惧其浸染，未克澄清，备列祖宗之书，愿垂戒励之诏。遂申诰教，颇用殷勤，各当自省厥躬，与我同底于道。凡百多士，宜体朕怀。"

科举案发生前，元稹和李宗闵的关系不错，科举案后，又加之争名夺利，二人关系开始势同水火。元稹参与这件事、推荐人选和提出意见等都是出于公心，出于事有不公，他立志为公，却得罪了李宗闵这帮当权人。

彼此阵营渐露雏形，气氛更是剑拔弩张。打向元稹的第一枪居然是裴度，裴度和李吉甫父子关系和睦。后来，裴度多次推荐德裕为相。他对元稹报复，观点大多集中在他的儿子此次落选，裴度挟嫌报复。

从这个角度来说，也证实了我的判断，长庆元年科举案元稹不能独善其身，在裴度眼中元稹不是看客，牌局不见此人，可参与甚深，攻击元稹不算冤枉他。攻击的理由更是狠毒，说他勾结魏宏简。

魏宏简是谁呢？宦官，唐朝中晚期的宦官真是尾大不掉，每个历史事件他们都扮演着极为重要的角色。魏弘简担任神策中尉副使，累官知枢密。读者留意，这个魏宏简是唐朝宦官，并非唐朝状元魏宏简，他们只是名字相同。

状元魏宏简是在德宗朝，太监魏宏简是穆宗朝。状元魏宏简钜鹿郡下曲阳县人（即今石家庄市晋州人）。

裴度攻击他们两个的理由是二人阻挠、破坏讨伐幽州之事，贻误军国大事。我们来看一下裴度写的这封奏疏。《论元稹魏宏简奸状疏》：

……伏惟文武孝德皇帝陛下恭承丕业，光启雄图，方殄顽人之风，以立太平之事。而逆竖构乱，震惊山东；奸臣作朋，挠乱国政。陛下欲扫荡幽镇，先宜肃清朝廷。何者？为患有大小，议事有先后。河朔逆贼，祗乱山东；禁闱奸臣，必乱天下：是则河朔患小，禁闱患大。小者臣等与诸道戎臣，必能翦灭；大者非陛下制断，非陛下觉悟，无计驱除。今文武百寮，中外万品，有心者无不愤怒，有口者无不咨嗟。直以威权方重，奖用方深，有所畏避，不敢抵独，恐事未行，而祸已及，不为国计，且为身计耳。

臣比者犹思隐忍，不愿发明。一则以罪恶如山，怨谤如雷，伏料圣明，自必诛殛。一则以四方无事，万枢且过，虽纪纲潜坏，贿略公行，待其贯盈，必自颠覆。今属凶徒扰攘，宸衷忧轸，凡有制命，系于安危。痛此奸邪，恣其欺罔，千乱圣略，非止一途。又与翰苑近臣，结为朋党。陛下听其所说，则必访于近臣，不知近臣已先私相计会，更唱迭和，蔽惑聪明。所以臣自兵兴以来，所陈章疏，事皆切要，所奉书诏，多有参差。蒙陛下委寄之意不轻，被奸臣抑损之事不少。

臣伏读国史，见代宗之朝，蕃戎侵轶，直犯都城。代宗不知，盖被程元振壅蔽，几危社稷。当时柳伉，乃太常一博士耳，犹能抗表归罪，为国除害。今臣所任，兼总将相，岂可坐观凶邪，有翳日月！臣不胜感愤嫉恶之至……

裴度语气强硬，措辞激烈，唐穆宗的处罚决定很快下发，元稹辞去承旨学士，改任工部侍郎。魏宏简贬官弓箭库使。

因为党同伐异，彼此阵营的心理需求和舆论需要，李德裕也被裹挟到了这场风波，还被牛党人绘声绘色地拉了进去，目前没有证据表明李德裕参与此事，他只是吃瓜群众的角色。但是彼此阵营已经是剑拔弩张，势同水火。自此，衰败不堪的唐朝，又多了一个朋党之祸。

（四）初镇浙西

公元822年，即长庆二年，李德裕外镇浙西，这戏码是宰相李逢吉联合大太监王守澄使的损招。

《旧唐书·卷一百七十四·列传第一百二十四·李德裕传》记载："二年二月，转中书舍人，学士如故。元和初，用兵伐叛，始于杜黄裳诛蜀。吉甫经画，欲定两河，方欲出师而卒。继之元衡、裴度。而韦贯之、李逢吉沮议，深以用兵为非。而韦、李相次罢相，故逢吉常怒吉甫、裴度。而德裕于元和时，久之不调，而逢吉、僧孺、宗闵以私怨恒排摈之。时德裕与李绅、元稹俱在翰林，以学识才名相类，情颇款密。而逢吉之党深恶之。其月，罢学士，出为御史中丞。其元稹自禁中出，拜工部侍郎、平章事。六月，元稹、裴度俱罢相。稹出为同州刺史。逢吉代裴度为门下侍郎、平章事。既得权位，锐意报怨。时德裕与牛僧孺俱有相望，逢吉欲引僧孺，惧绅与德裕禁中沮之；九月，出德裕为浙西观察使，寻引僧孺同平章事。"

李德裕传记清楚记载了这段矛盾，再讲李德裕外放，牛李党争全面开战，裴度被罢等许多事都绕不开李逢吉，因为他就是始作俑者。

史书评价李逢吉是品性忌刻，险谲多端。在宪宗朝曾裴度用兵，李逢吉请求罢兵，他实际担心裴度有军功威胁相位。唐宪宗不糊涂，很讨厌此人，将他外放剑南东川节度使。

唐穆宗继位，窝火憋气的李逢吉机会来了，他曾是东宫侍讲，天天出出进进东宫，和掌权的太监们都是老熟人，有机会也有条件结交内宦，事实证明，李逢吉抓住了机会。可是李逢吉要想拜相必须满足两个条件：结交权幸、搞定皇帝，赶走现任宰相、腾出位置。

李逢吉也颇有心计，他找到神医郑注，郑不是普通神医，此人和权倾天下的大太监王守澄有关系。王守澄我们不止一次介绍过，他杀死了唐宪宗和吐突承璀等人，身为太监的他在唐朝掌权十五年之久。

于是，二人一拍即合开始狼狈为奸，操纵朝堂。王守澄通过李逢吉控制官场，李逢吉通过王守澄控制朝局。李逢吉身边的党羽有张又新、李续、张权舆、刘栖楚、李楚、李虞、程昔范、姜洽和李训八个人，巴结他们八个人的又有八个人，都任重要职务，因此号称"八关十六子"。这些人形成了一个固定的圈子，有事求情，先要买通这些人，转告李逢吉，立刻得偿所愿。

那李逢吉为何要排挤李德裕呢？这个梁子还得从李逢吉和李吉甫说起，宪宗朝对淮西用兵，李逢吉又反对，他认为淮西为唐朝税赋重地，没有必要对淮西用兵，与其耗损军粮，还不如直接承认吴元济节度使之职。而强硬派李吉甫裴度等人坚持主张用兵，皇帝也赞成用兵。

李逢吉被贬就把仇记在了李吉甫裴度身上，他掌权后对裴度和李德裕都是排斥打压。

这一年，李德裕任中书舍人，又兼任翰林学士，改任御史中丞。李逢吉拜相后，眼看李德裕和牛僧孺都有机会拜相，他的私心来了，秉持着敌人的敌人就是朋友的心理，他勾结太监一通操作，李德裕外放浙西观察使，牛僧孺顺利拜相。

李逢吉为何执意提拔牛僧孺呢？因为牛和李吉甫也有梁子，我们前文讲过宪宗朝贤良方正科的事情。彼此矛盾裹挟也成了不可逾越的心结。他们都想找李德裕算账，如此缠斗下去，李德裕掌权不会清算他李逢吉吗？于是，老奸巨猾的李逢吉提拔了牛僧孺，如此一来，始终有人在前面与李德裕缠斗，他只需选好接班人，就不用担心被清算。事实证明，李逢吉棋高一招，牛李党争四十年，他躲在后面渔利却毫发未损。

《吴郡名贤图传赞》是清道光年间长洲顾沅所辑刻吴郡地方，自周朝至清代先贤之图传赞，全书分二十卷，共收录570人，其中有李德裕像（图4-3）。

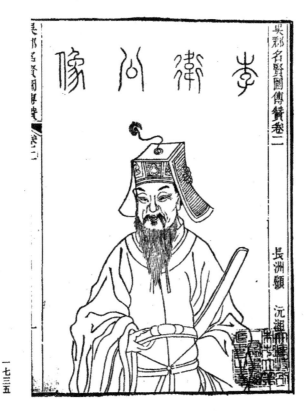

图4-3 《吴郡名贤图传赞》中李卫公德裕画像

一家欢喜一家愁，牛僧孺以中书侍郎领衔同平章事。李德裕就灰溜溜地成为了润州（今江苏省镇江市）刺史、浙西观察使，到达浙西马上面对一件棘手事：财政空虚。

前任窦易直因为王国清作乱案，将府库散尽。

《中国法案大辞典》记载了王国清作乱案[①]：

唐穆宗长庆二年（公元822年）七月，汴州军乱，浙西观察使窦易

---

① 郭成伟，肖金泉.中华法案大辞典 [M].北京：中国国际广播出版社，1992：341.

直闻之忧惧，恐本处将士作乱，欲散金帛以赏军士。有人劝他说："赏之无名，恐将士生疑。窦易直认为有理，乃止赏不发。但将士中已有知道者，于是八月大将王国清乃作乱。窦易直讨擒之，连其党羽二百余人并杀之。然后向朝廷奏闻。

窦易直拍屁股到长安上任了，留下了烂摊子给李德裕。

《旧唐书·卷一百七十四·列传第一百二十四·李德裕传》记载："德裕俭于自奉，留州所得，尽以赡军，虽施与不丰，将卒无怨。二年之后，赋舆复集。德裕壮年得位，锐于布政，凡旧俗之害民者，悉革其弊。江、岭之间信巫祝，惑鬼怪，有父母兄弟厉疾者，举室弃之而去。德裕欲变其风，择乡人之有识者，谕之以言，绳之以法，数年之间，弊风顿革。属郡祠庙，按方志，前代名臣贤后则祠之。四郡之内，除淫祠一千一十所。又罢私邑山房一千四百六十，以清寇盗。人乐其政，优诏嘉之。"

李德裕改变了窦易直奖赏不公，拒不付赏的做法，他从自己做起，节俭开支，加强练兵，将手上的钱财粮食赏给将士们，虽然不多很公平。经过两年治理后财库丰盈。

李德裕到镇江后，发现民俗也存在弊端，当地人信奉鬼怪巫术，民俗方面尚未开化，有了迷信落后的风俗。比如有父母兄弟得了瘟疫，就认为是鬼怪上身，弃之不顾。

李德裕的措施很有效，选择知书达理的读书人进行说服教育，让这些人再去说服乡里。对于顽固分子则绳之以法，巫术风俗逐渐革除。

根据地方志记载，李德裕对各式信奉鬼怪的庙进行整顿，除了名臣贤人的祠庙保留，拆除一千多座鬼怪庙，私搭乱盖的私邑也坚决拆除。他对境内的流寇盗贼也是坚决打击，使风气焕然一新，赢得了百姓们的赞誉。

在此时期，李德裕曾做一首诗《北固怀古》："自有此山川，于今几太守。近世二千石，毕公宣化厚。丞相量纳川，平阳气冲斗。三贤若时雨，所至跻仁寿。"

我详细研究了这首诗，注解一下，李德裕说的毕公是毕构，丞相是指陆象先，平阳是指齐瀚，这三位都曾任润州刺史，对润州的建设作出了杰出贡献。

齐瀚是河北安国人，李峤称他为王佐之才。齐瀚在平阳太守离世，他在润州刺史在瓜州上开伊娄河，解决了运河水路交通的问题。李德裕称毕构政事，开元第一，在润州任史书评价政惠爱民。陆象先史书评价其政如一，人吏咸怀思之，老百姓和同事都怀念他。

李德裕以三位有作为的人，写诗抒发施政方向和学习楷模。他注重民政民生，他在润州上书皇帝，说导致江南民困的最重要原因是厚葬制度。

《论丧葬逾制疏》[①]："……应百姓厚葬，及于道途盛陈祭奠，兼设音乐等。闾里编，罕知教义，生无孝养可纪，没以厚葬相矜，器仗僭差，祭奠奢靡，仍以音乐，荣其送终，或结社相资，或息利自办，生产储蓄，为之皆空，习以为常，不敢自废，人户贫破，抑此之由……"

李德裕直抒胸臆，痛陈厚葬制度的弊端，直接反应了厚葬折射出来的经济困局和社会鄙俗。

同样是这一年，长庆二年，李德裕在润州娶妾徐盼，字正定，润州丹徒人（今镇江丹徒区）。徐盼16岁，李德裕35岁，这是一个苦命的女人，死于23岁，和德裕育有两子。

李德裕在祭奠徐盼的墓志，即《滑州瑶台观女真徐氏墓志铭》里面，真情实感，无比哀伤地写道："……淑景鲜辉，掩阴氛而遂翳；良珪粹质，委埃尘而忽碎。无心所感，况在同心……"

李逢吉掌权后，李德裕在浙西七年之久，李宗闵入相，又引牛僧孺拜相，将李德裕外放西川，文宗继位，李德裕在裴度的多次推荐下短暂回朝，从公元822年到公元832年，十年间一直在地方为官。

李德裕在地方卓有政声，镇江成都松潘等地至今仍怀念李德裕，在成都东湖公园，清同治三年，即公元1864年，新繁县令陈祥栋为怀念唐代西川节度使李德裕对成都的功绩而建怀李堂。成都怀李堂概括总结了李德裕的一生，是我见过纪念李德裕一生功绩最为详细的地方。石家庄作为李德裕家乡需要大力挖掘和宣传这位千古名相。

长庆四年，即公元824年，唐穆宗本身有病，又热衷丹药，很快中毒死了，死时不到29岁。唐穆宗儿子李湛继位，是为唐敬宗。我们在讲述李绛时，曾简单介绍过唐敬宗，这里不赘言。

---

① 王水照.传世藏书·集库·总集：全唐文[M].海口：海南国际新闻出版中心，1996：4971.

我们只讲述和李德裕相关的故事，唐敬宗继位，他的不着调比他父亲更甚，他一个16岁孩子，刚继位，诏浙西造银盝子妆具二十事进内。

李德裕是浙西的主官，他了解地方的财政困难，据本回奏拒绝了。在封建时代臣子拒绝天子，两千多年的历史有多少个呢？

李德裕拒绝皇帝的本章是这样写的：

《奏银妆具状》①："臣有生多幸，获遇昌期，受寄名藩，每忧旷职，孜孜夙夜，上报国恩。数年以来，灾旱相继，罄竭微虑，粗免流亡，物力之间，尚未完复。臣伏准今年三月初三日赦文，常贡之外，不令进献。此则陛下至圣至明，细微洞照，一恐聚敛之吏，缘以成奸，雕瘵之人，不胜其弊，上宏俭约之德，下敷恻悯之仁，万国群，鼓舞未息。昨奉五月二十三日诏书，令访茅山真隐，将欲师处谦守约之道，敦务实去华之美。虽无人上塞丹诏，实率土已偃元风，岂止微臣，独怀忭贺？况进献之事，臣子之常心，虽有赦文不许，亦合竭力上贡。惟臣当道，素号富饶，近年以来，比旧则异。贞元中李锜任观察使日，职兼盐铁，百姓除实出榷酒钱外，更置官酤，两重纳榷，获利至厚。又访闻当时进奉，亦兼用盐铁羡余，贡献繁多，自后莫及。至薛蘋任观察使时，又奏置榷酒，上供之外，颇有余财，军用之间，实为优足。自元和十四年七月三日敕，却停榷酤。又准元和十五年五月七日赦文，诸州羡余，不令送使，惟有留使钱五十万贯支用，犹欠十三万贯不足，须自诸事节用，百计补填，经费之中，未免悬阙。至于绫纱等物，犹是本州所出，易于方圆；金银不出当州，皆须外处回市。去年二月中奉宣，令进盝子，计用银九千四百余两。其时贮备都无二三百两，乃诸头收市，此时亦稍优饶，悉力上供，幸免败阙。昨又奉宣旨，令进妆具二十件，计用银一万三千两，金一百三十两，寻令并合圣节进奉金银造成两具进纳讫。今差人于淮南收买，旋到旋造，星夜不辍，竭力营求，深忧不迨。臣若因循不奏，则负陛下任使之恩，若分外诛求，又累陛下慈俭之德。伏乞陛下览前件榷酤及诸州羡余之目，则知臣军用短阙，本未有由。伏料陛下见臣论奏，必赐详悉，知臣竭爱君守官之节，尽纳忠謇直之心。伏乞圣慈宣令宰臣商议，何以遣臣得上不违宣旨，下不阙军储，不困疲

① 王水照.传世藏书·集库·总集：全唐文[M].海口：海南国际新闻出版中心，1996：5002.

人，不招物议，前后诏敕，并可遵承？辄冒宸严，敢陈丹恳，无任战汗之至。"

皇帝要的东西，折合银子一万三千六两，金子一百三十两。这对地方是很大的财政压力，李德裕只有据实上奏，浙西府库才不到二三百两。

九月，唐敬宗不死心，像极了一个小买卖人，开始和李德裕讨价还价。他那意思你李德裕给不了那么多贵重的东西，给我一千匹好布吧，又诏进可幅盘盏缭绫一千匹。

李德裕看到天下百弊丛生，万几丛脞，皇帝为了满足私欲，已经到了走火入魔的地步。他又上奏拒绝了又写《奏缭绫状》——"远思汉文、元帝罢轻纤服饰，近览太宗、玄宗罢进献名鸟"等，李德裕通篇都是苦口婆心地劝谏皇帝，多少皇帝禁止进献，拒绝的大臣也没有获罪的人。于是皇帝才赦免进献，浙西百姓才免除一次盘剥，府库躲过了一次财政危机。其余地方就没有那么好运了，李逢吉勾手太监当政，就一味地纵容皇帝，对于李德裕赦免进献的建议，置之不理。

唐敬宗爱玩，掌握权力的李逢吉和太监王守澄就想方设法就是让皇帝玩儿。他们在朝廷则是排除异己，百般搜刮，让老百姓苦不堪言，直接导致了染工暴动事件。

长庆四年四月，这次杀入皇宫的不是外族，不是节度使，而是宫内染工。算卦人苏玄明召集了一百多人染工，他说皇帝荒淫无度，不务正业，咱们可以取而代之。不知怎么，他们在夜里蒙混进了皇宫。

唐敬宗正在清思殿打马球，这些人就杀到了，太监左军中尉马存亮及时救驾，又派五百人将迎接郭太皇太后（懿安皇后）、王太后（恭僖皇后）接出来。神策军把染工头人张韶等人全部杀死。这些染工杀到的时候，宫内真有树倒猢狲散的架势，太监宫人等人四散奔逃，以为叛军杀到。局势稳定后来迎接皇帝就仪仗中的几个人，唐敬宗稳定心神后，论功行赏，马存亮功劳第一。

这个太监不简单，马存亮是我查询唐史以来，唯一没憋着坏心思的太监。唐敬宗封赏他，他不愿意因此得权，主动请求外放地方。他又上奏敬宗为宦官吐突承璀辩护，说吐突承璀有错，罪不至死。

唐敬宗下诏为吐突承璀平反，并令其养子吐突士晔将他依礼收葬。这里说一个知识点，唐朝廷为了限制宦官集团的权势，有养子制度，规定每个太监收养一个养子，比如梁守歉有养子五人，四个人是太监，一个官员。太监们有了这一层稳定关系，权力得到了传承，后来形成了许多大大小小的宦官世家，把持神策军。

后来，马存亮回朝，唐文宗朝，王守澄派骑兵要杀宰相宋申锡全家，又是马存亮拦了一下，加上朝臣营救，只有宋申锡一人被贬，躲过了灭门之祸。

马存亮死，李德裕还为其撰写了墓志铭，名为《唐故开府仪同三司行右领军卫上将军致仕上柱国扶风马公神道碑铭》①，文中称赞马存亮："御札盈几，天香满衣，骖八骏而幸元洲，捧六钧而殪青兕，勋名光焯，当代莫俦。"

除了染工暴动，唐敬宗的诸多荒唐行为还直接导致了，八月太监季文德勾结马文忠等近 1400 人企图打进皇宫等等。唐敬宗喜欢大兴土木，他除了打猎打球，还喜欢看鱼藻宫观龙舟竞渡等等。从春天到冬天，长安内外兴作相继，各级官员和匠役之人都怨声载道。

长庆四年，公元 824 年 11 月，唐敬宗过生日，徐泗节度使王智兴请于泗州（今宿州市泗县）置戒坛，名义为皇帝过生日，其实达到敛财的目的。从这里我们可以看出贪官污吏喜欢糊涂皇帝，这样皇帝获利一成，他们以皇帝的名义敛财就能获利五成，而毁掉的是皇帝和朝廷的信誉，民心就是如此一点点被贪官污吏所瓦解。

《资治通鉴·卷二百四十三·唐纪五十九》记录："乙未，徐泗观察使王智兴以上生日，请于泗州置戒坛，度僧尼以资福，许之。自元和以来，敕禁此弊，智兴欲聚货，首请置之，于是四方辐凑，江、淮尤甚，智兴家赀由此累巨万。浙西观察使李德裕上言：'若不铃制，至降诞日方停，计两浙、福建当失六十万丁。'奏至，即日罢之。"

这个弊政在元和年间已改，王智兴投其所好，家财迅速达到数万。李德裕在地方为政，深知其中利弊上奏《王智兴度僧尼状》："王智兴于所属泗州置僧尼戒坛，自去冬于江淮以南，所在悬榜招置。江淮自元和二年后，不敢私度，闻泗州有坛，户有三丁，必令一丁落发，意欲规避王徭，影庇资产。自正月以来，落发者无虑数万。臣今于蒜山渡点其过者，一日一百余人，勘问惟十四人是旧人沙弥，馀是苏常百姓，亦无本

---

① 董诰，等. 全唐文 [M]. 北京：中华书局，1983：7297.

州文凭，寻已勒还本贯。访闻泗州置坛次第，丹髠夫到者，人纳二缗，给牒即回，别无法事。若不特行禁止，比至诞节，计江淮以南，失却六十万丁壮。此事非细，系元朝廷法度。"

李德裕的奏状言简意赅地说，地方设置戒坛，成为了地方官吏的敛财工具，途径就是倒卖度牒，有了这张纸就可以免除劳役。许多壮劳力生活艰难，这时候又剃度成僧尼，以后家庭和家人该如何讨生活呢。

天下糜烂，百姓苦不堪言，皇帝只顾大兴土木，打猎走马。

公元825年，即宝历元年，难说李德裕是什么心情，看到皇帝置国家政事荒乱至此，他写下了一篇谏文劝谏皇帝，写这封谏文前，想必李德裕做好了下监坐狱的准备。

《丹扆箴》[①]："臣闻《诗》云：'心乎爱矣，遐不谓矣。'此古之贤人所以笃于事君者也。夫迹疏而言亲者危，地远而意忠者忤，然臣窃念，拔自先圣，偏荷宠光，若不爱君以忠，则是上负灵鉴。臣顷事先朝，属多阴沴，尝献《大明赋》以讽，颇蒙先朝喜纳。臣今日尽节明主，亦犹是心。昔张敞之守远郡，梅福之在遐徼，尚竭诚尽规，不避尤悔，况臣尝学旧史，颇知箴讽，虽在疏远，犹思献替。谨稽首上《丹扆六箴》，具列于后。仰尘睿鉴，伏积兢惶。一宵衣箴：先王听政，昧爽以俟。鸡鸣既盈，日出而视。伯禹大圣，寸阴为贵。光武至仁，反支不忌。无俾姜后，犹去簪珥。彤管记言，克念前志。二正服箴：圣人作服，法象可观。虽在晏游，尚不怀安。汲黯庄色，能正不冠。杨阜毅然，亦讥缥纨。四时所御，名有其官。非此勿服，惟辟所难。三罢献箴：汉文罢献，诏还骏駣。銮辂徐驱，安用千里。厥后令王，亦能恭己。翟裘既焚，筒布则毁。道德为丽，慈俭为美。不过天道，斯为至理。四纳诲箴：惟后纳诲，以求厥中。从善如流，乃能成功。汉骛沉湎，举白浮钟。魏睿侈汰，凌霄作宫。忠虽不忤，而善亦从。以规为瑱，是谓塞聪。五辨邪箴：居上处深，在察微萌。虽有谗慝，不能蔽明。汉之孝昭，睿过周成。上书知诈，昭奸得情。燕盖既折，王猷洽平。百代之后，乃流淑声。六防微箴：天子之孝，敬遵王度。安必思危，乃无遗虑。乱臣猖獗，非可遽数。元黄莫辨，触瑟始仆。柏谷微行，豺豕塞

---

① 王水照.传世藏书·集库·总集：全唐文[M].海口：海南国际新闻出版中心，1996：5037.

路。睹貌献飨，斯可试惧。"

皇帝听了没有责备，反而嘉奖了李德裕，这封诏书是韦处厚代写。

《答李德裕丹扆箴诏》①："卿文雅大臣，方隅重寄，表率诸部，肃清全吴。化洽行春，风澄坐啸，眷言善政，想叹在怀。卿之宗门，累著声绩，冠内廷者两代，袭侯伯者六朝。果能激爱君之诚，喻诗人之旨，在远而不忘忠告，讽上而常深虑微。博我以端躬，约予以循礼，三复规谏，累夕称嗟。置之座隅，用比韦弦之益；铭诸心腑，何啻药石之功。卿既已投诚，朕每怀开谏，苟有过举，无忘密陈。山川既遐，眷瞩何已，必当勉已，以副深诚。"

皇帝给李德裕戴高帽，对于自己的荒唐行为，依然是我行我素。

也是这一年，亳州谣言有圣水出，据传饮此圣水可治愈百病，一传十十传百，使整个南方地区的老百姓痴迷，加之他们之前有信奉巫术的基础，于是每二三十家便雇一人前往亳州取圣水。这一场大规模百姓骚动也引起了李德裕的重视。

李德裕一眼看穿又是敛财的把戏，但是对当地百姓影响太大，他就差人取了圣水，在大街上支好铁锅加上猪肉，说如果是圣水则锅中猪肉不会改变，结果猪肉熟了，老百姓才逐渐醒悟。李德裕又出面将所谓的圣水水源埋掉。加上王智兴戒坛事和圣水事，我们不难看出，李德裕对地方社会中的宗教与经济状况相当关注。作为地方官员，他必须保证地区的税收，维持地方社会秩序。任何诡异的现象都可归到经济线索中，李德裕从这两件事，透过现象看本质，一一将其化解。事后，李德裕给皇帝上书说明了这件事。

《亳州圣水状》②："臣访闻此水本因妖僧诞惑，狡计丐钱。数月以来，江南之人，奔走塞路，每三十家都雇一人取水。拟取之时，病者断食荤血，既饮之后，又二七日蔬食，危疾之人，俟之病愈。其水斗价三贯，而取者益之他水，沿路转以市人，老病饮之，多至危笃。昨点两浙、福建百姓，渡江者日三五千人。臣于蒜山，已加捉搦，若不绝其根本，终恐无益黎。昔吴时有圣水，宋齐有圣火，事皆妖妄，古人所非。乞下本

---

① 王水照.传世藏书·集库·总集：全唐文 [M].海口：海南国际新闻出版中心，1996：5070.

② 王水照.传世藏书·集库·总集：全唐文 [M].海口：海南国际新闻出版中心，1996：5003.

道观察使令狐楚，速令填塞，以绝妖源。"

公元826年，十几岁的皇帝唐敬宗和他父亲祖父一样喜欢服食丹药，希望长生不老。他身边的道士就有赵归真，刘从政，孙淮等人。皇帝面对摇摇欲坠的天下，这个年龄不图进取，居然害怕死亡。

这一年，润州道士周息元入宫，李德裕卓有大臣风范，又上奏《谏敬宗搜访道士疏》劝谏皇帝："言周息元妄诞，无异于人，只有睿思精求才致真隐。"

唐敬宗置之不理，依然是天天与周息元论道，请教长生不老的方法。

《旧唐书·卷十七·本纪第十七上·敬宗》对唐敬宗的评价十分低："宝历不君，国统几绝，天未降丧，幸赖裴度，复任弼谐。彼狡童兮，夫何足议！"意思是他根本不像皇帝，没有裴度辅佐，早就亡国了。

长庆三年，即公元823年，元稹被调任浙东观察使兼越州刺史，他常与好友李德裕互通书信，也时常安慰他。他途径润州以《酬李浙西先因从事见寄之作》劝勉同遭贬谪的好友。

公元824年元稹写下《寄浙西李大夫四首》再次勉励李德裕静等大鹏展翅时，这一时期，李德裕创作《述梦诗四十韵》，元稹和刘禹锡均有合诗，元稹和诗题为《奉和浙西大夫李德裕述梦四十韵，大夫本题言赠于梦中诗赋，以寄一二僚友，故今所和者亦止述翰苑旧游而已次本韵》，刘禹锡合诗《和浙西李大夫示述梦四十韵并浙东元相公酬和斐然继声》等。

在浙西李德裕对觱篥情有独钟。觱篥是一种从北方胡中地区传入中原的乐器，声音悲凄而悠扬，适合表达幽怨的曲调。觱篥的音质特色恰好符合李德裕的品味，他自己研究觱篥吹奏技法，四处寻找觱篥高手切磋，他养乐师歌姬演奏这种乐器。有官员向李德裕推荐了有一位十二岁的薛阳陶。

晴朗的秋夜，薛阳陶一袭白衣，走上舞台，银色的月光下，薛阳陶缓缓举起手中的觱篥，一声低沉而悠扬的丝竹声划破夜空，如萧瑟的秋风在山林间徘徊，这乐音一会儿飘荡到峭壁的树梢，一会儿穿梭在松林的间隙，一会儿羁绊在山谷，一会儿盘桓在岩石之巅……他演奏的觱篥出神入化，让李德裕等人如痴如醉。

李德裕诗兴大发，作诗《霜夜听小童薛阳陶吹觱篥歌》描绘当时如幻境般的景象，他的诗文一出引发文坛震动，好友元稹率先合诗《和浙西李大夫听薛阳陶吹觱篥歌》，接着刘禹锡合诗《和浙西李大夫霜夜对月听小童吹觱篥歌》，白居易也开始合诗《小童薛阳陶吹觱篥歌·和浙西李大夫作》。后来晚唐诗人罗隐作《薛阳陶觱篥歌》，张祜有《听薛阳陶吹芦管》等等描绘薛阳陶为李德裕吹奏觱篥的盛况。李德裕去世，温庭筠作诗《觱篥歌》怀念李德裕。

李德裕所作诗词，仅剩六句留存：秋山寂历风飙歌，半夜青崖叶明月。寒光乍出松篠间，万籁萧萧从此发。忽闻歌管吟朔风，精魂想在幽岩中。

洛阳作为唐帝国东都，武则天的神都，许多朝廷大员，文人雅士都在洛阳置别业生活读书。比如裴度的绿野堂，白居易的白莲庄。

公元 825 年李德裕在洛阳建造平泉山庄，似乎有归隐之心，他写诗给元稹访求青田胎化鹤："只应将唳鹤，幽谷共翩翩。"只是李德裕在外做官，在平泉山庄居住的时间很短暂，倒是白居易经常去，写下了许多关于平泉山庄的诗句。

唐诗中描述李德裕和其平泉山庄最有名诗句当属"陇右诸侯供语鸟，日南太守送名花"。平泉山庄位置大约在洛阳市伊川县梁村沟一带，今有平泉寺，笔者曾多次在附近寻找平泉山庄遗迹（图 4-4）。

图 4-4　作者寻找平泉山庄遗迹

平泉山庄落成，成为了洛阳八景之一的平泉朝游。庄园建成的时候，李德裕仍在江南，家人将庄园图绘制送来，他对精心营造的平泉山庄神往已久，诗兴大发，作的《怀山居邀松阳子同作》："我有爱山心，如饥复如渴。出谷一年馀，常疑十年别。春思岩花烂，夏忆寒泉冽。秋忆泛兰卮，冬思玩松雪……"

按照李德裕仕途路线，他在平泉山庄居住时间并不长，这里却成了他的精神家园，许多诗作都是描绘平泉山庄。他在南方搜寻的奇花异草和观赏石也陆陆续续送入山庄。

公元826年，即唐宝历二年，唐敬宗玩到头了，宦官刘克明杀死了这位荒唐的皇帝，死时17岁。刘克明想学王守澄和梁守歉的通天手段，随意杀皇帝立皇帝。由他和苏佐明等宦官杀死唐敬宗后，矫诏拥立唐宪宗李纯第六子，绛王李悟当皇帝。

刘克明一伙儿对形势估计过于乐观了，紧接着，大太监王守澄和梁守歉联手杀死了绛王李悟和刘克明一伙人，拥立李昂为皇帝，史称唐文宗。

远在浙西的李德裕心情一定是踌躇满志，一直排挤他的李逢吉因足疾修养了，唐文宗初登大宝，一定需要调剂破坏不堪的朝局，这就是李德裕能回长安的唯一机会。

结果是如此的冰冷，李德裕想错了，唐文宗登位后，大权依旧是王守澄等太监掌握，朝廷行政之权则是太监推荐的人，李逢吉走了，其侄李训和神医郑注掌权，李宗闵等人大用，这些幸进之臣们对李德裕采取依然是排挤打压，手段就是不让其回京任职。

郑注通过讨好王守澄，给唐文宗治病获得宠信。当初李逢吉拜相也是通过郑注和王守澄搭上关系，这下神医想亲自尝尝权力的滋味。

李德裕没有等来调入长安的诏令，就等到了加授检校礼部尚书的旨意，这相当于一种虚衔荣誉，实际官职没有发生改变，仍旧是在浙西任职。

这个时期，刘禹锡也曾陪着李德裕登北固山，比如刘禹锡诗文：《和浙西李大夫晚下北固山，喜径松成阴，怅然》，他本人经常登北固山，二人均有这个时期的诗文，心情可想而知。

公元824年，李德裕在北固山立铁塔，后又筹建寺院。宝历年间，天降甘露于北固山，"甘露之降瑞，建仁祠于高标""创甘露宝刹，以资穆皇之冥福"，这就是李德裕在北固山创建甘露寺的自述。寺庙落成，李德裕收藏的陆探微名画送给寺院，并在寺前种桧柏两株。到了宋代，这两株树还在，苏东坡见到后曾有诗句云："赫赫赞皇公，古柏手亲植。"清代诗人赵翼也曾作《和保堂甘露寺咏李德裕之作》。

李德裕亲笔撰写了《重瘗长干寺阿育塔舍利记》和《重瘗上元县禅寺舍利记》两块石刻碑记。瘗（yì）是埋葬的意思。

这个寺庙和塔的建成颇具来历，公元824年，李德裕在州属白下县长干寺，到已荒废阿育王塔的塔基内取得舍利，将其中11粒佛舍利移于润州，瘗藏在北固山后峰新建的石塔之下。而后，李德裕又"施州宅后地，增拓基宇"，将他的官邸后园辟为寺基，在北固山后峰南坡之上大兴土木，依山建寺。

公元826年，宝历二年终于落成，三月己亥，甘露降北固山，李德裕为寺提名甘露寺。两块碑文中李德裕说得很清楚，就是为了报答唐穆宗提携之恩，为穆宗增冥福。

《重瘗长干寺阿育王塔舍利题记石刻》。方石一，10.6厘米见方，刻楷书五行，全文为："浙江西道都团练观察处置等使、润州刺史兼御史大夫李德裕以长庆乙巳岁正月戊申日建塔。"

石函一，盖阴刻楷书六行，全文如下："上元县长干寺阿育王塔舍利二十一粒，缘寺久荒废，以长庆甲辰岁十一月甲子，移置建初寺；分十一粒置北固山，依长干旧制造石塔，永护城镇，与此山俱。"长方形石一，长15厘米、宽11厘米，面刻楷书五行，全文如下："李德裕敬造石塔，石函一、金棺一、银椁一、锦绣襵共十重，并自题石函底盖及此石，永充供养。"

这个《重瘗禅众寺舍利题记石刻》（图4-5）是在大和年间，与前时相比，李德裕的官职都发生了改变。方石一，56厘米见方，刻楷书14行，全文如下："有唐大和三年乙酉岁正月廿四日乙巳，于上元县禅众寺旧塔基下获舍利石函，以其年二月十五日乙丑重瘗藏于丹徒县甘露寺东塔下，金棺一、银椁一、锦绣襵九重，皆余之施也。余长庆壬寅岁穆宗皇帝擢自宪台，廉于泽国，星霜八稔，祇事三朝，永怀旧恩，没齿难报，创甘露宝刹，重瘗舍利，所以资穆皇之冥福也。浙江西道观察等使、银青光禄大夫、检校礼部尚书兼润州刺史、御史大夫李德裕记。"

图4-5 李德裕书《重瘗禅众寺舍利题记石刻》

李德裕此举为镇江，为江南人文宗教文化等领域写下了浓墨重彩的一笔。除此之外，李德裕在佛教语境下，以佛道儒为一体的文化在润州大力弘扬，以挤压巫教的生存空间，让民众增智。除此之外，公元829年，李德裕为已故高僧法融修塔，亲自写下《大迦叶赞》："惟大迦叶，依无上智。初分宝座，终投密记。晚遇金粟，乃知平地。潜形鸡足，以待慈氏。"

李德裕又请刘禹锡撰写《牛头山第一祖融大师新塔记》："……大和三年，润州牧浙江西道观察使检校礼部尚书赵郡李公，在镇三闰，百为大备，尚理信古，儒元交修。始下令禁桑门贩佛以眩人者，而于真实相深达焉……"

同年，润州鹤林寺禅师玄素故去，李德裕上书皇帝请依佛教惯例赐以谥号。《请宣赐鹤林寺僧谥号奏》："润州鹤林寺故禅师元素，传牛头山第五祖智威必法，是径山大觉之师，伏请依释门例，赐谥号大额。"皇帝答应李德裕之奏请，册封和尚玄素为大律禅师。

在润州李德裕和守亮和尚的交往也是一段佳话，李德裕向南朝的僧人求教易经，瓦官寺僧人守亮前来讲易，将李德裕的问题和疑惑逐一解答，不知不觉听入了迷。随后将守亮安置在府衙和甘露寺，皆有讲习处。

《唐语林·文学》记载："(元亮)分条析理，出没幽赜，公(德裕)凡欲质疑，亮已演其意。"

这也标志着文人士大夫与佛教僧侣的互动，佛教世俗化的趋势，也表明彼此在宣教方面的需求。

有一次，守亮正讲得起劲，突然撒腿就跑，回到甘露寺洗澡更衣，又差人禀告李德裕："大期今至，不及回辞。"

次日，李德裕登门，守亮果然圆寂，德裕拈香祭拜，并撰写了祭文，评价说："举世之官爵俸禄皆加于亮，亮尽受之，可以无愧。"

还有栖霞寺一名僧人清源，也在李德裕幕府，对此人的评价是："学赡经肆，人罕畴匹。李德裕调离润州后，清源才返回上元栖霞寺(今南京栖霞寺)。"

宋代张表臣著《珊瑚钩诗话·卷二》，也曾记载了李德裕与一位僧人的交往。"李卫公镇南徐，甘露寺僧有戒行，公赠以方竹杖，出大宛国，盖公所宝也。及公再来，问：'杖无恙否？'僧欣然曰：'已规圆而漆之矣。'公嗟惋弥日。"

李德裕能记得一根大宛国的方竹杖的事，所赠僧人也不是一般沙弥。这是故事的通俗版，还有一个典故版：规圆方竹，唐朝冯翊《桂苑丛谈·方竹柱仗》记：李德裕出任浙西观察使期满，途经润州(镇江)甘露寺，与寺主老僧交谈佛理颇相得，临别赠一筇竹手杖。此杖"虽竹而方，天生可爱"。别后数年，李德裕又出镇润州，再到甘露寺，见竹杖已"规圆(被削圆)而漆之"，深为老僧之俗叹息，从此不再看重那位方丈。

不难看出，李德裕在儒释道三教结交友人方面，也从僧徒中筛选出了戒行和学问堪称模范的人，精通佛法的僧人也是礼遇有加，交流交往。李德裕是反对那些借机敛财、愚弄百姓的不法僧人和官吏，比如王智兴弄戒坛的事情。假如他是李逢吉心性的官员，何必反对来得罪人呢？

明代冯梦龙编撰《智囊全集·卷九察智部·得情篇李德裕》记载了另一个故事。

李德裕镇守浙东时，润州甘露寺的僧侣控告在移交寺院固定资产时，被前任住持耗费常住金若干两，引证前几任住持都有互相移交，记载得很清楚，众僧也指证前任住持私下挪用常住金，而且说初上任时，移交的银两数目很清楚，到交出来时银两却不见了。审判结束后，罪证昭然，但没有追究银两用到哪里。

李德裕怀疑案子没有审问清楚，于是隐约地对僧人稍加诱导，僧侣于是说出他的冤情道："多少年来，都是只移交记录银两的文书，其实早就没有银两了，众僧因为我孤立，想趁此机会排挤我。"

李德裕说："这种事不难查清楚。"就找了数顶轿子，命令相关的僧侣都进入轿中，轿门对着墙壁，彼此看不见，再命令人取各种形状的黄泥来，让每个僧侣分别捏出交付给下任的黄金模样，作为证据，僧侣既不知道形状，当然捏不出来，前数任住持僧侣才俯首认罪。

综上故事，由此我们可以看出李德裕并不反对佛教，至于会昌灭佛时是国家政策与宗教乱象起了根本冲突，导致民不聊生，国库无银。人人躲在寺庙特权下衍生。李德裕胸怀大志，企图重建唐朝朝廷权威和思想秩序，可佛教的度牒天下皆是，人人不劳动不劳作，开始躺平式生活。这是导致"会昌法难"的根本原因之一，这个问题我们到唐武宗朝细说。

（五）李德裕幕府

纵观李德裕的一生，浙西七年之久的地方从政经历，我认为是他一生最重要的时刻，他在长安与天潢贵胄朝夕相处，奏折政务也是以朝廷为中心，在浙西就是以百姓生计和朝廷大礼为主，让他夯实了从政基础，对朝廷大事保持清醒认识。

在浙西期间，李德裕也成立幕府，并和下属结下了深厚友谊，他们作为好友幕僚，基本做到了荣辱与共。

刘三复，润州句容人，寒门出身，刘三复托文求见李德裕，德裕来不及穿鞋子迎门接出。后来，李德裕遭贬，他也一直跟随着李德裕，做到了忠诚可靠。

《太平广记·卷第三八七·悟前生一》记载："刘三复能记住三生的事。他曾说：'我前世是一匹马，马经常口渴，远远地看见驿站就因高兴而嘶鸣。如果伤了蹄子就痛得连心。'后来刘三复骑马时，遇到坚硬而贫瘠的土地，一定放慢速度，如遇到石头多的道路，必然下马步行，他的家门也不设门槛，害怕伤了马蹄。"

刘三复以奇其文成为掌书记。武宗会昌时德裕居相位，擢三复刑部侍郎、弘文馆学士。

柳仲郢是李党中人，李商隐正在其幕府中。李商隐的岳父王茂元也是李党中人，可李商隐的仕途多舛，就是他有来回横跳的嫌疑。

李商隐和白敏中情况类似，白敏中是先李党后牛党，李商隐则是先牛党后李党，李商隐又没有白敏中心黑手狠，一直不得重用。他的仕途之路绕不开令狐楚，令狐楚对落魄的李商隐施以援手。

令狐楚和令狐绹父子是牛党中人，令狐楚得罪了宦官集团，所以对李商隐的官职也无能为力，令狐楚对李商隐的才华十分欣赏，临终前也是召李商隐进来，嘱咐他来撰写遗表。此后，令狐楚死后，李商隐又加入王茂元的幕府，邂逅了王茂元爱女王晏媄，后来，李商隐娶王晏媄为妻，王故去，李商隐终身未娶。

李商隐接受了王茂元的邀请，牛党令狐一家一党将其看为忘恩负义的小人，让其遭受非议。

后来，李商隐又加入郑亚的幕府。

郑亚则是李德裕的铁杆部下，所以两党都认为李商隐是对方的人，他一直得不到重用这也是原因之一。

在浙西时期，除了刘三复，德裕幕府中重要人物就是郑亚。

郑亚，荥阳人，进士及第，他和李德裕在翰林院就相识，李德裕在浙西他一直在身边。后来，也是郑亚编纂了李德裕《会昌一品集》，郑亚找来李商隐写序，先过目，二人一起完成李德裕著作的归拢整理。他的官职也是随着李德裕官职起伏而起伏。

还有李蟾，唐宗室子弟，唐太祖李虎八世孙，淮安王李神通六世孙，右赞善大夫李千钧第二子。唐穆宗继位后，他一直在李德裕幕府效力。

李蟾的墓志铭全名是《唐故朝议郎守尚书比部郎中上柱国赐绯鱼袋陇西李府君墓志铭并序》[①]，里面记录了太多与李德裕有关的信息：

李蟾属今相国赞皇公（李德裕）承诏代之，不日举其功善。奏加命

---

① 周绍良.唐代墓志汇编[M].上海：上海古籍出版社，1992：137.

服，请仍旧职。寻又窦公荐闻，除尚书虞部员外郎，自外台殿内入南宫者，久无是拜。非佐理之效，彰于一时……今相国赞皇公尚观风浙右，复以都团练副使上请之，诏除检校礼部郎中、兼侍御史。洎相国节制滑台，移镇蜀中……赞皇公自内庭领天宪，以风望当倚注之重旧矣，出居藩维凡三镇，且十年。

段成式，段文昌之子，曾在李德裕幕府中，他曾写《酉阳杂俎》里面有许多信息与李德裕有关。李段两家算是世交。

令狐梅，世家子弟，他的墓志《唐故棣州刺史兼侍御史敦煌令狐公（梅）墓志铭并序》①记载了大量跟随李德裕议政的细节，比如唐穆宗长庆三年，令狐梅成为李德裕帐下左押衙，又随德裕镇守西川，令狐梅还兼任润州司马。

杜顗，杜牧亲弟，李杜两家为世交，杜佑和李吉甫有交往，杜顗自小眼疾病，后来就失明了，杜牧对弟弟病情十分挂念，也曾和医生一起去治病。据《新唐书·卷一百六十六·列传第九十一·贾杜令狐》记载："顗举进士，礼部侍郎贾餗语人曰：'得杜顗足敌数百人'；授秘书省正字。李德裕奏为浙西府宾佐。德裕贵盛，宾客无敢忤，惟顗数谏正之。及谪袁州，叹曰：'门下爱我皆如顗，吾无今日。'太和末，召为咸阳尉，直史馆。常语人曰：'李训、郑注必败。'行未及都，闻难作，疏辞疾归。顗亦善属文，与牧相上下。竟以丧明卒。"

牛僧孺镇淮南，欲辟杜顗入幕，杜顗婉言谢绝说："李公在困，未愿副知己。"足见二人交情之深厚情意。

李德裕的政治助手构成，不论世家子弟，宗室皇亲，寒门子弟等都与他相处融洽，在政治上是李德裕的帮手，这些人首先是崇拜，佩服李德裕，心甘情愿与其共荣辱，有士大夫之风。

与李德裕关系和善的人，还有许多比如郑覃、裴度、状元郎韦瓘，历史记载李德裕很少摆宴，有家宴必有韦瓘参加。

公元828年，李德裕仍在浙西观察使，治理上卓有政声，被加封银青光禄大夫。

公元829年8月，李德裕被召至京城，任兵部尚书。四朝元老裴度

---

① 令狐棠.唐故棣州刺史兼侍御史敦煌令狐公（梅）墓志铭并序[M]//吴钢.全唐文补遗.第6辑.西安：三秦出版社，1999：170.

很欣赏他的才干，举荐他做宰相，但吏部侍郎李宗闵因得宦官的内助，却抢先做了宰相，他认为李德裕在朝做官，威胁着自己的政治地位，又引荐牛僧孺为相，共同排斥李德裕。

查阅唐史和相关书籍，我发现所谓牛党可以叫李党，前期是李逢吉将班底打造起来，后来核心人物就是李宗闵，而非牛僧孺，可能人们为了和李德裕的李做个区分，才说牛李党争。

牛僧孺为官尚算清廉，为了不卷入宦官集团和郑注等政治投机分子的阵营，他曾主动要求外放，在长安继续活动的人是李宗闵。包括这一次，李德裕短暂回京，李宗闵和郑注李训打得火热，李宗闵通过结交宦官率先拜相，拜相后第一件事就是排挤李德裕出京。

《旧唐书·卷一百七十六·列传第一百二十六·李宗闵传》记载了李宗闵结交人，中间人和说情人是谁："宗闵为吏部侍郎时，因驸马都尉沈结托女学士宋若宪及知枢密杨承和，二人数称之于上前，故获征用。及德裕秉政，群邪不悦，而郑注、李训深恶之。"

这里面透露了许多信息，两条线索，第一李宗闵通过驸马都尉沈立义结交宋若宪和太监杨承和。第二李德裕的想法策略让一大帮人不满意，尤其是在文宗面前最红的两个人郑注李训。

大太监杨承和，任知枢密，与唐文宗说得上话。

宋若宪，女，河北清河人，宋之问后裔，宋氏五姐妹学问极好，德宗诏进宫，用文章测试，果然个个都有文采。

《新唐书·卷七十七·列传第二·后妃下》记载："若宪代司秘书，文宗尚学，以若宪善属辞，粹论议，尤礼之。大和中，李训、郑注用事，恶宰相李宗闵，谮言因驸马都尉沈厚赂若宪求执政。帝怒，幽若宪外第，赐死，家属徙岭南。"

这说的就很明白了，后来，郑注二人攻击李宗闵，把这件事抖了出来，皇帝赐死了宋若宪。

裴度对李宗闵有恩，他接二连三推荐李德裕拜相，把李宗闵惹恼了，他也开始记恨裴度。

那么唐后期的朋党之争，他们到底再争什么呢？唐宪宗时期，朋党渐露雏形，以后愈演愈烈。简单来说就是政治理念。以李德裕为首的士族主张改革政治，制约藩镇，振兴天下。牛党则是科举出身，主张安于现状，与藩镇和平共处，不要打破稳定局面。

举例说明，公元831年，太和五年，幽州镇下属将领驱逐节度使，皇帝召宰相奏议，牛僧孺回答："此不足圣虑，范阳得失，不系国家休戚，自安、史已来，翻覆如此。"

这是记录在《旧唐书·卷一百七十二·列传第一百二十二·牛僧孺传》。牛僧孺的意思幽州得失不是国家大事，这种事情早就有，经常是反反复复的。牛僧孺说的有道理吗？有，安史之乱后藩镇与朝廷的确是一会儿打，一会儿和。但这只是老百姓的道理，不是一朝宰相的道理。

司马光在《资治通鉴·卷二百四十四·唐纪六十》，对牛僧孺提出了严厉批评："如僧孺之言，姑息偷安之术耳，岂宰相佐天子御天下之道哉！"

《旧唐书·卷一百七十二·列传第一百二十二·牛僧孺传》记载："一日，延英对宰相，文宗曰：'天下何由太平，卿等有意于此乎？'僧孺奏曰：臣等待罪辅弼，无能康济，然臣思太平亦无象。今四夷不至交侵，百姓不至流散；上无淫虐，下无怨讟；私室无强家，公议无壅滞。虽未及至理，亦谓小康。陛下若别求太平，非臣等所及。"

翻译过来就是，皇帝问："天下什么时候才能太平？你们这些宰相是不是在致力于天下太平？"牛僧孺回答："现在周边蛮夷没有入侵，百姓不至于流散，没强盗登门入室，这也算是小康了，皇帝对太平要求太高了，我们做不到。"

不久后，牛僧孺再次流放。牛僧孺作为牛党核心，他的治国理念和秉政态度代表了牛党大部分人，这就是牛党与李党的不同。寒门小户好不容易走进官场体制，哪会率先想到做大事，第一要旨就是坐好官位，别再滑下去做小民。这一番衡量和想头，倒也符合人性。

（六）滑州与西川

公元829年9月，李德裕的心情，我们不得而知。在外多年，好不容易回到长安，一个月后又离开，心情应该愤懑和愁楚，这样的人物有忧愁，也是忧朝廷无人御化百姓，制约藩镇，约束宦官。朝廷早已没有盛唐的岁入，各级官员依然有盛唐的享乐风气，苦的是下层老百姓。

在浙西期间，李德裕均田安民、移风易俗、教化百姓、改善民生等获得空前政绩。

朝廷有目共睹，德裕获得了无与伦比的好评。唐文宗下诏《赐李德裕立德政碑敕》："敕德裕："卿文彰翰苑，行振儒风。廉察金陵，六郡歌惠慈之化；统安白马，三州怀思爱之心。凡所践经，理行第一。昨者段嶷以辕门将校，阖境士农，恳请立碑，以铭德政。朕以举善为教，所以劝不能；襄贤示后，所以报成绩。国之彝训，莫善於斯。所令礼部侍郎贾餗撰文，事实颇周，词藻甚丽，故令写录，专遣赐卿。亦别赐段嶷碑本，庶慰群情，想当知悉。冬寒，卿比平安好，遣书，指不多及。"

翰林学士贾餗接旨，撰写了《赞皇公李德裕德政碑》[①]表彰其业绩，树为典范。李德裕的出色政绩换来了朝廷立碑嘉奖："……在金陵，凡六载，其仁风惠化，磅礴于封部，洋溢于歌讴，天下闻之久矣。下车三日而新政兴，涉旬而旧俗革，周月而风偃三郡，逾时而泽流四境，期年而人和岁穰，厥绩大成……"

这些锦绣文字看上去华丽无比，却是李德裕勤勤恳恳实实在在，一件件干出来的功绩。德裕凡到一处均有善政，德政。张次宗奏请朝廷上书《请立前节度使李德裕德政碑文状》，唐文宗下诏《赐李德裕立德政碑敕》圣旨，由礼部侍郎贾餗撰文《赞皇公李德裕德政碑》这碑文记录了李德裕一件又一件实事。

李德裕出镇滑州刺史、义成节度使。正是前义成节度使、滑州刺史李听兵败导致，此时的滑州物力殚竭，资用凶荒之际。大才李德裕有秉政天下的能力，也要有收拾残局的手腕。

多年前，李德裕出镇浙西也为王国清兵乱做善后工作。现在远赴滑州危险又多一次，这里是朝廷制衡河朔三镇的桥头堡，滑州（今河南滑县）与河北藩镇近在咫尺，善后兵乱，安抚百姓等步步维艰，他的压力可想而知。

李德裕跨马出长安，心事沉重，只能与秋风诉说，只能与自己诉说，

---

① 王水照.传世藏书·集库·总集：全唐文[M].海口：海南国际新闻出版中心，1996：563.

只能与父亲坟前诉说。这匹枣红马依旧是十八岁鲜衣怒马回长安时的坐骑，他却不再是风度翩翩的少年。今年的他已经43岁了。

长安郊外送行中人的刘禹锡挥笔写诗《送李尚书镇滑州》相赠："南徐报政入文昌，东郡须才别建章。视草名高同蜀客，拥旄年少胜荀郎。黄河一曲当城下，缇骑千重照路傍。自古相门还出相，如今人望在岩廊。"

李德裕重拾雄心，纵马扬鞭而去了，哒哒的马蹄声渐渐消失了，向滑州奔去。也是同年，六宰相之一的李绛率兵进驻蜀地，

公元829年11月，李德裕率人抵达滑州的第二个月，爱妾徐盼英年早逝，在双重打击下，他陷入了人生至暗时刻。

李德裕亲自给爱人撰写了墓志铭，从中我们可以看到他们的感情，并对徐盼英年早逝的痛惜。《滑州瑶台观女真徐氏墓志铭并序》①，义城节度使银青光禄大夫检校户部尚书兼滑州刺史御使大夫李德裕撰，其中记载："徐氏润州丹徒县人，名盼，字正定。疾亟入道，改名天福。大和己酉岁十一月己亥，终于滑州官舍，享年廿三，呜呼哀哉，长庆壬寅岁，余自御史丞出镇金陵，徐氏年十六，以才惠归我。长育二子，勤劳八年，惟尔有绝代之姿，掩于群萃，有因心之孝，合于礼经，其处众也。若芙蓉之出濒萍，随和之映珉砾，其立操也。如昌花之秀深泽，菊英之耀岁寒，仪静体闲，神清意远。固不兴时芳并艳俗态争妍。嗟乎，崖谷之兰植于庭则易朽，江潭之翠驯于人则不久。岂天意希奇，芳于近玩，不锺美于凡情，淑景鲜辉，掩阴氛而逐翳。良珪粹质，委埃尘而忽碎，无心所感，况在同心。残月映于轩墀，形容如规，孤灯临于帷幔，音响疑闻，冥冥下泉，嗟尔何讬，余自宦达，常忧不永，由是树梫旧国，为终焉之计，粤以其年十二月二十日葬于洛阳之邙山，盖近我也，庶其子识尔之墓，以展孝思，一子多闻早夭，次子烨，将及捧雉，未能服缞，顾视不忍，强为之铭，铭曰："郁余思兮哀淑人，才窈窕兮当青春，去吴会兮别尔亲，越梁宋兮倦苦辛，抱沉疾兮弥十旬，终此地兮命何屯，嗟尔子兮未识，洒余涕兮露巾，讬邙山而归后土，为吾驱蝼蚁而拂埃尘。"

这篇墓志资料很少很少，极难找到。我翻阅许多古籍终于找到，在《全唐文新编·卷七百十一·李德裕》里面找到，文稿是繁体字，我逐

---

① 周绍良.全唐文新编：第3部 [M].长春：吉林文史出版社，2000：8449.

字对照打成简体字，翻译过来佩服李德裕的文采，更被他的温馨话语感动，比如"以才惠归我"，"崖谷之兰植于庭则易朽，江潭之翠驯于人则不久"。多么美丽的文字，让人拍案叫绝。

从墓志铭中不难发现，李德裕家族的祖茔，从赞皇李氏墓葬群到洛阳北邙山的转变，此时故乡赞皇尚处在藩镇掌握中。

在这本古籍中还找到李德裕为堂姐撰写的《唐故博陵崔君夫人李氏墓志铭并序》①，其中写着"堂弟特进太子少保分司东都卫国公李德裕撰"，这位女士是李德裕伯父李老彭之女。李老彭作为李栖筠长子娶范阳卢氏，女儿又嫁给博陵崔氏。从这里看到赵郡李氏娶世家女的家庭传统，家族婚娶都是五姓七望中的门阀大族。而李德裕李吉甫父子的记载中，我们尚未发现娶世家女的记载，尤其是李德裕正妻刘氏，妾室徐氏都不是门阀大族出身，说明李德裕爱情观上并非看重门阀家族。

从李德裕为徐盼撰写的墓志铭可以看出，士大夫对道教的态度。徐盼得病入道，甚至改了名字，就是希望病体康愈。

唐朝信奉道教，士大夫阶层多有求丹问药和吐纳养生之术，李德裕信道，他的两位夫人也信道，徐盼曾改名天福。李德裕正室刘致柔也曾在茅山燕洞宫接受上清法箓传授，而德裕本人也自称：玉清玄都大洞三道弟子。

公元825年，茅山崇玄观南敬造老君殿院，造老君、孔子、尹真人三像，刻史传遗文，李德裕写下《三圣记》②和《圣祖院石磬铭》③等著作抒发崇道尚玄思想之作。《三圣记》："有唐宝历二年，岁次丙午，八月丙申朔，十五日庚戌，玉清玄都大洞三道弟子、正议大夫、使持节润州诸军事、守润州刺史兼御史大夫充浙西道都团练观察处置等使、上柱国、赞皇县开国男、食邑三百户、赐紫金鱼袋李德裕，上为九庙圣祖，次为七代先灵，下为一切含识，于崇山崇玄都南敬宗老君殿院及造老君、孔子、尹真人像三躯，皆按史籍遗文，庶垂不朽。"

李德裕和茅山道士孙智清关系甚密，他曾写诗给道士，表达了对茅山华阳第八天的向往："何地最翛然，华阳第八天。松风清有露，萝日净

---

① 周绍良.全唐文新编：第3部[M].长春：吉林文史出版社，2000：8073.

② 周绍良.全唐文新编：第3部[M].长春：吉林文史出版社，2000：8038.

③ 周绍良.全唐文新编：第3部[M].长春：吉林文史出版社，2000：8066.

无烟。乍警瑶坛鹤，时嘶玉树蝉。欲驰千里思，惟有凤门泉。"

《茅山志·卷十一·上清品》的记载更为赤裸裸："十六代宗师，明玄先生，姓孙，讳智清……辞家入山，师洞真先生。大和六年，为山门威仪……李卫公尊师之，尝有诗赠。"这段山志说李德裕尊孙智清为师。

李德裕与孙智清的交往却有诗文为证，同样是茅山道士第十九代上清宗师王栖霞撰写《灵保院记》也记载了，李德裕曾资助孙智清建造灵宝院："唐大和中，太尉赞皇李公，每瞻遗躅，屡构遐缘，门师道士孙智清，复讨前址，再建是院，寻诸旧号，额曰灵宝。"

孙智清去世，李德裕也曾撰写诗文相赠，《遥伤茅山县孙尊师三首》[①] 其中有："弟子悲徐甲，门人泣蔡经。空闻留玉舄，犹在阜乡亭。"也再次验证二人的关系。

公元 830 年，即太和四年，李德裕在滑州任上，这是离故乡赞皇最近的一次任职，他登山望向邯郸，遥望赞皇山，写下了一生中唯一有赞皇二字的诗，《秋日登郡楼望赞皇山感而成咏》[②]："昔人怀井邑，为有挂冠期。顾我飘蓬者，长随泛梗移。越吟因病感，潘鬓入秋悲。北指邯郸道，应无归去期。"

李德裕运筹帷幄平泽潞时，曾写过一封状书与家乡赞皇相关，名为《谢恩赐王元逵与臣赞皇县图及三祖碑文状》[③]："高品杨文端至，奉宣圣旨，赐臣前件图等。伏以桑梓虽存，久隔兵戈之地，松楸浸远，已绝霜露之思。远属承明，时逢开泰，戎臣效顺，寰海大同，故国山河，因丹青而尽见，祖宗基构，寻碑版而可知。祇戴天慈，载深感泣，不任荷恩荣惕之至。"

李德裕感谢了皇帝御赐，赐物是赞皇县图和赵郡李氏的三祖碑文。他在谢恩状中说家乡成为战地很久了，从纸上看到家乡和祖宗碑文，谢谢皇帝的恩典。

这一年，李绛战死在蜀地乱兵之中；在李宗闵的强烈推荐下，牛僧孺正式拜相，他们二人联手将李党中人全部赶出长安，比如裴度离开长安，免除郑覃的翰林侍讲，唐文宗爱好古籍，郑覃就擅长古籍后又被召回。

① 彭定求.全唐诗[M].北京：中华书局，1960：5396.
② 彭定求.全唐诗[M].北京：中华书局，1960：5393.
③ 王水照.传世藏书·集库·总集：全唐文[M].海口：海南国际新闻出版中心，1996：4993.

这一年李德裕 43 岁，他对朝廷的未来感到渺茫，对于前途也担忧，报国无门。

李德裕棘手的事情，不止这几件，还有上一任节度使李听，在与魏博藩镇交往中惹出了乱子，他卷铺盖走了，又是李德裕善后。李听的父亲是西平郡王李晟，他是武将世家，年少门荫进入于頔幕府。

李德裕在滑州时期，也是写诗最多的时候，他将自身的不济不幸付诸笔端。写下的诗篇有《秋日等郡楼望赞皇山感而成咏》《故人寄茶》《清冷池怀古》《雨后净望河西连山怆然成咏》《秋日美晴郡楼闲眺寄荆南张书记》《东郡怀古二首》等。

《资治通鉴·卷二百四十四·唐纪六十》记载："元颖以旧相，文雅自高，不晓军事，专务蓄积，减削士卒衣粮。西南戍边之卒，衣食不足，皆入蛮境钞盗以自给，蛮人反以衣食资之。由是蜀中虚实动静，蛮皆知之。南诏自嵯颠谋大举入寇，边州屡以告，元颖不之信。嵯颠兵至，边城一无备御。蛮以蜀卒为乡导，袭陷巂、戎二州……南诏寇东川，入梓州西郭。郭钊兵寡弱不能战，以书责嵯颠。嵯颠复书曰：'杜元颖侵扰我，故兴兵报之耳。'与钊修好而退。蛮留成都西郭十日。德裕至镇，作筹边楼，图蜀地形，南入南诏，西达吐蕃。日召老于军旅、习边事者，虽走卒蛮夷无所间，访以山川、城邑、道路险易广狭远近，未逾月，皆若身尝涉历……德裕乃练士卒，葺堡鄣，积粮储以备边，蜀人粗安。"

南诏一方描绘这个历史事件，相对简单："南诏举兵入川，克成都，大掠而去，后又进军黔、桂、川等地，旋又与唐和好。"

这段史料讲述得十分清楚，西川节度使杜元颖虐待士卒，施政不善，引发南诏入侵，让朝廷丧权失地。接替者郭钊有病，不能理事，朝廷立刻想到在滑州镇守的李德裕。他俨然成了灭火队长，哪里问题棘手朝廷就会率先想到让他去灭火。

李德裕由义成节度使改为西川节度使，由滑州前往成都。本年诗作较为集中，有六首皆作于李德裕在滑州时，后赴任西川则有《上巳忆江南禊事》，此诗刘禹锡有和作。

李德裕途中经汉州，游西湖时又作《汉州月夕游房太尉西湖》，其后又作《重题》。与此同时，又作《房公旧竹亭闻琴缅慕风流神期如在因重题此作》，此诗是与刘禹锡和郑浣和作。

郑浣是谁呢？宪宗时的宰相郑余庆之子，郑余庆与李吉甫关系莫逆。李家和郑家是世交。李德裕入蜀途中还作《题剑门》。他还在另一首诗中《雨后净望河西连山怆然成咏》，写下：只恨无功书史籍，岂悲临老事戎轩。

公元830年10月，李德裕从滑州上任成都，加封其为检校兵部尚书兼任成都尹，剑南西川节度副大使，知节度事，管内观察处置使、西山八国云南招抚使。和前两次一样，留给李德裕的又是烂摊子，比之前两次更烂。

这一次成都所面临的不仅是民生问题，有军事问题，民族问题和南诏吐蕃外交等问题。从德裕头衔可以看出朝廷的迫切性，关于南诏事件，他有处置大权。长安朝廷是牛僧孺和李宗闵的天下，现在二人属于翻手云覆手雨的阶段。

自韦皋后，西川历任节度使均不重视整顿边防，韦皋打下的大好局面被破坏，韦皋坐镇成都21年，联合南诏拒吐蕃，保障了西南边陲的安定，又重启南方丝绸之路，推动了唐与南诏及南亚、东南亚各国的交流，人称诸葛亮转世。他给唐朝廷争取了宝贵的生存空间。如果韦皋兵败，吐蕃和南诏掠夺成都，攻打长安，那么唐朝天下北有河朔三镇，南后吐蕃南诏，一想可知，那会儿唐帝国就离灭国不远了。

历任西川节度使再无韦皋大才，李德裕上任后，率先整顿边防，修理阵地，安抚百姓，重启经济。

李德裕看到西川内忧外患的境地，事分轻重缓急，他立即给朝廷上书《进西南备边录状》①："伏以犬戎历代为患，国之仇雠，南蛮自经负恩，常怀反侧，西蜀两路，实系安危。臣顷在西川，讲求利病，颇收要害之地，实尽经远之图，因着《西南备边录》十三卷，臣所创立城镇，兼画小图，米盐器甲，无不该备。昔萧何收秦图书，具知厄塞，军国之政，莫切于斯。谨封进上，庶裨圣览。第四卷叙维州本末，尤似精详。所冀圣慈知臣竭力奉公，尽心立事，所至之地，不敢苟安。轻黩宸严，伏增战越。"

李德裕寥寥数句说得很清楚，南蛮反复无常就得提早做打算。他又

① 王水照.传世藏书·集库·总集：全唐文[M].海口：海南国际新闻出版中心，1996：4986.

派人去南诏求其所俘工匠，得僧道工巧四千余人，复归成都。

唐文宗李昂派使者前去安抚南诏，南诏上书说："蜀人请求我诛杀暴虐的统帅，没有达到目的，请求陛下诛杀他，以此向蜀人谢罪。"这说的是杜元颖，言外之意是蜀人必须杀他。

李德裕和杜元颖交好，他还上书为杜元颖求情，最终杜被唐文宗贬黜。

《论故循州司马杜元颖状》①："右，臣等商量，杜元颖虽失于驭远，致蛮寇内侵，然握节婴城，舍生取义，围解之后，惩贬不轻。但以蛮夷之情，不可开纵，若为之报怨，以快其心，则是不贵王臣，取笑戎狄，汉景所以闻邓公之说，恨晁错之诛。元颖长庆之初，首居宰弼，洁廉畏法，忠荩小心，虽无光赫之名，颇著直清之称。既逢昌运，合与申冤，望乞还旧官阶等，仍追赠右仆射。未审可否？"

《第二状奉宣令更商量奏来者》②：右，臣等商量，比闻外议，皆以元颖不能绥抚南蛮，又无备御，责此二事，以为惩尤。臣等究其情由，实有本末。缘韦皋久在西蜀，自固兵权，邀结南蛮，为其外援，亲昵信任，事同一家。此时亭障不修，边防罢警，若后人加置一卒，缮理一城，必有异词，便乖邻好。自武元衡以后三十馀年，戎备落然，不可独责元颖。蛮退后，京城传说驱掠五万馀人，音乐伎巧，无不荡尽。缘郭钊无政，都不勘寻。臣德裕到镇后，差官于蛮经历州县，一一勘寻，皆得来名，具在案牍。蛮共掠九千人，成都郭下成都、华阳两县只有八千人。其中一人是子女锦锦，杂剧丈夫两人，医眼人秦僧一人，馀并是寻常百姓，并非工巧。其八千九百馀人，皆是黎雅州百姓，半杂獠獠。臣德裕到镇后，移牒索得三千三百人，两番送得，与监军使于龙兴大慈寺点阅，并是南界蛮獠。缘朝廷宠待如旧，从此蛮心益骄，今西川节将，惟务姑息，臣等所以薄元颖之过，谓合追荣。频承顾问，不敢不缕愁闻奏。况元颖殁后，五经大赦，下位卑官，皆得追复官爵，倘圣旨以赠与为优，望只准赦文却还旧爵，其赠官落下。未审可否？

插一句题外话，李德裕的前任郭钊，即郭子仪的孙子，唐穆宗的舅

① 周绍良.全唐文新编：第3部[M].长春：吉林文史出版社，2000：7996.
② 王水照.传世藏书·集库·总集：全唐文[M].海口：海南国际新闻出版中心，1996：4987.

舅，他去世后，撰写墓志铭的人是赵郡李氏东祖房的李虞仲，因为李虞仲娶了太原郭氏女为妻。郭钊墓志铭中有《唐故检校司空兼太常卿赠司徒郭公墓志铭并序》，正议大夫使持节华州诸军事守华州刺史兼御史中丞充潼关防籞镇国军等使上柱国赞皇县开国男食邑三百户赐紫金鱼袋李虞仲撰。

从李虞仲署名，我们可以看出，赵郡李氏族人即便离开了赵郡和赞皇，署名和书写方式依旧是赞皇某某，表明他们对赵郡李氏家乡家族的高度认同。朝廷再颁布圣旨和制书也多以赞皇某某和赵郡某某，这从六宰相的制书就能发现。他们是赵郡人，皇帝和朝廷也认为他们是赵郡人氏。这是铭刻中国人骨子里的家族情怀和家乡情结。

《旧唐书·卷一百七十四·列传第一百二十四·李德裕传》："德裕所历征镇，以政绩闻。其在蜀也，西拒吐蕃，南平蛮、蜒。数年之内，夜犬不惊；疮痏之民，粗以完复。"

牛僧孺和李宗闵的本意是将李德裕安置在西川，这里情况和局势错综复杂，外有吐蕃和南诏两方势力，但凡进犯扰民，导致西川不稳或是无法善后，那就是李德裕的罪证。可是有格局有气魄的人是能改变局面，李德裕就是这样的千古伟器，一入局就让形势为之一变。

李德裕扎稳脚跟后，在阿坝筹建了筹边楼（图4-6），从这一点可以看出其政治家的气魄。他极具战略眼光，讲究斗争策略，讲军事，也讲政治。一开始人们都以为李德裕建立筹边楼是军事考虑，后来才知道李相公打的是政治牌。他在这里与少数民族首领唱唱歌，跳跳舞，联络感情。就是为了彼此了解，千万不能让他们误判局势，引发战争。

图 4-6　德裕建立的筹边楼

唐朝女诗人薛涛登此楼，留下诗句："平临云鸟八窗秋，壮压西川四十州。诸将莫贪羌族马，最高层处见边头。"有诗人的诗词赞誉，筹边楼的名声越来越大，李德裕在川西时，阿坝区成为了融洽的缓冲区，在李德裕任内未发生战争。

在备战方面，李德裕创造性地选拔民兵，缓是农，急则战，雄边子弟，这一举措充分调动了蜀人的保家卫国的积极性，提高了唐朝军事力量。他加固城墙，比如在崖畔修筑威远门等。

明代韩雍在《登云中城西北楼次古诗韵》诗中说：筹边自愧李德裕，忧国谁如范仲淹。由衷敬佩李德裕筹边兴军的能力。

在西川李德裕兼任新繁县令，到川不久，就命人开凿湖泊，引青白江之水入园，修建了一座大型园林。因园林选址在原县署之东，故称东湖。东湖公园内有怀李堂，川人对李德裕无限的怀念，对于他在四川的功绩没能忘怀。赞扬歌颂其在唐后期在川时维护了国家统一的历史功绩。

如今在松潘北门树立了一个威风凛凛的雕像，那就是李德裕将军像（图 4-7）。李将军头戴介帻冠，腰系碧玉巡方带，脚穿长勒，左手持文书，右手握剑鞘，双眼炯炯有神望着远方。在他的身后，护卫甲械齐整，戈戟威武，旌旗猎猎，仿佛呈现了将军拒吐蕃，南平蛮蜒，威服南诏的一幕幕场景。

图 4-7　松潘古城　李德裕将军相

　　为什么松潘人，至今歌颂李德裕宰相呢？答案就是李德裕治理西川时，开创了茶马互市。

　　英国著名植物学家、探险家欧内斯特·亨利·威尔逊在著作《中国：园林之母》中描写道：如果命运安排我在中国西部生活的话，我别无所求，只愿能够生活在松州。它舒适地安顿在一个狭窄而美妙的山谷，四面是田野和金黄色的稻谷，河流的源头是一股清澈小溪流。它仿佛一簇优雅的曲线划过这片土地。田野上是歌者们正在热火朝天地忙碌着，男人、女人和小孩，大部分是部落里的族人，身着盛装，在他们完整的工作画面之中，全是强健的身体和欢歌笑语。

　　如此美丽的松潘也有不足，它连接着成都和西藏，却没有因此受益。

　　自文成公主带茶进藏后，茶叶成为了藏民族的日常必需品。明代王廷相在其著作《严茶议》中说："茶之为物西戎吐番古今皆仰冷之，以其腥肉之物，非茶不清，青稞之热，非茶不解。"高原缺乏新鲜蔬菜，茶叶成为了不可替代的饮品。吐蕃上下对茶叶的需求量大增，以大量的优良马匹与唐朝在松潘互换茶叶。开创了中国历史上藏汉两族之间源远流长的茶马互市。作为呼应，唐朝这边也及时设立了互市监，专管茶马商业贸易。

李德裕巡视松潘，十分敏锐地观察到了机会，他大力扶持茶马互市。他还斥资修缮了从松潘到丹巴一带的茶马互市石板路，有点像"想致富，先修路"的味道。他也率先在康藏高原实行"贡马折银"新制，规定每匹马折银八两，每户征银八分，对茶叶改征"茶封税"，提高了康藏马帮、背夫的劳作待遇。李德裕还专门设立了商务机构—茶马司，并在与吐蕃交界的各州地设立"市马"场所，使吐蕃用马、牛、羊等畜产品和土特产，来交换成都、雅安、汶川的茶叶、丝绸、粮食、瓷器等物品。

在西川和松潘的历史中，李德裕是贡献巨大的唐朝官员，让松潘和川西老百姓纪念至今。

李德裕在川期间，他和在浙西一样，大力整顿当地祠庙，保存供奉前代名臣贤后的祠庙，他甚至将眼光放开，将治所内成都、汶川、松潘一带上千座"淫祠"全部拆毁，同时拆毁1400多座私邑山房，以肃清盗贼，整饬治安，让百姓过上安安稳稳的日子。"淫祠"就是滥建的祠庙，不在祀典的祠庙，也是那些涉及巫术鬼虫的祠庙。有作为的大人物都曾拆毁淫祠，规正百姓思想生活，比如狄仁杰在吴楚，李德裕在浙西，在川西。

（七）维州之战始末

维州就是今天四川理县东北，李德裕治理西川时发生的维州降将事件，再次成为牛李党争的火药桶，这件事直接反应了唐朝廷的腐朽，唐文宗的愚昧，以李宗闵牛僧孺为首的牛党集团彻底沦为了宦官集团的附庸，这件事让李德裕后悔不已，到了会昌年间依然记得。

维州一直是唐朝和吐蕃的拉锯战核心，自从德宗年问被吐蕃军队占领后，威武大将如韦皋打了二十多年，尚未攻克。这也成为了他遗憾终生的事。事情发生后，李德裕给朝廷上奏，有一句话说："是韦皋没身恨不能致者也！"

吐蕃一方得到维州后，扼住了战略咽喉，并为维州取了新名字——无忧城，意思就是自此川西无忧矣。当初，吐蕃为了夺取维州也是煞费苦心，他们派许多吐蕃妇女嫁给维州当地人作为卧底，20年后，她们的儿子为吐蕃内应，吐蕃兵临城下，这些人就打开城门里应外合。

韦皋坐镇川西二十年，也知道维州要害，他也攻夺谋划多次，始终未能攻克维州城。

公元831年9月，唐文宗大和五年，李德裕在西川站稳脚跟，阻南诏，安民生，发展经济，使川地呈现一片欣欣向荣的景象。一个天大的好运降临到李德裕头上，维州降将悉怛谋率众三百献维州城于德裕，李德裕不禁狂喜，丢失67年的维州，在自己手中失而复得，尚未用一兵一卒。他安顿好悉怛谋等人，立即给朝廷上表。

《资治通鉴·卷二百四十四·唐纪六十》记载："西川节度使李德裕奏：'蜀兵羸疾老弱者，从来终身不简，臣命立五尺五寸之度，简去四千四百馀人，复简募少壮者千人以慰其心。所募北兵已得千五百人，与土兵参居，转相训习，日益精练。又，蜀工所作兵器，徒务华饰不堪用。臣今取工于别道以治之，无不坚利。'九月，吐蕃维州副使悉怛谋请降，尽帅其众奔成都。德裕遣行维州刺史虞藏俭将兵入据其城。庚申，具奏其状，且言：'欲遣生羌三千，烧十三桥，捣西戎腹心，可洗久耻，是韦皋没身恨不能致者也！'"

奏疏抵达长安，唐文宗让百官议论，大多数官员赞成李德裕的主张，关键时候牛党牛僧孺站了出来，这个小心眼的人，他不是站在国家立场，他站在政敌的立场，是为了反对而反对，为了不让李德裕获得不世之功绩，丢掉维州百姓对他来说在所不惜。

"京城六陷，天子九迁"，长安六次陷落，唯一一次被外族攻入就是吐蕃势力。牛僧孺了解皇帝死穴，他上奏《奏议吐蕃维州降将状》[1]，在奏议里还不忘吓唬傀儡皇帝唐文宗："……吐蕃疆土，四面万里，失一维州，无损其势。况论董勃才还，刘元鼎未到，比来修好，约罢戍兵。中国御戎，守信为上，应敌次之。今一朝失信，戎丑得以为词。闻赞普牧马茹川，俯于秦陇，若东袭陇阪，径走回中，不三日抵咸阳桥，而发兵

① 王水照.传世藏书·集库·总集：全唐文[M].海口：海南国际新闻出版中心，1996：4810.

枝梧，骇动京国。事或及此，虽得百维州，亦何补也？……"

作为宰相牛僧孺忘记了吐蕃军队，攻入长安城的烧杀抢掠，忘记了唐帝国与吐蕃会盟七次之多，如果吐蕃是安分守己之辈，会盟何必七次，信守承诺一次就够。在大是大非面前仍旧说什么守信为上的鬼话。

牛僧孺没有忘记上奏的是李德裕，也没有忘记李德裕得到此功，必定会回长安拜相。他和李宗闵联络太监使坏，让李德裕去西川坐在火药桶上，想不到他居然干得有声有色，还能干出一个不世之功。

如此良机，唐文宗不要了，宰相牛僧孺也不要了。从这里可以看出唐朝的灭国征兆，牛僧孺了解皇帝，吓唬几句，皇帝当然害怕吐蕃大军抵达长安外的咸阳桥，于是，皇帝下令让李德裕遣返悉怛谋。这就是送维州降将去吐蕃那边受死。

李德裕在成都新繁疏通水域，营建东湖，川人将东湖公园命名为"唐李卫公东湖"（图4-8）。

图4-8　成都东湖，全名"唐李卫公东湖"

将投降的人再遣返回去，回去就是死路一条，这种事唐朝的皇帝们之前就干过。

公元825年，唐敬宗宝历元年四月，吐蕃将领刘师奴降唐，敬宗皇帝下令遣返。刘师奴被遣返后，立刻被吐蕃处斩。

次年，唐灵武节度使收容了吐蕃石金山等四人，唐朝仍命节度使派人送还吐蕃，这四人也立刻遭吐蕃处决。

牛僧孺说不遣返吐蕃三日打到咸阳桥。他知道皇帝最害怕什么。这帮高高在上的大臣，不如市井小民。他们都没有侦查一下，吐蕃接二连三地有降将，说明吐蕃内部的日子也不好过。大人不管小事，于是，唐文宗遣返的奏议抵达西川，李德裕接到圣旨傻了。

牛僧孺一党不光不愿意和吐蕃外族开战，甚至面对藩镇也是屡次反对出兵，据《资治通鉴·卷二百四十四·唐纪六十》记载："……卢龙杨志诚作乱，逐李载义。上召宰相谋之，牛僧孺曰：'范阳自安、史以来，非国所有，刘总暂献其地，朝廷费钱八十万缗而无丝毫所获。今日志诚得之，犹前日载义得之也。因而抚之，使捍北狄，不必计其逆顺。'上从之。"

上从之，连唐文宗也认可了牛僧孺关于藩镇的定性和论断。李逢吉也曾反对裴度和李吉甫对淮西用兵，面对朝廷内外尖锐矛盾，他们总想过太平日子，忍辱负重是皇帝是朝廷，不是这帮权臣。

李德裕傻了，傻了也得遵旨。历朝历代，自诩儒家文臣士大夫的怯懦无能就在于此，他们明明知道皇帝是错误，也必须遵旨执行，无数惨痛经历证明没有真理，只有权力。

吐蕃降将悉怛谋等众人被遣返的路上，齐声喊冤，让唐军的军士纷纷落泪。他们回到维州城，吐蕃将士讥笑，羞辱和咒骂，接着就是将他们全部杀死，婴儿也不放过，吐蕃士兵用长矛串着婴儿尸体在空中挥舞，目的就是震慑降将。残忍程度让西川将士不忍心看下去。

李德裕的心情可想而知，他一定愤懑，愤怒，史书记载，自从此后德裕怨恨僧孺，这儒家文臣的怯懦和愚忠理论下，依旧不敢怨昏晕的皇帝。

一个腐朽的唐王朝依然用道德标准和口头协定要求国家利益，他们太幼稚了太天真了。李德裕一手促成的维州降将事件，演化成维州笑话，又成为维州之耻。

会昌年间，李德裕拜相，他始终对维州事件耿耿于怀，对死去的悉怛谋依然挂念，他曾上奏三封奏状为当年的降将祈求追赠待遇。三状分别是《论大和五年八月将故维州城归降淮诏却执送本蕃就戮人吐蕃城副使悉怛谋状》[1]《赠故蕃维州城副使悉怛谋制》[2]《谢赠故蕃维州城副使悉怛

①　周绍良.全唐文新编：第3部[M].长春：吉林文史出版社，2000：7996.
②　王水照.传世藏书·集库·总集：全唐文[M].海口：海南国际新闻出版中心，1996：4951.

谋官状》①。

后来，维州重新掌握在吐蕃之后，再后来牛党中人杜悰降了维州，《旧唐书·卷一百二十四·列传第九十七·杜悰传》记载："出镇西川，降先没吐蕃维州。州即古西戎地也，其地南界江阳，岷山连岭而西，不知其极；北望陇山，积雪如玉；东望成都，若在井底。地接石纽山，夏禹生于石纽山是也。其州在岷山之孤峰，三面临江。天宝后，河、陇继陷，惟此州在焉。吐蕃利其险要，二十年间，设计得之，遂据其城，因号曰'无忧城'，吐蕃由是不虞邛、蜀之兵。先是，李德裕镇西川，维州吐蕃首领悉怛谋以城来降，德裕奏之；执政者与德裕不协，遽勒还其城。至是复收之，亦不因兵刃，乃人情所归也。"他说了两个信息，执政者自然就是他们的领袖牛僧孺李宗闵之流，也说收复维州又李德裕当初打下的基础。

杜悰是杜佑的孙子，杜牧的从兄，杜家与李家是世交，他与牛僧孺关系和睦。李德裕短暂回京那一次，杜悰想调停李宗闵和李德裕的关系，化解矛盾，一点点示好。他建议李宗闵让李德裕任主考官，李宗闵考虑一番，没答应。杜悰又建议当御史大夫，李宗闵先答应后反悔。查阅史书，只有杜悰试图调解牛李党争，这也是唯一的一次。其余人或是参与党争，或是隔岸观火，彼此争名夺利让糜烂的朝廷更是雪上加霜。

公元 832 年，即太和六年，西川监军太监王践言回到长安，将维州降将始末来由禀告唐文宗，将降将被残杀的事情也详细说了，并说以后恐怕没有人愿意来当降将了。

唐文宗听了后悔不已，开始厌恶牛僧孺。不久，解除牛僧孺同平章事职权，调任淮南节度使。

关于李德裕和牛僧孺的党争著作和论文有许多，宋代《北梦琐言·卷六》也提供了一种观点："愚曾览太尉《三朝献替录》真可谓英才，竟罹朋党，亦独秀之所致也。"意思再明白不过，李德裕受到非议和攻击，皆是能力太强，把其他人都掩盖了，让他们有了嫉妒心导致。

---

① 王水照.传世藏书·集库·总集：全唐文[M].海口：海南国际新闻出版中心，1996：4951.

（八）李德裕拜相和天子棋局

公元 832 年，唐文宗将牛僧孺贬黜到淮南，李德裕治理西川擢升是检校兵部尚书，这一次是以兵部尚书实权回到长安。公元 829 年李德裕以兵部侍郎身份回到长安，待了不到十天又外放郑滑节度使，史书记载"到未旬时"，旬时即十天。

李德裕历尽千辛万险后再回到长安，心情想必会极度压抑，朝上有李宗闵郑注宵小之徒仍在，宫内有王守澄仇士良一群大宦官只手遮天，还有将他视为眼中钉的李逢吉，虽然不在朝堂，呼吸间也能影响门生故吏一大帮人。

庙堂有这些城狐社鼠在，李德裕施政纲领就极难发挥，何况唐文宗也不是一个能乾纲独断的帝王。这一次，不会又是昙花一现的十天吧？

公元 833 年，李德裕历经千辛万苦，干了一件又一件大事后，正式拜相，这一年，他 46 岁，成为六宰相中最年轻拜相的人，李绛拜相 47 岁，其父李吉甫拜相 49 岁，李峤拜相 53 岁。后面两位宰相李固言和李珏年龄都比李德裕大，拜相时间却比其晚。

《授李德裕平章事制》[①]："弼亮钧衡，宣翼统纪，明景化以凝庶绩，启嘉谟以建大中，爰求国桢，以辅台德。银青光禄大夫守兵部尚书上柱国赞皇县开国伯食邑七百户李德裕，元精孕灵，和气毓德，坚直成性，清明保躬。贞规澹夷，敏识冲远，学总九流之奥，文师六义之宗。令闻凤彰，金谐允属。自提纲柏署，掌诰禁闱，厘纪律详平之司，竭訏谟密勿之节。洎廉察浙右，总镇滑台，再委旄旌，绥安邛蜀，克有殊政，咸怀去思，谅惟全才，茂此声绩。朕以畴庸之典，彝训所先，入迁司马之崇，弥积济川之望。是宜纳诲朝夕，擢居股肱，勉宏伊吕之勋，以嗣良平之美。业传相印，门袭戎旗，绍丝纶内职之荣，继鼎铉中枢之重，主绂之盛，恩辉罕俦。尔宜罄乃忠贞，副我毗倚，无忝承命，服兹宠光。

---

① 王水照.传世藏书·集库·总集：全唐文[M].海口：海南国际新闻出版中心，1996：530.

可守本官同中书门下平章事，散官勋封如故。"

同样是这一年，李德裕奏进士停试诗赋，唐文宗对士大夫不通经学，总是诗词歌赋颇不满。七月，宰相李德裕奏请按照代宗朝宰相杨绾的建议，进士考试停试诗赋，专考策论。

唐文宗免除李宗闵宰相职位，李德裕接任中书侍郎，集贤殿大学士。

公元834年，《旧唐书·卷一百七十四·列传第一百二十四·李德裕传》记载："其年十二月，文宗暴风恙，不能言者月余。守澄复进李训，善《易》。其年秋，上欲授训谏官。德裕奏曰：'李训小人，不可在陛下左右。顷年恶积，天下皆知；无故用之，必骇视听。'上曰：'人谁无过，俟其悛改。朕以逢吉所托，不忍负言。'德裕曰：'圣人有改过之义。训天性奸邪，无悛改之理。'上顾王涯曰：'商量别与一官。'遂授四门助教。制出，给事中郑肃、韩佽封之不下。王涯召肃面喻令下。俄而郑注亦自绛州至。训、注恶德裕排己，九月十日，复召宗闵于兴元，授中书侍郎、平章事，代德裕。出德裕为兴元节度使。德裕中谢日，自陈恋阙，不愿出藩，追敕守兵部尚书。宗闵奏制命已行，不宜自便，寻改检校尚书左仆射、润州刺史、镇海军节度、苏常杭润观察等使，代王璠。"

唐文宗一生病，王守澄召李训进宫治病，局势也发生了变化，李宗闵和李德裕的境遇来了一个对调，李宗闵拒绝李德裕留京后，唐文宗感叹道：去河北贼易，去朝廷朋党难。他本人对李训、李逢吉这样的人纷纷重用，甚至为李训辩解，说明对此人另有用处。

以上简单来说王守澄、郑注、李训这些皇帝的红人都讨厌正直务实的李德裕，用现在话说就是三观不同和做人做事态度不同。李宗闵回朝，李德裕就得外放地方，可见牛李党争的矛盾到了不可调和的地步。

了解唐史的朋友们都知道，牛李党争交锋最尖锐的时候就是唐文宗在位的14年间，在唐宪宗、唐穆宗、唐敬宗在位矛盾都没有如此激烈，当然，也有一种解释就是牛党中人尚未发迹，真正让牛党拥有战斗力的人就是李逢吉和李宗闵二人，二人纷纷是依靠宦官上位。

种种迹象表明，唐文宗有意地放大和挑拨了牛李朋党。再查询唐史时，尤其是牛李党首来回在长安如走马灯式的调换开始，比如召回李德裕，牛僧孺等就下放地方，李宗闵掌权就打压李德裕一方。

唐文宗初继位，对于裴度李德裕这种能臣是比较忌惮，他希望朝局平稳，安心做太平皇帝。他就依靠了奸相李逢吉，李宗闵这些根基尚浅的人物，启用安于现状的寒门进士派。至少做到朝局表面的和睦。皇帝都有偏安一隅的思想，纵使裴度和李德裕有通天本领也无法施展，他们以为皇帝会重整旧山河，殊不知，皇帝也难，毕竟宦官杀皇帝就跟吃饭一样简单，可是作为唐朝皇帝这样想就大错特错。

唐文宗18岁登基，正是血气方刚、励精图治的年纪。他没有像唐穆宗李恒那么爱玩，更没有像唐敬宗李湛那么荒唐，他应该是想过重拾大唐江山的辉煌。

我大胆推测，唐文宗有意纵容牛李党争这个观点，于是，从他开始任用郑注李训开始，也从重重历史事件窥探，比如唐文宗是怯弱的人，就不会授意宋申锡联络外官，企图推翻宦官集团。再比如后来的甘露之变，如果他是怯懦之人，可以做享乐皇帝，天下战乱，百姓生计艰难，藩镇屡屡造乱，这并不耽误皇帝的享乐。从以上两件事表明，唐文宗认为唐朝的首要矛盾是宦官集团，所以他发起了对宦官的攻击，很遗憾地都失败了。

李德裕的资历比李宗闵等人要深，为什么迟迟得不到唐文宗的信任和重用呢？因为李德裕和唐文宗有根本政治分歧，唐文宗认为第一要务是率先解决屡次刺王杀驾的宦官势力，除掉心中的梦魇。

李德裕则认为宦官干政坏处极多，但对朝廷威胁最大的是藩镇势力，应该树立朝廷权威，再剪除阉党。而唐文宗认为收拾藩镇势力是第二步。所以，我们看到纵使李德裕在地方为政深得民心，为朝廷广开财路，安抚吐蕃和南诏外族，也始终不能拜相。

宋申锡事件，我们看出唐文宗是反复无常，容易受情绪左右的人，这种没有定见的人想事情来得快，去得也快，没有持续性的谋划能力和坚定的目标。

唐文宗忌惮权阉，认为是宦官害死了祖父唐宪宗和兄长唐敬宗。但是他表面不敢违逆掌握神策军的太监王守澄，江湖郎中郑注依靠着王守澄的势力，也开始公开索贿受贿。一开始，唐文宗十分厌恶郑注，相信宋申锡的忠诚和为人，文宗与宋申锡商量开始拉起班底，密谋夺王守澄的权，革他的命。

公元830年，宋申锡任尚书左丞，同中书门下平章事。他推荐王璠任京兆尹，并向其透露了皇帝的秘密计划。从这里看出，宋申锡有着书生般的幼稚，轻易地将机密告诉他人，不明白革命是抛头颅洒热血。

王璠就是遇见李绛车驾不避让的人，他本身就是李逢吉的人，李训又是逢吉从子，加上郑注三人皆是王守澄提拔。这说明宋申锡对人对事缺乏基本判断。

果然，王璠小人心性立刻泄密，王守澄等人几番密议，指使神策军将领豆卢著诬指宋申锡和漳王李凑图谋推翻唐文宗，立李凑为帝。王守澄将豆卢著的弹劾报告呈上，文宗震惊了，信以为真，下令调查。从这里看出，唐文宗和宋申锡也没有革命感情，更谈不上彼此信任，尤其是唐文宗的表现着实让人失望和心寒，他居然相信了王守澄等人的诬告。对宋申锡开始怀疑，这不得不说是极大的悲哀。

王守澄手握大权，如今宋申锡居然敢反对，他派遣神策军立刻将宋申锡家族灭门，内官马存亮制止。唐文宗下令召集所有的宰相商议。当宋申锡、路随、李宗闵、牛僧孺都来到宫门时，宦官说宋申锡不在被召之列。

宋申锡便知道苗头不好，一定会获罪，他用笏板敲着头，回家待罪。宋申锡名声极好，各级官员出来求情，朝廷将其贬为开州司马，死在开州。开成年间，得以平反。

宋申锡事件，唐文宗表现得活脱脱一个街头市侩之徒，对于真假无法分辨，即使王守澄说要灭宋申锡满门，他也没吭一声，为这样的人效力是悲剧的开始。后来，甘露之变唐文宗受制宦官，被幽禁致死，性格成了悲惨的根源。

唐文宗定定神，宋申锡死了，事儿没有办成。他把目光落在李训和郑注身上。这两个人和唐文宗是一类人，是市井人的心性，可以随意改变立场，没有坚强的革命斗志。事实证明随意改变立场的人，是靠不住的。

李德裕旷世奇才，而文宗朝时朝堂人也都说李训是奇才，李德裕作《奇才论》曰："开成初，余作镇淮甸。会有朝之英彦，廉问剖符于东南者，相继而至。余与之宴言，皆曰：圣上谓丞相。郑公覃、李公固言、李公石曰：'李训禀五常之性，服人伦之教，则不及卿等，然天下之才，卿等皆不如也。'三丞相默然而退。余曰：'李训甚狂而愚，曾不及于徒隶，焉得谓之奇才也？自古天下有常势，不可变也……'"

这细节的记录反应了，除了唐文宗认为李训是奇才，三位宰相加上李德裕都知李训秉性，以及此人是挟王守澄之势而起。

（九）甘露之变

公元833年，郑注和李训在太监势力庇佑下，在朝堂上扬武扬威，他们率先逐出了李德裕。他们成功地捕捉到了唐文宗的心理需求，就是剪除宦官集团。于是，他们常常在文宗面前攻击宦官的种种恶行，这就是巧讨好。尤其是唐文宗病后，一个治病，一个讲《易经》，成为了唐文宗一刻也离不开的人。

查阅整个唐朝历史，尤其是中后期，看到郑注和李训的组合，就会立刻联想到武后一朝时来俊臣和周兴等人。有了宋申锡的教训，唐文宗也有意培养他们成为一股政治新势力，他认为二人不属于牛李二党，也不完全属于宦官集团，即便将朝堂弄得乌烟瘴气依然是纵容，李德裕劝谏，唐文宗亲自为李训开脱。

甘露之变前，郑注二人和李宗闵驱赶了李德裕，开始第二步，将矛头指向了牛党。公元835年京师长安流传郑注为炼金丹，用小孩心脏作为药引子。郑注一口咬定，谣言是从京兆尹杨虞卿家传出来了。

《旧唐书·卷一百七十六·列传第一百二十六·杨虞卿传》记载："……九年四月，拜京兆尹。其年六月，京师讹言郑注为上合金丹，须小儿心肝，密旨捕小儿无算。民间相告语，扃锁小儿甚密，街肆汹汹。上闻之不悦，郑注颇不自安。御史大夫李固言素嫉虞卿朋党，乃奏曰：'臣昨穷问其由，此语出于京兆尹从人，因此扇于都下。'上怒，即令收虞卿下狱。"

杨虞卿和李固言同为牛党中人，李固言关键时候没有施以援手，反而出手一击，可见所谓牛党内部，这些进士派纷纷是以自己的利益为先。

作为牛党领袖李宗闵没有袖手旁观，极力营救杨虞卿。可李宗闵不知道的是郑注等人将他拉回长安就是打击李德裕。

郑注一看收拾杨虞卿，李宗闵跑到台前来叫嚣，对你也别客气了。郑注接着向皇帝揭发，当初李宗闵拜相就是勾结宦官杨承和和女学士宋若宪。

唐文宗一想，怪不得哪两人天天说李宗闵的好，他大怒，贬李宗闵为明州刺史，再贬为处州长史，三贬为潮州司户参军。接着幽禁了宋若宪并赐死。后来，唐文宗又是悔恨不已，从这里看出帝王的表演不能相信。太监王践言禀告维州事，唐文宗也是悔恨不已，驱赶李德裕也没有留半点情。

郑注和李训开心极了，这下没人掣肘了，尝到权力的滋味后，二人立场发生了改变，对提拔他们的大太监王守澄开始不满，唐文宗也认为二人是太监擢升，反过手收拾太监，不会引起王守澄的注意。这就足以说明郑注二人的小人心性，反复无常，是十足的投机分子，没有政治信念和政治主张，他们当官就是为了享受，光宗耀祖等以自我实现为目标，这些人把官当小了。

郑注得意极了，谁说你们大太监连皇上也不敢动，我郑注动动你，他的底气来自王守澄。前文说过，能动大太监的是另一个大太监。纵观唐中后期历史，一次收拾这么多炙手可热的大太监，郑注也算一号人物了。他和李训先贬谪了左神策中尉韦元素，紧接着就把王践言和杨承和贬黜，理由是一个勾结李宗闵，一个勾结李德裕。这算是把牛李党首和背后的宦官势力一网打尽。

这些人离开长安，唐文宗记住了教训，随即派出使者在路上赐三人毒酒，三位炙手可热的太监彻底离开了长安，也离开了这个世界。

韦元素和郑注还有一段故事。事发两年前，神策军枢密使王守澄和左军中尉韦元素争权。

韦元素十分厌恶郑注。左军将李弘楚出主意，先诱杀郑注，先斩后奏再说出郑注奸状，到时厌恶郑注的宦官杨承和、王践言也必会为韦元素辩护，这样韦元素将有功无罪。韦元素满口答应。

郑注抵达后巧舌如簧，韦元素畏缩如鼠，二人相谈甚欢，元素无视李弘楚暗示和劝告，临走，他还送给郑注许多金银财宝。

李弘楚怒道："中尉大人今日不断，他日必遭祸。"后韦元素解军职离去，不久疽发背卒。不知韦元素死前能否再次想起当初李弘楚的苦苦劝告。

唐文宗心中有一件事，一直耿耿于怀，就是弑杀唐宪宗的太监未杀，他一直说元和贼逆，指的就是陈弘志和王守澄。他决定先杀陈弘志。于是就有了《文宗杖杀陈弘志案》[①]："元和十五年（公元820年）正月，唐宪宗死于中和殿，时年四十三岁，宪宗晚年，服食金丹，常躁怒，左右宦官往往获罪，时有死者，宦官们人人自危。故对他的暴亡，时人皆言是内常侍陈弘志弑逆。其同类讳之，不敢声讨，但称宪宗为药发而亡。外人不能明其究竟。文宗太和九年（公元835年），最受文宗亲遇的李训、郑注二人秉承文宗之意谋诛宦官。二人得知陈弘志时为山南东道监军，决定先拿他开刀。乃于其年七月，奏请文宗召陈弘志至京师。陈弘志行至烧关以南的青泥驿（今陕西蓝田县）文宗派人封杖决杀之。"

唐文宗委派的人就是太监齐抱真，他没和陈弘志废话，直接在青泥驿仗杀。

郑注等人这么一折腾就认为万事大吉了，可以重振朝纲，成为郭子仪一样的人物。后来越想越不对，唐文宗和他们的主要对手是王守澄呀，他们把所有掌权太监杀了，王守澄的权力就更大了，躲在暗处的王守澄笑了，这几个人哭了，他们也慌了。

郑注和党羽一通商量，提升王守澄为左右神策军观军容使，这是神策军最高职衔，又提升与王守澄不睦的仇士良任左军中尉掌握军权。注意，没有唐文宗的点头，宦官集团的默认，光凭郑注等人是办不到的。王守澄以为到达权力巅峰，殊不知，他的军权被剥夺，拔牙的老虎不是老虎了，唐文宗又派宦官李好古到王守澄的家中赐毒酒，又杀死其弟王守涓。

诸位看清楚路数了吗？郑注利用牛党驱赶李德裕，又用王守澄收拾牛党和牛党背后的宦官势力，杀死元和年间弑逆的太监，又毒死王守澄。没有唐文宗的参与和谋划，靠这么两块料能完成吗？我推断郑注李训的动作，都有唐文宗计划和指示。只是，他们三个人是一种人，志不坚，没有革命到底的能力和理念。

唐文宗看看郑注李训在一系列动作中的表现，十分满意，他们君臣三个庆祝的时候，仇士良也开始大摆宴席，终于掌握了神策军的军权。

---

① 郭成伟，肖金泉.中华法案大辞典[M].北京：中国国际广播出版社，1992：350.

幸与不幸皆在命数，李德裕、李宗闵被调离长安，在地方任职。如果留在长安，极有可能被杀死，因为，接下来，发生了"甘露之变"。

唐文宗感叹朋党难除，实际恰恰是他的举棋不定和提拔牛党，导致了朝堂上朋党矛盾激化。

唐文宗认为开创了新局面，可阵营内部出现了新问题，郑注和李训两个投机分子进一步掌握权力后，开始出现争夺权利，小人争权，不难想象接下来就是分裂。

李训顺利拜相，郑注成为凤翔节度使，李训也有野心，他想收拾完了宦官，接着收拾郑注，他独掌大权。《旧唐书·卷一百六十九·列传第一百一十九·李训传》记载："俟诛内竖，即兼图注。"值得注意的是郑注和李训这般幸进之人，都知道去凤翔招募死士。而文官宋申锡等人始终缺少杀人见血的准备。郑注等人吸取了王叔文集团失败的教训，王叔文等人有权柄，没有一点军权和兵权，导致了永贞革新一败涂地。

郑注和李训的最初计划是，借王守澄的丧礼发难，李训在京内选拔帮手，郑注在凤翔招募死士，二人一举将送葬的宦官全部在墓室中除掉。李训脑袋一凉快，觉得任务完成了功劳最大的人是郑注。

于是，李训在长安联络心腹官员王璠，韩约等人决定提前动手，遣王璠另募死士，以观甘露之名，杀死文宗身边宦官。

唐文宗率领百官来观看，左右策军中尉仇士良，鱼弘志也在列。大事临头王璠这帮文官吓得双腿发抖，左金吾卫大将军韩约更是热汗直冒，仇士良问话韩约，韩约答不上来。

这时，风一吹掀起了围挡一角，传出兵器的响动，仇士良十分警觉，迅速跑出去，守卒想关门没关上，仇士良大声呵斥，急忙跑到含元殿，向唐文宗禀告发生兵变。

仇士良不愧权术老手，劫掠了皇帝就向宣政门跑，李训也带人赶到，拉住唐文宗的轿子死活不放手，文宗又一次不辨真伪，关键时刻就失忆。他呵斥李训赶紧放手，宦官郗志荣狠狠打了李训的胸口几拳，他才放开。宦官和皇帝跑进宣政门后，大门紧闭。

唐文宗临门一脚时，抛弃了李训，像当初抛弃宋申锡一样。他能抛弃的都是能为他出谋划策的人。后来，他在太子李永废黜问题几经动摇，轻易转换成截然相反的立场。比如李永母亲德妃不受宠，杨贤妃攻击李永，他就抛出废黜的舆论，御史中丞狄兼谟流泪为太子争辩，他又开始动摇，处理了太子身边人后太子暴死，他又开始后悔不已。这种性格缺陷和怯弱基因也注定了他的人生悲剧。

李训知道大事不好，内苑是宦官的大本营。这小子也有鬼点子，换了官服马上就跑出宫外，边跑边喊："为什么驱逐我？我有何罪。"

仇士良率人回到内苑，几经调查，知道唐文宗也参与了政变谋划，气得他跳着脚地骂皇帝，唐文宗低着不敢回答。剑桥中国史中的隋唐史也曾说，唐文宗在大事上不能决断。《旧唐书·卷十七·本纪第十七上·文宗》对唐文宗的评价是：他是一个有帝王之道、无帝王之才的人。

仇士良恼羞成怒，刚手握重权的他看谁都是反对派，他下令关闭宫门，杀戮时刻开始，正式屠杀文官，从紫宸殿杀入政事堂，这场屠杀中大约死了一千多官员和家属。

后来，王涯、贾餗、郭行馀、王璠四位宰相一同被斩，仇士良令百官观刑，这些官员的家属也被杀，妇女儿童也未逃过。郑注、李训、韩约也陆续被杀死，唐文宗被幽禁沦为废人。这一刻，唐文宗不知会不会怨恨唐肃宗，将监军之权给了李辅国，唐德宗将神策军军权给了窦文场。

从那之后，唐朝皇帝的命运都掌握在宦官集团手中。仇士良成为了第二个王守澄，史书记载："天下事皆决于北司，宰相但行文书而已。"

仇士良权倾朝野，杀了四宰相，二王一妃等上千官员，按照老百姓的传统思想，一定咒骂仇士良遭到报应。那么他遭到报应没有？令人遗憾的是，没有，他得以善终，并且娶了户部尚书胡承恩的女儿，生了五个儿子。仇士良本就是宦官家族，曾祖父仇上客、祖父仇奉诠、父亲仇文晟，叔叔仇文义都是大宦官，加上后来五个儿子，进一步巩固了宦官世家的特权。

后来，仇家有一女进宫，拥有唐宣宗的专房之宠，生一公主，又生康王李汶。仇才人因为产病去世，唐宣宗特意撰写墓志铭《故南安郡夫人赠才人仇氏墓志铭》[1]。

弱者口中天道好轮回，强者事事人为、皆是因果。

---

① 周绍良.唐代墓志汇编[M].上海：上海古籍出版社，1992：2291.

（十）李德裕的过山车

李德裕被贬黜后，我们讲述了长安城内发生的一系列政治事件。李德裕的境地也不好，始终有一群坏人额外关照着他。

李德裕从兴元节度使和兵部尚书职衔，又改任检校尚书左仆射、润州刺史、镇海军节度使、苏常杭润观察等使，再次出镇浙西，替代王璠。王璠回京，李宗闵回京，大权依然在郑注和王守澄手中，这些人都不喜欢李德裕的正直和政治作风。于是，发生了李德裕诬告案。

两《唐书》对《李德裕诬告案》①具有记载："唐文宗太和五年，即公元831年，权宦王守澄与郑注等诬陷宰相宋申锡与漳王通谋不轨，二人皆遭贬黜。漳王傅母（傅母为王之女师）杜仲阳受牵连，放归金陵。此时李德裕任浙西观察使，文宗诏李德裕安置杜仲阳。诏书到时，李德裕已离开浙西，于是他致书属下李蟾（节度留后）按文宗旨意办。太和九年，即公元835年3月，尚书左丞王璠、户部侍郎李汉因与李德裕有怨隙，乃诬奏李德裕重贿杜仲阳，暗结漳王，图谋不轨。文宗本以漳王（文宗之弟）德才兼备而心忌之，闻其奏大怒，召宰相及毛蹈、李汉、郑注等问此小。王蹈、李汉极口诬李德裕。宰相路隋说：'李德裕不至有此事，果如所告，臣亦应有罪广由于路隋的谏争，诬告者有所收敛。'四月，文宗贬李德裕为太子宾客，分司东都，同月，再贬为袁州长史。路隋亦被罢相，出为镇海节度使。"

杜秋娘就是李吉甫篇章介绍过的人物，她是李锜的小妾，与郑贵妃一起入京陪伴唐宪宗。杜秋娘未能给宪宗生下一儿半女，就一直培养漳王李凑。李凑和宋申锡被王守澄和郑注诬告，大臣们奏请，将案件移交有司衙门处理，郑注等人担心坏事泄露，希望皇帝拒绝，并贬漳王。唐文宗糊涂不已，居然照准，漳王贬黜为巢县公。此后，郑注也因罪被杀，唐文宗又是怀念弟弟，后悔当初被谗言所误。

---

① 郭成伟，肖金泉.中华法案大辞典[M].北京：中国国际广播出版社，1992：348.

李德裕有圣旨在，安顿杜秋娘回家乡，依然被诬告。可见官场朋党倾轧的恶劣，郑注等一帮小子和牛党中人时刻想置他于死地。

只有宰相路隋为李德裕仗义执言，可见朝堂的乌烟瘴气。唐文宗糊涂不已，委派李德裕为太子宾客，分司东都，屁股没坐热，又贬袁州长史。路隋也被罢相，替代李德裕在浙西的官职润州刺史、镇海军节度使、浙西道观察使，尚未到任，死于途中。

清同治三年（公元1864年），新繁县令陈祥栋怀念唐代西川节度使李德裕的德政，建怀李堂（图4-9）。怀李堂为三厅两楹组成，结构严谨，装饰华丽，环境幽静，为成都东湖公园的主体建筑。怀李堂详细的介绍了李德裕的一生，是笔者迄今为止看过纪念李德裕最为详细的展览。

图4-9　成都怀李堂　李德裕坐像

李德裕分司东都洛阳，是真正意义上的闲差和冷板凳。他接连被贬，其中发生两件事。

据《资治通鉴·卷二百四十五·唐纪六十一》记载："庚子，制以骧日上初得疾，王涯呼李德裕奔问起居，德裕竟不至。又在西蜀征遣悬钱三十万缗，百姓愁困。贬德裕袁州长史。"

言外之意，李德裕对皇帝龙体并不关心，对连续贬黜有情绪。总之，王涯等人的言语将李德裕的罪名向大不敬上靠拢。

唐文宗十分生气，又下制书严厉斥责，贬李德裕为袁州长史，袁州即现在宜春市。

《贬李德裕袁州长史制》①："有国之典，本於明罚；为君之道，必在去邪。皇王大政，谅无易此。奸凶与比，诚敬尽亏，无君之心，因事辄见。岂可尚居崇秩，犹列东朝。银青光禄大夫守太子宾客分司东都上柱国赞皇县开国伯食邑七百户李德裕，性本阴狡，材则脆弱，因缘薄艺，颉颃清途。既忝藩镇，旋处钧轴，靡怀愧畏，肆意欺诬，废挠旧章，泊乱彝序。贤良尽逐，当白昼而重关；诡诈是谋，逮中宵而万变。朕尝以寒暑得疾，初甚惊人，凡百臣子，奔走道路。而德裕私室宴然，全无忧色；王涯驻车道左，络绎追呼。满朝倾骇，竟以不至。又在西蜀之日，微逋县钱仅三十万贯，使疲赢老弱，转徙沟壑，交结异类，任用憸人，贿赂流行，朱紫无辨。是宜处之重典，以正刑书，犹以凤经委使，载深宽宥。俾佐遐服，用示宽恩。可守袁州长史，驰驿发遣。"

唐文宗是傀儡，掌握权势的是王守澄和郑注为代表的宦官集团。甘露之变后，掌握权势的是以仇士良鱼弘志为首的宦官新势力。他们高度统一地排斥李德裕。

李德裕在袁州时，好友沈传师卒，他心情悲伤，曾写诗《忆平泉山居，赠沈吏部一首》。此年，他又做《夏晚有怀平泉林居》，诗句中："……念我龙门坞……稚子候我归……"德裕有点心灰意冷，想念平泉山庄和家人。另一首《早秋龙兴寺江亭闲眺忆龙门山居寄崔张旧从事》也说到了"遥思伊川水"，李德裕经过政治上的几经蹉跎，也逐渐开始寄情山川景致。

公元 836 年，即开成元年，甘露之变后，唐文宗又觉得李德裕是被人冤枉，授其为银青光禄大夫、滁州刺史，后改任太子宾客分司东都。

李德裕得偿所愿，九月回到了洛阳，他居住在平泉别墅，一次次设计，一次次修改，他终于看见了平泉山庄，终于可以居住。他心情大好，写下了《初归平泉，过龙门南岭，遥望山居即事》："初归故乡陌，极望且徐轮。近野樵蒸至，平泉烟火新。农夫馈鸡黍，渔子荐霜鳞。惆怅怀杨仆，惭为关外人。"

这个时期的李德裕诗词特别多，比如《伊川晚眺》《潭上喜见新月》《雪霁晨起》《山居遇雪喜道者相访》《访韦楚老不遇》等等诗篇，从这些

---

① 王水照.传世藏书·集库·总集：全唐文 [M].海口：海南国际新闻出版中心，1996：532.

诗中可以看出，李德裕的心情难得放松，仔细观察着平泉山居的一草一木，一池春水。

关于平泉山庄的诗句，刘禹锡作《和李相公初归平泉过龙门南岭遥望山居即事》，李德裕的下属裴潾作长诗《前相国赞皇公早葺平泉山居，暂还憩，旋起赴》，久居东都的白居易作《醉游平泉》《冬日平泉路晚归》《游平泉宴浥涧宿香山石楼赠座客》《题平泉薛家雪堆庄》等，年轻诗人汪遵在牡丹花开的季节，到平泉山庄游览，写下《题李太尉平泉庄》等。宋代司马光游平泉山庄作《游李卫公平泉庄》，历代文人墨客描写平泉山庄诗众多，不一一列举。

开成元年，李德裕曾短暂地在安徽滁州任职刺史四个月，他就是这样的有才能和有作为的人，简单总结，他在滁州做了四件事，拆了二百四十余所祠庙；用拆下来的材料建了四所军营；用建造军营剩下来的材料建了一座东斋水阁；在滁州城的西北建了一座怀嵩楼，后来滁州人在他建的怀嵩楼旁边立祠用来纪念他。《类书集成·滁州祠庙考寺观附》记载："李卫公庙，在州治西南，祀卫公，唐滁州刺史李德裕也。"国内多地有李卫公庙祭奠德裕。

德裕任职4个月却在滁州历史上发挥着巨大的作用，怀嵩楼落成，李德裕与名士文人做了一场雅集，并亲自撰写《怀嵩楼记》[①]：

怀嵩，思解组也。元和庚子岁，予获在内庭，同僚九人，丞弼者五。数十年间，零落将尽，今所存者，惟三川守李公而已（已殁者西川杜公、武昌元公、中书韦公、镇海路公、吏部沈公、左丞庾公、舍人李公）。洎太和己丑岁，复接旧老，同升台阶，或才叹止舆，已协白鸡之梦，或未闻税驾，遽有黄犬之悲，向之荣华，可以凄怆。况余忧伤所侵，疲薾多病，常惊北叟之福，岂忘东山之归。此地旧隐曲轩，傍施埤堄，竹树阴合，檐槛昼昏，喧雀所依，凉飙罕至。余尽去危堞，敞为虚楼，剪榛木而始见前山，除密篠而近对嘉树（厅事前有大辛夷树，方为草木所蔽），延清辉于月观，留爱景于寒荣。晨憩宵游，皆有殊致，周视原野，永怀嵩峰。肇此佳名，且符凤尚，尽庾公不浅之意，写仲宣极望之心，贻于后贤，斯乃无愧。丙辰岁丙辰月，银青光禄大夫守滁州刺史李德裕记。

---

① 王水照.传世藏书·集库·总集：全唐文[M].海口：海南国际新闻出版中心，1996：5019.

宋朝时，欧阳修被贬滁州，他和同僚在怀嵩楼饮宴，想起李德裕，作诗《怀嵩楼新开南轩与郡僚小饮》，辛弃疾在知滁州任上，登怀嵩楼作诗《声声慢·滁州旅次登奠枕楼作，和李清宇韵》。

十一月唐文宗又任命李德裕为检校户部尚书、浙西观察使，这是李德裕第三次出镇浙西。这一年，李德裕的心情相对放松，这里与西川相比不再是前线，而是税收财富重地，将官吏治好，老百姓生活自然好了。他在所作的《望匡庐赋》中说："余受法于茅山，元师（陆修静）则传法祖师也。"

由此可见，李德裕在道教斋醮上是师从茅山上清派的孙智清，又说来自陆修静的三洞教法，陆修静也曾在庐山修道。中唐之后，道教各派有融汇现象，李德裕在此诗中提及陆修静，也是为了表达学综多门。这符合士大夫阶层和唐朝贵族的业余爱好修道养生。历任皇帝有炼丹尝汞的传统，即便皇帝死于丹药，下一个皇帝也会以身试丹，可见道教求长生的理念深入贵族们的心中。

这个时期，李德裕曾作《追和太师颜公同清远道士游虎丘寺》[①]诗词一首，有的地方将这一句解释成，李德裕同清远道士和太师颜公同游虎丘寺，简直是大错特错了。

辩误：事情的脉络是这样，唐朝文学家清远道士游虎丘，曾作诗词《同沈恭子游虎丘寺有作》，后来颜真卿游虎丘，用楷书写下这一首诗词和虎丘剑池（颜真卿原写五丘剑池，为了避讳唐高祖李渊的父亲李虎，唐后又改回如今这四个字）。李德裕出镇淮南，游虎丘寺，与颜真卿和清远道士同感，所以写下了《追和太师颜公同清远道士游虎丘寺》。

更需要说明的是颜真卿是公元784年就去世了。李德裕游玩是公元836年左右的事情，并且颜真卿是与李德裕祖父李栖筠同朝代的人物，怎么可能同游呢？这是古人的雅致，到了一处名胜，与同道追思神交同游。比如唐朝陆龟蒙游虎丘也曾作诗一首《次追和清远道士诗韵》。

石家庄赞皇，即李德裕的家乡，为了纪念他建造了德裕古镇（图4-10）。

① 彭定求.全唐诗[M].北京：中华书局，1960：5392.

图 4-10　石家庄赞皇 德裕古镇全景

公元 837 年，即开成二年，李德裕接替牛僧孺，出任扬州大都督府长史、淮南节度使。牛僧孺知道是李德裕来接替，提前离开淮南，将印信账目交给了副使张璐，连面都懒得见。

牛僧孺赶赴洛阳，和白居易吟诗作赋去了。李德裕接下了淮南重任，发现淮南府账目不对，他也操之过急了，没有调查，直接上奏。弹劾牛僧孺，府内应有八十万缗钱，李德裕奏称只有四十万，少了一半。

牛僧孺向唐文宗申诉，谏官姚合、魏谟也趁机弹劾李德裕，称他挟怨中伤牛僧孺。这里需要交代一下，姚合是谦谦君子般的学者，对事不对人。魏谟不同，他是魏徵的后人，却是牛党成员，与杨嗣复李珏关系密切。

这一次，唐文宗有了定见，让李德裕自察。

李德裕发现问题，奏道：藩镇交接时，按惯例要预留府库的一半储备，用来防备灾害，供给军费，当初王播、段文昌、崔从等人交接时都是这样做的。崔从病死在任上，牛僧孺接任，他所预留的数目在历任节度使中是最多的。李德裕又解释称诸镇被代任时按例以半数备水旱、助军费，自己刚到任时染病，不知道这个惯例，被下属官吏欺瞒，以致有此失误，并不敢妄自陷害他人，戴罪请求处罚。

牛党人魏谟抓住机会，联合王绩与补阙崔说、韦有翼、拾遗令狐绹、韦楚老、樊宗仁等一起上疏弹劾李德裕，企图用气势打击李德裕，让牛僧孺重回长安掌权。殊不知，此时唐文宗和仇士良等都不再需要牛僧孺李宗闵等人。

李德裕及时承认错误，态度较好，又请罪。朝廷未予追究。

唐文宗是傀儡，朝廷大事都在仇士良手中掌握，李德裕免于处罚，或许有几方面的考量，李德裕离开淮南谁来接任来治理呢？仇士良等宦官经过甘露之变对文官集团极为不信任。

开成二年，李德裕三任浙西观察使，唯独此次在赴浙西之前在平泉山庄小住，所以淮南时候的作品多为回忆平泉别墅（今为伊川县北之梁存沟一带），故有《早春至言禅公法堂忆平泉别业》《峡山亭月夜独宿对樱桃花有怀伊川别墅》，冬天又作《怀山居邀松阳子同作》《思归赤松村呈松阳子》《近腊对雪有怀林居》等。

开成三年到四年间，李德裕仍任淮南节度使，有《余所居平泉村舍近蒙韦常侍大尹特改嘉名因寄诗以谢》《比闻龙门敬善寺有红桂树独秀伊川尝于江南诸山访之莫致陈侍御知予所好因访刬溪樵客偶得数株移植郊园众芳色沮乃知敬善所有是蜀道菌草徒得嘉名因赋是诗兼赠陈侍御》《怀伊川郊居》等。

李德裕政治上十分娴熟，对于唐文宗或许丧失了信心，闲暇之余开始写诗词，这在唐朝是文人标配。让李德裕这样的政治大才吟诗作对，是对时代的辜负。他要等，等一个千载难逢的好机遇。

至于唐文宗被幽禁，本身又有病，这个时期，他曾提出要求看起居注，被相关的官员拒绝了。这时的修史官员还有气节，皇帝的命令大不过制度。从另一方面说明唐文宗开始注意死后的历史名声，对于生存都是悲观，更谈不上政治上的作为了。

（十一）大义凛然救牛党

唐文宗死，唐武宗继位，李德裕加封同平章事，第二次拜相，他在地方历练十余年，有着成熟的政治改革方案，为了这一刻他一直准备着。

开成五年，公元 839 年 7 月召李德裕入朝。这一次李德裕拜相，真正地做到了会昌一朝的"擎天白玉柱，架海紫金梁"。其父李吉甫 51 岁时出镇淮南，54 岁时被征召回朝，再次拜相。而李德裕出镇淮南，入朝复相的年龄都与父亲一模一样。这对宰相父子命格如此相同，也是世上罕见。

只是，李德裕刚刚抵达长安，就有一件棘手的大麻烦等着他解决。

事情缘起唐文宗，这个窝囊皇帝病重期间，做了一个怯弱的决定。他不敢直接违逆仇士良，他希望大臣去反抗仇士良。事情是这样的，唐文宗的太子李永死后，他的另一个儿子李宗俭也于开成二年去世。他没有儿子了，想立太子就选择了唐敬宗儿子陈王李成美为太子，只是尚未举行册立大典。这一点给了仇士良机会。

公元840年，唐文宗自感时日无多，便命枢密使太监刘弘逸、薛季棱叫来宰相杨嗣复、李珏二位大臣，嘱咐其二人辅佐太子监国。这矛盾就一下子凸显了，如今大权在握的人是仇士良和鱼弘志等宦官集团。他们连皇帝都不放在眼里，那会畏惧李珏等文臣。

唐文宗以皇帝之尊都不敢直面硬刚仇士良，他想让李珏等人去以卵击石，可见他的糊涂，临死前的想法依旧不切实际。这样的策略能否执行就是一个问号。果然，仇士良得知后，在宫闱摸爬滚打许多年的他，深谙先下手为强的道理。当天晚上和鱼弘志就替唐文宗写好了遗诏，唐文宗都不知道，他的死期也基本锁定。遗诏内容就是废除李成美的太子位置，加封颖王李炎为皇太弟，负责国家大事，并在朝堂召见百官。

唐文宗听后无可奈何，群臣也无人反对，李炎顺理成章登基为皇帝，史称唐武宗。

唐文宗还没死呢，一看仇士良这架势，不久也死了。

唐武宗继位，仇士良等人有拥立之功，也很识趣，主动将李成美、杨贤妃、安王李溶全部赐死，为新皇帝扫除一些潜在竞争对手，也剪除了政治对手，防止对方势力反扑。

不得不说，宦官仇士良等人可比读书人更懂得生存之道。在唐文宗的葬礼上，仇士良又命人清理门户，将枢密使刘弘逸、薛季棱两个大太监杀死。如此一通操作后，再没有哪股势力有能力重新推选继位人，更没有人来威胁新皇李炎的地位。

《旧唐书·卷十八·本纪第十八上·武宗》记载了这件事："八月十七日，葬文宗皇帝于章陵。知枢密刘弘逸、薛季棱率禁军护灵驾至陵所，二人素为文宗奖过，仇士良恶之，心不自安，因是掌兵，欲倒戈诛唐武宗没有了对手，宦官集团内部更没有人来挑战仇士良的权威，对立面中只有宰相杨嗣复和李珏尚未处置，仇士良建议杀死，唐武宗赞成。

这个时候李德裕回来了，首要问题是要不要救？怎么救？是做做样子还是实打实营救到底？

杨嗣复和李珏都是牛党中人，曾多次欺凌李党的人。这时候显示出了李德裕政治家的本色，他如果是牛党党首李逢吉，李宗闵奸人一样睚眦必报，在皇帝面前可以顺水人情，沉默不发言，李珏杨嗣复也难逃一死。可是李德裕是宰相，是政治家，他希望朝局稳定，难道他不怕得罪皇帝吗？难道不怕得罪仇士良？仇士良杀了四个宰相，还会担心多杀一个李德裕吗？

如果同样境遇，牛党中人会违逆皇帝救对方阵营的人？大概是不会。

李德裕做到了，伟大之所以伟大，源于他的良知和正心。他接连上三封奏疏，义无反顾地劝诫皇帝。他不计得失，不计恩怨，抗旨申辩。

《论救杨嗣复李珏陈夷直状》①："右，臣等闻向外传说纷然，陛下皆遣中使，未测其由。臣等相顾忧惶，不知死所。嗣复等所涉论，实负圣明。臣等所以显书其罪，不为末减，祗望止于窜逐，用戒群邪。古人称：'刑人于市，与众共弃。'陛下若以嗣复等罪状必不可容，伏望且降使臣，就彼鞠问，待得其罪，显戮不迟。如便遣使，必贻后悔。文宗只缘贬宋申锡，更不按问，至今人以为冤。臣等于嗣复等，实无情故。所利者宗社，所惜者圣明，不欲令一事骇听，失天下之望。若使四方将相，或以此为词，臣等避罪不言，无以塞责。伏望陛下特回宸虑，下纳愚忠，臣等馀年，方敢自保。陛下若以臣等事君不尽，情涉容奸，先罪臣等，实所甘分。辄陈肝血，不避严诛，不任恳切兢惶之至。谨俯伏待罪，望速降敕旨。"

《第二状》②："右，臣等适以有状论奏，未奉圣旨。今向外之心，惊骇不知所为，臣等若苟务偷安，不更冒死陈奏，必恐旬月之后，人情皆

---

① 董诰，等.全唐文[M].北京：中华书局，1983：7222.
② 董诰，等.全唐文[M].北京：中华书局，1983：7222.

以为冤，陛下此时，追悔无及。臣等昨者商量之初，只以嗣复等所涉议论，不可令在藩镇，止于贬责，足以塞辜，如更过于此，实摇动天下之心，必损圣明之德。如以臣等情涉顾望，伏望先罪责臣，实所甘分。臣等专在中书，伏望特开延英赐对，得面陈肝血，死无所恨。"

《第三状》[①]："右，臣等适再已陈奏，未奉圣旨。伏见贞元初，宰臣刘晏，缘德宗在东宫时涉动摇之论，竟以此坐死，旋则朝廷中外，皆以为冤，两河不臣之地，悉恐亡惧，德宗寻亦追悔，官其子孙。近则宋申锡涉交通藩邸贬官，文宗寻又追悔，至于流涕。如嗣复等蝼蚁之命，至细至微，特赐矜全，必彰圣德，天下臣子，孰不上感天慈？不尔，恐四海人情，自此忧惧，臣等亦就危不暇，无以裨助圣明。伏望特开延英，赐臣等面陈血诚，以安中外。如蒙圣慈纳臣等愚恳，伏望更重贬官，所冀人心允惬。"

《资治通鉴·卷二百四十六·唐纪六十二》记载了李德裕等为其求情挽救杨李等人的细节："德裕等泣涕极言：'陛下宜重慎此举，毋致后悔！'上曰：'朕不悔！'三命之坐，德裕等曰：'臣等愿陛下免二人于死，忽使即死而众以为冤，今未举圣旨，臣等不敢坐。'久之，上乃曰：'特为卿等释之。'"

李德裕的奏疏惹得唐武宗大发脾气，直斥了他。可喜的是皇帝听从了李德裕的建议，将牛党要人杨嗣复和李珏贬黜。这里多说一句，杨嗣复在这件事上，比李珏裹挟得更深，他甚至劝说唐文宗的杨贤妃学武则天称制。在这种政治旋涡中，李德裕将他们救了出来，不得不说是奇迹中的奇迹。就第二状和第三状的内容来说，皇帝几乎没有召见和旨意，是李德裕主动去触皇帝的霉头。

如果立场调换，皇帝要杀李德裕，牛党中人会说一句公道话吗？想必不会，更谈不上舍命营救。李德裕后来的遭遇证明了这一点。等唐宣宗上台，第二天就罢免李德裕，牛党人依旧是煽风点火，火上浇油，时刻想置他于死地。

唐武宗26岁继位，年轻人没有不爱玩儿的道理，他时常带着王才人游玩，从唐穆宗开始，这几任帝王都特别喜欢打猎和炼丹。唐武宗也十分喜欢打猎，王才人是他的心上人，二人演绎了一段唐朝的生死绝恋。

---

① 董诰，等.全唐文[M].北京：中华书局，1983：7222.

《新唐书·卷七十七·列传第二·后妃下》记载了王才人的身世："武宗贤妃王氏，邯郸人，失其世。年十三，善歌舞，得入宫中……开成末，王嗣帝位，妃阴为助画，故进号才人，遂有宠。"

唐武宗继位，王才人发挥了作用，这一点对一个在宫内的普通女子来说十分不易，也间接说明这个女人大胆聪慧。

李德裕规劝皇帝，唐武宗像有智慧的领导，给李德裕加官晋爵。

《新唐书·卷一百八十·列传第一百五·李德裕传》记载了这件事的细节："武宗立，召为门下侍郎、同中书门下平章事。时帝数出畋游，暮夜乃还，德裕上言：'人君动法于日，故出而视朝，入而燕息。'《传》曰：'君就房有常节。'惟深察古谊，毋继以夜。侧闻五星失度，恐天以是勤勤儆戒。《诗》曰：'敬天之渝，不敢驰驱。愿节田游，承天意。'寻册拜司空。"

隋唐时期置太尉、司徒、司空为三公，正一品，不开府置官属。《唐会典·卷一》记载："三公，论道之官也。盖以佐天子，理阴阳，平邦国，无所不统，故不以一职名其官。然周、汉已来，代存其任。自隋文帝罢三公府僚，皇朝因之，其或亲王拜者，亦但存其名位耳。"

我查阅了一下，在六宰相中李吉甫死后追赠司空的殊荣。李绛死于兵变，追赠司徒。李珏死后，追赠司空，在世被册封司空的人只有李德裕一人。可见唐武宗对李德裕的倚重。

李德裕是杰出政治家，着眼着手着心皆是政治家的风范和心胸，就他拼死救下李珏等人的行为，也符合燕赵人士的侠气，他在《豪侠论》①对侠也有自己的观点："……夫侠者，盖非常之人也，虽以然诺许人，必以节义为本。义非侠不立，侠非义不成，难兼之矣……"

在李德裕加封宰相后，他曾向唐武宗建议，《旧唐书·卷一百七十四·列传第一百二十四·李德裕传》记载了这段话："既入谢，即进戒帝：'辨邪正，专委任，而后朝廷治。臣尝为先帝言之，不见用。夫正人既呼小人为邪，小人亦谓正人为邪，何以辨之？请借物为谕，松柏之为木，孤生劲特，无所因倚。萝茑则不然，弱不能立，必附它木。故正人一心事君，无待於助。邪人必更为党，以相蔽欺。君人者以是辨之，则无惑矣。又谓治乱系信任，引齐桓公问管仲所以害霸者，仲对琴瑟笙竽、弋猎驰

---

① 周绍良.全唐文新编：第3部[M].长春：吉林文史出版社，2000：8050.

骋，非害霸者；惟知人不能举，举不能任，任而又杂以小人，害霸也。太、玄、德、宪四宗皆盛朝，其始临御，自视若尧、舜，浸久则不及初，陛下知其然乎？始一委辅相，故贤者得尽心。久则小人并进，造党与，乱视听，故上疑而不专。政去宰相则不治矣。在德宗最甚，晚节宰相惟奉行诏书，所与图事者，李齐运、裴延龄、韦渠牟等，讫今谓之乱政。夫辅相有欺罔不忠，当亟免，忠而材者属任之。政无它门，天下安有不治？先帝任人，始皆回容，积纤微以至诛贬。诚使虽小过必知而改之，君臣无猜，则谗邪不干其间矣。'又言：'开元初，辅相率三考辄去，虽姚崇、宋璟不能逾。至李林甫，秉权乃十九年，遂及祸败。是知亟进罢宰相，使政在中书，诚治本也。'"

李德裕这一段话总结起来，就四条：辨忠奸；识小人；政归中书；限制宰相为相的时间。他说到了也做到了，并没有因为谁是牛党就不用谁，也没有那么小家子气，他救杨嗣复和李珏一事特别说明问题。

公元 841 年，会昌元年四月，李德裕也办了一件事，让朝野非议。这件事就是修撰《宪宗实录》记录宪宗朝事。这一版是由宰相路隋监修，他在《上宪宗实录表》①中清楚记载了："……长庆二年，诏监修宰臣杜元颖，命翰林侍讲学士臣处厚、臣赵暨史官沈传师、郑瀚、宇文籍等，分年编次实录……"从长庆二年（公元 822 年）修到太和四年（公元 830 年）完成。

李德裕奏请改撰《宪宗实录》，并且删除其父李吉甫在元和年间的"不善之事"。我在史料中试图找出"不善之事"是何事，很遗憾没有查到。

我比较倾向的是云南省广播电视大学讲师黄建中在《唐代会昌朝重修宪宗实录的质疑》②一文中的观点，即会昌朝重修《宪宗实录》的真实目的来源于唐武宗，目的是昭彰永贞内禅的真实面目，与李德裕以广父功无关。

我查询了一下，率先持这种观点的文章是杜牧撰写的周墀的墓志铭。周墀是牛党要人，曾帮助杜牧到湖州任职，杜牧也一直对牛僧孺抱有知

---

① 王水照.传世藏书·集库·总集：全唐文 [M].海口：海南国际新闻出版中心，1996：3402.

② 黄建中.唐代会昌朝重修《宪宗实录》质疑 [J].思想战线，1996（4）：89-92.

遇之恩的心理。需要说明的是，杜牧为周墀撰写墓志铭是公元851年，这一年的前一年公元850年李德裕已经去世，杜牧具备了写这件事的条件，把自身不得居要位的窘境归于李德裕，下文详说。

《全唐文·卷七百五十五》收录了杜牧撰写的《唐故东川节度检校右仆射兼御史大夫赠司徒周公墓志铭》，此版本为清嘉庆董诰等纂修："……德裕会昌中，以思撰之元和朝实录四十篇，溢美其父为相事。公上言，所上何言？……"《新唐书·卷一百八十二·列传第一百七·周墀传》也有云："故宰相德裕重定元和实录，窜寄它事，以广父功。"

综上所述，大部分攻击李德裕依旧来自牛党人和其记录，不足为信。路隋监修的宪宗实录和李德裕奏请的一版均已佚，真实情况我们不得而知，从目前史料来看，即便是有偏见的攻击保存下来，也是对李德裕的一种攻击，实际上李德裕的名声着实受损。

关于修史这件事的始末已消失在历史的烟云中，不过关于修史的态度和原则，李德裕曾专门给皇帝上书《论修史体例状》[1]："右，臣等伏见近日实录，多云禁中言者。伏以君上与宰臣及公卿言事，皆须众所闻见，方合书于史策，禁中之语，向外何由得知？或得于传闻，多出邪妄，便载史笔，实累鸿猷。向后实录中如有此类，并请刊削，更不得以此纪述。又宰臣及公卿论事，行与不行，须有明据。或奏议允惬，必见褒称；或所论乖僻，固有惩责；在藩镇献表者，必有答诏；居要官启事者，自合著明。并当昭然在人耳目，或取舍存于堂案，或与夺形于诏敕。前代史书所载奏议，无不由此。近见实录，多载密疏，言不彰于朝听，事不显于当时，得自其家，实难取信。向后所载群臣奏议，其可否得失，须朝廷共知者，方可纪述，密疏并请不载，如此则书必可法，人皆守公，爱憎之志不行，褒贬之言必信矣。以前，臣等伏见近日实录，事多纰缪，若详求摭实，须举旧章。谨件如前。"

李德裕回到朝廷中枢，终于可以将多年胸中酝酿的国家改革，中兴之路的政治策略提出了。他是良臣，唐武宗是明主。我们可以看到李德裕不论处理军事，政治和民政，都是招招打在靶心。这源于他丰富的地方从政经验，从他父亲李吉甫外贬时，李德裕和家人都跟随左右，吉

---

① 王水照.传世藏书·集库·总集：全唐文[M].海口：海南国际新闻出版中心，1996：5008.

甫外贬路径是公元 792 年到明州、公元 795 年到忠州、公元 803 年到郴州、公元 808 年到扬州。他从小跟随父亲在地方锻炼，有着丰富的地方行政经验，深知下层利弊，也对国家弊政了如指掌。李德裕外贬，从公元 834 年到润州、公元 835 年到袁州、公元 836 年到滁州、公元 836 年到润州、公元 838 年到扬州等。

（十二）德裕将帅才击败回鹘

公元 840 年，黠戛斯汗国打败了蒙古高原的回鹘汗国，回鹘汗国毫无还手之力，署飒可汗被杀，黠戛斯称雄漠北。回鹘汗国灭国后，所剩下族人部落四散奔逃。逃跑的方向主要分南迁、西迁。

西迁的回鹘贵族只有相一人、庞特勤一人。南迁中又分三支，一支西奔进入七河流域，征服了游牧于当地的葛逻禄部落，建立了喀喇汗王朝。一支投奔安西（今天哈密吐鲁番）一带建立了高昌回鹘王国，后又称西州回鹘。还有一支投奔当时尚未亡国的吐蕃，在甘肃、青海一带建立了甘州回鹘王国。

南迁的回鹘贵族有乌介可汗、特勒十一人、内外宰相八人、尚书两人，还有可汗姐与回鹘公主。南迁的回鹘包括乌介可汗率领的近可汗牙十三部、特勒嗢没斯及相爱耶乌率领的五部、特勤那颉啜及相赤心率领的约九部。

公元 841 年，南迁这一支乌介势力到唐朝边塞的错子山（今内蒙古杭锦后旗乌加河北三百里）自立为可汗，成为回鹘汗国王统的继承人。

让李德裕展现军事才能的是南迁这一支，南迁队伍中有一支回纥嗢没斯部抵达天德军治所请求归顺。

天德军最初治所在北城（内蒙古乌梁素海土城子），公元 813 年，由于河套泛滥，西受降城城南被黄河水冲毁。天德军都防御使周怀义上表请修筑，修费为 21 万贯。围绕着修城还是迁徙，官臣们发生了争执。公元 814 年在李吉甫建议下，因迁城费比起修城费要少得多，只留天德军一千人守西受降城内城及月城，将余军及防御使往驻天德故城，又以三万余家迁移至北城城内，此后，天德军一直驻在北城，直到唐末。

《资治通鉴·卷二百四十六·唐纪六十二》记载了这件事："天德军使田牟、监军韦仲平欲击回鹘以求功，奏称：'回鹘叛将嗢没斯等侵逼塞下，吐谷浑、沙陀、党项皆世与为仇，请自出兵驱逐。'上命朝臣议之，议者皆以为嗢没斯等叛可汗而来，不可受，宜如牟等所请，击之便。上以问宰相，李德裕以为：'回鹘屡建大功，今为邻国所破，部落离散，穷无所归，远依天子，无秋毫犯塞，奈何乘其困而击之！宜遣使者镇抚，运粮食以赐之，此汉宣帝所以服呼韩邪也。'陈夷行曰：'此所谓借寇兵资盗粮也，不如击之。'德裕曰：'今天德城兵才千馀，若战不利，城陷必矣。不若以恩义抚而安之，必不为患。纵使侵暴边境，亦须俟征诸道大兵讨之，岂可独使天德击之乎！'……上乃许以谷二万斛赈之。"

李德裕的措置十分允当，对方无攻击城池的行为，田牟等军人居然因为冒功和看对方部落人少击之，被打后他们和乌介可汗一伙合谋怎么办？边境地区战火开启容易，如何弹压？李德裕充分考虑了形势，回纥嗢没斯部就是因灭国，日子不好过，赐一些粮食即可。

李德裕就此事，特意上一封奏书给皇帝说明，名为《论田牟请许党项讐复回鹘嗢没斯部落事状》①。在这封制书，最后李德裕写道："常令大信不渝，怀柔得所，彼虽戎狄，必合感恩。待张贾使回，足知情实。仍望诏田牟不得擅出诡计，妄邀奇功。兼诏仲武不得纳将吏惑词，为国生事。如蒙允许，伏望付翰林酌此意处分。"

无独有偶，在元和年间，李德裕父亲李吉甫也曾面对回鹘部落问题发表了掷地有声的言论，极具政治眼光的策略。

元和年间，公元813年，回鹘部越过大漠，南攻吐蕃。朝廷得报，却认为回鹘表面声称讨伐吐蕃，真实意图是要入侵唐境。

李吉甫分析道："回鹘并未与朝廷断绝和好关系，南下目的不大可能是侵扰边境，我们只要加强戒备，则不足为虑。"他建议恢复自夏州至天德军之间的十一所驿站，以便传递边境军情，又征调夏州精骑五百人驻屯经略故城，以接应驿使，同时护卫党项部落。

李吉甫又建议朝廷复置宥州，以防御回鹘，安抚党项。唐宪宗遂在

---

① 王水照.传世藏书·集库·总集：全唐文[M].海口：海南国际新闻出版中心，1996：4991.

经略故城重新设置宥州，隶属于绥银道，并征调鄜城九千神策军前往驻守。李吉甫又征调江淮地区的三十万件兵器与千余匹战马，补充给太原、泽潞两军，以加强唐朝北部边防。

唐武宗认为李德裕说的有道理，就答应了他的请求，随即，李德裕上书皇帝《请赐回鹘嗢没斯等物诏状》[①]："右，比者只待张贾使回，今到已数日，须早发遣。缘回鹘已入边界，未测多少，天德兵力寡少，须务怀柔。伏以自古御戎，只有二道，一是厚加抚慰，二是以力驱除，此事利害较然，前古皆有明效。汉宣帝厚抚呼韩，代享其利，边境六十年无事；汉武力制匈奴，海内疲弊，生人减半。今嗢没斯若不稍加恩意，令尽欢心，须至以力驱除，必恐永为边患。假使其众残破，摧伏不难，亦须先加以恩，不令疑贰。古人云：'将欲取之，必固与之。'正谓此也。臣等商量，纵不与粮食接借，其赐物不可太薄。若止于只赐特勒、宰相，实恐发遣未得，须是稍令优厚，于朝廷若无费损，可以保全。朝野群情，皆望如此，伏希圣慈，特赐察纳。"

大唐朝廷准备好了粮食，宰相李德裕亲撰诏书一并送往《赐回鹘嗢没斯等诏》[②]："敕：'回鹘嗢没斯特勒、那颉啜特勒、悉勿啜特勒、乌离思特勒、赤心宰相等。'张贾等回，知卿等欲远赴阙庭，自申忠款，眷言深志，岂忘予怀。闻卿等本国，顷因饥荒，遂至离散，亲属内叛，诸部外侵，新立可汗，犹未安定。既是国中所奉，则为卿等君亲，古人云：'未有仁而遗其亲者，义而后其君者。'想卿等本心，必思推戴。况回鹘代雄朔漠，威服诸蕃，今已破伤，足堪悲愤。若皆自争雄长，不顾其君，各据一隅，必更衰弱。深虑从此之后，为诸蕃所轻。与卿等本国，代结婚亲，久修邻好，每念于此，良用恻然。与卿等为谋，须务远大……"

这两封诏书充分显示了李德裕的政治谋略、外交才能、文采飞扬，见识也是高人一等。他对回鹘势力分而治之，亲唐派援助，武力派坚决剿灭。文中尤其是那句："若一处开恩，必自兹援例"，颇有道理。

公元842年，唐会昌二年，一波未平一波又起。李德裕刚把嗢没斯部落安抚好，乌介可汗就来找麻烦。我们前面介绍过，乌介可汗于两年

① 王水照. 传世藏书·集库·总集：全唐文[M].海口：海南国际新闻出版中心，1996：4973.
② 王水照. 传世藏书·集库·总集：全唐文[M].海口：海南国际新闻出版中心，1996：4953.

前，在内蒙古乌加河称汗，成为回鹘汗国的继承人。他用两年整合部族，统一上下后，开始将矛头指向式微的唐朝。

事情是这样，黠戛斯人击败回鹘汗国，发现回鹘牙帐有远嫁来的唐朝公主。唐虽是衰败，对草原部落仍有强大政治影响力。于是，遣使将太和公主送回长安。巧合的是乌介可汗一伙遇见了，将太和公主劫留。并以此为由以太和公主的名义请表唐朝以求册封。

唐朝拒绝了，接着，乌介可汗又奏请将亲唐的嗢没斯部落遣送回来。面对无理的要求，李德裕又拒绝了。乌介可汗又提出向唐借兵复国，李德裕依旧是拒绝。乌介可汗就有点把持不住自己了，要借天德城居住。李德裕再次是拒绝。

八月，乌介可汗自感颜面尽失，率众攻击大同川，截获牛马羊群后转战到山西大同境。这一下，李德裕怒了。

《旧唐书·卷十八·本纪第十八上·武宗》记录了李德裕就回鹘情形进行了分析："宰相李德裕议：'以回纥所恃者嗢没、赤心耳，今已离叛，其强弱之势可见。戎人犷悍，不顾成败，以失二将，乘忿入侵，出师急击，破之必矣。守险示弱，虏无由退。击之为便。'天子以为然。乃征发许、蔡、汴、滑等六镇之师，以太原节度使刘沔为回纥南面招讨使；以张仲武为幽州卢龙节度使、检校工部尚书，封兰陵郡王，充回纥东面招讨使；以李思忠为河西党项都将，回纥西南面招讨使：'皆会军于太原。'"

李德裕决定对乌介可汗势力进行军事打击，皇帝允诺。

《资治通鉴·卷二百四十七·唐纪六十三》记载了李德裕是如何调兵遣将的部署："刘沔遣麟州刺史石雄、都知兵马使王逢帅沙陀朱邪赤心三部及契苾、拓跋三千骑袭其牙帐，沔自以大军继之……雄乃凿城为十馀穴，引兵夜出，直攻可汗牙帐。至其帐下，虏乃觉之。可汗大惊，不知所为，弃辎重走，雄追击之。庚子，大破回鹘于杀胡山，可汗被疮，与数百骑遁去，雄迎太和公主以归。斩首万级，降其部落二万馀人。"

李德裕面对乌介等人的持续武力挑衅，制定了奇袭的计划，计划指出必须请石雄为先锋大将。他将计划禀告皇帝，皇帝将方略告诉了刘沔。刘沔命石雄率三千骑兵为先锋，自己率大军断后。

德裕古镇（图4-11）成为了家乡人追忆李德裕最重要的文化场所。

图 4-11　石家庄赞皇 德裕古镇

石雄在夜晚利用地道奇袭乌介可汗牙帐。乌介可汗身受重伤，仓皇而逃。刘沔也率大军赶到，在杀胡山大破回鹘军。太和公主得以回朝，李德裕也因功进位司徒。

这场战役的点睛之笔是李德裕奇袭策略，石雄挖地道，直接踢了乌介可汗的牙帐。这一场争斗有多方参与，唐营一方，总指挥官李德裕，战前指挥刘沔，先锋石雄等人，乌介可汗一方，前来支援唐朝的嗢没斯部，以及乌介可汗的强敌黠戛可汗，李德裕还必须将部署告诉皇帝和朝臣。

我翻阅了这个时期能找到的所有史料，查出李德裕在这一阶段写的行文、制书、奏状、信件等特别多，接近五十封，他们的名称分别是：《与黠戛斯可汗书》《黠戛斯朝贡图传序》《赐回鹘可汗书》《赐回鹘可汗书意》《授嗢没斯改姓李名思忠制》《授嗢没斯可特进行左金吾卫大将军员外置仍封怀化郡王制》《授嗢没斯检校工部尚书兼归义军使制》《授历支特勒以下官制》《授回鹘内宰相爱耶勿归义军副使兼赐姓名制》《讨回鹘制》《遣王会等安抚回鹘制》《授刘沔招抚回鹘使制》《授张仲武东面招抚回鹘使制》《授石雄晋绛行营节度使制》《赐回鹘嗢没斯等诏》《赐回鹘书意》《赐回鹘可汗书》《赐太和公主敕书》《赐背叛回鹘敕书》《赐黠戛斯书》《赐石雄及三军敕书》《请更发兵山外邀截回鹘状》《殄灭回鹘事宜状》《讨袭回鹘事宜状》《论石雄请添兵状》《讨袭回鹘事宜状》《谢宣示嗢没斯等冠带讫图状》《谢宣示进黠戛斯朝贡图深惬于怀状》《论嗢没斯特勒等状》《论嗢没斯下将士二千六百一十八人赐号状》《论天德军捉到回鹘生口等状》《请赐嗢没斯枪旗状》《论嗢没斯家口等状》《论嗢没斯所请落下马价绢赐与可汗状》《论回鹘事宜状》《论回鹘石诫直状》《牛僧孺等奉敕公卿集议须便施行其中有未尽处须更令分析谨连如前》《驱逐回鹘事宜状》《进所撰黠戛斯书状》《进所撰颉戛斯可汗书状》《进所撰黠戛斯书状》《代刘沔与回鹘宰相颉于伽思书》《代忠顺报回鹘宰相书意》《奏宣石雄所进文书欲勘问宜商量奏来状》《代刘沔与回鹘宰相书意》《与纥扢可汗书》等，李德裕的文章全部收录在《全唐文》中，本书是介绍"赵郡六宰相"，非李德裕个人传记，所以我只将这个时期的文章名称写出，感兴趣的读者可以直接阅读《全唐文》或是李德裕的《会昌一品集》。

公主迎回，乌介远走荒漠，李德裕的战功也足以彪炳史册，唐武宗下令授李德裕司徒，进封赵国公。唐朝国祚两百多年，册封司徒大概四五十位，赞皇六宰相中册封司徒只有两位李绛和李德裕。李绛是死后追赠，李德裕是生前被册封，这已经是人臣接近天花板的荣光。

针对唐朝对回鹘的这一场战争，宋朝人孔平仲在其著作《珩璜新论·卷四》评价："唐时回鹘最强盛，武帝时为点戛斯可汗所破，其一支奔天德塞下。天德军使温德彝奏回鹘溃兵侵逼西域，亘六十里，不见其后。回鹘及可汗又来惜振武城居之，赖李德裕在朝，随事应接，不为巨患。"

（十三）收服幽州藩镇

李德裕为相期间，口含天宪，手中权柄，内外莫不从，除了河朔三镇。自从安史之乱爆发，河朔就成为法外之地，节度使成为藩镇中下级军官的代言人。

陈寅恪在《唐代政治史述论稿》中指出，唐代自安史乱后，"虽号称一朝，实成为二国"，"除拥护李氏皇室之区域，即以东南财富及汉化文化维持长安为中心之集团外，尚别有一河北藩镇独立之团体，其政治、军事、财政等与长安中央政府实际上固无隶属之关系，其民间社会亦未深受汉族文化之影响，即不以长安、洛阳之周孔名教及科举仕进为其安身立命之归宿。故论唐代河北藩镇问题必于民族及文化二端注意，方能得其真相所在也。"

李德裕在制服藩镇的章节，我以为只有昭义节度使刘稹可以讲。仔细研究李德裕生平发现，在对回鹘的战争中，对河朔三镇之一的幽州镇也有很大的控制力。

《剑桥中国隋唐史》也持同样观点，认为李德裕在对回鹘的战争中，直接对幽州节度使幕府下的兵将直接调遣，说明了李德裕的能力和政治影响力，可以影响幽州镇。

我查询到答案，李德裕为什么单单对幽州有着巨大的控制力呢？这源于幽州地区的内乱。在安史之乱后历任有雄才大略的宰相都会主动和河朔三镇交流，或征讨、分化，或经济交流。这是一个重要的标准，那些平庸的宰相们压根不去触碰河朔三镇，希望与之和平共处。

公元831年幽州副兵马使杨志诚驱赶了节度使李载义，唐文宗大怒想讨伐幽州，宰相牛僧孺指出朝廷无力讨伐。于是，唐文宗窝着火还是加封了杨志城，名义为节度留后，节度使始终未册封。

幽州节度使，又称范阳节度使、卢龙节度使，是唐朝在今河北地区设置的节度使，其治所也是曾经安史之乱的根据地。

说到幽州幕府的内乱，就不得不提张仲武。会昌元年，公元841年9月，幽州乱，牙将陈行泰发动兵变，杀死节度使史元忠，并请朝廷册封为节度使。

唐武宗对此不置可否，询问李德裕，德裕分析了幽州事态就拒绝了。

《资治通鉴·卷二百四十六·唐纪六十二》记载了这一细节："李德裕曰：河朔事势，臣所熟谙。比来朝廷遣使赐诏常太速，故军情遂固。若置之数月不问，必自生变。"

《新唐书·卷二百一十二·列传第一百三十七》记载得更为详细："李德裕计：河朔请帅，皆报下太速，故军得以安，若少须下，且有变。帝许之，未报，果为绛所杀，复诱其军以请，亦置未报。是时，回鹘为黠戛斯所破，乌介可汗托天德塞上，而仲武遣其属吴仲舒入朝，请以本军击回鹘。德裕因问北方事，仲舒曰：'行泰、绛皆游客，人心不附。仲武，旧将张光朝子，年五十馀，通书，习戎事，性忠义，愿归款朝廷旧矣。'德裕曰：'即以为帅，军得无复乱乎？'答曰：'仲武得士心，受命必有逐绛者。'德裕入白帝曰：'行泰等邀节不可许，仲武求自效，用之有名，军且无辞。'乃擢兵马留后，而诏抚王领节度。诏下，绛果为军中所逐，即拜仲武副大使、检校工部尚书、兰陵郡公。"

事态果然如李德裕分析的一样，一个月后，陈行泰又被牙将张绛所杀。张绛学陈行泰故技重施，希望朝廷册封。张绛在幽州（今北京）也不踏实，他担心近在咫尺之地蓟县雄武军使张仲武，他一面假意请张出任幽州节度使，然后又反悔，这激怒了张仲武。

张仲武决定率雄武军攻击幽州，他在政治方面就老辣得多，委派长史吴仲舒去长安面见李德裕，这才有了《新唐书》中关于李德裕和吴仲舒对话的记载。

张仲武的说客吴仲舒一定是能言善辩的角色，他居然说服了李德裕将幽州节度使的权柄赐予张仲武，李德裕在纷乱如麻的局势中，走马灯式的武将中选定了张仲武。李德裕说服了唐武宗，委任张仲武署理幽州。

张仲武委派人去长安拜谒李德裕，将书信和礼物奉上。李德裕为证明光明磊落，与河朔三镇无勾结，为了让皇帝放心，他连写《让张仲武寄信物状》《再让仲武寄信物状》两封奏疏陈述原委，并将信物呈报给朝廷。

李德裕为何对河朔事了如指掌呢？除了身为宰臣对天下事都要了解以外，还有就是李德裕的经历，张弘靖出镇太原，担任河东节度使，李德裕为节度掌书记，更巧合的是张弘靖曾出镇幽州。李德裕就多一条渠道了解幽州事。

张仲武得偿所愿，对李德裕也是投桃报李，在李德裕擘画与回鹘的战争中，张仲武也是尽全力出兵相助。

公元842年，会昌二年八月，唐朝廷发兵三路，北伐回鹘，此战也称唐击回鹘乌介可汗之战。张仲武加官检校兵部尚书，充任东面回鹘招抚使，指挥卢龙行营军及奚族、契丹族、室韦族的军队。在历时数月的征战中，张仲武与其他两路兵马紧密配合。

在战争期间，李德裕不断有书信给张仲武参详战事，也及时为他向朝廷请功，这时期李德裕写了《让张仲武寄信物状张仲武寄回鹘生口驼马状》《赐张仲武诏意》《授张仲武东面招抚回鹘使制》《赐刘沔张仲武密诏》《赐张仲武诏》《请赐仲武诏状》等诏书奏疏。

张仲武在对回鹘的战役出色地完成任务，请求于蓟县北立《幽州纪圣功铭》①。唐武宗同意，并命宰相李德裕亲自撰文，以昭示后世。这功德碑文也是李德裕的力作。

（十四）压服宦官集团

公元 842 年 10 月，李德裕刚结束对回鹘的战争，大太监仇士良也发起了对他的攻击。

仇士良前面讲过，他是指着鼻子骂唐文宗的太监，唐文宗的怯懦成全了仇士良，让身上的寄生虫反噬了宿主，皇帝让李唐后人当成了这般田地，李世民泉下有知，想必会跳着脚地骂。

仇士良一看，唐武宗不糊涂，李德裕更精明，朝廷大事皆让李德裕处理得井井有条，甚至对外族的战争也获得了空前胜利，居然还能指挥河朔三镇的牙将。他有点慌了，李德裕如果对付自己怎么办？

仇士良计上心头，磨刀霍霍准备向李德裕开刀。仇士良手握大权多年，知道宦官集团的崛起就是依赖神策军，神策军的指挥官都是太监，想对付李德裕也得用神策军。他颁布了一封命令，就是削减神策军的军衣粮及马刍粟等供应，这势必会动大大小小军官的利益，他在一边吹风引火鼓动哗变，将颁布旨意的责任推到宰相李德裕的身上，到时唐武宗也保不了他。就像唐文宗保护不了宋申锡和郑注等人一样。

仇士良千算万算，他没算到唐武宗不是唐文宗，李德裕也不是宋申锡。

唐武宗不同他哥哥唐文宗，他刚毅果断，喜怒不形于色，对大太监仇士良采取内实嫌之，阳示尊宠的办法，他又任用名相李德裕，渐渐将权力收回前廷。

李德裕也非等闲之辈，一眼看穿了仇士良的伎俩，禀告了唐武宗。

---

① 王永照.传世藏书·集库·总集：全唐文 [M].海口：海南国际新闻出版中心，1996：5043-5044.

《新唐书·卷二百七·列传第一百三十二·宦者上》记载了唐武宗压服这场内廷禁军哗变的旨意："德裕以白帝，命使者谕神策军曰：'赦令自朕意，宰相何豫？尔渠敢是？'士乃怗然。"

神策军安抚住了，仇士良睡不着了，他鼓动造乱铲除李德裕就是嗅出了危机，唐武宗和李德裕又将哗变化解，对仇士良提高了戒备。他就更睡不着了，惶惶不可终日，越是如此越想试探皇帝的态度。他一直想致仕，上书请辞，唐武宗降职他为内侍监，次年就允许他致仕。

《新唐书》称仇士良为：奸亦有术。仇士良致仕前，召集徒子徒孙传授成为大太监的绝招。

《新唐书·卷二百七·列传第一百三十二·宦者上》详细记载了这件事，原文如下："士良之老，中人举送还第，谢曰：'诸君善事天子，能听老夫语乎？'众唯唯。士良曰：'天子不可令闲暇，暇必观书，见儒臣，则又纳谏，智深虑远，减玩好，省游幸，吾属恩且薄而权轻矣。为诸君计，莫若殖财货，盛鹰马，日以球猎声色蛊其心，极侈靡，使悦不知息，则必斥经术，阘外事，万机在我，恩泽权力欲焉往哉？'众再拜。士良杀二王、一妃、四宰相，贪酷二十馀年，亦有术自将，恩礼不衰云。"

翻译过来就是仇士良说不能让皇上闲着，就是让他玩，他一闲就读书，读书就明事理，读书就有疑惑，就会召见大臣问询。让皇帝沉溺于声色犬马，才会有助我们掌握权力。

仇士良在朝堂只手遮天时，没人来触碰他的霉头？有，那就是昭义节度使刘从谏，"甘露之变"爆发后，外界对以仇士良为首的宦官集团无不胆寒，刘从谏与宰相王涯素来交好，一本又一本的奏书直指仇士良等人。刘从谏将宝马良驹进献给唐武宗，武宗不纳，他以为是仇士良从中作梗，宝马退回后立即宰了那匹马。

《新唐书·卷二百一十四·列传第一百三十九》详细记载了："从谏不平，三上书请王涯等罪，讥切中人。时宦竖得志，天子弱，郑覃、李石新执政，藉其论执以立权纲，中人惮而怨之。"

"甘露之变"时宦官田全操甚至扬言："我入城，凡儒服者，无贵贱当尽杀之！"一些遇难官员的幸存家属，陆续投奔昭义节度使刘从谏并得到接纳，暂时躲过一劫。仇士良不服不忿，想栽赃刘从谏。无奈刘从谏手握重兵，声言宦官们再威逼就起兵清君侧，仇士良才有所收敛。滑稽的一幕出现了，皇帝都无法收拾太监，在藩镇的恫吓下，仇士良才收起沾满鲜血的屠刀。

唐文宗利用这股势头，提拔了郑覃、李石两个正人当宰臣。

李德裕书写的雄文中，有两篇是为两位太监写的墓志铭，我们前文提过有救过宋申锡的马存亮，还有另一位刘宏规墓志铭为《唐故左神策军护军中尉兼左街功德使知内侍省事刘公神道碑铭》[①]。

李德裕秉政期间，他还曾与另两位手握重权的太监枢密使杨钦义，刘行深商议，不许监军宦官干预军政，并限制其卫兵人数。终武宗一朝，宦官始终不能干政。只有李德裕和唐武宗做到了。二人不愧为大唐君臣相知的典范，二人密切合作成为了晚唐绝唱。

（十五）号令天下平昭义

刘从谏是谁呢？那就从昭义节度使说起，昭义节度使也屡次想效仿河朔父传子的传统，真正意义上完成这一阶段是在刘从谏手中。那么是谁让他达到了这一目的呢？让朝廷又多一个割据的藩镇。罪魁祸首就是奸相李逢吉和大太监王守澄。

刘从谏的父亲是刘悟，唐穆宗继位，刘悟在昭义任节度使就驱赶了朝廷委派的监军，朝堂上皇帝糊涂，奸臣当道，没人拿这当一回事。刘悟就更加肆无忌惮，更令人不安的是对朝廷有怨气的士人也陆续投奔，刘悟一一安置。

公元 825 年，刘悟九十岁高龄去世，军中拥立其子刘从谏为留后，他就上书请求朝廷册封。大臣们都以昭义和河朔三镇不同，拒绝了。

李绛反应最强烈，他建议朝廷赶快委派新节度使上任。

《资治通鉴·卷二百四十三·唐纪五十九》记录了这一消息："左仆射李绛上疏，以为：兵机尚速，威断贵定，人情未一，乃可伐谋。刘悟死已数月，朝廷尚未处分，中外人意，共惜事机。今昭义兵众，必不尽与从谏同谋，纵使其半叶同，尚有其半效顺。从谏未尝久典兵马，威惠

① 周绍良 . 全唐文新编：第 3 部 [M]. 长春：吉林文史出版社，2000：8066.

未加于人。又此道素贫，非时必无优赏。今朝廷但速除近泽潞一将充昭义节度使，令兼程赴镇，从谏未及布置，新使已至潞州，所谓先人夺人之心也……"

令人惋惜的是唐敬宗是昏君，根本没有理会李绛的建议，朝中是牛党李逢吉的天下，他们早早就接受了刘从谏的贿赂，自然替人说话，藩镇势力又一次大胜。

刘从谏可不是泛泛之辈，此人是枭雄，自公元825年掌管帅印，他对于留在昭义并不满足。太和七年即公元833年，刘从谏来到京城朝拜唐文宗，他本意打算请朝廷将他调任其他藩镇。抵达京城后，他发现朝廷政出多门，事权不一，掌权者大多通过行贿宦官升迁。于是，他从心底里蔑视长安朝廷，回到昭义后，变得更加骄横跋扈。

时间来到了会昌三年，公元843年，刘从谏病重，他没有父亲刘悟的高寿，四十一岁卒。儿子年幼，他为了防止大权旁落，将大权给了侄子刘稹。刘从谏死前做了相应的对策，因其长期与朝廷对抗，担心死后被诛灭九族，他与幕僚张谷、陈扬庭、大将郭谊等密谋：欲效法河北诸镇，以其侄刘稹为牙内都知兵马使，从子刘匡周为中军兵马使，孔目王协为押牙亲事兵马使，家奴李士贵为使宅十将兵马使，亲信刘守义、刘守忠、董可武、崔玄度分别统辖亲兵，企图割据一方对抗朝廷，保护刘家禄位。

刘从谏的妻子裴氏也是巾帼，她召集军中大将的夫人做动员，让他们支持刘稹。刘稹也没闲着，紧锣密鼓地动了起来，他接受了大将郭谊的建议，秘不发丧，以刘从谏的名义上书向朝廷发牢骚。

后来，刘稹公然反叛和对抗朝廷，李德裕忍无可忍，与唐武宗禀告，君臣二人决定对昭义动武，将意见放在朝堂讨论，大臣们还是喜欢过太平日子，其他宰相认为："回鹘余烬未灭，边境犹须警备，复讨泽潞，国力不支，请以刘稹权知军事。"群臣及谏官亦皆赞成此议。注意朝臣的措置，和牛僧孺李逢吉当初建议朝廷给刘从谏的路数一致。

唯独李德裕认为昭义邻近京师，地处国家心脏位置，绝不能让其割据一方，沿袭河北诸镇之惯例。

泽潞之祸从刘从谏时，李绛就曾建议打他一个措手不及，无奈，宦官王守澄和牛党李逢吉接受其贿赂，皇帝糊涂，小祸果然坐大。多年前，李绛就上《论泽潞事宜状》，切中要害地分析："……且泽潞五州，据山东要害，河北连结，惟此制之，磁邢洺三州入其腹内，国纪所在，实系安危……"

李德裕更了解泽潞藩镇的重要性，云："上党居天下之脊，当河朔之喉。"他的态度明确，坚决讨伐。朝廷绝大多数大臣反对用兵，德裕奏曰："如师出无功，臣请自当罪戾，请不累李绅、让夷等。"可见李德裕的态度和决心，失败自己领罪，另一条是好友李坤等人也反对讨伐。

李德裕则力排众议，坚决主张讨伐。他分析道："泽潞（昭义）事体与河朔三镇不同。河朔习乱已久，人心难化，是故累朝以来，置之度外。泽潞近处心腹，一军素称忠义，尝破走朱滔，擒卢从史。"他进一步剖析说："从谏跋扈难制，累上表迫胁朝廷，今垂死之际，复以兵权擅付竖子。朝廷若又因而授之，则四方诸镇谁不思效其所为，天子威令不复行矣！"

李德裕向唐武宗介绍当时的军事形势，胸有成竹地说："稹所恃者河朔三镇。但得镇、魏不与之同，则稹无能为也。苟两镇听命，不从旁沮桡官军，则稹必成擒矣！"

朝廷对于刘从谏的骄横没有人洞察吗？有，李德裕一人。他曾说："开成初，于长子屯军，欲兴晋阳之甲，以除君侧，与郑注、李训交结至深，外托效忠，实怀窥伺……"

唐武宗听了，高兴地说："吾与德裕同之，保无后悔。"最后，李德裕和唐武宗顶住朝廷内外的压力，坚持了武力讨伐的主张。

《资治通鉴·卷二百四十八·唐纪六十四》记载："德裕言于上曰：'刘从谏据上党十年，太和中入朝，僧孺、宗闵执政，不留之，加宰相纵去，以成今日之患，竭天下力乃能取之，皆二人之罪也。'"言外之意，如今昭义军公然反叛就是当初让牛僧孺和李宗闵纵容之结果。换个角度说，当初刘从谏承袭节度使就是李逢吉等人受贿后的结果，如今刘稹再要求世袭，牛党中人也愿意息事宁人，他们始终不愿意朝廷大动干戈。

后来，刘稹兵败，河南少尹吕述与德裕书，言稹破报至，僧孺出声叹恨。唐武宗听了大怒，再贬牛僧孺和李宗闵官职。可见刘从谏与牛党和郑注等人交往甚深。

《旧唐书·卷一百七十四·列传第一百二十四·李德裕传》记载："自

开成五年冬回纥至天德，至会昌四年八月平泽潞，首尾五年，其筹度机宜，选用将帅，军中书诏，奏请云合，起草指踪，皆独决于德裕，诸相无预焉。以功兼守太尉，进封卫国公，三千户。"

接下来就看看，李德裕是如何运筹帷幄之中，决胜千里之外。

河朔三镇中幽州张仲武听从李德裕的调遣，其余二镇成德节度使王元逵，魏博节度使何弘敬维持二镇现状，下令其不得和刘稹相勾结。因为此二镇与昭义距离上比较近，尤其是魏博节度使何弘敬，这是一个首鼠两端的家伙。

李德裕开始调兵遣将，命王元逵为泽潞北面招讨使，何弘敬为南面诏讨使，与河中节度使陈夷行、河东节度使刘沔、河阳节度使王茂元合力攻讨刘稹。这是准备合围昭义军包刘稹的饺子。

接着，李德裕以山南东道节度使卢钧为昭义节度招抚使，晋绛行营节度使李彦佐增援阻断刘稹援军，李彦佐行动迟缓，李德裕敏锐捕捉到这一军情，马上委任石雄为副使替代了李彦佐。王元逵是回鹘人，娶了寿安公主，赐姓李，他很给李德裕长脸，从赵州（石家庄赵县）出兵，马上打了一仗，击败了刘稹援军。

忠武节度使王宰李彦佐为西南面招讨使，又任命刘沔为太原节度，担任潞府北面招讨使。王宰和李彦佐瞻前顾后，这都是安史之乱后留下的后遗症，军将们都想掌握军队保存实力，都有挥之不去的军阀作风。

李彦佐走得慢，磨洋工，王宰压根不进军，战场战机稍纵即逝，李德裕察觉到大怒之余，上书皇帝要求刘沔镇守河阳，派两千滑州兵在万善扎营，待在王宰眼皮下，以促使其出兵。

王宰的小九九被李德裕一眼看穿，又加以反制，他只好加速进军。魏博节度使何弘敬也是一个阳奉阴违的家伙，迟迟不出兵。李德裕的主要战术是攻心伐谋之术，他又命王宰率忠武军奔赴魏博，直插磁州。

何弘敬听后大惊，担心朝廷调转枪口对准自己，他急忙领全军渡过漳水，帮助朝廷进击刘稹。李德裕建言："河阳兵少，以忠武军进援。不仅可以保卫洛阳，也可以一并约束魏博。"可见德裕掌握了参战各节度使和大将的心理。

河阳节度使王茂元进驻天井关。李德裕认为河阳军兵力不足，于是命忠武军节度使王宰领忠武、昭义两军合援河阳军，将河阴所贮藏的器械及内库的铠甲、弓矢、陌刀等全部颁赐河阳等三镇联军。

王茂元患病不能理事，李德裕建议皇帝让王宰兼任，皇帝允准。王宰攻取天井关，震慑昭义叛军又开始停步不前。

李德裕了然于胸，上书言："王宰不乘胜攻取泽州，而让儿子王晏实守卫磁州，是犹疑不决。"唐武宗按照李德裕的思路严厉训斥王宰，点破他的用心。王宰大惧，急攻陵川、石会关，直取泽州。

另一面王元逵打得顺手，李德裕则立即奏请武宗，加授王元逵同平章事，以激励众将。后来，昭义大将李丕投降唐军，前方战将和朝廷中人都认为李丕是在诈降。

李德裕分析道："用兵已有半年，一直无人来降。现在李丕来降，不管是真是假，都必须给予优厚的赏赐，以鼓励再来投降的将士。只是不能把他安排到重要的地方。"

唐武宗一一照准。

一波未平一波又起，剿灭刘稹的战争打得焦灼，公元843年12月，太原士兵发生哗变，驱逐节度使李石，推举都将杨弁为首。

唐武宗委派太监马元贯一探虚实，马元贯就是太监马存亮的次子。马元贯收了杨弁的贿赂，回长安言道："杨弁兵多将广，物资充足。"

《旧唐书·卷一百七十四·列传第一百二十四·李德裕传》记载："……元贯受杨弁赂，欲保祐之。四年正月，使还，奏曰：'杨弁兵马极多，自牙门列队至柳子，十五余里，明光甲曳地。'德裕奏曰：'李石比以城内无兵，抽横水兵一千五百人赴榆社，安能朝夕间便致十五里兵甲耶？'元贯曰：'晋人骁敢，尽可为兵，重赏招致耳。'德裕曰：'招召须财，昨横水兵乱，止为欠绢一匹。李石无处得，杨弁从何致耶？又太原有一联甲，并在行营，安致十五里明光耶？'元贯词屈。德裕奏曰：'杨弁微贼，决不可恕！如国力不及，宁舍刘稹。'即时请降诏，令王逢起榆社军，又令王元逵兵自土门入，会于太原。河东监军吕义忠闻之，即日召榆社本道兵，诛杨弁以闻。"

李德裕追问下，马元贯哑口无言。更可虑的是杨牟开始与叛乱的刘稹勾结，李德裕考虑到太原是唐朝起兵之地，极其强硬地奏道："杨弁小贼，绝对不能宽恕。如朝廷两处用兵，国力不支，那么宁可先放过刘稹。"李德裕请唐武宗下诏，命王逢与王元逵分道进兵，会于太原。河东监军吕义忠得知，当日便率榆社戍军，诛杀杨弁，平定叛乱。

晚唐就是这么一盘散沙，无处不是城狐社鼠，都在为自己谋利，没人愿意为朝堂尽心尽力。幸亏有李德裕这般伟才大臣，一一洞穿这帮小人伎俩，一心匡扶天下。

这下，李德裕可以一心一意对昭义用兵，他指挥若定，随时注意前线作战的进展，善于抓住战局的每个薄弱环节，每个战将的心理，及时正确地处理军务。

安史之乱后，朝廷对藩镇地方的兵力失去信心，对太监掌管的神策军加以培养，神策军也成为了最有战斗力的军队之一。而后除了四川韦皋、裴度等多数大将可以统领大军外，唐军的战斗力基本是散兵游勇的状态，远远不及藩镇兵强马壮。朝廷经过唐穆宗、唐敬宗、唐文宗不靠谱皇帝的几经折腾，唐军人心涣散，粮饷不足。

那么，李德裕是如何将这一盘散沙，凝聚成一个拳头的呢？原来，李德裕总结了贞元、太和年间朝廷伐叛的经验教训，一是各藩镇出兵才离开边境，军饷便由国家负担，则藩镇将帅不再进军；从李彦佐和何弘敬的表现来看，的确如此。二是由朝廷临时统调的大军再取得一县或一栅寨，都以为胜捷，开始停滞不前。比如王宰也是如此。三是以太监监军干预军政，军队指挥权不统一，而藩镇指挥系统稳定，兵将都是父父子子、兄弟表亲，更能形成战斗力。四前线将领贪图赏赐，战局有利与朝廷讨价还价，战局不利就保存实力等等几条教训。

李德裕总结的每一条教训都切中要害，他也清楚地知道唐朝军事行动的弊病。他率先找了枢密使杨钦义等神策军军官，说明了此次征讨对朝廷的意义，商定不要干预军政。太监同意，全权由李德裕来指挥大军。

李德裕安抚好监军系统，开始密切关注战局，对于每一位大将的进展都做到了了如指掌，另外，他给各路将领设立了死目标，每个人都要在规定时间内打下泽路境内的一座州县，不能推诿不前，彼此观望。

李德裕又在大军身后设立督战队。李德裕的软硬并施，唐武宗恩威并施，他的手段起了奇效，战斗进行得十分顺利，但是泽潞东部的魏博、成德两镇给与唐军的支援非常有限。

所以，刘稹的泽潞大军也进行了有力地抵抗和进攻，这个进攻方向就是作为洛阳北方防线的河阳，河阳兵微将寡根本无法阻挡泽潞镇的进攻，只能等待李德裕派出的援军部队。李德裕察觉后，又委派王宰等人迅速增援。战局瞬息万变，李德裕却做到了滴水不漏，面面俱到。

李德裕在讨伐泽潞镇的过程中，善于听从部下的正确建议。比如李德裕听取了镇州奏事官高迪的意见，曾有效地对付了叛军的"偷兵术"，并令魏博兵"进营据其要害"；他还听取了刘积心腹、降将高文端的计策合围泽州、断绝固镇寨水道和招降郇州守将王钊的建议，纷纷取得了成功。

更有甚者，比如牛党中人的诗人杜牧也曾给李德裕上书出谋划策，他提出了扼险、"捣虚"及"速擒"等谋略，李德裕破除门户之见，对于好的意见一一采纳，史称"泽潞平，略如牧策"。

杜牧在书中《上李司徒相公论用兵书》①，谦虚地说："……伏闻圣主全以兵事付于相公，某受恩最深，窃敢干冒威严，远陈愚见，无任战汗。某顿首再拜。"

杜牧在《送杜顗赴润州幕》中夸赞弟弟和李德裕关系要好："少年才俊赴知音，丞相门栏不觉深。"

在《上淮南李相公状》②中也实事求是地赞美李德裕在淮南的仁政："……某启，伏以近日当州人吏往来，及诸道宾客行过，皆传相公以淮海之地，灾旱累年，仁悯之心，忧念深切，广求人瘼，大革土风……某忝迹门墙，不胜跃，攀望荣戟，下情无任恋结之至，谨状。"

杜牧对李德裕一直谦卑吗？非也。公元848年，牛僧孺去世，杜牧为牛僧孺写墓志铭《唐故太子少师奇章郡开国公赠太尉牛公墓志铭》③，此时的李德裕已贬在崖州。不能对杜牧的前途有任何影响，他就在牛僧孺的墓志铭中另一番说辞："……李太尉德裕挟维州事，曰修利不至，罢为太子少师。未几检校司徒，兼太子少保。明年，以检校官兼太子太傅、留守东都。刘稹以上党叛诛死，时李太尉专柄五年，多逐贤士，天下恨怨，以公德全畏之，言于武宗曰：'上党轧左京，控山东，刘从谏父死擅之，十年后来朝，加宰相，纵去不留之，致稹叛，竭天下力，乃能取。'此皆公与李公宗闵为宰相时事。从谏以大和六年十二月十七日拜阙下，

① 王水照.传世藏书·集库·总集：全唐文[M].海口：海南国际新闻出版中心，1996：5367.
② 吴在庆.杜牧集系年校注[M].北京：中华书局，2011：971-973.
③ 杜牧.樊川文集[M].上海：上海古籍出版社，1978：114.

实以其月十九日节度淮南；明年正月，从谏以宰相东迁。河南少尹吕述，公恶其为人，述与李太尉书，言稹破报至，公出声叹恨……"

杜牧常宿青楼，牛僧孺曾派兵保护他，杜牧好不容易回长安任监察御史，牛僧孺劝告其行为检点，杜牧还想抵赖，牛僧孺拿出记录："某夕，杜书记过某家，无恙"，"某夕，宴某家，亦如之"。他一直感念牛僧孺的照顾和关心，对其尊敬有加。而后，他在《遣怀》写道："落魄江南载酒行，楚腰肠断掌中轻。十年一觉扬州梦，赢得青楼薄幸名。"

鉴于杜牧在牛僧孺墓志铭有美化党首的嫌疑，直接点名批评了李德裕，但对于元和年间发生的贤良直谏科中的事，仍说是强臣如何如何，没有点李吉甫。从侧面说明当时对牛僧孺、李宗闵发难的并非李吉甫，而这群人惹不起太监权宦，将气撒在了李吉甫身上。他在牛僧孺墓志中甚至说李德裕一心想杀死牛僧孺等言论，他骂完李德裕并没有赢得牛党人的信任，不久外放更远的桐庐。所以，种种迹象表象，牛李党争引爆的科举案等皆是表象，本质便是寒门庶族地主集团和门阀山东士族集团的阶级对抗，延伸到从政理念、治国思想以及对藩镇宦官外藩等主要矛盾上，牛李两党人皆采取了截然不同的态度和处理方式。

公元 851 年，杜牧为另一个牛党重要人物周墀写墓志铭《祭周相公文》[①]，文中明显怨恨李德裕，将自己的贬官外放归咎于李德裕："会昌之政，柄者为谁？忿忍阴污，多逐良善，牧实忝幸，亦在遣中。"李德裕失势后，杜牧的屡次攻击，赢得了牛党人的满堂彩，但牛党人对他也不重用，最后他也是郁闷寡欢，只能将心中愤懑付诸诗篇。

李德裕秉政期间，牛僧孺不得势，杜牧一而再地向李德裕上书，比如有《上李太尉论北边事启》《上李中丞书》《上李太尉论江贼书》等。希望引起李德裕的注意，而获得重用。杜牧的尴尬就在于此，他与牛党过从甚密，杜家与李家却是世交，最后他落了一个两党都不待见的下场。

熟悉历史的读者朋友们都知道，在古代朝代更替或是讨伐战争中，前线指挥官最大的阻力和质疑来自后方，来自内部，最后功败垂成，无不叹息，比如说岳飞，比如袁崇焕，这种事历史上比比皆是。

李德裕作为平定泽潞镇的总指挥也不例外，也有来自朝廷内部的质疑和攻击，这些人坐在朝堂无所事事，说闲话和怪话又不需要成本，就

---

① 杜牧.樊川文集[M].上海：上海古籍出版，1978：205.

开始在唐武宗面前碎碎念，做事者总不如造谣者来得快。

公元843年9月，泽潞镇叛将薛茂卿攻破科斗寨，俘虏官军河阳大将马继等，劫掠并焚烧了十七个小寨。无所事事的朝臣"闲汉"开始造谣，说上一任昭义节度使刘从谏在世时，蓄养了精兵十万，粮草足用十年，一时间难以攻取，最后会把朝廷拖垮。

唐武宗这种话听多了，也开始动摇起来。

关键时刻，李德裕则坚定不移地说："小小进退，兵家之常。愿陛下勿听外议，则成功必矣！"他又说："诸葛亮言曹操善为兵，犹五攻昌霸，三越溕，况其下哉？然赢缩胜负，兵家之常，惟陛下圣策先定，不以小利钝为浮议所摇，则有功矣。有如不利，臣请以死塞责。"

朝廷在李德裕的擘画下，一次又一次的成功，唐武宗对他十分有信心，选择信任德裕，当即对宰相们和大臣们严厉地说："为我语朝士，有上疏沮议者，先诛之！"朝臣们慢慢安定下来，非议少了些。

叛军薛茂卿的抵抗最凶狠，然而刘稹却无奖赏。薛茂卿有怨气，开始与王宰勾结，于是刘稹诱骗薛茂卿，在潞州杀了他。泽潞镇中刘稹年少，牙将郭谊，王协贪财不公，军心涣散，被攻破只是时间问题了。

平泽潞镇的战斗中，起到关键作用的还有叛臣高文端，这是李德裕的政治策略起到的作用。后期，泽潞镇中来降的人多了起来。

李德裕详细询问了高文端泽潞镇内部事务，他写了一封书状给皇帝《续得高文端贼中事宜四状》："……臣问高文端，贼中谁人作急。高文端云，潞州城内即有郭谊、王协、张谷，向外即刘公直。臣先得元龟状称，刘公直曾事王晏，平常依倚于王宰。伏望诏王宰，令百方将意与刘公直，若肯回戈却取刘稹，亦许别与重官酬，仍别赐钱物……"

战事不利，刘稹想诈降来赢得时间，李德裕当即识破，督促前方将领务必剿灭之。比如《代李石与刘稹书》所说："……以偷顷刻之安，苟怀是新，谁敢保信……"

八月，唐军先后收复邢州、磁州。昭义军叛将郭谊、王协一看大事不好，朝廷是不灭刘稹誓不罢休。这两位大将开始学习河朔三镇军官的传统—兵骄逐将，将骄逐帅。他们联手杀死节度使刘稹，用其首级投降唐军以赎罪。

李德裕知道这是郭谊的鬼把戏，他对唐武宗道："刘稹稚子，年幼无知，昭义军之所以敢对抗朝廷，郭谊等人才是罪魁祸首。现在势穷力孤，又杀死刘稹，以图赏赐。这种人若不诛除，何以惩治恶人？"

唐武宗赞同，命大将石雄进入潞州，他将郭谊、王协等押送京城。持续一年多的平泽潞镇的战争结束了。

纵观唐晚期史，安史之乱后，那一朝，那一人对河朔三镇牙将兵马指挥如意，只有会昌朝李德裕一人耳。

李德裕平定泽潞镇的过程中，写了诸多奏疏、书信、诏书等印信，我翻遍了史料，总结出了制书题目，比如《讨刘稹制》《授王宰兼充河阳行营诸军攻讨使制》《授王元逵平章事制》《授石雄晋绛行营节度使制》《赐刘沔茂元诏》《赐石雄诏意》《赐王元逵诏书》《赐王元逵何弘敬诏意》《诛郭谊等敕》《赐潞州军人敕书意》《李回宣慰三道敕旨》《论昭义三军请刘稹勾当军务状》《请赐泽潞四面节度使状》《幽州镇魏使状》《论刘镇送款与李石状》《昭义军事宜状》《论刘稹状》《论昭义军事宜状》《代石雄与刘稹书》《代宏敬与泽潞军将书》《代彦佐与泽潞三军书》《续得高文端贼中事宜四状》《潞州事宜状》《奉宣王宰欲令直抵磁州得否宜商量奏来状》《请授王宰兼行营诸军攻讨使状》《李彦佐翼城驻军事宜状》《请遣使至天井冀氏宣慰状》《魏城入贼路状》《论镇州奏事官高迪陈意见二事状》等等文书。

李德裕又将泽潞镇平定，凭此不世军功，唐武宗加封李德裕太尉，进封赵国公，名为《册李德裕太尉文》。这一年，他56岁。用杜甫的诗句："伯仲之间见伊吕，指挥若定失萧曹"来形容李德裕平泽潞，恰如其分。

杜牧书写了《东兵长句十韵》描述了这场战役的波澜壮阔和李德裕指挥得当的才能："上党争为天下脊，邯郸四十万秦坑。狂童何者欲专地，圣主无私岂玩兵。玄象森罗摇北落，诗人章句咏东征。雄如马武皆弹剑，少似终军亦请缨。屈指庙堂无失策，垂衣尧舜待升平。羽林东下雷霆怒，楚甲南来组练明。即墨龙文光照曜，常山蛇阵势纵横。落雕都尉万人敌，黑稍将军一鸟轻。渐见长围云欲合，可怜穷垒带犹萦。凯歌应是新年唱，便逐春风浩浩声。"

圣旨到，李德裕诚惶诚恐，让舍人代写《让太尉第一表》，唐武宗依旧坚持加封太尉，德裕又相继写了《让太尉第二表》《让太尉第三表》，他极力推辞道:"自开国以来,仅有七人被拜为太尉,就连郭子仪都不敢接受太尉之职。裴度当了十年的司徒,也未被拜为太尉。臣不敢受封。"

唐武宗道:"我只恨没有官职来奖赏你的功劳。卿若不应得,朕必不予卿。"

据我结合史料查证,唐朝表彰重臣军将追赠太尉,大多是死后比如武三思、长孙无忌、段秀实、李勣等人,活着加封太尉人有李世民、李晟、李宪、郭子仪和李德裕。前三个都是皇室子弟,人臣活着加封就郭子仪和李德裕。可见其功绩。

我们再拓展一下思路和知识点,历史上武将被谥号"武""穆"的人也有七位。"武"和"穆"是中国古代谥法中的常用字,但两个字放一起基本就是武将的最高谥号。"武"字意威疆睿德,克定祸乱。"穆"字意是布德执义,中情见貌。这七位分别是唐代李光弼、五代马殷、南宋刘琦、南宋岳飞、元代博罗欢、北宋高怀德、北宋曹玮。其中高怀德和曹玮皆是石家庄人,高怀德是正定人,曹玮是灵寿人。

面对皇帝的至诚和执着,李德裕又道:"臣的父亲曾封赵国公,嫡长孙出生时便取表字为三赵,意思是要把这个爵位传给嫡子嫡孙,而不传给旁支庶子。臣先世都曾居住在汲(今河南卫辉),希望陛下封我为卫国公。"唐武宗允诺。

有些人误解李德裕未封赵国公一事,在这件事正好力证。皇帝授李德裕赵国公和司徒。李德裕上书《加司徒请停册礼状》《请改封卫国公状》《谢恩加特进阶改封卫国公状》等制书和奏疏。

我们接下来看李德裕给皇帝上奏的其中两状。

《请改封卫国公状》:"臣今日蒙恩进封赵国公,承命哀惶,不任感涕。臣亡父先臣,宪宗宠封赵国。先臣与嫡孙宽中小名三赵,意在传嫡嗣,不及支庶。臣前年恩例进封,合是赵郡,臣以宽中之故,改就中山。臣亡祖先臣,曾居卫州汲县,竟以汲县解进士及第。傥蒙圣恩改封卫国,遂臣私诚,庶代受殊荣,免违先志。如蒙允许,望赐帖麻施行。臣不任悲恩屏营之至,谨奉状奏闻。"

《谢恩加特进阶改封卫国公状》:"奉今月二十七日敕,臣封卫国公者。仰戴天慈,获遂私恩,以感以泣,荣惕载深。伏以支庶嗣侯,虽存故事,玄成以兄有谴,乃绍扶阳之封,耿霸以父属爱,遂继牟平之爵,开元中苏颋特封许国公，亦无袭字，然地居嫡长，受则无嫌。伏思亡父先臣，开国全赵，亡兄已经继袭，未得传孙。臣每念贻谋，岂宜不正，若苟安殊宠，实愧幽明，辄罄愚衷，果蒙听察。况卫国疆畛，密迩丛台，先祖之所成名，由兹光大，微孙得以启土，实谓至荣。祗奉宠章，益惭非据，不任荷恩感戴之至。"

这两状说得十分清楚，李德裕是李吉甫次子，所以李吉甫的赵国公爵位由长子李德修一脉继承。祖父李栖筠从赞皇迁徙到卫州汲县，加封可以用卫国公。李德裕还说封赏家族一直用赵郡，后用中山，赵郡和中山都是石家庄地区过去用过的名字。

唐中后期的历史上，在对付藩镇的战争中，裴度和李德裕都取得巨大胜利，不一样的是裴度在前线指挥，李德裕在后方以行文的方式运筹帷幄。

《旧唐书·卷一百七十四·列传第一百二十四·李德裕传》记载："……自开成五年冬回纥至天德，至会昌四年八月平泽潞，首尾五年，其筹度机宜，选用将帅，军中书诏，奏请云合，起草指踪，皆独决于德裕，诸相无预焉……德裕特承武宗恩顾，委以枢衡。决策论兵，举无遗悔，以身扞难，功流社稷……"

李岳瑞和梁启超共著《中国六大政治家》① 在李卫公篇，评价李德裕此功说："时昭义之乱未平而太原之变复起，非卫公之深识毅力百折不挠，则两盗合而大局不可问矣。"

捷报传来，德裕神情自若，臣下同僚则献贺本，比如杜牧上书《贺中书门下平泽潞启》他给宰相机关上书，书中称赞德裕："……伏惟相公上符神断，潜运庙谟，仗宗社威灵，驱风云雷电。掌上必取，彀中难逃，才逾周星，果枭逆首……"

唉，人从何说起呢？掌握权柄前后，外界总有截然相反的价值观对待同一个人，这就是人性的卑劣，也是逻辑的障碍。

---

① 梁启超，麦孟华，李岳瑞，等.中国六大政治家[M].北京：中华书局，2014：235.

（十六）君臣的会昌中兴

唐武宗继位三年，击回鹘、收卢龙、灭泽潞等军政大事，在会昌朝向前上推三朝，单拿出一件都是一等一的大事。唐武宗重用贤相李德裕，在三年内就得以完成。唐武宗赐予了李德裕太尉高位的勋荣，李德裕等大臣也给皇帝上了尊号，一个年轻天子有这样的尊号，足见群臣的认同。

朝臣给唐武宗上的尊号是仁圣文武章天成功神德明道大孝皇帝。李德裕起草了数篇册文、文状等，比如《上尊号玉册文》《进上尊号玉册文状》《答宰臣上尊号第五表批》《进上尊号玉册文状》《宰相再议添徽号状》等都是讲述给皇帝上尊号的事情，唐武宗一开始推辞，后来接受了。

李德裕可谓是全才，不仅军事、政治、外交等是一把好手，抓廉政工作和治理吏治也是得心应手。他为相初期向唐武宗阐述为政之要时，就提出了加强相权的主张。在唐中晚期加强相权势必会损害宦官集团的权利，唐文宗时期的宰相李逢吉，李宗闵等人就是宦官集团的附庸，但凡宦官提出的主张，他们就是签字画押，属于精神太监。

李德裕为相之初就加强相权提出了建议，一政出中书，一切朝廷奏事都归中书省，保证宰相确有辅弼之权。有些人看到这是不是认为李德裕就是在加强自己的权力，别急，他紧接着提出了第二条，限制宰相任期。他提出宰相不超过三年，这是自我革命，在封建社会极为难得。唐武宗在位六年，高度信任宰相就只有李德裕一个人，时人称呼其他宰相为"伴食宰相"。

《新唐书·卷一百八十·列传第一百五·李德裕传》记载："'政去宰相则不治矣。在德宗最甚，晚节宰相惟奉行诏书，所与图事者，李齐运、裴延龄、韦渠牟等，讫今谓之乱政。夫辅相有欺罔不忠，当亟免，忠而材者属任之。政无它门，天下安有不治？先帝任人，始皆回容，积纤微以至诛贬。诚使虽小过必知而改之，君臣无猜，则谗邪不干其间矣。'又言：'开元初，辅相率三考辄去，虽姚崇、宋璟不能逾。至李林甫，秉权乃十九年，遂及祸败。是知亟进罢宰相，使政在中书，诚治本也。'"

李德裕说朝纲败坏就是从坏人把持朝政，把持得越久对天下危害越大，比如李林甫李逢吉等人。

公元843年11月，李德裕针对朝廷冗官再上奏书："省事不如省官，省官不如省吏，能简冗官，诚治本也。"唐武宗下令吏部郎中柳仲郢依德裕之奏裁减。截至公元844年6月，减内外官县吏两千余人。史书记载："衣冠去者皆怨。"

写到这里，让我想起清朝的雍正皇帝，他有一枚印章，写着三个字：为君难。李德裕亦是如此，为政也难，他如果是平庸之人，只想做太平官，不想江山社稷和黎民百姓，他写诗狎妓、游山玩水等怕是也没人阻拦。

李德裕裁撤这些人，为朝廷和百姓减轻负担，可是这些冗官怨恨只会怨恨李德裕。冗官吏员可不是普通百姓，去职后连芝麻大权力也没有了，他们可都是读书人，在封建社会识文断字也是一种特权，他们掌握一定舆论权和传播权。

李德裕在历史上的坏名声就由这些人和牛党中人传出来的，他们在书中、戏文中夹带偏见，诋毁骂街，李德裕的名声也就逐渐被损。可是历史是正义的，历史是真相的，传承几百年上千年后，李德裕一件件功绩渐渐浮出水面，读过书的人，有辨别能力的会亲自读书来研读那段历史。

唐武宗的会昌年间，会昌二年和会昌五年举行了两次大赦，自李德裕入相加强廉政建设，对官吏的犯赃依然不予宽宥。

李德裕选拔官吏也进行了严格的控制，企图从官吏来源入手，加强官僚队伍的廉政建设和素质教育。在李德裕的主持下，严格进士的复试制度，提高铨选的质量。

公元843年正月，朝廷下敕文要求："礼部所放进士及第人数，自今已后，但据才堪即与，不要限人数，每年止于二十五人。"史言李德裕抑退浮薄，奖掖孤寒。从一点可以看出，门阀贵族出身的李德裕，对寒门进士并不排斥，这种极具偏见的观点都是牛党中人强加的。如果李德裕是轻视寒门，为什么幕府中寒门居多，为何娶了两个小门小户的妻子呢？李德裕轻视的是有些进士的浮夸作风而已，是对事不对人。牛党则反之，是对人不对事。

前些年，张大千的作品《李德裕会客图》（图4-12）以1380万元人民币成交。其记录的就是李德裕会见客人的场景。在绘画领域"李德裕会客图"也成为了一个重要题材，自古至今有韩滉、陈秋君、张大千等人均有此类著作。

图4-12 张大千绘《李德裕会客图》

李德裕虽是门荫入仕，对门荫特权也加以限制。贵族子弟大多是自幼授官，多不求学，未详典法，颇有愆违。晚唐本身社会矛盾重重，财政举步维艰，官员太多更是自取灭亡。而且由于隋唐门阀制度沿袭，通常是一身属太常金吾，一门尽免杂差役，使许多人得免差役赋税，这样势必影响朝廷的财政收入。他严格控制门荫官员的数量和任职范围，防止堕政害民，提高官吏队伍的素质。

从李德裕的身上，发现为政者怕得罪人，一件事也做不成，更做不好。李德裕为政处于公心，伤害了他人的利益，不管你是什么心，都会得罪这些人，因为他们只有立场和利益，没有社会国家之公器的概念。

长安城东南方，有一水名曲江。新科进士放榜之日恰好是上巳之前，上巳为唐代三大节日之一，上巳节俗称三月三，是古代举行祓除畔浴活动中最重要的节日，人们结伴去水边沐浴，称为"祓禊"，此后又增加了祭祀宴饮、曲水流饮、郊外游春等内容。

尤其是唐代，新科进士华服盛装，乘高车宝马，来到曲江池的杏园。事前，选出两名年轻且俊秀的进士，令其遍游长安名园，采摘各种名花装点宴会，供众人欣赏，时值暮春，樱桃初熟，成为席上的时鲜果品，于是也叫作樱桃宴、采花宴。按照古人曲水流觞的习俗，置酒杯于流水中，流至谁面前则罚酒作诗，由众人对诗进行评比，称为曲江流饮。

唐中晚期，朝廷日子不好过，老百姓的日子更苦，仍旧有一群进士及第后在曲江饮酒作乐，喝得烂醉如泥，还出现过许多丑事。更让人非议的是一帮寒门进士，初入官场没有靠山，只能彼此抱团取暖，形成政治上的团团伙伙。

李德裕的目的是防止官僚小集团的形成，如果李德裕非正人君子，可以利用手中大权将天下进士收入门下，他成为最大的政治势力集团，这完全做得到，行得通。

停罢曲江宴是唐武宗的建议，李德裕按照皇帝的思路去调查，而后又按照皇帝的意思上奏疏，名为《停进士宴会题名疏》："奉宣旨，'不欲令及第进士呼有司为座主，趋附其门，兼题名局席等，条疏进来'者。伏以国家设文学之科，求贞正之士，所宜行敦风俗，义本君亲，然后升于朝廷，必为国器。岂可怀赏拔之私惠，忘教化之根源，自谓门生，遂成胶固？所以时风浸薄，臣节何施，树党背公，靡不由此。臣等商量，今日已后，进士及第，任一度参见有司，向后不得聚集参谒，及于有司宅置宴。其曲江大会朝官，及题名书席，并望勒停。缘初获美名，实皆少隽，既遇春节，难阻良游，三五人自为宴乐，并无所禁，唯不得聚集同年进士，广为宴会。仍委御史台察访闻奏。谨具如前。"

从李德裕奏疏中可以看出，对于老百姓的三五人宴乐并无禁止，对于官员带家人游宴也无禁止。唯独对同年进士聚会加以限制。这种针对性很强，得罪的是很窄的一批人。可是非议的人们不管那么多，心有怨气当然不敢攻击皇帝，这点脏水只能泼给李德裕这个实施者了。

网络流行晚唐政治笑话，说在长安城放榜后的曲江宴会上，新科进士们高谈阔论，经常讨论两个问题：如何中兴大唐和晚上去平康坊找哪个歌伎共度良宵。最后大家十分默契地直接讨论第二个问题。

有些观点说李德裕反对科举制度，李吉甫篇反对科举事中我们说明了德裕的态度，不赘言。我们用数据说话。我不怕琐碎。耐心地整理了李德裕的朋友圈，我们来看看与他交往和诗文唱和的人，"李德裕反对科举"的观点就不攻自破了。

郑浣进士出身，写《和李德裕房公旧竹亭闻琴》《和李德裕游汉州房公湖二首》。

沈传师进士出身，作《和李德裕观玉蕊花见怀之作》，德裕回《忆金门旧游奉寄江西沈大夫》。

姚合进士出身，作《牧杭州谢李太尉德裕》《太尉李德裕自城外拜辞后归弊居瞻望音徽即·书一绝寄上》等。

刘禹锡进士出身,作《酬滑州李尚书秋日见寄》《和西川李尚书伤孔雀及薛涛之什》《和西川李尚书汉州微月游房太尉西湖》《酬李相公喜归乡国自巩县夜泛洛水见寄》《西州李尚书知愚与元武昌有旧,远示二篇吟之》等。刘禹锡在苏州刺史任与李德裕唱诗,著《吴蜀集》,以及《奉送浙西李仆射相公赴镇》《重送浙西李相公顷廉问江南已经七载后历滑台剑南两镇遂入相今复领旧地新加旌旄》,德裕回《洛中士君子多以平泉见呼愧获方外之名因以此诗为报奉寄刘宾客》等。

元稹进士出身,作《酬李浙西先因从事见寄之作》《寄浙西李大夫四首》寄德裕,德裕回诗词两首。白居易进士出身,作《奉和李大夫题新诗二首各六韵》。

李商隐进士出身,作《为汝南公上淮南李相公状》《为李贻孙上李相公启》《为绛郡公上李相公启》《李卫公》《旧将军》《泪》等作品献德裕,后几首作品对赫赫功臣遭到朝廷打击报复的不公待遇的一种抗争。

王播进士出身,作《淮南游故居感旧,酬西川李尚书德裕》。

温庭筠是段成式的伴读好友,还是儿女亲家,作《题李相公敕赐锦屏风》,对会昌朝击回鹘、平泽潞,使唐室几度中兴的名相李德裕受到不公待遇表示不满,表达对朝廷的心灰意冷。又作《觱篥歌》此诗回忆了李德裕乐伎吹觱篥一事,通过对音乐声情的生动描绘,寄托了作者对李德裕的深情思念,同时也蕴含着对国家命运的担忧之情。又作《感旧陈情五十韵献淮南李仆射》《题李卫公诗二首》等。

牟融(有一种观点说唐朝无此人,此人是明朝人伪造出来的人),作《赠浙西李相公》。

徐凝进士,白居易元稹的好友,作《浙西李尚书奏毁淫昏庙》。

裴潾门荫入仕《前相国赞皇公早茸平泉山居暂还憩……十四首奉寄》。

颜真卿之孙颜从览送德裕赤城石,德裕回《临海太守惠予赤城石,报以是诗》。

德裕幕府内:郑亚进士,刘三复寒门白丁,托文献德裕,报效朝廷。段成式门荫。

同僚好友:李回进士,李绅进士,韦处厚进士,李逢吉陷害李绅,二人同年进士,韦上书《请明察李逢吉朋党疏》。郑肃进士,李德裕的政治伙伴和好朋友。

赵公佑画家白丁，在西川加入李德裕幕府，擅长画壁画，成都大慈、圣兴两寺皆有画壁。

程修己画家，明经进士，其墓志描写李德裕购买王羲之的平安三帖，程说着是我的伪作，揭裱后果然是程修己著作。

僧人崇珪，李德裕镇浙西时，延住慈和寺，与谈甚契德裕入相，延之居洛阳龙兴寺。其法宗大通秀公之说，徒众甚盛。白居易为撰塔铭。

封敖，进士，李德裕的执笔秘书，武宗时，草诏慰问边地受伤将士，有"伤居尔体，痛在朕躬"之句，深得武宗赏识。封敖虽以文辞为李德裕所重，然人品不彰，人重其才而轻其所为，李德裕亦不大用之，用他专作执笔公文。

韦瓘状元，参加德裕家宴最多的人。崔郸进士，崔珙进士，柳公权状元，王茂元门荫入仕，柳仲郢进士，郑覃门荫入仕，陈夷行进士，裴度进士等。就出身结构来看，进士占比最多。

我耐心、不厌其烦地，自搜寻史料的方向是垂直的、横向的、纵向的等多方向，从史料中一点点挖掘出李德裕朋友圈的出身结构，一一呈现出来，想必德裕反对进士的谣言就不攻自破了。

我们研究李德裕发现，无论是对军事的弊病、对内政中的弊政、对于藩镇的弊端、对于外族边境侵略、对于宦官的限制、对于官员的引导和影响、对于民生施政等主要大政和问题，李德裕总是切中要害，先务实地解决问题，不打口水仗。再研究李德裕留下的公文时，发现了一个奏状，名为《请准兵部依开元二年军功格置跳荡及第一第二功状》，他对于为国出战的老兵们请恩，落实待遇。这不得不说是一个善举。

史书记载，李德裕所居长安安邑里第，有院号叫起草，亭曰名为精思，每计大事，则处其中，虽左右侍御不得豫。他不喜饮酒，后房无声色娱。生平所论著多行于世云。

有一次，唐武宗在延英殿问讯李德裕："侍读说孔子三千门徒亦为朋党，信乎？"李德裕就上了一封奏疏，名为《论侍进奏孔子门徒事状》，阐述了其中的道理。

李德裕考虑到宫闱安全，长安的地价房价的情况，还上书了一道《奉宣今日以后百官不得于京城置庙状》。

李德裕只能约束百官，不能直谏天子吗？也不是。唐武宗崇信道教，继位初便召道士赵归真等八十一人入禁中，修金箓道场。会昌五年正月，唐武宗又敕建望仙台于长安南郊，赵归真特承恩宠，引起大臣的不满。

唐武宗则解释说："朕宫中无事，屏去声技，但要此人道话耳。"

宰相李德裕认为，赵归真是唐敬宗朝的罪人，进言曰："臣不敢言前代得失，只缘归真于敬宗朝出入宫掖，以此人情不愿陛下复亲近之。"

唐武宗则认为赵归真在敬宗朝亦无甚过。继续解释说："我与之言，涤烦尔。至于军国政事，唯卿等与次第官论，何须问道士？非直一归真，百归真亦不能相惑。"尽管唐武宗亲自出面说服李德裕，但是对于道士们的宠信，从未衰退。

针对赵归真得宠，李德裕进谏道："小人趋利，就像飞蛾扑火。听说近十多天来，赵归真的府门前，车马拥挤，不少人看他得陛下的宠爱，争相去和他交结。希望陛下深加戒备。"可惜唐武宗这一点未能采纳李德裕的建议。

唐武宗在位六年，喜欢玩，更喜欢王才人，还喜欢道士，炼丹求长生，可就是因为用了李德裕一个人，开创了"会昌中兴"，使唐朝呈现出欣欣向荣之景象，成为了灰暗晚唐历史中的一抹亮色。

《新唐书·卷八·本纪第八》记载："昔武丁得一傅说，为商高宗。武宗用一李德裕，遂成其功烈。然其奋然除去浮图之法甚锐，而躬受道家之箓，服药以求长年。以此见其非明智之不惑者，特好恶有不同。"

明末清初的思想家王夫之也说："武宗不天，德裕不窜，唐其可以复兴乎！"

历史总有一些有趣的巧合，公元787年赵郡李氏辽东房李泌拜相，挽救大唐江山社稷。巧合的是这一年，赵郡李氏西祖房李德裕出生，会昌拜相，匡扶大唐江河山川。唐晚期，赵郡李氏家族的两位贤相，成为了唐朝危局中挽狂澜于既倒，扶大厦之将倾的角色。

李商隐在《上李太尉状》云："……太尉妙简宸襟，式光洪祚，有大手笔，居第一功……"

对于李德裕的功绩和性格，《新唐书·卷一百八十·列传第一百五·李德裕传》也有记载："……当国凡六年，方用兵时，决策制胜，它相无与，故威名独重于时。德裕性孤峭，明辩有风采，善为文章，虽至大位，犹不去书，常以经纶天下自为，武宗知而能任之，言从计行，是时王室几中兴……"会昌朝诸多大事，皆决于德裕。

安史之乱后，唐朝有两次中兴，元和中兴和会昌中兴，在李吉甫李德裕父子手中完成，会昌朝权柄皆在德裕一人，元和朝，唐宪宗平淮蔡之前，宰相有杜黄裳、李吉甫、李绛、武元衡、裴度、裴垍六人，在位最久者即李吉甫。父子二人所持都是加强朝廷权威，尊王思想和务实的秉政态度作为前提，这真真是"长安天子赵郡相，皇权相权一家李。"

赵郡六宰相中李峤的应制诗最多，圣眷优渥非李德裕莫属，可是德裕所做应制诗只有两首，《奉和圣制南郊礼毕诗》《寒食日三殿侍宴，奉进诗一首》。可见他并未将吟风弄月放和歌功颂德放在首位，而是以文治天下，他重视文学而非虚无的华丽辞藻。他有诗文的才能，却不希望以此作为人的晋升之路。他在《文章论》中云："……且天以日月星辰为文，地以江河淮济为文，时以风云草木为文，众庶以冠冕服章为文，君子以言可教于人谓之文……是知浮艳之文，焉能臻于理道？今朝廷思尧舜治化之文，莫若退屈宋徐庾之学，以通经之儒，居燮理之任。以杨孟为侍从之臣，使二义治乱之道，日习于耳目。所谓观乎人文，可以化成天下也……"

（十七）会昌革新

"会昌灭佛"又称"会昌法难"，我认为都不准确，这两个叫法都是从佛教本身和佛教徒的角度立场出发。按照当时唐财政和国家形势，应该叫"会昌革新"最为准确。如果没有这一场财政和劳动力的社会改革，唐朝可能在会昌朝就土崩瓦解。不会有唐宣宗以后的延续。

为什么会有这场革新呢？答案是唐寺庙特权群体自己"作"的。当时制度，寺庙属于特权阶级，寺庙的土地和收入不用纳税，僧人和其奴婢不用服役。寺庙往往享有免税、田地、女婢、奴隶等特权，加以会经营的僧人开始涉及金融和商业，社会财富大量涌向寺院。

于是，寺庙势力开始大量兼并寺庙周围的土地，农民也愿意将土地挂在寺庙名下，至少比朝廷税收要少一点。简单说寺庙吃掉了朝廷应该吃下的利益。

第二步，寺庙有了余粮金钱，接下来干嘛呢？做买卖，做大买卖，高利贷。他们将粮食和钱再次贷给平民，再次获利压榨，将朝廷大员们背后的高利贷生意也抢夺了，一时间寺庙将皇权、权贵集团和商人集团等利益全部掠夺。

《旧唐书·卷一百十八·列传第六十八·王缙传》记载："凡京畿之丰田美利，多归于寺观，吏不能制。"《全唐文·卷十九》载唐睿宗的诏书说："寺观广占田地及水碾硙侵略百姓。"有"以十户不能善养一僧""十分天下财，佛有七八分"，更有甚者，僧徒还有"驱策田产，耕织为生，估贩成业"等谋财手段。这还不包括皇族贵戚的捐赠、信徒的布施。僧徒的生活奢侈，寺院特权经济严重影响到唐朝的财政收入。

据《南齐书·卷二十三·列传第四·褚渊传》记载，有一个叫褚澄的官员，曾经用一万一千钱，向一所寺院赎回其兄长抵押的"白貂坐褥，坏作裘及缨"。说明在南北朝时期，在佛寺里已经出现了能典当的机构。这是我查到最早关于佛寺有金融机构的记载。

寺庙在雄厚的财力支撑下，开始换了一副面孔，《唐会要·卷四十八》记载，贞观年间，全国寺庙达 3 716 所。开元之初，又达 5 358 所，僧 75 524 人，尼 50 576 人。"僧徒日广，佛寺日崇""营造寺观其数极多，皆务宏博，竞崇环丽，大则费一二十万，小则尚用三五万，略计都用资财，动至千万以上"，可见当时寺庙的规模之大，数量之众，财富之多。

《旧唐书·卷一百十八·列传第六十八·王缙传》始言："五台山有金阁寺，铸铜为瓦，涂金于上，照耀山谷，费钱巨亿万。"如此惊人的耗费，说明寺院经济规模以及达到了骇人的程度。

与此形成强烈对比的是民不聊生，糊口都难。朝廷财政捉襟见肘，举步维艰，社会矛盾进一步加大。是寺庙特权阶层的崛起，从分割皇权的利益，到开始挑战皇权，瓜分官僚和商业的利益，导致的社会矛盾加剧引发了朝廷的雷霆手段。

巴黎国民图书馆藏敦煌 3234 号文书记载一座寺院的年收入情况："如宁波天童寺有田 13 000 亩，跨三郡五县，有庄 36 所，每年收租 35 000 斛。山西石壁寺拥有官赐庄田遍及 150 多里等等，寺庙财产和收入都令人咋舌。

武则天利用佛教将统治正统化，无疑加速了佛教的发展。唐太宗时期在册僧侣为七万人左右，唐文宗太和初年，不在册僧侣七十万，在册数十万，这就将近一百多万人，唐晚期社会矛盾重重，藩镇割据，宦官干政，连年战乱，纳税户才三百万，这直接动了唐朝的根基。寺庙的土地兼并浪潮，加速了朝廷均田制的瓦解，而均田制是唐代国家经济的主要支柱之一。

寺庙经济的无限制扩张，也影响了百姓的生计，更引起统治阶层的警惕。这是寺庙地主（财主）阶级和世俗地主矛盾的总爆发，如果单纯和世俗地主的矛盾受影响的程度会非常有限，遭受严重打击的原因是它们影响了朝廷的财政收入，直接影响了唐朝廷的安危。说到底会昌灭佛是社会问题、经济问题、民生问题，而不单纯的是宗教问题。

会昌法难，有的人说是唐武宗不喜欢佛教导致，也有说是李德裕不喜欢佛经导致，更有甚者说道士赵归真推动的结果。以上都是个人的偏见，一个朝廷大政不是影响到社会，一个人的只言片语形不成政策。比如唐代许多皇帝都喜欢道士和炼丹，为什么没有革寺庙特权的命？这种逻辑毫无根据。

如果所毁寺庙全部改成道观，这是打击报复，很明显不是，唐武宗的政治头脑并没有被宗教思想所迷惑，他不可能为扶助道教去打击佛教。这种观点有失偏颇。

唐朝历史上只有唐武宗整顿寺庙特权势力吗？非也，唐玄宗在名相姚崇的建议下，曾经下令抑制佛教发展，姚崇有预见性，洞察了寺庙势力骄奢淫逸，许多壮劳力潜入寺庙，逃避服役，不劳作不服兵役，对国家和财政有着巨大的威胁。

《旧唐书·卷九十六·列传第四十六·姚崇传》记载："先是，中宗时，公主外戚皆奏请度人为僧尼，亦有出私财造寺者，富户强丁，皆经营避役，远近充满。至是，崇奏曰：'佛不在外，求之于心。佛图澄最贤，无益于全赵；罗什多艺，不救于亡秦。何充、符融，皆遭败灭；齐襄、梁武，未免灾殃。但发心慈悲，行事利益，使苍生安乐，即是佛身。何用妄度奸人，令坏正法？'上纳其言，令有司隐括僧徒，以伪滥还俗者万二千余人。"

姚崇说："佛不在外是形式，而在内心。历史上的佛图澄（西域龟兹人）很贤明，却没有保全后赵政权。鸠摩罗什多才多艺，却不能挽救后秦的灭亡。何充、苻融信佛，都遭败灭；齐襄帝、梁武帝也信佛，不都灭亡了吗？只要慈悲发自内心，为老百姓做有益的事，使苍生安乐，就是佛身。妄度奸人，败坏佛法，还谈什么佛？"

唐玄宗听取了姚崇的建议，开始清理佛寺劳动力，禁止盖寺庙，遣僧尼还俗，禁止百官与僧人等来往。只是手段上比唐武宗要温和，对于大政有好处就获得了赞成。

唐初，高祖曾颁布沙汰僧道诏："京城留寺三所、观二所。其余天下诸州各留一所，余悉罢之。"唐太宗领兵攻入隋都时即命："废诸道场，城中僧尼留有名德者各三十人，余皆返初。"

近代日本历史上，明治元年，公元1868年，明治政府也打压佛教恢复神道教。手段也很激烈，曾在各地烧毁佛像、经卷、佛具、敕令僧尼还俗等，寺院或废去，或合并，史称"废佛毁释"。

明治政府为了富国强民，不受外辱，采取了许多破佛政策。比如为了强健体魄，强迫僧人吃肉，使日本佛教的素食传统被彻底破坏；为了增长人口，强迫僧侣结婚，并令僧人从军，使日本佛教完全世俗化，佛陀的戒律荡然无存；为了杜绝浪费，用行政手段发动举国砸毁佛像的运动，导致许多寺庙被毁。这是真正意义上的"灭佛"，日本消灭佛教目的就是捧出神道教。

唐武宗个人崇信道教，并没有全国推广。就连日本的灭佛也获得了许多正面评价，而唐武宗这次却惹来许多非议，不得不说刀笔吏们和当时佛教徒的脑回路十分惊奇。

日本僧人圆仁和尚曾写《入唐求法巡礼行记》，它与玄奘的《大唐西域记》、马可·波罗的《东方见闻录》并称为"世界三大旅行记"。

《入唐求法巡礼行记·卷三》载：会昌二年（842年）十月九日敕下："天下所有僧尼解烧炼、咒术、禁气、背军、身上杖痕、鸟文、杂工巧、曾犯淫养妻、不修戒行者，并敕还俗。"烧炼，指合练金丹；咒术，即念咒语行术法；禁气，是修身练仙的法术；背军，指离开军队为僧的；身上杖痕鸟文，指受宫刑的人；杂工巧，指各种特殊的手工技艺。

以日本僧人记载，足见，朝廷敕令指的是寺庙下不合格的那些僧人，针对的是问题寺庙和问题僧人等。李德裕还曾会见日本圆仁和尚，询问了日本的风土人情和佛教发展，圆仁一一作答，在大唐游历9年7个月后，返回日本。

武则天时期，她利用佛教巩固政治地位，大肆兴佛，给财政造成了很大的压力，狄仁杰就曾指出："且一夫不耕，犹受其弊，浮食者重，又劫人财。"

傀儡皇帝唐文宗也曾说："古者三人共食一农人，今加兵、佛，一农人乃为五人所食，其间吾民尤困于佛。"翻译过来就是以前，一个农夫的收成养三个人，现在又要养军队和僧人，等于就是要一人养五人，这无疑是加大了朝廷和百姓的负担。

唐武宗更是愤怒地说："穷吾天下，佛也。"他把佛教当成天下穷困的罪魁祸首。

《旧唐书·卷十八·本纪第十八上·武宗》记载："我高祖、太宗，以武定祸乱，以文理华夏，执此二柄，足以经邦，岂可以区区西方之教，与我抗衡哉！"这时道士也趁机向唐武宗上奏说："孔子云：'李氏十八子，昌运方尽，便有黑衣天子理国。'臣等窃为黑衣者，是僧人也。"

唐武宗就相信了这个谶语，就开始憎恨僧尼和寺庙特权阶层。

会昌五年四月，公元845年，唐武宗下令清查天下寺院及僧侣人数。五月，又命令长安、洛阳左右街各留二寺，每寺僧各三十人。天下诸郡各留一寺，寺分三等，上寺二十人，中寺十人，下寺五人。八月，令天下诸寺限期拆毁；括天下寺四千六百余所，兰若（私立的僧居）四万所。拆下来的寺院材料用来修缮政府廨驿，金银佛像上交国库，铁像用来铸造农器，铜像及钟、磬用来铸钱。没收寺产良田数千万顷，奴婢十五万人。僧尼迫令还俗者共二十六万零五百人，释放供寺院役使的良人五十万以上。朝廷从废佛运动中得到大量财物、土地和纳税户，让财政一下充盈，也为大唐朝廷的续命有了充分的客观条件。

唐武宗亲自起草了《毁佛寺勒僧尼还俗制》①，其中皇帝也说了许多佛教势力兼并土地导致的社会矛盾："……两京城阙，僧徒日广，佛寺日崇。劳人力於土木之功，夺人利於金宝之饰，遗君亲於师资之际，违配偶於戒律之间，坏法害人，无逾此道。且一夫不田，有受其饥者；一妇

---

① 王水照.传世藏书·集库·总集：全唐文[M].海口：海南国际新闻出版中心，1996：581.

不蚕，有受其寒者。今天下僧尼，不可胜数，皆待农而食，待蚕而衣；寺宇招提，莫知纪极，皆云构藻饰，僭拟宫居。晋宋齐梁，物力凋瘵，风俗浇诈，莫不由是而致也……惩千古之蠹源，成百王之典法，济人利众，予何让焉？其天下所拆寺四千六百馀所，还俗僧尼二十六万五百人，收充两税户；拆招提兰若四万馀所，收膏腴上田数千万顷，收奴婢为两税户十五万人。录僧尼属主客，显明外国之教，勒大秦穆护祆二千馀人还俗，不杂中华之风。於戏！前古未行，似将有待；及今尽去，岂谓无时。驱游惰不业之徒，已逾十万，废丹臒无用之室，何啻亿千……"

一时间，许多僧人，尤其是山西五台山的还俗僧多亡奔幽州，李德裕召见幽州官员，向张仲武施压说："五台僧为将，必不如幽州将；为卒，必不如幽州卒。何为虚取容纳之名，染于人口。"

幽州镇节度使张仲武听了后，配合朝廷说："有游僧入境，则斩之。"

近来学界有争论，有说李德裕未参与灭佛，也有说李德裕参与了灭佛。说参与的一派最有力的证据就是李德裕作为宰魁，对张仲武的施压依旧他书写的《贺废毁诸寺德音表》，他在表中说："臣某等伏奉今日制，拆寺、兰若共四万六千六百馀所，还俗僧尼并奴婢为两税户共约四十一万馀人，得良田约数千顷，其僧尼令隶主客户，大秦穆护祆二十馀人并令还俗者。"

《旧唐书·卷十八·本纪第十八上·武宗》载：会昌五年夏四月，"敕祠部奏括检天下寺及僧尼人数，大凡寺四千六百，兰若四万，僧尼二十六万五百"。同年八月壬午（七日），诏告天下，"拆寺四千六百余所，还俗僧尼二十六万五百人，收充两税户，拆招提、兰若四万余所，收膏腴上田数千万顷，收奴婢为两税户十五万人"。这两个数据被认为是可靠的毁佛规模统计，与李德裕和杜牧对毁佛规模描述相符。

唐武宗灭的不是佛，是吸附在佛教特权制度下的寄生虫。而李德裕作为宰臣，对于文书签发不能不发表意见，更有甚者说李德裕对佛教也无好感，这是带有偏见的信口雌黄。

会昌禁佛的行为为朝廷与佛教关系的平衡，起到拨乱反正的作用，并非一刀切一律取消，而是保留少而精的寺院。

前文介绍了，李德裕曾在润州任职，并建立了甘露寺，与僧人的交往。从本质上李德裕不反对佛教，反对的是佛教体制下的特权牟利阶层，这个阶层妨碍了国家大政和国计民生，他作为宰相必须有鲜明的态度。

公元 845 年，会昌五年按照朝廷中书门下的规定，诸上州国忌日官吏行香于寺，其上州各为寺一所。润州属上州，在十万户州之列，所保留的佛寺当是李德裕创建的甘露寺，这在张彦远的《历代名画记》中有明确记载："在会昌中"唯甘露（寺）不毁"。

甘露寺不仅被保存下来，僧人们和有识之士，还将州内各寺的名画集中于甘露寺保管，免于灾祸。

那么张彦远是谁呢？他的祖父是张弘靖，我们曾多次说过李德裕入仕就曾在张弘靖幕府。张彦远对李德裕的情况应该是了解的。

张彦远在《历代名画记·卷三》记载详细，甘露寺曾收藏了全州寺庙的精品著作，共记录有十几位画家，35 壁（幅）画作名画，因李德裕的缘故，甘露寺得以保存。地方官以宰相创立的名头，保护了寺庙等，又以寺庙为契机保护了许多名画典籍。无形中，李德裕为镇江文化做出了突出贡献。

传世名画唐朝阎立本的《步辇图》李德裕曾珍藏，并重新装裱，画作上亦有李德裕的篆书留墨："中书侍郎平章事李德裕大和七年（833）十一月十四日重装裱。"

（十八）牛党宣宗的赶尽杀绝

公元 845 年，会昌五年六月到七月底，李德裕患病一直在家休养，同年四月，唐武宗颁布敕令使天下寺庙里的僧尼还俗达到高潮。

唐武宗亲写圣旨慰问，又遣人到李德裕家中问候，《问李德裕疾敕》："卿昨日所上表陈情，缘多疾病，请退守周行。朕已省览，终不允所奏。卿实有疾，为复别有故。如要他有备陈，宜尽肺肝，便进状来。况北虏未归，朝廷事切，每有料度，皆藉规模。且三五年间，终未令卿离中书，忽有奏章，实难允遂。如实有疾，但将息，候瘥日，须强扶持对来。仍断来章。"

皇帝不允许德裕请辞，继续挽留他，他又根据病情，上书《谢恩问疾状》《会昌五年六月二十九日就宅宣并谢恩问疾表状》回敬皇上的关心。

入冬开始，唐武宗也开始患病，这是他长期吃炼丹导致，致使性情大变，从唐宪宗开始的唐朝皇帝，无论长幼都会炼丹吃汞，即便死掉后来者也至死不渝，可见李家人对丹药的痴迷和执念。也是人性使然，一个人成为了人王地主，权力带来的心理变化，严重放大了自己，缩小了客观事实，以为他与以往追求长生不老的皇帝不同，结果是没有延年益寿，丹药反而戕害生命。

《资治通鉴·卷二百四十八·唐纪六十四》记载："上问李德裕以外事，对曰：'陛下威断不测，外人颇惊惧。曩者寇逆暴横，固宜以威制之；今天下既平，愿陛下以宽理之，但使得罪者无怨，为善者不惊，则为宽矣。'……上自秋冬以来，觉有疾，而道士以为换骨。上秘其事，外人但怪上希复游猎，宰相奏事者亦不敢久留。诏罢来年正旦朝会。"

唐武宗身体越来越差，道士赵归真安慰说，这是皇帝正在脱胎换骨，不必忧心。据记载："宰相奏事者亦不敢久留。"这个时期连德裕奏事都不能久留，说明皇帝病情十分严重。唐武宗拖着病体问询李德裕朝外情势如何，他认真劝说皇帝，欲天下平就应该宽容处之。

公元846年2月，会昌六年，党项族侵扰边境，唐武宗在患病中仍旧坚持讨伐。他的病体不见好转，他认为是名字所致，又改名李炎，他认为李瀍的偏旁从"水"，唐朝属"土"德克制"水"；改名从"火"的炎，"火能生土"，便可以起到"以君名生王气"的作用。

李德裕又亲书《仁圣文武章天成功大孝皇帝改名制》昭示群臣，又写《武宗改名告天地文》祭天地和宗庙中的列祖列宗。可惜改名也未拯救唐武宗的病情，他渐渐无法理朝政，连李德裕也见不到他，朝臣内外不无惊惧。

如果李德裕有奸相李逢吉的狡黠，这个时候就应该敏锐地意识到大事不好。宰相见不到皇帝，本身就是一种极为危险的信号。这个时期李德裕在忙什么在想什么，我们不得而知，只知道他有病在身。

如果李德裕是权力心重的人，一定会采取必要地措施。比如皇帝不见他和百官，就应该密切关注擅长搞阴谋诡计宦官集团的动向，保持政治的敏锐性。

四月，唐武宗突然驾崩，他成为了唐朝皇帝中，继唐太宗、唐宪宗、唐穆宗之后，第四个因丹药死的皇帝，还有后来的唐宣宗，唐朝国祚两百多年有五位皇帝服丹药死亡。

同一天，大太监马元贽和仇公武拥护光王李枕继位，称为唐宣宗。唐宣宗能继位完成是撞大运，唐宣宗是唐武宗的叔叔，也就是说他的皇位是侄子传给叔叔，这种传承在中国封建两千多年的历史上几乎没有。

李枕为何会被立为皇帝，因为傻。他年少不聪明，后来一直在装傻，唐武宗就曾多次杀他，他就躲到了寺庙中。

宦官马元贽想找一个好控制的皇帝，他将目光投到了唐武宗的五个儿子身上，他又想小孩总会长大，不如找个在皇族有傻子名声的光王。他和仇公武一商量，仇公武负责去找人，马元贽在内宫安排。

有个笑话是这样的，神策军左军中尉马元贽和内侍宦官仇公武召开紧急会议："今天我们有两个决定要公布，第一，皇子年幼，皇太叔光王李忱即日起全权负责一切军国大事。第二，我们要把玄武门涂成彩色。"

军中小将十分默契同问："为什么涂成彩色呢？"

马元贽和仇公武笑了笑说："我们就知道大家对第一个决定没有不同意见。"

于是，唐宣宗成为了第五个由太监拥立的皇帝，再向前从唐宪宗开始，唐穆宗、唐文宗、唐武宗、唐宣宗，后来的唐懿宗、唐僖宗和唐昭宗皆是宦官拥立。

唐宣宗继位后，换了一副面孔，完全不是傻呆形象，他讨厌唐武宗将大权委任给李德裕一个人，从心里开始讨厌李德裕。他又将灭寺成果比如财产和土地等所得收入国库，对灭寺行为加以制止。朝廷大政朝令夕改，这在一定程度上让唐朝有了不可估量的损失。对于乱政的郑注李训之徒也平了反。

唐宣宗有多忌惮李德裕呢？《资治通鉴·卷二百四十八·唐纪六十四》记载："宣宗素恶李德裕之专，即位之日，德裕奉册。既罢，谓左右曰：'适近我者非太尉邪？每顾我，使我毛发洒淅。'"翻译过来就是，唐宣宗问身边人，刚才靠近我的人是不是李太尉？他每看我一眼，我就寒毛直竖。

唐宣宗启用了白敏中，罢黜李德裕，信誓旦旦要结束牛李党争。可是接着，牛党中人牛僧孺、李宗闵、崔珙、杨嗣复、李珏接连重新任用。

这些人没有李德裕的雅量和公心，他们采取了只要是李德裕提拔的人，全部外贬，比如石雄是为国家立下赫赫战功的人，因为是李德裕推荐的人，就被唐宣宗无情地压制，这位名将石雄郁郁而终。比如李回与李德裕关系好，也遭到了贬黜等等，满朝文武遭到罢黜比比皆是。

唐武宗死后，李德裕摄冢宰，这个时候他依然有机会和宦官集团争斗，废掉光王皇太叔的继承人身份，坚持拥立武宗之子。不知道为何他没有这样做，失去了主动权，悲惨的结果一想可知。接下来，唐宣宗对他没有客气，登基第二天就急不可耐地将李德裕外放为荆南节度使，加授检校司徒、同平章事。

李德裕作为武宗朝炙手可热的唯一宰臣，就这么轻飘飘地被逐出权力中枢，离开长安，史料记载："时人闻其罢相，无不惊骇。"

更惊骇的还在后面，九月，唐宣宗下令，李德裕被免去同平章事的职衔，贬为东都留守、东畿汝都防御使。连李德裕名义上的宰相职位也一起罢免了。李德裕两度拜相，太和年间为相一年八个月，会昌年间为相五年七个月，两次为相时间共计七年三个月。

李德裕的威风威仪彻底被唐宣宗和白敏中扫掉了，这下他们应该收手了吧？没有，反对派们比如白敏中崔铉令狐绹等人，迫不及待攻击李德裕执政时的过失，接着被贬太子少保，分司东都事务。

唐宣宗更不想给李德裕留活路，他连续下了《授李德裕荆南节度平章事制》《贬李德裕潮州司马制》《再贬李德裕崖州司户参军制》等制书给李德裕。

这一年，李德裕明白了，人心惟危，贬道险恶，当他忧国忧民，决定匡扶天下，下恤百姓开始的那一刻，他一路走来，哪一天不是面临着险阻？他作为燕赵之士，慷慨悲歌，无处不表现着不气馁的风骨，垂暮离索的他离开洛阳作《离平泉马上作》："十年紫殿掌洪钧，出入三朝一品身。文帝宠深陪雉尾，武皇恩厚宴龙津。黑山永破和亲虏，乌岭全院跋扈臣。自是功高临尽处，祸来名灭不由人。"

李德裕在东都发生了一个故事，他向一个僧人探问前程。僧人说他会遭贬南行万里，还能回来，并道："相公命中注定要吃一万只羊，现在还差五百没吃完，所以一定能够回来。"

李德裕叹道："和尚真是神人。我在元和年间，曾做梦走到晋山，看

第四位宰相　政治家宰相李德裕

275

见满山都是羊群，有几十个牧羊人对我说，这是给侍御吃的羊啊！我一直记着这个梦，没有告诉过别人！"

令人意想不到的是，十几日后，振武节度使米暨遣使前来，馈赠李德裕五百只羊。

李德裕大惊，将此事告知僧人道："这些羊我不吃，可以免祸吗？"

僧人回道："羊已经送到，已是归你所有。"

不久，李德裕果然被贬到万里之外的崖州，并死在那里。这就是李德裕食万羊的故事，后人用"食万羊"表示听天由命，不必强求富贵。

李德裕曾向皇帝推荐提拔白敏中（白居易堂弟），此时，白敏中掌权后忘恩负义，对李德裕开始以怨报德，他不愧官场老手，要拉下李德裕这样的重臣必须"证据确凿"，他又利用吴湘案攻击李绅，顺便诬陷李德裕，导致其再贬潮州司马。

吴湘案不关李德裕的事情，是淮南节度使李绅办理，此时李绅作古。从这里可以看出白敏中等人的丧心病狂，坚定死人不会说话。他们就怂恿吴湘的哥哥原永宁县尉吴汝纳上书申冤。

朝廷里面白敏中示意人找小吏魏铏，他们猜想李德裕主政淮南时对魏铏没有恩典，他顺水推舟一把就能完成对李德裕的构陷。

殊不知，魏铏官小非常有个性，查阅卷宗，他说不关李德裕的事。上司又是一番耐心地引导，魏铏坚决不参与冤案制造，结果也被贬到岭南。

白敏中和崔元藻等人把冤案整理清楚后，给唐宣宗上书，说这个案子就是李德裕朋党人办错的，中间还有李德裕的责任。

唐宣宗很满意，顺理成章地重审了这一案件，还下了一封制书《科吴湘狱敕》斥责办事人："李回、郑亚、元寿、魏铏，已从别敕处分。李绅起此冤诉，本由不真，今既身殁，无以加刑。粗塞众情，量行削夺，宜追夺三任官告，送刑部注毁。其子孙稽于经义，罚不及嗣，并释放。李德裕先朝委以重权，不务绝其党庇，致使冤苦直到于今，职尔之由，能无恨叹……"

白敏中等牛党中人，和唐宣宗密切配合，终于，将李德裕打入了万劫不复，冤假错案一旦定性，就很难翻供。这一个过去的案子，白敏中几乎将李德裕和身边人郑亚等人全部打翻在地，就连不顺从的魏铏也受到了处分。

明末清初思想家王夫之在其呕心著作《读通鉴论·卷二十六·宣宗》中评价白敏中和唐室之乱时这样说："李德裕引白敏中入翰林，既为学士，遂乘武、宣改政之初，夺德裕之相，竭力排之，尽反其政，以陷德裕于贬死，而乱唐室。唐之乱以亡也，宰执大臣，实为祸本。大中以来，白敏中、令狐绹始祸者也，继之以路岩、韦保衡之贪叨无厌而已极；然其为人，鄙夫耳，未足以为妖孽也。"

最后唐朝廷给白敏中的谥号为丑。可见，其本性被人所不齿。

李德裕被贬荆南，以为还能东山再起，让他到潮州任司马，对境遇有了清醒的认识，尤其是《贬李德裕潮州司马制》中的最后一句："纵逢恩赦，不在量移之限。"

德裕一家人从洛阳坐船到潮州潮阳，没有想到路上吃尽苦头抵达岭南，他又发现了环境之苦，他在《谪岭南道中》写道："岭水争分路转迷，桄榔椰叶暗蛮溪。愁冲毒雾逢蛇草，畏落沙虫避燕泥。五月畲田收火米，三更津吏报潮鸡。不堪肠断思乡处，红槿花中越鸟啼。"

白敏中等人的报复更猛烈了，对李德裕赶尽杀绝。不久圣旨又到，李德裕又贬崖州司户参军。在途中李德裕体验到了人生谷底的滋味，世态炎凉对于他这种大臣早有体验，只是没有想到是这般滋味，他在《南窜途中感愤》写道："十五余年车马客，无人相送到崖州。"

李德裕携家人到崖州路上，又凄楚地写下："一去一万里，千知千不还。崖州在何处？生度鬼门关。"他将凶险的崖州比作鬼门关。一个为国家建功立业的宰臣，让唐宣宗和白敏中迫害至此，令人唏嘘。

海南五公祠是展示中国古代贬官文化、海南历史文化及具有海南特色的古代建筑艺术的文物古迹，其中第一位纪念的便是李德裕，有其石像（图4-13），其余四公为李

图4-13　五公祠李德裕石像

第四位宰相　政治家宰相李德裕

277

纲、赵鼎、李光、胡铨。

（十九）流落崖州

唐宣宗将李德裕从繁华的长安直接贬到了不毛之地海南岛，终于心满意足。短短两年李德裕从一人之上的宰臣，贬到东都留守，再贬到不入流的崖州司户参军，对于宰相这已经是最严厉的惩罚了。

古代中国刑法讲九刑，九刑之中有流刑，在唐宋时代某些官员们不得不面临流放的严酷惩罚，这种行为属于当时社会的社死。帝国贬黜的精英们都必须学会处理中心和边缘的关系，李德裕就面临这种问题。

公元 849 年正月，李德裕和家人抵达崖州，此时李德裕 63 岁。关于他在崖州海南的功绩和影响，可看《李德裕在崖州》和《李德裕在乐东》等书籍，我们不赘言。

这一年，李家人抵达海南后，李德裕的发妻刘氏去世了。德裕妻子，道名致柔，他亲撰《唐茅山燕洞宫大洞炼师彭城刘氏墓志铭并序》，在无比灰暗的心情下写下了《穷愁志》等文章。

这几年，李德裕的朋友和对手也是陆续死去，李宗闵和牛僧孺死了，白居易等都一一死去。

李德裕的心情无比低落，有一日，他拖着垂垂老矣的身体，登上崖州城写下了一首诗："独上高楼望帝京，鸟飞犹是半年程。青山似欲留人住，百匝千遭绕郡城。"

李德裕在会昌朝任宰相时，爱才如渴，常常提拔出身贫寒的读书人，深受爱戴。他贬官崖州时，世人痛惜，有人作诗怀念："八百孤寒齐下泪，一时南望李崖州。"可见攻击李德裕排斥寒门进士的言论不客观。

公元 850 年，李德裕全家在崖州的生活艰难，他写信给友人诉说生活之困。这位替唐朝挡风遮雨的宰相，沦落到了被风雨侵蚀的地步。他们全家缺衣少食，得病无药，贫困交加。

李德裕执掌权柄，门庭若市，一朝被贬到海南，无人问津。朝臣故友看到唐宣宗、白敏中、令狐绹等人变态的报复，无人申冤，无人问津，更无人关心。可见长安朝堂都是什么人在当政，而唐宣宗靠着唐武宗和李德裕积攒的朝廷财富，过了几天好日子，唐宣宗居然有了"小太宗"的美称。

难道唐朝没有傲然风骨的人吗？真有一位，姚勖，名相姚崇的五世孙，他才识过人，为官清廉，多次受到李德裕的提拔。唯独他经常写信安慰老宰相照顾身体，并送上衣服、药物等生活用品。他的义举得到了世人的称颂。与此形成强烈对比的，就是忘恩负义白敏中等人的无情政治迫害。

姚勖官职为右谏议大夫，李德裕曾回信《与姚谏议合书三首》，他在书中凄然写道："……天地穷人，物情所弃，无复音书，平生旧知，无复吊问。阁老至仁念旧，盛德矜孤，再降专人，远逾溟涨，兼赐衣服、器物、茶药至多，槁木暂荣，寒灰稍暖，开缄感切，涕咽难胜。大海之中，无人拯恤，资储荡尽，家事一空，百口嗷然，往往绝食，块独穷悴，终日苦饥，惟恨垂没之年，顿作馁死之鬼。自十月末得疾，伏枕七旬，属纩者数四，药物陈裹，又无医人，委命信天，幸而自活。羸惫至甚，生意方微，自料此生，无由再望旌棨。临纸涕恋，不胜远诚。病后多书不得……"

李德裕堂堂名相，执掌权柄的宰臣，他上体天子、匡君济世、下恤百姓、征卢龙、平回鹘、伐泽潞、抑宦官、革新寺庙为国敛财时，是何等威风潇洒。他壮年得位，锐于布政，革弊泽民，胸怀磊落，气象光名。如今，他沦落到这般田地，想必他作为读书人，如此高的地位下来看淡世态，他可以付诸笔端，可以超然，但是他没有做到，他看到亲人们咽苦吞甘、熬姜呷醋，怎么还能超然得起来。他把生活的窘迫落魄写给了姚勖叙说，让一个为国家建功立业的大臣沦落至此，唐朝并不荣光，可是，我们又深刻的知道，历史上一个人的荣光，很多时候是踩着另一个人完成。比如现在的白敏中宰相的荣光。

还有一个人叫丁柔力，为人耿直，被推荐成为谏官，李德裕执政时不用此人。来到了唐宣宗的大中初年，李德裕屡次被贬，丁柔力仗义执言，为其鸣冤，被白敏中等人打击报复，以党附李德裕被贬官。

李德裕罢相，郑亚任职桂州刺史、御史中丞。他与德裕感情深厚，一再申诉，德裕回书《与桂州郑中丞书》："某当先圣御极，再参枢务，两度册文及《宣懿太后祔庙制》《圣容赞》《幽州纪圣功碑》《讨回纥制》《讨刘稹制》、五度黠戛斯书、两度用兵诏敕及《先圣改名制》《告昊天上帝文》并奏议等，勒成十五卷。贞观初有颜、岑二中书，代宗朝常相，元和初某先太师忠懿公，一代盛事，皆所润色。小子词业浅近，获继家声，武宗一朝，册命典诰，军机羽檄，皆受命撰述，偶副圣情。伏恐制序之时，要知此意，伏惟详悉。谨状。"

郑亚再贬，会昌一品集郑亚撰序，又请李商隐斟酌。郑亚在序中高度评价了德裕："惟公蕴开物致君之才，居元弼上公之位，建靖难平戎之业，垂经天纬地之文，萃于厥躬，庆是全德。"

这一年，沉疴不起的李德裕，依然写下了《祭韦相执谊文》："维大中四年月日，赵郡李德裕，谨以蔬醴之奠，敬祭于故相韦公仆射之灵。呜呼！皇道咸宁，藉于贤相。德迈皋陶，功宣吕尚。文学世雄，智谋神贶。一遭谗疾，投身荒瘴。地虽厚兮不察，天虽高兮难谅。野掇涧芼，晨荐岛屿。信成祸深，业崇身丧。某亦窜迹南陬，从公旧丘。永泯轩裳之顾，长为猿鹤之愁。嘻吁绝域，窭嵌西周。倘知公者，测公无罪。不知我者，谓我何求。其心若水，其死若休。临风敬吊，愿与神游。呜呼！尚飨。"

在生命最后一刻，李德裕孑然一身，行文没有了前缀官职，只写了赵郡李德裕。那么，韦执谊是谁呢？他是王叔文推动永贞革新时的宰相，掌权极短却很有作为，唐宪宗继位后被贬崖州司马。

想必李德裕也有通过描写韦执谊身世，来诉说朝廷的不公和皇帝的打压报复。这是一种无可奈何，愤懑无助的自我哀悼，他们二人虽未同朝，最后贬所同一处。与宰相起，与崖州始。

韦家和李家是世交，韦执谊儿子韦绚曾在德裕治理西川时，在其幕府参赞。德裕口述中外奇事，韦绚记录，著书《戎幕闲谈》，序云："赞皇公博物好奇，尤善语古今异事。当镇蜀时，宾佐宣吐，不知倦焉。乃谓绚曰：'能题而记之，亦足以资于闻见。'绚遂操觚录之，号为《戎幕闲谈》。大和五年（831）十一月二十三日巡官韦绚引。"

公元850年，李德裕含苦病逝，关于李德裕病亡和归葬事确实一波三折。李德裕病死57年后，公元907年大唐灭国。在海南岛当地人为了纪念李德裕，在乐东县南加纳村为其建庙（图4-19），那里至今还流传着这位大唐名相的传说和故事。

图4-19　海南境内李德裕公庙

大中六年三月，公元852年，朝廷诏许李德裕归葬洛阳。其子李烨亲躬海南岛，将父德裕、母刘氏及"昆弟、亡姊凡六丧"，以及"泊仆驭辈有死于海上者"的灵柩，自贬居地护送归葬洛阳，他们从崖州北上，十月抵达洛阳，十二月归葬。

关于李德裕能平反的事情，我查了一下史料，其中真有文章。李德裕妻病亡，其子李烨被流放在蒙州立山县（今广西壮族自治区蒙山县南），由于相距较远，母亲死后半年，他才得到消息，向上司张鹭请求解官奔丧。

张鹭是牛党人，三年后即公元852年才批准李烨"扶护帷裳"，可见白敏中等高压的政治报复仍未停止，也波及了家人。

李德裕夫人刘致柔的墓志在《千唐志斋》，还附有其子李烨的记文，里面有详细的记载。

前文介绍李德裕幕府时，介绍了寒门学子刘三复。我查了一下《旧唐书》《新唐书》均没有找到刘三复的传，他儿子刘邺倒是有传，也有关于刘三复的记载。

《旧唐书·卷一百七十七·列传第一百二十七·刘邺传》记载："长庆中，李德裕拜浙西观察使，三复以德裕禁密大臣，以所业文诣郡干谒。

德裕阅其文，倒屣迎之，乃辟为从事，管记室。德裕三为浙西，凡十年，三复皆从之。"

刘邺七岁时能背诗，李德裕出于怜爱，带他回家和诸子一同学习。李德裕失势被贬。刘邺在朝堂也失去靠山，曾在长江、钱塘江地区游荡，作文养活自己。后来，刘邺在父亲故友的帮助也启复，官至礼部尚书、同平章事，黄巢之乱中被杀。

据《北梦琐言·卷一》记载："刘邺上表雪德裕以朱崖神榇归葬洛中，报先恩也。士大夫美之。"公元 860 年，即唐懿宗咸通年间，刘邺掌权后还向皇帝写了奏疏，为恩主李德裕平反发声，为昔日玩伴李烨死后归葬洛阳发声。

《乞赠恤李德裕疏》

故崖州司户参军李德裕，其父吉甫，元和中以直道明诚，高居相位，中外咸理，讦谟有功。德裕以伟望宏才，继登台衮。险夷不易，劲正无群。禀周勃重厚之姿，慕杨秉忠贞之节。顷以微累，窜于遐荒。既迫衰残，竟归冥窦。其子煜，坐贬象州邱山县尉。去年遇陛下有惟新之命，覃作解之恩，移授郴州郴县尉，今已殁于贬所。傥德裕犹有亲援，可期振扬，微臣固不敢上论，以招浮议。今骨肉将尽，生涯已空。皆伤荣戟之门，遽作荆榛之地。骨肉未归于茔兆，一男又殁于湘江。特乞圣明，俯垂哀渐，俾还遗骨，兼赐赠官。上宏录旧之仁，下激徇公之节。

从奏疏可以看出，刘邺说了李吉甫的功劳，不能直说李德裕的功绩，说明为其平反仍有来自朝廷的压力。他就事论事诉说了李家几口死于非地，应该归葬洛阳。

公元 852 年，大中六年，李德裕灵柩自崖州归葬洛阳北邙山坟茔。当护丧队伍北归经过江陵时，李商隐奉柳仲郢之命，在江陵祭奠李德裕。德裕被贬后，李商隐看到他的遭遇不公，连作几首诗词感叹其命运多舛：《李卫公》《旧将军》《泪》等。

后来，李商隐加入郑亚的幕府，李商隐的大量作品，比如《为荥阳公上荆南郑相公状》《为荥阳公桂管补逐要等官牒》《为荥阳公桂州谢上表》《为荥阳公与京兆李尹状》等等，都是为郑亚起草的文书，荥阳公就是郑亚，二人合作为李德裕编辑了《会昌一品集》。

我写到李德裕被贬遭遇、忧伤、愤懑、同情，有些感受无法感同身受，却也为这位千年名相功成北阙魂断南溟的命运唏嘘不已。

柳仲郢是一个有情有义的人，《新唐书·卷一百六十三·列传第八十八·柳仲郢传》记载："……御史崔元藻以覆按吴湘狱得罪，仲郢切谏，宰相李德裕不为嫌，奏拜京兆尹……李德裕贬死，家无禄，不自振；及领盐铁，遂取其兄子从质为推官，知苏州院。宰相令狐绹持不可，乃移书开谕绹，绹感悟，从之……"

柳仲郢推荐李德裕侄子从质（德修之子）为官，令狐绹不依不饶，他耐心的解释，令狐绹被他感动才不再计较。可见，德裕失势许久后，牛党人对其家人依旧是打压。

历朝历代对李德裕的评价甚高，皆来自是功业、文章和那颗为民为朝廷的赤诚之心。

关于对李德裕的评价，对牛李党争的论断，唐朝当代，五代十国，宋朝司马光、苏轼等人皆有评论。

我认为，明末清初的王士禛在《香祖笔记·卷十二》，对于此说得十分允当，他说："唐牛李之党，赞皇君子功业烂然，与裴晋公相颉颃，武宗之治，几复开元、元和之盛，其党又皆君子也。僧孺小人，功业无闻，怛悉谋维州一事怨恫神人，其党李宗闵、杨虞卿之流又皆小人也。二人之贤不肖如薰莸然，不难辨也。自苏颍滨二人皆伟人之说出，谓僧孺以德量高，德裕以才气胜，而贤不肖始混淆矣。初僧孺尉岩县，而水中滩出，有鸿鸿一双飞下，僧孺果入西台。陈仲醇云奇章入台当以鸥枭应之，此虽戏论，实公言耳。吾宗鹤尹兄抃工于词曲，晚作《筹边楼传奇》，一褒一贬，字挟风霜，至于维州一案，描摹情状，可泣鬼神，尝属予序之，而未果也。今鹤尹殁已数年矣，忆前事为之怃然，聊复论之如此，将以代序，且以见传奇小技足以正史家论断之谬诬也。"

唐宣宗继位，和白敏中打压李德裕，清人毛凤枝说：宣宗即位，自坏长城，赞皇功业不就，唐祚因以日微。

清代王士禛则评价李德裕的《会昌一品制集》"雄奇骏伟"，"其古体出入陶、谢，律体颉颃文房、子厚，清新浑雅，固晚唐一大家也。"

李德裕过世后，前尘往事也随风散去，但是李德裕的思想和文章等都需要后辈人等研究学习。

李德裕的公文写作和散文诗词也值得格外关注，他给皇帝的制书、状书，代替皇帝写的诰命，与将军大臣的书写都是研究唐朝政治和社会的一手资料。

历朝历代的人物对李德裕评价甚多，我从中节选几位具有代表性的评断。

北宋一代名相范仲淹在其著作《范文正公文集》评价李德裕为："独立不惧，经制四方，有相之功，虽奸党营陷，而义不朽矣。"

宋臣叶梦得在其著作《避暑录话》中评价李德裕是："唐中世第一等人物。"

王世贞在《读会昌一品集》对李德裕也是高度评价："……文饶佐武宗，通颉戛斯，破回鹘，平太原，定泽潞，若振枯千里之外，披胆待烛，百万之众，俯首而听，一言之指麾，国势戚，主威震，既不啻厓裴公而上之。"

对李德裕的军事才能评价最高的当属清代的毛凤枝，他在其著作《关中金石文字存逸考》评价说："料事明决，号令整齐，其才不在诸葛下。"

五代时后晋宰相赵莹在修的《旧唐书·卷一百七十四·列传第一百二十四·李德裕传》曾说："臣总角时，亟闻耆德言卫公故事。是时天子神武，明于听断；公亦以身犯难，酬特达之遇。言行计从，功成事遂，君臣之分，千载一时。"

李德裕创造的成语：含情脉脉、防微虑远 言从计行 万户千门 黄发骀背 根株牵连 泾渭自分 萧曹避席 闻风破胆 溢先朝露 指日誓心 枕席还师 闻风丧胆 恩牛怨李 食万羊 铭诸心腑 八百孤寒 事同虚设 贯达吏事 运筹制胜等。

李德裕行文创造和衍生的词语：六箴 文缋 平泉庄 保义 锦韬 保惠 谢娘 朱崖 醉石 醒酒石 柔远城 门状 牛李 阳山江 太牢公 御侮城 雄朱 伏义城 青溪关 杖义城 猱村 旧市镇 剪戮 桯史 颍阳书 释迦泊 就日 筹边楼等。

据《河南名人墓》记载：李德裕墓在今洛阳市伊川县城关镇窑底村西北约1公里，省道243附近，地理坐标为北纬34°29'23"，东经112°26'11.19"。该墓始建于唐代。墓在一处土岭上，四周均为丘陵台地，种植作物。原冢高大，现几乎不见。砖券墓道，高两米余。附近并有李德裕之父李吉甫之墓，遗迹难寻。

李德裕的赋
• 赋是中国古代的一种文体，它讲究文采、韵律，兼具诗歌和散文的性质。
•《黄冶赋》《画桐花凤扇赋》《通犀带赋》《鼓吹赋》《白芙蓉赋》《重台芙蓉赋》《山凤凰赋》《孔雀尾赋》《智囊赋》《积薪赋》《欹器赋》《蚍蜉赋》《振鹭赋》《问泉途赋》《伤年赋》《怀鸮赋》《观钓赋》《斑竹笔管赋》《柳柏赋》《白猿赋》《二芳丛赋》《畏途赋》《知止赋》《剑池赋》《望匡庐赋》《大孤山赋》《项王亭赋》《金松赋》《灵泉赋》《秋声赋》《牡丹赋》《瑞橘赋》等赋。

李德裕替皇帝起草的制书
• 制书就是皇帝说的话。所谓"天子之言曰制，书则载其言"唐代的制书，分制书和慰劳制书两种，李德裕起草的制书，都是工作、赏罚和慰劳等，大多有公文属性。
•《授嗢没斯检校工部尚书兼归义军使制》《授历支特勒以下官制》《授嗢没斯改姓李名思忠制》《授回鹘内宰相爱耶勿归义军副使兼赐姓名制》《授何清朝左卫将军兼分领蕃浑兵马制》《宣懿皇太后祔太庙制》《仁圣文武章天成功大孝皇帝改名制》《讨刘稹制》《授王宰兼充河阳行营诸军攻讨使制》《遣王会等安抚回鹘制》《授刘沔招抚回鹘使制》《授张仲武东面招抚回鹘使制》《讨回鹘制》《授王元逵平章事制》《授石雄晋绛行营节度使制》《赠裴度太师制》《赠陈夷行司徒制》《赠崔琯左仆射制》《赠王茂元司徒制》《赠右卫将军李安静制》《赠故蕃维州城副使悉怛谋制》《授元晦谏议大夫制》《授徐商礼部员外郎制》《授狄兼谟兼益王傅郑䍐之兼益王府长史制》《授郑朗等左谏议大夫制》《授郑裔绰渭南县尉直宏文馆制》《授李丕汾州刺史制》《授李丕晋州刺史充冀代行营攻讨副使制》《赐新授太子太师村衍制》《授嗢没斯可特进行左金吾卫大将军员外实仍封怀化郡王制》等制书。

李德裕起草的诏书
• 诏书一般指圣旨。圣旨，是指中国封建社会时皇帝下的命令或发表的言论。皇帝通告臣民的文书。另一种说法叫敕文、敕旨。李德裕所撰写诏书内容皆是处理外交、军事、朝堂等意见，他起草，皇帝用玺。
•《赐回鹘嗢没斯特勒等诏书》《赐回鹘嗢没斯等诏》《赐思忠诏书》《赐刘沔张仲武等诏》《赐张仲武诏》《赐何重顺诏》《赐张促武诏》《赐刘沔茂元诏》《赐彦佐诏意》《赐石雄诏意》《赐刘沔诏意》《赐李石诏意》《赐王元逵诏书》《赐张仲武诏意》《赐王宰诏意》《赐刘沔诏意》《赐王元逵何弘敬诏意》《赐缘连诸镇密诏意》《赐王宰诏意》《处寘杨弁敕》《诛郭谊等敕》《诛张谷等告示中外敕》《寘孟州敕旨》《李回宣慰三道敕旨》等诏书。

李德裕起草的书
• 书是古代的一种文体，可以记叙，也可以议论。这里的书主要记录了李德裕代替皇帝回复回鹘可汗的书信，代替大臣回复回鹘宰相的文书等，内容还涉及到了外交和民族关系等，皆是公文。
•《赐回鹘可汗书》《赐回鹘书意》《赐回鹘可汗书意》《赐回鹘可汗书》《赐太和公主敕书》《赐背叛回鹘敕书》《与纥扢斯可汗书》《与黠戛斯可汗书》《与黠戛王书》《赐黠戛斯书》《赐石雄及三军敕书意》《赐潞州军人敕书意》《赐党项敕书》《停归义军敕书》《代刘沔与回鹘宰相颉于伽思书》《代忠顺报回鹘宰相书意》《代刘沔与回鹘宰相书意》《代符澈与幽州大将书意》《代宏敬与泽潞军将书》《代彦佐与泽潞三军书》《代李石与刘稹书》《代卢钧与昭义大将书》《代李丕与郭谊书》《代石雄与刘稹书》《宰相与李执方书》《宰相与刘约书》《宰相与王宰书》《宰相与卢钧书》《与桂州郑中丞书》《与姚谏议郜合书三首》等书。

李德裕奏议
• 奏议，古代臣属进呈帝王奏章的统称。它包括奏、议、疏、表、对策等。
• 《让官表》《让太尉第二表》《让太尉第三表》《让官表》《贺废毁诸寺德音表》《荐处士李源表》《请宣赐鹤林寺僧谥号奏》《请罢榜奏》《谏敬宗搜访道士疏》《停进士宴会题名疏》《论丧葬逾制疏》等奏议。

李德裕册文
• 册文，原为册命、册书等诰命文字的一种，只用于帝王封赠臣下；后世应用渐繁，有祝册、立册、封册、哀册、赠册、谥册、赠谥册、祭册、赐册、免册等名目，凡祭告、上尊号及诸祀典，均得用之。
• 《上尊号玉册文》

李德裕书写的文状
• 古代叙述事件的文辞，主要陈述事件或记载事迹的文字。

《论公主上表状》《李思忠请进军于保太栅屯集状》《论译语人状》《请更发兵山外邀截回鹘状》《殄灭回鹘事宜状》《讨袭回鹘事宜状》《论昭义三军请刘稹勾当军务状》《李彦佐翼城驻军事宜状》《请赐泽潞四面节度使状》《幽州镇魏使状》《请赐刘沔诏状》《请赐回鹘嗢没斯等物诏状》《请赐宏敬诏状》《论彦佐刘沔下诸道各军状》《论陈许兵马状》《论河阳事宜状》《第二状》《奉宣王宰欲令直抵磁州得否宜商量奏来状》《请赐仲武诏状》《请授王宰兼行营诸军攻讨使状》《论石雄请添兵状》《请问薄仲荣贼中事宜状》《请问生口取贼计策状》《请诸道进军状》《论刘镇送款与李石状》《请发河中马军五百骑赴振武状》《请遣使至天井冀氏宣慰状》《奏晋州刺史李丕状》《李克勤请官军一千二百人自引路取涉县断贼山东三州道路状》《魏城入贼路状》《天井冀氏行营状》《请准兵部依开元二年军功格置跳荡及第一第二功状》《奏宣石雄所进文书欲勘问宜商量奏来状》《论赤头赤心健儿等状》《论尧山县状》《奏磁邢州诸县兵马状》《潞磁等四州县令录事参军状》《论邢州状》《巡边使刘濛状》《昭义军事宜状》《请先降使至党项屯集处状》《论盐州屯集党项状》《讨袭回鹘事宜状》《论幽州事宜状》《论田群状》《论刘稹状》《太原状》《论镇州奏事官高迪陈意见二事状》《第二状》《任畹李丕与臣状共三道》《续得

李德裕书写的文状

高文端贼中事宜四状》《天井冀氏事宜状》《洺州事宜状》《回鹘事宜状》《振武节度使李忠顺与臣状一道》《潞州事宜状》《论昭义军事宜状》《进上尊号玉册文状》《进真容赞状》《进幽州纪圣功碑文状》《进颉戛斯朝贡传图状》《进侍宴诗一首状》《进新旧文十卷状》《进瑞橘赋状》《进西南备边录状》《论游幸状》《请于太原添兵备状》《请遣使访问太和公主状》《论幽州事宜状》《论仪凤以后大臣褒赠状》《论故循州司马杜元颖状》《第二状奉宣令更商量奏来者》《论太和五年八月将故维州城归降准诏却执送本蕃就僇人吐蕃城副使悉怛谋状》《论救杨嗣复李珏陈夷直状》《论救杨嗣复李珏陈夷直状第二状》《论救杨嗣复李珏陈夷直状第三状》《张仲武寄回鹘生口驼马状》《前试宣州溧水县尉胡震状》《论河东等道比远官加给俸料状》《请淮南等五道置游弈船状》《论两京及诸道悲田坊状》《论田牟请许党项雠复回鹘嗢没斯部落事状》《请密诏塞上事宜状》《让司空后举太常卿王起自代状》《加司徒请停册礼状》《请改封卫国公状》《为星变陈乞状》《让张仲武寄信物状》《再让仲武寄信物状》《谢宣示嗢没斯等冠带讫图状》《谢恩赐王元逵与臣赞皇县图及三祖碑文状》

《谢恩令进异域归忠传两卷序中改云奉敕撰状》《谢宣示进黠戛斯朝贡图深惬于怀状》《谢赠故蕃维州城副使悉怛谋官状》《谢所进瑞橘赋宣付史馆状》《谢赐锦彩银器状》《会昌五年六月二十九日就宅宣并谢恩问疾表状》《谢恩问疾状》《论嗢没斯特勒等状》《论嗢没斯下将十二千六百一十八人赐号状》《论天德军捉到回鹘生口等状》《请赐嗢没斯枪旗状》《论嗢没斯家口等状》《论太原及振武军镇及退浑党项等部落互市牛马骆驼等状》《论嗢没斯所请落下马价绢赐与可汗状》《论回鹘事宜状》《请发陈许徐汝襄阳等兵状》《论回鹘石诫直状》《论振武以北事宜状》《条疏边上事宜状》《驱逐回鹘事宜状》《公卿集议须便施行其中有未尽处须更令分析闻奏谨具一一如后状》《牛僧孺等奉敕公卿集议须便施行其中有未尽处须更令分析谨连如前》《请令符澈与幽州大将书状》《条疏太原以北边备事宜状》《请发镇州马军状》《请市蕃马状》《请契通等分领沙陀退浑马军共六千人状》《李思忠下蕃骑状》《河东奏请留沙陀马军状》《请何清朝等分领李思忠下蕃兵状》《请改单于大都护状》《驸马不许至要官私第状》《代高平公进书画状》

李德裕书写的文状

- 《进元宗马射图状》《奏银妆具状》《奏缭绫状》《亳州圣水状》《王智兴度僧尼状》《请尊宪宗章武孝皇帝为不迁庙状》《宰相再议添徽号状》《宣懿皇后祔陵庙状》《第二状》《第三状》《请立昭武庙状》《奉宣今日以后百官不得于京城置庙状》《论侍进奏孔子门徒事状》《论朝廷事体状》《请增谏议大夫等品秩状》《论时政记等状》《论起居注状》《论九宫贵神坛状》《论九宫贵神合是大祠状》《论冬至岁朝贺状》《请复中书舍人故事状》《进所撰黠戛斯书状》《进所撰颉戛斯可汗书状》《进所撰黠戛斯书状》《论修史体例状》《议礼法等大事状》等状。

李德裕的论书

- 论是一种议论文体，李德裕写了许多论书，从中可以看出其的价值观和施政做人等观点。

- 《夷齐论》《三良论》《张辟疆论》《袁盎以周勃为功臣论》《汉昭帝论》《汉元帝论》《荀悦论高祖武宣论》《荀悦哀王商论》《张禹论》《三国论》《羊祜留贾充论》《宋齐记》《旧臣论》《阴德论》《臣子论》《忠谏论》《管仲害霸论》《慎独论》《王言论》《退身论》《豪侠论》《英杰论》《臣友论》《天性论》《宾客论》《谋议论》《伐国论》《文章论》《任臣论》《人物志论》《朋党论》《虚名论》《食货论》《近幸论》《奇才论》《方士论》《小人论》《近世良相论》《货殖论》《近世节士论》《折群疑相论》《祷祝论》《黄冶论》《祥瑞论》《冥数有报论》《周秦行纪论》《梁武论》《喜征论》等论。

李德裕书写的记

- 记是古代一种散文体裁，可叙事、写景、状物，抒发情怀抱负，阐述某些观点。

- 《掌书记厅壁记》《丞相邹平公新置资福院记》《三圣记》《重写前益州五长史真记》《怀嵩楼记》《元真子渔歌记》《平泉山居戒子孙记》《平泉山居草木记》等记。

李德裕书写的序

- 序是一种文体，其中送别赠言的文章，叫赠序，专用于赠别，内容多是表惜别、祝愿、劝勉、誉扬之意。还有一种是写来评价著作的，叫书序。另外，多见于著作或诗文前的说明性文字，即诗文序。

- 《次柳氏旧闻序》《异域归忠传序》《黠戛斯朝贡图传序》《太和新修辨谤略序》《穷愁志序》等序

李德裕书写的赞

- 赞是一种文体，用于颂扬人物。

- 《仁圣文武至神大孝皇帝真容赞》《大迦叶赞》《坉上图赞》等赞。

李德裕写的铭

- 铭是一种文体，最初是古代刻在器物、碑碣上的文字，后来发展为一种文体，用来记述事实、功德的文字，述公记行、有时也用来警诫自己或称述功德的文体。

- 《圣祖院石磬铭》《鹿迹山铭》《剑门铭》《唐故左神策军护军中尉兼左街功德使知内侍省事刘公神道碑铭》《唐故开府仪同三司行右领军卫上将军致仕上柱国扶风马公神道碑铭》《幽州纪圣功碑铭》《滑州瑶台观女真徐氏墓志铭》等铭。

李德裕书写的箴

- 箴也是一种文体，以规戒为表达的主题。《舌箴》是李德裕在洞庭湖梦见名相姚崇后作。姚崇曾作《口箴》，他以《舌箴》回应。

- 《丹扆箴》《舌箴》

李德裕撰写的文章、书籍

- 《武宗改名告天地文》《祈祭西岳文》《祭唐叔文》《祭韦相执谊文》《次柳氏旧闻》等。还有《文武两朝献替记》也是李德裕撰，此书三卷，自述在文宗、武宗期间任宰相时的重要奏对、议论，已佚。

李德裕诗词 139 篇。李德裕诗歌 169 首，《全唐诗》收录 139 首，主要以四个类型为主，交游、咏物、咏怀、贬谪

诗：《登崖州城作》《谪岭南道中作》《长安秋夜》《秋日登郡楼望赞皇山感而成咏》《无题》《鸳鸯篇》《故人寄茶》《泪罗》《忆平泉杂咏·忆新藤》《句》《重忆山居六首·泰山石（兖州从事所寄）》《忆平泉杂咏·忆春雨》《宾客论》《忆平泉杂咏·忆辛夷（余赴金陵日，辛夷欲开）》《春暮思平泉杂咏二十首·金松（出天台山，叶带金色）》《春暮思平泉杂咏二十首·月桂（出蒋山，浅黄色）》《春暮思平泉杂咏二十首·山桂（此花紫色，英藻繁缛）》《春暮思平泉杂咏二十首·花药栏》《忆平泉杂咏·忆春耕》《述梦诗四十韵》《题奇石（石在浙西公署）》《思山居一十首·思乡园老人》《伊川晚眺》《雪霁晨起》《南梁行（和二十二兄）》《盘陀岭驿楼》《春暮思平泉杂咏二十首·竹径》《思平泉树石杂咏一十首·白鹭鹚》《北固怀古》《思山居一十首·清明后忆山中》《峡山亭月夜独宿对樱桃花有怀伊川别墅金陵作》《离平泉马上作（一作离东都平泉）》《思山居一十首·忆药苗》《招隐山观玉蕊树戏书即事奉寄江西沈大夫阁老》《清冷池怀古（余别有序刻石）》《雨中自秘书省访王三侍御知早入朝便入集贤侍御任集贤校书及升柏台又与秘阁相对同院张学士亦余特厚故以诗赠之》《赠奉律上人（律公精于维摩经）》《忆金门旧游奉寄江西沈大夫》《早入中书行公主册礼事毕，登集贤阁成咏》《尊师是桃源黄先生传法弟子常见尊师称先师灵迹今重赋此诗兼寄题黄先生旧馆》《雨后净望河西连山怆然成咏》《寒食日三殿侍宴，奉进诗一首》《房公旧竹亭闻琴缅慕风流神期如在因重题此作》《奉和太原张尚书山亭书怀》《山居遇雪喜道者相访》《洛中士君子多以平泉见呼愧获方外之名因以此诗为报奉寄刘宾客》《春暮

思平泉杂咏二十首·潭上紫藤》《怀山居邀松阳子同作》《到恶溪夜泊芦岛》《早秋龙兴寺江亭闲眺忆龙门山居寄崔张旧从事（宜春作）》《思山居一十首·初夏有怀山居》《重忆山居六首·平泉源》《忆平泉杂咏·忆初暖》《忆平泉杂咏·忆春雨》《重忆山居六首·漏潭石（鲁客见遗）》《忆平泉杂咏·忆茗芽》《思平泉树石杂咏一十首·重台芙蓉》《春暮思平泉杂咏二十首·海石楠》《春暮思平泉杂咏二十首·双碧潭》《春暮思平泉杂咏二十首·自叙（非尚子遍游五岳）》《首夏清景想望山居》《思平泉树石杂咏一十首·钓台》《思平泉树石杂咏一十首·似鹿石》《思平泉树石杂咏一十首·海上石笋》《思平泉树石杂咏一十首·叠石（此石韩给事所遗）》《春暮思平泉杂咏二十首·柏》《春暮思平泉杂咏二十首·芳荪》《春暮思平泉杂咏二十首·流杯亭》《春暮思平泉杂咏二十首·东溪》《春暮思平泉杂咏二十首·鸂鶒》《春暮思平泉杂咏二十首·西园》《忆平泉杂咏·忆野花（余未尝春到故园）》《忆平泉杂咏·忆晚眺》《忆平泉杂咏·忆寒梅》《忆平泉杂咏·忆药栏》《重忆山居六首·巫山石》《重忆山居六首·罗浮山（番禺连帅所遗）》《重忆山居六首·钓石（于溪人处求得）》《怀伊川郊居》《晨起见雪忆山居》《思平泉树石杂咏一十首·海鱼骨》《思平泉树石杂咏一十首·泛池舟》《思平泉树石杂咏一十首·莋艋舟》《思平泉树石杂咏一十首·二猿》《思在山居日偶成此咏邀松阳子同作》《重忆山居六首·平泉源》《春暮思平泉杂咏二十首·西岭望鸣皋山》《春暮思平泉杂咏二十首·金松》《思平泉树石杂咏一十首·白鹭鹚》《寄茅山孙炼师》《题奇石》《东郡怀古二首·阳给事》《思山居一十首·忆种苊时》《访韦

李德裕诗词 139 篇。李德裕诗歌 169 首，《全唐诗》收录 139 首，主要以四个类型为主，交游、咏物、咏怀、贬谪

楚老不遇》《余所居平泉村舍近蒙韦常侍大尹特改嘉名因寄诗以谢》《山信至说平泉别墅草木滋长地转幽深怅然思归复此作》《临海太守惠予赤城石，报以是诗》《比闻龙门敬善寺有红桂树独秀伊川尝于江南诸山访之莫致陈侍御知予所好因访剡溪樵客偶得数株移植郊园众芳色沮乃知敬善所有是蜀道莾草徒得嘉名因是诗兼赠陈侍御》《近于伊川卜山居将命者画图而至欣然有感聊赋此诗兼寄上浙东元相公大夫使求青田胎化鹤》《忆平泉山居，赠沈吏部一首（中书作）》《夏晚有怀平泉林居（宜春作）》《思归赤松村呈松阳子》《近腊对雪有怀林居》《思山居一十首·寄龙门僧》《思山居一十首·题寄商山石》《思山居一十首·春日独坐思归》《思山居一十首·思登家山林岭》《春暮思平泉杂咏二十首·书楼晴望》《春暮思平泉杂咏二十首·西岭望鸣皋山》《春暮思平泉杂咏二十首·瀑泉亭》《春暮思平泉杂咏二十首·红桂树》《早春至言禅公法堂忆平泉别业（金陵作）》《春暮思平泉杂咏二十首·望伊川（自此并淮南作）》《潭上喜见新月》《郊外即事寄侍郎大尹》《思山居一十首·忆村中老人春酒（有刘、杨二叟善酿）》《思山居一十首·忆葛胜木禅床》《思山居一十首·初夏有怀山居》《张公超谷中石》《初归平泉，过龙门南岭，遥望山居即事》《奉和韦侍御陪相公游开义五言六韵》《赠圆明上人（圆公，佛顶之最）》《戏赠慎微寺主道安上座三僧正》《奉和圣制南郊礼毕诗》《郊坛回舆中书二相公蒙圣慈召至御马前仰感恩遇辄书是诗兼呈二相公》《寄题惠林李侍郎旧馆》《送张中丞入台从事》《怀京国》《追和太师颜公同清远道士游虎丘寺》《东郡怀古二首·王京兆》《东郡怀古二首·阳给事》《秋日美晴，郡楼闲眺，寄荆南张书记》《奉送相公十八丈镇扬州（一作和王播游故居感旧）》《题剑门》《汉州月夕游房太尉西湖》《重题》《仆射相公偶话于故集贤张学士厅写得德裕与仆射旧唱和诗其时和者五人惟仆射与德裕皆列高位凄然怀旧辄献此诗》《惠泉》《题冠盖里（在襄州南大山下）》《题罗浮石（刻于石上）》《重过列子庙追感顷年自淮服与居守王仆射同题名于庙壁仆射已为御史余尚布衣自后俱列紫垣继游内署两为夏官之代复联左揆之荣荷宠多同感涕何极因书四韵奉寄》《遥伤茅山县孙尊师三首》《春暮思平泉杂咏二十首》《思平泉树石杂咏一十首·其八·泛池舟》《重忆山居六首·钓石》《遥伤茅山县孙尊师三首·其三》《思山居一十首·忆钟菰时》《初夏有怀山居》《春暮思平泉杂咏二十首》《春暮思平泉杂咏二十首》《春暮思平泉杂咏二十首》《思平泉树石杂咏一十首·其二·似鹿石》《重忆山居六首·平泉源》《仆射相公偶话于故集贤张学士厅写得德裕与仆射旧唱和诗其时和者五人惟仆射与德裕皆列高位凄然怀旧辄献此诗》《又二绝·其一》《奉和圣制南郊礼毕诗》

- 李德裕著有《次柳氏旧闻》一卷、《文武两朝献替记》三卷、《会昌伐叛记》一卷、《上党纪叛》一卷、《异域归忠传》二卷、《西蕃会盟记》三卷、《西戎记》二卷、《英雄录》一卷、《御臣要略》《西南备边录》十三卷、《会昌一品集》二十卷、《姑臧集》五卷、《穷愁志》三卷、《杂赋》二卷,《异域归忠传序》《会昌一品集》《志支机宝》均一卷,以及《平泉山居草木记》《南行录》《会昌伐叛记》《鼎足新志》《服饰图》《幽怪录》《姑臧集》《撷遗》《李德裕文集》等。

李德裕家族部分墓志

《唐茅山燕洞宫大洞炼师彭城刘氏墓志铭并序》(图 4-14),李德裕妻子刘致柔墓志铭,其为彭城人,卒年六十二。

图 4-14 《唐茅山燕洞宫大洞炼师彭城刘氏墓志铭并序》

《滑州瑶台观女真徐氏墓志铭》（图4-15），李德裕妾徐盼墓志铭，徐氏卒于大和三年（公元829年），卒于滑州，年二十三。墓志洛阳出土，藏河南洛阳古代艺术馆。

图4-15 《滑州瑶台观女真徐氏墓志铭》

《唐故郴县尉赵郡李君墓志铭并序》（图4-16），德裕之子李烨墓志铭，由李潘撰。李烨于唐咸通三年（公元862年）正月二十八日葬，墓志1928年出土河南洛阳张岭村。

图4-16　《唐故郴县尉赵郡李君墓志铭并序》

《大唐赵郡李烨亡妻荥阳郑氏墓志》（图4-17），德裕儿媳、李烨妻子郑珍墓志。郑氏于唐大中十三年（公元859年），十二月二十五日葬，墓志出土于河南洛阳张岭村南。

图4-17 《大唐赵郡李烨亡妻荥阳郑氏墓志》

《唐故赵郡李氏女墓志并序》（图4-18），德裕孙女、李烨之女李懸黎墓志。李懸黎唐咸通十二年（公元871年）十一月二十四葬。该墓志1932年出土于河南洛阳西北冢头村，碑藏河南新安县千唐志斋。

图4-18 《唐故赵郡李氏女墓志并序》

伍

第五位宰相　状元宰相李固言

（一）贵人语迟

赵郡六宰相中李德裕是第四位，他是公元833年，即太和七年二月拜相，加授同平章事，进封赞皇县伯，食邑七百户。两年后，公元835年，即太和九年六月，六宰相中的第五位宰相李固言拜门下侍郎、同平章事、崇文馆大学士，正式成为宰相。

这一年，李固言53岁。他比李德裕大5岁，李德裕第一次拜相46岁。李固言对比其他人的家境都贫弱，并且饱受歧视，因为他有一个口吃的毛病。

赞皇六宰相同属望族赵郡李氏，家境有所不同，作为富二代的李吉甫拜相就有李绛直谏，毫不留情。对于二李这种刻意的安排是唐宪宗的帝王权术。但是他们是对事不对人。而李德裕与李固言、李珏的针锋相对就是对人对事还不对眼。

李固言和李珏是牛党中人，他们的党首李宗闵和李德裕水火不同炉。李固言第一次拜相任职三个月，后李训代替。

接下来，讲述李固言的故事，新旧《唐书》对于李固言的记载相对泛泛，没有多少细节，这就说明我必须花大量的时间，从不计其数的史料中打捞李固言的故事。

李固言（782—860），字仲枢，赵郡赞皇县（今石家庄市赞皇县）人。出身赵郡李氏南祖，勤奋好学。李固言像如图5-1所示。

图 5-1　李固言像

　　李固言公元 782 年出生，出生在赞皇许亭村，这一年，河朔三镇的魏博节度使田悦反叛朝廷，李晟率领的朝廷大军征伐。这一年义武军在定州成立，也归李晟调拨。河朔三镇的另外两个藩镇，幽州节度使朱滔、成德节度使王武俊因不满朝廷封赏，开始与田悦勾结，并率军围困赵州（今石家庄赵县）。河朔三镇唇亡齿寒，他们经常彼此勾结，也会因为边境争端发生摩擦。

　　这时的成德节度使王武俊为什么不满呢？因为他杀了上一任节度使李惟岳，没有得到节度使的职位，就趁乱围困朝廷大军。这一年，王武俊称赵王。

　　李固言是在藩镇割据的环境下长大，河朔三镇与朝廷的关系时好时坏，以坏为主，这样就保证了藩镇治下的百姓，在其土地上生活所支付的钱粮比朝廷税收要少。

　　唐朝廷正处于唐德宗时期，次年，公元 783 年发生了泾原兵变，泾原军打到长安抢了府库，后续又发生了河中节度使李怀光叛乱等战乱，唐德宗睁眼一看，节度使们一旦掌兵就开始龇牙咧嘴，向朝廷撒野。从这一刻开始，他开始信任宦官，并让宦官掌管禁军，赐予兵权，这一举措为唐中后期宦官干政埋下伏笔，也为他的后世子孙遗留了重大隐患。

《旧唐书》记载，李固言祖父叫李并，父亲叫李现，再无其他家庭的详细信息。

有史书记载说李固言之父是宰相，持这种观点的人，想必把李现看成了李岘。李岘唐太宗李世民玄孙，吴王李恪曾孙，信安郡王李祎第三子。李岘是公元709年生人，李固言是782年生人，李岘是唐肃宗时期的宰相，这年龄差距明显是爷爷辈的人。

我详查了唐朝宰相传和相关书籍，唐朝没有一个叫李现的人拜相，假设有，就没有后期李固言到长安后投亲的经历。前后逻辑相悖，显然有些文人没深入研究，张冠李戴了。

这是根据《旧唐书》等记载，我推测李固言在赞皇家乡的生长环境。李固言相对前面的四位宰相，他的资料、史料少之又少。在唐诗词盛行的时代，他居然一首诗词没有留下，更别说著作策论，截至撰稿时我没有发现相关记载。

为了完成写作目的，让李固言的故事和形象鲜活起来，我结合后世小说的记载，比如宋代的《太平广记》里对李固言的出生地记载就十分详细。该书是宋代名相李昉等人在太平年间编撰的一部大型书籍，全书五百卷。该书收录了汉代至北宋的野史小说，共计四百多部。

李昉是河北省饶阳人，属于五代时期过渡到北宋的人物，他曾在后汉、后周担任要职，所编纂的书籍有一定真实性。更重要的是李昉在今石家庄封龙山创建封龙书院（图5-2）讲学，而封龙山所在的元氏县和赞皇县相邻，对于赵郡六宰相的故事想必知之甚详，此书有一定参考价值。

图5-2　石家庄封龙书院

《太平广记·卷一百八十·贡举三》记载了李固言的故事："李固言生于凤翔庄墅，性质厚，未熟造谒。始应进士举，舍于亲表柳氏京第。诸柳昆仲，率多谑戏。以固言不闲人事，俾信趋揖之仪。候其磬折，密于头巾上贴文字云：此处有屋僦赁。固言不觉。及出，朝士见而笑之。许孟容为右常侍，于时朝中薄此官，号曰貂脚，颇不能为后进延誉。固言始以所业求见，谋于诸柳。诸柳与导行券去处先令投许常侍。固言果诣之，孟容谢曰：'某官绪闲冷，不足发君子声彩。虽然，亦藏之于心。'又睹头巾上文字，知其朴质。无何，来年许知礼闱，乃以固言为状头。"

李固言的出生地是陕西省凤翔庄墅这个地方，我查了许久，详细地址就截止到凤翔县，庄墅是哪里无从查证。

这就出现了两种可能，李固言从凤翔入长安赶考，从赞皇入长安两个方向，出发的时间无论是史料和野史记载一致，即元和六年。这一点确切资料等待新的史料发掘。

公元811年，李固言到达长安，居住在亲戚柳家，他29岁，他从地方到京城，土里土气，又是大龄学子，口吃木讷，寄居柳家，他自然惹得柳家子弟的戏弄欺负。

讲述李峤篇，曾介绍唐朝行卷制度。就是学子找到有影响的官员，增加印象分，官员达到提携和笼络后辈的作用。世家子弟不需要，他们的社会关系在长安本就盘根错节，又有成熟的门荫制度，不需要额外关照。寒门学子却异常渴望行卷获得恩准。

无论寒门学子的行卷制度，世家子弟的门荫制度，核心逻辑都是想获得额外的关照，第一种看运气，第二种看实力。

李固言作为外乡人，对于京城长安的官场规则不了解，只好求助亲戚柳家，恰好柳家子弟也参加考试，对他十分不友好，就推荐他去拜会许孟容。

许孟容这个人学问极好，为人耿直，执法如山，元和四年曾任京兆尹，史书关于他详细任职记载就是元和七年权知礼部贡举，替朝廷选拔人才。

柳家子弟推荐李固言去拜谒许孟容，他们不是好心，而是明知许孟容非吏部礼部官员，对取士之事无力干预。也有一种可能许孟容刚直不阿，在京城官场中没有好的官声。总之，戏谑李固言，让他难堪。

李固言按照地址找到许孟容府上，许孟容看见他就哈哈大笑，原来呀，柳家子弟不知何时在李固言的帽子上沾了一个纸条，上面写着："此处有屋就赁。"翻译过来就是有房子出租，他俨然成了行走的广告牌。

许孟容看着李固言的狼狈相，婉言谢绝，说他并非主考官，人微言轻帮不上忙。

李固言如实相告，拜谒许大人是柳家表亲出的主意，帽子上的纸条也是表兄弟们开玩笑。

许孟容看着李固言如此淳朴善良，顿生好感，他默默记下了这个忠厚老实的名字。同年，李固言科举未中。

次年元和七年，许孟容时来运转真的成为主考官，李固言又考，被取为本科状元。这一年，朝廷取进士29名，归融也是本科进士及第。

我详查了归融的生平，他和赞皇六宰相挺有缘分，他与李固言是同科，曾任京兆尹，却因为与其不和，被罢免京兆尹。归融擅长书写八分书，"八分书"即二分像隶书，八分像小篆。唐人称楷书为隶书，称隶书为"八分"。

朝廷奖励李德裕功绩，礼部侍郎贾餗撰文《赞皇公李德裕德政碑》，京兆尹归融八分书法，右金吾卫大将军段嶷篆刻。

李固言高中壬辰科状元，开始入仕。他参加曲江宴，一定会听说朝廷中赵郡李氏的两位前辈大才，李吉甫和李绛正在为唐宪宗出谋划策，征讨魏博藩镇。

那一夜长安曲江宴上，李固言一定十分清醒，他或许也想为帝王排忧解难，成为赵郡李氏的另一颗新星。

（二）状元及第

在封建社会任何一个大人物，成大事后都会有相关的神迹故事，以凸显他们与普通人不同，以拉开和普罗大众的距离。让人们相信神的存在以及对大人物的偏爱，比如刘邦，朱元璋都有数不胜数的神奇故事。

李固言的故事也不例外，唐朝冯贽写的《云仙杂记·卷一》曾记载：

"李固言未第前，行古柳下，闻有弹指声，固言局之，应曰：'吾柳神九烈君，已用柳汁染子衣矣，科第无疑。果得蓝袍，当以枣糕祠我。'固言许之。未几状元及第。"

这一则神迹故事，逐渐演变成了周公签文等各种神签的签文，名为"李固言柳汁染衣"，详解："经商得利称心怀，福禄荣华倍获财，若问进身谋望事，秀才一举状元回。"

关于李固言从政的信息，《旧唐书·卷一百七十三·列传第一百二十三·李固言传》记载："固言，元和七年登进士甲科。太和初，累官至礼部郎中、知台杂。四年，李宗闵作相，用为给事中……"

史料分析，元和七年是公元 812 年，李固言为状元；太和初年为公元 827 年，李固言为礼部郎中。也就是说李固言 15 年间的参政基础信息是空白。这不利于我来分析和推测固言日后的一些行为。

我需要进一步挖掘李固言的故事，我翻阅了同时期的史料、材料和县志，又结合了《新唐书卷一百八十二·列传第一百七·李固言传》的记载："李固言，字仲枢，出身赵郡李氏南祖，勤奋好学。擢进士甲科，裴堪、王播皆表署幕府。累官户部郎中。温造为御史中丞，表知杂事，进给事中。"

如此一对比，资料就丰富了，李固言从 30 岁中状元，到 45 岁就任礼部郎中的信息就有依据，我们只需要从浩瀚如烟的史料中找寻出李固言的信息，从中捋出他的从政脉络。

李固言入仕后，没有像李德裕等人一样，初仕担任校书郎等职位，他到地方幕府中历练，到了哪里呢？

李固言到达了江西观察使裴堪的幕府中。江西观察使，即唐朝在今江西省设立的观察使，下辖洪州、江州、饶州、袁州、吉州、抚州、信州、虔州等地。安史之乱后，江西成为唐王朝财赋重心之一，素有朝廷倚为根本，民物赖以繁昌的繁荣景象。

我详查了裴堪的生平历史，裴堪担任江西观察使的时间，恰好也是公元 812 年开始，这个时间符合李固言公元 812 年状元及第后入仕。裴堪这个人与李德裕关系要好，二人有同好，建设园林。李德裕有平泉山庄，裴堪有樱桃园。

关于裴堪治理江西的信息较少，也无从找到幕府中状元郎李固言的只言片语。

于是，我换了一个角度，元和十四年，即公元 819 年，白居易在离开江州到赴任忠州的路上，自浔阳与弟弟白行简溯江而上，船至南昌时，拜谒了江西观察使裴堪。

裴堪对大诗人白居易十分礼遇，在南昌滕王阁举行盛宴，裴大人还赠送给白居易鹘衔、瑞草、绯袍、金鱼袋等一套官服饰品。按照唐官员制度，白居易不够著绯的级别，可是，长安官场流行"借绯"，故而裴堪以绯袍等物赠之。

唐朝上元元年官服制："文武三品以上服紫，四品服深绯，五品服浅绯，六品服深绿，七品服浅绿，八品服深青，九品服浅青。后常以'著绯'指当了中级官员。"

白居易面对裴堪的深情厚谊，感激涕零，当即写了一首诗词赠送给裴堪，名为《初除官蒙裴常侍赠鹘衔瑞草绯袍鱼袋因谢惠觋兼抒离情》："新授铜符未著绯，因君装束始光辉。惠深范叔绨袍赠，荣过苏秦佩印归。鱼缀白金随步跃，鹘衔红绶绕身飞。明朝恋别朱门泪，不敢多垂恐污衣。"

这一年，白居易 47 岁，盛宴散去，心情大好，又写了一首《初著刺史绯答友人见赠》，其中有一句："只堪归舍吓妻儿。"

在南昌滕王阁的盛宴，李固言作为裴堪幕府中人，应该参与了这一场宴会，在此与白居易相识，二人而后多有交际，后来李固言去世，白居易曾写诗《发商州》："商州馆里停三日，待得妻孥相逐行。若比李三犹自胜，儿啼妇哭不闻声。"李三即李固言。

在我潜心书写石家庄大唐六宰相故事，发现一个有趣的现象，就是白居易和刘禹锡二人，与其中五位宰相都有过交集。

比如在元和制举案即贤良方正能直言极谏科，白居易与李吉甫政见碰撞，这一次，他倒向了牛僧孺和李宗闵。

公元 830 年李绛死于军中，白居易书写《祭李司徒（绛）文》，字里行间他对李绛可谓一片赤诚。

刘禹锡多次向李德裕推荐白居易，担当大任。《资治通鉴·卷二百四十六·唐纪六十二》也记载："上闻太子少傅白居易名，欲相之，以问李德裕。德裕素恶居易，乃言居易衰病，不任朝谒。其从父弟左司员外郎敏中，辞学不减居易，且有器识。甲辰，以敏中为翰林学士。"

这一则史料显然被宋代人加入了偏见，认为李德裕厌恶白居易，我认为德裕谈不上厌恶，白居易与牛党中人过从甚密是表象，实则李德裕说得很清楚，白居易常常请病假，政务方面也无所建树，更为可虑的是这一年白居易 71 岁，所以他转而推荐了其弟白敏中担任翰林学士。

关于白居易的病，我们用数据和史料说话，学者吕国喜在其文章《论白居易闲适诗中的"病"》统计，白居易现存的 2916 篇诗作中，323 首（404 处）提到了"病"，竟达 11.1％。比如 18 岁作的《病重诗》，老年时的作品《和微之诗二十三首·和晨兴因报问龟儿》……双目失一目，四肢断两肢。不如溘然逝，安用半活为……。①

白居易与李珏交往更深，二人算是牛党铁杆人物，开成二年，即公元 837 年白居易 66 大寿，他曾做《开成二年三月三日河南尹李待价（珏）以人和岁稔将禊于洛滨（略）》序："开成二年三月三日，河南尹李待价以人和岁稔，将禊于洛滨。前一日，启留守裴令公。令公明日，召太子少傅白居易……一十五人，合宴于舟中……居易举酒抽毫，奉十二韵以献……"

李珏是赞皇六宰相的最后一位，他字待价。

刘禹锡在永贞革新时与李吉甫相识，陪着李德裕登山散心，与李绛李珏李固言洛阳饮宴。

关于李固言高中还有另外一个故事。李固言初未第时，经过洛阳。曾问算命如神的胡芦先生前程如何，先生曰："纱笼中人，勿复相问，及在长安，寓归德里。"再走，人言圣寿寺中有僧，善术数。固言乃往诣之，僧又谓曰："子纱笼中人。"

李固言状元及第后，又去圣寿寺找和尚请教什么是"纱笼中人"。

和尚说："我常常在阴间冥府来往，看见凡是能当宰相的人，冥府都以他的身体和形状，用碧纱笼罩着，所以知道你是纱笼中人。"这个故事出自出《太平广记·卷一百五十五》。

归德里，在今洛阳市东北汉、晋洛阳城南洛水南岸。对方说李固言在长安中举，会做宰相，最后会在洛阳归德里养老。

六宰相的在两京的居所情况是这样的，李峤在洛阳居宣风坊，王屋

①　吕国喜.论白居易闲适诗中的"病"[J].盐城师范学院学报，2010（34）：83-86.

山有别院。李吉甫和李德裕在长安居住安邑坊。李绛在长安是永崇坊，在伊川有别业。李德裕在伊川修平泉山庄，李固言在洛阳居住正俗坊。李珏居住情况目前无载。

（三）李固言任给事中

公元 812 年至公元 819 年，7 年间李固言一直在江西裴堪幕府工作。后来他又调任剑南节度使王播幕府。

王播担任剑南节度使的时间，据我考证，是公元 818 年至公元 821 年，也就是说李固言在川最多待了 3 年。后来开成二年，即公元 837 年李固言也曾担任剑南西川节度使一职。

剑南西川节度使，简称西川节度使，唐朝在今四川省西部设立的节度使。西川节度使长期管辖成都府和彭州、汉州、眉州、嘉州、邛州、简州、资州、茂州、黎州、雅州以西各州，相当于今天成都平原及其以西以北和雅砻江以东的地区。

石家庄赞皇唐相园是为了纪念六宰相而建，园中有李固言石像（图5-3）。

图 5-3　唐相园中的李固言石像

李固言担任剑南节度使是升职，王播被委任剑南节度使可是下贬。元和十三年皇甫镈勾结方士柳泌向唐宪宗贡献长生不老药，得势拜相，他与奸相李逢吉及牛党合势，率先罢免了裴度和崔群二位宰相。皇甫镈大权独揽，成为了另一名奸相，他不喜欢王播就直接排挤其离开长安，并将王播担任的肥差盐铁转运使的职务，委任给擅长理财的程异。

让坏蛋害怕的果然是另一个坏蛋，王守澄作为王播的靠山，他却没有为了王播得罪宠臣皇甫镈。皇甫镈让王播滚到西川，王播只能听命，想必也是五味杂陈，感慨万千。

王播是也有作为的人，抵达西川后，《旧唐书·卷一百九十六·列传第一百四十六·吐蕃传》：十一月，盐州上言："吐蕃入河曲，夏州破五万余人。灵武破长乐州罗城，焚其屋宇器械。西川节度使王播攻拔峨和、栖鸡等城。"

王播下贬西川对他打击很大，也成为了他人生的转折点，他看明白了破败唐朝的底蕴，得到了一个结论：巴结奸相，不如巴结皇上，巴结皇上不如巴结宦官。这一刻，王播彻底"黑化"。

李固言在其幕府中，看到节度使王播前后两种截然不同的行事风格，很难说他体验到了什么，学到了什么。更可悲的是王播的巴结手段十分奏效，他靠着盘剥百姓进贡朝廷和结交王守澄，先后两次拜相。看上去王播是活明白了，李固言想必糊涂了。

李固言靠着一己之力和好运气荣登状元，勤勤恳恳在幕府熬资格，却不如太监一句话。

就李固言的史料而言，《新唐书》比《旧唐书》记载得更为详细，比如他任职裴堪和王播的幕府，在《旧唐书》就没有记载。西川后王播和李固言官职上发生变动，前者拜相，后者累官户部郎中。

户部郎中是唐朝开始设置，置员二人，官阶是从五品上。下面就有了详细的时间记载，长庆元年初，温造任殿中侍御史，李固言为知杂事。

唐穆宗的长庆元年，即公元 821 年，《旧唐书·卷一百六十五·列传第一百一十五·温造传》记载："授京兆府司录参军。奉使河朔称旨，迁殿中侍御史。"

关于温造，在李绛篇的时候，有所介绍不赘言。

唐朝侍御史属台院，殿中侍御史属殿院，监察御史属监院，三者并列。监察御史和殿内侍御史有区别，前者执掌监察百官、巡视郡县、纠正刑狱、肃整朝仪等事务。后者就是受命御史中丞、接受公卿奏事、举劾非法、入阁承诏、知推、公廨、知杂事（御史台中其他各事）等事，以知杂事最忙。

李固言的官职全称是侍御史知杂事，唐朝置，以年深御史充任。这与李固言在地方幕府处理政事不同，这属于京城长安衙门口的工作。官职不大，对于他的从政经历也是一个转折点，这一年，他39岁。

也是这一年李固言在知杂事上的表现，引起了一个人的注意，那就是中书舍人李宗闵。因为科场案他被外放，靠着太监的推荐，又回到京城。这个时期的李宗闵憋着气，压着火，笼络进士同僚，铆足劲儿要与李德裕争高低。

在李宗闵的举荐下，李固言在政治上迈出了坚实的一步，官职为给事中，可以向皇帝奏疏，可以与百官沟通协调。

《新唐书·卷四十七·志第三十七·百官二》记载："给事中四人，正五品上，掌侍左右，分判省事，察弘文馆缮写雠校之课。凡百司奏抄，侍中既审，则驳正违失。诏敕不便者，涂窜而奏还，谓之涂归。"

《新唐书》的记载，可以看出给事中有两项权力：针对官员上报事有涂改权和封驳权。制敕不便于时者，封还；刑狱不合理者，驳正；冤滞无告者，与御史纠理；有司选补不当者，与侍中裁退。与御史、中书舍人听天下冤滞而申理之。

给事中的涂改权，从史料中可以看出主要是对百官的奏折进行审批，目的就是为了纠正百官奏折中的错误和不当的地方。

封驳权源于三省六部，自唐代开始。封驳权，即如认为皇帝诏书因不合时宜而不便下达时，可将诏书封还加以驳正。六科也有封驳权，内廷拟旨交六科，六科认为不合理者，六科给事中可加以驳正缴回，称为科参。

在唐代的中央官制实行三省六部制下，在门下省中，给事中的官品仅次于侍中、门下侍郎，在唐代政治中扮演着不可或缺的重要角色。

《旧唐书·卷一百七十三·列传第一百二十三·李固言传》记载："李固言，赵郡人……四年，李宗闵作相，用为给事中。五年，宋申锡为王守澄诬陷，固言与同列伏阁论之。将作监王堪修奉太庙弛慢，罚俸，仍改官为太子宾客。制出，固言封还。曰：'东宫调护之地，不可令弛慢被罚之人处之。'改为均王傅，六年，迁工部侍郎。七年四月，转尚书左丞，奉诏定左右仆射上事仪注。八年，李德裕辅政，出为华州刺史。"

以上史料来说，李固言担任给事中是大和（太和）五年，即公元831年，这一年李固言49岁。

《旧唐书》记载李固言任给事中时的年份十分清楚，就在这于这一年发生了宋申锡密谋案，即唐文宗出卖宋申锡那一次。

《资治通鉴·卷二百四十四·唐纪六十》记载了一个细节："上悉召师保以下及台省府寺大臣面询之。午际，左常侍崔玄亮、给事中李固言、谏议大夫王质、补阙卢钧、舒元褒、蒋系、裴休、韦温等复请对于延英，乞以狱事付外覆按。上曰：'吾已与大臣议之矣。'屡遣之出，不退。玄亮叩头流涕曰：'杀一匹夫，犹不可不重慎，况宰相乎！'上意稍解，曰：'当更与宰相议之。'乃复召宰相入。牛僧孺曰：'人臣不过宰相，今申锡已为宰相，假使如所谋，复欲何求！申锡殆不至此！'郑注恐覆案诈觉，乃劝守澄请止行贬黜。"

在这件事李固言也参与了讨论，没有拿出明确的意见，大臣们的沉默很可怕，他们了解懦弱的唐文宗，更了解权势熏天的王守澄，没人愿意引火烧身。待另一个太监马存亮旗帜鲜明地反对大开杀戒，大臣们才敢顺情说好话，禁止杀戮宰相。唉，文臣们根据风头做判断，还对三十六计明哲保身竖大拇指，真是莫大悲哀。

据我考证，李固言任给事中，是大和二年左右，《新唐书·卷一百四十二·列传第六十七·路隋传》记载："文宗嗣位，以中书侍郎同中书门下平章事，监修国史。初，韩愈撰《顺宗实录》，书禁中事为切直，宦竖不喜，訾其非实，帝诏隋刊正。隋建言：'卫尉卿周居巢、谏议大夫王彦威、给事中李固言、史官苏景胤皆上言改修非是。夫史册者，褒劝所在，匹夫美恶尚不可诬，况人君乎？议者至引隽不疑，第五伦为比，以蔽聪明……'"

路隋说的这件事，是韩愈修改的顺宗实录，说了许多宫闱事情，真实记录了太监的胡作非为，太监们不高兴一直让皇帝派人修改。

唐文宗就委派了路隋调查，他上表就实录不实之处婉言致歉，但为涉事官员的正直及其作为史官的独立立场辩护。文宗因而修改了命令，

第五位宰相　状元宰相李固言

第五位宰相　状元宰相李固言

第五位宰相　状元宰相李固言

309

建议德宗、宪宗年间宫禁之事不可确证者皆删除，其余不改。在这件事上李固言也上书赞成删掉其中有争议的事。

李固言任给事中以敢言著称，他还为一件事上书直奏。有一个叫王堪的官员坐治太庙不谨，朝廷改为太子宾客。

《新唐书·卷四十九·志第三十九·百官四上》："太子宾客四人，正三品。掌侍从规谏，赞相礼仪，宴会则上齿。"

李固言上书曰："陛下当以名臣左右太子，堪以慢官斥，处调护地非所宜。"皇帝接受了他的意见，诏改王堪为王傅。李固言再迁尚书右丞。

李固言任给事中的过程中，我查到了这几件故事，再后来他就上一个台阶，任职尚书省。

（四）李固言的改变

《旧唐书·卷一百七十三·列传第一百二十三·李固言传》记载："太和六年，升任工部侍郎。太和七年四月，改任尚书左丞，奉皇帝命令制定左、右仆射上书言事的制度仪节。太和八年，李德裕担任宰相，将李固言调任华州刺史。"

太和六年，即公元 832 年，李固言任工部侍郎，唐朝官僚制度，除了吏部侍郎官阶是正四品上，其余各部侍郎为正四品下。我试图找出李固言在工部侍郎任所做的事，推进的历史进程，很遗憾没找到。

紧接着，太和七年四月，即公元 833 年 4 月，李固言以工部侍郎为尚书右丞，转尚书右奉诏定左右仆射上书言事的制度仪节。

《新唐书·卷四十六·志第三十六·百官一》记载曰："凡符、移、关、牒（皆公文名），必遣于都省乃下。天下大事不决者，皆上尚书省……尚书右丞一人，正四品下掌辨六官之仪，纠正省内，劾御史举不当者。"

李固言从工部侍郎到尚书右丞，职务变了，官阶没有变，都是正四品下。这一年，他 51 岁，从 30 岁中状元，入仕 21 年，他的官路相对其他五宰相走得十分平庸。从侧面反映出李固言没有坚实的后盾。在我针对李固言寻找他的故事时，发现李固言被记载的信息就官职名称，具体的事寥寥数句。

我试图找出，李固言任尚书右丞时，向皇帝阐述的这个制度礼仪。皇天不负有心人，在即将出版时被我们终于找到了。

《新唐书·卷一百七十九·列传第一百四》记："……文宗嗣位，召拜太常卿，以吏部尚书代王播，复总盐铁，政益刻急。岁中，进尚书右仆射、代郡公。而御史中丞宇文鼎以涯兼使职，耻为之屈，奏：'仆射视事日，四品以上官不宜独拜。'涯怒，即建言：'与其废礼，不如审官，请避位以存旧典。'帝难之，诏尚书省杂议。工部侍郎李固言谓：'《礼记》：君于士不答拜，非其臣则答，不臣人之臣也；大夫于其臣，虽贱必答拜，避正君也；大夫于献不亲，君有赐不面拜，为君之答己也。古者列国君犹与大夫答拜，所以尊事天子，别嫌明微也。'议者谓：'仆射代尚书令，礼当重。凡百司州县皆有副贰，缺则摄总，至著定之礼，则不可越，仆射由是也'。按令，凡文武三品拜一品，四品拜二品。《开元礼》，京兆河南牧、州刺史、县令上日，丞以下答拜。此礼令相戾，不可独据。又言：'受册官始上，无不答拜者，而仆射亦受册，礼不得异。虽相承为故事，然人情难安者，安得弗改？请如礼便。'帝不能决，涯竟用旧仪。"

这里做出更正，此时李固言任尚书右丞，而非工部侍郎。李固言说仆射奏事礼仪引经据典，他援引了《礼记》，又引《开元礼》。

《开元礼》全名《大唐开元礼》是唐玄宗朝修的一部礼仪著作，共一百五十卷，唐初礼司无定制，遇事临时议定礼仪。开元中从张说奏说取贞观、显庆礼书，折中异同，以为定制。

太和八年，即公元834年，李德裕拜相，李固言出任华州刺史。这一条史料透出了两个信息；德裕拜相的时间，还有他和李固言的关系。

李固言进士出身，又是赵郡李氏南租房的人，与李德裕同宗。他自然成为了朝廷中牛李党争争取的对象，从结果来看他倒向了牛党。

所以，李德裕拜相，就将李固言外放为华州刺史。这是李固言传的记载。《旧唐书卷一百七十四·列传第一百二十四·李德裕传》的记载是，李德裕于公元833年2月拜相，公元834年9月离任，与李德裕相位形成对调的人就是李宗闵，李宗闵是提携李固言的贵人。按照李德裕方面的记载，李德裕2月为相，4月李固言上书仆射制度礼仪事，也就是说李德裕给了李固言时间和选择的机会。

这个阶段，李德裕第一次拜相，他的正气凛然算是彻底得罪了，郑注和李训两个得势的小人。唐文宗并无谏纳。李德裕痛陈李训等是小人，一下得罪了李郑利益集团和牛党中人，以及他们背后的王守澄宦官势力。

看李德裕话说得多狠。《旧唐书·卷一百七十四·列传一百二十四·李德裕传》："……上欲授训谏官。德裕奏曰：'李训小人，不可在陛下左右。顷年恶积，天下皆知；无故用之，必骇视听。'上曰：'人谁无过，俟其悛改。朕以逢吉所托，不忍负言。'德裕曰：'圣人有改过之义。训天性奸邪，无悛改之理。'上顾王涯曰：'商量别与一官。'遂授四门助教。制出，给事中郑肃、韩佽封之不下。王涯召肃面喻令下。俄而郑注亦自绛州至。训、注恶德裕排己，九月十日，复召宗闵于兴元，授中书侍郎、平章事，代德裕。出德裕为兴元节度使。德裕中谢日，自陈恋阙，不愿出藩，追敕守兵部尚书。宗闵奏制命已行，不宜自便，寻改检校尚书左仆射、润州刺史、镇海军节度、苏常杭润观察等使，代王璠。"

回到李固言，他在历史上最重要的一个标签就是敢直言和直言不讳。常在朝廷的他不知道李训郑注是小人吗？显然不是，就后来杨虞卿事件来看，他是心知肚明。可是我没有找到李固言像李绛那样，直言上奏唐文宗说李训等权臣是小人，也没找到他攻击宦官集团的言论。

这是值得玩味的人性，从自身而言李固言务实，他的根基不稳，因言获罪大可不必。从天下己任来说，他没有李德裕大开大合的大胸襟，也没有一门三宰臣的荣光。从另一方面说李固言做到极限，能做到对事不对人，已经是万幸了。这是他在牛党中和李珏的不同，他从主观上说没有想因党争耽误国家大事，说明李固言是有底线有原则的人。

李固言就任华州刺史，在六宰相中李绛也曾出任华州刺史。华州即今天陕西渭南市，距离长安并不远。

华州是京城长安的东方门户，是拱卫京城的股肱之都。华州刺史多由重臣担任，如唐代宰相令狐楚、李固言、李绛、崔湜等人。因此，诗人李洞曾在一首送知己任华州刺史的诗中，称华州为"东门罢相郡"，意即被罢去宰相去华州任职。

按照李固言传的记载，他自太和八年到华州任刺史，十月，宗闵复入，召他拜吏部侍郎。李固言在华州的时间，满打满算是 8 个月。史料对于他在主政华州时的评价："华州任上他严惩奸吏，打击地方豪强。他处事认真，不谋私利，不为亲友谋官。为政不计亲疏，主张任人唯贤。"

我查阅许多史料，想查清楚李固言在华州任干了那些事，就目前史料能查清楚的就一件，即李固言整治豪强何延庆。记载的出入很大，有的地方记载李固言回京任职，何延庆怂恿人拦其路留任，李固言怒不可遏仗杀之。这前后逻辑不通，何延庆这明明是送万民伞的节奏，愣生生把李固言指使成了杀人凶手。有的地方记载更为简单，整治了何延庆云云。

这个故事就是在这么前言不搭后语中一直流传，也有可能是记录不全。李固言任职华州、剑南、河东等地担任节度使，我查不到具体的事，只有寥寥数语的好评。于此形成鲜明对比的是李吉甫，李德裕宰相父子在地方为政是一件又一件具体的事，比如打通运河、为百姓减负、破除迷信、裁撤冗员等等。

（五）第一次拜相

太和八年，李训和郑注把持朝政，排挤走李德裕后，又召李宗闵回来为相，在李德裕篇曾介绍，李宗闵也贿赂了太监和女学士宋若宪等人，顺利拜相。

李宗闵和李德裕朋党之争，职位对调，看似是两党水火不容，其实是唐文宗和李训等人的阴谋。在李德裕篇时，我曾写天子棋局就是洞察了这种阴谋布局的推理。

在李宗闵传有了真真实实的记载，这是再次证明了我的推测，这是又一次的验证。

赞皇许亭村仍旧保留着六宰相的底色，村中小路仍有宰相路（图5-4）。

图5-4　赞皇许亭村宰相路门牌

唐文宗有意扶持，除了牛李二党之外的势力，他一开始看重了宋申锡，结果事与愿违。他又提携了幸进之人李训和郑注，所以李宗闵和李德裕在文宗朝的拜相都是这只无形的大手推波助澜。

据《旧唐书·卷一百七十六·列传第一百二十六·李宗闵传》记载："……七月，郑注发沈立义、宋若宪事，内官杨承和、韦元素、沈立义及若宪姻党坐贬者十余人，又贬宗闵潮州司户。时训、注窃弄威权，凡不附己者，目为宗闵、德裕之党，贬逐无虚日，中外震骇，连月阴晦，人情不安。九月诏曰：'朕承天缵历，烛理不明，劳虚襟以求贤，励宽德以容众。顷者，或台辅乖弼违之道，而具僚扇朋附之风；翕然相从，实紊彝宪。致使薰莸共器，贤不肖并驰；退迹者成后时之夫，登门者有迎吠之客。缪戾之气，埋郁和平，而望阴阳顺时，疵疠不作；朝廷清肃，班列和安，自古及今，未尝有也。今既再申朝典，一变浇风，扫清朋比之徒，匡饬贞廉之俗。凡百卿士，惟新令猷。如闻周行之中，尚蓄疑惧，或有妄相指目，令不自安，今斯旷然，明喻朕意。应与宗闵、德裕或亲或故及门生旧吏等，除今日已前黜远之外，一切不问。各安职业，勿复为嫌。文宗以二李朋党，绳之不能去，尝谓侍臣曰："去河北贼非难，去此朋党实难。'宗闵虽骤放黜，竟免李训之祸……"

这条史料说的很清楚，李训和郑注政治新势力崛起后，凡是不归附者就是李宗闵和李德裕的同党。可是在历代历史的记载中，尤其是描述牛李党争和唐文宗朝事的时候，文人们纷纷削弱了这个新势力的影响力和破坏了，这严重不符合事实。

太和八年十月，李宗闵复相位，立刻擢升李固言成为吏部侍郎，可见二人关系和睦，李固言为牛党党首所倚重。

在李固言为吏部侍郎时，我找到的史料记载依然是短句的评价："固言选拔官吏重寒俊而斥奸滑，不畏权势。"我试图找到某一件事，依旧没有找到。这解释大意是在李固言选官时依旧注重寒门俊才，而讨厌奸猾小人。

这一段我为什么要介绍李宗闵拜相的情况，就是李固言和李宗闵在文宗朝二人的官场足迹高度重合，许多事情必须捋顺搞清楚。

李宗闵为中书舍人，李固言为给事中；李宗闵为山南西道节度使，李固言为华州刺史；李宗闵拜相，李固言成为吏部侍郎。李宗闵罢相，李固言接任他拜相，不久也罢相，李训接任。

李固言在文宗朝继任给事中开始，一路上升迁都有李宗闵的鼎力支持，这种支持持续到李宗闵被贬前。从太和八年至太和九年五月截止，李固言一直担任吏部侍郎。

太和九年五月，即公元835年5月，李固言任御史大夫，石家庄大唐六宰相中李德裕任过御史中丞。只有李绛曾任御史大夫，更巧合的是李固言和李绛又同为华州刺史、山南西道节度使、兴元节度使。李绛有魏徵般的铮骨成为唐朝不可多得的直谏净臣，李固言以忠厚老实直言著称，二人同任御使大夫也是朝廷的用心良苦。

公元835年，李固言53岁第一次短暂的拜相，唐文宗用李固言代替李宗闵，3个月后，又用李训代替。这一系列的动作藏着政治谋略和对人性的洞察。

唐文宗李昂亲写制书《授李固言门下侍郎同平章事制》："惟昔太宗聪明睿圣，克致治平；惟魏徵左右文祖，叶建皇极。翘朕寡薄，思绍丕烈，旁求魏徵之比，寘诸岩廊，庶禆不逮，用底於道。御史大夫李固言，生於山东，瑞此王国，爰在下位，早扬直声。介然无朋，中立不惧。文经邦俗，行表人伦。和峤负栋梁之材，辛毗有骨鲠之操，便蕃华贯，光启令图。日者徵自近郊，延於便殿，言多方格，道不容回。嘉谟有伦，正色无挠，朱弦畅疏越之韵，美玉呈特达之姿。泊长宪台，弥彰休问，固可以斟酌理本，变调化源。畴咨金同，梦卜斯协，命尔予翼，倚为股肱。登於黄枢，参我大政，尔当一乃心志，罄贯忠贞。澄清品流，旌别淑慝，俾四夷左衽任。咸宁吾教，侯伯卿士，各称厥官。周曰难理，惟其至公；周曰弗能，惟其悉力。钦哉戒哉！无忝前良。可门下侍郎平章事。"

这一年是李固言收获的一年，从吏部侍郎到门下侍郎，成为了朝廷中枢官员，对朝政可以起到指导作用，接着拜崇文馆大学士。

注意，唐文宗圣旨中的李固言生于山东，而非山东省。而是山东士族集团，泛指太行山以东地区发展起来的门阀士族，主要有赵郡李氏、清河崔氏、范阳卢氏等五姓门阀士族。

唐代中央官学制度六学二馆，六学指国子学、太学、四门学、律学、书学、算学，隶属国子监，是唐朝最高学府；二馆指弘文馆、崇文馆，设学士二人及校书郎各二人，掌经籍图书，校理书籍。

崇文馆大学士在唐代是一种荣誉称呼，时常有宰相和一品大员兼任，它的全称是太子左春坊崇文馆长官，唐太宗时叫崇贤馆，后一直称为崇文馆。唐置有崇文馆学士掌经籍图书，教授学生。

崇文馆本为皇太子读书之处，以侍讲宫中。《新唐书·卷四十四·志第三十四·选举志上》写规定："崇文馆生二十人，以皇族中缌麻以上亲，皇太后、皇后大功以上亲，宰相及散官一品功臣，身食实封者，京官职事从三品中书黄门侍郎之子为之。"

李宗闵率领的牛党在李固言拜相后，实力大增，于是，他们针对李德裕炮制了《李德裕诬告案》，唐文宗让宰相议论这件事，路隋仗义执言被罢相。另一个细节是李固言在场，他选择了沉默，沉默也是一种态度。这就比如你的朋友和陌生人吵架，你选择沉默，就是选择放弃了朋友，因为在你心中陌生人和朋友是同样份量。

说明李固言选择了党派立场，面对波谲云诡的朝局，他老于世故的一面展露无遗，从这里看出，他并没有李绛敢于直言的秉性。他坚实地选择了站在李宗闵一方。

李宗闵要置李德裕为死地，李固言作为党中人，选择不多，明哲保身的沉默或许是唯一的选择。从政第一要务就是务实，前有奸臣，内有宦官，皇帝软弱无能，毫无责任感，他或许不想成为宋申锡第二。

人算不如天算，李宗闵的失势和李德裕没有一点关系，而是让李训郑注等新势力接连地打压。这件事要从杨虞卿说起。

杨虞卿也是李宗闵的一手提携的人，《旧唐书·卷一百七十六·列传第一百二十六·杨虞卿传》记载杨虞卿和李宗闵的关系时，这样描述："……李宗闵待之如骨肉，以能朋比唱和，故时号党魁。……九年六月，京兆尹杨虞卿得罪，宗闵极言救解，文宗怒叱之曰：'尔尝谓郑覃是妖气，今作妖，覃耶、尔耶？'翌日，贬明州刺史，寻再贬处州长史……"

这大概是一种能力和格局，杨虞卿愣生生把同僚关系处成了父子关系。太和九年六月，京城流传郑注用小孩儿心肝当药引子，唐文宗下令追查，回奏说谣言从杨虞卿家传出。

李宗闵作为党首是合格的，他没有袖手旁观，选择营救杨虞卿，接着是营救失败，惹得唐文宗大怒，连他也外贬，甚至骂了他："你也说郑覃有妖气，现在是你作妖还是郑覃？"李宗闵撤职外贬，李固言的机会来了。

李训将杨虞卿的罪行奏给皇帝时，李固言也在场，他素日讨厌杨虞卿，为什么讨厌呢？

史料记载中说李固言讨厌杨虞卿为朋党，这就值得玩味了。李固言本身就是李宗闵的提携，他一定知道牛李党争，一定知道党魁李宗闵是如何对付李德裕。结果令人意外，李固言附和了李训等人的上奏。从这一点可以看出，牛党内部也有分歧，其二李固言也是特别务实的人，他没有袒护杨虞卿，对李宗闵也无能为力。这一次，李固言又选择了沉默，在他看来沉默是一种能力。

李固言的沉默既有面对复杂朝局的狡黠，也有一定程度上的传承。无独有偶，老上司王播担任宰相。河朔三镇相继复叛朝廷，事关社稷安危的重大问题上，王播身为宰相的竟不措一言，因此被罢相。

李固言的两次沉默，更像是一种态度，一种隔岸观火，不引火烧身的自保。

关于杨虞卿事件，也有一种观点是李固言撒谎，用邪门歪道的手段陷害。这种观点主要集中在李商隐写的《哭虔州杨侍郎》比如诗句中说：中宪方外易，尹京终就拘。本矜能弭谤，先议取非辜。

《旧唐书·卷一百七十六·列传第一百二十六·杨虞卿传》记载："……郑注颇不自安。御史大夫李固言素嫉虞卿朋党，乃奏曰："臣昨穷问其由，此语出于京兆尹从人，因此扇于都下。上怒，即令收虞卿下狱……"这个史料解释再清楚不过，说郑注害怕，李固言巴结郑陷害杨虞卿，说谣言是杨家仆人说出来。

综上，更可悲和讽刺的是后来局势的发展，李宗闵和杨虞卿下狱被贬，紧接着，朝廷对李固言的措置，也是离开长安到地方任职。

针对这个历史事件，宋人文同曾在诗作《遣兴效乐天》说：君莫学杨虞卿奉李宗闵，宗闵权势岂能久。君莫学刘栖楚附李逢吉，逢吉禄位宁长守。虽然一时身暂好，其奈千古名常丑。丈夫读书要知道，所信不笃被其诱。大张富贵作罗网，愚者纷纷以身就。左缠右绕不可脱，诛窜还当逐其后。君不见虞卿须遇李固言，君不见栖楚终遭韦处厚……。

《旧唐书·卷一百七十三·列传第一百二十三·李固言传》记载："……时李训郑注用事自欲窃辅相之权宗闵既逐外示公体爱立固言其实恶与宗闵朋党。九月，以兵部尚书出为兴元节度使。李训自代固言为平章事……"

李固言厌恶杨虞卿朋党，身在牛党中厌恶朋党，何等可笑。在郑注和李训的眼中李固言就是李宗闵的朋党，将他以兵部尚书的身份出任兴元节度使。李训取而代之，这又直接验证了在李德裕篇的推测，即唐文宗有意提携以李训郑注为首的新势力，打破牛李两党垄断朝政的局面，从唐文宗和李郑二人的一系列动作来说，的确如此，他们差一点就成功了，让李训等人成为另一个政治新势力，来对付宦官集团。

在唐文宗心里，他认为牛党怕宦官势力，因为牛党发起人李逢吉及其爪牙都是大太监王守澄提携。李党李德裕一方则与其有政治分歧，李党人认为对朝廷危害最大的是藩镇割据。

两党中一个不敢，一个不能，唐文宗只好另起炉灶，令人遗憾的是他的怯懦胆小和有谋无断引发了宦官集团仇士良的警觉，导致了甘露之变。

这不光是我一种推断，越挖越多的历史，正在逐渐证实我的推理，比如《资治通鉴·卷二百四十五·唐纪六十一》记载："李训、郑注为上画太平之策，以为当先除宦官，次复河、湟，次清河北，开陈方略，如指诸掌。上以为信然，宠任日隆。"李训等人的观点和牛党牛僧孺等人的政治观点极为相似。李训作为李逢吉侄子，也可能李逢吉在背后指点的结果。

甘露之变中仇士良杀官和官属甚多，其中有一个人叫贾餗，他就是受朝廷委派书写《赞皇公李德裕德政碑》的人，他还有一层身份就是状元郎。

唐朝状元郎拜相的有十一位，分别是天宝年间的常衮、大历年间的齐映、贞元年间的李程和贾𫗧、元和年间的李固言、咸通年间的郑昌图、大中年间的孔维、中和年间的崔昭维、乾符年间的孙偓、光启年间的陆扆、乾宁年间的苏检。在庞杂的唐朝史料中探索，我发现了一个有意思的巧合。

李固言作为状元郎拜相，两次入相共一年十个月，第一次拜相与贾𫗧共事，甘露之变后开成年间拜相，又于李程同朝。更为巧合的是三人均为状元郎拜相，李固言衔接两头，起到了承上启下的作用，这在历史上也是一种极为少见的佳话。

还有一次巧合，朝廷加封李固言崇文馆大学士时，贾𫗧晋升为集贤殿大学士。

唐文宗李昂亲自为这两位状元郎颁发了制书，名为《授李固言崇文馆大学士贾𫗧集贤殿大学士制》："阐至业，敷大化，实赖於忠贤；逐奸慝，去党比，必资於正直。非才推间代，道茂经邦，则安能秉是钧衡，替予鸿业。朝散大夫守门下侍郎同中书门下平章事上柱国赐紫金鱼袋李固言，刚毅自任，端严不回，常怀疾恶之心，每负佐时之业。顷者奸雄蔽过，私党比连，非尔固言，孰开予意。况面陈至恳，章疏继来，辨虞卿、宗闵之倾邪，明萧汗、李汉之朋附。爰付大任，益章器能，励乃公忠，副予委遇。朝议大夫守中书侍郎同中书门下平章事上柱国姑臧县开国男食邑三百户赐紫金鱼贷贾𫗧，抱忠与义，秉直端诚，文包经济之方，学达古人之奥。自付以枢柄，咨其谋猷，沥恳尽规，夙夜匡补。竭傅说之启沃，致山甫之将明，而又举善推贤，孜孜匪懈。苟利於国，知无不为，惟岳降神，邦家永赖。於戏。贞观之初，共推房杜之德；开元之际，又称姚宋之贤。思得其人，常劳寤寐，但使固言树谠直，除四凶以肃清，𫗧推至公，披八元以辅弼。（阙）之邦家，庶叶斯美，是宜荣加书府之职，宠兼文馆之任，或监综史氏，以润色大猷，仍进崇阶，用奖忠孝，勉服新命，无替前劳。固言可银青光禄大夫崇文馆大学士兼修国史，𫗧可银青光禄大夫充集贤殿大学士监修国史，馀并如故，主者施行。"

甘露之变后，李训和郑注迅速被处死，唐文宗被幽禁。关于李训和郑注的论断，唐文宗对二人的庇护态度，以及王涯等人的评价等，我们可以从《新唐书·卷一百七十九·列传第一百四》记载了解："李训浮躁寡谋，郑注斩斩小人，王涯暗沓，舒元舆险而轻，邀幸天功，宁不殆哉！李德裕尝言天下有常势，北军是也。训因王守澄以进，此时出入北军，若以上意说诸将，易如靡风，而反以台、府抱关游徼抗中人以搏精兵，其死宜哉！文宗与宰相李石、李固言、郑覃称：'训禀五常性，服人伦之教，不如公等，然天下奇才，公等弗及也。'德裕曰：'训曾不得齿徒隶，尚才之云！'世以德裕言为然。《传》曰：'国将亡，天与之乱人。'若训等持腐株支大厦之颠，天下为寒心竖毛，文宗偃然倚之成功，卒为阉谒所乘，天果厌唐德哉！"

唐文宗夸赞李训为奇才，李德裕辩护是奸邪之徒，三位宰相认为德裕说得对，说国亡前，天与之乱人的言论。

李训郑注扫清了牛党李党的魁首，李宗闵走后，收拾李固言也是不费吹灰之力。3个月后，李训代固言行同平章事。李固言当了3个月的宰相，9月就以兵部尚书的职衔，出镇兴元尹。

李固言曾任山南西道节度使，《资治通鉴·卷二百四十五·唐纪六十一》记载了这件事的细节："……时弘志为山南东道监军，李训为上谋召之，至青泥驿，癸亥，封杖杀之。郑注求为凤翔节度使，门下侍郎、同平章事李固言不可。丁卯，以固言为山南西道节度使、注为凤翔节度使……"

李固言不赞同郑注为凤翔节度使，结果是固言罢相，成为山南西道节度使，李固言可能不知道，这正是唐文宗让郑注去凤翔招募死士，打击宦官集团的计策。

赞皇六宰相中李德裕李绛曾任兴元节度使，李固言任兴元尹。就官名来说节度使是军事长官，尹为太守也，是行政长官。

（六）二次拜相三两事

公元836年，唐文宗改元开成，李训等人死后，身边无人可用。4月，唐文宗感念李固言有直言秉性，特召回任同平章事和判户部事。

李固言再次拜相的制书也是唐文宗李昂起草，名为《授李固言门下侍郎平章事制》："自昔皇王之有天下也，君非臣罔以济其理，臣遇君然后显其才，以调阴阳，以承法度。虽尧舜不能自圣，虽皋夔不能自贤，君臣相须，今古同体，傅之梦卜，实有慕焉。检校兵部尚书兼兴元尹御史大夫山南西道节度管内观察处置等使李固言，禀河洛之上灵，灵乾坤之间气，孤迥独立，公忠自持。擅菁英之雄文，洞旨要之奥学，仁归信厚，动合典谟。岩廊正人，中外全德，官业凤望，殷乎华夷，历居大僚，咸称厥职。乃者擢自辅相，委之枢衡，不依违以徇人，每精恪以忧国，匪躬而謇谔弥励，绝私而节操不渝。洎仗钺汉中，颁我条诏，端严以训齐师律，宽惠以绥抚蒸黎，遂用征还，俾副公议。召至宣室，前席与言，听其诚词，皆臻理化。是宜再参大柄，正位黄枢，为朝廷之股肱，耸缙绅之耳目，康济四海，毗予一人。是非周及于爱憎，任用必分其清浊，有犯无隐，进思弼违，无悉我知，更光尔道。可守门下侍郎同中书门下平章事。"

注意李固言官名全称：检校兵部尚书兼兴元尹御史大夫山南西道节度管内观察处置等使。这就解释了固言一时为兴元尹和山南西道节度使的谜底。

李固言从公元835年9月罢相到公元836年4月复相，相隔8个月，他每次在地方的任职都较短，在华州任刺史也是8个月，在兴元尹和山南节度任满打满算也是8个月。

这一次，李固言担任同平章事，还领衔了户部的差事。这个官名很奇特，叫判户部事。

按照唐朝官制和唐代中期的实际情况，朝廷派户部以外的大臣管理户部之事，官衔称判户部事，如果大臣就是户部的官员，则称判本司事。户部官员如无判本司的官衔，就不担任户部的实职。

李固言重掌相位，动作比较多。他立即提携了牛党中人李珏。此时的李珏任河南尹，经常与白居易等人吟诗饮酒。李固言提携其为户部侍郎，做自己的助手。李珏得以再次回到京师。

同年，关于朝廷用人，李固言也与另外两位宰相郑覃、李石发生理论，我们针对郑覃和李石拜相做个背景介绍。

"甘露之变"后，牛李党争未结束，李宗闵失宠，唐文宗也不愿意李德裕回京，就选择了两党中的代理人为宰相，比如牛党选择了李固言，李党选择了郑覃，李石是宗室子弟，则无党。三人的搭配表面看去是门下中书两省的领导班子是最佳组合了。

让我们不能忽略的是"甘露之变"后，仇士良有点变态了，对朝臣十分不信任，他连皇帝都敢骂敢囚禁，何况宰相。仇士良只要不高兴就对刚上台的郑覃和李石言语羞辱，主旨就是说李训和郑注两个贼人胆大包天。

李石和郑覃一个是宗室子弟，一个是世家子弟，颇有胆识，反唇相讥，说此二人都是你们宦官提拔的来反击。

长安城笼罩在"甘露之变"阴森的氛围下，那一场场阴谋杀戮，一场场阳谋处斩，神策军的尖刀砍向大臣宛若砍瓜切菜一样，观刑的官员等无不触目惊心。令人更不安的是这一年，长安还有谣言，京城讹言唐文宗令宰相掌禁兵，这让宦官集团和文官集团彼此矛盾更为突出。

宦官田全操仍旧不依不饶，扬言继续对可疑官员和李训党中人赶尽杀绝，这是一个连王守澄都讨厌的宦官，可想此人作恶到何种程度。

郑覃就劝说李石躲避，李石说作为宰相出逃，必定引起朝野恐慌，长安百姓更会人心惶惶，他大义凛然地选择留下。

最终，昭义节度使刘从谏一再攻击仇士良，他以王涯之死大骂宦官，也放出话宦官再乱杀人就起兵"清君侧"，可笑和滑稽的一幕出现了，长安的官场由宦官引起的杀戮风波，在藩镇强权的恫吓下逐渐平静。悲哉，大唐！

如惊弓之鸟的官员们在郑覃李石二位宰相的庇护下，逐渐缓和下来。公元836年，李固言复相，李石提议为宋申锡平反，三人均认可。傀儡皇帝唐文宗又是一场哭戏表演。

这是李固言拜相后，又协助宰相领导班子完成的一件事。在我书写六宰相的过程中，我固执得如信念般地努力寻找，每一位宰相做的每一件事和其发生的故事，因为事作为果存在，最能分析和反映这个人的心性、胆识和见识等等。而一件又一件的事就是这个人，价值观人生观等综合的体现。这就是我对寻找故事的初心和执念。

书写过程中，我在思想中重建唐代的背景和社会，精心营造唐代语境，以最大程度理解和还原这个人，去透视他们的作品、事件、故事和人际关系等。就是为了让大家更好更容易理解人物。

《旧唐书·卷一百七十三·列传第一百二十三·李固言传》记载了另

一件事:"其年,李固言复为宰相……因起居郎阙,固言奏曰:'周敬复、崔球、张次宗等三人,皆堪此任。'覃曰:'崔球游宗闵之门,且赤墀下秉笔,为千古法,不可朋党。如裴中孺、李让夷,臣不敢有纤芥异论。'乃止。三年,杨嗣复自西川入拜平章事,与覃尤相矛盾;加之以固言、李珏,入对之际,是非蜂起。二月,覃进位太子太师。"

这里透露出几个信息,一是崔球三人是李固言提议,被郑覃否决了。二是杨嗣复拜相,又招李固言李珏入门下,三人均是牛党中人,不久将郑覃挤出决策层。三是郑覃否决崔球决议理由是李宗闵党中人。四是杨嗣复作为牛党铁杆,与郑覃矛盾不可调和。五是李固言虽是牛党人,却没有李珏和杨嗣复那般铁心,他至少还保留了一丝公心。面对朝廷事不是从一人一党的立场出发办理。

我查阅了李固言推荐的另外三人,崔球是博陵安平人,郑覃曾推荐其担任校定石刻九经文字。除他之外,周敬复担任起居郎,张次宗担任起居舍人一职,牛党中人狠狠打了郑覃的耳光。张次宗即张弘靖之子。

《资治通鉴·卷二百四十五·唐纪六十一》记载了唐文宗对李固言推荐崔球等人的说辞和态度:"乙未,李固言荐崔球为起居舍人,郑覃再三以为不可,上曰:'公事勿相违!'覃曰:'若宰相尽同,则事必有欺陛下者矣。'"

唐文宗明显想和稀泥,说同僚别总因公事发生争辩。郑覃仗义执言,如果宰相们做事都一样,那就是欺负隐瞒陛下。一个良性的领导班子要允许不同的声音。

开成二年,即公元837年,唐文宗在紫宸殿会议上尊号事宜。

为皇帝上尊号始于秦兴于汉,是指为尊崇皇帝皇后等为之所上之称号,表示尊崇之意。比如李斯等人就曾秦始皇上泰皇的尊号,到了唐代,为在位的皇帝上尊号却成为宫廷政治制度上的大礼,同时也是臣下尊君的一种规则。不管皇帝是否有作为,是否配享尊号,臣下都是一股脑儿地上奏,多为阿谀奉承之词,他们也遵从了一个礼多人不怪的心理。就唐朝而言,唐玄宗给自己加了六次尊号,唐宣宗则有着最长的尊号。

唐文宗作为著名的傀儡皇帝,甘露之变后成为了废人,依旧有下臣上尊号,可见尊号成为了时髦货,严重得名不相符了。

公元832年群臣给唐文宗上过一次尊号,尊号曰:太和文武至德皇帝。唐文宗有自知之明，拒绝了。这一次，群臣又上一个，尊号曰"太和文武仁圣皇帝"，他又拒绝，值得玩味的是，他拿此事到朝堂来讨论。

《旧唐书·卷一百七十三·列传第一百二十三·李固言传》记载了这件事："二年，君臣上徽号，上紫宸言曰：'中外上章，请加徽号。朕思理道犹郁，实愧岳牧之请。如闻州郡甚有无政处？'固言曰：'人言邓州王堪衰老，隋州郑襄无政。'帝曰：'堪是贞元时御史，只有此一人。'郑覃曰：'臣以王堪旧人，举为刺史。郑襄比来守官，亦无败事。若言外郡不理，何止二人？'帝曰：'济济多士，文王以宁。德宗时，班行多闲员，岂时乏才耶？'李石对曰：'十室之邑，必有忠信。安有大国无人？盖贞元中仕进路塞，所以有才之人或托迹他所，此乃不叙进人才之过也。'固言曰：'求才之道，有人保任，便宜奖用。随其称职与否升黜之。'上曰：'宰相荐人，莫计亲疏。窦易直作相，未尝论用亲情。若己非相才，自宜引退。若是公举，亲亦何嫌？人鲜全才，但用其所长尔。'"

这件事情翻译过来就是，皇帝说群臣上尊号，受之有愧，听说郡县不治。这明显是客气话，或是一种口风试探。

李固言顺着皇帝的思路说："是，邓州王堪和隋州郑襄都没有很好地治理地方州县。"

另一位宰相郑覃是郑襄的推荐人，赶忙解释了一番。

这是李固言针对皇帝用人发表的一次看法。

这年李固言还建言一件事，极为隐蔽，也被我挖掘出来。据《新唐书·卷五十三·食货志》记载："开成初，咸阳令韩辽请疏凿西起兴城堰（今咸阳西）、东达永丰仓（今潼关）的废漕渠，宰相李固言以为非时，文宗曰：'苟利于人，阴阳拘忌，非朕所虑也。'议遂决。堰成，罢辇车之牛，以供农耕，关中赖其利。"

（七）出镇西川

开成二年十月，即公元837年10月，牛党铁杆成员之一杨嗣复自剑南西川节度使入朝担任户部侍郎、领诸道盐铁转运使。李固言替代其职务，进阶金紫光禄大夫，担任成都尹、西川节度使。

这一年，李固言55岁，按照唐制金紫光禄大夫属正三品。在李德裕主政西川时，曾介绍过西川的基本情况。这里只说未提及的知识点，在唐代剑南三川分为东川、西川和山南西道。自安史之乱爆发后，唐玄宗和唐僖宗首要逃奔地就是西川，可见其战略地位富有优势。西川的富足，杜甫在《为阆州王使君进论巴蜀安危表》中亦云："剑南税敛则殷部领不绝，琼林诸库，仰给最多，是蜀之土地膏腴、物产繁富，足以供王命也。"

唐后期西川的经济地位不言而喻，在赞皇六宰相中只有李德裕和李固言担任此职位。

随着人们文化觉醒和文化自信的需求，许亭村内部也开始收集六宰相的事迹和报道，并建设了一间许亭六宰相资料陈列馆（图5-5）。

图5-5　赞皇许亭村资料陈列馆匾额

李固言离长安，奔赴西川时，皇帝下诏以雅乐送行，《新唐书·卷一百八十二·列传第一百七·李固言传》记载："……俄以门下侍郎平章事为西川节度使，诏云韶雅乐即临皋馆送之。让还门下侍郎，乃检校尚书左仆射。始置骡军千匹，又募锐士三千，武备雄完……"

详细解释第一句，"诏云韶雅乐即临皋馆送之。"在唐朝长安城附近有两座重要驿站，分别是长乐驿与临皋驿。它们被称为京师东出、西行第一驿。临皋驿在今西安市西郊大土门村西北，当时长安西往成都、凉州第一个驿站。"雅乐"即大唐宫廷雅乐，多用于祭祀，宫廷聚会、庆典等。这就说明皇帝对李固言十分重视，用皇家鼓乐队为其送行。赴任欢送的礼仪在赵郡六宰相中，最高待遇的人，就是李吉甫，他上任淮南节度使，唐宪宗在通化门亲自为其送行。

李固言在西川的政治建树，依旧是文字记录，并没有具体事来佐证。他出任节度使后，十分聪明地辞任了同平章事（宰相），朝廷加封其检校左仆射。左仆射就是一个荣誉称呼。

李固言在西川的事迹又是查无可查，他没有像李德裕那样办了一件又一件的大事，无论地方志、唐史等有诸多记载，许多事至今影响着成都松潘等地。于是，我换了一条思路，从李固言的幕府中查起，以侧面反衬李固言的事。

果然，让我查到了李固言在西川幕府中，有来择、袁不约、郭圆等人袁不约有记载，新登人（浙江新登），诗人，李固言在成都，辟为幕官，加检校侍郎。不约著有诗集一卷，《全唐诗》存诗4首。

郭圆，诗人，为剑南李固言从事，工书。《唐诗纪事·卷五九·郭圆》记圆云："会昌中，检校司门外郎，为剑南李固言从事。"

来择，为皇甫湜弟子，孙樵之师。皇甫湜师从韩愈，是引发牛李党争的人物之一。从这个角度讲，来择来到李固言幕府也是题中应有之意，皆是牛党中人。

李珪，文宗朝状元，在幕府担任郎中，详细记录已失。

陈会，川人，与家中老母卖酒为生，而后中了进士，据《北梦琐言·卷三》记载："陈会家以当垆为业。"他考中了进士，宰相李固言看了有关他的"报状"，知道这位新科进士是开酒肆的，便处分厢界，收下酒，阖其户，但家人犹拒之，舍不得撤销这间酒肆。这一段说的李固言为了新进士的面子，让其裁撤酒庐，家人不愿意撤销的一件小事。

薛重，无考，有友人为其写诗《送薛重中丞充太原副使》。

李固言在成都的幕府中人，我翻遍史料考证出有这六人，前三位有记录，后三个人却没有详细记载。前三位名字能保存下来，是因为一个人想加入李固言幕府，未成。历史记载这个人，顺便记录了这三个人。

这个想加入，又放不下身段的人就平曾，他恃才傲物，曾拜谒浙西观察使薛平，对方慢待，他就写诗讥讽。他到达四川，拜谒李固言，未见。写诗《谒李相不遇》："老夫三日门前立，珠箔银屏昼不开。诗卷却抛书袋里，正如闲看华山来。"后来他见到李固言后，每天与其幕府中袁不约等人谈笑说辞，有时也陪在李固言身边，平曾随随便便毫无畏惧。随后，他献上《雪山赋》："雪山虽兹洁白之状，叠嶂攒峰，夏日清寒，而无草木华茂，为人采掇。"

李固言状元出身，不喜作文，这实属罕见，尤其是在盛唐诗词的余荫下，我也查询了《全唐诗》《全唐文》几乎没记载李固言诗文。他看到平曾的诗让人将其赶了出去。

平曾气不过，又写诗讥讽，为《鱼候鲮鱼赋》："此鱼触物而怒，翻身上波，为鸥鸢所获，奈鲂鳜何？"大意是这鱼触动到东西而大怒，摇身游上海面，结果被鸥鹰捉获，这你能把鲂鳜怎么样呢？

李固言看了哈哈大笑，倒有宰相肚量，笑着说：过去像赵元淑那样狂傲，袁彦伯那样机敏，也没有超过他。幕府前来投靠者才华无人能超过平曾，只是此人太过狂傲。

赵元淑是隋朝将领，石家庄晋州宰相魏徵曾写《赵元淑传》[①]。袁彦伯即是东晋文学家，名士袁宏，他一生写下诗赋谏表等计三百余篇，其中影响最广的是《北征赋》和《三国名臣序赞》。

平曾看李固言无反应，又写《潼关赋》讽刺朝廷："此关倚太华，瞰黄河。虽来往攸同，而叹有异也。"此出自《云溪友议》，其书是唐代范摅书写的笔记小说。

这则关于李固言和平曾的故事，记录在《太平广记·卷二百五十六·嘲诮四》。

《太平广记·卷一百五十五·定数十》记载了李固言另一个故事，书中记载援引唐段成式《酉阳杂俎续集·支诺皋中》：元和六年，丞相他科举考试未中去蜀郡，遇到一个老妇对他说："郎君明年芙蓉镜下及第，二十二年后当宰相，并且将镇守蜀郡，我这次看不到你当官的荣耀了，我想将女儿托付给你照顾。"

元和七年，李固言果然考中头名状元。诗赋云人镜芙蓉之目。20年后，李固言受到皇帝的重用镇守西川。当年的老妇再来拜访他，李固言将她忘记了。

老妇提醒他说："蜀郡老妇，曾经嘱托过李大人。"

李固言想起了当年的事情，将她请到大厅相见，穿着官服拜谢了老

---

① 魏征，等.隋书[M].北京：中华书局，1973：1615-1639.

妇人，一同见面的还有她的女儿，坐下后老妇又说："李公当将军做宰相是命里注定。"

李固言为她摆设了丰盛的酒宴，但她不吃，只喝了几杯酒，便要告辞。李固言留不住她，她只是说："拜托李大人，一定要照顾我女儿。"

李固言送给她金银衣物，她不要，只是拿了李夫人的一枚象牙梳子，要求李固言题字留作纪念。

李固言将她送到大门口，她便走得不见了。

几年后，李固言的女儿嫁给了卢家，外孙子九岁了还不会说话。有一天他忽然摆弄毛笔和砚台玩，李固言逗他说："你还不会说话，拿笔砚有什么用？"

这小孩拿腔拿调地说："只要照顾成都老妇的宝贝女儿，还愁什么笔墨砚台无用。"

忽然，李固言想起从前的事，随即派人分头寻找老妇的女儿。有个姓董的女巫，自称是金天神下凡，就是老妇的女儿。她说："要叫小孩说话，应祈求华岳三郎。"

李固言按照董女巫所说的去做，从此外孙能说话了。以后蜀郡人敬畏姓董的女巫如敬天神，祈求她的事情，一一应验。她建寺庙，积存了几百两黄金，仗势欺人，没有人敢于说话反对。

后来，会昌年间丞相崔郸来镇守西川，立即拆毁了董巫婆的庙，将泥胎像扔到江里，并且将自称是金天王下凡姓董的女巫打了一顿棍子，押送出蜀郡地界。她来到贝州，被李固言的女婿卢生收留在家中，她的道行神灵全都没有了。

段成式作为段文昌之子，曾在李德裕的幕府，与李固言崔郸是同代人，他记录了这么一个荒诞离奇的故事。

李固言从开成二年十月，即公元 837 年 10 月入蜀，到会昌元年即公元 841 年离川，在剑南西川节度使的位置做了 4 年，这在李固言从政历史上，经略地方之久，尚属首次。

李固言离任西川，他所做的贡献，在《新唐书·卷一百八十二·列传第一百七·李固言传》有记载："……始置骡军千匹，又募锐士三千，武备雄完……"也就是说李固言在李德裕大治的基础上，为西川招兵买马，为将来杜悰到来，对阵吐蕃收回维州创造了有利的内部条件。

（八）少师固言狷急

　　唐武宗继位后，李固言回到长安，但是关于其在会昌朝的记载，出入不小。这一段历史很重要，从侧面反映出会昌首席宰相李德裕对李固言的态度。于是，我结合了两《唐书》的记录，《旧唐书·卷一百七十三·列传第一百二十三·李固言传》记载："会昌初入朝，历兵、户二部尚书。"《新唐书·卷一百八十二·列传第一百七·李固言传》："武宗立，召授右仆射。会崔珙以仆射为宰相，改检校司空兼太子少师，领河中节度使。蒲津岁河水坏梁，吏撤笮用舟，邀丐行人。固言至，悉除之。"

　　《新唐书》的记载更为详细一些，李固言赴川是检校尚书左仆射，会昌朝武宗立，授为右仆射。解释一下，按照唐官职制度，尚书省置令而虚其位，仆射总领省事，与中书令、侍中同掌相权，而左仆射为首相。左仆射下管吏部、户部、礼部；右仆射下管兵部、刑部、工部。安史之乱后，左右仆射成为虚职，一种荣誉称呼。

　　《新唐书》记载中的崔珙，此时也是相臣。他与李德裕关系亲善。会昌初年，朝廷宰相班底，以李德裕为首席宰相，剩下都是崔郸、崔珙和陈夷行等，在拯救杨嗣复和李珏时就是这几个人动议，史料中无李固言的记载，从这里推断，李固言回到长安应该是会昌初年的下半年或是二年。

　　李固言又担任检校司空，为散官，无职事。太子少师负责教授皇太子文。隋唐以后只是为加官、增官的虚衔，从二品。前两个官职都是虚职，只有后面的河中节度使是实职。

　　公元842年，会昌二年，李固言到了长安也是短暂停留，又赶往蒲州（今山西省永济蒲州镇）上任河中节度使，因为关于历任河中节度使的任职时间，李固言的记载是公元842年，我结合了其他史书，决定采信河中节度使的角度。

　　李固言到任后，发生了一件事。蒲津渡渡口每年都会被河水冲坏桥梁，河中官吏撤掉桥索使用舟船摆渡，强行勒索渡河人和老百姓，他走访了解后就取消了地方官吏的这种敲诈民财的敛财之术。这是史书为数不多记录李固言具体的事。

公元 842 年 8 月，在李德裕的谋划下，唐军开始主动攻击在边境挑衅的回鹘大军，李固言反对出兵，这就成为了他病退的原因。

《新唐书·卷一百八十二·列传第一百七·李固言传》记载："……帝伐回鹘，诏方镇献财助军，上疏固谏，不从。以疾复为少师，迁东都留守。宣宗初，还右仆射。后以太子太傅分司东都。卒年七十八，赠太尉。固言吃接宾客颇謇缓，然每议论人主前，乃更详辩……"

唐武宗下旨让各藩镇节度使，支持钱粮。李固言屡次劝谏皇帝收回成命。然后，他就以疾病加太子少师，到洛阳任东都留守，属于靠边站。从这方面说，他反对与回鹘军打仗。和党首牛僧孺等人的政见相同，讲究与藩镇和外藩"和平相处"不兴兵戈之事。

我观察到，牛党人无论是和淮西（李逢吉反对）、吐蕃（牛僧孺等反对）、回鹘（李固言发对）等用兵，他们一律反对，这或许是一个新课题，需要更多的文科博士加以研究。李固言和朝廷大政相左，他病退回到洛阳，可以和致仕的白居易喝酒解闷儿了。

史料还记录了一件事，李固言平时闲谈口吃磕巴，在皇帝面前议事就能口若悬河展现出雄辩的样子。

我在史料寻找烟消云散的李固言，我试图拼凑出他的画像，民间流传的每一件事。我讲述每一件故事，评判的权力交给读者。我也努力找寻着李固言的性格底色，他应该是沉默且能直言的人，口吃却心里有数的人，对于党争一目了然也能做到难得糊涂的人。

李固言在有知遇之恩的李宗闵和本族本宗的李德裕中间游离抉择，想必也是十分辛苦。事实证明，他选择了李宗闵和牛僧孺，与李德裕渐行渐远。

我还找到了一些书籍，对李固言性格的描写。比如宋代王谠所撰的文言轶事小说《唐语林·卷七·补遗篇》记载："元和已来，宰相有两李少师，故以所居别之。永宁少师固言，性狷急，不为士大夫所称；靖安少师者，宗闵也。"

唐代赵璘撰文言笔记小说集《因话录·卷二》所记载都是唐朝事，

里面清晰记录:"……段相文昌,性介狭,燕席宾客,有眉睫之失,必致怪讶。在西川,有进士薛太白饮酒,称名太多,明日遂不复召。元和已来,宰相有两李少师,故以所居别之。永宁少师固言,性狷急,为士大夫所非。靖安少师事具国史……"

宋末元初的人士胡三省在《资治通鉴音注·卷二百四十五·唐纪六十一》有过这样的记载:"……郑注求为凤翔节度使,门下侍郎、同平章事李固言不可。丁卯,以固言为山南西道节度使。《考异》曰:宋敏求《宣宗实录》曰:固言性狷急,无重望。时训、注用事,虽相之,中实恶与宗闵为党,乃出为与元节度。按固言锻炼杨虞卿狱,宗闵由是罢相而固言代之,岂得为宗闵党也!今从开成纪事。注为凤翔节度使。《考异》曰:《开成纪事》注引舒元舆、李训俱擢相庭。注自诣宰臣李固言求凤翔节度使,固言刚劲不许,惟王涯、贾𫗧赞从……"

我们不难发现,三本唐宋小说对李固言的性格描写就是狷急,狷急是什么意思呢?字面意思就是急躁,对事情不能容忍。

(九)长安村和人镜芙蓉

四川省阆中市七里镇长安村,其村名与唐朝的一个状元有关。

传说李固言在元和六年落榜后,追随太白遗风特意来到阆州游玩。他见嘉陵第一江山势如马鞍,锦绣如屏,不觉心中一动,便沿南津关西侧拾级而上,远眺碧水环洲,洲上城门四立,街巷状若棋局,楼阁亭榭,青瓦粉墙,果然是一个阆苑仙境。流连忘返数日,李固言才知近两个月来,此地滴雨未下,田地龟裂生烟。老百姓苦不堪言。

这一天,李固言漫游在南池畔,见道旁有一位老妇领着一个十一二岁的女孩子在坟前痛哭,凄惨不已。他上前一问,原来老妇儿子过世了,媳妇也走了,丢下一老一少,衣食无着。李固言不禁长叹一声,随即从怀里掏出二十两纹银,放在小女孩手中。

老妇踌躇了片刻,说道:"我家从不无故受人恩惠,这里有祖传芙蓉镜一面,凡与宝镜有缘之人,可得见芙蓉显灵。官可拜相。只可憾本家与之无缘，今见公子仪表堂堂，慈善仁厚，必是有福之人，就把它送给你吧。"

李固言推辞不过，只好收下。

李固言送走了祖孙俩，将镜子端详，此乃一铜镜，形似莲花，光亮清明。镜底有两行篆字："白日龟田修正果，紫竹龙脉现禅机。"他思来想去，仍不明何意，顺手揣入怀中，回到客栈，一夜难眠。

第二天一早，李固言离开间中南下。行至长青山下时，胯下白马突然一声嘶鸣，狂奔起来。李固言只听得耳边风声习习，不辨方向。片刻之时，已在一片竹林之中，身后一物闪闪发光。

李固言定下神来，下马去看闪闪发光的物体，原来是那面芙蓉宝镜，心想定是方才马惊疾驰跌落于此，正要躬身拾起，突然间乌天黑地，狂风大作，将他刮倒在地，双目难睁，继而雷电交加，大雨如倾。李固言急忙上马回客栈，一路上，见百姓们在雨里欢呼雀跃，跪谢苍天。

雨下三天后天晴，李固言去竹林找寻那面芙蓉宝镜，谁知毫无踪影，却发现竹林中有一荷塘。荷塘中红莲似霞，白莲如玉，荷塘上轻烟袅袅，香远益清，弥漫着扑鼻的仙气。闻讯而来的乡里人也议论纷纷。都说此处从未见过有此荷塘，真乃咄咄怪事。

李固言猛然记起老妇之言，如梦方醒，惊呆一阵，叹道："无心种下慈悲果，有缘开出欢喜莲。"

当夜，李固言梦见一穿青衫骑白马的人对他说："你有幸占了竹林这块好风水，得我白马仙在此辅佑，又得芙蓉宝镜庇护，定能魁星高照，利官近贵。吉祥有余，只可惜……"李固言突然惊醒，四周寂寥无声。

第二年春闱，李固言果然状元高中。

长安街头，他胯下白马，插花披红，好不威风。他被人流簇拥着游街，曲江宴后，他独自一人在庭院仰望天空，皓月在花瓣似的云彩间显得格外明丽，无比清新夺目，忽然想起了那道考题。说来也巧，今科所试之诗赋竟是《人镜芙蓉》，芙蓉为镜，可鉴人心，他豁然开朗，下笔如神：天纵英华百艳生，清风独与此花分。凌波仙骨知山小，含露柔情似海深。仙掌擎出云万里，暗香涤荡浪千层。群芳嫉怨何能顾，留取衷肠慰众生。想到此，李固言举头凝单高悬明月，不禁长长地松了一口气，嘴角现出一丝丝微笑。20年后，李固言官拜宰相。

李固言金榜题名后没有忘记阆中，将长青山那片竹林荷塘买下，又陆续在周围置下大片田产，一支后裔从长安迁至间中安居下来，因而这地方也被叫作"长安村"，延续至今。

荷塘中芙蓉年年盛开，李家自然是科场得意，仕途平顺。然而有一年，李家最后一个状元——李执衣锦还乡。他自然要祭奠祖先，理坟烧纸，感念祖宗阴德泽被后世，哪知他在修坟取土时一锄挖下去，竟有一股青烟升起，隐约可见一小人骑白马腾空而去。

李执不禁打了个冷战，第二天便快快不乐地回京城去了。从此，李家后代便与仕途功名无缘，渐渐地家道中落。到了民国初年，李家人已沦落为大财主姚乾山家的佃户。

这是在阆中流行关于李固言的故事，我抄录过来。如果《人镜芙蓉》这篇诗词真是李固言说写的话，那么，这也是李固言唯一流传的诗词。我也很疑惑，李固言竟然无诗词在《全唐诗》收录。史书也曾写他喜儒，不喜欢诗词的风雅，但在我看来这并不矛盾，李吉甫和李绛也不喜欢作诗，也有四首存世。

关于写给李固言的诗词，我倒是查到两首，一首就是白居易写的《发商州》："商州馆里停三日，待得妻孥相逐行。若比李三犹自胜，儿啼妇哭不闻声。"这首词后面添加："时李固言新殁。"我查证了一下，白居易是公元846年去世，李固言是公元860年去世，如果按照时间推算，不可能有白居易写给他的诗，这是存疑的地方。另一首我放在结尾。

（十）固言长寿追太傅

《新唐书·卷一百八十二·列传第一百七·李固言传》："……宣宗初，还右仆射。后以太子太傅分司东都。卒，年七十八，赠太尉。"

《旧唐书·卷一百七十三·列传第一百二十三·李固言传》："……会昌初入朝，历兵、户二部尚书。宣宗即位累授检校司徒、东都留守。大中末，以太常卿孙简代之，拜太子太傅，分司东都，卒。"

两书的记录比较统一，也就是李固言自会昌元年开始，从河中节度使的位置分司东都后，宣宗朝累迁检校司徒、东都留守、东畿汝都防御使等。就属于退居二线了，享受朝廷给的恩赐和地位，无职权。

从 842 年回洛阳，到公元 860 年去世，李固言又活了 18 年。他是六宰相中最长寿的宰相，他活了 78 岁。李峤活了 70 岁，李吉甫活了 57 岁，李绛活了 67 岁，李德裕活了 64 岁，最后一位宰相李珏活了 69 岁。

李固言获得了无上殊荣，追赠太傅。赵郡六宰相中李固言也是唯一没有爵位的人，至少截至目前，我没有找到关于李固言被朝廷封爵的史料记载。

赵郡六宰相中第一个宰相李峤获封的爵位分别有赞皇县男、赞皇县公、赵国公，赠特进中书令。

第二个宰相李吉甫的爵位分别是赞皇县侯、赵国公，追赠司空。就李氏后人墓志来看，咸通年间吉甫爵位累赠太师。

第三个宰相李绛的爵位分别是高邑男、魏国公、赵郡公，追赠司徒。就李绛之子李顼墓志来看，大中年间李绛爵位累赠太尉。六宰相中只有李吉甫和李绛死后，爵位依旧累加。

第四个宰相李德裕的爵位是赞皇县开国男、赞皇县开国伯、卫国公，兼守太尉。

第五个宰相李固言追赠太尉。

第六个宰相李珏的爵位为赞皇县男、赞皇郡开国公，赠司空。

在李固言人生的最后岁月，他一直在东都洛阳度过，他有一些朋友家人陪伴，垂垂老矣的他想到状元及第，更会想到唐文宗，那个傀儡皇帝。正是这个傀儡皇帝成就了李固言人生和政治的高光时刻，对他有提携之恩的许孟容，有知遇之恩的李宗闵……

李固言晚年居住在洛阳那一坊呢？《河南志·卷一》[①]由宋代著名地理学家宋敏求于北宋皇祐、熙宁年间，在《两京新记》的基础上增删改订、撰写而成，是今天能够见到比较系统的有关唐东京洛阳的资料。据其记载："……次北正俗坊，唐有玄元观，李从远宅。唐太子太傅分司东都李固言宅，失处所，汉同中书门下平章事苏逢吉宅……"

公元 860 年，李固言坐在庭院赏花观云，或许会想到故乡赵郡赞皇，以及同族被贬死在崖州的李德裕，德裕已经去世 9 年了，偌大功业面对

---

① 缪荃孙，徐松 . 河南志 [M]. 刻本 .1908（光绪三十四年）.

死亡来临，是如此不堪一击，他似乎理解了唐朝皇帝为何热衷炼丹成仙，死亡来临，谁不害怕呢？

我研究六宰相，发现李固言是挺神秘的一个人，六宰相中每个人的著作都是无以伦比，以文雄李峤和李德裕最多，他们写诗、起草诏书、颁发公文等写的行文门类五花八门，而李固言作为状元及第，未留下只言片语，只有一些观点和面对朝廷的言论。没有散文、没有诗词、著作等，唐朝时期的文献记录已经较为完善，全部丢失的可能性不大。

李固言的资料本身就很少，我唯恐遗漏一点蛛丝马迹，在宋代赵明诚所著的《金石录》中，又找到一条关于李固言的消息。清朝《钦定四库全书·史部·金石录·卷十》："唐赠太尉李固言碑，李珏撰三从侄俦、正书大中六年二月。"如图5-6所示。

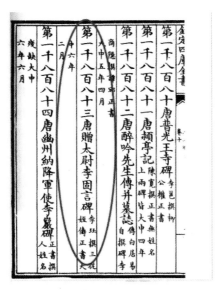

图5-6　古籍目录

我在古籍中找到了这个碑文，又逐字翻译了。《唐赠太尉李固言碑文》内容如下（图5-7）："右，唐李固言碑按新唐史列传云，固言自河东节度使以疾为太子少师，分司东都卒，以碑考之其初为东都留守，九月即以本官分司而史不书，宣示时为仆射，再迁检校司徒东都留守而史亦不书，其卒也，史云年七十八而碑云年七十六，亦当以碑为正。"

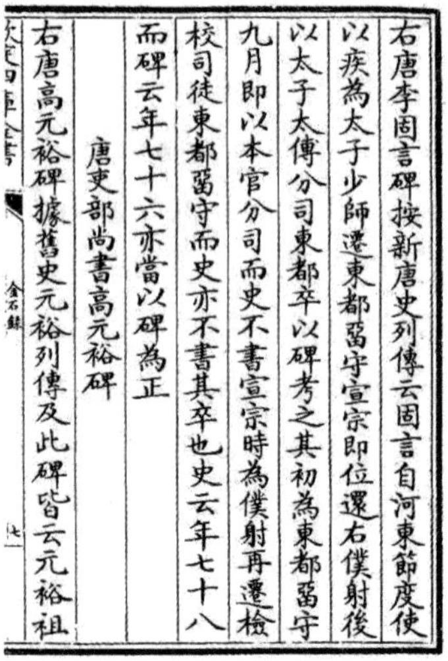
右唐李固言碑按新唐史列傳云固言自河東節度使以疾為太子少師還東都留守宣宗即位還右僕射後以太子太傅分司東都卒以碑考之其初為東都留守九月即以本官分司而史不書宣宗時為僕射再遷檢校司徒東都留守而史亦不書其卒也史云年七十八而碑云年七十六亦當以碑為正

唐吏部尚書高元裕碑

右唐高元裕碑據舊史元裕列傳及此碑皆云元裕祖

图 5-7　古籍《中唐赠太尉李固言碑文》

史料说得很清楚，这是李珏为李固言撰写的碑文，由李珏的从侄李俦篆刻，更有趣的是时间，大中六年，即公元 852 年，也就是说，李固言在去世前的八年就写好了碑文。他从会昌朝的公元 842 年分司东都，再到宣宗朝公元 852 年，职位几乎纹丝不动，据此分析，他显然对政治失去了兴趣。自唐文宗后的两个皇帝都不太喜欢他。

会昌朝唐武宗偏爱李德裕，认为固言是牛党中人，大中朝宣宗信任牛党白敏中，对固言不理不睬。

李固言的太尉，还是死后唐懿宗追赠。想必，他已看透人生世态炎凉，渐渐老去，为身后事做出必要的安排。

关于李俦的记载，几乎是一笔带过：“宣宗时人，工正书，大中六年李珏所撰唐赠太尉李固言碑，为其所书。”他作为赵郡李氏的后辈，因为篆刻了李固言的碑文得以青史留名，也算不枉此生。

白居易为李固言写的另一首诗词就是《村中留李三固言宿》：“平生早游宦，不道无亲故。如我与君心，相知应有数。春明门前别，金氏陂中遇。村酒两三杯，相留寒日暮。勿嫌村酒薄，聊酌论心素。请君少踟蹰，系马门前树。明年身若健，便拟江湖去。他日纵相思，知君无觅处。后会既茫茫，今宵君且住。”

我们可以想象一下，贬官老去的两个人，在洛阳山村中小酌畅想，谈着身前事，何尝不是一种快乐。

陆

第六位宰相　财经宰相李珏

（一）寄居淮安

石家庄大唐六宰相中最后一位宰相是李珏，我认为他是最幸运的一个人，在六宰相中他得到了另外两位宰相李绛和李固言的栽培和帮助。李峤、李绛、李珏皆出身赵郡李氏的东祖房，李固言是南祖房，李吉甫和李德裕父子是西祖房，赵郡李氏一脉的正根就是这三大祖房，而后延伸到了辽东房、江夏房等六大祖房。

李珏（785—853），字待价，赵郡赞皇人，唐朝宰相。

书写六宰相故事，我秉持修志的态度和严谨，查李珏的身世，从新旧《唐书》中《李珏传》的记载来看，他的身世描述不清，记载其丧父与母相依为命。

我又从赵郡李氏族谱和地方志史料中查到，李珏父亲是李仲塾，曾担任盐铁判官、兼监察御史。祖父为李光朝，天宝年间人，曾任鄂州司马。

除了姓名，我几乎没有找到李仲塾任何史料记载，倒是找到了其父李光朝的一点记载，比如《中华大典》《全唐文》都曾记载李光朝发表过的一篇文章，名为《新浑仪赋有序》："天垂象，见吉凶。圣人指象之法，莫先于浑仪。是以王者，将下理于万人，先上齐于七政。轩昊之后，分重黎二官。唐虞之日，命羲和四子，代掌其器，以为人极。圣作有程，必应其变。故有谓之《周髀》盖天，谓之浑天、宣夜。用则假于器，妙则存乎人。日若开元天宝，圣神文武皇帝，以为天有时，时有变，不可从旧，更法而取新。更立铜浑，无毫釐之差，得精一之义。引而上则迈于古，推而下则合于今。非古之聪明神睿者，孰能为之乎。于是五纬连珠，两曜合璧，神输祥瑞，天降嘉生。默而不谈，且虑樵夫之笑；言而未远，且陈君子之心……"

这是李珏的祖父李光朝在历史上留下的一点痕迹，他在文章中论了对天象的看法和理解，天象的作用在封建王朝就是授时和辨吉凶等观点。

李珏出生于公元785年，即唐德宗贞元元年，他比李德裕大两岁，比李固言小三岁。三个人算是同龄人，日后在朝廷几乎同时发迹，政见不同，也是争论得面红耳赤。尤其是唐文宗时三人陆续拜相，真真成了长安天子赵郡相的政治局面。

史书记载，李珏客居楚州，也有一种说法是生于楚州，楚州今江苏省淮安市。以此推算，李珏父祖辈从赞皇考取功名后，移居楚州。

唐相园位于赞皇城西，都户道口，槐河与平泉河交汇处，园中李珏石像（图6-1）。

图6-1　唐相园中李珏石像

我研究赵郡李氏家族发现，这个家族的人都非常喜欢读书，重视科举功名，比如李珏，一个人照顾母亲仍然读书不辍。弱冠之年，以明经科登榜首。

明经进士被推举者须明习经学，故以"明经"为名明定，明经科考试有三场。第一场帖经，第二场试义，第三场试时务策。除此之外还有诸如明法、明算、明经、明字等科，为国家选拔专业人才。

进士考试则是诗赋和政论，相对明经科要更难考中。李珏是六宰相中唯一一个考取明经后，再考取进士的人。

关于李珏中进士科，我有了最有价值学术发现，这可能会颠覆之前的史料记载。

目前关于李珏中进士的记载是，李绛在华州任刺史，看见李珏曰："日角珠庭，非庸人相。明经碌碌，非子所宜。"

李绛是德宗朝进士，他非常重视进士出身，他比李珏大21岁，李绛看见李珏后劝说这位同族同房的后辈，不要只研读经学，成为迂腐的学究，要一展政治抱负必须考取进士。

李珏考取进士的记载，千百年来一直如此传承。按照这个逻辑我们来推断，史料记载李绛任华州刺史时发生的这件事，那一年是公元815年，即元和十年。另一种记载按照李珏公元785年出生，20岁考中明经，30岁考取了进士，而后参加了书判拔萃科。这就是史书普遍记录的连登三科。

我仔细研究了李珏的史料发现，这里可能存在错误，李珏登了三科而非连续登三科。

我研究了唐代进士，又结合了专著《唐朝进士录·宪宗朝》[①] 该书238页记载李珏是元和七年（公元812年）中进士。元和朝一共418名进士，可考的人是148名，而李珏是元和七年的进士。元和七年，即公元812年，注意，这个时间比李绛任华州刺史的公元815年，早了三年。

元和七年的科举取士，史料清晰记载的有七位：状元李固言、李汉、陈夷行、李珏、归融、贾蒙、姚嗣卿。

所以，我认为史料记载的错误是，混淆了李绛见李珏的时间和地点。事实应该是李绛在协助朝廷制服成德藩镇时，在乌重胤的幕府见过李珏，亲切交谈发现同族同祖同房同村，就劝说其考取进士。

我来列举一下史料证据，支持我的推测。

---

① 陶易.唐代进士录[M].合肥：安徽大学出版社，2010：238.

证据一，唐宪宗讨伐成德节度使的时间是公元 810 年，即元和五年。李绛在此献计献策，也协助朝廷完成了对征伐大将如乌重胤等人的安置。

《资治通鉴·卷二百三十八·唐纪五十四》记载："上嘉乌重胤之功，欲即授以昭义节度使。李绛以为不可，请授重胤河阳，以河阳节度使孟元阳镇昭义。会吐突承璀奏，已牒重胤句当昭义留后，绛上言：'昭义五州据山东要害，魏博、恒、幽诸镇蟠结，朝廷恃此以制之。邢、滋、洺入其腹内，诚国之宝地，安危所系也。向为从史所据，使朝廷盱食，今幸而得之，承璀复以与重胤，臣闻之惊叹，实所痛心！昨国家诱执从史，虽为长策，已失大体。今承璀又以文牒差人为重镇留后，为之求旌节，无君之心，孰甚于此！陛下昨日得昭义，人神同庆，威令再立；今日忽以授本军牙将，物情顿沮，纪纲大紊。校计利害，更不若从史为之。何则？从史虽蓄奸谋，已是朝廷牧伯。重胤出于列校，以承璀一牒代之，窃恐河南、北诸侯闻之，无不愤怒，耻与为伍。且谓承璀诱重胤使逐从史而代其位，彼人人麾下各有将校，能无自危乎！傥刘济、茂昭、季安、执恭、韩弘、师道继有章表陈其情状，并指承璀专命之罪，不知陛下何以处之？若皆不报，则众怒益甚；若为之改除，则朝廷之威重去矣。'上复使枢密使梁守谦密谋于绛曰：'今重胤已总军务，事不得已，须应与节。'对曰：'从史为帅不由朝廷，故启其邪心，终成逆节。今以重胤典兵，即授之节，威福之柄不在朝廷，何以异于从史乎！重胤之得河阳，已为望外之福，岂敢更为旅拒！况重胤所以能执从史，本以杖顺成功，一旦自逆诏命，安知同列不袭其迹而动乎！重胤军中等夷甚多，必不愿重胤独为主帅。移之他镇，乃惬众心，何忧其致乱乎！'上悦，皆如其请。壬辰，以重胤为河阳节度使，元阳为昭义节度使。"

证据二，李珏考中进士的时间是公元 812 年，元和七年。这于史书记载李绛在华州刺史任上劝说其考取进士，两个记载完全相悖。

《唐代进士录》第 238 页记载，宪宗朝进士："李珏（785—853），元和七年（812）进士。《东观奏记》：珏字待价，赵郡赞皇（今河北赵县）人。弱冠举明经，李绛见之曰：'明经碌碌，非子发迹之路。'应进士，许孟容为宗伯，擢居上第。《旧书》本传：又登拔萃科，累官行拾遗、司勋员外郎、知制诰。大和五年，牛、李任相，与珏亲厚，历任翰林学士、门书舍人户部侍郎。九年，李宗闵被贬，珏亦出为江州刺史。几成初，李固言、杨嗣复相继秉政，援引珏同居相位，以倾李德裕。武宗立，罢为桂管观察使。宣宗即位，历官河阳节度使、吏部尚书、淮南节度使，封赞皇郡开国公。大中七年，年六十九。"

《东观奏记》作者是唐裴庭裕，曾任右补阙等官职，本朝人记载本朝，本专业的事可信度很高，更可信的一点是李珏是裴的亲外叔祖，这清晰地记录在该书的序言中。据序称，《东观奏记·上卷》系作者与吏部侍郎柳玭、左拾遗孙泰、驾部员外郎李允、太常博士郑光庭等人授命修撰《宣宗实录》时，深感自宣宗以来四十年，"中原大乱，日历与起居注，不存一字"，因此，他"自为儿时，已多记忆，谨采宣宗朝耳闻目睹，撰成三卷，非编年之史，未敢闻于县官，且奏记于监国史晋国公（杜让能）藏之于阁，以备讨论。"

以上信息最值得注意是这句"应进士，许孟容为宗伯，擢居上第"，在介绍第五位宰相李固言时，许孟容为主考官，李固言考中状元是元和七年，李珏擢生上第也是元和七年。擢上第就是名列前茅的意思。

证据三，按照唐制明经出身，考中书判拔萃科者，入仕多为县尉、拾遗等最为清显的基层官员，李珏恰恰是从乌重胤幕府考中进士后，又参加书判拔萃科后，曾任渭南尉，不久，擢升右拾遗。

援引首都师范大学历史学院金滢坤老师在《唐代书判拔萃科的设置、沿革及其影响》①论文的研究成果："书判拔萃科是吏部继平判入等科之后设置的第二个科目……以制举、门荫兼拔萃科及第迁转中央官者，却要优于前进士、明经兼拔萃科出身者，多为京县尉、拾遗等最为清显的基层官和中层官员。"

综上，我认为对李珏的研究和生平经历需要改写，这个事件的逻辑脉络应该是李珏 20 岁考取明经，公元 810 年李珏 25 岁在乌重胤幕府，李绛问其出身，建议其考取进士，李珏开始为考取进士做准备，2 年后，元和七年即公元 812 年，李珏考中进士，等待朝廷分配职务时候，又参加了书判拔萃科。他正式入仕，而后授渭南尉……这样我们就将李珏入仕前的经历和脉络全部考证出来了，这对之前所有记载李珏的史料是重大的发掘和补充。

① 金滢坤.唐代书判拔萃科的设置、沿革及其影响[J].厦门大学学报（哲学社会科学版），2016（5）：37-49.

李珏错误信息的记载绝非个例，六宰相中李德裕的名声最大，挖掘其功业等著作最多，接着就是李吉甫和李峤，而另外三位宰相的记载寥寥，尤其是李固言的资料少之又少。为何会出现这种情况呢？皆因六宰相家乡无人立传，无人深入研究。

苏东坡的文化影响力得以发扬光大，有相当大一部分是眉州官方的宣传。而六宰相的尴尬就在此，洛阳长安记录六宰相故事皆因与其相关的部分，其他城市记载也是节选与当地文化民生有益之处，比如成都松潘郴州等地。

无论是两《唐书》以及其他唐宋著作，记载六宰相祖籍，为赵郡赞皇，有地方记载赵州。清晰的记载为我们指明了方向，系统地挖掘和研究传播六宰相文化，我们责无旁贷，六宰相家乡不该缺席，我本人抛砖引玉，希望河北、石家庄赞皇等从业者多研究发表六宰相文章，将其宝贵的文化遗产完全继承。

更有意思的另一点也就是说元和七年，许孟容点了李固言为状元，李珏又是高等，这一年拔得头筹的人皆是赵郡李氏的赞皇人。

另，据《中国宰相全传》之《李珏传》的观点，元和七年之前，他曾参加了一个科举落第了。

（二）直谏遭贬

李珏先授渭南县尉、又担任右拾遗，拾遗是个清要官，地位远在县尉之上。从公元812年入仕至公元821年，中间9年的时间，李珏的官职就是这两个职位，我也试图查出其任渭南尉时的一件事，一无所获。

唐代县级政府行政机构中，县令是长官，负责统筹全县之政务；县丞是副长官，辅佐县令行政；主簿是勾检官，负责勾检文书，监督县政；而具体负责执行办事的就是县尉。其职掌包括行政、司法、财政等各个方面，是具体负责庶务的官员，每任官三年考核一次。

李珏想必在渭南（今陕西省渭南市）县尉政绩不错，此时他的品阶为从九品下，得到朝廷认可又升到右拾遗。

唐代创建补阙和拾遗两个官职，分置左右，左隶门下省，右隶中书省。补阙和拾遗均为谏官，负责看管其他谏官呈递奏折所用的四只匣子。故称拾遗，品阶为从八品上官职。

我查到了，李珏在右拾遗位置发生的一件事，劝谏唐穆宗。唐穆宗继位，召群臣饮宴，并将功勋卓著的李光颜召回与百官共饮。

《旧唐书·卷一百七十三·列传第一百二十三·李珏传》记载："……穆宗即位，荒酒色，景陵始复土，即召李光颜于邠宁，李愬于徐州，期九月九日大宴群臣。珏与宇文鼎同进曰：'光颜、愬忠劳之臣，方盛秋屯边，如令访谋猷，付疆事，召之可也，岂以酒食之欢为厚邪？'帝虽置其言，然厚加劳遣……"

右拾遗李珏、宇文鼎上疏谏云："道路皆言陛下诏光颜等将与百官高会。然一年未到，陵土新复，三年之制，天下通丧。今诸侯国的代表刚走，外族的使者未还，怎可不遵守皇帝死后停止举乐和欢宴的规定。王者之举，为天下法，不可不慎。且光颜、愬忠劳之臣，方盛秋屯边，如令访谋猷，付以疆事，召之可也。岂以酒食之欢为厚邪？"

当即，李珏上书《谏穆宗合宴群臣疏》："臣闻人臣之节，本于忠荩，苟有所见，即宜上陈。况为陛下谏官，食陛下厚禄，岂敢腹诽巷议，辜负恩荣。臣等闻诸道路，不知信否，皆云有诏追李光颜、李愬，欲于重阳节日，合宴群臣。傥诚有之，乃陛下念群臣敷惠泽之慈旨也。然元朔未改，园陵尚新。虽陛下执易月之期，俯从人欲，而礼经著三年之制，犹服心丧。今遵同轨之会，适去于中邦，告远夷之使，未复其来命。遇密弛禁，盖为齐人，合宴内庭，事将未可。夫明王之举动为天下法，王言既降，其出如纶。苟玷皇猷，徒章直谏。臣等是以昧死上闻，曲突徙薪，义实在此。且光颜、李愬，久立忠劳，今方盛秋，务拓边境。如或召见，诏以谋猷，褒其宿勋，付以疆事，则与歌锺合宴，酒食邀欢，不得同年而语也。陛下自缵嗣以来，发号施令，无非孝理，因心形于诏敕，固已感动于人伦，更在敬慎威仪，保持圣德而已。臣等不敢缄默，辄贡狂言。惧不允当，伏待刑宪。"

穆宗虽置其疏谏而不纳，然亦知其所言于情于理皆宜，遂厚加慰劳。

唐穆宗李恒继位后，马上将天下的地名和山名改了，避他的讳。比如恒岳（河北恒山）改为镇岳，恒州（石家庄正定）改为镇州，定州的恒阳县改为曲阳县。

这里说明一下，五岳之中的北岳恒山，从春秋战国到清初一直在河北境内，即今天河北省保定市的大茂山。北魏郦道元所作《水经注》、唐代《大唐开元礼》之《吉礼》、北宋沈括所作《梦溪笔谈》等皆有记载。

唐穆宗喜欢大兴土木，他在宫内营造百尺楼，加之藩镇用兵，导致了帑藏空虚。剑南西川节度使王播一改清廉形象，投其所好，建议朝廷增加茶叶税，将过去的每千钱征收百文骤然提高到一百五十文，增加了百分之五的税率。王播还信誓旦旦地说："乃增天下茶税，率百钱增五十。江淮、浙东西、岭南、福建、荆襄茶自领之；两川以户部领之。"

李珏作为右拾遗，做到了尽职尽责，又上一本，名为《论王播增榷茶疏》："伏以榷率救弊，起自干戈，天下无虞，所宜蠲省。况税茶之事，尤出近代。贞元中不得不尔，今四海镜静，八方砥平，厚敛于人，殊伤国体。其不可一也。而又茶为食物，无异米盐，人之所资，远近同俗，既蠲渴之，难舍斯须。至于田间之间，嗜好尤切。今收税既重，时估必增，流弊于人，先及贫弱。其不可二也。且山泽之饶，出无定数，量斤论税，所冀售多。若价高则市者稀，价贱则市者广，岁终上计，其利几何？未见阜财，徒闻敛怨。其不可三也。臣不敢远征故事，直以目前所见陈之。伏惟陛下暂留聪明，稍垂念虑，特追成命，更赐商量。则嗷嗷万姓，皆荷福利。臣又窃见陛下爱人育物，动感神明，即位之初，已惩聚敛，外官抽贯，旋有诏停。洋洋德音，千古不朽。今者榷茶加税，颇夫人情。臣忝职谏司，岂敢缄默，尘黩旒扆，战越伏深。"

我们学习历史唯物主义后知道，人类社会矛盾和问题归根到底都是经济账，都是经济矛盾为主要矛盾之一，也是生产力和生产关系的问题。至此，我们应该知道晚唐内有宦官当权，外有藩镇割据，社会矛盾重重，没有土崩瓦解的重要原因就是增加了茶税，将除河朔三镇外的所有唐朝控制区又增加了赋税。

唐穆宗当然知道李珏说的很有道理，可是巧妇难为无米之炊，朝廷开销需要巨量的钱。茶税继续收，王涯判二使，置榷茶使。令狐楚代为盐铁使兼榷茶使，复令纳榷，加价而已，唐武宗上台盐铁转运使崔珙又增江淮茶税，茶税越收越多。朝廷保证了岁入税收，下层老百姓的生活更加水深火热。

几次给皇帝和朝廷提意见后，李珏的谏本没有得到回应，这是极大的漠视。皇帝也有点烦他了。李珏以数谏不得留内，反被下旨出为下邽令（今陕西富平西）。

唐穆宗知道李珏说得对，加以慰劳，但奏议并不合时宜。李珏因在其位谋其政就被下贬。朝廷没有真理，只有利害关系。

这不仅让我联想到，某年，记者问易中天，中国传统文化的糟粕用一句话概括，是什么呢？

易中天回道："一点两面，人微言轻。"同样一件事情不同的人主导就会被赋予两种价值观，并且还能顺利施行，不得不说这是真理的悲剧。

同时期李德裕针对当时外戚干政的现象，给皇帝上《驸马不许至要官私第状》，唐穆宗赞同，嘉奖了德裕。不久，李德裕改任考功郎中、知制诰。李固言也从王播的幕府返回长安，任侍御史知杂事。李珏看到同样劝谏皇帝，结果则是天壤之别。想必他会体验到什么是人微言轻。

李珏这一去任下邽令，冷板凳一坐就是三年，仿佛被时间和世间所遗忘一样。这个时候，他的内心应该是苦楚的，他或许期待同族长辈李绛再次充当贵人。而此时李绛一直在洛阳任留守，也靠边站了。

如果一个人有至暗时刻的话，我想李珏在下邽令任内，就是如此。从这里出来后的他，仿佛"黑化"了，对权力、对他有知遇之恩的人采取了截然不同的态度，他或许就是不想再滑落到底层，遭受歧视。李珏这种态度和李固言选择沉默是一种作风。

李珏清楚地知道，他不是宰臣门第的李德裕，除了魄力才干，朝中有人时刻关注着他的动向，有机会就会推荐其担任相位。李珏，一猛子一扎三年，然后就悄无声息了，没人理睬，没人想起，没人问起。

李珏这一段的历史没有清晰的记载，可能如我推断的那样，他对唐朝的政治生活有了更深刻的认识。他在底层胸有抱负，在高层才能施展抱负。他要时刻提醒自己，不能一直人微言轻和默默无闻下去。

关于这一段历史我查询史料，查到了一个版本，据《东观奏记》卷三记载："……左迁下邽令。丁母忧，庐居三年不入室。免丧，诸侯羔雁四府齐至门皆不就。牛僧孺为武昌节度使，奏章先达银台，授殿中侍御史、内供奉、武昌掌书记。征归御史府。韦处厚秉政，一见笑曰：'清庙器，岂击搏材乎？'擢拜礼部员外，改吏部员外。李宗闵为相，以品流程式为己任……"

这三年李珏没去当县令，而是母亡丁忧三年，其孝心至真至纯，住在庐居不入室，朝廷同僚送的礼物皆不收。

公元 824 年，唐穆宗驾崩，唐敬宗继位，李珏一潭死水的政治生涯，迎来了难得的转机，这一年李珏已经 39 岁。

这个转机来源于牛党领袖牛僧孺，僧孺在唐穆宗朝已经担任过宰相，并且官声不错，其中也有一个故事。

《旧唐书·卷一百七十二·列传第一百二十二·牛僧孺传》记载了一件事：韩弘入朝，其子公武用财赂权贵，杜塞言者。俄而弘、公武卒，孙弱不能事，帝遣使者至其家，悉收赀簿，校计出入。所以饷中朝臣者皆在，至僧孺，独注其左曰："某月日，送钱千万，不纳。"帝善之，谓左右曰："吾不谬知人。"由是遂以相。

翻译成白话文就是大将韩弘入朝为官时，其子韩公武曾厚赂朝廷权贵。而后韩公武于公元 822 年去世，父韩弘于公元 823 年去世，韩氏父子死后，皇帝派人帮助其幼孙清理财产时，发现记事本记录着韩家贿赂朝中权贵的名单，写到牛僧孺时标注曰："某月日，送钱千万，不纳。"唐穆宗看了这记录后大受感动，在议论宰相的时候，宰相首可僧孺之名。在皇帝看来不收受贿赂成了一种美德。

牛僧孺出任鄂州刺史、武昌节度使，他向李珏抛来橄榄枝，聘任其为幕府成员，职位是掌书记。

牛僧孺比李珏大 5 岁，他是贞元二十一年登进士第，元和三年，即公元 808 年举贤良方正能直言极谏科，对策第一。他或许看重李珏的进士出身，毕竟对付李党李德裕，他需要更多人的站脚助威，争取一个赵郡李氏的人，对李德裕来说也是一种难堪。

牛僧孺主动聘任李珏到幕府，这放在古代就是知遇之恩，从这里我们就能理解，为什么李珏是铁杆牛党人。李珏所作所为也对得起党首牛僧孺和李宗闵，他对他们一直尊敬有加，就连牛僧孺的墓志铭也是由其完成，名为《故丞相太子少师赠太尉牛公神道碑铭（并序）》[①]。

李珏从公元 824 年至公元 826 年，一直在牛僧孺幕府效力。就二人日后的关系来看，相处融洽。《东观奏记》作为记录李珏最详细的史料，

---

① 董诰，等.全唐文[M].北京：中华书局，1983：7406.

也记载了李珏在牛僧孺幕府时的细节："……牛僧孺为武昌节度使，奏章先达银台，授殿中侍御史、内供奉、武昌掌书记。征归御史府。韦处厚秉政，一见笑曰：'清庙器，岂击搏材乎？'擢拜礼部员外，改吏部员外……。"

著者从收集资料，到各地走访花了数年，2022年再次走访许亭村（图6-2），与老乡交流。

图6-2　作者走访赞皇许亭村

公元826年，新皇帝唐文宗继位，李珏授殿中侍御史，前文曾介绍此官职，它就是唐朝监察制度下一台三院制度，所谓一台就是御史台，三院就是台院、殿院、察院。到中唐后，常以此职位为外官所宪衔，官阶属于从七品下。

李珏升官仍未离开牛僧孺幕府。而后他又升内供奉，按照唐制设殿中侍御史九人，其中三人为内供奉。掌殿廷供奉之仪，纠察百官之失仪者。这时的李珏春风得意，获得了朝廷不断的提拔，又迁武昌掌书记，在牛僧孺在武昌节度使幕府内也有了地位。

（三）长安三两事

李珏又迎来一个贵人韦处厚。在唐文宗朝韦处厚拜相，这个人学问极好，人品也正，唐文宗继位前曾犹豫不定，是韦处厚坚定了其信心才顺利继位。

唐文宗继位，韦处厚拜为中书侍郎、同平章事，监修国史，加银青光禄大夫，晋爵灵昌郡公。他为人忠厚宽和，立身正直，耿介无私，文宗虽然亲理朝政，但容易轻信，朝令夕改。韦处厚谏劝文宗慎重行事，勿轻信辄改，并推荐裴度、窦易直等名臣。在朝立身正直，官员不敢私谒。

韦处厚执政时期，推荐了李珏担任礼部员外郎，并对他有个评价："清庙器，岂击搏材乎？"原指宗庙里的祭器，后比喻可以担当国家重任的人。

目前大多数史料，关于李珏回京公元826年左右至公元835年，这9年间，李珏的官职记载很多，比如历任度支郎中、翰林学士、中书舍人、户部侍郎等。具体的时间都没有。

我结合新旧《唐书》及《东观奏记》等史书记载，将李珏这大和年间的从政经历，理顺了一个脉络。

第一阶段，公元827年至公元830年李珏担任礼部员外郎，又改吏部员外郎。

第二阶段，公元830年至公元835年，牛僧孺回朝为相，李珏由司勋员外郎、知制诰升为翰林学士、中书舍人加户部侍郎。

第三阶段，公元835年至公元837年，李珏为李宗闵申辩，贬江州刺史，后改河南尹。

第四阶段，公元837年，李珏复为户部侍郎，后面的记载较为详尽。

第二阶段的最直接的两个证据，牛僧孺的入相时间，以及李珏客居在江淮的老朋友赵暇，是在公元834年，即大和七年，赵暇预省试进士下第，留寓长安多年，出入豪门。他在《献淮南李仆射》一诗中云："早年曾谒富民侯，旧恩如水满身流"。讲述了李珏在长安是如何款待了他。

接下来，我就是要找出公元827年至公元835年这个阶段，李珏在长安时发生的故事，针对朝堂的谏言。这个阶段的年号是唐文宗的第一个年号，大和，也有称为太和。

一日，唐文宗问李珏："你知道郑注吗？应该和他谈谈。"原文记载是"卿亦知有郑注乎？"我们用白话文来书写这段对话。

李珏回："臣知道，奸邪小人也。"这就说明无论李党李德裕还是牛党李珏有一个共识，一致认为郑注和李训都是奸邪小人。无奈，唐文宗就是要用二人，再次验证了前文天子棋局的推测。

唐文宗愕然，继续说："我的病能治好，主要是郑注的功劳。为什么不能见一见呢？"此话传出后，郑注对李珏怀恨在心，而后发生了杨虞卿事件，李宗闵为杨虞卿辩护，李宗闵遭贬，李珏为李宗闵辩护，他外贬江州刺史，后改河南尹。

李珏充任翰林学士时候。《东观奏记》也有一个评价："珏风格端肃，属词敏赡，恩倾一时。"

太和九年，公元835年5月，李珏转充户部侍郎。太常少卿冯定奉命练习开元时期的名曲《霓裳羽衣舞》和《云韶乐》，率乐工在庭上受阅，自己站在其中。

唐文宗见其庄重，问其姓氏，李珏侍立在旁答："这是冯定。"

唐文宗喜而召冯定升阶。

还有一则记录唐文宗与李珏的对话，来源《卢氏杂说》，它是唐代小说集，卢言撰，此人曾是唐文宗朝官考功郎中，也就是和李珏等人是同朝为官，记录有可信度。

唐文宗听政，闲暇之余，博览群书。一日延英顾问宰臣："《毛诗》云：呦呦鹿鸣，食野之苹。"苹是何草？"

跟着的宰相有杨嗣复、陈夷行相顾未对。

李珏说："臣按《尔雅》，苹是藾萧。"

唐文宗又说："朕看《毛诗疏》，苹叶圆而花白，丛生野中，似非藾萧。"又一日，问宰臣："古诗云：'轻衫衬跳脱。'跳脱是何物？"

宰臣未对。

唐文宗说："即今之腕钏也。"即手镯也。

又据王谠《唐语林·卷二·文学》的记载更为详细：唐文宗好五言诗，品格与肃、代、宪宗同，而古调尤清峻。尝欲置诗学士七十二员。

唐文宗还曾亲评三绝，分别是李白的诗文、裴旻的剑术、张旭的草书。

宰相杨嗣复曰："今之能诗，无若宾客分司刘禹锡。"

上无言。

李珏奏曰："当今起置诗学士，名稍不嘉。况诗人多穷薄之士、昧于识理。今翰林学士皆有文词，陛下得以览古今作者，可怡悦其间："有疑、顾问学士可也。陛下昔者命王起、许康佐为侍讲。天下谓陛下好古宗儒。敦扬朴厚。臣闻宪宗为诗、格合前古，当时轻薄之徒、摘章绘句、聱牙崛奇，讥讽时事，尔后鼓扇名声，谓之'元和体'，实非圣意好尚如此。今陛下更置诗学士、臣深虑轻薄小人，竟为嘲咏之词。属意于云山草木，亦不谓之'开成体'乎？玷黩皇化，实非小事。"

李珏说得有理有据，从以上言语中，我们可以看出李珏反对皇帝置诗学士和李德裕反对进士风气，观点一致。这些人轻薄和热衷空谈，活脱一副穷酸书生相。李珏的洞察和思想，在这里也进一步体现，就是关于文章、学士与教化关系的关系。

（四）财经大臣

李珏的在历史上的推动作用，相当一部分记录在财经方面，这一点在古代极为难得，他对于税收和赈济都有独到见解。为了搞清楚他的这些思想，我在知网和独秀以及学术期刊，查询了李珏被引用的思想，找到了以下几种。

李珏赈济法："将灾伤都分作四等：钞札'仁'字，系有产税物业之家；'义'字以中下户，虽有产税，灾伤实无所收之家；'礼'字系五等下户，及佃人之田并薄有艺业，而饥荒难于求趁之人；'智'字系孤寡贫弱疾废乞丐之人。除'仁'字不系赈救，'义'字赈粜，'礼'字半济半粜，'智'字全济，并给历计口如常法。惟济米，预散榜文，十日一次、委官支。毗陵与鄱阳常行此法，民至于今称之。"

译文："李珏采用的赈济方法是，将蒙受灾害的人家分成"仁、义、礼、智"四等：凡是抄札公文上列入"仁"字的，那就是平时要向朝廷缴纳赋税拥有物业的人家；凡是列为"义"字的，那就是平常的中下等人家，他们虽然也要缴纳赋税，但一遇灾害就确实是没有什么收入的人家；位列"礼"字的，那完全是最贫困的五等下户，以及租耕他人田地并略有一些糊口技艺、而一遇饥荒就难于寻求谋生之道的人家；至于列入"智"字的，全都是些孤寡贫弱病残乞丐等人。除了"仁"字户人家不属赈济之家外，"义"字户的人家由官府赈济给他们平价粜粮，"礼"字户人家由官府一半无偿救济一半低价粜粮，而"智"字户则完全由官府无偿救济，并根据统计资料按人口供应一如往常所施行的方法。只是在发放救济粮时，预先公布榜文通告，十天一次，委派专职官吏支付。毗陵和鄱阳经常实行这种赈济法，当地民众至今仍在称赞它。这一则记录在《皇家藏书》第272页，还有南宋董煟撰写了第一部处理灾荒的专著《救荒活民书》，拾遗篇中也记载了李珏赈济法。

李珏赋税思想（图6-3）：李珏（公元785年—公元853年），文献记载其在经济方面的言论很少。曾上疏反对增加茶税。认为对茶"增税既重，时估必增，流弊于民，先及贫弱"，即认为茶是民之必需品，如增税太重，其市场价格必然增加，首先受害的是贫弱百姓。意即对茶增税，茶商必然会提高茶的价格，从而将新增税负转嫁给购买者，其中贫弱之民受害最大。这种观点已包含有现代的所谓赋税转嫁思想，在当时很难得。他又认为商品"价高则市者稀，价贱则市者广"，如重税引起物价高涨，买者减少，商品流通数量也就少了，那么按照商品数量征收的定额税也就少了，还是达不到增加财政收入的目的。

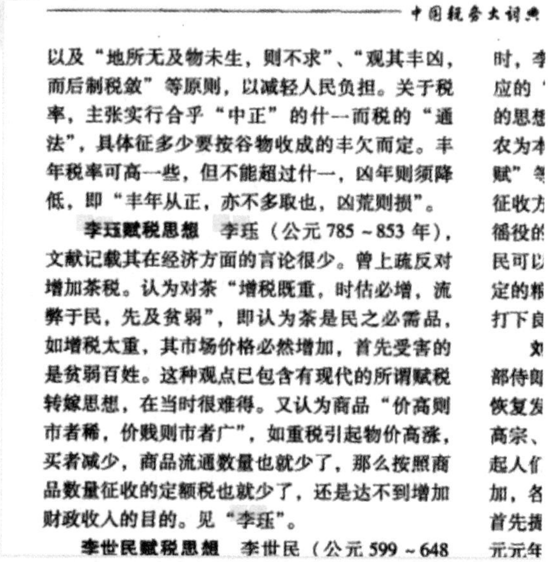

以及"地所无及物未生，则不求"、"观其丰凶，而后制税敛"等原则，以减轻人民负担。关于税率，主张实行合乎"中正"的什一而税的"通法"，具体征多少要按谷物收成的丰欠而定。丰年税率可高一些，但不能超过什一，凶年则须降低，即"丰年从正，亦不多取也，凶荒则损"。

李珏赋税思想 李珏（公元785～853年），文献记载其在经济方面的言论很少。曾上疏反对增加茶税。认为对茶"增税既重，时估必增，流弊于民，先及贫弱"，即认为茶是民之必需品，如增税太重，其市场价格必然增加，首先受害的是贫弱百姓。这种观点已包含有现代的所谓赋税转嫁思想，在当时很难得。又认为商品"价高则市者稀，价贱则市者广"，如重税引起物价高涨，买者减少，商品流通数量也就少了，那么按照商品数量征收的定额税也就少了，还是达不到增加财政收入的目的。见"李珏"。

李世民赋税思想 李世民（公元599～648

图 6-3 《中国税务大辞典》中的"李珏"词条

他已经接触到税负转嫁，税收与价格、税率与纳税面、税负与国家财政收入，这些税收的基本理论问题。以上税词分别记录在《中国税务大辞典》70页中的税收理论，《税收大辞典》149页中的税收理论。

在六宰相的故事中，每个人各有千秋，在现代价值框架内下，李珏对经济，税收的财经思想尤为珍贵，还有李吉甫对地理学的概念和公文写作的专长都是值得深挖研究的课题。

开成三年正月，即公元838年，李珏拜相后，皇帝认为钱币重量有问题，如何解决？咨询宰相。

这个问题是如此产生，穆宗时，王播出任淮南节度使，不顾南方大旱，搜刮不已。据《资治通鉴·卷二百四十三·唐纪五十九》记载："王播自淮南入朝，向唐文宗'献玉带十有三'，'进大小银盌三千四百枚，绫绢二十万匹。'"他靠着贿赂太监和皇帝，复为盐铁使肥差，加重铜税、盐税，每月以钱物进奉皇帝，名为"赋税盈余，其实正额，务希奖擢，不恤人言。"其时由于铜税的加重，形成市场上铜器的价格高于铜币的价格，即所谓"币轻钱重"。

杨嗣复说："此事累朝制置未得，但且禁铜，未可变法。法变扰人，终亦未罢去弊。"

李珏曰："禁铜之令，朝廷常典，但行之不严，不如无令。今江淮已南，铜器成肆，市井逐利者，销钱一缗，可为数器，售利三四倍。远民不知法令，率以为常。纵国家加炉铸钱，何以供销铸之弊？所以禁铜之令，不得不严。"

简单来说李珏请加炉铸钱，于是禁铜器，官一切为市之。按此可知，针对江淮、岭南等地铜器鬻卖猖獗的情况，李珏的应对之法是官方严格监管市场，禁止一切民间铜器交易，由官方垄断，统一管理。

如此行事实际上是从流通环节入手，来切断民间私自铸造贩卖铜器，形成的利益链条。而这一办法应当确实得到了严格执行，日本僧人圆仁在其《入唐求法巡礼行记》中有言："开成三年十一月二日，有敕断铜。不许天下卖买，说六年一度例而有之。恐天下百姓一向作铜器，无铜铸钱，所以禁断矣。"

宋人的评价："文宗时李珏请禁铜器，一切市之于官，是禁铜之法，在唐为严。"也说明开成时禁铜之成效。由此可知，在钱重物轻积弊已久和杨于陵改革失败的前提下，杨嗣复、李珏等人的严令禁铜之法确实付诸了实践并行之有效，虽不能根治钱重物轻，也解了一时之急。

这几件事，足以说明李珏对财经利弊了然于胸，无论从盐政、货币的铜、税赋征收、商品加价、到赈济灾民的方式，李珏都有自己独到见解，并得到了实施。李珏再与皇帝奏对时，只谈禁铜一环，回避铜税过重这一严重事实。

另，王播又献银碗三千四百只等，只顾盘剥百姓，针对盘剥留下的社会矛盾甩给朝廷，傀儡皇帝唐文宗擢升其为尚书左仆射。

（五）李珏拜相

李珏在做河南尹时的一次雅集，白居易在《三月三日祓禊洛滨并序》里面记载清楚："开成二年三月三日，河南尹李待价（李珏）以人和岁稔，将禊于洛滨。前一日，启留守裴令公（裴度）。令公明日召太子少傅白居易、太子宾客萧籍李仍叔刘禹锡、前中书舍人郑居中、国子司业裴恽、河南少尹李道枢、仓部郎中崔晋、伺封员外郎张可续、驾部员外郎卢言、虞部员外郎苗愔、和州刺史裴俦、淄州刺史裴洽、检校礼部员外郎杨鲁士、四门博士谈弘谟等一十五人，合宴于舟中。由斗亭，历魏堤，抵津桥，登临溯沿，自晨及暮，簪组交映，歌笑间发，前水嬉而后妓乐，左笔砚而右壶觞，望之若仙，观者如堵。尽风光之赏，极游泛之娱。美景良辰，赏心乐事，尽得于今日矣。若不记录，谓洛无人，晋公首赋一章，铿然玉振，顾谓四座继而和之，居易举酒抽毫，奉十二韵以献：'三月草萋萋，黄莺歇又啼。柳桥晴有絮，沙路润无泥。禊事修初半，游人到欲齐。金钿耀桃李，丝管骇凫鹥。转岸回船尾，临流簇马蹄。闹翻扬子渡，蹋破魏王堤。妓接谢公宴，诗陪荀令题。舟同李膺泛，醴为穆生携。水引春心荡，花牵醉眼迷。尘街从鼓动，烟树任鸦栖。舞急红腰软，歌迟翠黛低。夜归何用烛，新月凤楼西。'"

其余诗篇与李珏关系不大，就不一一列出，感兴趣的朋友们，可以读一读。

李珏在洛阳，有白居易等好友陪伴，一天天喝得酒酣耳热。终于，有一天，他再次等到了人生的另一个贵人，同族同村的李固言。

公元836年，李固言拜相，马上成立了小圈子，召集李珏从河南尹位置，到长安复任户部侍郎。

李珏从洛阳到长安，大诗人刘禹锡曾写诗相赠，名为《奉送李户部侍郎自河南尹再除本官归阙》："昔年内署振雄词，今日东都结去思。宫女犹传洞箫赋，国人先咏衮衣诗。华星却复文昌位，别鹤重归太乙池。想到金闺待通籍，一时惊喜见风仪。"

公元838年正月，即开成三年，此时已经是"甘露之变"后，唐文宗成为傀儡，他再也不能影响仇士良等人的权势下，他成了一个专职的盖章人员。他无人可用，一下让李珏和杨嗣复同时拜相，对杨嗣复似乎更为看重，除了升为同平章事，杨嗣复进阶金紫，封弘农伯，享受七百户封邑，李珏无额外封赏。

自此，杨嗣复和李珏成为了开成年间最有权势的两个人，俗称开成双子星。我们来欣赏一下，皇帝为二人拜相下的制书。

《授杨嗣复李珏平章事制》①："运行帝载，翊替天工，必俟辅臣，以

---

① 王水照.传世藏书·集库·总集：全唐文[M].海口：海南国际新闻出版中心，1996：536.

宣至化，将益秉钧之重，是资并命之求。诸道盐铁转运等使正议大夫守户部侍郎上柱国宏农郡开国伯食邑七百户赐紫金鱼袋杨嗣复，动必居正，言惟在公，峻若孤山，清犹止水。从政禀《诗》《书》之教，承家达《礼》《乐》之源。朝议郎守尚书户部侍郎判户部事上柱国赐紫金鱼袋李珏，质本温明，才推俊茂，智能周物，宏本有容。守和为君子之儒，可大见贤人之业，挺为国杰，秀禀元精，生必为时，宝称希代，便蕃清秩，操履有常。调黄钟而协谐，和朱弦而疏越，或总戎重镇，或敷惠字人，卒乘有辑睦之功，惮嫠著昭苏之咏。洎入司邦赋，爰掌版图，事未财成，公望犹郁。是可以宰领枢务，用弼予违，叙彝伦而建大中，鏊訏谟而调元气，义宁华夏，保合神人。宜申补衮之规，致我垂衣之理。於戏！孔明相鼎峙之国，尚闻鱼水之词；夷吾辅霸业之君，犹致鸿翼之喻。矧予祇荷丕构，虽未克绍前修，造次之间，不忘遵道。宵衣旰食，一纪於兹，灾沴尚生於旱蝗，黎元屡困於衣食。中夜静虑，若涉大川，将求津涯，俟尔而济。尔谓是，靡以拂吾心而不行；尔谓非，靡以徇吾志而苟用。开物成务，俾义於得时；求贤审官，宁我以多士。则鱼水鸿翼，夫何足言，勉副简求，无忝我休命。嗣复可守本官同中书门下平章事依前充诸道盐铁转运使，勋赐如故。珏可守本官同中书门下平章事依前判户部事，散官勋赐如故。"

唐文宗想必十分失落，几番骚操作，用了宋申锡和李训郑注两伙人，都未严厉打击宦官集团。朝中牛李二党盘根错节，稳如磐石。这个阶段李德裕一方的郑覃、陈夷行等人在朝。他一下子提拔两个牛党中人，盘算着依然是平衡。

同年二月，唐文宗做进一步试探，他召集宰相们议事，提出一个议题："李宗闵在外数年，可别与一官。"

《新唐书·卷一百七十四·列传第九十九·杨嗣复传》记载了这件事："杨嗣复辅政，与宗闵善，欲复用，而畏郑覃，乃托宦人讽帝。帝因紫宸对覃曰：'朕念宗闵久斥，应授一官。'覃曰：'陛下徒令少近则可，若再用，臣请前免。'陈夷行曰：'宗闵之罪，不即死为幸。宝历时，李续、张又新等号八关十六子，朋比险妄，朝廷几危。'李珏曰：'此李逢吉罪。今续丧阕，不可不任以官。'夷行曰：'不然，舜逐四凶天下治，朝廷何惜数憸人，使乱纪纲？'嗣复曰：'事当适宜，不可以憎爱夺。'帝曰：

'州刺史可乎？'覃请授洪州别驾。夷行曰：'宗闵始庇郑注，阶其祸，几覆国。'嗣复曰：'陛下向欲官郑注，而宗闵不奉诏，尚当记之。'覃质曰：'嗣复党宗闵者，彼其恶似李林甫。'嗣复曰：'覃言过矣。林甫妒贤忌功，夷灭十余族，宗闵固无之。始，宗闵与德裕俱得罪，德裕再徙镇，而宗闵故在贬地。夫惩劝宜一，不可谓党。'因折覃曰：'比殷侑为韩益求官，臣以其昔坐赃，不许。覃托臣勿论，是岂不为党乎？'遂擢宗闵杭州刺史。"

郑覃、陈夷行顶住压力，严厉拒绝李宗闵再升官，并指出其罪状说："宗闵养成郑注，几覆朝廷。"

李珏作为牛党成员，相继援引，极力辩护说："养成郑注的是大太监王守澄，与宗闵无关。大和末，宗闵、德裕同时得罪被贬，二年之间，德裕再逐步升为淮南节度使，而宗闵尚在贬所。凡事贵得中，不可但徇私情。罪在逢吉。"

从李珏这段话，我们可以看出，他将李宗闵和李德裕身份拉平了，他认为李德裕再度成为手握重权的淮南节度使，李宗闵职位不变，有失公平。

注意，更值得关注的是李珏的另一句话："此李逢吉罪。"这一句话就露馅了。说明在朝廷大臣心中乃至牛党人心中，他们纷纷知道朝廷乱局和牛李党争是李逢吉捣的鬼，可是无人说，哪怕唐文宗也是心照不宣。他们就是一股脑地发展势力，打压李德裕。

这是李珏第一次说出郑注、李训乃至朝廷乱局是李逢吉的缘故，他巧妙地规避了李逢吉与牛党的关系。

牛党的发起人是谁？有的读者肯定说是牛僧孺，其实非也，是李逢吉。只是他一直躲在背后，做渔翁之利。更可笑的是李逢吉于公元835年离世，他们把罪推到死人身上，只为救出李宗闵。因为此时牛僧孺不再醉心政治斗争了，李宗闵的战斗力依然旺盛。

更悲凉的是唐文宗还曾说李逢吉托付李训之类的话，说这句话给臣下听，足见文宗的格局，他显然成了李逢吉一个人的皇帝，而非唐朝的皇帝。

唐文宗被重臣戳到疼处，没有辩护，事实上依旧偏袒了牛党，有些事他心知肚明，比如朝廷是否被颠覆。他淡淡说了一句："与一郡可也。"

这说明唐文宗在心里是认可郑覃等人的奏议，朝廷局面糜烂至此，李宗闵难辞其咎。而后李宗闵遂由衡州司马升任杭州刺史。

开成三年二月，唐文宗以大旱释放狱中系囚，出宫人刘好奴等五百余人，送两街寺观，皇帝到紫宸门召宰臣入内奏对。

李珏恭维着说："陛下放宫女数多，德迈千古。汉制，每年八月选宫女，晋武帝（司马炎）平吴，亦广征美女。仲尼所谓'未见好德如好色'。今陛下以无益放之。微臣敢贺。"

郑覃有不同意见，亦说："晋武帝以荒淫之失，中原遂为外族所割据，陛下以为殷鉴，放之攸宜。"

我们可以看出，牛李两党的争斗，从政见不合已经掺杂了太多的个人恩怨，矛盾裹挟越来越大。但在规劝皇帝时，也有意见统一时。

同年，唐文宗又一次御驾到紫宸议政，问："天宝中政事，实不甚佳，当时姚崇、宋璟在否？"姚崇和宋璟皆是开元间的名相。

李珏对道："姚亡而宋罢。"他随即又说："人君明哲，终始尤难。玄宗尝云；'自即位以来，未尝杀一无辜。'而任（李）林甫陷害破人家族，不亦惑乎？"他的言外之意就是李隆基说得不对，他是未杀一人，都是奸臣李林甫去杀人灭族的。

陈行夷趁机提醒说："陛下不可移权与人。"这句话是有所指，矛盾指向当朝权柄最重的李珏和杨嗣复。

李珏、杨嗣复都是聪明人，一听便知这是李党人的反击，他们也不甘示弱，反唇相讥着说："太宗用房玄龄十六年，魏徵十五年，何尝失道？臣以为用房、魏多时不为不理，用邪倭一日便足。"

开成四年三月，即公元 839 年，唐文宗对宰臣说："朕在位十四年，属天下无事，虽未至理，亦少有如今之无事也。"

李珏对道："邦国安危，亦如人之身。当四体和平之时，长宜调适，以顺寒暄之节。如恃安自忽，则疾患旋生。朝廷当无事之时，恩省缺失而补之，则祸难不作矣。"他的居安思危、警钟长鸣的观点，深受皇上的赞赏。

我们只能说这对君臣沉浸在自我陶醉中，天下千疮百孔，藩镇割据，岁入不进朝廷，牙兵不听命朝廷；太监干政仇士良权势凌驾皇权之上；外有南诏、吐蕃等外藩虎视眈眈；唐朝百姓因茶税、铜税、盐税和战乱等原因，在温饱线上苦苦挣扎，他们居然说天下无事。这真是莫大的悲哀。原来，唐朝老百姓眼中的事和唐朝皇帝眼中的事，不是一个事。

有一天，唐文宗问大臣："图谶可以相信吗？什么时候产生的？"他说："汉光武帝靠谶纬决定政务，隋文帝也喜爱它，所以关于它的书传遍全国。班彪《天命论》引用过，只是用它来制止反叛，不是推崇它。"

李珏回答说："治理好坏应直接根据人间情况。"

皇帝说："对。"皇帝又问："武后时有人从百姓直接当宰相，果真可以顶事吗？"

杨嗣复回答说："武则天注重刑罚，看轻官员，这是亲自治理的办法。确切知道有无能力，需要试试各级职务才行。"当时延英殿召见谈话，史臣都不知道。他建议说："按旧制，在正殿，前面有记起居注的官员；在便殿，没人记录。姚王奏、赵瞡都请求设置时政记，没能实施。我请求将皇上在延英殿对宰相谈的有关道德、刑法、政令的话，命中书、门下省值日官记录，每月交给史臣。"

其他的宰相看法不同，就搁置了。

一段时间后，唐文宗又问道："延英殿讨论政务，该谁记录？"

李珏任监修国史，回答说："这是我的职责。"

陈夷行说："宰相记录，恐怕隐瞒皇上的仁德，自夸功劳。我过去说不想让威望权力在臣子身上，就是指这方面。"

李珏说："陈夷行怀疑宰相中有耍威风弄权势、接受贿赂的。不这样，怎么自己任宰相却说这样的话呢？我希望能免职。"史书还记载了，李珏关于任命杜悰时的一番言论。杜悰是杜佑之孙，诗人杜牧从兄，李德裕篇起过此人，杜悰还迎娶唐宪宗之女岐阳公主，主持这一场遴选礼仪的人，便是李吉甫，并且也是李吉甫向皇帝推荐了杜悰。杜牧在《唐故岐阳公主墓志铭》[①]中对李吉甫择婿杜悰一事，极表赞赏。文说："……后丞相吉甫进言曰：'前所奉诏，臣谨搜其人。'因名我烈祖司徒岐公曰：'有孙儿悰，年始弱冠，有德行文学，秀朗严整。臣尝为司徒吏，熟其家事，官族世婚，习尚守治，臣一皆忖度，疑悰可以奉诏。'帝即召尚书见，与语大悦，授殿中少监，服章金紫……"

---

① 杜牧.唐故岐阳公主墓志铭[M]//杜牧.樊川文集[M].上海：上海古籍出版，1978：124.

唐文宗认为杜悰职掌朝廷财政收支的工作干得不错，欲加户部尚书，召集宰臣在紫宸商议。

陈夷行嘻嘻哈哈地说："一切恩权，合归君上，陛下自看可否？"

李珏表示不认同，对道："太宗用宰臣，天下事皆先平章，谓之平章事。代天理物，上下无疑，所以致太平者也。若拜一官，命一职，事事皆决于君上，即焉用宰相？昔隋文帝一切自劳心力，臣下发论则疑，凡臣下用之则宰相，不用则常僚，岂可自保？陛下常语臣云：'窦易直劝我，宰相进拟，但五人留三人，两人勾一人。渠即合劝我择宰相，不合劝我疑宰相。'"

李珏认为人君应有知人之明，于贤不肖当知分明，乃可与言治。择相亦贵在知人善任。如果面对任何问题都再将之踢回给皇帝，那要宰相何用呢？这是记录李珏关于用人的言论。

八月，杨嗣复和其他宰相在紫宸殿奏事，逢迎着说："圣明的皇帝在上，野无遗贤。陆洿上疏谈论军事，虽然和时事不符，但他的好意足可嘉奖。陆洿闲居苏州多年，应当给予他一个官职。"

此时李珏和杨嗣复在朝廷呼风唤雨，大权在握，他附和说："士子里追名逐利的人很多，如果奖赏陆洿，贪婪的家伙也知道自我勉励了。昨天窦洵直议论政事，陛下赏赐给他钱帛，何况给陆洿一个官呢？"

唐文宗道出奖励的玄机说："朕是在奖赏窦洵直的直心肠，而不考虑他说得对不对。"

郑覃马上提醒道："他是否包藏祸心则未可知。"

杨嗣复辩解着说："臣深知窦洵直没有邪恶的念头，而所奏的给陆洿官职，还没奉承圣旨。"

郑覃进一步警示道："陛下要防范朋党。"

杨嗣复以退为进地说："郑覃怀疑臣结党，那臣请求陛下放臣回家。"

李珏赶忙，打哈哈说："这段时间以来的朋党消失了不少。"

郑覃丝毫不给面子，继续说："现在朝廷有些小的新的朋党出现了。"

唐文宗知道又是两党的政见不合，像做结论式地说："那些基本都死完了。"

郑覃依旧是不依不饶地说："杨汉公、张又新、李续这几个人现在还活着。"

李珏不想局面继续僵持，想转移话题，话锋一变："现在臣有边事论奏。"

郑覃生性耿直，毫不领情地说："议论边事的安危，臣不如李珏；嫉恶如仇，则李珏不如臣。"

杨嗣复说："臣听说左右侍从佩剑，彼此相互调笑。臣不知道郑覃今日指谁是朋党。"于是他挡到香案前启奏说："臣待罪于宰相之位，不能申夔龙之道，只能因朋党被讥笑，臣请求陛下一定要罢免臣的相位。"

唐文宗更喜欢杨嗣复和李珏的方式方法，不看善恶，他言语安慰了杨嗣复。

此时的同平章事就四人，陈夷行发言说："人事大权这应该由皇帝做决定，不能把权力都下放给臣僚。"

李珏听出了弦外之音，说："陛下先前告诉我，皇帝应该选择宰相，而不是怀疑宰相。"

陈夷行也坚持原则，依旧不松口。

李珏也大怒反驳道："陈夷行显然是怀疑有宰相在从陛下手中盗取权力。我此前已多次请求退出门下，如果我能被任命为一位亲王的老师，就三生有幸了。"

郑覃一心想匡正傀儡皇帝唐文宗的错误，鼓起勇气说："陛下在开成元年和二年（指的是公元 836 年和公元 837 年）做得很好，开成三年和四年就稍差了。"

杨嗣复讶然一笑，解释着说："头两年，是你郑覃和陈夷行当宰相。开成三年和四年，臣和李珏也当了宰相。显然，这是我的罪过。"又说："我不敢再进宰相官署了！"他便不顾皇帝在场，大摇大摆地先行退场了。

杨嗣复这不是莽撞，而是有底气，他与杨贤妃是姑侄关系，即便不给皇帝面子，也有人替他说话，所以，他有恃无恐。

唐文宗立即派出一个小太监去安抚他，叫了回来，安抚着说："议事嘛，你怎么能如此？"

郑覃看出皇帝一心偏袒杨嗣复与李珏，也改变些态度，道歉说："臣愚昧，我不是刻意针对杨嗣复，但他的反应表明他容不下我。"

唐文宗想做和事佬，又解释着说："郑覃偶尔说错，不是经常如此嘛。"

杨嗣复气呼呼地说："郑覃说政事一年不如一年，这不仅是怪罪臣，更是在指责陛下的圣德。"此后，杨嗣复数次请辞不准，他还给唐文宗施加压力，就是不到府衙办事。

唐文宗一心只想过太平日子，不愿意听朝廷外的烦心事，就想你好我好大家好，熬过去就行了。他把政事委任给杨嗣复和李珏，对于言语激烈的郑覃和陈夷行搁一边了，不久郑陈相继罢相。一心想有所作为的大臣遇见了怯懦无为的皇帝，只能眼不见为净了。

这次两个阵营的四个宰相的大争论，后世被称为紫宸奏事。

详细查找李珏资料时，我查到了韦温这个人，他是我们找到史料记载中，第二个试图化解牛李党争的人。

韦温属于正人君子，向理不向人的人，他曾说过李珏，也怼过李德裕。彼时他是尚书右丞，与杨嗣复和李珏关系好，劝说他们放弃门户之见，放下偏见征用李德裕那样的大才，牛李二党事实上就会冰释前嫌。令人遗憾的是杨嗣复和李珏直接拒绝。

后来，杨嗣复和李珏作为唐文宗的托孤重臣，被唐武宗和仇士良清算，韦温痛心疾首，感叹曰："杨三、李七若取我语，岂至是耶！"更具有讽刺意味的是，被他们打击和排挤的李德裕救了他们两个，李德裕篇详细介绍了，这里点到即止。

开成四年五月，公元839年，《旧唐书·卷一百七十三·列传第一百二十三·李珏传》记载："帝对宰臣说：'贞元政事，初年至好。'李珏说：'德宗中年好货，方镇进奉，即加恩泽。租赋出自百姓，更令贪吏剥削，聚货以希恩，理道故不可也。'皇上说：'人君聚敛，但轻赋节用可也。'珏又说：'贞观中，房、杜、王、魏启告文皇，意只在此，请不易初心。自古好事，克终实难。'上曰：'朕心终不改也。'寻封赞皇男，食邑三百户。"

以上史料翻译过来就是皇帝说："贞元初年政务确实不错。"

李珏说："德宗晚年喜欢聚敛钱财，藩镇用进贡邀宠，官吏得以在赋税外勒索，这是他在位时的弊病。"

皇帝说："国君减轻赋税，节约用度，可以吗？"

李珏说："贞观年间，房玄龄、杜如晦、王珪、魏徵给太宗献计，也就是这！"皇帝很赞赏地采纳了，封他赞皇县男。

这一年，李珏54岁，终于获得了爵位：赞皇县男。

《新唐书·卷一百八十二·列传第一百七·李珏传》记载另一件事：
"帝尝自谓：'临天下十四年，虽未至治，然视今日承平亦希矣！'珏曰：
'为国者如治身，及身康宁，调适以自助，如恃安而忽，则疾生。天下当
无事，思所阙，祸乱可至哉？'"

公元839年3月，唐文宗对宰相们说："朕在位十四年，天下无事，
虽未至大治，也少有像今日这样无事的。"李珏则以居安思危对答，温和
地劝诫和提醒皇帝。

《新唐书·卷一百八十二·列传第一百七·李珏传》记载了，李珏当
宰相的最后时刻："开成五年春正月二日，唐文宗暴疾，不受朝贺。宰相
李珏、知枢密刘弘逸奉密旨，以皇太子（陈王）监国。当初，杨贤妃受
宠于文宗，庄恪太子蘨殂，及开成末年，帝多疾无嗣，贤妃请立其子安
王溶为嗣，帝谋于宰臣李珏，珏以为不可，乃立陈王。"

四日，文宗崩。两军中尉仇士良矫诏迎皇太弟颖王进京，百官谒见
于东宫思贤殿，于枢前即皇帝位，是为武宗。仇士良既立武宗，乃发安
王旧事，故陈、安二王与贤妃同死。众人皆为李珏捏一把汗，他却坦然
道："臣下知奉所言，安与禁中事？"武宗之立，既非宰相本意，甚薄执
政之臣，宦官专权，莫此为甚。

唐武宗听政，李珏数称道《无逸篇》以劝。时潞州节度使刘从谏献
犬马，沧州节度使刘约献白鹰，"珏请却之，以示四方"。迁升门下侍
郎，任文宗山陵使。

八月十七日，唐文宗葬于章陵，秋雨大降，梓官至安上门陷于泞，
灵车不前。这事在封建社会帝王棺木不前，这是礼仪，也可称为不祥之
兆，这事可大可小，李珏罢为太常卿。

九月，终因奉所立，出李珏与杨嗣复分别为江西、湖南观察使。

明年，宦官仇士良言于帝曰："嗣复、李珏不利于陛下。"武宗性急，
立命中使往湖南、江西杀杨嗣复与李珏。

宰相韦琪等亟请开延英门议事，"因极言国朝故事，大臣非恶逆显著
未有诛戮者"，愿陛下复宜三思。

帝良久改容说："李珏志在扶册陈王，嗣复志在树立安王。立陈王犹
是文宗遗旨，嗣复欲立安王，全是依贤妃意旨。向使安王得志，我岂有

今日？然为卿等恕之。"乃追回赴湘、赣二中使，再贬李珏为端州司马、杨嗣复为潮州司马。

从以上史料，我发现了李珏参与的几件事：授唐文宗托孤，与仇士良抵抗；唐武宗继位，李珏说遵旨办事，并无错误；李珏被贬山陵使，就是为唐文宗守陵，导致皇帝梓宫陷落，被降职。

更值得注意的是唐武宗说的最后一段话，李珏辅佐陈王是唐文宗遗旨，杨嗣复主张立安王，是听命杨贤妃旨意，这就值得玩味了，唐文宗的两个铁杆宰相，两个铁杆牛党成员，在立太子这件事上是居然是两种主张。李珏按遗旨办事，合情合理。杨嗣复则野心勃勃，想捧出一个新的武则天。从这一点看，再次证明牛党内部党中有党，各怀鬼胎。

（六）最后的余温

在我研究和讲述大唐六宰相时，也发现了一个现象，我发现六宰相每个宰相都有属于自己的高光时刻，这个时刻成就了君臣相识相知，一个帝王十分信任和器重一位宰相。比如李峤与武则天、李吉甫和李绛与唐宪宗、李德裕与唐武宗、李固言和李珏与唐文宗。

每当一位皇帝驾崩后，这一位宰相也失去了最辉煌的岁月，无一例外。

六宰相中尤其是唐文宗对李珏的十分信任，授其成为托孤重臣，就连唐文宗身后事都是李珏办理，的确不负君臣一场。

唐武宗继位初，李珏授检校太尉、门下侍郎山陵使，奉命奉册上文宗尊谥、庙号。李珏给唐文宗尽了最后的忠心，撰写了谥册文《唐文宗皇帝谥册文维开成五年岁次庚申七月乙亥朔十一日乙酉，哀弟嗣皇帝 臣某》。文章载于《全唐文新编》[①]：

> 伏惟大行皇帝德升上元，功定内难。百辟劝进，万姓乐推。洎顺人抚运，嗣统立极，凝旒建大中之道，执契宏无为之化。聪明天纵，孝敬日新。翼翼承九庙之祭，蒸蒸奉三宫之养。以文思光赤县，以武德澄沧

① 周绍良.全唐文新编：第3部：第4册[M].长春：吉林文史出版社，2000：8252.

海。慈俭厚下，端庄肃物。达聪无不察，黈纩若不知。成汤之六事周愆，大禹之九功咸序。学无常师，惟格王是式；仁必由己，以苍生为心。修雅乐而箫韶成音，戒逸游而灵囿望幸。遏外夷之教，羁縻殆绝；举中古之典，汪洋勃兴。宫禁无私恩，嫔嫱无侈服。每宰臣伏奏，卿士宴见，论道何尝于日旰，恤刑已至于岁减。大辟谏路，深排幸门。危言激讦，惟理是听。匪唯纳之，而又赏之。密戚贵宠，惟法是训。匪唯戒之，而又绳之。祯符秘瑞，王者之所宝。郡国承诏，寝而不扬。鸿名徽号，列圣之所重。臣寮抗疏，约而不受。兴起儒术，修明祀事。刻经诰于琬玉，具宗庙之琮璜。鸡鸣而起，孜孜于众善；日入而息，矻矻于群书。惇叙九族，厚戚藩之恩；协和万邦，敦戎狄之信。至公不私于天性，体道必从乎人欲。应变悬解，知机如神。日者数逢儆扰，星有谪见。克己修德，侧身励政。和人心以保乂，谨天戒而来祥。复贞观之故事，编开元之政要。旌别淑慝，澄清品流。一物失所，必形于晬容，百姓未康，每劳于圣虑。听政馀力，游艺缘情。探《二南》之风雅，穷六义之教化。汾水著韶，柏梁变体。腴隽人口，馨香国风。南山崇崇，京国之望。不列祀典，绵千百年。举神授职，发自精恩。兴云致雨，响应虔祈。至于出宫人，放鸷鸟。太官节重味之膳，外府减任土之贡。倾仓赈乏，平粜恤饥。虫螟不为灾，水潦不成沴。日月照临，天地含宏。肖翘蠢蠕，乐生遂性。稽帝王之能事，鄙封禅之虚美。超迈三五，度越圣贤。由是四夷八蛮，罔不来廷；九州六合，罔不承顺。在宥天下，十有五年。

於戏！身居九重，心遍万宇。日用优济，时臻治平。形悴神劳，至于大渐。启金縢而无验，凭玉几而有命。顾属冲昧，丕承宝图。祗奉神器，惧不克荷。今因山戒期，复土备礼。痛深手足，哀结精灵。呼天擗摽，触目增感。夫谥者行之迹，号者功之表。采鸿生钜儒之议，从公卿庶尹之请。考彼古道，易兹大名。对越昊穹，式扬徽烈。谨遣太尉中书侍郎同中书门下平章事李珏谨奉册上尊谥曰"元圣昭献孝皇帝"，庙号文宗。伏惟圣灵昭格，膺受茂典。阴骘宗社，介福无穷。呜呼哀哉！

《全唐文新编》中李珏留下数篇文章，分别是《论王播增榷茶疏》《谏穆宗合宴群臣疏》《故丞相太子少师赠太尉牛公神道碑铭》《徐行周五代同居奏》《开成四年六月宰臣奏文》《开成二年户部侍郎奏文》《开成三年六月对文》《华景洞题名》《唐文宗皇帝谥册文维开成五年岁次庚申七月乙亥朔十一日乙酉，哀弟嗣皇帝臣某》等等。其中两篇是墓志铭，一篇为牛僧孺写，一篇为唐文宗写。

唐朝册文分两种：登基册文和谥册文，是很高规格的一种书写文体，赞皇六宰相中除了李珏为唐文宗写的谥册文，还有李吉甫为唐宪宗写的《写睿智文武皇帝册文》以及李峤撰写的《上应天神龙皇帝册文》和《懿德太子哀册文》。

唐文宗的葬礼一过，作为前朝重臣的李珏被仇士良等人的清算，只是时间问题了。尤其是两件事让武宗不快，李珏支持拥立他人为帝和使文宗梓宫深陷泥泞中。

唐武宗怪罪李珏，八月罢相，改任太常卿。仇士良怂恿唐武宗杀杨嗣复和李珏，九月李德裕进京拜首席宰相，苦苦哀求"不能杀"，救下二人。

（七）会昌余梦

唐武宗继位后，李珏的官位就开始了探底，会昌初，李珏为检校太尉、门下侍郎山陵使，因梓宫事又被武宗改任太常卿，又出任桂州刺史、桂管防御观察等使，李珏被贬端州司马。

李珏在得到唐武宗想杀自己时的消息，应该是害怕的，虽然他问心无愧，只是奉遗旨办事。可是李唐王朝从来不缺错杀的人，天子无情不是一句空话，唐太宗杀两个兄弟十三个侄子，武则天杀两子，就连唐玄宗一日杀三子。这些君王连亲骨肉都敢杀，何况臣民。李珏或许不曾想到，是李德裕拼死救下他。

会昌元年三月，即公元841年李珏受到仇士良的弹劾，累贬昭州刺史。

会昌三年，即公元843年，长流骧州（在今桂林）。

会昌五年，即公元845年，李珏迁郴州刺史。

会昌末年，公元846年左右，李珏改任舒州刺史，

唐宣宗继位初，公元847年左右，牛党人白敏中等陆续掌握权力，李珏也被想起来，以太子宾客、分司东都。

大中二年，即公元 848 年，李珏授户部尚书、河阳节度使，出任金紫光禄大夫、检校右仆射、淮南节度使、上柱国、赞皇郡开国公。这一年，李珏已经 64 岁，想必他也累了，不想卷入朝廷争斗。

这一点，李珏和牛僧孺相似，僧孺几经沉浮，晚年热衷写小说。李珏起起伏伏后，晚年更愿意多为百姓办点事，整个会昌年的不得志，在底层为官的他看到百姓的生活太艰难了。所以他曾主动赈灾，开仓放粮等善事。

大中七年，即公元 853 年，李珏病死在任上，死前说了两件事都是朝廷事，没有说一点家事。朝廷赠其司空，谥号贞穆，终年 68 岁。

李珏后期的为官线路基本如此。

在有的地方李珏任期非常短，又是下贬，就目前案头的史料和资料并无记载，从以上经历中，最值得大书特书就是淮南任时和河阳节度使时。除此之外，我查到相对应的故事——呈现，高度还原李珏这个人的一生故事。

会昌五年，即公元 845 年，李珏迁郴州刺史，与在京旧友桂管都防御巡官试秘书省校书郎元允同游华景洞。

这件事记录较为详细，李珏在桂林移都时，在华阳洞留下石刻。

《八琼室金石补正·卷七十四·华景洞李珏等题名》录文云（图 6-4）："郴州刺史李珏、桂管都防御巡官试秘书省校书郎元允，会昌五年五月二十六日同游。时珏蒙恩移都，之任桂阳，校书以京国之旧，邀引寻胜。男前京兆府参军阶、进士潜谱、楷从行。"

图 6-4 《华景洞李钰等题名》

会昌六年，公元846年末，李珏被贬舒州刺史，舒州即今安徽省安庆市潜山。

大中元年，公元847年初，诗人赵暇在舒州拜谒李珏，赵暇是楚州人，李珏客居楚州，二人算是同乡旧友。他呈送诗文，《舒州见李相公》："野人留得五湖船，丞相兴歌郡国年。醉笔倚风飘涧雪，静襟披月坐楼天。鹤归华表山河在，气返青云雨露全。闻说万方思旧德，一时倾望重陶甄。"

赵暇在诗中赞美了李珏的风度和胸怀，感叹世事变迁，还说世人记得他的仁政恩德，希望他再次拜相。

赵暇离开舒州时，在回家途中又写了一首诗给李珏，《回于道中寄舒州李珏相公》："都无鄙吝隔尘埃，昨日丘门避席来。静语乍临清庙瑟，披风如在九层台。几烦命妓浮溪棹，再许论诗注酒杯。从此微尘知感恋，七真台上望三台。"

诗人再次赞美了李珏的风度，也感谢他美女招待，在湖上嬉戏。两次允许自己席间喝酒写诗，再次希望李珏拜相。

此后，李珏以太子宾客分司东都，再迁河阳节度使。他在河阳任上，减免辖区老百姓的高税重赋，并取消陈欠宿债百余万两。

李珏升任河阳节度使，停止征收当地老百姓额外钱粮的和拖欠的赋税一百多万，他年老了，重心不在朝堂上的争名夺利，而是为辖区内百姓施以仁政，后来李珏以吏部尚书离镇入京，而河阳府库钱财十倍于当初。这一年李珏上表使韦宙入其幕府。

不久，李珏被委以检校尚书右仆射、扬州大都督府长史、淮南节度使。那时，好朋友，诗人赵暇正任渭南尉，当即又写一首诗《献淮南李相公》寄给李珏，他盼望李珏再入中枢，参与国事，排除宵小，重振朝纲，诗曰："傅岩高静见台星，庙略当时诗不庭。万里有云归碧落，百川无浪到沧溟。军中老将传兵术，江上诸侯受政经。闻道国人思再入，镕金新铸鹤仪形。"

会昌五年，即公元845年，李珏迁郴州刺史时，另一个诗人许浑也曾写诗给他，其中一首就是《寄郴州李相公》："高楼王与谢，逸韵比南金。不遇销忧日，埃尘谁复寻。旷怀澹得丧，失意纵登临。彩槛浮云迥，绮窗明月深。虬龙压沧海，鸳鸯思邓林。青云伤国器，白发轸乡心。功高恩自洽，道直谤徒侵。应笑灵均恨，江畔独行吟。"

另一首是《闻韶州李相公移拜郴州因寄》："诏移丞相木兰舟，桂水潺湲岭北流。青汉梦归双阙曙，白云吟过五湖秋。恩回玉宸人先喜，道在金縢世不忧。闻说公卿尽南望，甘棠花暖凤池头。"

（八）门无馈饷贤尚书

李珏这一次入京升官，也是由牛党人白敏中斡旋，据《旧唐书·卷一百六十六·列传第一百一十六·白敏中传》记载："会昌末，同平章事兼刑部尚书集贤史馆大学士，宣宗继位，加右仆射金紫光禄大夫。"《资治通鉴·卷二百四十八·唐纪六十四》更为详细："敏中于会昌二年九月为翰林学士……会昌六年五月拜相……"

由此可见，唐宣宗朝时，白敏中已经掌握了实权，开始量移牛党旧人，这时期牛党人的官职变动几乎全部是白敏中刻意安排。

唐宣宗命蒋伸撰写了这封加封李珏为扬州节度使的制书。

《授李珏扬州节度使制》①："门下。维扬右都，东南奥壤。包淮海之形胜，当吴越之要冲。阛阓星繁，舟车露委。若非人伦硕望，台鼎旧臣，则何以镇抚巨藩，允膺金属。金紫光禄大夫守吏部尚书李珏，器量宏深，襟灵冲粹。道光朝彦，德契人师。文章穷三变之风，学术洞九流之奥。庄敬形外，温和积中。松筠自高，圭玉不耀。负经国之策，蕴致君之谟。辅弼两帝，始终一心。忠直贯于金石，节操励于冰霜。邦家克宁，毗倚是属。扬历斯久，声猷益光。洎受钺孟津，宣风列郡。而能训齐师旅，润泽蒸黎。奸豪惧秋霜之威，孤弱怀冬日之爱。载膺参选，望洽冢卿。铨管无差，操鉴惟允。惟尔早践骊龙之位，再分邵武之雄。儒臣之荣，可谓全美。式崇端揆之重，仍兼亚相之权。勉思令图，副我嘉宠。"

蒋伸书写，朝廷认可颁发，制书里评价李珏"辅弼两帝始终一心"，这是很高的评价。

---

① 王水照.传世藏书·集库·总集：全唐文[M].海口：海南国际新闻出版中心，1996：5673.

纵观李珏一生为相三年是一个重要的经历，唐文宗死后，李珏的官职就一直下调，不仅下调还属于颠沛流离，通常一地做不了多久，就改任其他任所。让政策和本人的施政理念，无法达到连续性。

直到大中二年，公元848年，李珏授户部尚书、河阳节度使，出任金紫光禄大夫、检校右仆射、淮南节度使、上柱国、赞皇郡开国公，最后的岁月里，他在淮南施仁政，德泽淮民，成为了他一生中最后的亮色。这一点与他的贵人，同属赵郡东祖房的李绛类似，最后李绛也是以兴元节度使身份平叛，死于军中，他们二人都是死在工作岗位上。

李珏抵达淮南时，已经是60多岁的老人，到达后，心腹人就劝说李珏改任，不要到扬州任淮南节度使，理由就是上三任淮南节度使都卒于任上，李珏大义凛然地说奉皇命不是儿戏，未曾听。后来，他的确也卒于任所。

我考证了一下，李珏任淮南节度使之前，上三任的淮南节度使分别是谁，崔郸、李让夷、李绅三人。除了李让夷卒于洛阳，其余两人的确是卒于淮南任上。

李珏的确老臣谋国，上表请立皇太子以安天下心。他的考虑或许是从自己的痛苦经历有关，王朝传承问题上太容易产生混乱。李珏看到了继承乱象的表象，核心在于宦官干政，甚至指定太子人选，弑君杀驾等等。唐宣宗对于劝说立太子者都是训斥，没想到，悲剧再次上演，他也炼丹吃得一命呜呼了。

唐宣宗未立太子，内枢密使王归长、马公儒、宣徽南院使王居方支持夔王势力，立遗诏夔王李滋继位。左神策护军中尉，大太监王宗实称王归长矫诏，他拥立皇长子郓王李温为帝，是为唐懿宗。

没有兵权在宫闱斗争中胜算几乎为零，一代代文官就是如此，前赴后继地死在了掌握军权的太监手中。王宗实翻过手来，就杀死了王归长、马公儒、王居方等人。唐朝的太监比有些文官懂政治懂人性。

李珏的建议成为了一句空话，我们假设一下，即便是唐宣宗听信了李珏的话，早立太子，官宦势力不点头，也是一场空。从这件事上，我们只能看到一位老臣为了江山社稷的拳拳之心。

李珏到达扬州后，史料记录的另一件事，庐州舒县太平张百姓徐行周叔侄兄弟五代同居，李珏奏请免其同籍户税。庐州即合肥，舒县就是舒城县。

李珏任淮南节度使时，有一年江淮大旱，百姓颗粒无收，他拿出一位宰相的诚意和担当，发仓廪赈流民，以军粮半价与人，救济百姓。

《新唐书·卷一百八十二·列传第一百七·李珏传》的记载是这样："时江淮大旱，李珏发仓廪赈流民，以军羡储（节余的军粮）杀半价与人，举境遂安。"

《新唐书·卷一百八十二·列传第一百七·李珏传》记录评价翻译：李珏秉性寡欲，早年丧偶，不置妾侍。门无杂宾，谢绝馈饷，高风亮节，淮南之人甚称其德；及珏病殁，赴京叩阙下，愿立遗爱碑，刻其业绩，让其仁爱留于后世。

李珏的勇气换来了老百姓的爱戴，为其在淮南立碑，这碑名为《淮南节度使李公颂德碑》，部分内容为："珏为淮南节度使，卒，淮南人德之，叩阙立碑，刻其遗爱。"

这个碑文几经查找，一无所获。皇天不负有心人，我在清朝嘉庆版《重修扬州府志》（图6-5）里找到了。一千八百多页的古籍，我翻阅了四遍才找到，碑文的详细内容如下："李珏字待价，其先出赵郡，客居淮阴。为检校尚书右仆射，淮南节度使，江淮旱发仓廪赈流民，以军羡储（节余的军粮）杀半价与人。卒赠司空，疾亟官属见卧内，惟以州有税酒直而神策军常为豪商占利，方论奏未见报以恨，一不及家事，性寡欲门无馈饷，淮南人德之，叩阙愿立碑刻其遗爱。"

有这段珍贵的史料，再结合上面，我们就高度还原了李珏晚年执政的故事。

李珏在淮南任所病重，在卧室见幕府内的吏属，他说自己论奏本州有税酒，而神策军常为豪商占利事，恨不能看到回复，临终前说了

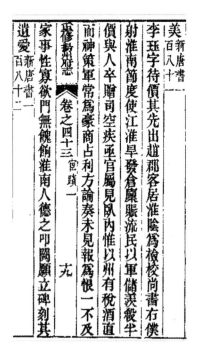

图6-5　清　嘉庆版《重修扬州府志·卷四十三·官迹一》

两件事，只字未提家事。

大中六年，即公元852年，李珏以淮南节度副大使知节度事、管内营田观察处置等使、金紫光禄大夫、检校尚书右仆射、兼扬州大都督府长史、御史大夫、上柱国、赞皇郡开国公、食邑一千五百户的身份去世，赠司空，谥曰贞穆。

李珏去世后，朝廷追赠司空，这封制书由大诗人杜牧撰写，杜时任中书舍人，撰写完毕，这一年冬天杜牧也去世了。

《李珏册赠司空制》[①]："维大中六年岁次壬申，五月丁卯朔，十六日壬午。皇帝若曰：国有元老，道可咨禀，天命不助，倐然去我，宜加褒命，以慰重泉。咨尔故淮南节度副大使知节度事管内营田观察处置等使金紫光禄大夫检校尚书右仆射兼扬州大都督府长史御史大夫上柱国赞皇县开国公食邑一千五百户李珏，立德行道，继长增高，贵而益修，老而弥笃，在文宗朝，遍历清近，内备顾问，尝摧奸凶，外领事权，善提故典，爰付魁柄，实肖象求，镇抚四夷，莫不信顺，训导百吏，皆有程品。左官荒服，众冤非罪，事君以道，知我其天，李固之确论无私，周公之金縢终启。自朕统御，尊敬旧老，分委戎辂，作镇孟津，训兵令行，治人化洽，饱闻声誉，渴见风彩。以大冢宰，征归朝廷，谠直忠贞，骨鲠魁嵓，凡所陈启，无非法诫。遂乃裂授东夏，表率诸侯，能救饥艰，克为康泰。初陈微恙，请捐重寄，驿骑奔问，待医临理，旋闻大病，却食涕流，命也奈何，痛悼不及。今遣使某官，某副使某官某，持节册赠尔为司空。魂而有知，鉴兹诚意。呜呼哀哉！"

① 王水照.传世藏书·集库·总集：全唐文[M].海口：海南国际新闻出版中心，1996：5344.

（九）云鹤自来迎

这是关于李珏的民间故事，是他和另一个同名人的故事。

话说在淮南江阴的地方，有一位名叫李珏的人，世代居住在江阴城中，以贩米为业。这个李珏的性格忠厚朴实，和平常人不一样。他15岁跟着父亲贩米，父亲有事外出的时候，就让李珏掌管米店。有人来籴米，李珏便拿出升斗让买米人自己称重，不论米价贵贱，每斗只赚两文之利，以此赡养父母。这样一来二去，李珏不仅没亏钱，反而家财颇丰。

父亲觉得奇怪，便问他缘由，他将经营买卖的实情说了，父亲感叹说："我们同行中都用量出量入两套升斗，出的升斗轻，入的升斗重，借此增厚利润。虽然官府有春秋两季会检查量器，却没有办法禁止此类商贾的作弊。我早就觉得它不对，所以只有一套升斗，量出、量入都用它。长期来，自己认为没有偏颇不公。你现在更让买主自己量米，我的行为不及你。但这样做财物仍然丰裕，岂不是神明帮助吗？"

后来，李珏的父母亡故，李珏也活到80多岁，一生一直坚持老本行卖米。

大中年间，李珏领淮南节度使，抵达江南，他是做过宰臣的人，又精通经济税务，对下层民生最为看重。

卖米的李珏，认为不能与封疆大吏、本区节度使用一样的姓名，便改名为李宽。李珏到任后几个月，赈灾救民生，布施道众，举行斋会，恢复生产。

有一天晚上，李珏梦见自己进入一个洞府。那里的景色正当春季，烟花烂漫，鸾凤飞翔，白鹤起舞，天上彩云瑞霞，地上楼阁连成一片。李珏一个人在洞中漫步，见石壁十分光洁莹亮，上有嵌金大字，列着姓名，内有"李珏"二字，字长二尺余。

李珏一见高兴极了，自己贫寒出身，又历尽艰辛，终得显官，直至拜相，在淮南又是救灾救民，德行仁心均表现了出来。现在在洞府列上姓名，自己一定是成了仙人了。他越想越是高兴。正在兴头上，石壁左右跑出来两个仙童。

李珏忙问："敢问仙童，这是哪里？石壁为何有我姓名？"

仙童答道："这儿是华阳洞天。石壁上的名字，并非相爷。"

李珏听了一惊，忙问："既然不是我这个李珏，那么他又是哪里人呢？"仙童答道："他是相爷治所下江阴的一个卖米人。"

早晨醒来，李珏梦中的事情仍清楚记得，越想越惊叹这事儿的神奇。于是，去询问道士，没有人知道当地的李珏，他再召江阴的官员来问，也没有人知道。他下令在府城内外访求李珏，闹腾了几天，在里巷居民中寻访，才知道李宽未改名前叫名珏。于是，他派车将李宽迎进府中，让他居在净室，自己则沐浴斋戒，拜宽为道兄。

李珏一家人都敬奉李宽，早晚按时行参拜之礼。

李宽向来性情恬淡，道貌非常之好，胡须长有尺余，纯白飒爽。原来他 60 岁时，曾有道士教他胎息术，久已不吃五谷了。

李珏更加礼敬，过了一月有余，他按捺不住内心的好奇，主动询问道："道兄平生得到什么道术，炼什么仙药服用？我曾梦入华阳洞府，见石壁上刻着您的名字，经仙童指点，才寻访到您，迎来府中拜为师父，望您将仙术传授给我。"

李宽忙推辞说不懂仙术和炼丹。

李珏虔诚再拜，虚心请教："那么您修的是什么呢？"

李宽便说："回相爷，愚民不知修些什么，只是贩米为生。"他将平生卖米等实情相告。

李珏再三询问之后，叹息说："您的做法确是平常人很难做到的，积的阴功是别人无法企及的。所以世上得了富贵的人，动不动就会招来损伤；处在贫贱的人，只要用心帮助民众，姓名就会登上仙籍。您是以自己的行为来告诫尘俗中人呀！"

后来，李宽活到一百多岁，行动轻捷身体健康耳明眼亮。一天他忽然告诉子孙说："我寄栖在世上多年，虽然养气不吃饭，但这对你们也没什么益处。"当晚便死了。大殓后三天，棺木忽然裂开。

众人一看，李宽衣带尚未解开，尸体却不翼而飞，他就像蝉蜕皮似的，原来他已尸解仙去了。

关于李珏与李宽的交往和趣事，李珏还写了一首诗词来记录，这故事和这首诗词记录在隋唐小说《灯下闲谈》中，该书所写的故事大多发生在晚唐，原书二十篇，各有四字标题，它是唐代小说的遗响。

《灯下闲谈》之"升米得仙"篇章记录了《白日冲天诗》："金字空中见，分明列姓名。三千功若满，云鹤自来迎。要警贪婪息，将萌宠辱惊。知之如不怠，霄汉是前程。"

这件事应该不光是民间传说，应该确有其事，因为有一淮南幕吏曾写诗一首记录，名为《上李珏相公诗》："同姓复同名，金书应梦灵。彼行功已满，此德政惟馨。中国为元老，遥天是昴星。将知贤相意，不去为时宁。"

（十）风流云散

李珏和其他五位宰相，还有一点不同，他是美男子，比如李绛见之尤为赞叹。这样一个美男子，妻子早早去世，未纳妾，这在唐朝时代背景下也难能可贵。

那么李珏最后葬在哪里呢？有明确记载的是河南省洛阳市偃师，我在庞杂的史料中没有找到，在论文著作中也没有找到。最后，我在一本清朝人的古书中找到了线索。

武亿撰写的《授堂金石文字续跋·卷六》有明确记载，武亿字虚谷，号授堂，河南偃师人。清代乾嘉时期著名的金石学家、经学家、考据学家。

据记载，李珏的墓碑名为"淮南节度使李珏神道碑"，其碑文如图6-6所示。《授堂金石文字续跋》所记载内容如下："正书在偃师，雨程书院。碑久佚无考，今始搜出已厄于前明妄人鉴断镌治二碑额推寻可辨者篆额，唐故淮南节度使赠司空，口郡李公神道碑十六字，郡上缺字以珏传补之是为赵字也，文内有出为下邽令拜殿中字及文宗山陵使字《新唐书》珏本传以数谏不得出为下邽令武昌牛僧孺辟署掌书记，还为殿中侍御史，迁门下侍郎为文宗山陵使，皆以盖碑合传益依之文故于旧书较详，王泽长续修县志，淮南节度使李珏墓在治西北有墓碑即指此，然不知碑已毁于前明，而附会书之也，碑无年月可见，《旧唐书》传珏大中七年卒碑之立口益后矣。”

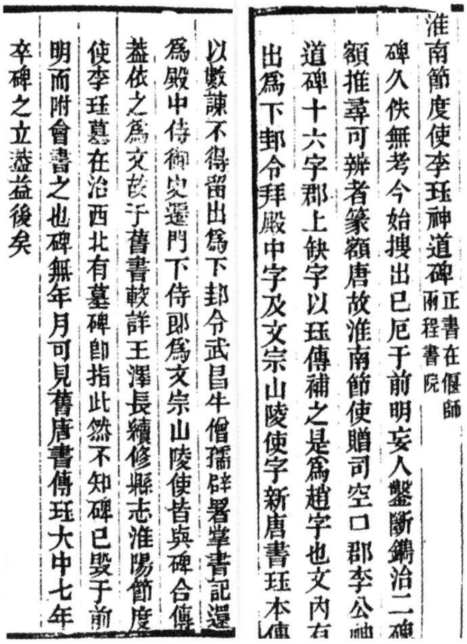
淮南節度使李珏神道碑 正書在偃師兩程書院
碑久佚無考今始搜出已厄于前明妄人鑿斷鍋治二碑
額推尋可辨者篆額唐故淮南節使贈司空口郡李公神
道碑十六字郡上缺字以珏傳補之是爲趙字也文内有
出爲下邽令拜殿中字及文宗山陵使字新唐書珏本傳
以數諫不得留出爲下邽令武昌牛僧孺辟署掌書記還
爲殿中侍御史遷門下侍郎爲文宗山陵使皆與碑合傳
蓋依之爲文歟于舊書較詳王澤長續修縣志淮陽節度
使李珏墓在沿西北有墓碑卽指此然不知碑已毀于前
明而附會書之也碑無年月可見舊唐書傳珏大中七年
卒碑之立盜益後矣

图 6-6　淮南节度使李珏神道碑碑文

这就是李珏的最后归处。李珏的子嗣繁盛，历史记载着六个儿子，也有一说是四子。李珏在华景洞题名石刻有四子跟随分即李阶、李弱翁、李谱、李愈。《新唐书·卷七十二·表第十二》记载宰相世系表，李珏有四子，阶、弱翁、谱、愈。清代书籍《八琼室金石补正》又补充潜、楷皆是李珏子，至此，得到考证就是六个儿子。

长子李阶，曾任京兆府参军、度支判官兼殿中侍御史等。

李弱翁，盐铁判官兼监察御史。这位李珏的次子历史记载稍微多一点，在他任光州刺史时发生了一件不光彩的事。据《资治通鉴·卷二百五十二·唐纪六十八》记载了光州百姓驱逐刺史李弱翁之事：“咸通十一年……光州民逐刺史李弱翁，弱翁奔新息。”

李潜，进士。李谱，字昌之，校书郎，娶崔铉女。李楷，进士。李愈，密县尉。

诗人许浑有一首诗《和宾客相国咏雪》，是在与李珏一起咏雪时作，让我们在这首诗中结束对李珏故事的讲述吧：

近腊千岩白，迎春四气催。云阴连海起，风急度山来。尽日隋堤絮，经冬越岭梅。艳疑歌处散，轻似舞时回。道蕴诗传丽，相如赋骋才。霁添松筱媚，寒积蕙兰猜。暗涨宫池水，平封辇路埃。烛龙初照耀，巢鹤乍装回。檐日琼先挂，墙风粉旋摧。五门环玉垒，双阙对瑶台。绮席陵寒坐，珠帘远曙开。灵芝霜下秀，仙桂月中栽。

《赵郡六宰相故事》是我打磨最久的一部作品，是我送给家乡的礼物，也是家乡给了我的机会。认真研究六宰相几年，我的感觉是李峤善文、吉甫善谋、李绛善谏、德裕善断、固言善言、李珏善财。

我发现家乡内外的人，说起六宰相的时候前后次序错误，对其故事了解得也是泛泛而已。希望通过读这部作品，让大家了解六宰相故事，尤其是家乡人，因为这是我们宝贵的文化财富，我们应该如数家珍般地讲述他们的故事。以后我们还要深挖赵郡六宰相的故事，要用视频、音频、广播、绘本等多形式去传播。

李珏文章和墓志
•《论王播增榷茶疏》
•《谏穆宗合宴群臣疏》
•《故丞相太子少师赠太尉牛公神道碑铭》
•《唐文宗皇帝谥册文维开成五年岁次庚申七月乙亥朔十一日乙酉，哀弟嗣皇帝臣某》
• 唐故征君左补阙温先生墓志铭并序
• 大唐故郯王墓志铭并序
• 上李珏相公诗（此诗有种说话是淮南幕吏做）
• 白日冲天诗

《唐故征君左补阙温先生墓志铭并序》（图6-7），这是李珏为温造撰写的墓志铭。

图6-7 《唐故征君左补阙温先生墓志铭并序》